Z

Richard Dooling

Watsons Brainstorm

ROMAN

Aus dem Amerikanischen von
Giovanni und Ditte Bandini

Paul Zsolnay Verlag

Die Originalausgabe erschien erstmals 1998 unter dem Titel *Brain Storm* bei Random House in New York.

1 2 3 4 5 02 01 00 99

ISBN 3-552-04939-8

Satz: Satz für Satz. Barbara Reischmann, Leutkirch
Druck und Bindung: Franz Spiegel Buch GmbH, Ulm
Printed in Germany

A. M. D. G.

Für Carlo und Moquah

Erstes Kapitel

»Die Enthauptungen sind fast identisch«, sagte Joe Watson und legte sein Memo auf Arthur Mahoneys riesigen Arbeitstisch aus Walnußholz. Watson widerstand dem Impuls, das neben dem Ellbogen des Seniorpartners liegende Memo über Enthauptungen wieder an sich zu nehmen und noch einmal nach Tippfehlern durchzusehen. Arthur Mahoney – Jung Watsons silberhaariger Mentor und der für seine Laufbahn bei Stern, Pale & Covin verantwortliche Partner – war von den letzten zwei Memos, die Watson für ihn geschrieben hatte, nicht restlos begeistert gewesen, und Watson befürchtete, eine weitere unzufriedenstellende Leistung könnte die behagliche, geschützte Nische, die er sich als Recherchen- und Schreibfaktotum des Leiters der Prozeßabteilung eingerichtet hatte, in Gefahr bringen.

»Fast identisch?« fragte Arthur. Er legte den Stapel Briefe und Anlagen, den er gerade durchgesehen hatte, beiseite, drehte sich in seinem Schreibtischsessel herum und .richtete seine Aufmerksamkeit auf seinen jungen Mitarbeiter und das anstehende Problem: Enthauptungen.

»Ja«, sagte Watson und geriet in Panik, als ihm plötzlich bewußt wurde, daß er vergessen hatte, selbst einen Spellcheck vorzunehmen (die Aufgabe hatte er seiner Sekretärin überlassen) und bei der Gelegenheit die Homophonfunktion der firmeneigenen Textverarbeitungssoftware zu aktivieren, was ihm ermöglicht hätte, Wörter noch einmal zu überprüfen, die zwar für sich genommen korrekt geschrieben waren, aber in dem jeweiligen Kontext keinen Sinn ergaben – wie *laichen* anstelle von *Leichen* oder *Wal* anstelle von *Wahl*. Im letzten Memo hatte er auf eine »wage Ähnlichkeit« hingewiesen, und Arthur hatte den Seitenrand mit einem handschriftlichen Sermon über die Wichtigkeit orthographischer Korrektheit gefüllt.

»Ist es etwas mehr als nur der Gesamteindruck?« fragte Arthur. »Wir haben schon so viele von diesen verdammten Enthauptungen gesehen. Und Associates wie Sie tendieren dazu, wilde, sehr schwerwiegende, äußerst theoretische Behauptungen aufzustellen, ohne an die wochenlangen Anstrengungen zu denken, die es kosten wird, sie vor Gericht zu beweisen. Wodurch unterscheidet sich eine Enthauptung von einer anderen? Wenn es um Enthauptungen geht, bin ich auf die Informationen junger Leute angewiesen. Zu meiner Zeit gab es derlei grausige Darbietungen nicht.«

»In beiden Fällen wird der Kopf in Höhe des dritten Halswirbels abgetrennt – genau hier«, sagte Watson und fuhr sich zur Veranschaulichung mit einem Finger über den Nacken.

»Na und?« sagte Arthur. »Scheint mir eine durchaus naheliegende Stelle zu sein.«

»Wenn die Klingen auf dem Wirbel auftreffen, ertönen ähnlich klingende Knirschlaute. Die Arterien und Venen sprießen wie Seegras hervor und versprühen Blut in alle Richtungen. Zur Sicherheit lasse ich die Spritzmuster analysieren, aber dem Aussehen nach sind die Kleckse identisch. In beiden Fällen kippt der Kopf vornüber und rollt dann ein paar Stufen hinunter – drei Stufen, um genau zu sein, mit dreimaligem Aufdotzen. Die noch lebenden Opfer wenden ihren kopflosen Halsstumpf zum Spieler hin und spritzen aus der Luftröhre Blut auf den Bildschirm. Die Köpfe werden auf Spieße gesteckt, und in beiden Fällen sagt der Kopf im Augenblick der Pfählung mit so einer Art Mickymaus-Stimme: ›Au, das tut weh!‹«

Arthur bildete mit den Zeigefingern einen kleinen Giebel und tippte sich damit gegen die geschürzten Lippen. »Joseph«, sagte er mit einem wohlwollenden Lächeln, »ich kann mir vorstellen, vor einem Bundesbezirksrichter den Standpunkt zu vertreten, daß eine Enthauptung mit einer anderen identisch ist. Ich kann mir vorstellen, den Standpunkt zu vertreten, daß eine Enthauptung von einer zu Vergleichszwecken herangezogenen anderen einwandfrei zu unterscheiden ist; aber es bereitet mir eine gewisse Mühe, mir vorzustellen, den Standpunkt zu vertreten, daß zwei Enthauptungen *fast* identisch sind. Anstatt mit der pauschalen Behauptung einer angeblichen annähernden Identität könnte Ihre Analyse vielleicht mit einer konzisen Darstellung der – und wenn auch noch so geringfügigen – Unterschiede beginnen, die zwischen den zwei Enthauptungen bestehen. Mit einfachen Worten: Was hindert unsere fast identischen Enthauptungen daran, vollkommen identische Enthauptungen zu sein?«

»Eine Hellebarde und ein Krummsäbel, Sir«, sagte Watson.

»Eine Hellebarde«, sagte Arthur.

»Das ist so eine Art kombinierte Streitaxt und Pike mit einem Zweimeterschaft«, erklärte Watson. »Wahrscheinlich haben Sie schon Ritter und Beefeater und so weiter gesehen, die solche Dinger in der Hand hielten. Oder wenn Sie schon mal in einem Museum gewesen sind, haben Sie sie an Rüstungen gelehnt gesehen. Das New Yorker Met hat eine ganze Sammlung davon.«

»Ich weiß, was eine Hellebarde ist«, sagte Arthur.

»Das hatte ich nicht anders erwartet«, sagte Watson und beschloß, nicht zu erwähnen, daß er für die Dauer von sechs bis sieben abrechenbaren Stunden erschöpfende Recherchen zum Thema Hellebarden durchgeführt, sich bei http://www.nycmet.com/medieval/halberds die Hellebardensammlung des Met online angesehen und seine Arbeitszeit mit »Recherchen z. Konkretisierung von Gesamteindruck i. Zs.hang mit mittelalterlicher Trutzbewaffnung: 6,75 Std.« verbucht hatte.

»In ›CarnageMaster‹ schlägt ein Malteser dem Kreuzritter den Kopf mit einer Hellebarde ab, während in ›Greek SlaughterHouse‹ Perseus die Medusa enthauptet, wozu er einen blitzenden Krummsäbel verwendet.«

»Und einen blankpolierten Schild als Spiegel?« fragte Arthur gespannt.

»Nein«, sagte Watson, »ich glaube nicht, daß unsere Klienten besonders firm in griechischer Mythologie sind. Perseus sieht die Medusa einfach so an und hackt ihr den Kopf mit einem Krummsäbel ab, den er einem besiegten Türken abgenommen haben muß, nachdem er ein bißchen durch die Jahrhunderte gereist ist. Jetzt denken Sie wahrscheinlich: Das ist nicht das gleiche – Perseus und sein Krummsäbel sind etwas anderes als ein Malteserritter mit einer Hellebarde. Aber wenn später die Waffen in Nahaufnahme gezeigt werden, tropft das Blut von beiden Klingen auf genau die gleiche Weise herunter und bildet auf dem gleichen Steinfliesenboden exakt die gleichen Spritzmuster, und das Ganze geschieht in einer Burg – der ›Schädelburg‹ –, die das Ebenbild derjenigen ist, die die Multimedia-Programmierer unseres Klienten geschaffen haben.«

»Klingt nach mehr als bloßem Zufall«, sagte Arthur, »aber handelt es sich dabei um eine Urheberrechtsverletzung? Um etwas mehr als einen bloßen Gesamteindruck? Hat ›Carnage-Master‹ die Story von ›Greek SlaughterHouse‹ gestohlen? Die Personen?«

»›CarnageMaster‹ hat die *Seele* von ›Greek Slaughter-House‹ gestohlen«, sagte Watson.

»Hmmm«, sagte Arthur. »Wir haben also diese ›fast identischen‹ Enthauptungen, und wir haben die ›sehr ähnlichen‹ Folterkammersequenzen, gefolgt von ›fast identischen‹ Bauchaufschlitzungen.«

»Korrekt«, sagte Watson. »Nicht zu vergessen die nahezu identischen großbusigen Blondinen in durchsichtigen Kettenhemden, die, an Ringbolzen und Steine gekettet, in rosa Geheimverliesen gefangengehalten werden. In beiden Spielen werden sie von maskulinen Schergen mit fleischfarbenen Schwertern traktiert.«

»Wir brauchen mehr«, sagte Arthur. »Subliminal Solutions und das SlaughterHouse-Team müssen sich ihrer Position vollkommen sicher sein, bevor sie eine Klageänderung vornehmen und zuzüglich zum Schadensersatz eine Bußgeldzahlung beantragen können. Wir müssen sicher sein, daß dies alles – wie heißt es so schön? – ›auf Fakten basiert und durch geltendes Recht gestützt ist‹, oder wir riskieren Sanktionen gemäß Verfahrensregel 11. Weitere Recherchen sind angezeigt.«

»Ja, Sir«, sagte Watson.

Arthur nahm einen Anruf entgegen. Watson sammelte seine Papiere ein und machte sich auf den Weg hinaus, zurück in sein Büro, ein fensterloses Kämmerchen mit einem Viertel der Arthur zur Verfügung stehenden Grundfläche. Arthur hatte das große Büro, diesen antiquierten Indikator des Partnerstatus, aber dafür hatte er keinen 600-Megahertz-Pentium-VI-3D-Rechner mit Subwoofer und 28-Zoll-Ultraflach-Monitor, wie ihn die Firma Watson ins Büro gestellt hatte, um ihm die Analyse von mutmaßlichen Copyrightverletzungen zuungunsten der von der Firma vertretenen Softwarehersteller zu erleichtern. Arthur machte sich nichts aus Computern, hatte keine Verwendung für sie. Er war ein Exemplar jener aussterbenden Rasse von Anwälten, die noch immer den Zeiten nachtrauerten, da ehemalige Verbindungsbrüder und Freunde der Familie bereit gewesen waren, für weise Ratschläge und juristische Belehrungen teuer zu bezahlen. Der alte Bursche hatte noch immer nicht begriffen, daß moderne Unternehmen längst nicht mehr an weisen Ratschlägen interessiert waren (die konnten sie von ihren eigenen Syndizi bekommen). Sie hatten schon alle Freunde der Familie und weisen Männer, die sie benötigten; was sie bei Stern, Pale suchten, waren Armeen von gnadenlosen Prozeßspezialisten und die geballte Informationsfeuerkraft, die es ihnen ermöglichen würde, ihre Gegner vor Gericht zu massakrieren.

Im Herbst seines ehrwürdigen Berufslebens versorgte Arthur zwar weiterhin Klienten mit Ratschlägen und Memos, aber heutzutage bestanden diese Memos und Ratschläge aus Informationen, die von Associates mit Hilfe von leistungsfähigen Rechnern und Suchmaschinen gesichtet, gesammelt und komprimiert worden waren. Für junge Anwälte wie Joe war juristische Kompetenz in zunehmendem Maße von Computer-Know-how abhängig, was bedeutete, daß man sich nicht nur um die Gunst von Seniorpartnern, die echtes Golf spielten, bemühen mußte, sondern auch um möglichst gute persönliche Beziehungen zu den Leuten von Management Information Systems (MIS), die 3D Microsoft Golf spielten und den Zugang zur Hard- und Software kontrollierten, die ein junger Rechercheur zur Optimierung seiner Arbeitsleistung benötigte.

Zum Beispiel kannte Arthur den MIS-Chef – einen unförmigen, zerknitterten Spinner, der unter dem liebevollen Spitznamen »Inspector Digit« lief – gerade eben vom Sehen, während Watson mit ihm auf vertrautestem Fuß stand und primär durch ihn in den Genuß seines High-end-Equipments kam. Digit war, branchenspezifisch ausgedrückt, ein Typ mit einer Menge MIPS, aber ohne I/O. Gigaweise Grips, aber mit einer ausgeprägten Tendenz zu synchronen Interrupts, Freeze-ups und Systemhängern, sobald es daran ging, einen interhumanen Datenaustausch herzustellen. Wenn Digit den Mund aufmachte, kamen Argot und Akronyme, Technolinguistisches und Programmieranweisungen heraus. Die meisten Anwälte fertigten Digit mit einem »Aha« und »Sie machen's schon« ab, was der Grund dafür war, daß Digit Watsons Freundschaft so zu schätzen wußte. Watson seinerseits schätzte in Digit den potentiellen Lieferanten des jeweils Neusten in Sachen Beta-Browser und Rechenkapazität.

Offiziell durften die Anwälte nur von der Firma ausgegebene (und von der Informationselite als »beige Toaster« titulierte) PCs benutzen, die an das interne Netzwerk angeschlossen waren und mit von der Firma genehmigter fünf Jahre alter Software liefen (hoffnungslos überholtem Zeug, unter Insidern als »Faustkeile und Bärenfelle« bekannt); Fremdprogramme gleich welcher Art waren aus offensichtlichen Sicherheitsgründen streng verboten. Inoffiziell aber versorgten Inspector Digit und die MIS-Leute Watson und ein paar andere Silikonfreaks mit High-end-Rechnern und ließen sie die neusten Web-Browser, Agents, Robots und Rechtssystemprogramme benutzen und testen. Es war die beste Methode, die Sachen auf Herz und Nieren zu prüfen, bevor man sie im ganzen Netzwerk installierte. Watson und die anderen techniklastigen Anwälte umgierten unentwegt die neuen Rechner, ließen Beta-Software laufen, brachten angeblich absturzsichere Programme zum Abstürzen und verursachten absichtlich Massenkarambolagen im Netzwerk, damit ihnen die Leute von der Datensicherheit selbständige Arbeitsstationen verordneten. Diese auch als »Propellerköpfe«, »Chatterstrippen« und »Terminal-Junkies« bekannten Associates beherrschten die Antivirus- und Securityroutinen aus dem Effeff, und so bestand auch kein vernünftiger Grund, sie hinsichtlich der Nutzung von Fremdsoftware zu reglementieren. Außerdem ist die Einschränkung der Freiheit in der Wahl seiner Software für den ernsthaften User gleichbedeutend mit mentaler Repression.

Soll Arthur sein großes Büro behalten, dachte Watson – ich nehme die Arbeitsstation mit zwei Gigabytes RAM und der Beta-Software.

Eine leichte Berührung des Trackballs ließ den Bildschirm

wieder aufleuchten, und Watson kehrte in die Schädelburg zurück – bereit für weitere dreißig bis vierzig abrechenbare Stunden der Zerstückelung mittelalterlicher 3D-Krieger.

Ein blinkendes Lämpchen an seinem Personal Information Manager (PIM) teilte ihm mit, daß eine auswärtige Voice-Mail auf ihn wartete. Er klickte die Abspieltaste an. »Hier ist Richter Stangs Assistentin, Bundesbezirksgericht, Östlicher Distrikt von Missouri, mit einer Mitteilung für Joseph T. Watson, Anwaltsnummer 76892. Gemäß Verordnungsvorschrift des Gerichts hat Richter Stang Sie zum Rechtsvertreter eines mittellosen Angeschuldigten in Fall Nummer 2002-CR-30084-WJS bestellt. Für weitere Informationen zum Fall sowie für eine Kopie der Anklageschrift und des ergänzenden Schriftsatzes möchten Sie sich bitte mit dem Gericht in Verbindung setzen, Anschluß ...«

Sein Pflichtfall! Bei den Bezirksgerichten des Östlichen Distrikts von Missouri (Saint Louis) und vieler anderer Bundesdistrikte besteht die altehrwürdige Tradition, jedem neuen Anwalt, der die Zulassung erhalten hat, im jeweiligen Distrikt zu praktizieren, einen Pflichtfall zuzuteilen: in der Regel einen mittellosen Angeklagten oder einen Kläger in einer Bürgerrechtssache, der aus welchem Grund auch immer nicht vom Bundesoffizialverteidiger vertreten werden kann. Es ist ein Initiationsritus für frischgebackene Anwälte, die noch keinerlei Prozeßerfahrung haben – und es ist der Alptraum großer Anwaltssozietäten, deren Partner Hunderte von abrechenbaren Stunden Associate-Zeit für die Verteidigung schuldiger Krimineller oder die Ausarbeitung oftmals frivoler Gefangenenrechts- oder Diskriminierungsklagen opfern müssen.

Watson hatte gewußt, daß sein Pflichtfall längst überfällig war, denn drei seiner Kommilitonen, die zusammen mit ihm vereidigt worden waren, hatten ihren schon bekommen. Er hatte sich insgeheim Hoffnungen auf eine Strafsache gemacht, denn während seines Studiums – bevor er Ehemann seiner Frau (Sandra) und Vater und Ernährer ihrer beider Kinder (Sheila und Benjy) geworden war – hatte er davon geträumt, ein zweiter William Kunstler, Gerry Spence oder Clarence Darrow zu werden. Ein kühner Rechtsstreiter und Beschützer unterdrückter Außenseiter. Statt dessen war er ein überbezahlter seidenbesockter WESTLAW-Lakai der Partner von Stern, Pale geworden. Eine Strafsache würde möglicherweise zu einer teilweisen Befriedigung seines einstigen verzehrenden Verlangens nach juristischen Lorbeeren beitragen. Aber große Strafsachen übernahm normalerweise der Federal Public Defender. Außerdem würde eine Bundesstrafsache ein paar tiefe, zerklüftete Täler in Watsons durchschnittliche Leistung von fünfzig abrechenbaren Wochenstunden reißen, da die ganze Pflichtarbeit nicht abrechenbar sein würde. Zu seiner Zeit brauchte Clarence Darrow wahrscheinlich keine Kontrollkarten bei der Geschäftsführung einzureichen oder seiner Frau und seinen Kindern Rede und Antwort zu stehen, wenn er den Familienurlaub ausfallen ließ und einen unbezahlten Fall übernahm. Oder falls Clarence doch einer Ehefrau Rede und Antwort stehen mußte, dann hegte diese wahrscheinlich nicht Sandras abgrundtiefe Verachtung für berufliche Mätzchen und Eskapaden – wie schuldige Kriminelle zu verteidigen –, die nicht geeignet waren, das Wohlergehen ihrer traditionellen Kleinfamilie auch nur im mindesten zu befördern.

Er rief Richter Stangs Kanzlei an und tauschte mit einer liebenswürdigen jungen Frau Liebenswürdigkeiten aus. Er wartete geduldig darauf, daß sie ihm mitteilte, daß ihm ein hübscher Fall von Benachteiligung in der Arbeitswelt, ein Häftling, der sein Urteil von 580 Jahren Freiheitsentzug auf eine Bewährungsstrafe heruntergesetzt bekommen wollte, oder ein Sozialversicherungsfall zugeteilt worden sei – vielleicht einer mittellosen Witwe helfen, ihre Rentenansprüche geltend zu machen.

»Es ist eine Mordsache«, sagte die Frau liebenswürdig.

»Mord?« Watson schnappte nach Luft. Das war eine Strafsache, kein Zweifel – wie er sie sich nicht in seinen kühnsten Träumen, ja nicht in seinen schaurigsten Alpträumen ausgemalt hatte. »Seit wann werden am Bundesgericht Mordprozesse verhandelt?«

»Sehen wir einmal nach«, sagte sie. »Anscheinend wurde der Mord auf dem Gelände eines Army-Stützpunkts verübt, in der armyeigenen Unterkunft, die vom Angeklagten und dessen Frau, die Reservistin ist, bewohnt wurde. Das ist militärisches Territorium, das heißt, es untersteht der Bundesgerichtsbarkeit, wodurch es unter die Zuständigkeit des U.S. District Court fällt. Und der Bundesanwalt fordert die Todesstrafe gemäß Haßmotivations- oder Gefährdetes-Opfer-Bestimmung der neuen Bundesstrafmaßzumessungsrichtlinien. Es ist die Bundesversion der verschiedenen einzelstaatlichen Strafverschärfungsstatuten.«

»Es ist eine Haßtat?« fragte Watson.

»Warum lesen Sie nicht Anklageschrift und Affidavit? Das Fax müßte vor wenigen Minuten bei Ihnen eingegangen sein. Es ist Mord, und die Staatsanwaltschaft sagt« – Watson hörte Papier rascheln. »Da hätten wir's, Absatz sieben: ›Der Angeklagte wählte sein Opfer vorsätzlich als Gegenstand der Straftat aufgrund von dessen tatsächlicher oder vermuteter Behinderung – Gehörlosigkeit.‹«

»Gehörlosigkeit? Und die behaupten was?« fragte Watson, erstaunt, daß es ein solches Gesetz gab, und doppelt erstaunt, daß Vertreter der Anklage es tatsächlich anwendeten. »Wollen Sie damit sagen, die behaupten, er hätte einen Tauben umgebracht, weil er Taube haßt?«

»Sieht so aus«, sagte die Assistentin. »Warten Sie mal. Hier steht außerdem« – mehr Rascheln. »Absatz acht: ›Der Angeklagte wählte sein Opfer vorsätzlich als Gegenstand seiner Straftat aufgrund von dessen tatsächlicher oder vermuteter Rasse – afroamerikanisch.‹ Das Opfer war offenbar ein gehörloser Schwarzer.«

Mord! Joseph T. Watson, Esq., Absolvent des Juristischen Seminars der Ignatius University und Träger des Preises für computergestützte juristische Recherche & Schriftsatzabfassung, war der prozeßbevollmächtigte Anwalt eines des Mordes angeschuldigten Haßtäters! Er geriet in Panik und wählte die einzig anständige Verteidigungsstrategie, die natürlich darin bestand, auf seine fachliche Inkompetenz hinzuweisen und den nachvollziehbaren Standpunkt zu vertreten, daß er gar kein richtiger Anwalt sei.

»Hier muß ein Mißverständnis vorliegen«, sagte er. »Ich bin gar kein richtiger Anwalt. Ich führe computergestützte juristische Recherchen durch. Ich bin ein Internetter und WESTLAW-Experte. Ich bin kein Prozeßanwalt. Ich bin überhaupt noch nie im Gericht gewesen, außer zu meiner Vereidigung. Ich verbringe grob geschätzt täglich elf Stunden damit, juristische Datenbanken online nach Präzedenzfällen zu durchforsten, die die Theorien von Seniorpartnern stützen, die mich für meine Fähigkeiten großzügig entlohnen.«

Noch während er versuchte, sich aus Angst herauszureden, lockte ihn – ja begeisterte ihn geradezu – die Aussicht, etwas anderes, *irgend* etwas anderes zu tun, außer Woche für Woche fünfzig Wochenstunden lang juristische Recherchen anzustellen. Er brauchte nichts anderes zu sagen als: »Ja, Ma'am«, und er konnte einen richtigen Anwalt spielen, Prozeßanwalt spielen, Strafverteidiger spielen. Aber ein Associate im ersten Berufsjahr, der, um Prozeßerfahrung zu sammeln, einen Mordfall übernahm, wäre wie ein Medizinstudent gewesen, der sich nebenbei an einer kleinen Gehirnoperation versucht.

»Hier steht, Sie befassen sich mit Fällen von Diskriminierung, Titel-VII-Sachen und so weiter«, sagte die Gerichtsassistentin.

»Diskriminierung am *Arbeitsplatz*«, sagte Watson. »Ich führe Online-Recherchen durch und verfasse juristische Memos für Partner, die große Unternehmen vertreten, die zu Unrecht von verärgerten Beschäftigten verklagt worden sind, aber –«

»Richter Stang meint, solche durch Voreingenommenheit motivierten Verbrechen sind auch nichts anderes als Diskriminierungsfälle«, sagte die Assistentin. »Denken Sie einmal darüber nach. Mord ist die extremste Form von Benachteiligung. Sie dürften eigentlich keinerlei Probleme damit haben.«

»Aber ich habe noch nie auch nur *ein* Wort vor Gericht gesprochen!«

»Womit Sie sich in genau derselben Situation wie alle anderen jungen Anwälte befinden, die Tag für Tag mit einem Pflichtfall betraut werden«, sagte die Assistentin. »Außerdem arbeiten Sie bei Stern, Pale. Das ist die beste Firma in der Stadt. Ich bin sicher, Sie werden Ihre Sache besser machen als die meisten bestellten Verteidiger, die wir hier zu sehen bekommen.«

Abermals lockte ihn die Aussicht auf einen echten Fall – seinen eigenen Fall! –, aber noch plastischer trat ihm die Vision der verheerenden Auswirkungen vor Augen, die die Verteidigung eines nichtzahlenden Mordverdächtigen auf sein normales Arbeitspensum, seine abrechenbaren Stunden und sein Leistungsprofil haben würde. Was hätte Clarence Darrow an seiner Stelle getan? Uneigennützig an den armen Mandanten gedacht, wahrscheinlich.

»Ich bin kein Prozeßanwalt«, fuhr er fort und fragte sich, wieviel Ärger er der Staatsanwaltschaft durch Einreichung eines guten Dutzends geharnischter, wohlplazierter vorprozessualer Anträge und Eingaben machen könnte. »Stern, Pale hat mich eingestellt, weil ich eine gewisse Geschicklichkeit darin habe, bei juristischen Examina Volltextfragen in extenso zu beantworten.«

»Ich habe die Notizen des Richters vor mir«, sagte die Assistentin. »Er sagt, Sie haben im *Law Journal* der Ignatius University einen juristischen Aufsatz mit dem Titel ›Sind Haßverbrechen Gedankenverbrechen?‹ geschrieben.«

Es schmeichelte Watson, daß Richter Stang auf seine bescheidene Publikation aufmerksam geworden war, aber es beängstigte ihn gleichzeitig, daß wer auch immer ihn für qualifiziert halten sollte, die Verteidigung in einem Mordprozeß zu übernehmen.

»Stimmt schon«, sagte er. »Aber das sind bloße Anmerkungen, Literaturrecherchen und so weiter. Das ist kein Mord!«

Die Gerichtsassistentin seufzte. »Der Fall ist Ihnen zugeteilt worden. Ich weiß nicht, ob die Strafprozeßordnung so etwas wie einen Antrag auf Entbindung vom Mandat wegen eingestandener eigener Inkompetenz vorsieht, und ich glaube nicht, daß Ihr Mandant auf unzulängliche Prozeßvertretung klagen kann, solange Sie den Prozeß nicht verloren haben. Aber wenn Sie irgend etwas vorbringen wollen, suchen Sie Richter Stang zum Durchlauftermin nach der Angeklageerhebung auf. Wenn ich Sie wäre, würde ich einen Stahlhelm dabei tragen.«

Die Assistentin fügte hinzu, wenn Watson mehr über den Fall wissen wolle, könne er sich um zehn *Channel 5 Live* ansehen; außerdem riefen die ganze Zeit Zeitungsleute an, ›Anwälte für gehörlose Amerikaner‹, Anwälte der Nationalen Frauenrechtsorganisation, Anwälte der Nationalen Vereinigung für die Förderung der farbigen Bevölkerung, Bürgerrechtsanwälte und Haßtatexperten – alle riefen sie an und wollten nähere Informationen über den Fall, und so würde es ihm unter Umständen gelingen, die Sache dem einen oder anderen Anwalt einer besonderen Interessengruppe anzudrehen oder sonst einen ehrgeizigen jungen Verteidiger zu finden, der für die gute Publicity bereit sein würde, unentgeltlich zu arbeiten.

»Aber die ganze Überlegung ist ohnehin rein akademisch«, sagte die Assistentin. »Sie sind zum Pflichtverteidiger bestellt worden. Ich kann Sie nicht abbestellen. Nur der Richter kann das. Kennen Sie Richter Stang?«

Sofort fielen Watson einschlägige Schauergeschichten und Kriegsanekdoten ein. Wie Richter Stang – ein mürrischer Anhänger der Roy-Bean-Schule der Jurisprudenz (»Erst hängen, dann fragen«) – einmal einem Anwalt befohlen hatte, seinem Mandanten eine Tüte über den Kopf zu stülpen, weil er von dessen hochnäsigem Grinsen genug habe. Wie er einem Federal Marshal befohlen hatte, zwei zänkische Anwälte mit Handschellen aneinanderzuketten und in eine Einzelzelle zu sperren. Wie er in besinnungslose Wut geraten war (die später als *furor juridicus* diagnostiziert wurde, eine Form von übersteigerter juristischer Motorik) und mit der eisernen Fahnenstange des Gerichtssaals dreißig Anwälte attackiert hatte, weil sie außerstande gewesen waren, in einer seit nunmehr drei Jahren anhängigen Umweltschadenssache zu einer Einigung zu gelangen. Er hatte mehr Spitznamen als jeder andere Richter. Manche nannten ihn Iwan den Schrecklichen, andere Totschläger-Stang; wieder andere sprachen von ihm als dem Großinquisitor, Darth Vader, Beelzebub, dem Rächer im Talar oder dem Fürsten der Finsternis.

»Eines kann ich Ihnen jedenfalls versichern«, sagte sie. »Wenn Sie versuchen, sich aus einem Pflichtfall zurückzuziehen, und keine andere Begründung als Ihren Mangel an Prozeßerfahrung vorbringen können, wird Richter Stang Sie wegen Mißachtung des Gerichts zu einer Geldstrafe verurteilen, und anschließend wird er Ihnen mit einem stumpfen Messer die Ohren abschneiden.«

Zweites Kapitel

Firmenpolitik und -prozedere bei Stern, Pale schrieben vor, daß die Sozietät und ihre in Büros auf der ganzen Welt arbeitenden 572 Anwälte mittels eines per E-Mail versandten Konflikt-Memos über jeden neuen prospektiven Klienten in Kenntnis gesetzt wurden. Das Fax der Gerichtsassistentin war reich an Anklagepunkten und arm an Fakten. »*James F. Whitlow*«, tippte Watson in das Fenster »Neuer Klient« – das erste Mal überhaupt, daß er eine solche Eintragung machte. »*Vereinigte Staaten./.Whitlow*«, tippte er in das Fenster »Neue Sache«. Nachdem er das Konflikt-Memo abgeschickt hatte, suchte er die CD-ROM-Version von Titel XVIII des *United States Penal Code* heraus – den Teil des Strafgesetzbuches, der sich mit Verbrechen befaßte –, nahm die CD mit nach Haus und schlug alle Delikte nach, die dem Angeschuldigten zur Last gelegt wurden.

Die Morgenausgabe des *Post-Dispatch* erwies sich anderntags als hilfreicher als die einschlägigen juristischen Spitzfindigkeiten, in denen sich das von der Gerichtsassistentin gefaxte Material ergangen hatte. RASSISTISCHE ÄUSSERUNGEN DES VERDÄCHTIGEN LEGEN VERDACHT AUF HASSVERBRECHEN NAHE. Watson las den Artikel in seinem Büro, während er darauf wartete, zu Arthur gerufen zu werden, der ihm an diesem Morgen nach Erhalt des Konflikt-Memos eine Voice-Mail geschickt hatte. Er hatte darin den Wunsch geäußert, sich mit Watson über »geeignete Maßnahmen« abzusprechen, die sicherstellen sollten, daß sein neuer Kriminalfall ihn nicht »bei der pflichtgemäßen Wahrnehmung der Interessen der Klienten der Firma behindern würde«.

Laut *Post-Dispatch* hatte sich der Mord im Schlafzimmer des Angeklagten ereignet. Die Frau des Angeklagten, die bei der Army in der Reserve diente, war die einzige Augenzeugin. Kein Wort darüber, was die Frau, das Opfer und der Angeklagte zum Zeitpunkt der Tat dort eigentlich getrieben hatten, noch wer als erster oder letzter zum Tatort gekommen war. Der Artikel hatte die aufgeregte Atemlosigkeit eines reitenden Boten, garniert mit der üblichen journalistisch-soziologischen Nutzanwendung: einer eindringlichen Warnung vor dem epidemischen Anstieg der Haßverbrechen auf kommunaler und nationaler Ebene. Während der ganzen neunziger Jahre hatte das FBI gemäß Federal Hate Crimes Statistic Act statistische Erhebungen über Haßtaten durchgeführt. Dann, im Jahre 1999, war das Gesetz um neue Artikel erweitert worden, die schärfere Strafen für Gewaltdelikte vorsahen, die durch Pro- oder durch Antiabtreibungsgesinnung motiviert waren. Mittlerweile hatten alle fünfzig Staaten und die Bundesregierung eigene Gesetze gegen Haßtaten, und diese Gesetze wiederum hatten Spezialeinheiten hervorgebracht – aus Haßpsychologen und Gerichtspsychiatern bestehende Haßverbrechensuntersuchungskommissionen – sowie weitere Gesetze, die die strafrechtliche Verfolgung einer wachsenden Vielfalt an gewalttatmotivierenden verbotenen Haßsorten regelten.

Laut Zeitungsartikel war das Opfer, Elvin Brawley, ein stadtbekannter, bedeutender Künstler gewesen, ein Graveur, ein Kunsthandwerker – »ein schwarzer William Blake«, so ein afroamerikanischer Dozent am Städtischen College. »Elvin Brawley«, erklärte der Dozent, »entwarf und druckte seine eigenen Gedichtbände, arbeitete in einer Computergrafik-Boutique und fand dabei noch die Zeit, sich sowohl in Gehörlosen- als auch in Schwarzengruppen aktiv zu engagieren.« Andere rühmten Elvins profunde Computerkenntnisse und seine unermüdliche Arbeit an der Entwicklung und Realisierung neuer Computertechnologien insbesondere zum Nutzen unterprivilegierter Mitbürger und solcher mit besonderen Bedürfnissen. Ein führender Bürgerrechtler verkündete, Elvin Brawleys Tod sei »eine Greueltat, eine Vergeudung von menschlichem Geist und ein tragischer Verlust für die Schwarzen und die Gehörlosen unserer Stadt, die in dieser Stunde des Leids und der Trauer einander Trost spenden und einen gemeinsamen Aufschrei nach Gerechtigkeit ertönen lassen«.

Der Angeklagte, James F. Whitlow, war ein aus South Saint Louis gebürtiger katholischer Arbeitersohn; er war in Ignatius High eine Klasse unter Watson gewesen, der ihn damals allerdings nicht gekannt hatte und sich jetzt, sieben Jahre später, nur äußerst entfernt an seinen Namen und nicht im mindesten an sein Gesicht erinnern konnte. Sehr deutlich erinnerte sich Watson allerdings an Whitlows Ruf eines Hitzkopfs sowie an eine konkrete Episode, die er auf der High-School – von verschiedenen Augenzeugen erzählt und wiedererzählt, die der Zwischenfall zugleich zu faszinieren und zu empören schien – ein dutzendmal gehört haben mochte.

Whitlow war in einem Hamburgerladen in der South Side mit einem anderen Jungen, einem hundertneunzig Pfund schweren Right Tackle – Terril Williams, einer schwarzen Football-Hoffnung – in Streit geraten. Der Geschäftsführer hatte den beiden gesagt, sie sollten damit vor die Tür gehen, und Whitlow hatte, scheinbar einlenkend, die Hände gehoben und gesagt: »Wir wollten sowieso gehen. Stimmt's?« Sein Kontrahent hatte beipflichtend genickt und sich zur Tür gewandt.

In diesem Augenblick hatte Whitlow offenbar beide Hände auf die Lehne eines Metallstuhls gelegt, als wollte er ihn aus dem Weg schieben, und hatte ihn dann im Bruchteil einer Sekunde hochgerissen und auf Williams' Kopf krachen lassen. Williams hatte den Rest der Footballsaison mit einer Schädelfraktur ausgesessen.

Von einer Strafverfolgung wurde abgesehen, da Williams selbst schon wegen chronisch erhöhter Gewaltbereitschaft auffällig geworden war und weil man im Krankenhaus Spuren von PCP und Amphetaminen in seinem Blut gefunden hatte. Whitlow – der wie durch ein Wunder einer Anklage wegen schwerer Körperverletzung entgangen war – genoß in der Schule von da an den Ruf eines Al Capone, verschlagen und rücksichtslos. Er war nicht besonders kräftig, aber er hatte eine furchterregende Waffe: seine überzeugend unter Beweis gestellte Entschlossenheit, jeden, der ihm in die Quere kam, ernsthaft und nachhaltig zu schädigen.

Als Watson endlich zu Arthur gerufen wurde, hatte sein Boss – ein ehemaliger Staatsanwalt – bereits ein wenig herumtelefoniert und Inside-Infos zum Fall gesammelt.

»Schlimme Sache«, sagte Arthur, hinter seinem richtertischgroßen Schreibtisch auf und ab marschierend, während

Watson auf einem spartanischen Stuhl zusammengeschrumpft vor ihm saß. »Schlimm für das Image *und* überhaupt. Wir reden hier von wochenlangen Vorbereitungen, Recherchen, Auskunftsanträgen, gefolgt von einem Mordprozeß, Berufungen, Revisionen. Das könnte sich über Monate hinziehen. Jahre. Wir müssen zusehen, daß wir aus der Sache herauskommen. Sie müssen einen Antrag auf Entbindung einreichen«, beharrte Arthur mit einem Blick auf seinen Schreibtisch, wo ihm James Whitlows Visage von der Titelseite des *Post-Dispatch* aus entgegenstarrte. »Ansonsten ist das Beste, was Sie für den armen Kerl tun können, beim Grunddelikt auf schuldig zu plädieren – Totschlag oder so.«

»Grunddelikt?« sagte Watson. »In diesem Fall ist das Grunddelikt vorsätzlicher Mord. Der Bundesanwalt probiert die neuen Strafzumessungsrichtlinien für Haßtaten aus.«

»Was denkt sich der alte Psychopath eigentlich?« murmelte Arthur – eine offenkundige Anspielung auf Richter Stang. »Da muß im Büro des Bundesoffizialverteidigers irgendein Konflikt vorliegen. Und Sie waren als nächster an der Reihe. Sie haben nicht *einen* Funken Prozeßerfahrung. Sie müssen das Mandat niederlegen.«

»Mit welcher Begründung?« fragte Watson. »Wann hat Richter Stang das letzte Mal jemanden wegen mangelnder Prozeßerfahrung von einem Pflichtfall entbunden?«

»Ich dachte, Sie hätten gesagt, daß dieser Bursche auf Ignatius High war?« sagte Arthur. »Er war doch in Ihrer Klasse, oder? Das ist zumindest ein potentieller Konflikt. Ich meine, wir sind es Richter Stang schuldig, dem Gericht Ihre Beziehung zu diesem Burschen zur Kenntnis zu bringen. Zum allermindesten würde ich hier den Anschein von Befangenheit sehen.«

»Was für eine Beziehung?« wandte Watson ein, dessen Bedenken, sich an dem Fall zu versuchen, und dessen Befürchtungen hinsichtlich der Auswirkung, die dies auf sein Leistungsprofil in der Firma haben könnte, vorübergehend einer gewissen Verärgerung darüber gewichen waren, sich die Sache vom Hals schaffen zu *sollen*. »Er war überhaupt nicht in meiner Klasse. Ich kann mich gerade eben an seinen Namen erinnern. Ich würde ihn nicht mal erkennen, wenn er mir ins Gesicht spuckte. Mit welcher rechtlichen Begründung kann ich mich aus dem Fall zurückziehen? Ich brauche Suchkriterien, die ich dem Computer eingeben kann.«

»Computer nützen in Grauzonen nichts«, sagte Arthur, »aber natürlich weiß das ein junger Associate wie Sie noch nicht. Der Angeklagte war fast Ihr Klassenkamerad, und als solcher ist er als früherer Bekannter einzustufen. Versuchen Sie doch einfach, ein Memorandum zur Begründung eines Antrags auf Entbindung aufzusetzen, nennen Sie es Anschein von Befangenheit, erwähnen Sie Ihren vollständigen Mangel an Prozeßerfahrung, weisen Sie auf Ihre unzureichende Kenntnis des Strafrechts hin. Lassen Sie es meine Sorge sein, was wir tun werden, wenn er den Antrag ablehnt. Reichen Sie ihn am Montag ein, während des Durchlauftermins bei Richter Stang. Ich werde anrufen und versuchen, den greisen Tyrannen mit ein paar freundlichen Worten milde zu stimmen. Vor vielen Jahren waren er und ich Kampfgenossen im Büro des Bundesanwalts. Es könnte ein schlichter Irrtum vorliegen, und in dem Fall müssen wir ihm sämtliche Rechtfertigungsgründe liefern, die er brauchen wird, um die Sache einem anderen Anwalt übergeben zu können.«

»Und wenn er mich *nicht* rausläßt?« sagte Watson. »Ich kann doch nicht auf schuldig bekennen, wenn der Staatsanwalt Mord anbietet! Die Sache klingt nach einer simplen vorsätzlichen Tötung. Ein klassischer Fall von Provokation. Da kann man doch nicht einen Handel abschließen, der für den Angeschuldigten lebenslänglich oder gar die Todesstrafe bedeutet! Er hat seine Frau mit einem anderen Mann im Bett vorgefunden.«

»Und ihn ermordet«, sagte Arthur. »Und es ist nicht einfach nur Mord. Die Haßgeschichte ist äußerst problematisch. Was hat der Kerl noch mal gesagt? Bevor er den armen Mann erschossen hat?«

Watson knirschte mit den Zähnen und schmeckte Magensäure. Arthur schwelgte augenscheinlich in den reißerischen Details des Falls, während er gleichzeitig unermüdlich daran arbeitete, ihn loszuwerden. Das war schon das zweite Mal während dieser Unterredung, daß Arthur ihn aufgefordert hatte, die angebliche Äußerung seines Mandanten zu wiederholen.

»Sagte er nicht: ›Sieht ganz so aus, als würd ich mir 'n tauben Nigger schießen‹?« sagte Arthur mit einem Ausdruck beglückten Ekels im Gesicht.

»Das ist die Version der Ehefrau«, sagte Watson.

»Und sie sagt weiterhin, daß Ihr ehrenwerter Mandant auf sie und ihren Zeichensprachlehrer losgegangen ist, eine Neun-Millimeter-Halbautomatik gezückt und gedroht hat, sie beide zu töten.«

Watson stand kurz davor, im Interesse seines frischgebackenen Mandanten energisch Einspruch zu erheben – Arthur schien seine frühere Inkarnation als Staatsanwalt neu zu durchleben, während er gleichzeitig seine gegenwärtige als Partner, der nur an die Bilanz der Sozietät dachte, hervorkehrte –, aber die Vision einer Zukunft ohne Gehalts- und Sonderzahlungen von Stern, Pale & Covin gab ihm zu denken. Arthur suhlte sich weiter im reißerischen Schmutz: »Nach Aussage der Ehefrau richtete Ihr neuer Mandant die Pistole auf den Kopf des Mannes und bedrohte ihn. Und sie schrie: ›Er ist taub, er hört gar nicht, was du sagst!‹ Dann wurde die Waffe auf sie gerichtet, war's nicht so? Und Ihr Mann sagte zu ihr etwas über die Taubstummensprache, nicht?«

»Der Angeklagte hat uns noch nichts über den Hergang der Ereignisse gesagt«, sagte Watson. »Sie verurteilen ihn aufgrund der Auslegung des Polizeiberichts durch irgendeinen Zeitungsreporter.«

»Aber es kommt noch schlimmer, nicht wahr?« sagte Arthur. »Denn der siebenjährige Sohn des Angeschuldigten ist gehörlos. Und nachdem Whitlow den armen Mann getötet hatte, zwang er seine Frau mit vorgehaltener Waffe, die Militärpolizei anzurufen und eine versuchte Vergewaltigung zu melden. Er war dagegen, daß sie Unterricht in Gebärdensprache nahm. Er behauptete andauernd, der Junge könne von den Lippen ablesen und sprechen lernen. Grausamkeit gegenüber der Besonderheit des Kindes, was den durch die Staatsanwaltschaft erhobenen Vorwurf des Voreingenommenheitsverbrechens noch weiter erhärtet. Dieser Bursche hegt einen bösartigen, transponierten Haß – von einem Haß auf die Gehörlosigkeit zu einem Haß auf die Gehörlosen ist schließlich nur ein kurzer Schritt. Und die arme Ehefrau, die in ihren verzweifelten Bemühungen, die Taubstummensprache zu erlernen, einfach nicht mehr weiß, an wen sie sich wenden soll, verliebt sich in einen Gehörlosen, der zum Dank für seine Bemühungen erschossen wird.«

»Sind Sie der Staatsanwalt?« rief Watson aus und schaffte es gerade eben, seine Lautstärke im letzten Augenblick abzufangen und das, was ein Wutausbruch hätte werden können, durch ein ironisches Lächeln zu entschärfen.

»Ich versuche nur, die negativen Fakten herauszuarbeiten, damit wir sie unter die Lupe nehmen können«, sagte Arthur.

»Was ist mit den positiven Fakten?« fragte Watson. »Sagen wir, er ist ein treuer Ehemann mit einem siebenjährigen Sohn. Er kommt mitten am Tag von der Arbeit nach Haus und findet seine Frau dabei vor, wie sie sich mit einem anderen Kerl zwischen den Beinen die Zimmerdecke ansieht. Und da kommt die Staatsanwaltschaft daher und behauptet, sein Motiv sei die Taubheit oder die Rasse des Opfers gewesen?«

»Die Umstände rechtfertigen die Mordanklage«, sagte Arthur. »Seine Äußerungen handeln ihm die haßbedingte Strafverschärfung ein. Sagte er nicht: ›Du möchtest, daß ich die Zeichensprache lerne? Bring mir doch ein bißchen was bei. Ich brauch drei Zeichen: *tot, taub* und *Nigger*‹?«

»Ich habe ihn noch nicht gefragt, was er gesagt hat«, entgegnete Watson. »Ich habe ihn noch überhaupt nicht gesprochen. Bislang ist sie in der privilegierten Position, das ganze Reden zu besorgen, weil *sie* nicht im Gefängnis sitzt.«

»Wir werden mehr wissen, sobald wir die Berichte der militärischen Untersuchungskommission bekommen haben«, sagte Arthur. »Da der Angeklagte Zivilist ist, wird sich gemäß Posse Comitatus Act auch das FBI einschalten. Das einzige, was wir momentan wissen, ist, daß dieser Fall Ärger bedeutet. Und daß der Klient ein schlechter Klient ist.«

»Woher wissen wir das?« fragte Watson, wobei er in letzter Sekunde beschloß, einen streitbaren Unterton nicht zu unterdrücken.

Arthur seufzte und nahm die Miene eines Fermat an, der einem Achtjährigen das Einmaleins erklären muß. »Gute Klienten sind persönliche Freunde, die einen um Beistand bei der Handhabung ihrer Geschäfte und Angelegenheiten ersuchen.

Guten Klienten gibt man gute Ratschläge; dies ermöglicht es ihnen, unnötige Ausgaben und Ärger zu vermeiden, und sie bezahlen einen bereitwillig dafür.«

Arthur hackte mit dem Zeigefinger auf seinen Schreibtisch, sichtlich erbost, daß Watson es auch nur in Betracht ziehen konnte, statt sich mit der Anklagevertretung außergerichtlich zu einigen, es auf einen Prozeß ankommen zu lassen.

»Schlechte Klienten ersuchen einen auch um Hilfe. Aber wenn man schlechten Klienten gute Ratschläge gibt, bezahlen sie einen dafür nicht, und nachdem man sie für ein symbolisches Honorar oder unentgeltlich vertreten hat, verklagen sie einen zum Dank für die Mühe. Dieser Bursche ist ein schlechter Klient. Ich weiß es. Es war früher mein Job, seinesgleichen ins Gefängnis zu bringen.«

»Die Staatsanwaltschaft will ihn nicht einfach nur ins Gefängnis bringen, sie will seinen Kopf. Und man hört schließlich nicht auf, ein guter Anwalt zu sein, nur weil man einen schlechten Klienten am Hals hat, oder?«

»Natürlich nicht«, sagte Arthur. »Aber wir – diese Firma – und Sie, wir tun im Interesse unserer professionellen Integrität – und natürlich auch im Interesse unseres finanziellen Wohlergehens – unser Bestes, um schlechte Klienten zu meiden und uns gute warmzuhalten. Sie sollten Ihre Freizeit lieber darin investieren, persönliche Kontakte zu unseren guten Klienten zu knüpfen. Ein Pflichtfall ist ein Klotz am Bein, den es auf schnellstmögliche Weise und mit dem geringstmöglichen Aufwand loszuwerden gilt. Falls Sie diesbezüglich anderer Auffassung sind, dann ...«

Das Unvorstellbare traf auf das Unaussprechliche. Stern, Pale war die beste Anwaltsfirma in der Stadt. Viele Anwälte und die meisten Syndizi wußten das; die einzige Frage, die sich für potentielle Klienten aus der Wirtschaftsbranche stellte, war, ob sie sich das Beste leisten konnten. Und die einzige Frage, die sich für Watson stellte, war, ob er lieber in der besten Firma der Stadt arbeiten wollte ... oder in einer anderen – einer, die nicht die beste war. Schlimmer noch: wie wäre es gewesen, zu einer Firma zu gehen, die nicht die beste war, nachdem man *zwei Wochen vor Fälligkeit der halbjährlichen Bonuszahlungen* aus der besten Firma ausgeschieden war?

Bei der bloßen Vorstellung des in dem Fall nötig werdenden Geständnisses brach ihm der Schweiß aus: *Sandra, weißt du noch, dieser Job, den ich bei Stern, Pale hatte? Der, den ich bekommen hatte, weil du während meiner letzten zwei Jahre an der Uni arbeiten gegangen warst, um mir zu ermöglichen, meine ganze Kraft ins Studium zu stecken und so abzuschließen, daß ich zu den besten zehn Prozent meines Jahrgangs gehörte? Nun, San, jetzt rat mal, was passiert ist!*

Der Ausdruck in Arthurs Gesicht überzeugte Watson davon, daß dieses Szenario – sollte er sich jetzt oder künftig dafür entscheiden, einen mehr als nur symbolischen Anteil seiner Arbeitskraft in die Verteidigung seines Haßtäters zu investieren – durchaus im Bereich des Möglichen lag.

»Es ist Ihnen vielleicht schon aufgefallen, daß unsere Firma keine Strafsachen übernimmt«, sagte Arthur.

Das entsprach nicht ganz der Wahrheit. Wirtschaftsverbrecher mit Geld vertrat die Firma durchaus. Drogenhändler, Mörder und Vergewaltiger mußten, ob mit oder ohne Geld, woandershin gehen. Drogenhändler, Mörder und Vergewaltiger, die zufällig gleichzeitig nächste Angehörige wirklich großer Klienten waren, gingen auch woandershin, aber ihre Prozesse wurden von Anwälten von Stern, Pale (deren Namen natürlich auf keinem Schriftsatz in Erscheinung traten) unauffällig, aber effektiv betreut.

»Ich kenne ein paar Leute im Büro des Bundesanwalts«, sagte Arthur. »Das folgende möchte ich nicht noch einmal sagen müssen: In dem Augenblick, in dem sich jemand mit einem Angebot an Sie wendet, will ich davon erfahren. Verstanden? Dieser Fall wird nicht zur Verhandlung kommen.«

»Würde der Prozeß nicht eine wertvolle berufliche Erfahrung für mich bedeuten?« flehte Watson, wieder nicht ganz sicher, ob er wirklich einen Mordprozeß führen wollte, aber ärgerlich über Arthurs Einmischung in seinen Pflichtfall.

»Steigen Sie aus«, befahl Arthur. »Und wenn das nicht möglich ist, handeln Sie was aus.«

Drittes Kapitel

»Du weißt nicht, was du tun sollst?« fragte Sandra durch die Tür des Badezimmers, wo sie sich gerade bettfertig machte. »Arthur hat dir doch gesagt, was du tun sollst. Wenn du kannst, steig aus. Wenn du aus dem Fall nicht rauskannst, dann schaff ihn dir irgendwie vom Hals.«

Watson lag, ans Kopfende gelehnt, in der Unterwäsche auf dem Bett und hielt sein ultimatives Subnotebook, durch ein Kissen aufgestützt, auf dem Schoß. Er blätterte die Begründung seines Antrags auf Entbindung von der Whitlow-Sache durch, die er am nächsten Morgen um zehn Iwan dem Schrecklichen beim Durchlauftermin im Bundesbezirksgericht vorlegen sollte. Wie die meisten Associates nahm er oft Arbeit mit nach Haus, aber nicht einmal er arbeitete im Bett ... außer in Notfällen, wie sie nicht häufiger als rund einmal die Woche auftraten. Und selbst dann nahm er normalerweise keine Akten oder seinen Computer mit ins Bett – er dachte lediglich sehr konzentriert über das anstehende Problem nach und stellte am anderen Morgen die dafür aufgewandte Zeit in Rechnung.

Watson hatte ein konzises, überzeugendes Memorandum aufgesetzt, in dem er darauf hinwies, daß ein Associate im ersten Berufsjahr einen Prozeß, bei dem die Todesstrafe drohte, auch ohne weiteres *verlieren* und dadurch unersprießliche verfassungsrechtliche Querelen, ganz zu schweigen von einem Verlust an Menschenleben, verursachen konnte, was wiederum einen zehnjährigen Rechtsstreit um den Vorwurf unzulänglicher Prozeßvertretung nach sich ziehen konnte. Das Memo appellierte direkt an Richter Stangs allgemein bekannte Abscheu vor Rechtsmitteln, die darauf hinausliefen, daß sein Urteil aufgehoben wurde und er den Fall noch einmal in seinen ohnehin schon vollgestopften Gerichtsterminkalender aufnehmen mußte.

Arthur hatte das Memo redigiert, die Hälfte von Watsons sorgfältig durchkonstruierten Perioden gestrichen und seine ehemals straffen Absätze durch weitschweifige anfechtbare Behauptungen des Inhalts aufgebläht, der Angeklagte sei auf Ignatius High mit Watson »bekannt« gewesen und des Letztgenannten Bestellung zu dessen Verteidiger würde somit zumindest »den Anschein von Befangenheit« erwecken. Der alte Intrigant hatte noch drei Seiten Schwulst hinzugefügt, in denen er gnadenlos das Offensichtliche auswalzte, nämlich daß das Bezirksgericht (Richter Stang) nahezu unbeschränkte Vollmacht besitze, die in seinem Amtsbereich geltenden Verfahrensregeln nach eigenem wohlerwogenem Ermessen auszulegen, und die mit der kaum verhüllten Andeutung schlossen, ein talentierter junger Associate von Watsons Kaliber, der in einer Firma von Stern, Pale & Covins Format arbeitete, dürfe unmöglich gezwungen werden, seinen Ruf sowie den guten Namen der Sozietät zu besudeln, indem er gewöhnliche Kriminelle verteidigte.

»Dir wird doch gar keine Entscheidung abverlangt«, sagte Sandra munter und öffnete die Tür. »Tu einfach, was Arthur dir gesagt hat.«

Sie trat, noch dampfend nach der Dusche, ins Schlafzimmer: eine eindeutig unmuttihafte Erscheinung in einem schimmernden apfelgrünen Nachthemdchen, das sich um Kurven legte, die trotz zweier Schwangerschaften noch immer keck, frei und plastisch in den Raum ragten. Die Kinder? In ihren Bettchen und in Morpheus' Armen. Sie glitt über die Laken herüber und kuschelte sich dergestalt an ihn und den Computer, daß sich ihr gesenkter Kopf irgendwo zwischen seiner Brust und seiner Taille anschmiegte und leicht schaumige nasse schwarze Locken über seinen Oberkörper und seine Tastatur ausbreitete. Duft von Pflegespülung wogte sanft empor und trug weiter dazu bei, ihn abzulenken.

Ihre warme feuchte Hand schob sich unter die Decke und blieb auf seinem Oberschenkel liegen. Er sah dem Cursorpfeil zu, der über den Bildschirm schlitterte, während er den schaumgummibezogenen Knopf des TrackPoint-III-Steuerpins befingerte, der sich ziemlich genau da befand, wo sein Bauchnabel gewesen wäre, wäre das Subnotebook nicht gewesen. Sie küßte ihn auf den Rippenbogen, dann rutschte sie ein, zwei Rippen tiefer. Er spürte ihren Atem auf seiner Haut.

»Ich meine, du kannst nicht von denen erwarten, daß sie dir ein sechsstelliges Anfangsgehalt zahlen«, murmelte sie in einen Wulst seines Babyspecks, »damit du dir dann leisten kannst, drei Monate für die unentgeltliche Verteidigung eines rassistischen Mörders zu verplempern.«

Er drückte noch einmal gegen den Pin des TrackPoint, und auf dem Display seiner Vorstellungskraft entfaltete sich einer dieser verbotenen Gedanken, da ihm bewußt wurde, daß er, wenn Sandra noch ein Stückchen tiefer rutschte – und wenn er ein mieses, lüsternes, unzüchtiges Schwein gewesen wäre – dieses Multimediaclip hätte aufrufen können, das er von Sin-Webs Sultan's-Seraglio-Site heruntergeladen hatte: das MMX-Video, in dem Tanya ihrer Kollegin Sophia in High-Res, 3D und 65 000 Farben einen abschleckte (das hatte er für seine Arbeit gebraucht, ehrlich!) – und er hätte den Ton abstellen und es sich anschauen können, während Sandra ... Mies. Lüstern. Unzüchtig.

Oder er konnte eine Diskussion mit ihr anfangen. Loyalität schuldete er zuerst und vor allem seinem Mandanten, nicht seinem Arbeitgeber; und ein Richter eines Federal District Court hatte angeordnet, daß er einen Menschen verteidigen sollte, der eines Kapitalverbrechens angeklagt wurde. Arthur durfte ihm natürlich einen Rat geben, aber es war Watsons Fall und Watsons Mandant. Wie würde das aussehen, wenn Richter Stang seinen Antrag auf Entbindung ablehnte und schon eine Woche später ein nichtswürdiger Watson mit einem Mandanten wieder vor Gericht stand, den er dazu beschwatzt hatte, einen oberfaulen Kuhhandel mit der Staatsanwaltschaft zu akzeptieren?

Ihre hautlotionschlüpfrige Hand glitt an seinem Oberschenkel eine Spur höher hinauf, ihr Kopf senkte sich unmerklich. Watson betätigte die PAUSE/WEITER-Taste.

»Gehorche König Arthur«, sagte sie. »Wir haben zwei kleine Kinder. Sollen wir Angst haben müssen, daß du dein Gehalt verlierst? Aber natürlich könnte ich dann wieder zu dieser Steuerberaterfirma zurück ...«

Unmißverständlich. Sie hielt ihm eine Karotte vor die Nase und fuchtelte gleichzeitig mit einem Knüppel. Wenn er sich bereit erklärte, auf Arthurs Rat zu hören, und sich diese Flausen, er könnte sich seine Aussichten auf den Partnerstatus verscherzen, indem er in irgendeiner Mordsache die Verteidigung übernahm, aus dem Kopf schlug, dann würde sie glücklich und zärtlich sein. Andernfalls würde sie weiter davon faseln, wieder arbeiten zu gehen, und es würde ein Streit darüber ausbrechen, daß sie sich doch eigentlich geeinigt hätten, die Kinder dürften auf keinen Fall in die Tagesstätte kommen, und aus dem Grund sollte ein Elternteil ganztags zu Hause bleiben. So oder so würde er nicht mehr dazu kommen, mit seinem »zweiten Penis« (wie sie sein Subnotebook nannte) zu spielen, und wenn sie sich stritten, würde sie *zusätzlich* auch nicht mit seinem *ersten* spielen.

»Wahrscheinlich wird's darauf hinauslaufen, daß ich auf Arthurs Rat höre«, sagte er und schob seine Finger um eine volle, wohlgeformte, satinbespannte Brust, mit einemmal bereit, so ziemlich alles zu sagen und zu tun, um ihre Hand und ihren Kopf nur weiter auf Konvergenzkurs zu halten.

»Gut«, sagte sie.

Und so war sie glücklich und zärtlich und er ebenso. Sobald sein Blut sich abgekühlt hatte und sein Kopf wieder klar geworden war, erwog er die Möglichkeit, an sein *Wahrscheinlich* (in: »*Wahrscheinlich* wird's darauf hinauslaufen, daß ich auf Arthurs Rat höre«) anknüpfend, den Faden des Gesprächs wiederaufzunehmen. Und hätte sich nicht damit argumentieren lassen, daß »auf Arthurs Rat hören« bedeutete, sich Arthurs Rat *anzuhören*, und daß dies einen anderen semantischen Gehalt hatte, als »Arthurs Rat zu *befolgen*«? Statt dessen sah er ihr zu, wie sie sich auf den Rücken rollte und friedlich entschlummerte, nahm sich dann sein Subnotebook wieder vor und versuchte zu retten, was von seinem verwüsteten Memo zu retten war. In einem Anfall von Trotz benannte er den von seinem Boss bearbeiteten Text in ARTHUR.BAK um, teilte den Bildschirm und lud in den zweiten Ausschnitt seine eigene Version, in die er dann gerade so viele Arthurismen einflocht, daß sie – sollte sich jemand die Datei je noch einmal ansehen – als die abgesegnete würde durchgehen können.

Sie lag gar nicht so falsch damit, seinen Laptop als einen zweiten Penis zu bezeichnen. Wie Autos waren Computer die idealen Projektionsflächen für verlagerte männliche Sexualinstinkte. Aber die Phallizität ihrer Metapher ging an der Sache völlig vorbei. Computer sind Frauen, keine Penisse. Totale Vernarrtheit in das Objekt der Zuneigung, fetischistische Verhaltensweisen, Handbücher für eine funktionierende Beziehung. Liebe, gefolgt von den Problemen und Mühsalen der Systemwartung: Treiber konfigurieren, Software updaten, Service-Disketten zücken und Korrekturprogramme installieren. Er zwiebelte das kirschrote Dingelchen des TrackPoint, das, in die Soft-touch-Tastatur eingebettet, keck hervorlugte. Genau die richtige Größe und Form ... Mies. Lüstern. Unzüchtig.

Leise stöhnte sie aus irgendeinem fernen Gefilde des Lands der Träume auf. Er schaltete das Notebook aus und musterte ihre lakendrapierten Rundungen und Kurven. Wenn sie einatmete, blühte ihr Busen unter dem seidenen Nachthemdchen empor, und er erinnerte sich wieder in plastischer Deutlichkeit, warum er seinerzeit seinen Traum aufgegeben hatte, ein Strafverteidiger und Streiter für die Bürgerrechte zu werden. Schuld waren ihre Brüste gewesen. Hier war er also und rekelte sich neben einer schönen Frau, in einem hübschen Haus in Ladue, Missouri. Er hätte nach unten gehen können und sich noch ein kaltes Bier aus dem Kühlschrank holen oder seinen Breitbildschirmfernseher einschalten und sich eine Sportsendung anschauen. Er hatte zwei Autos in der Garage und ein hübsches High-end-Notebook. Und wo schlief James F. Whitlow heute nacht? Vor weniger als zehn Jahren hatten sie dieselbe High-School besucht, die gleichen Bücher gelesen, denselben Lateinlehrer gehabt. Jetzt schlief Whitlow in einem Käfig aus Stahl und Beton. Keinerlei Habseligkeiten, außer vielleicht einer Zahnbürste und einer Anstaltsbibel. Keine Frauen. Keine Kinder. Nur Kriminelle und hartherzige Wärter.

Wie viele andere Anwälte hatte auch Watson sein Jurastudium eigentlich nur deswegen angefangen, weil ihn das dräuende Ende der College-Zeit beunruhigt hatte. Wenn der Krieg, wie Clausewitz bemerkt, eine Fortsetzung der Politik mit anderen Mitteln ist, dann war das Juristische Seminar für den jungen Watson vielleicht eine Fortsetzung des College mit anderen Mitteln gewesen. Ein guter Katholik hat keinen Job, er hat eine Berufung. Lehrer, Eltern, Priester, Nonnen – sie alle hatten Watson und seine Geschwister feierlich ermahnt, in ihr

Innerstes zu lauschen und auf ein feines flüsterndes Stimmchen zu horchen, das sie zu dem ihnen vorbestimmten Lebensweg leiten würde, so wie sein Vater dem Vernehmen nach dazu berufen gewesen war, als Psychologe anderen zu dienen, seinen Mitmenschen zu helfen, ihre Probleme zu lösen und ihre Dämonen zu bändigen. Als Watson aber auf den Stufen der Ignatius University gestanden hatte – das College-Diplom in der Hand, die baumelnde Quaste seines quadratischen Hutes im Nacken –, da war ihm bewußtgeworden, daß er keinerlei Berufung verspürte. Er hatte gerade acht Jahre vorzüglicher, von Jesuiten vermittelter Ausbildung hinter sich gebracht, und wenn er überhaupt eine innere Stimme vernahm, so rief sie ihn nirgendwohin als zur Ladies-Night in der nächstgelegenen Kontaktbar.

Was seine weiterführenden Interessen anbelangte, war die einzige Neigung, die er im Verlauf seiner bisherigen Studien an sich entdeckt hatte, eine ausgeprägte Schwäche für üble Charaktere gewesen, wie sie einem in der Regel auf den Seiten der Weltliteratur begegnen. Daher auch sein College-Hauptfach: Lit.-Wiss. Angefangen hatte es wahrscheinlich bereits in der Grundschule, mit der Geschichte von Satans Fall. Wie die Nonnen die Sache erzählten, war Luzifer der Sprecher einer Eliteklasse von Erzengeln gewesen. Doch dann hatte sich der Primus, die strahlendste Leuchte unter den Cherubim und Seraphim, gegen seinen Schöpfer gewandt. Er hatte sich aufgelehnt, hatte die Hand gebissen, die ihn gebildet hatte, war in Ungnade gefallen und hatte beschlossen, lieber in Finsternis und Verdammnis zu leben als weiter seinem Herrn und Meister zu dienen. »Besser in der Hölle zu herrschen als im Himmel zu dienen.«

Schon als kleiner Junge hatte Watson mehr über die Sache wissen wollen. Nicht über Gott, der monolithisch und so unnahbar erschien wie ein Strahl ewigen Lichts, sondern über diesen eigensinnigen, aufsässigen gefallenen Engel, der sich selbst mutwillig zum »sichtbaren Dunkel« verurteilt hatte. Als er die Geschichte in Miltons *Verlorenem Paradies* wiederfand, hatte Watson dasselbe Thema bereits in Hunderten von mehr oder weniger ausgesponnenen Variationen und Transmutationen kennengelernt. Wenn die Literatur eine Übung in

Einfühlungsvermögen ist, hatte sich Watson bis dahin mit den zwielichtigen Nachfahren Satans identifiziert, die in den Romanen, die er gelesen hatte, die äußersten Randbezirke menschlichen Strebens bevölkerten. Es ist durchaus möglich, eine gewisse liebevolle Bewunderung für die romantischen Aspekte einer verbrecherischen Psyche zu entwickeln, solange man dieser primär in gedruckter Form begegnet. Raskolnikow aus *Schuld und Sühne,* Julien Sorel aus *Rot und Schwarz,* Anna Karenina, Macbeth, Richard III. – faszinierende Schurken, einer wie der andere. Was ist es für ein Gefühl, ein rücksichtsloser Verbrecher zu sein? Jemand fragte Albert Einstein einmal, wie es sei, ein Genie zu sein, und er sagte: »Was weiß ein Fisch von dem Wasser, in dem er jeden Tag schwimmt?« Die Literatur lieferte Watson eine bequeme Möglichkeit, seine Neugier auf Sünde und Sünder zu befriedigen, ohne auch nur ein einziges der Risiken einzugehen, die das tatsächliche Verüben von Straftaten oder der Umgang mit Kriminellen nach sich zu ziehen pflegt.

Wie edel, wenn er hätte sagen können, daß ein tiefes Mitgefühl mit imaginären Verbrechern ihn dazu bewogen hatte, das Jurastudium aufzunehmen. Statt dessen hatte er sich, sobald er angesichts der furchterregenden Aussicht, so ganz ohne Berufung ins Erwachsenenleben eintreten zu müssen, zusammengebrochen war, mit dem Gedanken getröstet, daß er – wenn die Juristerei schon sein Default-Schicksal sein sollte – kein weiterer namenloser, raffgieriger, vorortbewohnender juristischer Unternehmensberater werden würde. Er würde ein zweiter Clarence Darrow werden, ein Anwalt der Rebellen und Delinquenten. Er würde ein Held des Gerichtssaals sein, ein Anwalt von unvergleichlichem Scharfsinn und Einfühlungsvermögen, der, nicht durch Geld, sondern durch höchste Ideale motiviert, sich und seine literarische Sensibilität in den Dienst der Aufgabe stellte, Ungeheuer vor der Gesellschaft zu verteidigen, die sie überhaupt erst zu solchen gemacht hatte. In seinen Schriftsätzen und mündlichen Ausführungen würde er Terenz zitieren, den römischen Sklaven und Selfmade-Literaten: *Homo sum; humani nil a me alienum puto* – »Ich bin ein Mensch; nichts Menschliches ist mir fremd«. Er würde ein Anwalt sein, der es sich leisten konnte, an das Geländer der Geschworenenbank gelehnt, sein leidenschaftliches Schlußplädoyer in einer gefühlvollen Wiedergabe von Portias Rede an Shylock, aus dem *Kaufmann von Venedig,* gipfeln zu lassen: »Die Art der Gnade weiß von keinem Zwang: Sie träufelt wie des Himmels milder Regen ...«

Er malte sich aus, wie die Geschworenen, noch ehe er schloß, nach ihren Taschentüchern greifen würden.

Anstatt in des guten alten Clarence' Fußstapfen zu treten, hatte Watson Sandra kennengelernt. Er hatte sich sofort in sie verliebt, sogar noch bevor er sie ausgezogen hatte, aber als er zum erstenmal die drei Verschlüsse zwischen ihren Schulterblättern aufgehakt, dann die spitzenbesetzten Körbchen abgehoben und sein Gesicht zwischen ihre Brüste gepreßt hatte, war er der biologischen Entsprechung einer religiösen Erfahrung teilhaftig geworden. Er war nicht zu bremsen gewesen und sie ebensowenig. Sie waren auf jede nur erdenkliche Weise aufeinander losgegangen, Tag für Tag, morgens, mittags, abends, auf dem Fußboden unter dem Küchentisch, im Parkhaus auf der Motorhaube ihres Autos, auf den steinernen Bänken im Forest Park.

Sandras Brüste waren vollkommen geformt, wie die Brüste, die die Statuen griechischer Göttinnen zieren: die Nike von Paionios von Mende; die Sterbende Niobide; oder Praxiteles' Aphrodite von Knidos. Sandras Brüste, würdig, wie sie waren, für alle Ewigkeit als Archetypen zu dienen, offenbarten ihm die Wahrheit des platonischen Ideenbegriffs.

Kaum hatte er sie kennengelernt, schrumpfte das Jurastudium, das ohnehin nie eine Passion gewesen war, wie auf Mausklick zusammen und fristete fortan ein bescheidenes Hintergrunddasein, wie eine Desktop-Utility, die unter einem anderen, wichtigeren Programm läuft. *Also das,* konnte er sich erinnern, zu der Zeit gedacht zu haben, *muß der Sinn des Lebens sein!*

Im Widerspruch zu dem, was ihr Verhalten hätte glauben lassen können, stand die Zeit nicht still. Und vorausgesetzt, es tritt keine gewaltsame Störung der natürlichen Ordnung ein, wird aus einem Jurastudenten früher oder später ein Jurist, so sicher wie ein in Ruhe gelassener Fötus in der Regel zu einem Menschen heranwächst. Das Bild könnte etwas weit hergeholt erscheinen, hätten er und Sandra nicht gewisse Bedenken gegen die zuverlässigeren Methoden der Empfängnisverhütung gehabt. Die Bedenken, die sie gegen vorehelichen Geschlechtsverkehr hätten haben sollen, waren ihnen unwichtig erschienen, da sie annahmen – ja *wußten!* –, daß sie heiraten würden. Und zwar eher als geplant, wie sich herausgestellt hatte, als infolge einer gewissen ovulationsbezüglichen Fehlberechnung etwas entstanden war, was katholische Theologen als eine »Person« bezeichnen.

Die korrekte Vorgehensweise sah vor, die Existenz der neuen zellularen Person für sich zu behalten, stante pede zu heiraten und die kleine Sheila, die siebeneinhalb Monate später ans Licht kam, trotz der neun Pfund, die sie auf die Waage brachte, für ein Frühchen zu erklären.

Und in einer späteren Phase seines Studiums hatte er, nachdem er zwischen dem ersten und dem zweiten Uni-Jahr bei Myrna Schweich, einer sehr guten, allein praktizierenden Anwältin für Strafrecht, volontiert hatte, entscheiden müssen, wo er zwischen dem zweiten und dem dritten Jahr arbeiten würde – dem Jahr, in dem die meisten Jurastudenten ein Praktikum in der Branche machen, in der sie nach ihrem Abschluß einen Job zu bekommen erwarten. Er hatte mehrere Angebote zur Auswahl gehabt, die meisten von großen, gut zahlenden Firmen. Oder aber er hätte – wie er Sandra, die damals mit Sheila schwanger war, erklärt hatte – wieder bei Myrna arbeiten können; dort hätte er zwar nur ungefähr halb soviel Geld verdient, dafür aber fast von Anfang an praktische Erfahrungen bei Gericht sammeln und eine realistische Vorstellung von der Arbeit eines Strafverteidigers bekommen können, was ihm, wenn er eines Tages eine eigene Anwaltspraxis aufgemacht hätte, von großem Nutzen gewesen wäre.

Sandra hatte mit einigen krassen Alternativen aufgewartet. Sie stammte aus einer Familie, in der die Männer – Erben und Aktionäre der straff regierten »R. J. Connally & Sons Technology Investment Group« – einen Haufen Geld verdienten, während die Frauen den Haushalt führten und die Kinder aufzogen. Aber mittlerweile schrieb man den Beginn des einundzwanzigsten Jahrhunderts. Sie war durchaus zu einer gewissen Flexibilität bereit. Mit einem Kind im Anzug hatten sie, wie sie fand, zwei Optionen zur Auswahl. »Entweder ich bleib mit dem Baby zu Hause«, hatte sie gesagt, »während du losziehst und einen Haufen Geld verdienst. Oder du bleibst zu Hause, und ich ziehe los und verdiene einen Haufen Geld. So oder so werden unsere Kinder nicht bei fremden Leuten aufwachsen.« Der Plural war eine unhinterfragbare Gegebenheit. Eine Familie mit einem einzigen Kind wäre wie ein Rosenkranz mit einer einzigen Perle oder ein Gedeck mit nichts als einer Salatgabel gewesen. Das gab es bei Katholiken nicht, es sei denn, Gott verfügte es so. Sandra hatte zwei Brüder und zwei Schwestern; Watson hatte zwei Brüder und drei Schwestern.

Sandras Vater, der Chef von R.J. Connally & Sons, formulierte die Sache anders. Um die Hand seiner Tochter hielt Watson bei R.J. im Rahmen einer Zigarren-und-Brandy-Zeremonie an, die ebensogut hätte dreihundert Jahre vorher stattfinden können. Zigarren waren wieder in Mode gekommen, desgleichen Brandy – was fehlte, war nur noch der englische *drawing room*. Statt dessen führte R.J., ein trotz angehender Glatze noch gut erhaltener zweiundfünfzigjähriger Skifanatiker, der stets alles in Maßen machte (außer Geld und Skilaufen), seinen ultrabreiten hochauflösenden Flat-screen-Plasmamonitor samt dazugehörigem ferngesteuertem Mauszeiger vor. Er hatte in einem Bildschirmausschnitt unten rechts ein Footballspiel laufen, unten links die in Echtzeit eingehenden Notierungen der Tokioer Börse, irgendwo in der Mitte, in versetzt übereinanderliegenden Fenstern, die Website von Silicon Investor, www.briefing.com und den *Wall Street Journal* Interactive, oben rechts die Microsoft-NBC-News und oben links das, was er sein »persönliches Tech-Nebenwerte-Portefeuille« nannte und das ein farbig unterlegtes Saldo von, ähem, $ 810 000 aufwies.

Watson versuchte erfolglos, den nötigen Mut aufzubringen, die alles entscheidende Frage zu stellen, nämlich: »Wie sieht denn das persönliche Tech-*Standard*werte-Portefeuille aus?« Also versuchte er statt dessen, den Mut aufzubringen, um Sandras Hand anzuhalten. R.J. klickte Fenster an und schob sie auf seinem eins zwanzig im Quadrat messenden Plasmabildschirm herum, prahlte, er habe schon zweitausend

Cisco-Systems-Anteile gekauft, als noch niemand was von dem Verein gehört hatte, und füllte jede auftretende Gesprächslücke hastig mit weiterem Technology-Talk. Er schien irgendwie zu spüren, für welche Frage sich Watson innerlich rüstete, oder vielleicht hatten die Frauen der Familie auch schon ein paar Andeutungen fallenlassen, warum Joe und Sandra es mit dem Heiraten so eilig hatten. Zu guter Letzt gelang es Watson, die bewußte Frage zu stellen. Und R. J. setzte eine feierliche Miene auf und richtete den Blick fest in die nähere Ferne, als spähte er in die Zukunft seiner Tochter; und dann brachte er eine Rede zum Vortrag, die Watson danach noch viele Male hören sollte: die Rede über »das Arbeitstier und das richtige Geld«.

Im Connallyschen Haushalt löste diese Ansprache die gleiche Ehrfurcht und ernste Ergriffenheit aus, die die ganze Nation wahrscheinlich in bezug auf William Jennings Bryans »Kreuz aus Gold«-Rede oder F. D. Roosevelts Inaugurationsansprache (»Das einzige, was wir zu fürchten haben, ist unsere eigene Furcht!«) empfunden hatte. So wie R. J. die Welt sah, mußte ein junger Mann losziehen und sich seine erste halbe Million auf eigene Faust, als »Arbeitstier«, verdienen, also indem er etwas Mühseliges und nicht sonderlich Lukratives trieb, wie Jura, Buchführung, Medizin, Banking, irgendeinen freien Beruf oder ein kleines Geschäft. Aber nur Arbeitstiere blieben ihr Leben lang an solchen schweißtreibenden Berufen kleben. Es war gewiß nichts Ehrenrühriges, ein Arbeitstier zu sein (er unterließ es nie, diesen Punkt ausdrücklich hervorzuheben, insbesondere, wenn der Raum voll von solchen Leuten war); der Terminus konnte sogar ein Kompliment darstellen, wie wenn R. J. etwa äußerte, jemand sei »ein Arbeitstier von einem Chirurgen« oder »ein Arbeitstier von einem Anwalt«. Das bedeutete, daß der Betreffende ein Meister in seinem Metier war – ja sich darin sogar besondere Fähigkeiten angeeignet hatte, auf die man bei Bedarf äußerst nutzbringend würde zurückgreifen können. Doch es verstand sich von selbst, daß diese Leute unter einem angeborenen Mangel an Marktdurchblick und Investment-Know-how litten, da sie sich nie dazu durchrangen, ihr Kapital zu nehmen und es aggressiv zu investieren, um endlich das zu machen, was R. J. das »richtige Geld« nannte.

Ein Bursche, der auch nur ein bißchen Grips hatte, konnte nicht umhin, früher oder später zu erkennen, daß das richtige Geld auf dem Wertpapiermarkt zu verdienen war. Und genau dahinein steckte man sein Startkapital – das Geld, das man als grünschnäbeliges Arbeitstier auf die mühselige Tour verdient hatte. Erst dann war es möglich, bevor man in den Urlaub fuhr, sich noch mal kurz einzuloggen, sein persönliches Tech-Nebenwerte-Portefeuille aufzurufen und sich zu notieren, daß es bei, sagen wir, $ 750 000 stand. Schön, dann jettete man irgendwo runter an den Golf und machte sich zwei schöne Wochen in einer dieser Time-sharing-Ferienwohnungen (voll absetzbar, weil man sich da unten ja nach weiteren Investitionsmöglichkeiten in Sachen Time-sharing-Immobilien umsah). Man kam wieder nach Haus, rief sein kleines Tech-Portefeuille auf und stellte fest, daß es jetzt bei $ 810 000 stand, daß man also über die Ferien glatte $ 60 000 dazuverdient hatte.

Das waren das richtige Geld und der Markt, wie er leibte und lebte. Und Watson (bislang bar jedes Start- oder sonstigen Kapitals) begriff, daß er sich auf einige äußerst unerfreuliche sonntägliche Abendessen im Haus der Connallys in Ladue würde gefaßt machen müssen, sollte es ihm nicht gelingen, vor seinem vierzigsten Geburtstag das große Geld zu machen und in die Mysterien des Wertpapierhandels einzudringen. Noch ehe sein zweites Jahr am Juristischen Seminar vorüber war, hatte er seiner künftigen Frau den Treueid geleistet. Also bewarb er sich um die Praktikantenstelle bei Stern, Pale & Covin, was dem jungen Paar die Möglichkeit gab, sich ein hübsches Haus zu kaufen, ein gesittetes bürgerliches Leben zu beginnen und nach und nach weitere kleine Eindringlinge in die Welt zu setzen, die Watson den Zugriff auf Sandras Brüste streitig machen würden. Und schon bald war Clarence Darrow zu einem allzwecktauglichen, vollcomputerisierten, gesetzbücherbrowsenden Arbeitstier auf der Gehaltsliste einer großen Anwaltsfirma geworden. Was er da trieb, war keine altruistische oder gesellschaftlich relevante Tätigkeit, es war weder befriedigend noch besonders schwierig, aber es wurde gut bezahlt und war somit mutmaßlich achtbar. Und wenn er und Sandra jemals aufhören sollten, Geld auszugeben, war nicht einmal auszuschließen, daß sich auch etwas Startkapital ansammeln würde.

Und was für eine Laufbahn hatte Whitlow gewählt? fragte sich Watson, unmittelbar bevor ihn der Schlaf übermannte.

Er versank in einer Welt voller Phantome, die seinen Befürchtungen bezüglich seines morgigen Auftritts vor Richter Stang entsprossen. Das einzige historische Detail um Iwan den Schrecklichen, das ihm aus seiner College-Zeit in Erinnerung geblieben war, wurde plötzlich in den unterirdischen Gerichtssälen seiner Ängste gegenwärtig. Iwan der Schreckliche, mit Richter Stangs schwarzem Talar angetan, hatte gerade die Basiliuskathedrale gesehen – dieses in Nachrichtenbildern aus Moskau immer überrepräsentierte disneymäßige Konglomerat von bonbonbunten Türmchen und Zwiebelhauben. Wie es heißt, hatte Iwan den besten Architekten des Reiches beauftragt, ihm die Kirche zu bauen. Und als sie fertig gewesen war und der Zar gesehen hatte, wie schön sie geworden war, war ihm prompt die Angst gekommen, der Architekt könnte anschließend für jemand anders ein *noch* schöneres Bauwerk schaffen. Also hatte er befohlen, dem armen Kerl die Augen auszustechen.

Bäuchlings auf den kalten Steinfliesen einer alptraumhaften Multimedia-Burg hingestreckt, mit zugeschnürter Brust, preßte sich Watson die Hände vor die Augen und schrie gequält auf, während Richter Iwan Stang von oben herab den Urteilsspruch verkündete.

Arthur stand im Zuschauerraum und schüttelte feierlich mißbilligend den Kopf.

Und Sandra beugte sich aus der Geschworenenbank vor und sagte: »Hatte ich dich nicht gewarnt?«

Viertes Kapitel

Die Protokollführerin schlüpfte in ihr Kabuff, schaltete ihren Computer ein und fing an, auf ihrer Tastatur zu klappern. Der Gerichtsdeputy klopfte auf das Mikrofon und verkündete: »Erörterungstermin, Sitzungssaal 27, Bundesbezirksgericht, Östlicher Distrikt von Missouri, Saint Louis. 24. Juni 2002. Uhrzeit- und Datumsstempel eingegeben.«

Der Gerichtsdeputy klickte das Hammersymbol auf seinem Bildschirm an, und aus der Saalbeschallungsanlage ertönte der computergenerierte Knall eines aufschlagenden Hammers. »Erheben Sie sich!« rief er.

Joseph Watson, Esq., und zwanzig bis dreißig weitere Anwälte sämtlicher Altersstufen, Geschlechter, Rassen, ethnischen Zugehörigkeiten, sexuellen Präferenzen und juristischen Konfessionen stellten schlagartig ihr gedämpftes Gefeilsche ein, unterbrachen ernste Besprechungen mit gegnerischen Konsulenten, erhoben sich von gepolsterten Bänken und richteten die Augen geradeaus.

Watson war schon einmal im alten Bundesgerichtsgebäude gewesen, und zwar als er im Rahmen einer ihm nur noch vage erinnerlichen Zeremonie vereidigt worden war – er hatte damals gerade für zwei verschiedene Fälle von Wertpapierschwindel etliche Nächte am Stück Urkundenvorlagen vorbereitet und hatte es gerade eben geschafft, den richtigen Gerichtssaal zu finden. Sein nächster Kontakt mit dem Bundesgericht war der Anruf gewesen, mit dem Richter Stangs Assistentin seinen Pflichtfall angekündigt hatte.

Das *neue* Gerichtsgebäude zu finden hatte ihm allerdings keine Schwierigkeiten bereitet: Es war das dritthöchste Gebäude der Stadt. Das Thomas F. Eagleton United States Federal Courthouse. Dreißig Stockwerke, gut hunderttausend Quadratmeter, das größte Gerichtsgebäude des Landes, ein Mekka der Bundesjustiz für sieben Staaten, das zweihundert Millionen gekostet hatte. Neunundzwanzig Sitzungssäle gruppierten sich in vier Türmen um Fahrstühle, Wandelhallen, Arrestzellen und Büros voller Anwälte, Prozeßparteien, Richter, Schreibkräfte, Deputies, Protokollführer, Geschworenen, Untersuchungsgefangenen, Federal Marshals und sachverständigen Zeugen – alles Beschäftigte der boomenden Prozeßindustrie des frühen einundzwanzigsten Jahrhunderts.

Watson hielt einen Aktendeckel in der Hand, der seinen Antrag auf Entbindung, das begründende Memorandum und die Verfügungsvorlage enthielt, alles säuberlich auf Hadernpapier gedruckt, korrekturgelesen, spellgecheckt und mit seinem Montblanc-Füller (einem Geschenk zum Schulabschluß) unterzeichnet. Laut Arthur war durchaus nicht auszuschließen, daß Richter Stang als alter Kollege zwischen den Zeilen des begründenden Memorandums lesen und vielleicht doch eine Ausnahme von der Regel machen würde, daß niemandem gestattet werden könne, einen Pflichtfall niederzulegen.

Eine sechs Meter hohe Decke wölbte sich tonnenförmig über dem Saal und warf Echos von Räusper- und Hüstelgeräuschen hinab. Richtertisch, Podium, Zeugenstand und Geschworenenbank waren sämtlich mit Kirschholz getäfelt und mit Marmorplatten belegt. Um die Geschworenenbank, auf allen vier Anwaltstischen, auf dem Podium und in der Kabine der Protokollführerin waren Computermonitore montiert. Die Bildschirme gaben die fortlaufende Mitschrift der Verhandlung wieder, konnten aber auch zur Darstellung von so ziemlich allem sonst verwendet werden: von Polizeiberichten und schriftlichen Zeugenaussagen bis hin zu MRI-Filmen.

Bundesbezirksrichter Whittaker J. Stang kam aus seinem Amtszimmer heraus und keuchte vor Anstrengung (er war von Eisenhower ernannt worden und ein starker Zigarrenraucher) oder Verzweiflung (er nährte einen notorischen Haß auf den Anwaltsberuf), als er zwei Stufen hinaufstieg, vor dem Eingang in den Zeugenstand links abbog und über zwei weitere Stufen das Richterpodium erklomm, womit er den höchsten Aussichtspunkt im Sitzungssaal beherrschte und den Blicken sämtlicher anwesender Anwälte ausgesetzt war.

Er zog am Kragen seines plissierten schwarzen Talars und murmelte dabei seinen Assistentinnen etwas über die Schulter zu – zwei zierlichen Jungjuristinnen, einer Blondine und einer Brünetten –, die hinter ihm auf Zehenspitzen hereingekommen waren und in der leeren, weiten konkaven Wölbung der Geschworenenbank Platz genommen hatten. Außer seiner lädierten ledernen Aktenmappe hatte Richter Stang etwas Helles, Rechteckiges bei sich, das wie ein langes weißes Buch aussah, bis er es in die Höhe hielt. Es war ein ungefähr dreißig Zentimeter langes Vierkantholz, Querschnitt fünf auf zehn. Er stellte es aufrecht hin und lenkte die Aufmerksamkeit sämtlicher Anwesender darauf, indem er es sorgfältig ausrichtete, so daß die Breitseite nach vorn wies. Watson nahm an, daß es ein Beweisstück war oder daß es sonst eine Rolle bei einem der im weiteren Verlauf zu verhandelnden Anträge spielen würde.

Ächzend schob Richter Stang zwei meterhohe Stöße von gebundenen Schriftsätzen und vorbereitenden Eingaben beiseite.

»Es ist Montag«, verkündete er, plötzlich aufblickend. »Und entgegen den sehnsüchtigen Hoffnungen mancher unter Ihnen bin ich nicht tot.«

Er zog ein weißes Taschentuch aus einem Schlitz in seinem Talar hervor und schneuzte sich, indes ein giftsprühendes Auge über seine Hand spähte und die Versammlung mit Blicken maß.

»Ich dachte immer, mir seien die Montage verhaßt«, sagte er und beförderte das Taschentuch geschickt an seinen Platz unter dem Talar zurück. Er hielt inne und sah wieder nach unten. »Schaut euch die Bagage an!« schrie er, auf die Anwälte deutend, seinen Assistentinnen zu, die beide lächelten und gehorsam über die Köpfe der Anwälte hinwegsahen. »Es sind nicht die Montage. Es sind die gottverdammten Anwälte, die jeden Montag vormittag hier aufkreuzen und um den Aufschub von Gerichtsterminen ersuchen, die ich vier Jahre vorher für sie festgesetzt habe! Das ist es, was ich hasse!«

Knapp die Hälfte der Zuhörerschaft stellte die Atemtätigkeit ein.

»Ist das hier der Durchlauftermin?« brüllte er mit einem Blick auf seine Assistentinnen. Die Köpfe der zwei jungen Frauen nickten im Gleichtakt.

»Ich mag meine Assistentinnen intelligent, jung und

hübsch«, sagte er zu den Anwälten. »Und wenn's jemandem nicht paßt, dann kann er mich gern wegen sexueller Belästigung verklagen, wegen Altersdiskriminierung und – ich weiß nicht – *Gehirn*diskriminierung, wie wär's damit? Kann man schon wegen Intelligenzdiskriminierung verklagt werden? Egal. Ich werde den etwaigen Interessenten die Damen und Herren von der Staatsanwaltschaft vorbeischicken, damit sie ihnen einen netten kleinen Begriff namens absolute richterliche Immunität erklären. Nehmen Sie zur Kenntnis! Schwarze habe ich schon mindestens fünf bis zehn gehabt. Sie waren ebenfalls intelligent, jung und hübsch.«

Er hielt inne. »Ist das hier der Durchlauftermin?« brüllte er, wieder mit einem Blick auf seine Assistentinnen. Wieder nickten die Köpfe der zwei jungen Frauen im Gleichtakt. »Sehen Sie? Aufmerksam, reaktionsschnell, und sie sind beide hervorragende Stilisten, die aus irgendwelchen Gründen beschlossen haben, sich zu beflecken, indem sie die englische Sprache in den Dienst eines niederen menschlichen Bedürfnisses namens Prozeßsucht stellten.

Nun gut, wenn's Durchlauftermin heißt, dann wollen wir die Sache auch im Durchlauf erledigen, einverstanden? Ohne große Umstände.« Er sah auf die Anwälte hinab, die in dichter Schar vor ihm standen. »Sehen Sie mir ins Gesicht!« schrie er und plazierte einen starren Zeigefinger direkt unter sein Kinn. »Sehen Sie, was es bei mir angerichtet hat? Vierzig Jahre lang hier zu sitzen und mir anhören zu müssen, wie Sie Scharlatane und Jahrmarktskläffer mich mit Ihren Natternzungen anschwafeln? Vierzig Jahre Mummenschanz und Mumpitz, Travestie und Trug!«

Mehrere Anwälte husteten, ein paar andere hielten sich höflich die Hand vor den Mund und räusperten sich leise. Watson fragte sich, ob er es wagen konnte, still und heimlich zu verschwinden. Nicht ein einziges Auge wich von Richter Stangs Gesicht.

»Ich verabscheue Juristen«, fauchte der Richter. Sein Arm schoß zur abrupten Halt-Geste vor, mit der er seine Protokollführerin zu unterbrechen pflegte. Ihre Finger hoben sich augenblicklich von der Tastatur, und die laufende Mitschrift erstarrte auf allen Monitoren. »Und ich bin selbst ein gottverdammter Jurist«, sagte er mit klapperndem Kunstgebiß. »Ein Bundesrichteramt ändert da auch nichts daran. Nichts ändert mehr etwas daran, wenn das Gehirn erst einmal durch den Prägestempel der kasuistischen Methode gegangen ist, aber wie ich höre, hat man bei Anwalt-Umschulungsprogrammen drüben an der Westküste mit frontaler Lobektomie gewisse Erfolge erzielt.«

Zwanzig bis dreißig Anwälte verlagerten ihr kollektives Gewicht von einem Bein auf das andere, warfen sich Seitenblicke zu und fanden, daß sich die Sache eine Spur länger hinzog als gewöhnlich. Sie seufzten unhörbar und sorgten dafür, daß man ihnen ihre Ungeduld nicht ansah. Sie waren Anwälte für Zivilrecht, Anwälte für Wirtschaftsrecht, Staatsanwälte, Bundesoffizialverteidiger, Mitglieder der Strafverteidiger-Vereinigung, Großkanzleianwälte, Einmannkanzleianwälte, feministische Anwälte, Anwälte der Amerikanischen Rentner-Vereinigung, Anwälte der Nationalen Vereinigung für die Förderung der farbigen Bevölkerung, Anwälte der Amerikanischen Zahnärzte-Vereinigung, Anwälte für Ausländer ohne ständigen Wohnsitz, Anwälte für Obdachlose, Anwälte in Konzernbesitz, Anwälte für Christus, Anwälte für die Koalition gegen Aids, Anwälte für den Schutz der Rechte Letaler Viren, Greenpeace-Anwälte gegen die Dioxin-Verbrennungsanlage am Times Beach, Anwälte für alkoholisierte Autofahrer, Anwälte für Mütter gegen alkoholisierte Autofahrer, Anwälte für von männlichen weißen Republikanern mißbrauchte sonderbegabte Kinder, Anwälte für mißhandelte Ehemänner, Anwälte für die Beseitigung und Verhütung von Diskriminierung auf dem Arbeitsmarkt, Anwälte für die Durchsetzung und Förderung umgekehrter Diskriminierung auf dem Arbeitsmarkt, farbige Anwälte, Anwälte für Worthaltende, Anwälte gegen die Stigmatisierung kaputter Papis, die nichts dafür können, Anwälte für ungeborenes Leben, Abtreibungsanwälte, Anwälte für einen Gerichtssaal, der wie Amerika aussieht, Anwälte für ein Amerika, das wie ein Gerichtssaal aussieht, Anwälte für die Verschönerung von Saint Louis, Anwälte gegen Anwälte, Anwälte gegen Richter – die es allesamt irgendwie zuwege brachten, den Mund zu halten und respektvoll zuzuhören, wie ein entrüsteter Greis gallenschwarze Lava über ihre Häupter ergoß. Es war der sogenannte »Durchlauftermin«, zu dem sich Anwälte jeden Montag, Mittwoch und Freitag – gesetzliche Feiertage ausgenommen – ab 10.00 Uhr einfinden konnten, aber man hatte Watson empfohlen, zur Sicherheit vorher anzurufen, weil Richter Stang manchmal körperlich nicht in der Verfassung sei, den Klang der Stimme eines Rechtsanwalts zu ertragen, während er bei anderen Gelegenheiten von seinem Kardiologen strikte Anweisung habe, seinen Nervus cochlearis vor jeglichem Schallerzeugnis von Juristenglottides zu schützen.

Richter Stang senkte den Kopf und sah dann plötzlich auf. »Wie Sie wissen, kann ich nicht gefeuert werden. Ich bin Bundesbezirksrichter gemäß Artikel III. Präsident Eisenhower hat mich auf Lebenszeit ernannt. Und solange ich keine Straftat begehe, kein Verbrechen oder Vergehen, kann sich keiner an meinen Gehaltsschecks vergreifen. Man kann mir eine Disziplinarstrafe aufbrummen. Man kann meine Urteile auf dem Revisionsweg kassieren, man kann in den Zeitungen über mich herziehen. Wenn zwei Drittel des US-Kongresses mitspielen, kann man ein Amtsenthebungsverfahren gegen mich einleiten. Man kann beim Gerichtsausschuß und beim Prozeßordnungsausschuß Beschwerde gegen mich einlegen. Aber die simple Wahrheit ist die, daß ich nicht gefeuert werden kann, solange ich kein Verbrechen begehe, und wissen Sie was? Im Laufe der letzten vierzig Jahre habe ich eine gründliche Kenntnis dessen erlangt, was den Tatbestand eines Verbrechens erfüllt, und ich werde mich hüten, eines zu verüben. Sie sind mich erst los, wenn mir jemand eine Briefbombe schickt.

Wie Sie gleichfalls wissen, tendiere ich, wenn es darum geht, meinen Gefühlen Ausdruck zu verleihen, zu einer gewissen Zurückhaltung.«

Der Gerichtssaal brach in nervöses Gelächter aus.

»Ha! Ha! Ha!« brüllte Richter Stang, und zwischen Schädel und Schläfenhaut zuckte bläuliches Geäder. »Schluß mit dem Gelächter«, kommandierte er. »Binnen kurzem werde ich auf dem Sterbebett liegen. Mein ganzes Leben wird sich blitzartig vor meinem inneren Auge abspulen, und ich will mich nicht dabei sehen müssen, wie ich Ihresgleichen auch nur das geringste Vergnügen bereite. Sehen Sie das?« brüllte er und deutete wieder auf die Stöße von gebundenen Anträgen zu Dutzenden verschiedener Verfahren. »Von Ihnen allen eingereichte Schriftsätze. Erwarten Sie etwa von mir, daß ich sie alle lese? Ich beabsichtige, jeden einzelnen Ihrer Klienten anzurufen und ihn persönlich davon in Kenntnis zu setzen, wieviel pro Wort er für diese gelehrten Abhandlungen bezahlt, die ich nicht lese. Ich kann sie nicht lesen. Ich kann es nicht über mich bringen, durch die Gezeiten von Jauche zu waten, die dieses Haus tagtäglich überfluten. Glauben Sie vielleicht, ich brauche eine weitere fünfzehnseitige vorverdaute Wiederkäuung der im Achten Gerichtsbezirk derzeit gültigen Voraussetzungen für die Überprüfung einer Anordnung zur Bewilligung eines Antrags auf beschleunigtes Verfahren? Ich kann Ihnen und Ihren Klienten gern eingestehen, daß ich keine einzige Zeile dieser Schriftsätze lese. Und wissen Sie, warum ich es eingestehen kann? Die Sachen nicht zu lesen stellt keine Straftat dar. Das Eingeständnis, daß ich sie nicht lese, stellt weder ein Verbrechen noch ein Vergehen dar.

So einfach ist das.

Daß Sie mich nicht mißverstehen: Ich bin ein begeisterter Leser – genau *deswegen* kann ich dieses Gewäsch nicht ertragen. Lavater sagte: ›Gott bewahrt jene, die er liebt, vor wertloser Lektüre‹ – ein Gedanke, der mich meiner dereinstigen Begegnung mit meinem Schöpfer mit nicht geringer Besorgnis entgegensehen läßt.«

Die Anwälte atmeten ein und bereiteten höfliche Lacher vor, erinnerten sich dann aber, daß Richter Stang sie angewiesen hatte, nicht zu lachen.

»Vielleicht kennt der eine oder andere von Ihnen einen sehr berühmten Anwalt, der auf Schriftsteller umsattelte. Er schrieb einen dieser Gerichts-Thriller-Knüller. Wahrscheinlich den ersten Gerichts-Thriller-Knüller überhaupt. Er heißt *Der Prozeß*. Das *klingt* sogar wie ein Gerichts-Thriller-Knüller. Ganz recht, *Der Prozeß*, vom alten Franz Kafka. Rasend spannendes Werk, ein echter *page-turner*. Man kann sich einfach nicht davon losreißen! Nicht von der Ottomane gewichen! Wochenende freigehalten, Telefon ausgestöpselt! Ich bin sicher, Sie haben bestimmt schon alle vom alten Franz gehört:

Seine Romane sind in fünfhundertzweiundsiebzig Sprachen erschienen, und wenn er noch am Leben wäre, würde er Vorschußzahlungen in Höhe von mindestens einigen tausend Dollar bekommen. Wie dem auch sei, er war auch Rechtsanwalt. Wie ich gehört habe, übte er den Beruf nie aus – so tief wollte er denn doch nicht sinken –, aber er studierte Jura und erhielt die Zulassung als Anwalt. Und er lieferte die vollkommene Beschreibung dessen, was es bedeutet, dieses Zeug hier zu lesen.

Der alte Franz sagte, juristische Schriftsätze zu lesen sei wie mit geistigem Sägemehl ernährt zu werden, das schon Tausende anderer Münder durchgekaut haben. Ich glaube nicht, daß er es über sich brachte, seine Imaginationskraft mit der Frage zu behelligen, wie es wohl wäre, das Zeug zu *schreiben*, aber *Sie* wissen das alle, nicht wahr? *Sie* wissen, wie das ist, mit eingeschaltetem Diktiergerät dazusitzen und polysyllabische Kakophoneme in sorgfältig durchkomponierten, neunfach ineinandergeschachtelten passivischen Perioden, sicherheitshalber um einige angehängte semikolische Ergänzungsgedanken erweitert, herunterzubeten. Von Zeit zu Zeit stehen Sie auf und gehen aufs Klo und würgen ein paarmal, und dann setzen Sie sich wieder hin und machen sich an die nächste Runde Gelaber. Ihre Sekretärinnen geben das Ganze in den Computer ein, drucken es aus, und dann schicken Sie es her.

Schön, ich habe dieses Zeug jahrzehntelang gelesen. Und wissen Sie was? Es ist immer das gleiche! Immer und immer wieder das gleiche! Es ist die ewige Verdammnis! Sie haben bestimmt schon alle von der ewigen Wiederkehr des Gleichen gehört. Wie steht's mit der ewigen Wiederkehr derselben ewiggleichen Bestimmungen der Bundessteuerbehörde, derselben ewiggleichen Bestimmungen der Behörde für die Gleichberechtigung am Arbeitsplatz, derselben Empfehlungen gemäß Berufsschutz- und Gesundheitsgesetz und derselben Baubeschränkungen zum Schutz von Feuchtbiotopen – und dazu Dutzende von Anwälten, die das Ganze in einer Prosa, neben der sich selbst die trockeneren Passagen des Verwaltungsverfahrensgesetzes wie Poesie anhören, immer und immer wieder von vorn erläutern? Ich kann mich noch an die Zeit erinnern, als die Abgabenordnung fünfundzwanzig Seiten umfaßte! Jetzt ist sie hier nebenan in mehreren Räumen untergebracht. Niemand hat das Ding je ganz gelesen. Das würde die Lebensdauer eines Methusalem erfordern! Aber eine Steuersache wäre geradezu ein Nervenkitzel im Vergleich mit den Fudern von Papier, die ich zum Thema Drogen, Schußwaffen und Bürgerrechte erhalte! Die Republikaner werden nicht müde, Gesetze zu verabschieden, nach denen ich jeden, der Pot raucht, ins Gefängnis stecken sollte. Und wissen Sie was? Jeder, den die Marshals hier hereinschleifen, raucht Pot, und die Hälfte der Marshals wahrscheinlich auch! Aber damit noch nicht genug. Wählt man die Republikaner aus dem Kongreß, kommen, schwupp!, die Demokraten und verabschieden Gesetze, die mir vorschreiben, eine dreiwöchige Schwurgerichtsverhandlung abzuhalten, wann immer eine Frau, ein Schwarzer, ein Jude, ein Alter oder ein Krüppel am Arbeitsplatz schikaniert wird. Und wissen Sie was? Neunzig Prozent der US-Bevölkerung sind alt, weiblich, jüdisch oder schwarz, und hundert Prozent der arbeitenden US-Bevölkerung werden tagtäglich schikaniert, was demnach bedeutet, daß neun von zehn Arbeitnehmern von Rechts wegen einen Anspruch auf eine dreiwöchige Bundesgerichtsverhandlung haben. Und da fragen Sie noch, warum wir mit Zivilsachen fünf Jahre im Rückstand sind?

Öffnet die Schleusen! Wir brauchen mehr Gerechtigkeit. Seht! Hier kommt er, kratzbürstiger Kläger und beklommener Beklagter – na so was, hat noch nie was von denen gehört. Ist's Gerechtigkeit, was sie wollen, Friede auf Erden, gleiches Recht für alle und den Menschen ein Wohlgefallen, oder wollen sie vielmehr auf Schadensersatz klagen? Tom gegen Jerry wegen tätlicher Beleidigung und Körperverletzung! Romeo u. a. gegen Julia von Capulet Consulting & Co. wegen schadenbegründenden Verhaltens und Vorspiegelung falscher Tatsachen, Bert gegen Ernie auf homosexuelle Unterhaltszahlung, Tristan gegen Isolde wegen Verlust der Lebensgemeinschaft, Hamlet gegen Claudius u. a. wegen fahrlässiger Verursachung intrapersonaler Konflikte.

Dieser Kafka sagte auch sinngemäß: ›Manchmal glaube ich, daß ich den Sündenfall besser als jeder andere begreife.‹ Ha! Was weiß er schon vom Sündenfall? Er war ja nicht mal Richter! Wie kann er auch nur eine entfernte Ahnung von der Verderbnis der menschlichen Natur haben, solange er nicht eine dieser Drogenkartellsachen durchgestanden hat – oder wie wär's mit einem Fall von sexueller Belästigung? Auf, laßt uns einen Prozeßtermin für einen dieser vierhundertzweiundneunzig Fälle von sexueller Belästigung anberaumen, die zur Verhandlung anstehen. Ich kann's gar nicht erwarten, mir wieder mal zwei Wochen lang Zeugenaussagen darüber anzuhören, wer welche dreckigen Witze am Arbeitsplatz erzählt hat.«

Die Assistentinnen steckten flüsternd die Köpfe zusammen. Ein paar Anwälte taten das gleiche. Die Brünette stand auf, ging auf Zehenspitzen hinter dem Richter vorbei und verließ den Saal.

»Ich kann Ihnen sagen, wo sie hingeht«, sagte Richter Stang. »Sie macht sich meinetwegen Sorgen. Sie denkt, daß mein Herzmittel irgendwelche psychischen Nebenwirkungen verursacht. Sie ruft meine Ärzte an. Aber bevor die hier aufkreuzen, laßt uns den Stier bei den Klöten packen und die Sache hinter uns bringen. Wie viele von Ihnen sind hier, um eine Vertagung zu beantragen?« fragte er.

Rund fünfzig Prozent der Anwesenden sahen auf ihre Hände hinab und scharrten mit den Füßen. Mehrere Anwälte in der hintersten Reihe traten ein, zwei Schritte zurück, in Richtung Tür, und suchten nach einer Gelegenheit, Reißaus zu nehmen.

»Wie viele?« schrie Richter Stang. »Ich will jeden sehen, der, aus welchen Gründen auch immer – seien es Todesfälle, Ferien, unauffindbare Zeugen, unauffindbare Anwälte, betrunkene Anwälte, dringende anderweitige Verpflichtungen, ein Konflikt an einem anderen Gericht *oder was auch immer sonst* –, um Vertagung eines Verhandlungstermins zu ersuchen beabsichtigt. Ich will, daß alle Anwälte, die einen Antrag auf Vertagung einzureichen gedenken, sich hier zu meiner Rechten aufstellen.«

Ein Grüppchen von sechs bis sieben Anwälten tat wie geheißen. Ein weiteres sieben- bis achtköpfiges Grüppchen konferierte in leisen Flüstertönen und setzte sich dann gleichfalls in Bewegung. Weitere zehn bis zwölf Anwälte sahen auf die Anträge auf Vertagung eines Prozeßtermins hinunter, die sie in ihren Kanzleien aufgesetzt hatten, und versuchten verzweifelt, sich auf die schnelle irgend etwas anderes auszudenken, was sie statt dessen hätten beantragen können.

»Marsch!« brüllte Richter Stang diese letzte Gruppe an. »Da rüber!«

Sie ließen die Köpfe hängen und schlurften hinüber zu den anderen.

»War's das?« fragte der Richter, die andere Hälfte der Anwälte beäugend. Zwei weitere Rechtsanwälte spritzten davon und stellten sich zu den anderen.

»Schön«, sagte der Richter. »Jetzt will ich, daß jeder, der um Nachfrist für die Einreichung eines Antrags oder Memorandums welchen Inhalts und Gegenstands auch immer ersuchen will, sich gleichfalls zu meiner Rechten verfügt und sich dem Kreis der gelehrten Kollegen anschließt, die um Vertagung ihrer Verhandlungstermine ersuchen.«

Zehn oder zwölf Anwälte gingen in die angegebene Richtung und stellten sich zu den anderen.

»Dazuzurechnen sind beispielsweise, aber nicht ausschließlich, Anträge auf Genehmigung, was auch immer außerhalb der dafür vorgeschriebenen Frist einzureichen, verspätete Stellungnahmen zu Anträgen und Memoranda, verspätete Klageerwiderungen, verspätete Widersprüche zu Anträgen auf Akteneinsicht ...«

Mit jeder neuen Kategorie von Anträgen auf Fristverlängerung oder auf Zulassung nicht fristgerechter Einreichungen, die der Richter nannte, traten Anwälte in Dreier- und Vierergrüppchen nach rechts ab.

»War's das?« fragte der Richter Watson und den einzigen anderen übriggebliebenen Anwalt, einen untersetzten Mann in gelbem Schlips und grauem Anzug.

»Richter Stang«, sagte der Anwalt und ging einen Schritt auf den Richtertisch zu.

»Habe ich Sie aufgefordert, an den Richtertisch zu treten?« fragte Richter Stang.

»Verzeihung, Euer Ehren.« Der Anwalt trat einen langen Schritt zurück. »Euer Ehren, ich vertrete die Klaxon Corporation, und es ist ein Versäumnisurteil gegen uns ergangen, weil –«

»Weil Sie eine Einreichungsfrist haben verstreichen lassen«, zischte der Richter mit vor Wut anschwellendem und violetter werdendem Gesicht, »und jetzt ersuchen Sie um Zulassung einer verspäteten Klageerwiderung. Da rüber!« brüllte er mit der Autorität eines Minos, der eine verdammte Seele in den untersten Kreis der Hölle verbannt.

Joseph T. Watson steckte sich den Aktendeckel mit seinem Antrag auf Entlassung aus der Pflichtverteidigung unter den Arm und versuchte, Richter Whittaker J. Stangs apokalyptischem Blick standzuhalten. Watsons Kehle war wie zugeschnürt, seine Handflächen klebten schweißig am Aktendeckel, sein Herz flatterte wie ein Vogel mit gebrochenem Flügel.

»Warum sind Sie hier, Counselor?« fragte der Richter.

»Ich ... das Gericht hat mich zum Verteidiger in der Sache Vereinigte Staaten gegen Whitlow bestellt.«

»Vereinigte Staaten gegen wen?« fragte der Richter.

»Vereinigte Staaten gegen Whitlow«, sagte Watson. »Der Angeklagte heißt Whitlow. James Whitlow, er hat ... beziehungsweise, ich meine, die Staatsanwaltschaft behauptet, daß er einen Mord begangen hat.«

»Und Sie wollen den Antrag stellen, von dem Fall entbunden zu werden«, sagte der Richter.

»Nun, ja, eigentlich schon«, sagte Watson. »Ich weiß nicht, ob Mr. Mahoney, von Stern, Pale, in der Sache vielleicht schon angerufen hat ...?« fragte Watson. »Wie auch immer. Die Partner meiner Firma haben beschlossen, daß ich keine Prozeßarbeit machen werde. Äh, ich bin noch nie bei Gericht gewesen. Das ist heute mein erstes Mal. Ich treibe in erster Linie Computerrecherchen. Hinzu kommt, daß der Angeklagte oder der angebliche Angeklagte, ich meine, der angebliche Verdächtige, also der Angeschuldigte anscheinend ... Wir sind auf dieselbe High-School gegangen. Er war auf meiner High-School eine Klasse unter mir, somit war er ein Bekannter von mir, was nach Auffassung meiner Partner zumindest den Anschein von Befangenheit verursacht.«

»Treten Sie vor«, sagte Richter Stang mit einer einzigen auffordernden Handbewegung.

Watson zwang seine Knie, nicht einzuknicken, und trat an

den Tisch des dienstältesten Bundesrichters des Östlichen Distrikts von Missouri.

»Ich habe eine einzige Frage, die ich Ihnen als Anwalt dieses Gerichts stellen muß«, sagte der Richter. »War dieser Mann ein Freund von Ihnen?«

Richter Stang starrte mit einem Gesicht hernieder, das nichts Menschliches mehr hatte. Es war das Antlitz eines Übermenschen, eines Orakels, einer Naturgewalt, eines uralten griechischen Gottes, der schon alle Lügen jedes Menschen, der je auf Erden gelebt hatte, einschließlich jener Lügen, die von den besten und am höchsten honorierten Lügnern in der Geschichte der abendländischen Zivilisation ersonnen worden waren, gehört hatte.

»Strenggenommen«, sagte Watson, »nein, Euer Ehren. Er war kein Freund, nicht im eigentlichen Sinne des Wortes. Aber er war mein Klassenkamerad, in dem Sinne, daß wir die gleiche High-School besucht haben, und daher glaube ich, daß die in den Schriftstücken, die ich diesem Gericht vorzulegen habe, anzutreffende Verwendung der Bezeichnung *Bekannter* gerechtfertigt ist. Ich glaube, meine Firma befürchtet den Anschein von Befangenheit, oder sagen wir zumindest von ... von Unsauberkeit.«

»Den Anschein von Unsauberkeit?« fragte Richter Stang und schauderte leicht zurück, als habe er bereits einen Teller des ihm am meisten widerlichen Gemüses zum Nachtisch gegessen und bekomme nun einen zweiten vorgesetzt. »Mr. Watson, in meinem Alter hat alles den Anschein von Unsauberkeit. Ich bin immer nur dann überrascht, wenn sich dieser Anschein als trügerisch erweist, was in letzter Zeit zunehmend seltener der Fall ist.«

Richter Stang packte das Vierkantholz, das noch immer an seinem Platz auf dem Richtertisch stand, und reichte es Watson.

»*Ihr Antrag* hat den Anschein von Unsauberkeit, desgleichen den Geruch von Unsauberkeit an sich. Ich möchte, daß Sie dieses Stück Holz mit in Ihr Büro nehmen und zu Sägemehl zerkauen. Sehr feinem Sägemehl. Ich will keine Splitter darin finden, wenn Sie damit fertig sind. Und ich werde die ganze Schweinerei nachwiegen, wenn Sie sie mir in ein paar

Wochen zusammen mit allen vorbereitenden und bestimmenden Schriftsätzen, die Sie zu Ihrer Mordsache einzureichen haben werden, zurückbringen. Machen Sie jetzt Ihre Sache gut, denn nächste Woche wird ein anderer Glückspilz von einem Anwalt bereits darauf warten, Ihr Sägemehl ein zweites Mal durchzukauen, verstanden?«

Der Richter wandte sich der zu seiner Rechten zusammengedrängten Juristenschar zu und breitete die Arme aus wie Charlton Heston in der Rolle des Moses.

»Alle Anträge auf Vertagung, alle Anträge auf Fristverlängerung und auf Zulassung nicht fristgerechter Eingaben sind hiermit abgelehnt. Herr«, rief er aus, die Augen zum sonnendurchfluteten Gewölbe emporgehoben, »schicke mein weißes Haupt hinab, mit Schmerz beladen, in die Unterwelt!«

Dann sah er wieder auf die Anwälte hinunter.

»Wenn Sie einen schriftlichen Bescheid wollen«, sagte er mit einem satanischen Lächeln, »wenden Sie sich an die dafür zuständige Abteilung!«

Fünftes Kapitel

Auf dem Bürgersteig vor dem Gerichtsgebäude hielt Watson eine weitere Ausgabe des *Post-Dispatch* in den zitternden Händen. Eine typisch amerikanische Adoleszenz, mit Träumen von künftigem Ruhm zugebracht, hatte ihn nicht im mindesten auf den Schock vorbereitet, den es bedeutete, Schlagzeilen erstmals von innen heraus zu erleben. Da stand nicht etwa: TREUER EHEMANN TÖTET LIEBHABER SEINER FRAU. DA STAND: GEHÖRLOSER ANGEHÖRIGER BENACHTEILIGTER MINDERHEIT FÄLLT BRUTALEM HASSVERBRECHEN ZUM OPFER.

Das Gefühl, der Anwalt einer *natürlichen* Person zu sein, war gleichfalls etwas Neues. Richter Stang hatte gesprochen, und Watson hatte einen Mandanten. Anstatt für Arthur Mahoney juristische Recherchen zu treiben und Memos aufzusetzen, anstatt für PizzaFax Resümees von Niederschriften eidlicher Zeugenaussagen zu erstellen, für ChipsMacro Dokumente zu verwalten oder für Subliminal Solutions, Inc., »Greek SlaughterHouse« zu spielen, würde er einen in Lebensgefahr schwebenden Menschen verteidigen. Der *Post-Dispatch* und der größte Teil von Saint Louis hatten seinem Mandanten bereits den Prozeß gemacht, ihn für schuldig befunden und verurteilt. Und die Ankläger wollten das Strafmaß mit Bezugnahme auf Gesetze, die nicht nur die verabscheuungswürdigen Verbrechen als solche, sondern auch die jeweilige schlechte Gesinnung, aus der heraus sie angeblich verübt wurden, unter Strafe stellten, verdoppeln und verdreifachen. Jetzt blieb diesem armen, verlassenen Mitbürger nur eine einzige, letzte Hoffnung: Joseph T. Watson, Esq.

Fotos zeigten das Opfer, Elvin Brawley, wie er während eines »Festivals der sprechenden Hände« auf einer Bühne stand und gehörlosen Kindern seine Gedichte in amerikanischer Zeichensprache vortrug. Neben dem Aufmacher waren Beispiele seiner künstlerischen Computergrafik abgebildet.

Auf einem anderen Bild, mit der Unterschrift: »Ein unermüdlicher Verfechter der Nutzung moderner Technologien zur Überwindung von Behinderungen«, hielt Elvin Brawley ein tragbares VTD (Voice Transcription Device) für Hörbehinderte in die Höhe: einen taschenrechnergroßen Mikrocomputer, der gesprochene Worte grafisch umsetzte und auf einem Flüssigkristalldisplay darstellte. Brawley wurde als ein gehörloser Poet gerühmt, ein »Wegbereiter und Vorkämpfer der Emanzipation benachteiligter Gesellschaftsgruppen ... ein Führer und Vorbild für ethnisch und körperlich Behinderte«.

Neben dem tauben Poeten abgedruckt, strahlte das Foto von James Whitlow die ganze erforderliche Niederträchtigkeit des Angeklagten aus: Verbiestert verzerrte Züge verengten die Augen zu bösartig funkelnden Schlitzen. (»Was halten Sie davon«, stellte sich Watson vor, daß der Fotoreporter dem Officer vorgeschlagen hatte, der den Angeklagten abführte. »Sie sagen ihm, er kann Ihnen die Klabusterbeeren aus dem Arsch lecken, und ich schieß das Foto, abgemacht?«) Whitlow sah heimtückisch und ausgemergelt aus, so als ob er sein überschüssiges Fett statt mit Hantelnstemmen mit einem täglichen Pensum von konzentrierter Haßarbeit verbrannte.

Na ist ja großartig, dachte Watson – *das Opfer war ein zweiter Franz von Assisi, und mein Klient sieht aus wie John Dillinger.*

Im Lauf des Vormittags würden über eine Million Menschen das Foto dieses widerlichen Schurken sehen. In der Sicherheit ihrer Büros und Küchen würden sie sich, wohlig erschaudernd, eine weitere journaillistisch aufbereitete Probe menschlicher Verworfenheit zu Gemüte führen und zusammen mit dem Morgenkaffee die vertraute Mischung aus Grauen und Faszination auskosten. Wenn Watson letzten Freitag nicht in der Firma festgesessen und zusammen mit Arthur versucht hätte, einen Ausweg aus dem Fall zu finden, dann wäre er jetzt wahrscheinlich auf dem Foto neben seinem Klienten zu sehen gewesen, mit der Bildunterschrift: »Der Angeklagte, James Whitlow (links), mit seinem Anwalt, Joseph Watson.« Sein Tagtraum zerplatzte allerdings beim Gedanken an Arthur, der die Zeitung aufschlug und auf der Titelseite ein Foto seines Associate Seite an Seite mit einem Mordverdächtigen erblickte. Einstweilen mußte er sich mit einer beiläufigen Erwähnung im letzten Satz des vorletzten Absatzes begnügen: »Bezirksrichter Whittaker Stang hat Joseph Watson zum Pflichtverteidiger des mittellosen Angeklagten James Whitlow bestellt.« Die Partner der Firma würden über die Publicity fraglos hoch erfreut sein. Und Sandra erst? Und die Kinder? »Sandra«, würden die Leute sagen, »warum verteidigt Joe eigentlich diesen Haßkiller?«

Er las noch einmal seinen Namen, und dann wurde ihm bewußt, daß er, während alle anderen über Blut & Gemetzel lesen und über Fotos des mutmaßlichen Mörders sinnieren würden, seinen Mandanten befragen und der Kreatur in persona begegnen würde – als privilegierter Insider, wie die Öffentlichkeit denken würde, in der Lage, das in Erfahrung zu bringen, was sie alle brennend interessierte:

1. Was ging Ihnen durch den Kopf, als Sie Ihre Schußwaffe auf die Brust des Opfers richteten und abdrückten?

2. Haben Sie seit dem Abend des Mordes mit Ihrer Frau gesprochen?

3. Was ist das für ein Gefühl, zu wissen, daß Sie zusehen werden, wie eine Injektionsnadel sich in Ihre Vene bohrt und Sie mit Tod vollpumpt?

Sobald er in seinem Honda saß, griff sich Watson seinen von der Firma ausgegebenen Communicator – eine Kombination von Sub-Subnotebook, Fax-Modem, PIM und Handy –, der unter den Associates als »die Hundeleine« bekannt war. Der Communicator erlaubte es jedem Anwalt in der Firma, jeden anderen Anwalt in jeder der fünfundzwanzig Kanzleien, die die Firma weltweit besaß, einfach dadurch zu erreichen, daß er dessen Initialen oder ein dreistelliges Kennwort eingab. Watson kam nur selten dazu, mit dem Apparat ernsthaft herumzuspielen, weil er gewöhnlich bei WESTLAW eingeloggt war und von seinem Schreibtisch aus juristische Computerrecherchen durchführte. Er verbrachte so viel Zeit am Computer, daß, wann immer er sich am Lenkrad eines Autos wiederfand, sein erster Impuls war, nach Tastatur und Trackpin zu suchen. *»Na, wieviel Arbeitsspeicher hat denn das Ding? Wo ist das Betriebssystem?«*

»Arthur?« sagte er, nachdem er von der Voice-Mail zur

Zentrale, dann nach oben zu Arthurs Sekretärin und schließlich durch die Hintertür auf Leitung drei ins Chefzimmer weiterverbunden worden war. »Sie scheinen Richter Stang ja nicht erreicht zu haben.«

»Hab's versucht, Joe«, sagte Arthur, »aber seine Assistentin meinte, er sei am Rande eines anaphylaktischen Schocks, ausgelöst durch eine allergische Reaktion auf Rechtsanwälte. Danach hat mich ein alter Studienkollege angerufen, der die Klaxon Corporation vertritt, und hat mir erzählt, daß Sie unter die Holzarbeiter gegangen sind.« Er kicherte in sich hinein.

»Paul Bunyan, Esquire«, sagte Watson. »Ich genehmige mir ein schönes Vierkantholz zum Lunch, und dann fahr ich raus zur County-Strafvollzugsanstalt in Des Peres, wo mein Mandant zur Zeit einquartiert ist.«

»Sie werden in absehbarer Zeit tatsächlich irgendeine Art Aussage von ihm benötigen«, bestätigte Arthur, »aber zunächst brauche ich Sie hier. Ich erwarte eine Sachverständige, die uns möglicherweise behilflich sein kann.«

»Was denn für eine Sachverständige?« fragte Watson. Vielleicht hätte er es mit Unverschämtheit versuchen und Arthur einfach sagen sollen: *Wenn ich eine Sachverständige brauche, besorge ich mir schon selbst eine. Danke.*

»Haben Sie schon über einen möglichen medizinischen Ansatzpunkt nachgedacht?« fragte Arthur. »Ich meine, was, wenn irgendeine Form von geistiger Behinderung vorliegt? Eine Geisteskrankheit oder ein psychischer Defekt? Das könnte Ihre Position ein wenig stärken, wenn Sie mit der Staatsanwaltschaft ein Geschäft aushandeln.«

»Ich –« begann Watson.

»Sie stammt aus einer alten Familie aus Saint Louis«, fuhr Arthur fort. »Die Firma verwaltet schon seit Jahrzehnten das Familienvermögen treuhänderisch. Die fragliche Dame hat in Harvard studiert. Sie könnte Ihnen mit den neuen Verhaltenstestverfahren und diesen Scanning-Technologien von Nutzen sein. Sie ist Gerichtsneuropsychologin, Neurologin. Es läßt sich leichter sagen, was sie *nicht* ist, aber das soll sie schon selbst tun. Kommen Sie bei mir vorbei, sobald Sie im Haus sind.«

»Ich war eigentlich auf dem Weg zu meinem Untersuchungsgefangenen«, sagte Watson.

»Dann ändern Sie eben Ihre Pläne«, sagte Arthur. »Kommen Sie zuerst her.«

Watson hackte auf den AUS-Knopf des Telefons und spürte, wie die Verzweiflung des hörigen Mietsklaven durch das erregende Bewußtsein gemildert wurde, ein richtiger Asphaltdschungel-Anwalt zu sein. Schon bald würde er auf seinem Autotelefon täglich zwanzig bis dreißig Anrufe von Leuten bekommen, die bereit waren, sein Stundenhonorar plus die Gebühren für beide Teilnehmer eines Mobile-call-Gesprächs zu zahlen, nur um ihn so früh wie möglich zu sprechen. Er spielte mit dem Gedanken, an den Straßenrand zu fahren und zur Feier seines ersten Tages als richtiger Anwalt seinen Laptop an sein Handy anzuschließen und per zeitversetzter E-Mail ein wichtiges juristisches Memo an sein Desktop im Büro zu schicken. An: Joseph T. Watson, Esq. Von: Joseph T. Watson, Esq. Betreff: Wichtige Rechtssache.

Er hielt an einem Bankautomaten, um etwas Geld abzuheben, und zuckte innerlich zusammen, als er seinen Kontostand ablas: $ 2489,26. Gerade genug, um den Dauerauftrag für die nächste Hypothekenrate zu decken, all die Schecks nicht mitgerechnet, die Sandra in der Zwischenzeit ausgestellt haben mochte – und noch zehn Tage, bis seine nächste Gehaltsüberweisung kam, zwei Wochen bis zum halbjährlichen Bonus. Anstatt in der gemieteten Doppelhaushälfte in South Saint Louis zu bleiben, hatte Sandra darauf bestanden, daß sie sich in Ladue, wo die Schulen besser und die Häuser größer waren, in Schulden stürzten. Geld. Wenn er nicht schleunigst mehr davon beschaffte, würde sie wieder anfangen zu drohen, in die Steuerberaterfirma zurückzugehen. Ihr neustes Projekt war, die kiesbestreute Auffahrt pflastern zu lassen, und zwar nicht mit vulgärem Asphalt, sondern mit Beton, wie es in dieser gutbürgerlichen Gegend üblich war. Und wenn sie wieder arbeiten ging? Keine Mutter zu Hause für die Kinder. Keine Frau zu Hause für den Anwalt.

Anstatt an die Seite seines bedürftigen Mandanten zu eilen, gehorchte Watson Arthur und dem Tilgungsplan für seine Hypothek und fuhr zurück in die Tiefgarage der Firma.

Er zog den jüngsten Schwung eingegangener Arthur-Memos aus seinem Briefkorb. Wie immer klangen Arthurs explizite mündliche Anweisungen ein bißchen anders, sobald sie durch seine allgegenwärtigen Memos (die altmodischerweise noch immer auf Papier kamen, von seiner Sekretärin nach Banddiktat getippt) bestätigt wurden.

AN: JTWatson
VON: AFMahoney
BETREFF: US./.Whitlow

Gemäß Absprache von Freitag vormittag sollen Sie o.g. Mandanten nach bestem Wissen und Gewissen beraten und vertreten. Entledigen Sie sich, auch im Namen unserer Firma, der Ihnen vom Bezirksgericht übertragenen Aufgabe nach bestem Vermögen. Bitte prüfen Sie die Möglichkeit einer außergerichtlichen Regelung, aber lassen Sie dabei die Interessen Ihres Mandanten unter keinen Umständen aus den Augen.

AFM

Dem Uneingeweihten hätte die Diskrepanz wie ein Ausdruck von Doppelzüngigkeit erscheinen können. Der Unterschied zwischen »Handeln Sie was aus« und »nach bestem Wissen und Gewissen beraten und vertreten« war mehr als eine bloße stilistische Feinheit. Aber Watson fiel das kaum noch auf. Arthurs Memos waren schlicht und einfach gute Juristenarbeit, eine Absicherung, die ihre fünfhundert Dollar die Stunde wert war. Bemerkungen, verbale Instruktionen, Kommentare, mündliche Versprechen, orale Drohungen, fragwürdige Vorschläge – wie von einem Associate zu verlangen, daß er seinen Mandanten für vorsätzlichen Mord an den Staatsanwalt verkauft – lösen sich in nichts auf, kaum daß sie ausgesprochen sind. Sie sind ebenso ungreifbar wie Wünsche, Träume und Freudsche Versprecher. Erinnerungen verblassen, das Gedächtnis trügt. Wenn Jahre später Anschuldigungen laut werden oder wenn es sich in einer bestimmten Angelegenheit als nötig erweist, einen Sündenbock zu ermitteln, ist das erste, was Anwälte tun, die Akten aus der Registratur zu holen. Die

Akten konstituieren einen greifbaren Beweis – wie Arthurs Memo, aus dem einwandfrei hervorging, daß er seinen Associate angewiesen hatte, James Whitlows Interessen aufs energischste zu vertreten (was immer er auch privat für Wünsche geäußert haben mochte).

Am letzten eingegangenen Memo klebte eine gelbe Haftnotiz, auf der zu lesen stand: »Ich erwarte Sie in meinem Büro. AFM.«

Sein Chef wirkte unangebracht vergnügt.

»Ich habe Ihr Memo über Enthauptungen Ben Verruca geschickt, dem Syndikus von Subliminal Solutions«, sagte Arthur. »Er war begeistert. Er meinte, Ihre Analyse der Ähnlichkeiten im Punktzählungsverfahren sei absolut brillant.«

»Praktisch in beiden Spielen gleich«, sagte Watson. »Es freut mich, daß es ihm gefallen hat.«

Arthur lächelte. »Sie haben mir das mit der Punktzählung schon erklärt, aber ich komme im Augenblick nicht mehr darauf«, sagte er und deutete mit einer lässigen Geste auf die Stapel von Unterlagen und Korrespondenz, die auf seinem Schreibtisch lagen.

»Natürlich«, sagte Watson. »In ›Greek SlaughterHouse‹ gibt's einen koboldhaften, eulenspiegelmäßigen Possenreißer, der dem Helden von Raum zu Raum durch die Schädelburg folgt und die Punkte zählt, indem er frisch abgehackte Köpfe mit einer Pike aufspießt und in einen Seesack stopft, den er über der Schulter trägt. Nach jedem Kopf, den er aufgesammelt hat, dreht sich der Possenreißer um, zwinkert dem Spieler zu und malt mit einem blutigen Finger einen roten Strich auf den Bildschirm. In ›CarnageMaster‹ ist es praktisch das gleiche, nur daß der Kopfsammler eine Art Satyr oder Faun ist mit Bockshörnern und zottiger Hinterhand, der sich umdreht, dem Spieler zuzwinkert und mit einem blutigen gespaltenen Huf Striche malt. Identische Pike. Identischer Seesack. Einwandfrei abgekupfert.«

»Jetzt erinnere ich mich wieder«, sagte Arthur. »Gute Arbeit.«

Uff. Eine weitere Krise in der täglichen Abfolge laufbahngefährdender Katastrophen, die das Leben des einfachen Associate begleiten, abgewendet. Subliminal Solutions war ein *äu-*

ßerst wichtiger Klient, und Ben Verruca war einer von Arthurs ehemaligen Studienkumpanen. Jahrelang hatte SS in der Multimedia-Game-Industrie unter »ferner liefen« rangiert, mit lediglich zwei Hunderttausend-Sellern, »Tower of Torture« und »Anthrax Avenger«. Dann, eines Sonntags in der Fastenzeit 1998, geschah es, daß Spieler in ganz New Mexico und Arizona mitten in »Tower of Torture«, Version 3.11, Zeugen eines Phänomens wurden, das einer von ihnen als die Erscheinung der Heiligen Jungfrau Maria identifizierte.

Schauplatz der Erscheinung war das Erkerzimmer im titelgebenden »Turm der Tortur«, in dem Hans der Henker – angetan mit dornenbesetzten und nietenbeschlagenen schwarzen Ledermanschetten, einem ventilierten gußeisernen Suspensorium mit Würmern, die die Köpfe aus den Löchern des Maschenwerks heraussteckten, und mit Skorpionen und Kakerlaken bedeckten Schaftstiefeln – seinem blutigen Handwerk nachging. Die grafische Realisierung von Hansens Oberkörper hatte den begehrten Styx Award der Computer-Game-Industrie gewonnen, weil sie anatomisch so exakt war, daß sich – mit einem Videotreiber, der bei einer Auflösung von 1024 × 768 Bildpunkten 65 000 Farben darstellen konnte – der Ursprung und genaue Verlauf jedes einzelnen strotzenden Muskels des scharfrichterlichen Rumpfes nachverfolgen ließ. Geile Grafik. Aber wie dem auch sei – seit 00.01 Uhr Rocky-Mountains-Standardzeit jenes schicksalhaften dritten Fastensonntags behaupteten Spieler auch, in der spiegelnd blanken Klinge von Hansens bluttriefendem Richtbeil das Gesicht der Heiligen Jungfrau Maria zu sehen.

Die Szene zeigte Hans (eine Spielern seit Jahren wohlbekannte Gestalt) als einen Henker, der seinem Beruf mit einem solchen Engagement nachging, daß er seinen Opfern gewöhnlich noch hier und da die Haut abzog oder beide Daumen in die Augenhöhlen rammte, bevor er sie köpfte. In Version 3.11 aber schloß Hansens Arbeitstag noch eine besondere Aufgabe ein: die Enthauptung der hinreißenden, mannbaren, drallen Prinzessin Althea – die dazu verurteilt war, allein im Turm, unter Hanses Richtbeil ihr Leben zu lassen. Wenn Althea ihren üppigen blonden Lockenkopf über Hansens Hackblock beugte, quollen ihre (von Schluchzern bebenden und wogenden) Brüste aus dem Ausschnitt ihres sackleinenen Büßerhemdchens hervor. Repräsentative Verbraucherumfragen und Echtzeit-Testspiel-Studien hatten ergeben, daß an diesem Punkt des Programmablaufs 37 Prozent der männlichen Spieler in der Altersstufe von 18 bis 29 Jahre die Pausetaste betätigten und Altheas tief über den Hackblock gebeugte geschmeidige Gestalt einer eingehenden Betrachtung unterzogen. Umfrageergebnissen zufolge verweilten die meisten Pausetaster bei diesem Bild, um nachzudenken, ob es in dieser dunklen Nacht des Todes – da die so tief über den Richtblock gebeugte Althea ihrer unmittelbar bevorstehenden Enthauptung harrte – nicht *doch* einen schwachen Hoffnungsschimmer geben mochte. Das rechts am Bildschirm, gerade einen Pixelwurf von Altheas Brüsten entfernt befindliche Hyperlink-Icon für »Zap-High-capacity-Speicherlaufwerke« ergab eine 14prozentige Durchklickrate, was der Website von Zap rund 178 000 Besucher über diesen Link mit der Hans-&-Althea-Szene aus »Tower of Torture« einbrachte.

Das war schon vor der Marienerscheinung eine heiße Website gewesen. Aber nach dem Ereignis brachte *Cyber Hour* einen Special. Und *Night On-Line* zog bald nach. Live-Aufnahmen zeigten neben der Heiligen Jungfrau Maria angeblich echte Tränentropfen, die sich auf der Mattscheibe des Computermonitors bildeten, Blut, das aus den Nahtstellen des Joysticks quoll, und die sanfte Stimme Unserer Lieben Frau von Multimedia (wie sie mittlerweile in Gamer-Kreisen genannt wurde), die sich sogar vernehmen ließ, wenn die Lautsprecherboxen ausgeschaltet waren! Als der Computercode disassembelt und debuggt wurde, fand sich in einem Befehlssatz ein Unterprogramm, das das Bild eines weiblichen Gesichts aufrief, aber die Programmierer von Subliminal Solutions hatten die Zeile ausgeREMmt, so daß sie nicht funktionsbeteiligt war. Die Game-Designer gaben an, sie hätten ursprünglich vorgehabt, Altheas angstverzerrtes Gesicht in Hansens Richtbeil gespiegelt erscheinen zu lassen, aber jetzt sei die entsprechende Befehlszeile eindeutig außer Funktion gesetzt.

Die Absatzzahlen von »Tower of Torture« schossen steil in die Höhe; dann griff die Manie auf »Anthrax Avenger« und später auch auf »Greek SlaughterHouse« über, denn jetzt suchten die Gamer landesweit die Klingen sämtlicher in den Spielen vorkommenden Waffen nach Hinweisen auf weitere Epiphanien und Inkarnationen ab. Das Aktienkapital von Subliminal Solutions verdoppelte sich, verdreifachte sich dann und verdoppelte sich anschließend noch einmal, und das trotz eines Kurs-Gewinn-Verhältnisses von 127 zu 1. SS war jetzt eines der heißesten Unternehmen in der aufstrebenden Multimedia-Game-Industrie, und aufgrund seines persönlichen Mangels an einschlägigen Computerkenntnissen lebte Arthur in der ständigen Angst, das fette Klientenkonto zu verlieren. Und hier kam Jura-Absolvent Watson ins Spiel, der mit der größten Selbstverständlichkeit über Pixeldichte, Lochmaskengröße, MPEG, MMX, Ultra QuickTime für Windows, VRAM und Videotreiber zu plaudern wußte.

Subliminal Solutions bei Laune zu halten war wichtig, weil es wichtig war, Arthur bei Laune zu halten. In einem Riesenladen wie Stern, Pale sind Associates wie Joseph T. Watson Verbrauchsmaterial, Allgemeingut, das jederzeit von jedem Partner angefordert und auf die ödesten Recherchen angesetzt werden kann, die die Branche zu bieten hat – es sei denn, sie werden protegiert. Watson erlangte den Protegéstatus, indem er vornehmlich für Arthur Mahoney arbeitete und seine Sache so gut machte, daß Arthur im Gegenzug dafür sorgte, daß die Arbeitszeit seines Associate nicht für Urkundenvorlagen oder Flüge nach Newark vergeudet wurde, um irgendeiner in Schwierigkeiten steckenden Kunstdüngerfirma etwas gebührende Sorgfalt angedeihen zu lassen. Hausinterne Protektion. Nicht, daß die Arbeit, die er für Arthur tat, auch nur im mindesten sinnvoller oder befriedigender gewesen wäre, als nach Newark zu fliegen, aber sie war überschaubar und planbar, erlaubte ihm, zu Hause bei seiner Familie zu bleiben, und implizierte in erster Linie einen Umgang mit Maschinen statt mit streitsüchtigen Anwälten und fordernden Mandanten.

Arthurs Gegensprechanlage piepte; er bedeutete Watson, sitzen zu bleiben.

»Ja, ja, wir sind gerade fertig geworden. Eine der Empfangsdamen möchte Dr. Palmquist herbegleiten.«

»Ihr Pflichtfall«, sagte Mahoney, und seine Augenbrauen zogen sich mißmutig zusammen, während er die Sprechanlage ausschaltete. »Der Geschäftsausschuß hat heute getagt. Man ist beunruhigt über den hohen Zeitaufwand, den diese zugeteilten Fälle im Durchschnitt erfordern. Als konkretes Beispiel war auch von Ihrem die Rede.«

»Ich habe in der Sache jetzt kaum noch eine Wahl«, sagte Watson. »Oder?«

»Nun, wie ich schon sagte, habe ich mir einige Gedanken über gangbare Ausweichstrategien gemacht.«

Watson versuchte, sich eine Möglichkeit zu überlegen, wie er Arthur auf höfliche, respektvolle Weise mitteilen könnte, daß er es eigentlich vorzog, seinen Pflichtfall selbst in die Hand zu nehmen. Und die Bestimmungen des hiesigen Bezirksgerichts gaben ihm recht – Pflichtfälle wurden nicht Firmen, sondern einzelnen Anwälten übertragen.

Arthur lächelte wieder. Und Watson lächelte zurück, bis er merkte, daß Arthur direkt an ihm vorbeilächelte – daß sein Lächeln jemandem galt, der offensichtlich hinter ihm in der Tür stand.

»Kommen Sie herein, Dr. Palmquist«, sagte Arthur. Er erhob sich von seinem Sessel hinter dem riesigen Schreibtisch und breitete die Arme aus.

Watson stand auf und machte beim Anblick einer Frau, die so aussah, als sei sie gerade in der Eingangshalle von Gesundheits- und Schönheitsexperten zusammengebaut worden, einen Satz. Eine Ehefrau, zwei Kinder, eine katholische Angst vor dem Ehebruch und eine frühe Lehrzeit in Sachen Klagen wegen sexueller Belästigung hatten ihm eine instinktive Abneigung gegen attraktive Frauen, insbesondere solche am Arbeitsplatz, eingeimpft. In seinen Single-Zeiten hätte er ihr einen anwenderprogrammierbaren miniaturisierten Peilsender untergejubelt, um sie später wieder ausfindig machen und ihr seinen unbezwinglichen Drang erklären zu können, in ihrer Nähe zu sein und sich mit ihr zu unterhalten. Aber diese Zeiten waren lange vorbei und diese Bedürfnisse nunmehr höheren Werten untergeordnet – Heim, Herd, Kinder, Gemahlin & Gott.

Als er sich, während Arthur sie miteinander bekannt machte, einen zweiten Blick genehmigte, mußte er zu seinem Schrecken feststellen, daß sie aus der Nähe betrachtet sogar *noch* besser aussah. Rabenschwarze Flechten schlangen sich auf eine Seite des Kopfes und schraubten sich zu einem Gesamtkunstwerk der Haute Coiffure empor. Stahlbrille, korallenroter Lippenstift, Nagellack von derselben Farbe. Anflüge von Schatten unter den Augen deuteten auf durchwachte Nächte hin und erweckten in ihm den Wunsch, das Rätsel ihrer Schlaflosigkeit zu ergründen.

Als sie und Arthur sich mit Wangenküßchen begrüßten und dann anfingen, von irgendwelchen gemeinsamen Freunden zu plaudern, kämpfte Watson tapfer gegen den Glotzreflex an und machte sich eifrig an den Büchern und Papieren zu schaffen, die er, bevor er aufgestanden war, um sie zu begrüßen, auf dem Schoß gehabt hatte. Dann sah er an seinem Lesegut vorbei auf flache Wildlederschühchen, Nylonstrümpfe (im Farbton halbwegs zwischen Perlgrau und Nackt), einen Rocksaum, der gerade bis eine Idee unterhalb des Provozierenden reichte, und dann weiter hinauf, bis sein Blick auf den ebenmäßigen Gesichtszügen Dr. Palmquists – für Arthur: »Rachel« – haftenblieb.

Watson, sonst nicht der Typ, der auf die Kleidung von Leuten achtete, machte in bezug auf *ihre* immer neue Beobachtungen: die Nylonstrümpfe, die tatsächlich zu Nacktheit wurden, als sie die Beine bewegte; eine schimmernde Bluse, in welcher absolut konkurrenzfähige, voll erblühte Archetypen wogten. Um die Strümpfe und die glänzende Bluse spielte ein dünner regenbogenfarbener Dunst zurückgeworfenen Lichts. Er richtete einen bohrenden Blick auf die Fläche zwischen den Revers eines königsblauen zweireihigen Seidenkostüms, wo die Bluse gerade dünn genug war, um ihm eine Ahnung vom floral gemusterten Was-auch-immer zu gewähren, das sie darunter tragen mochte.

Verheiratet, dachte er. *Kann gar nicht anders sein.*

»Ich sehe Jim manchmal noch«, sagte Arthur.

»Ich nicht«, sagte sie mit einem Achselzucken.

»Gut«, sagte Arthur und nahm ihre Hand in seine beiden Hände. »Ist am besten so. Und die Sache ist genau so ausgegangen, wie wir in gewissem Sinne erwartet hatten. Wissen Sie noch? Wir hatten es vorausgesagt.«

Watson verspürte angesichts all des Körperkontakts, den

Arthur aus der Sache herausschlug, einen unbestimmten Stich. Er mußte plötzlich an einen weiteren Lebensweg denken, den er in seiner College-Zeit nicht eingeschlagen hatte. Ein, zwei Semester lang hatte er mit großer Begeisterung Anthropologie studiert, Primatologie, Evolutionspsychologie – jede Fachrichtung, die sich im weiteren Sinne mit Humanethologie befaßte, die also menschliche Verhaltensmuster am Beispiel von Affen, Anwälten und sogenannten »Primitiven« deutete, indem sie Primärtriebe in parallelen Aktualisierungsformen untersuchte. Er erinnerte sich an eine Passage über Meerkatzenmännchen in einem Buch – *How Monkeys See the World* –, das ihm sein Dozent für Evolutionspsychologie und Primatenkunde empfohlen hatte (ein Mann, der ganze drei Monate lang Watsons Idol und Vorbild gewesen war, bis er erfahren hatte, was Assistenten an der Uni im Jahr verdienten): »Sobald es sich einer neuen Gruppe angeschlossen hat, interagiert ein Männchen mit Geschlechtsgenossen primär im Kontext der Konkurrenz um den Zugang zu paarungsbereiten Weibchen.« Damit sich diese Beobachtung auch auf junge Menschenmännchen beziehen ließ, hatte Watson geschlossen, brauchte man lediglich das Wort »primär« durch »ausschließlich« zu ersetzen.

Es konnte sich als nötig erweisen, daß er sich wieder mit ihr traf. Sie war Expertin auf einem Gebiet, über das er sich möglicherweise viel würde aneignen müssen. Und es machte Spaß, zuzusehen, wie Arthur – ein harter Bursche, der sich vor niemandem beugte – vor dem Altar körperlicher Schönheit auf dem Bauch lag.

»Wir hatten gerade gewichtige rechtliche Fragen im Zusammenhang mit Enthauptungen erörtert«, sagte Arthur mit einem halben Lachen, während er Dr. Palmquist in einen Sessel komplimentierte und Watson mit einer Geste aufforderte, sich zu ihnen zu setzen.

»Häufig ein Symbol für Kastration, wie Freud meint«, sagte sie mit einer gerunzelten Augenbraue und einem vergnügten Schmunzeln, das ihre eigene Belesenheit ironisieren sollte. »Die Augen stehen für die Hoden, sagen jedenfalls die Psychoanalytiker. Ich habe mal einen Artikel darüber geschrieben. Ich glaube, Sie sollten mich als Expertin für Enthauptungen einstellen. Ich kenne mich auf dem Gebiet ziemlich gut aus.«

»Was Sie nicht sagen«, sagte Arthur und zog sich hinter die sicheren Linien seines Schreibtischs zurück, um ein paar Bleistifte ordentlich nebeneinanderzulegen, die schon ordentlich nebeneinanderlagen. »Wie finden Sie das, Joe?« flachste Arthur. »Eine Expertin für Enthauptungen und Kastration.«

»Äußerst ödipal«, sagte Rachel. »Freud behandelt das Thema im Zusammenhang mit den üblichen griechischen Mythen. Ödipus reißt sich die Augen heraus, anstatt sich zu kastrieren, weil ihm der verbotene Anblick des mütterlichen Genitales zuteil geworden ist, das Haupt der Medusa – das Mysterium tremendum, dessen Anblick jeder Mann mit dem Leben bezahlt.«

Watson verkniff sich ein Grinsen, als er sah, daß die Erörterung mütterlicher Genitalien Arthur in erhebliche Verlegenheit stürzte. Palmquist hatte grundsätzlich einen verträumten, geistesabwesenden Blick, bis sie den Mund aufmachte und wie Doktor Allwissend wirkte. Und ihre Gliedmaßen schienen in übermäßig geschmierten Gelenken zu hängen, schlaff sich selbst überlassen, bis sie sie wieder benötigte. Kopf? Augen? Watson hatte schon die verschiedensten Umschreibungen für die Sache gehört – vom »dicken Johannes und die Zwillinge« bis hin zum »Teufel, der zwei Bowlingkugeln gegen die Höllenpforte knallt« – aber dieses kephalophalliforme, okulotestikuläre Gewäsch war ihm absolut neu. Sie nahm den alten Knacker ganz offensichtlich auf den Arm, und Arthur merkte es nicht einmal.

Nach einem weiteren Blick auf die Nylonstrümpfe wurde es Watson ein wenig eng um die Brust, und auch die Raumluft schien langsam etwas zuwenig Sauerstoff zu enthalten. Hätte er gegen sich selbst wegen Verdacht auf sexuelle Diskriminierung ermitteln sollen, dann hätte er die Kleidung eines männlichen Experten für was auch immer, mit dem er im Laufe seines Arbeitstages zu tun gehabt haben mochte, mit Sicherheit nie als Beweisstück aufgenommen, woraus wiederum folgte ... was?

»Verblüffend«, sagte Arthur. »Erst neulich hatten wir just über die Enthauptung der Medusa gesprochen. Aber im Zusammenhang mit diesen verflixten Computerspielen.«

»›Greek SlaughterHouse‹?« sagte Rachel. »Sind Sie Fans von ›Greek SlaughterHouse‹? Meine Nichten und Neffen sind ganz verrückt danach.«

Arthur sah von Rachel zu Watson hinüber und wieder zurück. »Da sehen Sie, was ein alter Mann alles verpaßt, wenn er sich weigert, sich vor einen Computer zu setzen.«

Watson hakte im Geist die verbotenen Kategorien ab, zu denen sie nicht gehörte: Sie war keine Sekretärin, keine Klientin, keine Mitarbeiterin von Stern, Pale & Covin. *Er* war derjenige, der bis zum Hals in verbotenen Kategorien steckte: Ehe, Verpflichtungen, Frau, Sohn, Tochter; zumindest spielte sich das Ganze in Arthurs Büro ab, so daß er ihr kein Foto seiner Lieben zu zeigen brauchte.

Er kannte seinen Chef und die Firma gut genug, um zu wissen, daß Arthur das Thema »Greek SlaughterHouse« augenblicklich ad acta legen würde, auch wenn die Gefahr einer Verletzung von Klienteninteressen verschwindend gering war. Diskretion gehörte einfach zum Ehrenkodex von Stern, Pale. (»Juristisches Können bringt hohe Honorare ein«, hatte Arthur ihm einmal anvertraut. »Den Mund halten bringt *sehr* hohe Honorare.«)

»Genug von Computerspielen geredet«, sagte Arthur. »Unser aktuelles Problem ist, einen jungen Mann zu verteidigen, dem der Kopf gleichfalls ziemlich wackelig auf den Schultern sitzt, weil die Bundesanwaltschaft, bildlich gesprochen, darauf Anspruch erhebt.«

»Ich habe die Zeitungen gelesen«, sagte Palmquist. »Und das Material, das Sie mir geschickt haben.«

»Was für Material?« fragte Watson. Es war *sein* Fall! Was zum Teufel bildete sich Arthur eigentlich ein, irgendwelchen Leuten Material über seinen Mandanten zu schicken, ohne ihn vorher zu fragen?

»Die Polizeiberichte sind gekommen«, sagte Arthur, ohne die Augen von Dr. Palmquist abzuwenden. »Ich habe sie ihr gefaxt«, fügte er mit einem einzigen kurzen Blick in Watsons Richtung hinzu.

»Verzeihung«, sagte Watson, »der kleine Exkurs über Kastration hat mich offensichtlich abgelenkt. Was war noch mal Ihr Fachgebiet?«

»Ich bin Neurowissenschaftlerin«, sagte Dr. Palmquist.

»Sie ist Gehirnforscherin«, sagte Arthur.

»Aha«, sagte Watson und fragte sich, wie sie es wohl anstellte, Gehirne zu erforschen.

»Mein besonderes Interessengebiet ist die forensische Neuropsychologie. Wir werden manchmal bei Strafprozessen zur Beurteilung der Schuldfähigkeit des Angeklagten hinzugezogen, manchmal treten wir auch als Sachverständige zur Frage der behavioralen Implikationen neurologischer Störungen auf. Ich arbeite in einem Team. Haben Sie schon mal vom Gage Institute gehört? Medizinisches Forschungszentrum der Ignatius University? Wir befassen uns mit den neurophysiologischen Aspekten gewalttätigen kriminellen Verhaltens. Wir versuchen herauszufinden, ob zwischen den Gehirnen von Gewaltverbrechern und normalen Gehirnen irgendwelche anatomischen, neurochemischen, metabolischen, magnetischen oder elektrischen Unterschiede bestehen.«

»Sie hat mich angerufen«, warf Arthur ein.

»Habe ich«, sagte sie. »Ein sogenanntes Haßverbrechen wirft gewisse Fragen bezüglich Motiv und Intention auf, oder was Sie als Anwälte die *mens rea* nennen: den Geisteszustand, der bei einem Angeklagten erforderlich ist, damit er einer bestimmten Straftat für schuldig befunden werden kann – Fragen, die für die Neurowissenschaft von besonderem Interesse sind. Ich kann Ihnen die Zusammenfassungen einiger Studien über Automatismen, neuropathologische Defekte, Gewalt und neuronale Schaltkreise zuschicken, die wir zur Zeit durchführen.«

»Nur mal angenommen, Ihr Junge hat irgendeinen geistigen Defekt«, drängte Arthur. »Anfälle, Schizophrenie, eine Psychose oder irgendeine andere organische Fehlfunktion. Angenommen, Rachel könnte etwas in der Art für Sie herausfinden. Würde sich das nicht zu seiner Entlastung vorbringen lassen?«

»Der Angeklagte hat schon in der Vergangenheit affektivtriebhafte Verhaltensweisen an den Tag gelegt – wenn man den Zeitungen Glauben schenken kann«, sagte sie mit einem Lächeln. »Wir wissen nicht, ob die Anamnese Alkohol- oder Drogenmißbrauch ergeben wird. Wenn wir Glück haben, finden wir in seiner Vorgeschichte die eine oder andere Form von Epilepsie – die sich mitunter in affektiv-triebhaftem oder gewalttätigem Verhalten äußert. Einem Bericht zufolge hat er in der Vergangenheit zumindest *eine* Episode von antisozialem Verhalten durchgemacht, wofür er auch in ambulanter psychiatrischer Behandlung gewesen ist.«

»Was für ein Bericht?« entfuhr es Watson.

»Aber es ist die Haßgeschichte, die ihm gegebenenfalls die Todesstrafe einbringt«, unterbrach Arthur.

»Wir wissen nicht, ob wir es hier mit Überlegung oder Vorsatz zu tun haben«, sagte Rachel. »Und dann ist da noch die Frage nach dem Haßmotiv.« Sie nickte Arthur zu. »Die Staatsanwaltschaft scheint in ihrer Argumentation auf eine gemischte Motivierung hinauszuwollen. Sie will ihren Antrag auf Strafverschärfung damit begründen, daß der Angeklagte in seinem Handeln ganz oder teilweise durch Groll, Haß oder Voreingenommenheit, bedingt durch die Rasse oder die Behinderung des Opfers, motiviert gewesen sei. Zu beweisen, daß der Angeklagte unter der Einwirkung heftiger Eifersucht stand, bringt uns also nicht weiter. Nach dem Buchstaben des Gesetzes trägt zwar die Anklage die Beweislast, aber in praxi bleibt sie an uns hängen. Wir sind gezwungen, ein Negativum zu beweisen: daß er, trotz seiner entsprechenden Äußerungen, *nicht* durch Voreingenommenheit motiviert war. Wenn er ein engstirniger Rassist ist, dann müssen wir beweisen, daß er *trotzdem* bei der Verübung seiner Straftat weder ganz noch teilweise durch Engstirnigkeit motiviert gewesen ist.«

Watson war noch nicht sehr lange Anwalt, aber er hatte schon genügend eidliche Aussagen von Ärzten zu Protokoll genommen, um Palmquists Syndrom zweifelsfrei diagnostizieren zu können: Sie war eine Ärztin, deren Lieblingshobby darin bestand, Anwältin zu spielen.

»Läßt sich diese Frage mit den Möglichkeiten der medizinischen Technik überhaupt beantworten?« fragte Watson. »Ich meine, wollen Sie behaupten, daß Sie den Burschen testen und uns anschließend sagen können, ob er ein Rassist ist?« Er lachte.

»Nein«, sagte sie, ohne zu lächeln. »Aber es würde mich kein bißchen wundern, wenn die *Staatsanwaltschaft* genau das zu tun versuchte. Die haben eine brandneue Voreingenommenheitskommission gegründet – Ermittler, Haßpsychologen, Staatsanwälte, allerlei Sachverständige –, die nur auf Arbeit wartet. Die neuen Testmethoden verbinden verhaltensdiagnostische Standardverfahren zum Nachweis von Automatismen und unbewußter Voreingenommenheit mit neurologischen Funktionsscans und liefern damit ein exaktes Persönlichkeits- und Neurofunktionsprofil des Angeklagten. Dann kombiniert man die Profilergebnisse mit allen übrigen Indizien für Voreingenommenheit – Äußerungen am Tatort, Mitgliedschaft in Haßorganisationen, in der Vergangenheit ausgesprochene Drohungen gegen geschützte Minderheitengruppen –, und fertig ist die Anklage wegen krimineller Voreingenommenheit.

Früher wurden solche diagnostischen Verfahren vornehmlich post festum angewandt, als Entscheidungshilfe bei der Strafzumessung. In letzter Zeit versuchen beide Seiten, die neurologischen Tests bereits in die Verhandlungsphase hineinzumanövrieren – sei es, um einen psychischen Defekt nachzuweisen, sei es, um den Geschworenen zu suggerieren, daß der Angeklagte ein eingefleischter Rassist und unverbesserlicher Krimineller ist. In diesem konkreten Fall hat die Anklage eher mit dem Geisteszustand des Bundesanwalts zu tun als mit demjenigen Ihres Mandanten. Schwarze Stimmen für die nächstjährigen Senatswahlen. Die Afroamerikaner haben es satt, mit ansehen zu müssen, wie diese Voreingenommenheitsgesetze immer nur auf Farbige angewendet werden, die sich vorsätzlich weiße Opfer aussuchen. Erinnern Sie sich an den US-Supreme-Court-Fall Wisconsin gegen Mitchell?« fragte sie.

Arthur riß verständnislos die Augen auf.

»Ich habe einen Artikel über den Fall geschrieben«, sagte Watson. »Wisconsin verdoppelte das Strafmaß bei einem schwarzen Jugendlichen, weil er sich für seinen tätlichen Angriff vorsätzlich ein weißes Opfer ausgesucht hatte.«

Sie nickte. »Und hier bietet sich die Chance, einen Weißen dafür dranzukriegen, daß er im Zusammenhang mit einem Gewaltverbrechen das N-Wort benutzt hat.«

Ihr neurojuristisches Imponiergequassel war durchaus beeindruckend, aber Watson blieb skeptisch; er machte sich Notizen und bemühte sich, möglichst viel festzuhalten, um es anschließend in der Bibliothek nachschlagen oder dafür eine relevante Website ausfindig machen zu können. Er schrieb »Wisconsin./.Mitchell«, »Automatismen« und »Neurofunktionsprofil« auf seinen Notizblock.

»Sie bekommen einen völlig unentgeltlichen, umfassenden medizinischen Check-up Ihres Mannes«, sagte Arthur. »Die neusten und besten Scanning-Verfahren. Haben Sie schon mal die Bilder gesehen, die sie neuerdings vom Gehirn zustande bringen? Man meint fast, die Hand ausstrecken und das Ding anfassen zu können. Rachel hat mir erzählt, diese Apparaturen sind so empfindlich und genau ... das geht soweit, daß sie jemanden scannen und dann sagen kann, ob er voll von Haß oder abnormen Sexualwünschen ist.«

»Arthur«, sagte sie lachend.

»Ich sage ja nicht, daß Ihr Mann voll davon ist«, fuhr er fort. »Aber was, wenn er schizophren ist? Angenommen, er hat irgendeine Art von bösartigem soziopathischem Haß-Voreingenommenheits-Devianz-Syndrom?«

»Nehmen wir's eben an«, sagte Watson, vielleicht eine Spur zu schroff. Er war sich nicht sicher, ob er eine weitere enthusiastische Vorverurteilung seines Mandanten seitens Arthurs verkraftet hätte. Er wollte eigentlich Dr. Palmquist vorschlagen, sich mit ihm irgendwo außerhalb der Firma zu treffen, wo er vielleicht ein wenig mehr über abnorme Sexualwünsche würde erfahren können.

»Ich mach Ihnen einen Vorschlag«, kam sie ihm zuvor. »Sie schauen nächste Woche im Labor vorbei, und ich zeig Ihnen, was wir so tun und inwiefern eine eingehende neurologische Untersuchung Ihres Mandanten Ihnen bei seiner Verteidigung von Nutzen sein könnte. Wenn Ihnen die Sache nicht zusagt, oder wenn *er* es nicht mit uns versuchen will, dann vergessen Sie, daß wir uns überhaupt getroffen haben.«

Nicht sehr wahrscheinlich, dachte er. »Einverstanden«, sagte er.

»Ausgezeichnet«, sagte Arthur.

»Ich weiß, daß die Herren alle Hände voll mit Enthauptungen zu tun haben«, sagte sie schelmisch, »und ich muß ins Labor zurück und ein paar Köpfe untersuchen, die noch immer an den dazugehörigen Körpern befestigt sind.«

Arthur griff nach einem weiteren Bleistift. Watson gönnte sich einen weiteren gründlichen Blick und fragte sich, wie sie wohl dazu gekommen sein mochte, sich für Gehirne zu interessieren (und wenn Köpfe Penisse waren und Augen Hoden, dann waren Gehirne ... was?)

Lederne Buchrücken ragten in fest geschlossenen Reihen hinter ihr empor. Ihr Brustkorb weitete sich und schimmerte, als sie ein weiteres Mal lachte. Vor dem Hintergrund lebloser Bände voll abstrakter Zeichen wirkte das Fleisch ihres Gesichts und ihrer Hände zugleich überirdisch und hinreißend konkret.

Arthur kam hinter seinem Schreibtisch hervor – ein kleiner Bub, der sich mehr Zuwendung wünschte und mit einem wehmutsvoll sehnsüchtigen Ausdruck der Scheidenden nachsah. Sein Telefon trillerte.

»Äh, Dr. Palmquist«, sagte Watson, entschlossen, einen Versuch zu starten, solange Arthur ihren Abgang bewunderte und nach seinem Telefon tastete.

Sie drehte sich auf einem Absatz um und lächelte.

»Dieser Bericht, von dem Sie gesprochen haben«, sagte er, ohne stehenzubleiben, und eskortierte sie unauffällig aus Arthurs Büro. »Und die Sache mit dem affektiv-triebhaften Verhalten, das er früher schon mal an den Tag gelegt haben soll. Stammt das aus einem ärztlichen Bericht? Von was für einer Art von affektiv-triebhaftem oder antisozialem Verhalten reden wir hier eigentlich?«

Sie lachte, während sie den Korridor entlanggingen. »Sie haben den *Post-Dispatch* gelesen«, sagte sie. »Wenn Sie in Saint Louis unzuverlässigen Schmutz & Schund wollen, müssen Sie die *River City News* lesen. Die behaupten, Ihr Mandant sei schon ein paarmal mit dem Gesetz in Konflikt geraten und sei vor fünf Jahren aus dem College geflogen, nachdem er im Süden von Missouri ein Hakenkreuz an einen Wasserturm gemalt habe. Klingt nach einem blöden Studentenstreich, aber leider paßt es auch haargenau in die Haßtattheorie.«

Sie blieben vor Watsons Büro stehen, wo sie den Namen am Türschild bemerkte. »Ihr Zimmer?«

»Mein Zimmer.«

»Könnten wir …?« sagte sie mit einem Blick auf ihre Uhr und einem anderen in sein Büro.

»Klar«, sagte er.

Sobald sie drinnen waren, schloß sie die Tür. Nach Arthurs Eck-Großgrundbüro kam man sich in dem Zimmerchen wie in einem Wandschrank vor.

»Sollen wir uns setzen?« schlug sie vor und deutete auf einen der zwei ungepolsterten Stühle, die vor seinem Schreibtisch standen.

Watson sah ihr ostentativ nicht auf die Beine, als sie sie übereinanderschlug.

»Ich habe schon oft genug als sachverständige Zeugin vor Gericht ausgesagt, um zu wissen, wie solche Pflichtfälle in der Regel abgehandelt werden«, sagte sie. »Ihre Aufgabe besteht darin, sich den Fall anzusehen und dann ein Geschäft auszuhandeln. Vielleicht würde die Staatsanwaltschaft die Haßanklage fallen lassen, wenn Sie sich mit vorsätzlichem Mord einverstanden erklärten. Aber lebenslänglich ohne Aussicht auf vorzeitige Haftentlassung für einen hundsgewöhnlichen Totschlag …?«

»Klingt ganz danach, als ob er einen guten Strafverteidiger brauchen könnte«, sagte Watson. »Vielleicht sollten Sie und ich einen Kuchenbasar veranstalten und zusehen, daß wir zumindest das Geld für den Vorschuß zusammenbringen.«

»Ich werde ganz offen sein«, sagte sie. »Ich will Ihren Mandanten haben. Ich will ihn durchleuchten. Ich will seine neuronalen Schaltungen kartographieren. Ein paar der anderen Leute, mit denen ich zusammenarbeite, wollen bestimmte neuropsychiatrische Testreihen durchführen. Er wäre ein interessantes Studienobjekt.«

»Und wenn wir mit dem Staatsanwalt einen Kuhhandel abschließen«, sagte Watson, »dann können Sie das alles nicht machen?« Er war erleichtert, ein eigennütziges Motiv bei ihr zu entdecken – das machte sie vertrauenswürdiger.

»Ich beschäftige mich schon seit zehn Jahren mit der Untersuchung von Gewaltverbrechern«, erklärte sie, »aber bislang bin ich größtenteils erst nach erfolgtem Schuldspruch zum Zug gekommen – mit Gutachten als Entscheidungshilfe für eine etwaige Strafmilderung. So langsam finden die Neurowissenschaften jetzt auch Eingang in den Gerichtssaal. Aber niemand ist bereit, Zeit und Geld in eine neuropsychologische Verteidigung zu investieren, solange die Methode nicht ein paar aufsehenerregende Urteile beeinflußt hat. Seit wann ist der genetische Fingerabdruck bei Strafverfahren als Beweismittel zugelassen?«

»Ich weiß nicht«, sagte Watson.

»Seit nicht mal zwanzig Jahren«, sagte sie. »Und daß er überhaupt reinkam, lag daran, daß ein Anwalt sich mit einem Genetiker zusammentat und es versuchte. Können Sie mir folgen? Ich untersuche Verbrechergehirne einschließlich der Faktoren, die einen Verbrecher motivieren, und im vorliegenden Fall ist die Motivation ein wesentlicher Faktor. Moderne Straftaten, insbesondere diese neuen Haßverbrechen, verlangen die Ermittlung des Geisteszustands des Angeklagten im Augenblick der Tat – *mens rea*, Motiv, wie immer Sie es nennen wollen. Lag Überlegung vor? Vorsatz? Bestand Haß gegen eine geschützte Gruppe? Einfach nur ganz normaler Haß? Was ist mit Haß gegen eine *nicht* geschützte Gruppe – häßliche Leute oder fettleibige Leute, Dummköpfe oder Anwälte? Liegt eine Geisteskrankheit vor, ein psychischer Defekt? Die modernen Neurowissenschaften sind zunehmend in der Lage, objektive Daten über Geisteszustände zu liefern, und die Rechtsprechung ist in zunehmendem Maße an derlei Daten interessiert. An irgendeinem Punkt werden sich die zwei Disziplinen kreuzen.« Sie lächelte, als wäre sie stolz darauf, an so einer Kreuzung den Verkehr zu regeln.

»Wozu brauchen Sie *mich*?« fragte er.

»Ich brauche einen Strafverteidiger, der bereit ist, in einem aufsehenerregenden Fall etwas Neues auszuprobieren«, sagte sie. »Ich meine, daß die wissenschaftlichen und technischen Voraussetzungen gegeben sind, und sie lassen sich zur Feststellung von Schuld oder Unschuld sowie zur Milderung des Strafmaßes einsetzen. Ich brauche einen Anwalt, der mir die Einwilligung seines Mandanten besorgt und die erforderlichen Anträge einreicht. Und wenn wir irgend etwas finden, muß ich als sachverständige Zeugin aufgerufen werden.«

Sie beugte sich näher heran. »Haben Sie sich noch nie gefragt, wo dieses Ich, das Sie in Ihrem Inneren für gegeben halten, herkommt?« fragte sie und deutete auf eine Stelle unmittelbar hinter dem intensiven Grün ihrer Augen in ihren schattigen Mulden.

»Doch« sagte er, »irgendwie schon«, obwohl er momentan eher daran interessiert gewesen wäre, das Ich in seinem Inneren sonstwohin zu schicken, damit die anderen Teile seiner selbst die Kontrolle über sich verlieren und ihrem einladenden Blick Folge leisten könnten. Trug sie farbige Kontaktlinsen, oder waren ihre Augen wirklich so grün?

»Ich zeig Ihnen, womit ich mir meine Brötchen verdiene«, sagte sie. »Und ich zeig Ihnen, was ich für Ihren Mandanten tun kann. Und Sie bekommen eine unentgeltliche Vorschau auf die Zukunft der Neurotechnologie.«

Ihr wortloser wechselseitiger Blick dauerte zu lang, ohne daß sie dabei auch nur im geringsten verlegen geworden wären.

»Wann besuchen Sie ihn?« fragte sie.

»Nach dem Lunch«, sagte Watson, »denke ich, es sei denn, Arthur –«

»Sie sind wahrscheinlich ein sehr guter Anwalt«, sagte sie mit einem spöttisch übertriebenen Augenaufschlag, »aber läge ich völlig falsch, wenn ich rundheraus sagte, daß Sie von Strafrecht keinen Furz verstehen?«

»Ich versteh *einen Furz* von Strafrecht«, sagte Watson, »und das bedeutet, wie Sie gesagt haben, daß ich keinen Furz davon verstehe.«

»Gut«, sagte sie. »Keine Ego-Probleme. Ich will Ihnen sagen, was ich glaube. Arthur wird Ihnen freie Hand lassen, damit Sie diesen Fall ganz schnell verbocken. Denn je eher Sie sich wie ein Dummkopf in einen Schlamassel hineinmanövrieren, desto eher erklären Sie sich mit einem außergerichtlichen Kuhhandel einverstanden und vergessen die ganze Sache. Aber das ist ganz und gar nicht in unserem Sinne, hab ich recht?« Sie wedelte mit einem Finger vor seiner Nase: einem Finger, den er auf einmal schrecklich gern berührt, vielleicht sogar in den Mund genommen hätte. »Woran Sie heute nachmittag also unbedingt denken müssen, ist folgendes: Lassen Sie sich von Ihrem Mandanten nicht erzählen, was passiert ist – *noch* nicht.«

»Warum?« fragte Watson, verblüfft über diese offensichtliche Diskrepanz zwischen den Gepflogenheiten im Strafrecht und seinen Zeugenbefragungen in Zivilsachen, bei denen er immer versuchte, Fakten zutage zu fördern.

»Nichts kann eine Strafsache gründlicher vermasseln als negative Fakten. Einstweilen«, sagte sie, indem sie ihre Aktenmappe öffnete und ihm ein getipptes Formular reichte, »brauchen wir absolut alles, was wir an Krankenberichten bekommen können. Lassen Sie ihn das hier unterschreiben und schärfen Sie ihm unbedingt ein: Wenn ihm der Staatsanwalt irgendwelche bedeutend-allgemeinen Fragen stellen möchte, dann soll er ihn an Sie verweisen.«

»In Ordnung«, sagte Watson und nahm das Formular an sich.

»Besonders wichtig ist eine möglichst lückenlose Abfolge der Ereignisse«, fügte sie hinzu. »Es ist in unserem Interesse, daß er überhaupt keine Zeit gehabt hat, verstehen Sie? Denn wenn er Zeit gehabt hat, dann kann das bedeuten, daß er entweder den Vorsatz gefaßt hat oder daß er innegehalten und sich bewußtgemacht hat, wie sehr er gehörlose Schwarze haßt – können Sie mir folgen?«

»Ich denke schon«, sagte Watson, plötzlich erleichtert, festzustellen, daß er eine Verbündete hatte, die einiges darüber zu wissen schien, wie man einen Mandanten verteidigte, anstatt ihn sich einfach vom Hals zu schaffen. Und vor allen Dingen leuchtete ihm die Sache mit der Wichtigkeit, möglichst wenig Zeit zum Überlegen zu haben, vollkommen ein. Er wäre am liebsten sofort mit ihr irgendwohin gegangen, bevor er die Zeit haben würde, über die möglichen Konsequenzen nachzudenken.

»Sie lächeln, Mr. Watson«, sagte sie. »Wenn ich Ihnen mit einem Radioisotop, etwa Sauerstoff 15, markiertes Wasser intravenös gespritzt und Sie unter meinen PET-Scanner gelegt hätte, könnte ich erkennen, ob Sie lächeln, weil Sie froh sind, oder lächeln, weil Sie Ihre Gesichtsmuskulatur willentlich kontrahieren.«

»Ach gehen Sie ... wirklich?« fragte er.

»Haben Sie sich nie gefragt, warum Fotografen einen immer auffordern, ›Cheese‹ zu sagen? Wenn man ein willentliches, emotionsloses Lächeln produzieren will, verwendet man zur Durchführung der Aufgabe bestimmte Teile seiner motorischen Rinde. Wenn dieselben Gesichtsmuskeln das sogenannte ›echte Lächeln‹ ausführen, stehen sie unter der Kontrolle ganz anderer Teile des Gehirns. EEG-Analysen beweisen, daß ein aufgesetztes Lächeln andere Hirnwellenmuster erzeugt als ein echtes. Das echte Lächeln wird von unserem limbischen Kortex gesteuert«, fuhr sie fort und stellte ihre übereinandergeschlagenen perlgraubestrumpften Beine wieder gerade hin, »und anderen sogenannten ›älteren‹ oder ›niedereren‹ Teilen unseres Gehirns.«

Watson verspürte in den älteren, niedereren Teilen seines Gehirns ein leichtes Kribbeln.

»Dieselben Teile Ihres Gehirns sind für die vier großen Fs der Neurobiologie verantwortlich: Futtern, Fighten, Fliehen und ... Familienangelegenheiten.«

Ein weiterer Blick, der keinerlei Verlegenheit auslöste.

»Ist es ein echtes Lächeln, was da bei Ihnen abläuft, Mr. Watson?«

Sie zog eine Visitenkarte aus der Tasche und schrieb mit einem Stift, den sie von seinem Schreibtisch nahm, noch eine private Telefonnummer darauf. »Rufen Sie mich an, und halten Sie mich auf dem laufenden.«

Sechstes Kapitel

Gewöhnt an die reibungslose Effizienz juristischer Internet-Suchmaschinen und nicht gewöhnt an mittägliche Verkehrsverhältnisse in Einbahnstraßen, bog Watson in seinem Honda falsch ab und stellte wieder einmal fest, zu einem wie großen Teil außerhalb des Büros erfolgende Anwaltstätigkeit darin zu bestehen schien, auf der Suche nach dem Gebäude, in dem man sich einzufinden hatte, kreuz und quer durch die Stadt zu fahren und anschließend nach einem Parkplatz zu suchen. Er fuhr zweimal an einem vermeintlichen Gerichtsgebäude vorbei, bevor er erkannte, daß es das County-Gefängnis von Des Peres war. Die Ziehharmonika von Bandstacheldraht, die rings um die Dachkante lief, hätte ihm ein Hinweis sein müssen. Vielleicht war der Preis für all das Online-juristische Knowhow, das er sich mit der Zeit angeeignet hatte, ein entsprechender Mangel an praktischen Kenntnissen – wie zum Beispiel dem Wissen, wo sich das Gerichtsgebäude befand, oder der Fähigkeit, ein Haus mit Stacheldraht oben drumherum zu sehen und automatisch *Gefängnis* zu denken. In hoffentlich naher Zukunft würde es ihm mit Hilfe von Zweikanalvideo-Konferenzschaltungen und einem hinlänglich gepowerten Multimedia-PC möglich sein, zum Durchlauftermin zu erscheinen, Schriftsätze bei Gericht einzureichen und sich mit seinen Mandanten zu unterhalten, ohne das Büro zu verlassen – und dann würde dieser ärgerliche Aufwand an Zeit, die derzeit noch mit Kämmen, Hemdzuknöpfen, Seidenschlipsbinden und Realtime-Befördern von herausgeputzter Bioware durch den euklidischen Raum vergeudet wurde, endlich der Vergangenheit angehören.

Ein Wechsel auf die entgegengesetzte Fahrbahn beförderte ihn in einen drei Häuserblocks langen Stau. Sein Herz tat einen Freudenhüpfer, als das Autotelefon klingelte, aber Arthurs Stimme ließ das Asphaltcowboy-Feeling rasch wieder verfliegen.

»Vergessen Sie nicht, was ich Ihnen über gute und schlechte Klienten gesagt habe«, sagte er. »Und bevor Sie da reingehen, halten Sie sich vor Augen, daß dieser Knastbruder jedes Wort, das Sie jetzt sagen, vor Gericht wiederholen wird, wenn er Sie in drei Jahren wegen unzulänglicher Prozeßvertretung und Vernachlässigung Ihrer Anwaltspflichten verklagt. Die anwaltliche Schweigepflicht schützt *ihn*, nicht Sie. Hören Sie? Je weniger Sie sagen, desto besser.«

»Ich höre, Arthur«, sagte Watson. »Je weniger ich sage, desto besser«, fügte er hinzu, wohl wissend, daß sein sarkastischer Unterton vom Handy-Rauschen verschluckt werden würde.

»Und fangen Sie schon mal an, ihn mit dem Gedanken an lebenslänglich vertraut zu machen, denn darauf wird's für ihn rauslaufen – es sei denn, Sie lassen es auf eine Verhandlung ankommen, in welchem Fall er zum Tode verurteilt wird.«

»Ich werde zuerst feststellen, in was für einer Verfassung er ist, Arthur.«

»Machen Sie sich bloß keine Umstände«, sagte Arthur. »Ich hab mir damit früher meine Brötchen verdient. Ein kleiner Wink mit der Todesstrafe, und die Typen fangen an zu zappeln wie Karnickel in der Falle. Dann wollen sie nichts anderes als irgend etwas, woran sie sich festkrallen können, einen Ritz von Tageslicht, einen wenn auch noch so schwachen Hoffnungsschimmer auf ihrem langen Marsch zum Gerichtssaal. Machen Sie ihm angst. Sagen Sie ihm, er könne sich glücklich schätzen, wenn der Staatsanwalt sich mit vorsätzlichem Mord und lebenslänglich zufriedengibt.«

Watson legte auf und stellte sich vor, wie sein Mandant allein in einer Zelle saß, ein verzweifelter Mensch, Opfer eines perversen Schicksals und unbeeinflußbarer Umstände, ohne einen einzigen Freund auf der Welt ... außer seinem vom Gericht bestellten Verteidiger. Arthur hatte nicht ganz unrecht. Aber ein Bundesbezirksrichter hatte eine Anordnung erlassen, die Watson eine zugleich höhere und bescheidenere Pflicht auferlegte. Nach Arthurs Ansicht romantisierte Watson seinen Mandanten, eingelullt vom Sirenengesang des Zivilklägers und des Angeklagten – des Erniedrigten und Enteigneten, der unbedingt einen Rechtsvertreter brauchte und nicht über die nötigen Geldmittel verfügte, um einen zu bezahlen. Vielleicht hatte er einen Film zuviel über Clarence Darrow und Gerry Spence gesehen. Nach Hollywoods Einschätzung war ein Anwalt, der die schnöden egoistischen Interessen von Einzelpersonen vertrat, aus welchen Gründen auch immer eine weniger verächtliche Kreatur als einer, der die schnöden egoistischen Interessen von Unternehmen oder Regierungen vertrat. Vielleicht war es eine Frage der Quantität: Es war edler, das geringere und schwächere von den zwei Übeln zu vertreten. Eine kuriose Unterscheidung. Wenn man als Anwalt grundsätzlich keine Probleme damit hatte, den Egoismus und das Übel zu vertreten, wäre es dann nicht vernünftiger, das *größere,* finanziell potentere und mächtigere Übel zu vertreten – und damit seine Chancen für einen erfolgreichen Prozeßausgang zu erhöhen?

Er betrat das Gefängnis beschwingten Schritts, als wollte er Anstaltsleitung und Wachpersonal wissen lassen, daß dies sein erster Tag als Strafverteidiger war und daß er fest entschlossen sei, in der kürzestmöglichen Zeit der beste Strafverteidiger zu werden, der er nur werden konnte. Joe Watson, Filmanwalt, greift ein. Dann kam ihm der Gedanke, daß die Vollzugsbeamten vielleicht wenig Verständnis für seine edlen Ziele haben würden.

Eine wohlgerundete Schwarze in Uniform mit einer aufsehenerregenden Fischgrätzöpfchenfrisur saß im Zentrum eines Oktagons aus lackierten Metallgitterwänden. Sie starrte konzentriert auf einen Bildschirm, auf dem eine staatlich subventionierte Partie Microsoft Hearts stattfand, die sie gerade dabei war, unter geschicktem Austricksen ihrer Software-Gegenspielerinnen Anna, Lynda und Terri – dieser virtuellen Schreckgespenster jedes Arbeitgebers und weiteren überzeugenden Belege für den gewaltigen Einfluß der Computerisierung auf die Produktivität der amerikanischen Wirtschaft – für sich zu entscheiden.

Ein Wärter hatte es sich in einer Kabine bequem gemacht und ließ per Knopfdruck Leute rein und raus; über einem Metalldetektor und einem Röntgengerät blitzte eine grüne Glühbirne.

»Name?« fragte die Frau nach einem einzigen abschätzigen Blick aus den Augenlöchern ihrer staatlich ausgegebenen Maske aus bürokratischer Unverschämtheit.

»Joseph Watson«, sagte er.

»Gefangener?« Sie klapperte auf einer mit einer schmierigen Schutzfolie bezogenen vorsintflutlichen Tastatur herum und machte sich nicht die geringste Mühe zu verbergen, wie sehr es sie ärgerte, ihren versuchten Durchmarsch unterbrechen zu müssen.

Irgendwo hinter der Plexiglasscheibe leuchtete eine rote Glühbirne auf, und ein lauter Summton ließ Watson zusammenfahren. Eine automatische Tür öffnete sich, und ein Uniformierter schob eine Trage herein, auf der eine zugedeckte menschliche Silhouette lag. Eine Leiche? Joe roch einen Schwall von verschiedenen Desinfektionsmitteln, gefolgt von Uringestank.

»Gefangener?« wiederholte sie.

»Whitlow«, sagte er. »James Whitlow. Ich bin sein Anwalt«, fügte er bedeutungsvoll hinzu, was indes nicht im mindesten dazu beitrug, die augenfällige Ansicht der Frau, er sei eine belanglose Null, erkennbar zu ändern.

Watson trug sich in einem Besucherbuch ein und suchte sich unter einem halben Dutzend Plastikstühlen den saubersten aus. Er versuchte, ihn abzuwischen, mußte aber feststellen, daß der Dreck schon vor langer Zeit zu einem unveräußerlichen Bestandteil seiner Oberfläche geworden war. Niemand forderte ihn auf, sich auszuweisen, keiner überprüfte seinen Namen anhand irgendwelcher Listen, um festzustellen, ob er wirklich Anwalt war.

Zehn Minuten später öffnete sich eine Stahltür, und ein Wärter führte James Whitlow in einen durch große Fenster aus maschendrahtverstärktem Plexiglas und lackierten Stahlrahmen von außen einsehbaren Besuchsraum. Was seine Statur anbelangte, wurde der Angeklagte den ihm zur Last gelegten Verbrechen nicht ganz gerecht: Er war bestenfalls mittelgroß und von derselben körperlichen Erscheinung, an die sich Watson von der High-School her erinnerte – ein Aussehen, das junge Kerle durch eine streng fettfreie Diät von Koffein, Nikotin und Hochprozentigem erzielen. Seine bläßliche Haut saß wie eine aufgeschweißte Folie um Muskeln und Sehnen, die den Eindruck erweckten, als seien sie zwischen den Gelenken zum Trocknen ausgespannt. Seine randlose Brille war sauber, sein Schnurrbart borstig, aber ordentlich gestutzt. In seinem orangefarbenen Overall sah er aus wie ein Müllmann oder ein Automechaniker, der sich sofort an sein Tagewerk hätte machen können, wenn ihm nur endlich einer die Hand- und Fußschellen abgenommen hätte.

Watson setzte sich seinem Mandanten gegenüber an einen zerkratzten Tisch, auf dem sich ein Aschenbecher und ein Telefon ohne Tasten oder Wählscheibe befanden.

Der Wärter gab Whitlow zwei Zigaretten und händigte Watson ein Schächtelchen mit zwei Streichhölzern aus.

»Wenn Sie fertig sind, nehmen Sie den Hörer ab«, sagte er und wandte sich zum Gehen.

»Was, wenn ich pissen muß?« fragte Whitlow plötzlich. Der Wärter blieb an der Tür stehen.

»Sie waren doch gerade erst pissen«, sagte der Mann. »Wollen Sie schon wieder pissen?«

»Jetzt nicht«, sagte Whitlow, »aber könnt sein, daß ich noch mal muß, bevor wir hier fertig sind.« Er rutschte auf dem Stuhl hin und her und zupfte unter dem Tisch an sich herum. »Ich hab Ihnen doch gesagt, daß ich ne Infektion hab. Die haben mich aufs Krankenrevier gebracht, und jetzt soll ich warten, bis die Testergebnisse zurück sind, bevor ich meine Medizin zurückkrieg.«

Der Wärter starrte durch die Plexiglasscheibe und wartete darauf, daß Whitlow zu reden aufhörte; dann drehte er sich nach ihm um und sagte: »Wenn Sie pissen müssen, nehmen Sie den Hörer ab.« Dann verließ er den Raum.

»Joe Watson«, sagte Watson und streckte seine rechte Hand über den Tisch hinweg aus. Whitlow hielt seine aneinandergeketteten Handgelenke hoch, und Watson sagte: »Oh.«

Irgendwie brachten sie trotz der Manschetten eine Begrüßung zustande, und Watsons zarte Tastaturgriffelchen schrappten an den schuppigen Schwielen des Gefangenen. Die Risse und Falten seiner Haut waren mit Farbsprenkeln eingelegt und mit Kalk oder weißem Staub überzogen, und Watson erinnerte sich, irgendwo gelesen zu haben, daß Whitlow zuletzt für eine Maler- und Verputzerfirma gearbeitet hatte, weil er aus der Konservenfabrik entlassen worden war, nachdem man ihn aus einem Nachtjob als Computertechniker gefeuert hatte, nachdem er wegen der Hakenkreuzschmiererei in seinem ersten Studienjahr aus dem Southwest Community Technical College geflogen war. Sein Mandant war ein ungelernter Arbeiter, der aus einem Karussell von Teilzeitjobs direkt ins Gefängnis gefallen war. Vielleicht war es wirklich keine so dumme Idee gewesen, nach dem College noch das Jurastudium dranzuhängen.

Watson zog den Firmen-Laptop aus seinem Aktenkoffer, legte ihn zwischen sich und Whitlow auf den Tisch, bootete und öffnete eine neue Datei.

»Dieser Staatsanwalt hat mich dauernd gefragt von wegen, ob ich das Geld hätte, mir einen Anwalt zu nehmen«, sagte Whitlow unvermittelt. Er sprach schnell und hüstelte zwischendurch, um das Zittern in seiner Stimme zu überdecken. »Ich hab ihm gesagt, daß ich nix hab. Da meint er, daß es dann eben mit einem Pflichtverteidiger laufen muß. Dann ist er am nächsten Tag wiedergekommen und hat gemeint, ich wär ein Glückspilz, weil ich 'n Anwalt aus der größten Firma der Stadt zugeteilt gekriegt hab. Er hat gesagt, daß Sie mal nen Artikel über diesen Haßscheiß geschrieben haben.«

»Der Richter hat mich zu Ihrem Pflichtverteidiger bestellt«, sagte Watson, »aber –«

»Und das war mein Glück«, unterbrach ihn Whitlow, »haben die gemeint, weil ich einen von der besten Anwaltsfirma der Stadt gekriegt hab.«

Watson erkannte plötzlich, daß sein Mandant fast unmerklich, aber ununterbrochen hyperventilierte; nur die raschen Kontraktionen seines Brustkorbs und die schwachen gelegentlichen Anzeichen von Atemnot verrieten ihn. Die Knöchel seiner aneinandergefesselten geballten Fäuste schienen sich durch die Haut bohren zu wollen. Auf seinem linken Unterarm hatte er etwas Violettes eintätowiert, aber als er die Ellenbogen vom Tisch nahm, verschwamm es und verschwand, bevor Watson erkennen konnte, was es darstellte. Es roch wieder nach Urin, und Watson fragte sich, ob der Gestank sich im Lauf der Jahre in den Gefängnismauern festgesetzt hatte oder ob sein Mandant –

Er unterdrückte eine Aufwallung von Mitleid – eine Empfindung, die er von Zivilprozessen her, bei denen es ja nie um etwas Wertvolleres als Geld ging und die Schicksalsschläge in der Regel nur Unternehmen betrafen, überhaupt nicht kannte. Arthurs Instruktionen lauteten, der Klient sei mit den Fakten vertraut zu machen: daß Watson sich bis dahin noch nie mit einer Strafsache befaßt habe, daß er eine Geschworenenverhandlung nicht einmal vom Zuschauen her kenne, daß er vom Gericht zum Pflichtverteidiger in einem Mordfall bestellt worden sei, in dem die Staatsanwaltschaft gemäß den neuen Bundesstrafzumessungsrichtlinien die Todesstrafe verlangen würde. Er sollte die Fakten – unter Aufbietung all seiner Überzeugungskraft – so darstellen, daß selbst der begriffsstutzigste Angeklagte zu einem einzigen Schluß gelangen würde: Einen intelligenten jungen Schreibtischjuristen wie Watson in einem Mordprozeß gegen einen erfahrenen Bundesanwalt antreten zu lassen würde das gleiche sein, als schickte man Bill Gates gegen Mike Tyson in den Ring. War der Angeklagte erst in angemessene Panik versetzt, würde er ein paar Telefonate führen und bei Verwandten und Freunden das nötige Geld auftreiben, um einen richtigen Strafverteidiger zu beauftragen.

»Sie sind doch ein guter Anwalt, oder?«

»Ich bin ein guter Anwalt«, sagte Watson. »Aber ich habe mich noch nie mit Strafrecht befaßt. Ich habe noch nie einen Prozeß geführt. Meine Firma übernimmt keine Strafsachen. Wir machen Wirtschaftsrecht, hauptsächlich für große Unternehmen.«

»Dann hab ich also nicht soviel Glück, daß ich nen Strafverteidiger krieg«, sagte Whitlow tapfer. »Aber wenigstens krieg ich nen guten.« Er suchte auf Watsons Gesicht nach einer Bestätigung. Dann machte er Krallen aus seinen zusammengeketteten Händen und harkte sich den Ziegenbart. Die Haut seines Gesichts und seiner Arme war bleicher als das Weiße seiner Augäpfel. »Diese Entlausungsscheiße, die die mir draufgesprüht haben, juckt schlimmer wie die Sackratten«, sagte er. Er kratzte wieder an seinem Kinn herum und schnitt eine Grimasse, die ein graues Gebiß bloßlegte. Er versuchte sich an einem knallharten Männerlachen und scheiterte kläglich.

Watson nahm einen Schwall Mundgeruch hin, ohne eine Miene zu verziehen, und starrte auf die grauen Zähne. Antibiotika, erkannte er. Eine seiner ersten Aufgaben als frischgebackener Anwalt hatte darin bestanden, zusammen mit sechs weiteren Associates von Stern, Pale kartonweise Dokumente zu sichten, die zur Stützung einer großangelegten Gruppenklage gegen PharmChem, Inc. (einen der größten Klienten der Firma), eingereicht worden waren. Die Kläger hatten in ihrer Kindheit Tetracyclin genommen und davon verfärbte Zähne bekommen. Die verfärbten Zähne wiederum hatten schweres seelisches Leiden, Einkommenseinbußen, Depressionen mit einhergehender hoher Suizidneigung, astronomische Arzt- und Zahnarztrechnungen, allgemeine Erfolglosigkeit, Verlust der Selbstachtung und psychisches Belastungssyndrom verursacht. Vor allen Dingen aber hatten die verfärbten Zähne Watson während eines großen Teils seiner ersten sechs Monate als Anwalt rund sechzig abrechenbare Arbeitsstunden die Woche eingebracht, dank welchem Umstand er wiederum binnen eines halben Jahres drei Viertel des Weges zur Überstundenbonusberechtigung hinter sich gebracht hatte. Dann war der Rechtsstreit mit einem außergerichtlichen Vergleich beigelegt worden und hatte nichts zurückgelassen als Watsons hervorragendes Leistungsprofil und seine profunden, intimen Kenntnisse der genauen Ursachen und Erscheinungsformen tetracyclininduzierter Zahnverfärbungen, der prozentualen Häufigkeit von sichtbaren Verfärbungen bei demographischen Doppelblinderhebungen sowie der rund zweitausend eidlichen Aussagen emotional gestörter Jugendlicher, deren psychogene Leiden durch verfärbte Zähne verursacht worden waren. Morde; Selbstmorde; spontan auftretende, idiopathische Episoden von Hebephrenie; Gichtanfälle; Pankreatitisse der malignesten Sorte und gescheiterte Ehen – alles bedingt zwar nicht durch die Antibiotika, wohl aber durch die aus ihnen resultierenden Verfärbungen, welche ihrerseits Plagen solch ägyptischen Ausmaßes verursacht hatten, daß sie selbst den uneinsichtigsten Pharao bewogen hätten, Moses und sämtliche zwölf Stämme ungesäumt ziehen zu lassen.

Er konnte sich gerade eben die Frage verkneifen: »Ihre Zähne – Tetracyclin, stimmt's?« Aber jetzt führte er eine ganz andere Schlacht. Es ging um einen Mordfall, und hier würden verfärbte Zähne kein biomedizinisches Lotterielos darstellen, sondern einfach einen weiteren Minuspunkt an einem ohnehin schon unsympathischen Angeklagten – einen Minuspunkt, der es einer Jury von stramm die Todesstrafe befürwortenden Bürgern noch leichter machen würde, ihre Pflicht zu tun.

Aber vielleicht konnte Watson ja durch eine zivil-strafrechtliche Doppelstrategie der Gerechtigkeit zum Erfolg verhelfen: einen seiner ehemaligen Kommilitonen dazu anstellen, PharmChem in Whitlows Namen zu verklagen, und das dadurch herausgeschlagene Geld dazu benutzen, einen Strafverteidiger zu bezahlen?

Der Gefangene hob die Arme und steckte sich eine unangezündete Zigarette zwischen die Lippen. Watson war von den prozeßträchtigen grauen Zähnen so abgelenkt, daß er von der Tätowierung wieder nichts mitbekam außer dem violetten Schriftzug JESUS und ... Schlangen? Beide Männer starrten die Streichholzschachtel an.

»Dann müssen Sie mich also verteidigen, stimmt's, auch wenn ich nicht zahlen kann?« fragte Whitlow.

Watson fiel eine riesige Vene ins Auge, die plastisch wie eine Steppnaht, blau wie ein Bluterguß unter der schmuddeligen weißen Haut, längs dem linken Bizeps seines Mandanten prangte. Bekommt man vom Rauschgiftspritzen größere oder kleinere Venen? Kleinere, vermutete er – mußte eigentlich so sein, denn in Filmen und Romanen suchen die doch immer nach irgendwelchen Venen. Logisch? Die Vorstellung, daß ein ehemaliger Ignatius-High-Absolvent fixen sollte, war ziemlich unwahrscheinlich, aber die Wahrscheinlichkeit, daß er im Gefängnis landete, war schließlich auch nicht größer. Vielleicht hatte sich Whitlow der Polizei gestellt, weil er wußte, was die Jesuiten mit ihm angestellt hätten, wenn er *ihnen* vorher in die Hände gefallen wäre.

»Der Richter hat mich zu Ihrem Verteidiger bestellt«, sagte Watson, »aber vielleicht sollten Sie darüber nachdenken, ob Sie sich nicht doch irgendwie einen Strafverteidiger besorgen könnten, einen Fachmann.«

»Und wie fang ich's an, mir einen Strafverteidiger zu besorgen?«

»Sie erteilen ihm den Auftrag«, sagte Watson und überlegte fieberhaft, wie er seinem Mandanten begreiflich machen konnte, was für eine selbstmörderische Angelegenheit es sein würde, sich von einem Associate im ersten Berufsjahr und WESTLAW-Surfer verteidigen zu lassen. »Dazu würden Sie Geld brauchen. Irgendeine Art Vorschuß, soweit mir bekannt ist.«

Watson hatte nicht die blasseste Ahnung von diesem speziellen Aspekt der Anwalt-Mandant-Beziehung, weil er sich noch nie in einer solchen Situation befunden hatte. Er arbeitete für WorldAgri und BioKinetix; wenn *die* Vorschüsse zahlten, dann bestimmt nicht an einen kleinen Associate, sondern an die Firma.

»Ich bin völlig blank«, sagte Whitlow. »Wie wär's, wenn ich den Richter bitte, mir einen Pflichtstrafverteidiger zu bestellen?«

»Sie können das Gericht ersuchen, einen anderen Anwalt mit Ihrer Verteidigung zu beauftragen«, erklärte Watson. »Aber Sonderwünsche werden nicht berücksichtigt. Wenn dem Gesuch stattgegeben wird, bekommen Sie wahrscheinlich *wieder* einen frischgebackenen Anwalt ohne jede Prozeßerfahrung. So läuft das nun mal in diesem Distrikt.«

Und du bekommst wahrscheinlich einen, dachte er, *der statt zu den oberen zu den unteren zehn Prozent seines Jahrgangs gehört hat, einen, der statt in der besten in der schlechtesten Firma der Stadt arbeitet,* und *du hast dir damit außerdem den immerwährenden Haß Iwans des Schrecklichen zugezogen, des bösartigsten Richters im ganzen Östlichen Distrikt.*

»Gibt's denn niemanden, von dem Sie sich etwas borgen könnten? Irgendwelche Verwandten, die Ihnen vielleicht das Geld für den Anwaltsvorschuß leihen würden?«

»Die Familie meiner Frau hat Geld«, sagte Whitlow.

»Ja«, sagte Watson, »allerdings ...«

»Vielleicht könnten mir ... andere Leute helfen«, sagte Whitlow vorsichtig.

»Andere Leute?« fragte Watson.

»Freunde«, sagte Whitlow. »Ich hab da so Freunde, die das vielleicht machen würden. Aber die würden nicht wollen, daß irgendwer was davon weiß. Und ich würd's auch nicht wollen.

Das wär nicht gut für mich, wenn die Leute wüßten, daß ich Geld von denen krieg.«

»Wirklich?« fragte Watson.

»Das ist so was wie ein Club. Wir haben uns früher mal gegenseitig versprochen, daß, wenn einem von uns irgendwas passiert, die anderen … ihm da raushelfen würden.«

»Ich verstehe«, sagte Watson. »Na gut, wenn Sie von Ihren Clubkameraden Geld bekämen, würde ich einen richtigen Strafverteidiger für Sie beauftragen.«

»Na ja«, sagte Whitlow, »speziell einer von meinen Freunden – Buck heißt der, und Buck könnte mir vielleicht nen Haufen Geld besorgen, nur daß ich da ein Problem mit meinem Auto hab.«

»Ist es gepfändet?« fragte Watson und stöhnte innerlich, als er sich fragte, wie er seinem Mandanten auf höfliche Weise beibringen konnte, daß ein Darlehen auf irgendeinen schrottreifen Ford Escort mit Stoffsitzen und alten Kartoffelsäcken als Fußmatten bestenfalls ein Zehntel dessen ergeben würde, was ein Strafverteidiger als Vorschuß verlangte. Whitlow hatte, um mit Sandras Vater zu sprechen, ein Richtiges-Geld-Problem, das nach einem Arbeitstier von einem Strafverteidiger verlangte.

»Ja«, sagte Whitlow und wandte die Augen ab, »irgend so was in der Art. Das haben die abgeschleppt, am Tag des … der Schießerei. Und deswegen kommt Buck da auch nicht dran. Da ist so ein Schlüsselhalter unter der hinteren Stoßstange. Aber er denkt nicht dran, zum Betriebshof rauszufahren, wo die abgeschleppten Autos stehn, solang er nicht weiß, warum die Bullen oder die MP die Karre abgeschleppt haben. Was, wenn die sie abgeschleppt haben, weil die dachten, die hätt was mit dem Totschlag zu tun?« Whitlow warf ihm einen kurzen, vorsichtigen Blick zu. »Der ganze Scheiß hier ist doch vertraulich, oder? Anwaltsgeheimnis, stimmt's? Hab ich recht? Da weiß ich Bescheid. Aber trotzdem, Buck würd's nicht passen, wenn ich Ihnen erzählen würde, daß er versucht, an meine Karre dranzukommen.«

Watson konnte nicht erkennen, ob Whitlow durcheinander war und wirres Zeug redete, oder ob er sich lediglich an jede noch so schwache Hoffnung klammerte, einen richtigen Verteidiger zu bekommen. »Wer ist dieser Buck eigentlich?«

»Nur so ein Freund«, sagte Whitlow schnell. »Aber wenn er an meine Karre rankommen würde, dann könnte er mir vielleicht Geld besorgen. Nämlich, letztes Jahr ist meine Karre von derselben Stelle weg abgeschleppt worden, wegen Lucy Martinez, die das nicht abkann, wenn die Leute bei ihr vorm Haus parken. Und vielleicht hatte sie an dem Tag rein zufällig wieder die Leute von der Security angerufen, und die haben die Karre nur deswegen abgeschleppt. Aber Buck macht sich Sorgen, weil die die am selben Tag abgeschleppt haben, wo der Nigger umgekommen ist, und er hat Schiß, daß, wenn er die Karre holen will« – Whitlow schluckte und wandte wieder die Augen ab –, »daß die Bullen dann vielleicht anfangen, ihm wegen dem erschossenen Nigger irgendwelche Fragen zu stellen. Und Buck will das nicht. Scheiße, ich will das auch nicht. Buck ist ein Kumpel, und er steht genausowenig auf Bullen wie ich.«

Whitlow brauchte ganz dringend eine strenge Predigt über den Zusammenhang zwischen dem N-Wort und der Todesstrafe, aber wenn das Auto irgendwie zu Geld führte, konnte Watson diese Aufgabe einem Anwalt überlassen, der sich seine Bemühungen auf Stundenhonorarbasis vergelten ließ.

»Aber die Polizei wird doch so oder so erfahren, daß es Ihr Auto ist, oder?« fragte Watson. »Gleichgültig, warum es abgeschleppt worden ist.«

»Na ja«, sagte Whitlow, »nicht unbedingt, weil zur Zeit sind da keine Nummernschilder dran. Ich hab's vor ein paar Monaten von so nem Typ gekauft, aber es ist noch nicht zugelassen. Wie gesagt, das ist mir schon mal passiert, mit nem anderen Auto. Die lassen da niemand ran, außer der legt denen nen Eigentumsnachweis und nen Ausweis mit Bild vor. Und wenn sie den Wisch findet, dann werden die ihr sagen, sie soll das Ding anmelden und sich Nummernschilder besorgen, bevor die es rausrücken.«

»Sie?«

»Meine Frau«, sagte Whitlow.

Watson wartete noch immer darauf, daß Whitlow zum Eigentlichen kam, und während er wartete, zweifelte er zunehmend an der Fähigkeit seines Mandanten, zusammenhängend zu reden und in eigener Sache auszusagen, sollte es je zum unwahrscheinlichen Fall kommen, daß er in den Zeugenstand gerufen wurde.

»Also, jedenfalls, um's kurz zu machen. Buck könnte selber Lucy fragen, ob sie angerufen hat und die Karre hat abschleppen lassen, nur daß Lucy nicht mit ihm redet, weil sie Schiß vor ihm hat, und es sowieso nicht zugeben würde. Also brauchen wir irgendwie jemand anderes, der nachcheckt, ob's okay ist, wenn Buck hingeht und versucht, an die Karre ranzukommen, oder ob die ihn sofort einbuchten, wenn er's versucht.«

Watson hatte seine Aufmerksamkeit dem Notebook zugewendet, das erheblich weniger wirres Zeug von sich gab als sein Mandant, und bekam daher nur sehr am Rande mit, worum er da gebeten wurde. »Ich?«

»Na ja«, sagte Whitlow und breitete seine gefesselten Hände aus, »Sie könnten doch die Abschleppstelle anrufen und behaupten, Sie wären der Besitzer. Oder Sie könnten vielleicht bei Lucy Martinez vorbeigehen und sagen, daß Sie Anwalt sind, und sie über den Tag von der Schießerei ausfragen und so. Dann vielleicht so ganz nebenbei, als wär nix weiter, ob sie gesehen hat, wie die mein Auto abgeschleppt haben, oder noch besser, ob sie's gewesen ist, die angerufen hat, daß die's abschleppen sollen.«

Watson warf seinem neuen Mandanten einen verständnislosen Blick zu.

»Ich seh schon, Ihnen hat man noch nie die Karre abgeschleppt«, sagte Whitlow wütend. »Wenn die glauben, daß die Karre irgendwas mit dem Totschlag zu tun hat, dann wird die garantiert strenger bewacht wie ne vierzehnjährige Jungfrau, und wenn jemand sich da dran zu schaffen macht, dann buchten die ihn in null Komma nix ein. Aber wenn's einfach nur ne herrenlose Karre ist, die die aus dem Verkehr gezogen haben, dann steht die draußen auf dem Betriebshof, was so 'n vier Hektar großes Grundstück ist mit nix wie nem Maschendrahtzaun drum rum, was bedeutet, daß Buck leicht dran käm, wenn's sein müßte. Kapiert?«

Watson wollte nein sagen, aber sein Mandant geriet in zunehmend heftigere Erregung. »Ich werd sehen, was ich tun kann«, sagte er.

»Ach, Scheiße«, insistierte Whitlow, »Sie müssen doch bestimmt sowieso mit Lucy reden, oder? Was ist, wenn sie irgendeine Aussage zum Mordtag zu machen hat? Sie könnt doch was gesehen haben, richtig? Die wohnt doch nur zwei Türen weiter. Vielleicht hat sie gehört, wie der Nigger auf Mary losgegangen ist? Oder vielleicht hat sie Mary schreien gehört? ›Hilfe, James! Der Nigger will mir an die Wäsche!‹ Wenn's einen Gott gibt, dann hat *Er* sie auch gehört. Aber vor allem kann ich Ihnen garantieren, daß, wenn hinter der abgeschleppten Karre nix weiter steckt, daß Buck mir vielleicht ein bißchen Geld besorgen könnte. Vielleicht genug, um mir nen echten Strafverteidiger zu nehmen, und dann bräuchten Sie nicht diese ganze Pflichtverteidigerarbeit zu machen. Vielleicht könnten wir sogar etwas Geld für Sie lockermachen. Wer bezahlt Sie denn?«

»Niemand«, sagte Watson. »Bestellte Pflichtverteidiger arbeiten unentgeltlich. Ich muß das tun, weil ich erst vor kurzem meine Zulassung als Anwalt erhalten habe. Die Idee ist die, daß ich willens sein soll, meine Zeit zu opfern, um Menschen zu helfen, die sich keinen Anwalt leisten können.«

»Aber Sie sind *nicht* willens, stimmt's? Sie wollen das gar nicht machen, oder? Oder vielleicht würden Sie's ja machen, aber nur, wenn Sie Geld dafür kriegen?«

»Das habe ich nicht gesagt«, sagte Watson eilig. »Ein Bundesbezirksrichter hat angeordnet, daß ich willens sein soll. Aber kein Richter kann anordnen, daß ich kompetent sein soll.« Als er die letzte Äußerung, wie Arthur empfohlen hatte, noch einmal im Gerichtssaal seiner Vorstellungskraft abspielte, klang sie ein wenig zu kraß.

»Ich sage damit nicht, daß ich nicht die notwendige Befähigung besäße«, fügte Watson wenig überzeugend hinzu. »Ein Richter ist zu dem Schluß gelangt, daß ich die notwendige Befähigung besitze, und hat angeordnet, daß ich willens zu sein habe. Ich kläre Sie lediglich hinsichtlich meiner spezifischen fachlichen Qualifikationen auf.«

Whitlow schauderte zusammen und beäugte die Aktivitäten, die sich jenseits der Plexiglasscheibe abspielten, als befürchtete er, die Beamten im Nebenzimmer könnten jeden Moment menschengroße Ratten loslassen, den Besuchsraum in einen großen Schockkäfig verwandeln und irgendwelche orwellschen Resozialisierungsmaßnahmen starten. »Ich brauch nen gottverdammten Anwalt, Mann«, stieß er wütend hervor. Eine einzelne Träne quoll am Rand eines Auges hervor und schlängelte sich über seine Wange hinunter. Er japste noch ein paarmal nach Luft. Der Arsch ging ihm eindeutig mit Grundeis, und gleich würde ihm die Puste ausgehen. »Der Staatsanwalt hat gesagt, daß Sie irgend so nen beschissenen Antrag gestellt haben und dem Richter erzählt haben, daß Sie mich nicht verteidigen können, weil wir auf der Schule Kumpel waren. Was soll die Scheiße? Ich hab Sie noch nie im Leben gesehen, Sie blöder Arsch.«

Watson spürte, wie ihm der Schweiß in allen Poren prickelte – klebriger Lügnergestank umgab ihn wie ein zunehmend dichterer Dunstschleier. Die Apachen hatten recht, man brauchte gar keinen Lügendetektor, um hautgalvanische Reaktionen nachzuweisen: Man stellte die Verdächtigen einfach in einer Reihe auf und schnupperte sie ab.

»Ihr Name kam mir bekannt vor.« Watson versuchte verzweifelt, mit Ausflüchten Zeit zu gewinnen, um sich ein paar Textzeilen einfallen zu lassen, die in drei Jahren, wenn ein anderer Anwalt diesen erbärmlichen, so gut wie verurteilten Verbrecher in einen Kläger verwandelt haben würde, der ihm wegen Nichteinhaltung der anwaltlichen Sorgfaltspflicht und versuchten Mandantenverrats die Hölle heiß machte, vor Gericht würden bestehen können.

Ein Anwalt ist verpflichtet, seinen Mandanten nach bestem Vermögen, Wissen und Gewissen zu vertreten, oder wie es im Mustergesetz zum standesgemäßen Verhalten (einem weiteren zum Scheitern verurteilten Versuch, Ethik durch legislative Maßnahmen zu kodifizieren) sonst heißt.

»Ich bin Ihr Anwalt«, sagte Watson und bemühte sich, Whitlow tief in die unsteten Augen zu blicken. »Wenn Sie genügend Geld zusammenkratzen, werde ich Ihnen helfen, einen Strafverteidiger zu finden. Wenn Sie kein Geld auftreiben können, werde ich Sie selbst nach bestem Vermögen verteidigen. Das verspreche ich Ihnen. Wenn ich die relevanten Gesetze nicht kenne, werde ich sie mir aneignen. Aber ich kann mir keine Prozeßerfahrung in drei Wochen aneignen.«

Whitlow atmete hektisch, oberflächlich ein und aus, öffnete

die zusammengeketteten Hände, bewegte die Finger und ballte dann wieder die Fäuste, bis die Knöchel ganz weiß waren. »Die wollen meinen Kopf«, sagte er tief einatmend und hielt dann die Luft an. »Ich brauch einen richtigen Anwalt.«

Watson widerstand dem Impuls, den armen Kerl durch Aufzählung seiner Qualifikationen zu trösten. Es hätte durchaus noch schlimmer stehen können. Auch wenn er noch neu in dem Beruf war, hatte er beim Examen als Neunter seines Jahrgangs abgeschlossen, er hatte den Preis für computergestützte juristische Recherche & Schriftsatzabfassung gewonnen, einen Artikel im *Law Journal* veröffentlicht und arbeitete jetzt in der besten Anwaltsfirma der Stadt. Stern, Pale stellte schließlich nicht den erstbesten hergelaufenen Jura-Absolventen ein. Wenn es darum ging, Gesetze zu recherchieren und Präzedenzfälle auszugraben, war er besser als die meisten anderen Anwälte, die er kannte, und so würde er zumindest imstande sein, nach dem in der Verhandlung mit Sicherheit zu erwartenden Desaster einen fulminanten Revisionsantrag aufzusetzen. Über die Aussichten, die Aufhebung eines Geschworenenurteils auch tatsächlich zu *erreichen,* würde er erst dann reden, wenn sein Mandant in der psychophysischen Verfassung sein würde, Chancen aus dem unteren Bereich der einstelligen Prozente zu würdigen.

Watson befingerte den TrackPoint-Pin seines Computers und stellte fest, wie schnell sich die Notizen zu seiner Zeugenbefragung durchblättern ließen. Er beglückwünschte sich zu seiner damaligen Entscheidung, die zusätzlichen 256 Megabytes RAM und den tertiären Cachespeicher zu bestellen.

Die zwei Männer starrten sich über den zerschrammten Tisch hinweg an.

»Verstehen Sie die Vorwürfe, die gegen Sie erhoben werden?«

»Klar«, sagte Whitlow. »Staatsanwalts-Bockmist. Mord ist denen noch nicht genug. Es ist Mord und was noch? Diskriminierung, was? Ich hätt wohl warten sollen, bis ein *Weißer* meine Frau vergewaltigt.«

»Das ist eine Straftat nach Bundesrecht. Die Bundesanwaltschaft wird versuchen, die Geschworenen davon zu überzeugen, daß Sie die Todesstrafe verdienen.«

»Scheiße«, sagte Whitlow und wischte sich eine weitere Träne aus dem Gesicht.

»Wenn die Geschworenen zu dem Schluß gelangen, daß Sie diesen Mann im Affekt getötet haben, weil er ... sagen wir, mit Ihrer Frau schlief«, sagte Watson, »dann ist es vorsätzliche Tötung. Das kann bis zu zehn Jahre Gefängnis bedeuten. Wenn sie der Ansicht sind, daß Sie die Sache geplant hatten oder daß Sie nicht spontan gehandelt haben, sondern genügend Zeit hatten, über Ihr Handeln nachzudenken, und das Opfer dann bewußt oder willentlich oder böswillig getötet haben, dann ist es vorsätzlicher Mord.«

Whitlow schüttelte bitter den Kopf und sah hinunter auf seine zusammengeketteten Hände, die gespreizte weiße Finger auf eine schwarze Tischplatte preßten.

»Diese verdammte Scheiße war überhaupt keine Absicht«, sagte Whitlow.

»Wenn die Geschworenen zu dem Schluß gelangen, daß Sie den Mann wenigstens zum Teil deswegen getötet haben, weil er schwarz oder taub war ... dann ist es ein Haßverbrechen.«

»TAUB?« schrie Whitlow. »Was zum Teufel hat *taub* damit zu tun?«

»Das Gesetz ...« begann Watson.

»Was für ein Gesetz?« sagte Whitlow. »Dasselbe, das sagt, daß man für Niggerkillen Nachschlag kriegt?«

Das N-Wort legte Watsons CPU vorübergehend lahm und rief ein Hilfsprogramm von automatischen berufsspezifischen Verhaltensmustern auf. Er griff in seinen Aktenkoffer und zog eine Fotokopie des fraglichen Bundesgesetzes hervor.

»Es ist eine Strafzumessungsrichtlinie«, erklärte Watson. »Vorausgesetzt wird also, daß die Jury den Angeklagten einer Straftat gegen Personen oder Sachen für schuldig befunden hat oder daß der Angeklagte ein Schuldeingeständnis abgelegt oder das Urteil ohne Schuldeingeständnis anerkannt hat.« Er fischte einen gelben Marker aus seinem Jackett und markierte geschickt die relevante Passage, während er sie vorlas: »›Wenn der für das Verfahren zuständige Spruchkörper‹ – das sind die Geschworenen – ›zu dem zweifelsfreien Schluß gelangt, daß der Angeklagte sein Opfer vorsätzlich ... aufgrund von dessen tatsächlicher oder vermuteter Rasse, Hautfarbe, Religionszugehörigkeit, nationaler Herkunft, ethnischer Zugehörigkeit, Geschlechtszugehörigkeit, Behinderung, sexueller Orientierung oder persönlicher Meinung zur Frage der Fortpflanzungsrechte des einzelnen als Gegenstand der Straftat wählte, um sechs Punkte anheben.‹«

»Ich hab da noch nie was von gehört«, beklagte sich Whitlow. »Wo haben die denn das her?«

Watson nahm die Frage wörtlich und vermied es einzugestehen, daß er bis zu seiner Bestellung zum Pflichtverteidiger gleichfalls noch nie etwas von diesem Bundesgesetz gehört hatte.

»Das ist aus dem *United States Code Annotated,* Titel achtzehn. So wie es aussieht, scheint es nach dem Muster des California Hate Crime Act abgefaßt worden zu sein. Aber alle fünfzig Staaten haben die eine oder andere Form von Voreingenommenheitsverbrechensgesetzen. *Sie* werden nach dem entsprechenden Bundesgesetz angeklagt. Sehen Sie, wie es hier ›Behinderung‹ heißt? Hier kommt die Gehörlosigkeit ins Spiel. Der Bundesanwalt behauptet, Sie hätten diesen Mann – ausschließlich oder unter anderem – deswegen getötet, weil er ein Schwarzer war. Und wenn er damit nicht durchkommt, wird er versuchen, den Nachweis zu erbringen, daß Sie ihn ausschließlich oder unter anderem deswegen getötet haben, weil er taub war. Und wenn er mit einem von beiden – oder mit beidem – durchkommt, dann wird die Höchststrafe für, sagen wir, vorsätzliche Tötung gemäß dem Bundesgesetz um sechs Punkte angehoben – oder unter Umständen sogar um zwölf, denn die Strafverschärfungen werden kumuliert, und dann wird die Höchststrafe auf das Niveau der Höchststrafe für vorsätzlichen Mord hochkatapultiert, worauf, wie Sie wissen, die Todesstrafe steht.«

»Jesus Christus«, sagte Whitlow, »das kann sich nur 'n Nigger ausgedacht haben, das Gesetz!«

Rachel Palmquists Warnung, nichts könne einen Fall gründlicher vermasseln als negative Fakten, hatte eine undeutliche Erinnerung an eine Juraklausur in Ethik und berufliche Sorgfaltspflicht zurückgerufen – eine Alarmglocke, irgend etwas in dem Sinne, man dürfe dem Mandanten in einer Strafsache auf keinen Fall erlauben, sich auf eine bestimmte Version des Tathergangs festzulegen, solange man nicht fest entschlossen sei, ihn als Zeugen aufzurufen.

»Scheiße, was würden *Sie* denn tun?« fragte Whitlow, auf dessen weißen Wangen mit einemmal rote Flecken brannten. »Der Nigger wollte meiner Frau an die Wäsche! Sie hat um Hilfe geschrien. Hat sie doch selbst gesagt, wie sie die 911 angerufen hat! Ich hab danebengestanden! Ich hab's doch selbst gehört!«

»So steht es im Polizeibericht«, unterbrach ihn Watson. »Aber dann hat sie anscheinend ihre Aussage revidiert und gesagt, Sie hätten sie –« er stockte »– bei sich zu Haus mit ihrem Lehrer für Gebärdensprache ertappt.«

Whitlows Augen funkelten ihn an. Seine Halsmuskeln verkrampften sich unter der wächsernen Haut. »Wenn der 'n beschissener Zeichensprachlehrer sein soll«, sagte Whitlow, »dann bin ich Martin Luther King.«

»Was war er dann?«

»Egal«, sagte Whitlow. »Sie sind mein Anwalt, stimmt's? Wenn Sie irgendwann das Gefühl kriegen sollten, daß ich um die Todesstrafe oder lebenslänglich nicht drum rumkomm, dann will ich, daß Sie's mir sagen, klar? *Vor* der Verhandlung, kapiert? Denn dann kommt noch jemand mit. Ich schwöre bei Gott, daß ich die Fotze mitnehme! Kapiert?«

Guter, kraftvoller Blickkontakt, dachte Watson, *wahrscheinlich auch ein fester Händedruck, wenn er keine Handschellen anhat.*

Whitlow schniefte und riß den Kopf herum, um sich am kurzen Ärmel seines Overalls die Nase abzuwischen. »Wegen der Sache mit der Taubheit«, sagte er. »Können wir sie da ins Kreuzverhör nehmen?«

»Sie?«

»Meine Frau«, sagte er bitter. »Ich hab die Zeitung gesehen, wo die jetzt auf einmal wie die Königin der Zeichensprache dasteht. Ich will jeden Freitag fünfmal gefickt werden, wenn da auch nur ein einziges Wort von stimmt.«

»Stimmt das nicht?« fragte Watson.

»Mein Junge ist taub. Von Geburt. Würd nicht mal was mitkriegen, wenn ne Bombe hinterm Haus hochgehen würde. Stocktaub wie 'n Sack Steine, und das heißt, er kann auch nicht reden. Also, die Taubstummenschule hier in der Stadt, da bringen die tauben Kindern bei, zu reden und von den Lippen abzulesen, und die benutzen keine Zeichensprache. Jetzt hätten wir ihn da hinschicken können, oder wir hätten ihn rauf nach Fulton ins Internat schicken können. Ihn unter seinesgleichen stecken und Zeichensprache lernen lassen. Was würden Sie denn tun?«

»Ich weiß nicht«, sagte Watson stirnrunzelnd.

»Manche Ärzte und Lehrer sagen, man darf bei seinem Kind keine Zeichensprache benutzen, wenn es jemals reden lernen soll. In ›60 Minutes‹ hatten die mal ein taubes Mädchen dabei, das hatte reden gelernt. Und wie ich das Mädchen gesehen hab, wie's redete, da wußte ich auf einmal, was ich wollte. Also hab ich beschlossen, das mit der Zeichensprache sein zu lassen und es mit der Schule zu probieren.«

»Schön«, sagte Watson mit einem prüfenden Blick auf die zuckenden Gesichtsmuskeln und die zitternden Hände seines Mandanten.

»Dieses Mädchen in ›60 Minutes‹ war glücklich«, sagte Whitlow, »weil sie von den Lippen ablesen und sprechen konnte.«

Das klang wie einer von diesen Syllogismen aus einer formaljuristischen Argumentation. Aber irgendwie schien eine Prämisse zu fehlen, und so war sich Watson hinsichtlich der Schlußfolgerung nicht ganz sicher. Entweder hatte die plötzliche Fähigkeit, von den Lippen zu lesen und zu sprechen, das Mädchen glücklich gemacht, oder es war ihr schlechthin nicht möglich gewesen, glücklich zu sein, solange sie nicht imstande gewesen war, von den Lippen zu lesen und zu sprechen. Und was für Watson sogar noch wichtiger war: Entweder bestand zwischen Taubstummensprache und Totschlag irgendein spezifischer Nexus, oder sein Mandant hatte nicht alle Tassen im Schrank.

»Ich hab mich für die Taubstummenschule entschieden und hab auch dafür bezahlt«, sagte Whitlow. »Mary ist alles scheißegal, außer kaltes Bier und ›Days of our Lives‹. Die meinte einfach, Charlie war taub, weil mein Onkel taub war, also hatte sie mit der Sache nix zu schaffen. Ihr war eins wie's andere furzegal. Jetzt soll sie auf einmal Miss Zeichensprache sein, mit einem eigenen Privatlehrer für Zeichensprache? Hätte ich mir ja denken können«, sagte er und knallte mit der Faust auf den Tisch. »Dann ist Charlie aus dem Taubstummenladen rausgeflogen. Und das nächste, was dann passiert, ist diese ganze verdammte Scheiße.«

»Weil er aus der Schule geflogen ist? Wegen des Zeichensprachlehrers?« fragte Watson, bemüht, nicht den Eindruck zu erwecken, als bereite ihm die Geschichte ganz erhebliche Verständnisschwierigkeiten.

Whitlow schnaubte verächtlich und spuckte um ein Haar auf den Fußboden. »Der war kein gottverdammter Zeichensprachlehrer! Ich hab's Ihnen doch schon gesagt.«

»Na und?« fragte Watson. »Was war er dann?«

Whitlow atmete tief ein, als wollte er es ihm sagen, und schüttelte dann angewidert den Kopf. »Vergessen Sie's.«

»Vielleicht haben Sie ja sich oder Ihre Frau vor einem Einbrecher verteidigt. Sie haben doch kein Geständnis unterschrieben, oder? Sie haben doch keine Erklärung abgegeben, oder?«

Whitlow schüttelte den Kopf. »Ich bin nicht so dämlich, mit den Bullen zu reden. Nur die Königin von Saba, Mary Whitlow, die ist so dämlich. Die Fotze versucht, mich nach Strich und Faden zu linken«, sagte er und straffte die Schultern, hyperventilierte durch die Nase. »Die versucht, uns allesamt zu linken! Aber das werden wir ja sehen.« Er zeigte mit verbittert triumphierender Miene auf sich. »Das werden wir ja sehen.«

Watson richtete sich auf und schob den Computer beiseite.

»In diesem frühen Stadium«, sagte er vorsichtig, »möchte ich eigentlich gar nicht wissen, ob Sie es getan haben – und falls Sie es getan haben, möchte ich nicht wissen, warum. Noch nicht.«

»*Falls* ich's getan habe?« schrie Whitlow. »Was würden *Sie* denn tun?«

Was würden Sie denn tun? Da war sie zum drittenmal: die für den Laien alles entscheidende Frage. Mandanten und Patienten stellten diese Frage mit eiserner Regelmäßigkeit; ebenso konsequent gaben Ärzte und Anwälte darauf keine Antwort. Sie war eine mündliche Aufforderung zu einer Klage wegen Verletzung der beruflichen Sorgfaltspflicht.

»Sollten wir uns dazu entschließen, Sie im Rahmen Ihrer Verteidigung in den Zeugenstand zu rufen«, sagte Watson, »würden mir die Regeln standesgemäßen Verhaltens nicht gestatten ... Es ist einem Anwalt untersagt, dem Gericht wissentlich meineidige Zeugenaussagen vorzulegen.«

»Ich glaube, ich hab grad Gedächtnisschwund gekriegt«, sagte Whitlow und lachte verängstigt auf.

»Das ist absolut möglich«, sagte Watson munter. »Ein schweres psychisches Trauma kann durchaus eine Amnesie für sämtliche Begleitumstände verursachen. Was mich zum nächsten Punkt führt. Es gibt Sachverständige, Ärzte oder Psychiater, die Sie nach bestimmten schuldmindernden Faktoren untersuchen können: organischen oder psychischen Störungen, die sich in unkontrollierbaren Verhaltensweisen manifestiert haben könnten.«

»Ich hab ne Amnesie«, sagte Whitlow. »Und ich hab nicht alle Tassen im Schrank.«

»Ich werde mich über die gängigen medizinischen oder psychologischen Verteidigungsstrategien näher informieren«, sagte Watson, »und dann werde ich Ihnen sagen können, ob uns die Tests möglicherweise helfen. Ich werde Ihre lückenlose Krankengeschichte brauchen. Irgendwelche psychiatrischen Behandlungen? Nehmen Sie irgendwelche Medikamente?«

»Dilantin«, sagte Whitlow. »Ich hab vor einiger Zeit Krämpfe gehabt.«

»Krämpfe?«

»Na, so Anfälle«, sagte er. »Epileptische, glaub ich, aber keine schweren. Nur zweimal, glaub ich.«

Watson öffnete die Datei, die seine Notizen zu seiner ersten Unterredung mit Dr. Palmquist enthielt. Da war es: »Wenn wir Glück haben, finden wir in seiner Vorgeschichte die eine oder andere Form von Epilepsie.«

Watson zog die ärztliche Vollmacht hervor, die Dr. Palmquist ihm gegeben hatte, legte einen Stift darauf und schob das Ganze Whitlow über den Tisch zu.

»Wie oft nehmen Sie Dilantin?«

»Jeden Tag«, sagte Whitlow. »Manchmal vergeß ich's, aber in der Regel nehm ich's. Und hier drin geben die's mir auch. Ich hatte die Flasche dabei, als die mich hergebracht haben.«

»Und wie lange nehmen Sie es schon?«

»Seit meinem einen Jahr im Community College. Meinem ersten Anfall. Sechs, sieben Jahre schon.«

»Wie steht's mit ärztlichen Aufzeichnungen über diese Anfälle? Wo kann ich die finden?«

»Ich war bei einem Haufen Ärzten«, sagte Whitlow, »meistens in irgendwelchen Ambulanzen. Ich krieg die nicht mehr alle zusammen. Das erste Mal bin ich wohl in die Klinik vom Southwest Tech. Danach ... Scheiße, ich krieg die nicht mehr alle zusammen. Brauchen Sie hier meine Unterschrift«, fragte er, »für die Krankenberichte?«

»Ja«, sagte Watson. »Hatten Sie an dem Tag ... des Mordes Ihr Medikament genommen?«

Whitlow sah an Watsons Gesicht vorbei. »Wär das gut? Oder schlecht? Oder hab ich ne Amnesie?« Watson hielt das Formular fest, während er unterschrieb. »Ich werd versuchen, mich zu erinnern, ob ich mein Medikament genommen hab. Diese Sache mit den Anfällen könnte wichtig sein, hm?«

»Ich weiß nicht«, sagte Watson und legte das Formular in seinen Aktenkoffer zurück. »Vielleicht. Ich habe bisher mit einer einzigen Ärztin geredet. *Sie* schien zu meinen, daß solche Anfälle wichtig sein könnten.«

»In dem Fall«, sagte Watson, »hab ich noch Amnesie. Ich kann mich nicht erinnern, warum ich nicht alle Tassen im Schrank hab. Ich weiß nicht mehr, ob ich das Medikament genommen hab, und vielleicht hab ich auch schon viele richtig starke Anfälle gehabt, von denen ich jetzt aber nix mehr weiß.«

»Was ist mit der Infektion, über die Sie sich beim Wärter beklagt haben?« fragte Watson.

»Ach das«, sagte Whitlow und richtete den Blick auf die Tischkante. »Das ist so 'n anderes Medikament, das ich noch brauch. Was Persönliches. Hat nix mit Anfällen oder Verrücktheit zu tun. Ist nur ne Pißinfektion. Nix Besonderes. Die haben gesagt, ich kann 'n Medikament haben, sobald die meine Pisse untersucht haben.«

Watson tippte »*Harnröhrenentzündung*« in den Computer. »Und, haben Sie ›*Lucy Martinez*‹ in Ihren Computer reingeschrieben?« fragte Whitlow.

Watson nickte.

»Und meine Karre ist 'n 92er Ford Taurus. Grau. Ohne Nummernschilder, wie gesagt.«

»Und Sie müßten was wissen?« fragte Watson, nachdem er die Informationen eingegeben hatte.

»Sagen Sie denen einfach, daß Sie der Eigentümer sind und ob Sie vorbeikommen können, um das Ding abzuholen«, sagte Whitlow. »Abschlepp- und Fahrzeugverwahrhof der Militärbasis Fort Sheridan, Craig, Missouri. Wenn die's als Beweisstück beschlagnahmt haben, werden die sagen, Sie können's nicht haben. Wenn die sagen, kommen Sie mit dem Eigentumsnachweis vorbei, melden Sie die Karre an, und sie gehört Ihnen, dann heißt das, daß sie auf dem allgemeinen Abstellgelände steht.«

Watson tippte. »Und das würde uns wobei helfen? Etwas Geld für Sie zu beschaffen?«

»Vergessen Sie das Geld«, sagte Whitlow. »Sagen wir einfach, es würde mir helfen, Beweise für meine Version der Geschichte beizuschaffen.«

»Nämlich?«

»Ich dachte, Sie hätten gesagt, Sie wollen noch gar nicht wissen, ob ich's getan hab«, beschwerte sich Whitlow, »und dann haben Sie gesagt, falls ich's getan hab, wollen Sie vorläufig auch nicht wissen, warum ich's getan hab – oder nicht?«

»Stimmt«, sagte Watson betreten. »Schon gut. Ich werd sehen, was sich mit dem Auto machen läßt.«

»Das wär uns wirklich eine *sehr* große Hilfe«, sagte Whitlow.

Er zappelte wieder auf dem Stuhl herum. »Kacke verdammte«, schimpfte er, »ich muß unbedingt pissen.« Er nahm den Telefonhörer ab und klemmte ihn sich zwischen Kinn und Schulter.

»Pissen«, sagte er wütend. »Ich muß schon wieder pissen.«

Er hob das Kinn an, ließ den Hörer wieder in seine Hände fallen und legte auf. Dann hob er die Hände, steckte sich die unangezündete Zigarette in den Mund und brachte sie mit vorgestülpten Lippen in Stellung.

»Kann ich vielleicht mal Feuer haben?« fragte er.

Watson sah die Tätowierung auf dem linken Unterarm, die

jetzt in seine Richtung wies und von den Neonröhren an der Decke beleuchtet wurde: ein malvenfarbenes Herz in einem Spinnennetz von schwarzen Koronargefäßen, die sich nach etlichen Zickzacks vereinigten und dann wieder zu einem kleinen Bukett von doppelzüngig züngelnden Schlangenköpfen entfalteten – das Ganze um den violetten Schriftzug: JESUS HASST NIGGER.

Watson starrte die Tätowierung an und brach in stille Panik aus. Er hörte im Geiste die weise, weltkluge Stimme Arthur Mahoneys: *Das ist ein schlechter Klient.*

»Streichholz«, sagte Whitlow. »Hallo, Mister.«

Ohne die Augen von der Tätowierung abzuwenden, zündete Watson das Streichholz an und hielt es an die Spitze der Zigarette. Whitlow zog und blies dann die Flamme mit einem Schwall Rauchs und üblen Mundgeruchs aus. Watson ließ das Streichholz in einen runden Stahlaschenbecher fallen und beobachtete den weißen Rauchfaden, der vom verkohlten Ende aufstieg.

Warum hatte er, ein doch vergleichsweise heller Bursche, nicht auf den Ratschlag eines Seniorpartners mit vierzigjähriger Berufserfahrung gehört? fragte sich Watson. Des Leiters der Prozeßabteilung von Pale, Stern & Covin, eines der besten Anwälte der besten Anwaltskanzlei von Saint Louis? Arthur Mahoney hatte recht. Die Sonne geht im Osten auf, Wasser fließt zu Tal, das ist ein schlechter Klient.

Whitlow bot ihm die andere Zigarette an.

»Nein, danke«, sagte Watson abwinkend.

»Nehmen Sie nur«, sagte Whitlow. »Ich bin Christ.«

»Ist mir schon aufgefallen«, sagte Watson.

Whitlow tat einen Zug. Watson musterte den violetten Herzinfarkt auf dem schmutzigweißen Arm, während sein Mandant blaue Rauchsträhnen durch die Nasenlöcher ausstieß.

»Die Tätowierung«, sagte Watson.

»Ja«, sagte Whitlow mit einem Abwärtsblick und ließ Muskeln unter der tintenfleckigen Haut spielen. »Hat mich nur vierzig Mäuse gekostet, weil der Typ, der's gemacht hat, 'n Kumpel war.«

Whitlow tat einen weiteren Zug und drehte den Arm in

einen günstigeren Winkel. Plötzlich erschlafften seine Gesichtsmuskeln, und er warf Watson einen Blick von unten herauf zu. »He, das ist nicht ... das hat doch weiter nix zu sagen, oder? Ich meine ...«

Watson atmete tief durch und starrte auf die Akkuanzeige des Computers.

»Ich hab's in so nem Tattoo-Laden an der Wand hängen sehen, wo ich vor zehn Jahren war, um mir was draufmachen zu lassen«, stotterte er, fleckig errötend, und wand sich auf dem Stuhl. »Ich fand das irgendwie witzig. Das ist doch nur 'n gottverdammter Jux!«

Watson wechselte mental in den Jura-Examensmodus: Konnte das Gericht anordnen, daß die Tätowierung vorgeführt wurde, und sie als Beweisstück zulassen, oder würde das gegen den Fünften Verfassungszusatz verstoßen, dem zufolge niemand in einem Strafverfahren dazu gezwungen werden darf, sich selbst zu belasten?

»Bin ich jetzt erledigt?« flehte Whitlow. »Da fällt mir was ein. Mir fällt wieder ein, daß ein Mädchen, mit dem ich früher mal rumgezogen bin, mir die Tätowierung verpaßt hat, während ich geschlafen hab.«

Watson seufzte.

»Schauen Sie«, bettelte Whitlow, »da steht ja nicht ›*Ich* hasse Nigger‹, oder? Lesen Sie doch nach, Mister! Da steht: ›*Jesus* haßt Nigger‹. Was wär, wenn da ›Jesus liebt dich‹ stehen würde? Das würd doch auch nicht heißen, daß *ich* Sie liebe, oder?«

Siebtes Kapitel

Keine vierundzwanzig Stunden nach der Unterredung mit seinem tätowierten Mandanten hing Watson an seinem Handy und wartete auf Myrna Schweich – den einzigen Strafverteidiger gleich welchen Geschlechts, den er kannte –, die gerade ein anderes Gespräch angenommen hatte. Er preßte sich den Hörer des Communicators ans Ohr und hoffte, es mitzubekommen, wenn sie wieder auf Leitung sein würde, während er gleichzeitig versuchte, sich anhand der Wegbeschreibung, die Rachel Palmquist ihm durchgefaxt hatte, in dem Labyrinth von Korridoren und Hallen des medizinisch-technischen Komplexes der Ignatius University zurechtzufinden, ohne mit den Schwärmen von Patienten in Straßenkleidung und dem forsch ausschreitenden weißbekittelten Institutspersonal zusammenzustoßen. Früher einmal, während der Sommerferien nach seinem ersten Studienjahr, hatte er für Myrna gearbeitet, hatte für sie juristische Recherchen durchgeführt und einen Revisionsantrag aufgesetzt – sein bislang einziger Kontakt mit dem Strafrecht –, bevor er in Übereinstimmung mit Sandras Wünschen zu Stern, Pale & der vielen Kohle übergelaufen war. Doch er blickte oft sehnsüchtig auf den Weg zurück, den er nicht eingeschlagen hatte. Zwei oder drei Leute seines Jahrgangs hatten sich nach dem Studium auf das Strafrecht verlegt. Und wenn er sie beim Lunch traf oder zu einem Cocktail oder auf irgendwelchen Parties, schienen sie mit ihrer Spezialisierung das große Los gezogen zu haben – wenn wilde Stories ein verläßlicher Indikator waren. Watson und die übrigen fleißigen Bibliothekstypen aus der Leistungsoberschicht des Jahrgangs arbeiteten durchweg für riesige Kanzleien, studierten die jeweils neusten Nachträge zum Betriebsrentengesetz oder erstellten Zusammenfassungen der Aussagen von vierzig Klägern, die ihre chronischen Angstzustände auf die Einatmung der von Clean-White-Toilettenreiniger erzeugten Dämpfe oder auf den Verzehr von zuviel Natriumglutamat bei MacDon-huang zurückführten.

Er hatte Myrna am Tag zuvor angerufen, nachdem Richter Stang klargestellt hatte, daß die Whitlow-Sache sein Fall war, und Arthur klargestellt hatte, daß Watson sich den Fall schnellstmöglich vom Hals schaffen sollte. Myrna hatte von seiner Berufung schon gehört. Sie hatte angeboten, einen Blick auf die Anklageschrift, die eidesstattliche Erklärung und die Berichte der Militärpolizei, die Watson von der Staatsanwaltschaft zugeschickt bekommen hatte, zu werfen und ihm mit ein paar Tips unter die Arme zu greifen. Er hatte ihr das Material gefaxt, und jetzt hoffte er auf eine telefonische Beratung.

Während er darauf wartete, daß sie das andere Gespräch beendete, mußte er an ihre verblüffende, ja fast komische Erscheinung denken: keine eins fünfzig groß, mit orangefarbenem Haar, winzigen sommersprossigen Händen und kindlichen Gesichtszügen. Sie hatte große blaue Augen, die ihn immer aus wenigstens dreißig Zentimeter unterhalb dessen, was man gemeinhin unter Augenhöhe versteht, angestarrt hatten. Wenn man sie nicht kannte, konnte man sie leicht als »zierliches Persönchen« etikettieren – bis sie den Mund aufmachte. Das keine anderthalb Meter betragende »Persönchen« strahlte eine Aura unumschränkter Autorität aus. Sie handhabte Worte wie Keulen und bediente sich ihrer, um Männer, die sie um Leibeslänge überragten, so zu traktieren, daß die Fetzen flogen. Nach einer mehrjährigen Feuertaufe im Büro des County-Offizialverteidigers hatte sie sich als Eine-Frau-Kanzlei selbständig gemacht. Kurz bevor er von ihr auf die Warteschlange gesetzt worden war, hatte Watson ihr die typische Strafverteidiger-Anfängerfrage gestellt: Was, wenn sein Mandant schuldig im Sinne der Anklage war?

Myrna meldete sich zurück und übernahm da wieder das Kommando, wo sie es vorübergehend aus der Hand gegeben hatte. »Spielt keine Rolle, ob er schuldig ist«, sagte sie. »Spielt keine Rolle, ob er ein Rassist ist. Es geht nur um eins: den Staatsanwalt zu zwingen, jeden einzelnen Punkt seiner beschissenen Anklage zu beweisen. Ihr Job ist, dafür zu sorgen, daß der Staatsanwalt seinen Job macht. Denn sonst können wir genausogut morgen alle nach Rußland auswandern, wo sie jeden, den sie wollen, Verteidiger eingeschlossen, verhaften und ins Kittchen stecken können.«

Myrna war eine richtige Anwältin, nicht lediglich eine juristisch geschulte Geschäftsfrau. Watson war schon mehrmals in ihrem Büro in Clayton gewesen, um sich Rechercheaufträge zu holen. Sie hatte in der rechten Schublade ihres Schreibtischs eine mit Elefantenmunition geladene 357er Magnum und in einem Minikühlschrank einen ständig erneuerten Vorrat Heineken. Jeden Tag Schlag fünf verließ sie ihr Büro und ging heim zu ihren zwei kleinen Mädchen, die keine allzu genaue Vorstellung davon hatten, was Mami beruflich so tat. Ihr Mann hatte, wie fast jeder andere, Angst vor ihr. Er arbeitete nachts im Barnes Hospital als Wartungsmechaniker für Herz-Lungen-Maschinen und verbrachte die übrige Zeit damit, »Ja, Myrna« zu sagen.

Watson hatte die Mädchen einmal, direkt nach seinem Abschlußexamen, in Myrnas Büro getroffen. Es waren beides Rotschöpfe, wie die Mama. »Werden Sie auch Anwalt und helfen Leuten mit unheimlich vielen Problemen?« hatten sie ihn gefragt.

»Nein«, hatte er gesagt, »ich werde Anwalt und helfe Leuten mit unheimlich viel Geld.«

Myrnas Stimme, die aus der Hörmuschel seines Communicators daherquasselte, rief ihn in die Gegenwart zurück: »Sie müssen die Staatsanwaltschaft zwingen, ihren Job zu erledigen!«

»Aber was, wenn sie beweisen, daß er ein Rassist ist?« wandte Watson ein. »Und was, wenn sie beweisen, daß er das Opfer einen, Sie wissen schon, genannt hat«, sagte er und wandte den Kopf ruckartig ab, als er auf dem Glaskorridor an einem Pulk Krankenschwestern vorbeikam, »und was, wenn sie beweisen, daß er ihn getötet hat? Was dann?«

»Dann kotzen Pferde«, sagte Myrna. »Wenn Sie einen Kerl mit Ihrer Frau im Bett vorfinden, dann ist es doch wohl klar, daß Sie ihn Nigger, Quarkarsch, Arschloch, mieser Kinderficker, stinkiger Sack Schweinescheiße und dreckiger Schwanzlutscher nennen, bevor Sie ihn über den Haufen knallen. Das bedeutet aber noch lange nicht, daß Sie ihn über den Haufen geknallt haben, *weil* er ein Nigger, Quarkarsch, Arschloch, mieser Kinderficker, stinkiger Sack Schweinescheiße und dreckiger Schwanzlutscher war – oder?«

Watson zuckte erneut zusammen und fragte sich, ob sonst jemand auf dem belebten Korridor des Medical Center Myrnas preisverdächtige Verbalinjurien hören konnte.

»Nehmen wir mal an, das Opfer lutschte Schwänze«, sagte Myrna. »Okay? Er ist bi oder schwul oder sonstwas. Er hat Schwänze gelutscht, und wir können beweisen, daß er Schwänze gelutscht hat. Wir rufen Joe Normalski in den Zeugenstand, und wir fragen ihn: ›Hat das Opfer Schwänze gelutscht?‹ Und Joe sagt: ›Ja, Euer Ehren, tatsächlich habe ich selbst zu verschiedenen Gelegenheiten den Schwanz von ihm gelutscht bekommen.‹ Okay? So, jetzt nennt Ihr Typ das Opfer Schwanzlutscher und knallt ihn über den Haufen. Bedeutet das, er hat ihn erschossen, *weil* er ein Schwanzlutscher war? Fällt das unter Haß wegen spezifischer sexueller Präferenzen oder was auch immer? Nur, wenn Sie 'n Staatsanwalt sind. Ihr Kandidat hat das Opfer abgeknallt, weil die Drecksau seine Alte im Ehebett genagelt hat! Und wenn Sie zulassen, daß die ihm *irgendwas* darüber hinaus anhängen, dann sind Sie kein Anwalt, dann sind Sie ein schwanzloser aufgemotzter Aktenkuli in Strapsen. Christus Jesus! Meine Mandanten sind allesamt schwarz, und ich muß einem Haufen größtenteils weißer Geschworener erklären, warum sie anständige Bürger aus ihren Autos zerren, sie abknallen und ihnen ihr Geld abnehmen. Und Sie? Sie müssen denen verständlich machen, warum ein Weißer den Drang verspüren könnte, einen Schwarzen abzuknallen, der gerade, in Technicolor und voller Lebensgröße, dabei ist, seiner Angetrauten in die Muschel zu rotzen. Heilige Mutter Jesu!«

»Okay«, sagte Watson und schnappte nach Luft, »genug geflucht. Was ist mit der medizinischen Tour?«

»Probieren Sie's ruhig aus«, sagte Myrna geduldig. »Was haben Sie schon zu verlieren? Aber hören Sie auf, sich von diesem alten Sesselfurzer arschficken zu lassen. Wie heißt der noch mal? Mahoney? Maccaroney? Scheiß auf Mahoney. Muß ich deutlicher werden?«

»Okay, okay«, sagte Watson. »Was noch?«

»Ich hab diese Berichte, die Sie mir zugefaxt haben, in ungefähr acht Minuten überflogen, bevor ich zu einem Gerichtstermin rauswetzen mußte. Nur 'n paar Gedanken, dann muß ich Schluß machen. Wenn's ne Vergewaltigung war, wo bleiben die Kampfspuren? Nach den Berichten der MP scheint's ausgesehen zu haben wie im Holiday Inn, nachdem das Zimmermädchen da war. Und – die ganz große Frage! – wo war die Knarre? Mußte er irgendwo hingehen, um sie zu holen? Falls ja, hat er dabei die ganze Zeit darüber nachgedacht, wie sehr er taube Nigger haßt und was für ein erlesenes Vergnügen es ihm bereiten würde, den Mann, der seine Alte gevögelt hatte, über den Haufen zu schießen? Oder lag das Ding da geladen in der Nachttischschublade? Wenn's ne Affäre war, warum hat Mr. Hitzkopf Niggerhasser dann nicht auch *sie* umgelegt? Oder sie zumindest krankenhausreif geschlagen? Und dann alles dem Nigger in die Schuhe geschoben? Kinderleicht. Die sonst übliche Verfahrensweise. Sie haben doch mit dem Typ geredet. Ist er wirklich so dämlich?«

»Ich kann's noch nicht sagen«, sagte Watson. »Er ist entweder dämlich oder clever genug, sich dämlich zu stellen.«

»Da war noch was in diesem zweiten MP-Bericht«, sagte Myrna. »Was war das noch mal? Irgendwas von einer Baby-Abhöranlage? Moment.« Er hörte sie am anderen Ende der Leitung ungeduldig mit Papier rascheln. »Ja, hier ist es: ›Vor Verlassen der Wohnung mit dem festgenommenen Tatverdächtigen wurde im Wohnzimmer ein eingeschaltetes Kinderzimmer-Überwachungsgerät gefunden. Die daraufhin vorgenommene Durchsuchung der Wohnung nach unbeaufsichtigten Kindern oder Säuglingen blieb ergebnislos. Der Tatverdächtige gibt an, einen siebenjährigen Sohn zu haben, der sich jedoch zur Tatzeit bei Verwandten aufgehalten habe.‹«

Myrna hustete und verfluchte dann ihre Zigarette. »Das klingt irgendwie komisch«, sagte sie. »Gehen Sie der Sache nach. Was hat eine Baby-Überwachungsanlage in einem Haus verloren, in dem es nur einen taubstummen Siebenjährigen gibt, der gar nicht zu Haus ist? Vielleicht steckt nichts dahinter. Vielleicht steckt was dahinter. Vielleicht hatten die bei sich zu Haus so was wie eine Kindertagesstätte, oder das Ding diente ihnen einfach nur als billiger Handy-Ersatz. Aber finden Sie's raus. Setzen Sie Ihren Schnüffler darauf und auf die angebliche Affäre an. Wie lang hatte sie mit dem tauben Schwarzen schon was laufen? Hat es vor oder nach den Privatstunden in Taubstummensprache angefangen? Wußte Mr. Kurt Kluxklan von der Sache? Wenn ja, seit wann? Irgendwelche Anrufe bei den Bullen wegen tätlicher häuslicher Auseinandersetzungen? Scheidungsklagen? Wie sehr hassen sich die beiden? Ist es normaler ehelicher Haß oder einer von der mörderischen Sorte? Et cetera pp.«

»Okay«, sagte Watson.

»Hören Sie, ich muß jetzt Schluß machen. Ich muß irgendwie zusehen, daß die einen meiner Mandanten im Knast behalten, weil gleich fünf verschiedene Arschficker darauf aus sind, ihn umzulegen. Wegen der vorbereitenden Schriftsätze rufen Sie mich dann später noch mal an. Sie müssen irgendwie zusehen, daß Sie diesen ganzen Scheiß von wegen ›Nigger hier‹ und ›Nigger da‹ aus der Beweisaufnahme raushalten. Ich hör von Ihnen. Bis dann.«

Tunnel und gläserne Wandelgänge führten ihn über, unter und durch das Orthogenetische Institut für Mentale Dissonanz, das Ignatius-Pflegeheim für biologisch behinderte Mandanten und die Kassenautomaten für Ambulanzpatienten, bis er zu guter Letzt in der Eingangshalle des Gage Institute für Neurowissenschaften landete. Der Weg zu den Fahrstühlen führte an einer Sicherheitsabsperrung vorbei, und Watson sagte dem Wachmann seinen Namen. Dr. Palmquists Arbeitsräume befanden sich in einem Sicherheitsbereich, der nur mit einer besonderen Ausweisplakette oder in Begleitung von jemandem mit einer solchen Plakette betreten werden durfte, also setzte er sich in einen Vinylsessel, während der Wachmann nach oben telefonierte.

Watson öffnete seinen Aktenkoffer und entnahm ihm die neuste Ausgabe der *River City News*. Sie war am selben Tag wie der erste *Post-Dispatch*-Artikel erschienen, aber Watson hatte nicht daran gedacht, sie sich anzusehen, bis Rachel Palmquist ihn darauf aufmerksam gemacht hatte. Bevor er zu Whitlow rausgefahren war, hatte er noch schnell ein Exemplar aus der Bibliothek der Firma mitgenommen. Wieder Titelseite: MINDERHEITENRECHTSGRUPPEN VERLANGEN TODESSTRAFE FÜR HASSMÖRDER. Neben dem Foto von Mr. Haß ein Bild der in Tränen aufgelösten Missis. »Mein Mann weigerte sich, die Behinderung unseres Sohnes zu akzeptieren«, wurde sie in der Bildunterschrift zitiert. »Und er haßte Farbige. Deswegen hat er Elvin getötet.«

Ein Sprecher der Nationalen Vereinigung für die Förderung der farbigen Bevölkerung und einer von Klanwatch führten die jüngsten Statistiken an: jährlich über siebentausend Haßverbrechen in den Vereinigten Staaten, davon 62 Prozent gegen Afroamerikaner gerichtet.

Eine Sprecherin von Frauen gegen Gewalt in der Ehe sagte, das sei ein weiterer brutaler Ausdruck männlich-chauvinistischer Sexualeifersucht, der sich nahtlos in die laufende Kampagne zur Unterjochung und Repression der Frau einfüge. »In der Regel sind *Frauen* die Opfer gewalttätiger männlicher Eifersucht. Mary Whitlow hat einfach Glück gehabt – das ist alles.«

Gehörlosenaktivisten erklärten, der Mord sei lediglich ein besonders drastisches Beispiel für den gewohnten Kulturchauvinismus der Nichtgehörlosenwelt, die Tag für Tag gewaltsam gegen die Gehörlosenkultur vorgehe, indem sie Gehörloseninternate schließe, Kochlearimplantationen propagiere und es unterlasse, gehörlose Kinder in American Sign Language zu unterrichten, der einzig wahren Sprache des amerikanischen Gehörlosen. »Es war ihm nicht möglich, die Gehörlosigkeit seines Sohnes zu töten«, sagte ein Gehörlosenaktivist mit Hilfe eines Dolmetschers, »also hat er statt dessen einen Gehörlosen getötet.«

Zwei ganze Absätze befaßten sich mit der Terril-Williams-Episode. Kein Wort von Terrils polizeibekannter Gewalttätigkeit. Kein Wort von den Drogen in seinem Organismus. Statt dessen wurde er als eine »panamerikanische afroamerikanische Football-Hoffnung« beschrieben, »die James Whitlow während seines vorletzten Jahres auf Ignatius High auf bestialische Weise zerschlagen hatte«.

Nach Darstellung der *News* hatte sich die Hakenkreuz-Geschichte auf der Southwest Missouri State University nach einem studentischen Besäufnis zugetragen; der Angeklagte hatte mit seinen Verbindungsbrüdern gewettet, er werde um Mitternacht auf den Wasserturm klettern. Ein ehemaliger Verbindungsbruder gab an, das Hakenkreuz habe zur Mutprobe gehört und sei als Beweis dafür gedacht gewesen, daß Whitlow tatsächlich am Wasserturm hochgekraxelt war. Wie der *Post-Dispatch* walzten auch die *News* die Tatsache aus, daß Whitlow eine renommierte Jesuitenschule, Ignatius High, besucht hatte, bevor er – nach seiner zwangsweise abgebrochenen College-Ausbildung zum Computertechniker – eine Stelle bei einer EDV-Firma gefunden und später wegen Computersabotage wieder verloren hatte.

Fahrstuhltüren öffneten und schlossen sich, Lautsprecher gaben einen ununterbrochenen Strom von verschlüsselten Durchsagen von sich. Watson nahm sich fest vor, sich auf Whitlows Verteidigung zu konzentrieren und Rachel Palmquists Kleidung, Frisur und Make-up nicht zur Kenntnis zu nehmen. Seine Loyalität mußte von nun an seinem Mandanten gelten – nicht seiner Firma und auch nicht einer intelligenten, geistreichen schönen Frau, die sich erbötig gemacht hatte, ihm einige Grundkenntnisse über die Funktionsweise des kriminellen Gehirns zu vermitteln. Er war zu einem einzigen Zweck hier: um herauszufinden, ob Dr. Palmquists Tests und ihr darauf basierendes Gutachten ihm dabei helfen würden, Mr. Jesus Haßt-Nigger zu verteidigen.

Sie trat aus einem Fahrstuhl am entgegengesetzten Ende der Eingangshalle, winzig unter aufragenden Bogenpfeilern und sonnendurchfluteten Lichtgaden. Dieses ganze echte Gelächel würde ihn früher oder später in Teufels Küche bringen, dachte er, während sie sich durch das Gedränge hindurch zulächelten und das Lächeln für die Dauer ihres ganzen langen Marsches durch die Halle aufrechterhielten.

»Willkommen im Gage Institut für Neurowissenschaften, Mr. Watson«, sagte sie mit ihrem schon vertrauten selbstironischen Schmunzeln.

»Schön haben Sie's hier«, sagte er. Er war von seinem Vinylsessel aufgestanden und gab ihr jetzt die Hand. »Und hier«, sagte er und zeigte ihr die Schlagzeile, »jetzt bin ich auch ein *River-City-News*-Leser.«

Vielleicht war die junge Wissenschaft der Evolutionspsychologie oder irgendeine biologische Schönheitstheorie imstande zu erklären, warum er seinen guten festen Vorsatz ignorierte und ihre Joggingschuhe, ihre ausgeblichenen Jeans, den langen weißen Laborkittel über einem enganliegenden schwarzen Lycra-Body, den kurzen Bogen von Perlen um ihren Hals so eingehend zur Kenntnis nahm. Vielleicht war es alles nur eine Frage von Pheromonen, optischen Signalreizen, einer noch nicht identifizierten psychomagnetischen Hirnwellenlänge, auf die sein Empfänger besonders gut ansprach. STRAHLENFORSCHUNG stand an ihrem Laborkittel, direkt über der Erhebung ihrer linken Brust – hübsch! Ja, erhebend, sogar noch erhebender, als Watson sie in Erinnerung gehabt hatte –, in rotgestickten Buchstaben zu lesen; ein Namensschildchen erklärte: R. PALMQUIST, und darunter hieß es, in orange unterlegtem fettem Schwarz, LEGIT. 5. OG, PSYCHON-PROJEKT. Jetzt ungeschminkt und darum um nichts häßlicher; das Haar nachlässig hochgebunden, mit ein paar losen Löckchen, die ihr Lächeln umrankten. Ein Stift lugte über ihrem rechten Ohr aus den Flechten hervor. Ihre Lippen ... hatten nicht das geringste mit dem Zweck seines Hierseins zu tun. »Viel Platz hier!« fügte er hinzu und folgte ihren geschmeidigen, schlankgliedrigen Schritten auf die verspiegelte Fahrstuhlfront zu, reckte den Hals leicht vor und hängte sich an die zarte Kielspur ihres Parfüms.

Fünf oder sechs weitere weiße Laborkittel folgten ihnen in den Aufzug. Sie stand vor der Schalttafel und sprach in einem zwanglosen Plauderton, als seien sie allein miteinander. »Ich wohne im Fünften. Neuroimagingverfahren. Wenn wir genügend Zeit haben, nehme ich Sie noch mit runter in den Dritten, in die Neuropsycho.«

»Dieses ganze Gebäude – alles nur Hirnforschung?« sagte er, als sie im fünften Stock ausstiegen und in einen Vorraum mit einer riesigen quadratischen Metalltür gelangten.

Sie nahm ihre Ausweisplakette ab und steckte sie in einen Schlitz in der Tür.

»Neuropharmakologie, Neuropsychologie, Neurophysiologie, Neurobiologie, Neuroimaging, Neuromagnetismus. Wir haben gerade das Jahrzehnt des Gehirns hinter uns.« Sie kicherte. »Und jetzt sind meine Kollegen und ich ein Haufen

Neuromanen in einem Haus voll toller großer Gehirnspielsachen.«

Sie führte ihn Korridore entlang, an Schildern vorbei: MAGNETRESONANZPHYSIK, KERNSPINRESONANZSPEKTROSKOPIE, POSITRONEN-EMISSIONS-TOMOGRAPHIE, FUNKTIONS-MRI, ELEKTROPHYSIOLOGIE, COMPUTERTOMOGRAPHIE.

»Und Mr. Whitlow?« sagte Watson. »Ich weiß, was Sie vorhaben, aber mir ist nicht ganz klar, inwiefern ihm das helfen soll.«

»Sie reichen einen Antrag ein, in dem Sie das Gericht und die Staatsanwaltschaft über Ihre Absicht in Kenntnis setzen, eine sachverständige Zeugin über den Geisteszustand des Angeklagten aussagen zu lassen. Sollen die ruhig glauben, daß Sie auf eine traditionelle psychische Störung oder Geisteskrankheit spekulieren. Sie beantragen seine Überstellung zum Federal Medical Center in Rochester, Minnesota. Es hängt mit der Mayo-Klinik zusammen. Dort wird er auf Herz und Nieren geprüft, gescannt und getestet. Wir bekommen die Bilder und die Testergebnisse per Datentransfer hierhergeschickt und lassen sie über unsere Systeme und Monitore laufen. Auf diese Weise bekommen Sie nicht nur die gesamten Untersuchungen umsonst, sondern auch einen Verhandlungsaufschub von fünfundvierzig Tagen – so viel, wie wir für Anreise, Tests und Auswertung benötigen. Anschließend kommt er zur Verhandlung zurück. *Die* führen die Scans und Messungen durch, *wir* interpretieren die Resultate.«

»Was wird denn da alles untersucht?«

»Erster Tag: Zerebrospinalflüssigkeit, Urin, Haarprobe für Gas-Chromatographie und Drogentests, Biopsie nach genetischen und biologischen Markersubstanzen. Zweiter Tag: psychologische Tests und Profile: Wechsler, Halstead-Reitan-Neuropsychologische Testreihe, Voreingenommenheitsprofile, Automatismentests. Dritter Tag: Neuroimaging – CT, MRI, fMRI, PET, MEG, ABC, DEF, GHI ... Sagt Ihnen das Ganze überhaupt etwas?«

»Nicht direkt«, sagte Watson. »Aber wonach suchen Sie dabei eigentlich? Irgendeine Störung? Wahnsinn? Ach!« rief er aus und faßte sich an die Stirn. »Die Anfälle. Er hat früher mal epileptische Anfälle gehabt. Er nimmt ein Medikament dagegen. Dilantin.«

»Nicht schlecht«, sagte sie. »Könnte uns weiterbringen. Immerhin eine gewisse Chance, daß eine Läsion vorliegt. Wir können Arthur erzählen, daß wir danach suchen, oder wir können ihm sagen, wir gehen der Sache mit den Anfällen nach.« Sie bog rechts in einen weiteren Korridor ein. »Wenn wir wirklich das Glück haben sollten, eine organische Anomalie zu entdecken, haben wir ein halbes Dutzend Neuropsychologen, die über die behavioralen Auswirkungen aussagen können.«

»Der Typ ist mir unheimlich«, sagte Watson, »aber gleichzeitig tut er mir auch leid. Ich kann's nicht richtig beschreiben – na ja, er hat so eine Tätowierung mit dem Spruch ›Jesus haßt Nigger‹.«

»Hmm«, sagte sie, »möglicherweise religiöser Wahn.«

»Ja«, sagte Watson. »Und er –«

»Schluß«, sagte sie. »Sie erzählen mir zuviel. Die Scans werden mir alle nötigen Informationen liefern.«

Sie kamen an einer gepanzerten Tür vorbei, an der in riesigen roten Blockbuchstaben VORSICHT: EXTREM STARKE MAGNETFELDER stand, mit einem besonderen Zeichen daneben, das an das Symbol für radioaktive Strahlung erinnerte.

»MRI«, sagte sie mit einer deutenden Geste. »Steht für ›Magnetic Resonance Imaging‹, Kernspinresonanztomographie. Wir sagen ›Magnete‹ dazu. Und was Wahnsinn anbelangt, das ist das, was wir eine ›weiche‹ Störung nennen. Die meisten Störungen dieser Art sind um die Zeit der Twinkie-Verteidigung aus der Mode gekommen. Erinnern Sie sich an den Prozeß gegen Dan White, wegen Mordes an George Moscone, dem Bürgermeister von San Francisco, und Harvey Milk, dem Oberstadtdirektor? Mr. White bekam drei Jahre wegen zweifachen Totschlags, weil sein Verteidiger erfolgreich damit argumentierte, sein Mandant habe infolge habituellen Verzehrs von Twinkies und sonstigem Junk-food Gehirnerweichung und, dadurch bedingt, eine Prädisposition für Gewaltanwendung mit tödlichem Ausgang bekommen. Dann haben wir die Menendez-Phase erlebt: Jetzt waren es nicht mehr Twinkies, sondern traumatische Kindheitserlebnisse, die Mörder hervorbrachten. Aber selbst da war die Verteidigung neurologisch aufgezogen. Im ersten Menendez-Prozeß sind sachverständige Zeugen aufgetreten, die die gewalttätigen Reaktionen der Angeklagten mit dem Kiemeneinziehreflex des Steinseeigels verglichen haben. Aber wenn alle Stricke reißen, können wir immer noch von einem unserer Therapeuten ein paar ›weiche‹ Kindheitserinnerungen an Mißbrauchserlebnisse hervorholen lassen.«

Sie deutete auf eine weitere Panzertür mit roten Blockbuchstaben. »Noch ein Magnet.«

»Können wir reingehen und uns einen ansehen?« fragte er.

Sie blieb abrupt stehen und musterte ihn von Kopf bis Fuß. »Kugelschreiber, Uhr, Gürtel, Handy. Sie haben wahrscheinlich Schlüssel in der Tasche. Wir haben es hier mit extrem starken Magnetfeldern zu tun. Die Wände, Decken und Fußböden in diesem Bereich sind zweieinhalb Meter dick. Wenn Sie irgendeine Prothese mit metallischen Bauteilen haben, einen Herzschrittmacher, orthopädische Schrauben, Granatsplitter in den Augen – die werden Ihnen praktisch aus dem Leib gerissen. Nein, Sie können da nicht rein.«

Watson hielt die Stifte in seiner Hemdtasche fest und marschierte weiter.

»Dann hatten wir den Krokodilmenschen«, sagte sie, »einen weiteren Fall, wie ihn das Leben schreibt. Der Angeklagte hatte zwei minderjährige Anhalterinnen mitgenommen, ihnen mit einem Steinhauerschlegel eins über den Kopf gezogen und sie um ein Haar getötet. Die Verteidigung zog einen Sachverständigen von der Medizinischen Fakultät Harvard hinzu, und der erklärte, gestützt auf ein Buch zweier Harvarder Neurochirurgen mit dem Titel *Violence and the Brain,* der Angeklagte leide an einem organischen Gehirnsyndrom namens ›episodisches Dyskontrolle-Syndrom‹. Die Theorie basierte auf dem alten psychoanalytischen Dreischichtenmodell. Ob man's nun Über-Ich, Ich und Es nennt oder Neokortex, limbisches System und Hirnstamm, die Idee ist dabei die gleiche: daß wir starke gewalttätige Triebe aus unserem kollektiven reptilischen Unbewußten in uns herumtragen, die wie Trolle unter den zivilisierten Schichten unserer höheren Hirnteile lauern. Und wenn die für die Hemmung dieser paläopsychischen Antriebe verantwortlichen neurologischen Funktionen einmal versagen, schwupp!, kommt der Krokodilmensch hervor. Und so ist es kein versuchter Mord mehr, sondern episodische Dyskontrolle.« Sie kicherte. »Richter und Geschworene bekamen glasige Augen, nickten resigniert, und der Angeklagte bekam dafür, daß er zwei Mädchen die Schädeldecke eingeschlagen hatte, sechs Jahre auf Bewährung.«

Watson fragte sich, ob sich dieses Syndrom auch sexuell äußern konnte, in welchem Fall er sich an ein paar eigene Episoden von Dyskontrolle aus seiner College-Zeit erinnert hätte. Er zeigte auf eine weißlackierte Stahltür, an der das Wort PET in roten Buchstaben prangte. »Ich weiß, daß es eine Form von Scanning ist«, sagte er, »aber wofür stehen die Buchstaben P-E-T eigentlich?«

»Positronen-Emissions-Tomographie«, sagte sie. »PET-Scanning. Wahrscheinlich eine der ersten Untersuchungen dieser Art, die man an Ihrem Mandanten vornehmen wird. Sie müssen sich das so vorstellen: Ihm wird ein überformatiger Metallreifen voller Strahlungsdetektoren über den Kopf gestülpt.« Sie beschrieb mit den Händen einen liegenden Kreis um ihren Kopf. »Dann injiziert man ihm ein Positronen freisetzendes Isotop in die Venen, wodurch es möglich wird, den Weg des Blutes durch sein Gehirn zu fotografieren und nachzuvollziehen, welche Regionen Sauerstoff und Zucker verbrauchen, während er sich, sagen wir, Videos mit expliziten Gewaltdarstellungen, mit spielenden Kindern, Paaren beim Geschlechtsverkehr und so weiter ansieht.«

»PET«, sagte Watson. »Und was ist mit richtigem Petting – wo spielt sich das ab?«

»In den Primatenversuchslabors«, sagte sie prompt, »wo Ihre Verwandten verwahrt werden. Wir haben ein paar liebeshungrige Paviane und einen Schimpansen namens Cham, der es jedesmal besorgt kriegt, wenn er auf einen großen roten Knopf mit dem Bild seiner Freundin drückt. Ich bring Sie nachher zu ihm runter ... wenn Sie möchten.«

Sie führte ihn weitere Korridore entlang, an kleinen Kabuffs vorbei, in denen tieffernste Akademiker, hinter Stößen von Zeitschriften und Ausdrucken verschanzt, über Computertastaturen gebeugt saßen.

Sie öffnete eine Tür. »Hier wohne ich«, sagte sie und zeigte auf einen Tower-Computer mit zwei Monitoren auf zwei L-förmig aneinandergestellten Tischen. Zwei ihrer vier Wände wurden von vollgestopften Bücherregalen beansprucht; insbesondere ein dicker Wälzer mit dem Titel *The Amygdala* erregte Watsons Aufmerksamkeit.

»Was ist die Amyg-dahla?« fragte Watson und beugte sich vor, um den Untertitel zu lesen. »Das ist eine afrikanische Antilopenart, richtig? Nein, warten Sie, ein Chevy? Das Modell, das die direkt nach dem Impala rausgebracht haben?«

»Erinnern Sie sich an die älteren, tiefer liegenden Teile Ihres Gehirns, von denen ich vorhin gesprochen habe?« sagte Rachel. Sie nahm das Modell eines menschlichen Kopfes in die Hand, klappte die an Scharnieren befestigte Schädelkalotte auf, holte allerlei unterschiedlich gefärbte Gehirnteile hervor und zeigte ihm zwei traubenförmige Gebilde an der Unterseite des Großhirns. »Die *Amygdala*, lateinisch für ›Mandel‹, oder exakter: das Corpus amygdaloideum, bildet zusammen mit dem Hippocampus und dem Hypothalamus das limbische System. Es ist so etwas wie eine Schaltzentrale für das Trieb- und Affektverhalten – also für heftige Regungen wie Wut, Aggression, Angst. In den sechziger Jahren war's der letzte – Verzeihung! – Urschrei, Gewaltverbrechern Elektroden in die Corpora amygdaloidea zu stecken und sie wie Versuchsratten zu stimulieren.«

»Und, was war das Resultat?« fragte er.

»Der unwiderstehliche Drang nach Sex und Gewalt«, sagte sie, »oder ein völliges Fehlen jeglichen Drangs nach Sex und Gewalt, je nachdem, wo die Elektroden auftrafen.«

»Elektroden?« fragte er.

»Genau. Die Implantation von Elektroden kam aber genauso wie die Lobotomie aus der Mode. Etwas so Komplexes wie das Corpus amygdaloideum mit einer Elektrode stimulieren zu wollen ist ein bißchen so, als versuchte man ein Pentiumchip mit einem Tischlerhammer anzusprechen.«

»Oh«, sagte er.

»Dramatische, faszinierende Resultate«, fügte sie hinzu,

»aber im höchsten Grade unvorhersehbar. Und wenn man das Ergebnis eines Versuchs nicht reproduzieren kann, dann ist es keine Wissenschaft.«

Sie nahm den Hörer eines ihrer Telefone ab. »Hi, Walt. He, ich hab hier jemand, der Cham kennenlernen möchte.«

Watson zog die *Amygdala* aus dem Regal, schlug sie auf und fand eine Menge wie Legosteine aneinandergesteckter achtsilbiger griechisch-lateinischer Derivate.

»Nein«, sagte sie, »er ist kein Journalist, und er ist auch kein Ethikfreak. Er ist Anwalt und auf unserer Seite. Hast du ein passendes Weibchen da? Gut. Bereit alles vor, und wir sind in zehn, fünfzehn Minuten unten. Danke.«

Watson stellte die *Amygdala* wieder an ihren Platz im Regal zurück.

Sie musterte ihn mit gespieltem Argwohn. »Sie sind doch keiner von diesen ausgeflippten robbenknutschenden Tierrechtsaktivisten, oder?«

»Ich liebe Tiere«, sagte er. »Halb durch, in Olivenöl und gehacktem Knoblauch angebraten und mit grobkörnigem schwarzem Pfeffer bestreut.«

Sie lachte. »Lassen Sie Ihre Sachen hier«, sagte sie und deutete auf den Tisch. »Wir machen einen Rundgang.«

Sie wanderten an weiteren rotbeschrifteten Panzertüren und Büroräumen vorbei.

»Wissen Sie, was ein Computertomogramm ist?«

»Ja«, sagte er. »Natürlich. Das ist ... wie ein Röntgenbild, nur besser.«

»Hab ich mir gedacht«, sagte sie. »Der junge, gesunde Repräsentant des Ewigmännlichen. Stellen Sie sich vor, ich wollte das Gehirn Ihres Mandanten in achtundvierzig sehr dünne horizontale Scheibchen aufschneiden, um nachzusehen, ob sich irgendwelche strukturellen Anomalien oder Läsionen feststellen lassen. Jetzt stellen Sie sich vor, man könnte dieses Gehirn in jeder beliebigen Richtung aufschneiden: occipital, frontal, lateral, vertikal, ja sogar diagonal, wenn's nötig sein sollte. Wir können das tatsächlich.«

»Wahnsinn«, sagte Watson.

»Das ist noch nicht weiter aufregend«, sagte sie lachend. »Denn jetzt stellen Sie sich vor, wir schaben sein Gehirn in *noch* dünnere Scheibchen, aber anstatt statischer Bilder konstruieren wir jetzt zeitlich aufeinanderfolgende Momentaufnahmen, so daß es möglich wird, seine Funktion – ob nun nach Glucoseassimilation, Sauerstoffverbrauch, Durchblutungsquotient, bioelektrischer oder biomagnetischer Aktivität bemessen – in ihrem diachronischen Ablauf zu beobachten und dann einen Film daraus zu machen, der die in all diesen Scheibchen stattfindenden verschiedenen Prozesse zeigt.«

»Hexerei und Teufelswerk!« sagte Watson.

»Das ist *auch* noch nicht weiter aufregend«, sagte sie. »Denn jetzt erzeugen wir von einem bestimmten Scheibchen einen strukturell sehr detaillierten Scan, etwa mit MRI, was uns eine räumliche Auflösung von einem bis höchstens zwei Millimetern liefert, und anschließend einen anderen, diesmal funktionssensitiven Scan, wie zum Beispiel PET, und überlagern dann das strukturell detaillierte Bild mit dem PET-Scan, der die in derselben Scheibe ablaufenden physiologischen Vorgänge darstellt, und voilà, wir erhalten ein sehr genaues Bild davon, welche neuronalen Verschaltungen zu jedem beliebigen Zeitpunkt aktiv sind.«

»Ein Gehirnfilm«, sagte Watson.

»Jetzt Schnitt und zurück zur Verfolgungsjagd. Stellen Sie sich vor, ich führe mit Ihrem Mann ein paar Standard-Verhaltens- oder -Kognitionstests durch, kombiniere sie aber mit geeigneten Neuroimagingverfahren. Ich drehe einen Film seines Gehirns bei der Arbeit – also während es Probleme löst oder auf kontrollierte Reize reagiert. Und anhand der Daten und der Bilder erstellen wir ein Neurofunktionsprofil des Gehirns Ihres Mandanten. Dann vergleicht ein äußerst leistungsfähiger, mit Kettenleiternetzen arbeitender Großrechner sein Profil mit Tausenden anderer Gehirne und Profile. Wir zeichnen die Reaktionen des Probanden auf, sagen wir, schwarze Gesichter gegenüber weißen Gesichtern auf, den Grad seiner Fähigkeit, mitzufühlen, wenn er mit bildlichen Darstellungen von menschlichem Leiden konfrontiert wird, sein relatives Angezogen- beziehungsweise Abgestoßensein von Gewaltdarstellungen und so weiter.«

»*Uhrwerk Orange*«, sagte Watson.

»Besser«, sagte sie. »Das war Verhaltensänderung, also reine Symptombehandlung. Diese bildgebenden Verfahren ermöglichen dagegen eine noninvasive Diagnostik des Verhaltens durch Ermittlung seiner *Ursachen*, also der im Inneren des menschlichen Gehirns ablaufenden Prozesse.«

Weitere Labore, Büros, Testkabinen. Sie blieben vor einigen Fahrstühlen stehen und warteten, wobei sie, die Hand am Kinn, auf und ab ging.

»Anfälle«, dachte sie laut nach. »Gar nicht schlecht. Vielleicht können wir behaupten, daß er das Tourette-Syndrom hat.« Sie nahm eine advokatische Pose ein. »›Er nennt jeden einen Nigger, Euer Ehren. Er kann nichts dafür.‹« Ihre Augen wurden größer. »Wir könnten ihn in den Zeugenstand rufen und vorführen, wie er mich einen Nigger nennt, Sie einen Nigger, den Richter einen Nigger. ›Hinzu kommt, Euer Ehren, daß er unter religiösen Wahnvorstellungen leidet. Er glaubt, daß Jesus alle erlösen wird außer uns Niggern.‹ Hat er gesagt, wie viele Anfälle er gehabt hat?«

»Klang nicht so, als wären es besonders viele gewesen, und seit sechs bis sieben Jahren werden sie medikamentös unterdrückt.«

»Hat er seine Medikamente abgesetzt?« fragte sie. »Hatte er sie am Tag davor genommen? Am Tag selbst?«

»Ich habe ihn danach gefragt«, sagte Watson. »Er, äh, erinnert sich nicht.«

»Ah, gut«, sagte sie mit Wärme. »Wir haben nicht nur einen Anwalt, der so klug ist, zu fragen, wir haben auch einen Mandanten, der so clever ist, sich nicht zu erinnern.«

Sie fuhren mit dem Aufzug in den zweiten Stock hinunter. Sie steckte ihre Plakette in eine weitere weißlackierte Tür. Auf dieser stand: PRIMATENSTATION. ZUTRITT FÜR UNBEFUGTE VERBOTEN.

Sie gelangten in einen riesigen hohen Raum, in dem – anders als im vollklimatisiert kühlen Rest des Gebäudes – eine feuchte Hitze herrschte und der von gleißenden Jupiterlampen erhellt wurde. Er hörte Gekreisch und roch Urin, noch bevor er die tiefen Käfige sah, die entlang der Wände aufgereiht standen: ein auf und ab schlendernder Pavian, zwei Orang-Utans, die sich gegenseitig lausten, Schimpansen, die ihm von den Ästen künstlicher Bäume herab äffische Invektiven entgegenschleuderten. An der Decke summten Lüftungsgebläse. Etwas über hüfthohe, aneinandergehakte Stellwände unterteilten die unübersehbare Halle in Untersuchungsbereiche und kontrollierte Umgebungen.

Sie führte ihn zu einer großen gläsernen Kabine. Jemand hatte an deren Tür ein Blatt Computerpapier geklebt, auf dem mit schwarzem Filzstift CHAMS HAUS geschrieben stand. Drinnen sah er Stapel von Peripheriegeräten, auf Stahlregalen montierte Monitore und die Rückenlehne einer Art Friseursessel mit daran festgeschnallten haarigen Gliedmaßen.

Rachel ging um den Stuhl herum und lächelte Watson zu, als er ihr folgte.

»Darf ich vorstellen: Cham«, sagte sie stolz.

Watson war auf den Anblick nicht gefaßt gewesen – das erbarmungslose Licht der Jupiterlampen ließ den an den Stuhl gefesselten Affen in grellen, unnatürlichen Farben erstrahlen: violette Haut, Perlmuttzähne, eine körnig strukturierte zinnoberrote Zunge. Acht Klettbandmanschetten, je eine für den Ober- und den Unterteil der Gliedmaßen, und ein dicker Klettbandgürtel hielten einen männlichen Schimpansen in stramm aufrechter Sitzhaltung. Die Beine waren gegrätscht, die Arme an zurückfahrbaren Leisten festgebunden. Eine stählerne Ringzwinge stabilisierte den kahlrasierten Kopf des Tieres mittels vier in den Schädel geschraubter Bolzen. Völlig schmerzlos, versicherte Dr. Palmquist. Der nackte Schädel war mit Hunderten festzementierter Elektroden gespickt, aus denen farbkodierte Kabel sprossen, die sich wie eine surrealistische Gruselperücke aus neonfarbenen Gummihaaren sträubten und dann, gebündelt, in einer von oben herabhängenden Apparatur mündeten.

Der Schimpanse lachte Watson an – ein Ausdruck, der seltsam gezwungen wirkte, da daran nur der Mund und die Augen beteiligt waren; der Rest des Tieres blieb völlig regungslos. Mit all den Drähten, Elektroden, Kabeln, Sensoren, Manschetten und Schläuchen, die von ihm ausgingen, sah Cham wie der mutierte Sprößling einer Schimpansenmutter aus, die es mit einem Cray-Supercomputer getrieben hatte: ein abstoßender Bastard aus einem modernen Bestiarium, ein High-Tech-Hippogryph oder ein Silikon-Zentaur, halb Computerchips und Drähte, halb lebendiges Fleisch.

Watson spürte, wie sich ihm der Magen umdrehte und ihm den Lunch in die Speiseröhre zurückdrückte.

Chams rechte Hand ruhte auf einer kleinen Konsole mit großen Knöpfen. Einen knappen Meter vor ihm befand sich eine Blechtrennwand mit einigen geschlossenen Klappen und einer Tür wie für einen kurz geratenen Liliputaner.

Rachel nahm einen Telefonhörer ab. »Walt?« sagte sie und sah auf die Blechwand. »Auf der anderen Seite alles bereit? ... Elsa in Stimmung? ... Prima. Wir fangen an.«

Rachel setzte sich an einen kleinen erhöhten Arbeitstisch, von dem aus sie auf Cham hinunterblickte. Sie betätigte einen Schalter, und die Konsole unter Chams rechter Hand leuchtete auf. Auf jedem der großen Knöpfe oder Tasten war jetzt eine bunte, von hinten beleuchtete Grafik zu sehen: eine Banane, ein Spielzeug, ein Schimpansengesicht, ein Glas Wasser, ein Smiley-Gesicht.

»Wozu sind die Knöpfe?« fragte Watson.

»Werden Sie gleich sehen«, sagte sie, wirbelte auf ihrem Drehstuhl herum und ließ durch leichtes Verschieben der Maus eine ganze Batterie von großen Farbmonitoren zum Leben erwachen. Ihre Finger klapperten gekonnt auf der Tastatur herum.

Watson stieg zu ihr hinauf, richtete seine Geruchssensoren wieder auf ihr Parfüm und wählte eine Perspektive, die ihm einen Blick auf das dunkle Gefieder ihres Haars und ihre glatten, kundigen Hände gewährte.

»Was möchten Sie, daß Cham werden soll?« fragte sie.

»Werden?« fragte Watson. »Meinen Sie, also in dem Sinn, ob er Eheberater oder Anwalt für Steuerrecht werden soll?«

»Nein«, sagte sie. »Soll er scharf werden? Hungrig? Glücklich? Durstig? Aggressiv?«

»Hungrig«, sagte Watson, um Dezenz bemüht, obwohl »scharf« interessanter klang.

Sie fuhr mit ihrem Mauszeiger einen virtuellen Schieberegler an und stellte ihn durch Klicken und Ziehen auf einen höheren Wert ein.

»Machen wir Cham also hungrig«, sagte sie, als könnte sie ihn zu allem machen, was sie nur wollte.

Sie rief eine dreidimensionale Gittergrafik in Form eines Gehirns auf und ließ sie mit Hilfe ihrer Maus auf dem Bildschirm rotieren. »Wir verwenden Computeralgorhythmen, um die aus Chams Gehirn gewonnenen Daten zu bearbeiten und in ein standardisiertes Modell eines Schimpansengehirns einzupassen. Dann wählen wir die Koordinaten für die jeweils erwünschten Reizzonen und erzeugen in den entsprechenden Neuronenbündeln elektrische Impulse, die denen, die das Gehirn selbst erzeugt, weitestgehend ähneln.«

Sie klickte einen kleinen Würfel in der unteren Hälfte der Gittergrafik an, und der Raumquadrant leuchtete auf.

»Das ist der Hypothalamus, dessen neuronale Verschaltungen verschiedenerlei vegetative Funktionen regeln, so, unter vielen anderen Dingen, auch das Hungergefühl.«

Cham johlte und kreischte, wieder ohne mehr zu bewegen als seine Lippen, die jetzt eine Reihe von großen quadratischen Zähnen bloßlegten. Dann streckte sich sein Zeigefinger aus und drückte auf die Bananentaste. Eine der Blechklappen öffnete sich, und eine große künstliche Banane schob sich an einer Teleskophalterung vor und blieb direkt vor seinem Mund stehen.

»Das ist eine Plastikattrappe«, sagte sie, »gefüllt mit Bananenbrei.«

Cham schloß seine Lippen um die Düse und schlürfte mit sichtlichem Behagen seinen Brei. Als trotz Saugens nichts mehr herauskam, schrie er die Plastikbanane an und versuchte es dann noch einmal. Die Armatur zog sich wieder zurück, und die Klappe schloß sich.

»Wahnsinn«, sagte Watson.

»Was jetzt?« fragte sie. »Als ob ich's nicht wüßte.« Sie klickte ein paar Menüs an, und mehrere Dialogfenster öffneten sich auf ihrem Bildschirm.

»Gut aufpassen«, sagte sie. »Jetzt lernen Sie etwas über den Zusammenhang zwischen Sex und Gehirn.«

Sie betätigte einen Schalter, und die Liliputanertür in der Blechwand schob sich seitlich auf; dahinter wurde ein weiterer Schimpanse sichtbar, ein Weibchen, ohne Kopfhautelektroden, aber auf die gleiche Weise an einen identischen Stuhl geschnallt, mit geschwollenem, deutlich sichtbarem Geschlechtsteil.

»Hi, Elsa«, sagte Rachel. »Na, sind wir in romantischer Stimmung?«

Watson bemerkte erst jetzt, daß zwischen den zwei Stühlen in den Fußboden verankerte Stahlschienen verliefen.

»Cham bekommt es ziemlich regelmäßig besorgt«, sagte sie, »deswegen wirkt der Anblick und der Geruch eines paarungsbereiten Weibchens auf ihn nur leicht erregend: Wie Sie sehen können, drückt er nicht auf die Taste mit dem Bild seiner Freundin. Und aus dem medialen präoptischen Kern des Hypothalamus empfangen wir Impulse, die nur gerade eben über dem Basiswert liegen.«

»Dem medialen was?« fragte Watson.

»Dem medialen präoptischen Kern des Hypothalamus. Teil des limbischen Systems, von dem wir schon gesprochen haben. Wissen Sie noch, die vier Fs?« Sie kicherte und zwinkerte ihm zu. »Ich sagte: gut aufpassen. Der mediale präoptische Kern reguliert das männliche Sexualverhalten: besteigen, rhythmisches Beckenstoßen. Er reagiert sehr empfindlich auf visuelle und olfaktorische Reize. Ich zeig's Ihnen jetzt.«

Sie betätigte den Schalter, und die kleine Schiebetür schloß sich und verbarg Elsa wieder. »Und wir lüften«, fügte sie hinzu und legte einen weiteren Schalter um, worauf sich oben an der Decke ein großer Ventilator schwirrend in Betrieb setzte, »um jeden eventuell zurückbleibenden Sexualduft zu entfernen. Und jetzt«, sagte sie und führte den Mauszeiger erst zu einem anderen würfelförmigen Ausschnitt der Gittergrafik, dann zu einem Schieberegler am Bildschirmrand, »beschicken wir seinen medialen präoptischen Kern mit einer geballten Ladung Millivolts. Wir versuchen, die Impulse nachzuahmen, die sein Gehirn produzieren würde, wenn er dabei wäre, sich sexuell zu betätigen.«

Cham regte sich geringfügig in seinen Fesseln, gurrte und stieß dann ein paar Juchzer aus.

»Wir empfangen eine lustvolle Reaktion. Aber wie Sie sehen können, drückt er immer noch nicht auf den Elsa-Knopf.«

»Jetzt«, sagte sie und ließ Elsas Tür wieder aufgleiten. »Wir präsentieren die erregte Elsa, und wir stimulieren den medialen präoptischen Kern.« Sie klickte einen Schieberegler an und zog ihn nach oben.

Prompt hackte Chams Zeigefinger auf den roten Knopf mit dem Schimpansengesicht, und Elsas Stuhl rollte auf den Schienen auf Cham zu. Watson beobachtete, wie Chams violettes Utensil im pelzigen Bewuchs seines Unterleibs zum Vorschein kam.

»Und schon empfangen wir von den Zellen, die wir in Chams Hypothalamus abtasten, Impulse mit einer Frequenz von fünfzig und mehr pro Sekunde.«

Watson sah jetzt, daß beide Sitzflächen Aussparungen für die Beine des jeweils anderen Schimpansen aufwiesen, so daß die zwei Stühle bündig aneinanderstoßen konnten und eine Kopulation in situ gestatteten.

Cham vollführte einen Beckenstoß und kreischte. Watson fühlte sich leicht benommen, als ob nicht Chams, sondern *sein* Gehirn, an bunten Drähten aufgehängt, im Raum baumelte.

Rachel sagte: »Ich möchte, daß Sie sich die biotechnischen Hürden vergegenwärtigen, die wir zur Realisierung dieser Versuchsanordnung überwinden mußten. Die Elektroden erlauben uns, wahlweise zu stimulieren oder aufzuzeichnen. Und wir sind eines der ersten Labore, denen es gelungen ist, die elektrische Aktivität einzelner Neuronen des Hypothalamus zu überwachen, während sich das Tier sexuell betätigt. Normalerweise würden die energischen Kopulationsbewegungen die Mikroelektroden von ihren genau berechneten Ortskoordinaten verrücken. Aber hier ist das Cranium fixiert, und so erhalten wir durchgehend stabile Messungen, selbst während des Orgasmus, der« – sie bewegte ihre Maus und klickte – »jetzt jeden Augenblick erfolgen dürfte.«

Watson spürte, wie ihm der Schweiß aus allen Poren quoll, während er die zwei immobilisierten Schimpansen betrachtete, die sich kreischend aneinander abarbeiteten.

»Das Sexualverhalten ist eine komplexe Angelegenheit«, sagte sie. »Sogar das männliche«, fügte sie mit einem Kichern hinzu. »Der mediale präoptische Kern aktiviert nicht lediglich ein motorisches Repertoire – besteigen und so weiter –, sondern scheint auch einen Gemütszustand zu erzeugen, der äußerst empfindlich auf vom Weibchen ausgehende sexuelle Signale anspricht.«

Wie er so dastand und ihr über die Schulter und die duftenden Schwaden ihres dunklen Haars sah, bewegte sie die Maus, und ihr Ellbogen streifte die oberen Regionen seines Oberschenkels.

»Wenn ein paarungsbereites Weibchen die richtigen Zeichen aussendet, löst eine Stimulierung dieses Gehirnbereichs das entsprechende motorische Repertoire aus – besteigen und rhythmisches Beckenstoßen.«

Watson atmete ihren Duft ein und verspürte eine seltsame Mischung aus Übelkeit und Erregung, während er den Schimpansen zusah, wie sie ihre begrenzt bewegungsfähigen Becken aneinanderstießen.

»Simon LeVay«, sagte sie, »beschreibt in seinem Buch *The Sexual Brain* ein dem unsrigen sehr ähnliches Experiment, das erstmals an der Universität von Kiuschu durchgeführt wurde. Seine poetische Schlußfolgerung lautet: ›Liebesnot kennt kein Gebot.‹ Ah«, sagte sie, als Chams und Elsas Grunzduett in ein Crescendo überging. »Da kommt's. Das große O. Während der Kopulation sinken die neuronalen Entladungen in ihrer Frequenz tatsächlich mehr und mehr ab und hören nach der Ejakulation vollständig auf.«

Watson tat sein Bestes, um sich in der engen Kabine an ihren Arm zu lehnen.

»So«, sagte sie, klickend und ziehend, Bildschirmfenster öffnend und schließend, »Cham und Elsa sind jetzt reif für eine Zigarette, und wir sollten besser wieder nach oben gehen und den Rundgang beenden.«

Watson stieg von der Plattform ab und sah zu Cham hinüber, der noch immer von der ausgestandenen Anstrengung keuchte. Elsas Tür glitt auf, und ihr Stuhl rollte auf den Stahlschienen wieder hinter die Trennwand. Chams Penis schrumpfte wie ein welkendes Knollengewächs.

»Danke, Walt«, rief Rachel.

»Kein Problem«, kam Walts Stimme durch die Blechwand zurück.

Drei schrille Piepstöne ertönten aus Watsons Personal Communicator. Er holte das Gerät aus der Innentasche seines

Jacketts, klappte es auf und las die Botschaft auf dem Flüssigkristalldisplay:

JTW SLB. ORG. WL4, AC A1–A4.

»Fuck!« sagte Watson.

»Läßt sich machen«, sagte Rachel. »Damit können wir hier jederzeit dienen. Wir können Sie auf Chams Stuhl schnallen und Elsa zurückholen.«

»Code Orange«, sagte Watson und entzifferte ihr dann die Abkürzungen: »Joseph T. Watson, Saint-Louis-Büro, WESTLAW-Kompetenzlevel 4, Abrechnungscode Associate im ersten bis Associate im vierten Jahr. Ich muß sofort in die Stadt zurück und mich einloggen. Ein Partner braucht dringend juristische Daten aus dem Internet.«

»Wir sind noch nicht fertig«, sagte sie. »Der Rundgang ist noch nicht abgeschlossen. Sie haben mir nicht zu Ende erzählt, wie das Gespräch gelaufen ist. Können Sie nicht anrufen und denen sagen, daß sie sich jemand anders nehmen sollen?«

»Oha«, sagte Watson mit einem bedenklichen Kopfschütteln. »Nicht drin. Bei Code Orange springt man; Einwände erheben kann man, wenn der Auftrag erledigt ist. Ich muß weg.« Er gab ihr durch eine tieftraurige Grimasse zu verstehen, wie gern er geblieben wäre.

»Na schön«, sagte sie, »dann müssen Sie eben wiederkommen. So einfach ist das.«

»Gern«, sagte Watson und rief die Terminkalenderfunktion seines Communicators auf. »Wann?«

»Heute abend«, sagte sie und hob eine Augenbraue in parodistisch femme-fataler Manier. Wenn ihn nicht alles täuschte, bedachte sie ihn von ihrem erhöhten Terminalhocker aus mit einem waschechten echten Lächeln.

»Heute abend?« sagte er. »Es ist ein Code Orange. Könnte ohne weiteres sein, daß ich bis Mitternacht daran sitze.«

»Also, wenn wir ›Wer arbeitet am meisten?‹ spielen wollen ... ich *wohne* hier«, sagte sie vergnügt. »Bitte schön. Und Sie schlurfen noch immer im paläolithischen Tempo des Zivilrechts durch die Gegend. Erinnern Sie sich noch an die flotten Prozeßvorbereitungen Ihrer Studentenzeit? Ich bin schon oft genug als sachverständige Zeugin vor Gericht aufgetreten, um zu wissen, daß Zivilsachen sich ungefähr so schnell wie ein

Bus in der Fußgängerzone vorwärts bewegen, aber jetzt sind Sie auf dem Highway des Bundesstrafrechts, und die Bullen jagen hinter Ihnen und Ihrem Mandanten her.«

»Scheiße«, sagte Watson.

»Wenn Sie's nicht schaffen, rufen Sie an«, sagte sie. »Aber wir sollten wirklich ... fertig werden.«

»Ich ruf an«, sagte Watson, steckte den Communicator wieder in die Tasche und sah sich nach seiner Aktenmappe um.

»Joe«, sagte sie.

Joe? dachte er. Ja, natürlich, Joe. Die Sache entwickelte sich zu einem ausgewachsenen Date. »Was?« sagte er.

»Bevor ich das Ganze hier runterfahre. Möchten Sie sehen, wie Ihr Mandant am Tag des Mordes ausgesehen hat?«

»Was?« fragte Watson. »Meinen Sie Whitlow?«

»Ja«, sagte sie. »Behalten Sie Cham im Auge. Ich zeige Ihnen jetzt, was genau mit Ihrem Mandanten passiert ist.«

Cham atmete noch immer tief durch und brabbelte zufrieden vor sich hin, während Bananenbrei aus einem Mundwinkel tröpfelte.

Watson hörte einen einzigen Mausklick und sah, wie sich Chams ganzer Körper in den Gurten aufbäumte. Seine entblößten Zähne öffneten sich zu einem gellenden, ohrenbetäubenden Schrei. Bogenstränge sich verkrampfender Muskeln wölbten sich zwischen Nacken und Schultern, Sehnen spannten sich unter seiner Haut wie gedrehte Stricke. Die kahlrasierte Kopfhaut runzelte sich und schlug an den Stellen, wo die Schrauben den Schädel in Position hielten, sternförmig Falten. Watson stockte der Atem, und seine Eingeweide erbebten unter der Wucht von Chams Wut, die in die einzigen Körperteile kanalisiert wurde, die der Affe ungehindert bewegen konnte: Stimmbänder und Gesichtsmuskulatur. Ein weiterer Urschrei, diesmal so laut, daß Watson sich die Ohren zuhalten mußte.

»He«, brüllte Walt von jenseits der Trennwand. »Laß die Amygdala in Ruhe, okay?«

Watson schnappte keuchend nach Luft und schluckte, dann schaffte er es endlich, den Blick von Chams kreischendem, grimassierendem Gesicht loszureißen.

»Das ist Ihr Mann«, sagte Rachel grimmig, während das

farbige Licht der Monitore ihren Zügen das Chiaroscuro und die Morbidezza einer gemalten Venus verlieh.

»Sie sind abartig«, sagte er. »Tun Sie das nie wieder!«

»He«, sagte sie. »Sie haben nach der Amygdala gefragt. Ich hab Ihnen die Amygdala gezeigt.«

Achtes Kapitel

MUSS SIE SPRECHEN. AFM.
Arthurs Mitteilung war auf einen gelben Haftzettel gekritzelt, der an einem weiteren *Saint Louis Post-Dispatch*-Artikel pappte – dem dritten in Folge!, jetzt auf Seite A4: GERICHT BESTELLT PFLICHTVERTEIDIGER IN HASSMORDSACHE. Der Zeitungsausschnitt taumelte am Rande des Tafelbergs von WESTLAW-Ausdrucken, der Watsons Schreibtisch sowie mehrere angrenzende Mesas von Antragsentwürfen, Anhöhen von Exzerpten, Kordilleren von kopierten Prozeßakten überragte – alles Ergebnisse von Recherchen, die Watson während der vergangenen drei Tage zum Thema Haßtaten, Strafverschärfungsgesetze und auf der Grundlage des Ersten Verfassungszusatzes gegen letztere eingereichte Anfechtungsklagen durchgeführt hatte.

Mit zitternden Händen überflog er den eingerahmten zweispaltigen Zeitungstext:

> Bundesbezirksrichter Whittaker Stang hat Rechtsanwalt Joseph T. Watson, von der hiesigen Firma Stern, Pale & Covin, zum Pflichtverteidiger des mittellosen Angeklagten, James F. Whitlow, bestellt, der sich seit letzter Woche in Untersuchungshaft befindet.

Er errötete vor Stolz darüber, seinen Namen gedruckt zu sehen, doch als er den nächsten Absatz las, glühten seine Wangen aus einem anderen Grund:

> Als wir versuchten, uns mit Mr. Watson in Verbindung zu setzen, wurden wir zu Arthur Mahoney durchgestellt, dem Leiter von Stern, Pales Prozeßabteilung, und erfuhren durch ihn von der beim Bezirksgericht seit langem üblichen Praxis, niedergelassene Anwälte mit der Verteidigung bedürftiger Angeklagter zu betrauen.

»Weder Stern, Pale noch Mr. Watson haben die geringste Erfahrung auf diesem speziellen Gebiet des Strafrechts, doch da das Gericht uns den Auftrag erteilt hat, werden wir uns selbstverständlich nach Kräften bemühen, diesen Mandanten auf die bestmögliche Weise zu vertreten. Gleichzeitig werden wir das Gericht ersuchen, die Bestellung eines Associate im ersten Berufsjahr zum Verteidiger eines des Mordes Angeschuldigten, dem die Todesstrafe droht, noch einmal zu überdenken.«

Mr. Mahoney sah sich außerstande, sich zum Fall näher zu äußern.

Watson legte den Artikel beiseite und bemerkte augenblicklich, daß die über Kreuz geschichteten Stöße von Prozeßakten, Gesetzen und Fachartikeln zum Thema Haßverbrechen, die er auf seinem ganzen Schreibtisch verstreut zurückgelassen hatte, durcheinandergebracht – *durchschnüffelt?* – und dann neu konfiguriert worden waren. Von ... wem? Seine Sekretärin faßte nie irgendwelche Dokumente an, solange sie nicht im EINGANGS-, AUSGANGS- oder ABLAGE-Korb lagen, woraus folgte ...

Erst kürzlich hatte er für Abulia Systems (einen von Arthurs Klienten) ein Memo über das nahezu uneingeschränkte Recht privater Arbeitgeber erstellt, den Arbeitsplatz einschließlich des – virtuellen oder realen, aus Metall und Holz bestehenden – Schreibtisches jedes seiner Angestellten zu durchsuchen. Nicht ein einziges Mal war Watson während der Recherchen oder der anschließenden Niederschrift der Gedanke gekommen, daß auch *seine* Akten und Dateien einmal durchstöbert werden könnten. Innerbetriebliche Spionage, so hatte er in seiner Zusammenfassung für die Abteilung Humanvermögensverwaltung von Abulia geschlossen, ist vollkommen legal, insbesondere dann, wenn die bei Einstellung an jeden Mitarbeiter ausgegebenen Richtlinien angemessen explizite Hinweise darauf enthalten, daß der Begriff der Privatsphäre in der Unternehmenspolitik keinen Platz hat. Und erst jetzt fiel ihm wieder ein, daß praktisch jeder in der Prozeßabteilung von Stern, Pale mindestens *eine* abgeschlossene Schublade hatte.

Watson brauchte seinen Schreibtisch nur für einen Moment mit Arthurs Augen zu betrachten, um Stapel über Stapel von materialisierter Arbeitsleistung zu sehen, die durchweg Bezeichnung und Nummer der Strafsache US./.Whitlow trug – überall verstreut herumliegende schriftliche Zeugnisse eines unvertretbaren Aufwands an nichtberechenbaren Stunden.

Leitung eins trillerte zweimal. Interner Anruf.

Er nahm den Hörer ab. »Joe Watson.«

»Ah«, sagte Arthur, »Sie *sind* also im Haus. Haben Sie meine Mitteilung gesehen?«

»Ich war gerade auf dem Weg zu Ihnen«, sagte Watson. »Ich war im Gage Institute, hab mich mit Dr. Palmquist über unseren U-Häftling unterhalten. Bis ich einen Code Orange auf dem Communicator hereinbekommen habe.«

Das war Watsons Art, König Arthur wissen zu lassen, daß sein getreuer Associate außerstande gewesen war, die ihm aufgetragene Mission zu vollenden, weil irgendein anmaßender Unterbaron sich erdreistet hatte, ihn hierher zurückzukommandieren, um ihm eine läppische WESTLAW-Recherche aufzuhalsen. Wenn die feudalistische Hierarchie großer Unternehmen eine gewisse Unverblümtheit zugelassen hätte (was nicht der Fall war), dann hätte Watson auch sagen können: »Boss, irgend so ein mieser Usurpator hat Ihnen durch Herumkommandieren Ihres Protegés und wertvollsten Assistenten zu trotzen gewagt.«

»Tut mir leid, daß ich Sie zurückrufen mußte«, sagte Arthur kühl.

Watsons Atmung geriet aus dem Takt. »*Sie* haben mich zurückgerufen?« fragte er so respektvoll wie möglich.

»Ja«, sagte Arthur, ohne daß sich sein Ton hörbar erwärmt hätte. »Todd Wattle hat ein eiliges Projekt, und ich habe ihm gesagt, Sie hätten Zeit.«

Todd Wattle? dachte Watson. *Wattle der Trottel?* Wattle war der jüngste Partner, von dem er je gehört hatte, ein Jura-Roboter, ein aktenverarbeitender R2D2. Er hatte es zum Partner gebracht, indem er neun Jahre lang, Jahr für Jahr, 3500 Stunden jährlich berechnet hatte, was Woche für Woche einen Durchschnitt von 67,3 abrechenbaren Wochenstunden ergab, was wiederum 11,2 abrechenbare Stunden pro Tag bedeutete – wenn man annahm, daß er sich die Sonntage zwecks geistiger Aufrüstung freigenommen hatte – und 9,6 abrechenbare Stunden pro Tag, an sieben Tagen die Woche – wenn man annahm, er hatte es nicht getan. Und das waren nur die abrechenbaren Stunden; hinzu kamen noch nichtabrechenbare Stunden für Dinge wie Einweisungsgespräche und Lunchs, Terminplanungen, Geschäftsessen in der Firma, Konferenzen, Niednagelentfernen, mit Klienten Golf spielen, gemeinnützige Arbeit, juristische Weiterbildung, ein paar Büroklammern geradebiegen, einen Anruf von einer ehemaligen Freundin oder einem Studienkollegen entgegennehmen oder sich bei alt.sex.org einloggen, um zu sehen, was die »Marquise« zu erzählen hatte.

Bei dem von Stern, Pale für Associate-Arbeit in Rechnung gestellten Stundensatz von zweihundert Dollar bedeuteten Wattles neun Jahre à 3500 Stunden über sechs Millionen Dollar an Firmeneinkünften. Er war eine sagenumwobene Gestalt, fähig, übermenschliche Leistungen an mentaler Plackerei zu erbringen – der erste Associate in der Geschichte von Stern, Pale, der es nicht durch Anlandziehen oder Gewinnen von einträglichen Prozessen, nicht durch Erschleimung des Wohlwollens wichtiger Klienten oder bereitwillige Auswanderung zwecks Eröffnung eines neuen Büros in Hongkong zum Partnerstatus gebracht hatte, sondern ausschließlich vermittels schlichter herkulischer Arbeit. Er hatte keinerlei Persönlichkeit, keine eigenen Klienten, kein Händchen für Syndizi, keinen Kopf für Firmenpolitik, keine Spur vom nötigen Schwung und Charme, um Sommer-Associates in die Firma zu locken, null nonjuristische Gedanken oder sexuelle Nebenbetätigungen, die ihn hätten ablenken können. Er war Mr. Tretmühle, ein hochbezahlter Ackerer, eine Abwälz- und Abladeeinrichtung für Großposten von anspruchsloser juristischer Fleißarbeit – von der Sorte abstumpfender Fron, die normalerweise Anwaltsassistenten überlassen bleibt. Aber wenn der Klient hinlänglich arg- oder hirnlos war oder – viel wahrscheinlicher – eingebildet und betucht genug, um darauf zu beharren, daß seine juristischen Probleme ausnahmslos zu bedeutend oder komplex seien, als daß sie niederen Hilfskräften anvertraut werden dürften, dann wurden eben Anwälte hinzugezogen, damit sie im wesentlichen die gleiche Arbeit für den doppelten Stundensatz leisteten. Für solche »besonderen« Klienten mit juristischen Großaufträgen wurden Wattle und eine beliebige Anzahl unprotegierter Associate-Würstchen in abgelegenen Lagerhallen mit PCs und Kartons voller Akten eingesperrt oder in die Bibliothek geschickt, damit sie die Bestimmungen des Bundeseichamtes für sämtliche fünfzig Staaten recherchierten und zusammenfaßten.

Seniorpartner mit großen Fällen liebten ihn, denn sie konnten ihn ins Erdgeschoß zur Laderampe führen und sagen: »Wattle, in vier Stunden fahren hier zwei Sattelschlepper vor, beladen mit insgesamt neun Tonnen Akten aus dem Rechtsstreit unseres Klienten gegen Aileron Ballistics Corp. Diese Dokumente müssen eingescannt, zusammengefaßt und indiziert werden, sie müssen nach Verfasser, Empfänger, Zeuge, Gegenstand und Stichwort abrufbar sein, und das Ganze brauchen wir zum nächsten Ersten.«

Woraufhin Wattle sagen würde: »Zum nächsten Ersten? Na, dann haben wir ja noch ganze zwölf – nein, warten Sie, *dreizehn* Tage Zeit? Klacks, Kinderspiel & Co. Machen wir mit links im Dunkeln.« Aber zwischen solchen Darbietungen wurde er gemieden und bemitleidet wie ein ausgemustertes Jahrmarktsmonstrum.

Die Art der Gnade war durchaus gezwungen und der Regen fern für jene Jährlings-Associates, die zusammen mit Wattle in Aktenlagerhallen eingesperrt wurden. Eine Kost, bestehend aus Red Bull, Pervitin, Schok-A-Kola, Snickers und Espresso. Tastaturogenes Karpaltunnelsyndrom und Strahlenkrankheit infolge Monitorexposition. Von der Firma unentgeltlich zur Verfügung gestellte anwaltliche Leistungen für diejenigen unter Wattles Handlangern, deren Ehehälften die Scheidung einreichten und das Sorgerecht beantragten. Der einzige Fall von Selbstmord, der sich je während Wattles Wache ereignete, wurde vertuscht und auf »persönliche Probleme« zurückgeführt.

Warum ließ Arthur es zu, daß Watson ins Büro zurückgepfiffen wurde, um für jemanden wie Todd Wattle zu arbeiten?

»So wie die Dinge aussehen, scheinen Sie einen Haufen Zeit für nichtzahlende Klienten zu haben«, sagte Arthur, »und

Todd hat einen Code Orange für einen echten Klienten, also habe ich ihm gesagt, Sie seien verfügbar.«

So wie die Dinge aussehen? Der alte Schnüffler wollte nicht einmal *so tun*, als habe er nicht in Watsons Büro herumspioniert!

»Das ist genau Ihr Ding«, sagte Arthur. »Wieder was mit Behindertendiskriminierung. Holen Sie Nancy Slattery ab, und ziehen Sie los; Sie treffen Todd und den Klienten im Hauptkonferenzzimmer im Vierundzwanzigsten.«

In der Lagebesprechung schilderte Wattle zunächst einmal die Fakten des Code Orange. Der Klient war Gateway Steel, und der Kläger war ein Stahlarbeiter namens Mikey, der eines Freitag morgens in Netzstrümpfen, einem Lustige-Witwe-Korsett, einem Chiffon-Bustier und Magentas Perücke aus einem *Rocky-Horror*-Kostümpaket am Fertigungsband erschienen und fristlos entlassen worden war. Mikey hatte sich unverzüglich einen Anwalt genommen und auf Wiedereinstellung, Nachvergütung des Lohnausfalls und verschärften Schadensersatz geklagt, mit der Begründung, Gateway habe ihn aufgrund seines Transvestitismus gefeuert, einer angeblich durch das Illinois Human Rights Act geschützten Behinderung. Die Prozeßabteilung unternahm jetzt einen allerletzten Versuch, einen außergerichtlichen Vergleich auszuhandeln, bevor Gateway ein Urteil im beschleunigten Verfahren beantragen würde.

Zu Todds Rechten saß Spike McGinnis, der Werkmeister, der die Entlassung vorgenommen hatte: ein vierschrötiger, zu kurz geratener, autoritärer Typ, der jeden Versuch, den Rechtsstreit anders denn durch einen Prozeß zu entscheiden, als eine direkte Infragestellung seiner Autorität interpretierte. Ihm fehlte nur noch ein Admiralshut mit einer Kokarde und ein Revers zum Drunterstecken der rechten Hand, um seinen Napoleon-Komplex abzurunden.

Als Wattle Nancy als die Expertin für Staats- und Bundesbehindertengesetze der Abteilung vorstellte, konnte Watson erkennen, daß Spike das Gefühl hatte, von der Firma gelinkt und in der Stunde der Not mit einer An*wältin* abgespeist zu werden. Seine Einstellung entging Nancy, die von Berufs wegen tagtäglich mit Arschlöchern zu tun hatte und der momentan gleich zwei davon am Tisch gegenübersaßen, keineswegs. Sie hörte sich aufmerksam an, was Wattle und Spike über Mikeys Eskapaden zu berichten hatten, nickte hier und da und erfragte nähere Details. Was für Höschen hatte er angehabt? War Magentas Perücke ein Kunsthaarprodukt? Als sie bei dem Bustier und dem Korsett und der Kündigung anlangten, erklärte Nancy rundheraus: »Das ist absolut unmöglich.«

»Sie meinen, das ist nicht durch das Illinois Human Rights Act abgedeckt?« fragte Wattle. »Sie meinen, die Kündigung erfolgte widerrechtlich?«

»Das habe ich nicht gesagt«, sagte sie. »Ich sage, es ist absolut unmöglich, ein Korsett *und* ein Bustier zu tragen. Das eine oder das andere, in Ordnung. Aber beides gleichzeitig? Der Mann ist kein Transvestit, er ist ein Opfer des Konsumterrors.«

Spike vertrat den Standpunkt, wenn Gateway auf einen Vergleich aus gewesen wäre, dann hätte es eine x-beliebige Anwaltsfirma aus East Saint Louis mit Büroräumen direkt neben dem Unfallkrankenhaus für einen Stundensatz von achtzig Mäusen beauftragen können; er aber hatte sich an Stern, Pale gewendet und hatte dreimal soviel hingeblättert, und das berechtigte ihn nach seiner wohlüberlegten Ansicht zu einigen Präzedenzfällen zur Untermauerung seines Standpunkts, daß er im Recht sei und Mikey im Unrecht. Nancy vertrat den Standpunkt, Gateway habe für eine genaue Beurteilung der Rechtslage bezahlt, gleich ob sie für Gateway günstig oder ungünstig ausfalle, und wenn es Spike nicht passe ...

Drei Stunden später hockte Watson vor seinem Monitor. Draußen setzte allmählich die Rush-hour ein, und Wattles Code Orange war immer noch in Arbeit. *»transvest!/s diskrim! oder behinder! oder beeinträchtig! aber nicht transsex!«* Watson tippte an der Eingabeaufforderung von WESTLAW den Suchbefehl ein, lehnte sich zurück und wartete darauf, daß weitere einschlägige Gerichtsentscheidungen zum Thema »Transvestitismus als Behinderung« in Fenster eins erschienen – in der rechten oberen Ecke seines 28-Zoll-Bildschirms, der jetzt ein Flickenteppich von offenen Fenstern und Dialogboxen zu jeweils anderen Klientensachen darstellte.

Ganz schön spannendes Zeug für einen Wattle-Auftrag – und Watson wußte sein Glück durchaus zu würdigen –, aber doch nicht spannend genug, um ihn davon abzuhalten, den *Post-Dispatch*-Artikel noch dreimal durchzulesen, während die verschiedenen Suchaufträge liefen. (Zum erstenmal wagte er es, sich den köstlichen Skandal, den katapultartigen Karriereschub auszumalen, den es bedeuten würde, wenn es ihm tatsächlich gelänge, ein Urteil im Sinne der Verteidigung zu erwirken. Wenig wahrscheinlich, ja. Möglich? Natürlich.) Anstatt Haßtaten zu recherchieren, Dr. Palmquist anzurufen, sich im Web nach weiteren Informationen über forensische Neurowissenschaften umzutun, versuchte er, in den WESTLAW-Datenbanken eine Urteilsbegründung zu finden, aus der sich möglicherweise deduzieren ließe, daß Transvestitismus *keine* durch das Illinois Human Rights Act geschützte Behinderung darstellte.

Anders als das Bundesbehindertengesetz, das die kontroverseren psychischen Störungen (Kleptomanie, Pyromanie) und sexuellen Devianzen (Pädophilie, Transvestitismus, Transsexualismus) ausdrücklich aus seinem Geltungsbereich ausschloß, sahen die einzelstaatlichen Behindertengesetze vielfach keinerlei solche Ausnahmen vor. Als diese populären, gutgemeinten Gesetze verabschiedet wurden, gingen viele konventionelle Behinderte – Blinde, Taube, Querschnittsgelähmte, geistig Zurückgebliebene – entweder bereits einer hinlänglich einträglichen Beschäftigung nach oder aber blieben zu Hause und hüteten sich wohlweislich vor jeglicher Tätigkeit, die zu einem teilweisen oder vollständigen Verlust von Sozialhilfe, Essensmarken, Medicare- und Medicaid-Leistungen hätte führen können. Doch nichts beflügelt die juristische Phantasie so sehr wie neue Gesetze mit nichtdefinierten Begriffen, und schon bald war gemäß den erweiterten Staats- und Bundesbehindertenbestimmungen praktisch jede »Schädigung« Grund genug für eine Klage auf »zumutbare Arbeitsbedingungen«. Pandemische Ausbrüche bis dahin unbekannter, unerforschter, ungeahnter körperlicher oder geistiger Handicaps, die »eine erhebliche Beeinträchtigung in der sozialen Entwicklung und eine Benachteiligung bei wichtigeren körperlichen, beruflichen oder gesellschaftlichen Aktivitäten« bedingten, forderten landesweit unzählige Opfer, und die Gerichte ertranken schlagartig in Klageschriften von Hypochondern, Leuten mit schlimmem Rücken, Angstneurotikern, Transvestiten, Transsexuellen, Fixern, Alkoholikern, Narkoleptikern, Agrypnikern, Frauen, die davon überzeugt waren, in ihrem Inneren sei ein Mann eingesperrt, Männern, die davon überzeugt waren, in ihrem Inneren sei eine Frau eingesperrt, Leuten, die an einem sogenannten »Chronisches-Zuspätkommen-Syndrom« litten, Fettleibigen, Hypo- und Hypermetabolikern, Magersüchtigen, indolenten Neurasthenikern, betroffenen Bürgern mit Colon irritabile und/oder spasticus. Später tauchten noch weitere, bei aller Unerhörtheit nicht minder beeinträchtigende Störungen auf, wie das Große-Muttermal-im-Gesicht-Syndrom und Chronisches-entschuldigtes-Fehlen-am-Arbeitsplatz seitens »Erfahrungsmachern« und von den Aliens entführten und im extraterrestrischen Raum vergewaltigten Personen.

Watson stellte sich darauf ein, mehrere abrechenbare Stunden online zu verbringen, um juristische Datenbanken nach Urteilsbegründungen zu durchforsten, die *transvest-* und *diskrim-* oder *behinder-* (aber nicht *transsex-*) im selben Satz enthielten. Er überflog am Bildschirm Zusammenfassungen von Fällen und fand immer mehr solche, die in die unerwünschte Richtung wiesen. Er rechnete gestresst mit einem baldigen weiteren Anruf von Wattle und Spike; die beiden saßen oben in einem Konferenzzimmer, stopften sich mit angelieferten Snacks voll ... und warteten. Er fand immer mehr verwaltungsrechtliche Entscheidungen aus anderen Gerichtsbezirken, die den Wunsch eines männlichen Transvestiten, Frauenkleidung zu tragen, als »körperliche oder geistige Behinderung« befanden, die eine »Benachteiligung bei wichtigeren körperlichen, beruflichen oder gesellschaftlichen Aktivitäten« bedinge – magische Worte, die da bedeuteten, daß Arbeitgeber verpflichtet waren, den Neigungen von Transvestiten dergestalt »zumutbare Bedingungen« zu schaffen, daß sie ihnen gestatteten, am Arbeitsplatz im Fummel zu erscheinen. Watson würde Todd und Spike sagen müssen, daß Gateway wahrscheinlich besser damit fuhr, Mikey zu gestatten, als Magenta weiterzuarbeiten, da das Unternehmen andernfalls möglicherweise gemäß Illinois Human Rights Act haftbar gemacht werden würde – und das wäre ungefähr so, als müßte man dem Alten Hibernier-Orden mitteilen, daß ein neuer Erlaß Boy George und einem kahlrasierten Transsexuellen namens »die Ledertussi von der Castro Street« das ausdrückliche Recht einräume, bei der St.-Patrick's-Day-Parade mitzumarschieren.

Sein Blick schweifte vom Gateway-Fenster zur linken oberen Bildschirmecke, Fenster zwei, wo auf dem Planeten Anthrax ein mit Luft-Boden-Raketen bewaffneter Kampfhubschrauber sich gerade anschickte, einen Level-4-Minotaurus unter Beschuß zu nehmen. In der linken unteren Ecke, Fenster drei, prangte eine von Online NetErotica heruntergeladene Grafik namens STACY.JPG, auf der die schlangenhüftige Stacy ihre honigmelonengroßen Silikonimplantate in die Luft reckte; sie rekelte sich in einem Nest von Federboas und schlenkerte mit der einen Hand verträumt einen Joystick, während die andere sich irgendwo unten an der Verbindung ihrer Schenkel zu schaffen machte. Das gestochen scharfe Bild lud den Betrachter dazu ein, Zeuge des allerletzten Moments zu werden, bevor die Not wieder einmal einen Geistesblitz hervorrief und Stacy eine neue Anwendung für das dargestellte Peripheriegerät ersann.

In der rechten unteren Ecke, Fenster vier, war sein Personal Information Manager geladen, auf dem gerade der Eintrag zu Dr. Rachel Palmquist farbig unterlegt war. Watson sah die Notizen durch, die er nach ihrer ersten Begegnung in Arthurs Büro eingegeben hatte: *Neurowissenschaftlerin, mögliche sachverständige Zeugin, hat Supreme-Court-Fall Wisconsin./.Mitchell erwähnt, geschieden, kennt Arthur, tolle Puppe* ... und daneben das offene Dialogfenster mit der Anfrage: »BÜRONUMMER ZU DIESEM EINTRAG WÄHLEN?«

Das Programm wartete geduldig darauf, daß er JA oder NEIN anklickte. Die krassen Alternativen indes wurden den komplexen moralischen und beruflichen Implikationen eines Anrufs bei der guten Frau Doktor mit der schlichten Begründung, daß er sie sehen, ihre Stimme hören, sie zum zweitenmal an einem Tag treffen wollte, ganz einfach nicht gerecht. Er hätte noch ein VIELLEICHT oder UNTER UMSTÄNDEN gebraucht oder einen Ethischen Ereignisplaner, der ihm auf Mausklick die zu erwartenden innerehelichen Auswirkungen der jeweiligen Entscheidung vorgeführt hätte.

»*Bist du bereit, treu zu sein?*« Plötzlich erinnerte sich Watson wieder an die Frage, die sein Vater ihm gestellt hatte, als er ihm eröffnet hatte, er wolle Sandra heiraten.

Sein Vater hatte dabei wahrscheinlich an das ständig wechselnde Sortiment äußerst ansehnlicher Puppen gedacht, mit denen Watson seit der High-School herumgezogen war.

»Ich denke doch«, hatte Watson gesagt, den die Frage, wie er sich jetzt deutlich erinnerte, völlig unvorbereitet getroffen hatte. Er hatte bis dahin angenommen, Treue würde ein natürliches Nebenprodukt der Ehe sein und nichts, worum er sich irgendwelche Gedanken zu machen brauchte.

»Seiner Frau und seinen Kindern treu zu sein ist nichts Fakultatives«, hatte sein Vater gesagt. »Es ist unverzichtbar. Es sei denn, du willst dir für den Rest deines Lebens vorwerfen müssen, daß du Ehebruch begangen hast. Glaub mir: Du mußt dir hundertprozentig sicher sein, daß du bereit bist, ihr treu zu sein. Andernfalls wird's mit einer Scheidung enden.«

Watson erinnerte sich an die ernüchternde Warnung seines Vaters, und er erinnerte sich auch, sich in dem Moment gefragt zu haben, wie es wohl kam, daß bestimmte Frauen Gravitationsfelder aufzubauen oder Traktorstrahlen auszusenden schienen und daß er, kaum von ihrem Kraftfeld berührt, in eine Umlaufbahn stürzte, in der es ihm fast unmöglich war, an irgend etwas anderes zu denken. Dr. Palmquist war einer dieser himmlischen Himmelskörper – der erste, mit dem er seit einer ganzen Weile allein zusammengewesen war. Das beste wäre wahrscheinlich gewesen, sich von ihr fernzuhalten. Aber das war ja schlecht möglich, oder? Was, wenn sein Mandant ihre Hilfe benötigte? Was, wenn er sich bereits im Orbit befand?

Der Palmquist-Eintrag war mit der Whitlow-Datei verknüpft: ein Mausklick, und er hatte seine Notizen zu seinem ersten Klientengespräch auf dem Bildschirm, wo die Worte »*Lucy Martinez*« und »*Abschlepp- und Fahrzeugverwahrhof Fort Sheridan*« vorbeirollten und seine Aufmerksamkeit erregten. *Warum eigentlich nicht?* dachte Watson. Und wer weiß? Vielleicht würde es irgendwelches Entlastungsmaterial zutage fördern. Er rief die Auskunft an und ließ sich die Nummer geben.

Eine Frau meldete sich: »Kfz-Verwahrhof.«

»Ja«, sagte Watson. »Ich suche einen 1992er Ford Taurus. Grau, ohne Nummernschilder. Man hat mir gesagt, er sei vor sieben, acht Tagen aus einer Dienstwohnsiedlung in Fort Sheridan abgeschleppt worden.«

»Einen Augenblick«, sagte sie. »Er ist im Computer. Gestern nachmittag ist eine Frau deswegen hiergewesen.«

»Ah. Richtig. Das wird meine Frau gewesen sein. Ich bin zur Zeit nicht in der Stadt«, sagte Watson. »Und, äh, ich hab seit gestern nicht mehr mit ihr gesprochen. Aber sie hatte mich gebeten, anzurufen und zu fragen, was wir tun müssen, um das Auto wiederzubekommen. Aber wenn sie es schon abgeholt hat, dann erübrigt sich das.«

»Sie hat's noch nicht«, sagte die Frau, »es steht noch hier. Es hat keine amtlichen Kennzeichen, und die Zulassung ist abgelaufen. Ihre Frau war hier und meinte, sie bräuchte Ihre Aktenkoffer aus dem Kofferraum, weil da Ihre Kreditkarten und Schecks drin wären, und die würde sie brauchen, um die Abschleppkosten zu zahlen und das Auto zuzulassen, aber sie hatte die Papiere nicht dabei. Wir können ihr nicht erlauben, etwas aus dem Auto zu holen, solange sie uns nicht Fahrzeugpapiere und Nachweis der Eigentumsverhältnisse vorlegt. Sie hat gesagt, sie wollte zu Hause nachsehen, ob sie die Sachen findet.«

»Aha«, sagte Watson. »Ich verstehe. Dann kommt sie also noch mal zurück?«

»Sie braucht die Fahrzeugpapiere und einen Lichtbild-Ausweis«, sagte die Frau. »Bis sie die vorlegt, ist das Fahrzeug herrenlos, weil es keine Nummernschilder hat und die Zulassung abgelaufen ist. Als wir die Fahrzeug-Identifikationsnummer durch die Computer geschickt haben, haben wir eine abgelaufene Zulassung bekommen. Entweder Sie oder Ihre Frau müssen mit den Papieren vorbeikommen, und dann werden Sie zur Zulassungsstelle müssen und sich neue Nummernschilder besorgen, bevor Sie damit wegfahren können.«

»Aha«, sagte Watson. »Das Fahrzeug befindet sich jetzt also auf dem Verwahrhof.«

»Richtig«, sagte die Frau.

»Und es wird nicht aus irgendwelchen sonstigen Gründen zurückgehalten?«

»Fahrzeugpapiere und Lichtbild-Ausweis«, sagte die Frau, »und Sie werden es zulassen müssen und etwaige rückständige Steuern und Gebühren nachzahlen. Dann gehört's Ihnen.«

»Ich danke Ihnen«, sagte Watson und tippte die Informationen in seine Datenbank »Kontakte«, links unten auf dem Bildschirm.

Watson legte auf und starrte das Telefon an. *»Ihre Frau war hier und meinte, sie bräuchte Ihre Aktenkoffer aus dem Kofferraum, weil da Ihre Kreditkarten und Schecks drin wären«*? Keine Zeit, sich jetzt darüber den Kopf zu zerbrechen, denn rechts oben hielt sein Code Orange noch immer WESTLAW beschäftigt. Er wandte sich wieder seinem PIM zu und klickte auf JA für einen Anruf bei Dr. Palmquist, während sein Blick wieder zu Fenster drei hinüberglitt, wo Stacy wie eine Leda aussah, die den Schwan bei der Gurgel hielt. Die Leitung war besetzt.

»Noch fleißig?« Nancy Slattery erschien in der Tür mit einem knallig gestreiften Kuvert in der Hand. »Ein Kurier hat das am Eingang abgegeben«, sagte sie und legte die Expreßsendung auf einen der aufgetürmten, kreuzweise geschichteten, auseinanderbrechenden Papierstöße, die seinen Schreibtisch bedeckten. Dann reichte sie ihm eine Diskette. »Übersicht über die einzelstaatliche Gesetzgebung zu Behinderungen und Transvestitismus«, sagte sie. Sie sah auf seinen Monitor hinunter. »Kleine Arbeitsunterbrechung?«

»Ich brech *mir* einen ab!« sagte Watson. Er griff zum Trackball und klickte, mit dem rechten oberen Bildausschnitt beginnend, gegen den Uhrzeigersinn ein Fenster nach dem anderen an: »Eins: Gateway Steel, Recherchen zur Behindertengesetzgebung. Zwei: Subliminal Solutions, Analyse von möglichen Copyrightverletzungen gegen ›Anthrax Avenger‹. Drei: MANIC – Menschen gegen Ausschweifung und Nacktheit im Internet und Cyberpornographie –, eine gemeinnützige Organisation, die ein Sachverständigengutachten mit einer Anlage von heruntergeladenen Anschauungsdateien einreichen will:

alles Arbeit, wie Sie sehen. Und hier, im vierten Fenster, mein Pflichtfall: Vereinigte Staaten gegen Whitlow.«

»Das nenne ich echtes Multitasking«, sagte Nancy.

»Ich habe ein Programm, das die in jedem einzelnen Fenster verbrachte Zeit stoppt, was es mir ermöglicht, einen kontinuierlichen ineinandergreifenden Arbeitsstundennachweis aufzustellen.«

»Immer auf Draht«, sagte Nancy, schon im Gehen begriffen. »Ich hab den *Post-Dispatch*-Artikel gesehen«, fügte sie noch hinzu, streckte den Kopf hinaus in den Korridor und sah nach links und nach rechts, bevor sie sich wieder zu Watson wandte und weitersprach. »Lassen Sie sich auf keinen Kuhhandel mit der Staatsanwaltschaft ein«, sagte sie mit einem kameradschaftlichen Lächeln. »Und, äh, lassen Sie es mich wissen, wenn Stacy einen Freund hat, dem *ich* ein paar abrechenbare Stunden widmen könnte.«

Auf die Schmach, für Wattle zu arbeiten, noch Schimpf häufend, kam *noch* ein Arthur-Memo an, das Watson davon in Kenntnis setzte, die Geschäftsführung habe Arthur zum exklusiven Firmensprecher in der Whitlow-Sache ernannt. Sämtliche für Watson von außen eingehenden Anrufe sollten zu Arthurs Verwaltungsassistentin umgeleitet werden, die den Auftrag hatte, die Standarderklärung abzugeben, die Watson im *Post-Dispatch* gelesen hatte. Sollte sich die Presse mit ihm persönlich in Verbindung setzen, war Watson angewiesen, nichts anderes zu sagen, als daß es ihm zum jetzigen Zeitpunkt nicht möglich sei, sich zum Fall zu äußern.

Aber die Post hatte das nicht abgeschreckt. Die Bürgerschaft hatte eine sehr emotionale Einstellung zu Rechtsanwälten, insbesondere zu Rechtsanwälten, die es fertigbrachten, einen Haßkiller zu verteidigen. Die ersten Briefe waren bereits einen Tag nach Erscheinen des ersten Artikels eingetroffen, und der – bescheidene – Zustrom war seither nicht mehr abgerissen. Manche handgeschrieben, manche getippt, die meisten anonym, ein paar E-Mails waren sogar auch dabei.

Der allererste Brief war in einem blauen Kuvert gekommen, auf passendem blauem Wasserzeichenpapier getippt, ohne jeden handschriftlichen Zusatz:

Sehr geehrter Mr. Watson,
der *Post-Dispatch* schreibt, daß Sie diesen weißen Haßkiller, der Elvin Brawley erschossen hat, verteidigen werden. Vielleicht sollten Sie sich einmal überlegen, wie sich Ihre Kinder fühlen würden, wenn ein Afroamerikaner Sie »weißer Dreck« nennen und Ihnen ein Loch durch die Brust schießen würde. Und dann denken Sie darüber nach, wie sich Elvin Brawleys Kinder fühlen müssen, weil der Mann, den Sie verteidigen, das Gebot DU SOLLST NICHT TÖTEN übertreten und ihren Dad ermordet hat.
Ich für meinen Teil werde bis zum Tag des Gerichts warten, denn ich will sehen, wie Sie vor den Augen der ganzen Menschheit aufstehen und Ihrem Schöpfer Rechenschaft ablegen.
Möge Gott Sie zur ewigen Hölle verdammen.
Betroffener Bürger

Der zweite war in einem handschriftlich adressierten Umschlag gekommen, ansonsten aber – auf einer linierten Heftseite – getippt gewesen.

Sehr geehrter Joseph Watson,
ich bin kein Jurist, aber vielleicht können Sie mir eine Sache erklären. Wieso machen die nicht Mary Whitlow den Prozeß wegen Ehebruch statt daß die Whitlow den Prozeß machen, weil er einen Farbigen erschossen hat, der mit seiner Frau im Bett war?
Davon geht doch wohl die Welt nicht unter?
Verwirrt in Florissant, Missouri

Er versuchte es wieder bei Rachel. Besetzt. Als er seine Fanpost noch einmal durchlas, verspürte er eine leichte Unruhe. Die Zeilen des betroffenen Bürgers umwehte der Geruch einer Drohung, versteckt zwar, aber spürbar haßerfüllt. Deutete der Briefschreiber etwa an, daß er Watsons Kindern *zeigen* würde, wie sich Elvin Brawleys Kinder fühlen mußten? Wollte er Watson vielleicht helfen, dies ird'sche Jammertal hinter sich zu lassen, auf daß der HErr seine Seele zur ewigen Hölle verdammen könnte? Er beschloß, daß der Brief lediglich der kathartischen Abfuhr von Zorn gedient habe und keine Drohung beinhalte, was ihm gestattete, seine Gedanken wieder Dr. Palmquist zuzuwenden.

Wenn er noch einmal zum Gage Institute rausfuhr, dann würde er spät nach Haus kommen. Sehr spät. Was bedeutete, daß er sich besser vorab einen Eindruck von der Stimmung an der Heimatfront verschaffen sollte, möglicherweise auch eine Warnung ausgeben; und dann, später, entscheiden, ob er tatsächlich ins Institut fahren würde. Er rief Sandra an. Sie nahm ab, aber ihre Stimme ging augenblicklich in Hundegebell und Kindergeschrei unter.

»Äh, San?«

»Nur ne Sekunde«, zischte sie, »die Hunde kauen gerade Löcher in die neuen Sachen der Kinder.«

Watson hielt sich den Hörer vom Ohr, während seine Frau die Kinder anschrie und die Hunde mit einer zusammengerollten Zeitung schlug. Danach schrie sie die Hunde an und schlug die Kinder mit der zusammengerollten Zeitung. Er konnte seinen Sohn, Benjy, hören, dessen Geschrei das Getöse übertönte.

Sie meldete sich zurück, doch nur, um wieder von den Hunden ausgeblendet zu werden.

»San, sperr die Hunde aus«, flehte er.

»Du bist doch derjenige, der einen Hund haben wollte«, sagte sie.

»Ich habe Lilith gekauft, *einen* Hund«, sagte er. »Du hast Hannibal gekauft. Nicht ich.«

»Weil niemand mit Lilith spielte«, sagte sie. »Kein Mensch hat sich um sie gekümmert.« Pause. Lang genug, daß beide denken konnten: *Genau so, wie kein Mensch sich um mich kümmert.* »Du kannst dir nicht einen Hund anschaffen und dich dann nicht um ihn kümmern. Jetzt füttere *ich* die beiden. Ich geh mit ihnen Gassi. Ich bürste sie. Ich entwurme sie. Ich organisiere alles mit der Tierpension, wenn wir in die Ozarks fahren.«

Mehr Gebell und Gebrüll.

»San, mir sind ein paar Dinge dazwischengekommen.«

»Meinst du damit, Dinge, die dir normalerweise *nicht* dazwischenkommen?« fragte sie.

»Ja«, sagte er. »Ich hab doch jetzt diesen Pflichtfall, und …«

»Meinst du den Haßmörder?«

»San, er ist kein Haßmörder. Nicht so, wie du dir das vorstellst.«

»Hat er diesen gehörlosen schwarzen Dichter getötet? Den Computerkünstler?«

Watson schwieg einen Augenblick. »Wahrscheinlich.«

»Okay«, sagte sie. »Er ist ein Mörder. So, und haßt er Schwarze?«

»Hm«, sagte Watson.

»Genauso hatte ich mir das vorgestellt«, sagte sie. »Er ist ein Haßmörder. Moment mal. Lilith hat Hannibal gebissen.«

Er hielt sich den Hörer vom Ohr, bis ihre Stimme sich wieder aus dem Tohuwabohu zurückmeldete.

»Ich glaube, ich verstehe«, sagte sie. »Du möchtest lieber dableiben und für einen Haßmörder unbezahlte Überstunden machen, als nach Haus zu kommen, um mit deiner Familie zu Abend zu essen. Sheilas Vorschullehrerin macht sich Gedanken wegen ihres Selbstwertgefühls. Sie hat mich gefragt, ob das familiäre Umfeld des Kindes eine starke Vatergestalt einschließt.«

»San …«

»Also was ist dazwischengekommen?«

»Ich – es wird wohl spät werden. Deswegen habe ich angerufen.

»Spät?« sagte sie. Sie ließ den Hörer auf den Tisch fallen und schrie noch ein bißchen auf Hunde und Kinder ein. Als sie ihn wieder aufnahm, hörte Watson Luft an der Sprechmuschel vorbeipfeifen. »Spät? Ich dachte, du hättest gesagt, es wär dir was dazwischengekommen? Und ich dachte, du meinst damit, es ist dir was *Neues* dazwischengekommen. Spät ist nichts Neues. Spät ist die *Regel*.«

»San, ich …«

»Ich muß Schluß machen. Dein Hund fällt gerade deinen Sohn an. Bis dann.«

Sie legte auf. Sein Blick fiel wieder auf STACY.JPG. Keifte Stacy ihren Lebensabschnittsgefährten an, wenn er länger arbeiten mußte? Nein, Stacy wäre wahrscheinlich ewig dankbar, wenn er bis spät in die Nacht arbeitete, um sich in dem Beruf seiner Wahl hervorzutun und auf diese Weise einen Haufen

Knete für noch größere Implantate und noch interessantere Peripheriegeräte nach Hause zu bringen. Und falls es gelegentlich langweilig wurde, konnte Stacy ja immer noch das Peripheriegerät des Orkin Man ausprobieren.

Alle seine Probleme wären mit einem Schlag gelöst gewesen, wenn er mehr Zeit und mehr Geld gehabt hätte.

Er riß den Umschlag der Kuriersendung auf. Sein PIM meldete mit zwei kurzen Piepstönen einen von außen ankommenden Anruf und öffnete im Vordergrund ein Fenster, das ihm den Blick auf Stacys Implantate raubte. Es folgte ein Dialogfenster, das ihm mitteilte, die Nummer des Anrufers stimme mit keinem Eintrag in seiner Kontaktpersonendatei überein, woraus folgte, daß es also nicht Sandra war, die zurückrief. Er nahm ab. Der einzige Mensch, dem er die neue Nummer gegeben hatte, war …

»Anwalt Watson?« sagte die Stimme von James Whitlow.

Watson stockte kurz. »James?« sagte er zögernd, unsicher, wie er seinen sich so unerwartet meldenden Mandanten anreden sollte, und lediglich dessen gewiß, daß ein seinerseitiges »Mandant Whitlow« lächerlich gewesen wäre.

»Die haben gesagt, daß Sie morgen früh vielleicht wieder vorbeikommen, und da wär was, was ich Sie fragen wollte.«

»Ja, ich hatte vorgehabt, morgen vormittag zu kommen«, sagte Watson. »Was gibt's denn?«

»Also, mit meiner Gesundheit sieht's hier echt bescheiden aus. Ich hab mit 'n paar der andern Gefangenen über die Bedingungen hier geredet. Zum Beispiel übers Essen, wo wir alle krank von werden. Außerdem, wenn's heiß ist, dürfen wir das Hemd nicht ausziehen, und wenn's kalt wird, geben die einem keine Extradecke. Ich hab kriminelle Geisteskranke mit auf der Zelle, und die brüllen die ganze Nacht rum. Jedenfalls, die Anwälte von 'n paar andern Gefangenen besorgen denen ne besondere Verpflegung und Extradecken, und da hab ich mich gefragt, ob Sie mir nicht ne besondere Verpflegung besorgen könnten, also zum Beispiel Fleisch, wo man nicht gleich ne Leichenvergiftung und Dünnpfiff von kriegt. Was ich hier im Augenblick krieg, heißt bei den Gefangenen Fickdichfleisch. Wenn man den Kalfakter fragt, was das für Fleisch ist, sagt der nur: ›Fick dich selber.‹«

»Besondere Verpflegung?« fragte Watson und notierte sich auf einem herumliegenden Notizblock »bes. Verpflegung«.

»Genau. Buck, dieser Kumpel von mir. Wissen Sie noch? Einer von diesen Freunden von mir, von dem ich Ihnen erzählt hab. Also, als Buck im Knast war, da haben wir ... ich meine, er hat sich ne Anwältin genommen und den Anstaltsleiter verklagt von wegen, Buck hätte verfassungsmäßig das Recht, keine Konservierungsmittel zu essen, weil er allergisch dagegen ist, und da hat Buck Fleisch gekriegt, wo man sehen konnte, daß es Hühnchen oder Rind war und kein Fickdich, was irgendwie so Würfel von schlabbrigem gelbem Sojakäse ist mit so glitzernden grünen Schuppen drauf.«

»Ich werd jemanden fragen müssen, ob ich da was tun kann«, stotterte Watson.

»Wollen Sie den Namen von Buck seiner Anwältin? Die hat ihm nämlich ne Extradecke besorgt und auch zweilagiges Klopapier. Die Anwältin hat gesagt, zweilagig wär auch verfassungsmäßiges Recht. Die andere Sache ist, hier sind ein Haufen farbige Afroamerikaner. Wo ich nix mit gesagt haben will. Ein paar von meinen besten Freunden sind mit Leuten befreundet, die schon mal mit Freunden von Afroamerikanern geredet haben. Vielleicht haben Sie's in den Nachrichten gesehen, daß 'n Haufen von farbigen Schwarzen hier landen, weil sie diskriminiert werden oder sonstwas. Vielleicht wissen Sie auch noch die Tätowierung, wo wir von gesprochen haben, an meinem Arm? Ich, äh, mach mir ein bißchen Sorgen.« Seine Stimme zitterte. »Ich bin irgendwie besorgt, daß nämlich einer von diesen farbigen Schwarzen vielleicht nicht schnallt, daß das nur 'n Jux ist. Deswegen hat Buck gesagt, daß ich vielleicht ein Verfassungsrecht drauf hab, mir die Tätowierung wegmachen zu lassen, bevor ich irgendeine entwürdigende und menschenverachtende Bestrafung zugefügt kriege, was gegen das Gesetz ist, sagt Buck.«

»Ich werd sehen, was ich tun kann«, sagte Watson unsicher. »Warum reden wir nicht morgen darüber?«

»Gut, okay. Weil vielleicht brauch ich ne Schutzhaft oder Isolierhaft oder so was.« Seine Stimme bebte wieder. »Und zwar schnell. Oder vielleicht könnten die mich zu diesen Psychotests wegschicken, wo Sie von gesprochen haben, und mich irgendwohin schaffen, wo nicht so viele farbige Negeramerikaner im Vollzugssystem drin sind. Es sind nicht nur die – ich hab auch noch andere Probleme hier. Sagen wir einfach, das ist hier nicht gut für meine Gesundheit, und ich brauch schnellstens ne Luftveränderung. Wenn Sie den Namen von Buck seiner Anwältin brauchen, den finden Sie direkt in den Gelben Seiten. Großes Foto in nem Kasten, und da steht, wenn man eine Verletzung am Rückenmark gekriegt hat, weil man in berauschtem Zustand am Steuer eines Wagens gesessen hat, sofort da anrufen. Bucks Anwältin ist berühmt, und die hat ihn schon mehrmals rausgehauen, nicht nur die besondere Verpflegung und die Extradecken besorgt.«

Watson kritzelte »Tattoo-Entfernung, Decken, zweilagiges Klop., Minnesota, Schutzhaft« in seinen Notizblock, während Whitlow weiterredete.

»Bucks Anwältin hat gesagt, Sie müssen – Moment mal, ich hab's mir aufgeschrieben – unter Verweis auf Abschnitt 1983 der Bürgerrechtsgesetze Beschwerde einreichen wegen ›mutwilliger Vernachlässigung ausreichender medizinischer Versorgung und unzumutbaren Haftbedingungen‹.«

»Was denn für eine medizinische Versorgung?« fragte Watson. »Ich dachte, Sie hätten gesagt, daß Sie das Medikament gegen Ihre Anfälle bekommen. Das haben Sie doch bei unserem Gespräch gesagt.«

»Ich krieg meine Pillen«, sagte Whitlow. »Und die geben mir sogar die Pillen für die Pißinfektion. Aber Dünnpfiff und Lebensmittelvergiftung wären doch wohl ernste mutwillige medizinische Probleme, die sich durch Versorgung mit richtigem Essen beseitigen lassen würden. Und von farbigen Afroamerikanern umgelegt zu werden wär ne ganz schön unzumutbare Haftbedingung. Ich glaube, ich brauch ne verfassungsmäßige Sonderverpflegung und Verlegung.« Er flehte jetzt förmlich. »Und wie gesagt, es ist entweder zu kalt oder zu heiß. Und die Bekloppten hier drin verschaffen uns Schlafstörungen. Buck hat auch gesagt, ich soll zusehen, daß ich meinen Laptop kriege, daß ich bei meiner Verteidigung mithelfen kann und selbst ein paar juristische Recherchen machen.«

»Laptop, kalt, heiß, Schlafstörungen«, sagte Watson. »Ich werd das prüfen, und morgen reden wir weiter.«

»Vergessen Sie nicht die Schutzhaft. Bucks Anwältin hat auch gesagt ...«

Anruf von draußen. Sein Information Manager erschien wieder mit einem Doppelpiepser auf dem Bildschirm. Seine Klienten hatten die neue Geheimnummer. Er hatte sie außerdem Whitlow gegeben, Sandra und – na ja, Dr. Palmquist brauchte sie schließlich auch, oder? Aber der Information Manager zeigte wieder keine Übereinstimmung.

»Ich bekomm gerade einen anderen Anruf herein«, sagte Watson. »Über Bucks Anwältin unterhalten wir uns morgen, okay? Ach, und ich hab wegen Ihres Wagens angerufen.«

»Stimmt, ja«, sagte Whitlow. »Können Sie ruhig vergessen. Wir haben uns um die Sache schon gekümmert. Und da fällt mir auch die Hauptsache wieder ein. Buck hat Geld aufgetrieben. Ganz ordentlich Geld sogar. Bucks Anwältin hat gesagt, daß Sie vielleicht welches brauchen würden, um sich einen anständigen Ermittler zu besorgen und Sachverständige zu bezahlen und so weiter ...«

Watson erstarrte. Die andere Leitung blinkte. »Sie bekommen Geld? Genug, um einen Strafverteidiger zu beauftragen?« fragte er.

»Warum sollt ich das tun? Die haben gesagt, ich soll Sie behalten, aber ich soll Ihnen sagen, daß die noch Extrageld haben, für Auslagen und ärztliche Untersuchungen und so Sachen. Die haben gesagt, Unzurechnungsfähigkeit oder ne Psychoverteidigung kostet 'n Haufen Geld. Die haben gesagt, das ist eine Reiche-Leute-Verteidigung, und wir können nur gewinnen, wenn wir genug Geld haben, um die Sache richtig aufzuziehen.«

»Lassen Sie mich diesen anderen Anruf entgegennehmen«, sagte Watson. »Über diesen Punkt müssen wir uns noch unterhalten, okay? Legen Sie nicht auf. Wenn Sie Geld haben, kann ich nicht –«

»Das ist nicht mein Geld«, sagte Whitlow. »Das ist Bucks Geld. Schon vergessen?«

»Legen Sie nicht auf«, sagte Watson. »Bleiben Sie dran, und dann erzähle ich Ihnen, was die im Verwahrhof –«

»Scheiß auf den Verwahrhof«, sagte Whitlow. »Die Sache haben wir schon geregelt.«

»Wir – Sie haben das schon …« sagte Watson. »Bleiben Sie dran, über das Geld müssen wir uns noch unterhalten.«

Er schaltete auf die andere Leitung.

»Hallo?«

»Mr. Watson«, sagte eine Raucherstimme. »Mike Harper, Bundesanklagebehörde. Ich bin das amtliche Gegenstück zu Ihnen und diesem rassistischen Killer, den Richter Stang Ihnen als Pflichtfall aufgehalst hat. Na, wie geht's denn so?«

»Gut«, sagte Watson, »denk ich.« Watson sah zu der anderen Leitung, die vor sich hin blinkte. »Ich hab ein Gespräch auf der anderen Leitung, könnte ich …« Das Blinklicht erlosch. »Klick. Hat sich erübrigt.« Er seufzte. »Hat wohl aufgelegt.«

»Tut mir leid«, sagte Harper. »He, ich weiß nicht, wie's mit Ihnen steht, aber mir ist, wenn machbar, eine konstruktive Beziehung allemal lieber. Also habe ich mir gedacht, ich ruf Sie an, und wir können vielleicht gemeinsam ausknobeln, wie wir mit dem Typ weiter verfahren sollen.«

»Ordnen Sie seine sofortige Freilassung an«, sagte Watson. »Lassen Sie sämtliche Anklagepunkte fallen, und machen Sie dieser gröblichen Rechtsbeugung ein Ende.«

Sie lachten gemeinsam, bis Harper sein Gepruste abrupt einstellte und sagte: »Mr. Watson, ich lege nie alle meine Karten auf den Tisch, aber diesmal habe ich ein solches Bombenblatt, daß ich nicht anders kann. Mary Whitlow ist Mrs. Todesstrafe. Ich dachte, es sei das einzig Faire, wenn ich Ihnen eine gewisse Vorstellung vom Beweismaterial gebe, das ich für die Strafverschärfungen habe. Wenn wir mit ihm fertig sind, steht der Kerl da wie Adolf selig. Ich hab Ihnen eine kleine Kostprobe per Kurier geschickt.«

»Ja«, sagte Watson. »Ich mach sie gerade auf.«

»Wie ich schon sagte«, fuhr Harper fort. »Ich versuche lediglich, fair zu sein, wo man Ihnen doch diesen Himmelfahrtsfall aufs Auge gedrückt hat.«

Watson überflog ein paar Überschriften – »Auszüge aus eidlicher Aussage der Zeugin Mary Whitlow« – und die einleitenden Absätze, die im wesentlichen die Tatbestandsmerkmale schilderten. Dann blieb sein Blick an einem Abschnitt hängen, der »Beweise für die vorsätzliche Wahl des Opfers aufgrund von dessen tatsächlicher oder vermuteter Rasse und Behinderung« überschrieben war und dem weitere numerierte Absätze folgten:

> 13) Die Ehefrau des Angeklagten, die Zeugin Mary Whitlow, wird bezeugen, daß der Angeklagte, James Whitlow, bei seiner in seiner in South Saint Louis gelegenen Wohnung erfolgten ersten Begegnung mit dem Opfer, einem Afroamerikaner und gehörlosen Lehrer für American Sign Language, erklärt habe: »Taub ist taub, dagegen kann ich nix machen. Aber einen Nigger bringst du mir nicht ins Haus.«
> 14) Nachbarn des Angeklagten werden nach bestem Wissen und Gewissen bezeugen, daß der Angeklagte zu verschiedenen der fraglichen Straftat kurz voraufgehenden Gelegenheiten sich öffentlich dahingehend geäußert habe, er wolle keine Schwarzen in seiner Nachbarschaft haben, da dies den Wert seines Grundstücks mindern würde ... Als Afroamerikaner das Viertel aufsuchten, um leerstehende Häuser zu besichtigen, habe der Angeklagte auf seinem Balkon eine Konföderiertenfahne aufgepflanzt.
> 15) Mit der bisherigen Betreuung des gehörgeschädigten Sohnes des Angeklagten befaßte Erzieher und medizinische Pflegepersonen werden nach bestem Wissen und Gewissen bezeugen, daß der Angeklagte eine heftige Abneigung gegen Gehörlosenkultur, American Sign Language und Nichtgehörlose oder Gehörlose, die sich in seiner Gegenwart der Amerikanischen Gebärdensprache bedienten, bekundet habe, und zwar angeblich weil er (der Angeklagte) nicht gewollt habe, daß sein Sohn sich durch Gebärden ausdrückte, sondern gewollt habe, daß er lippenlesen und sprechen lerne.

»Sie wollen jemanden bezeugen lassen, daß Whitlow wollte, daß sein Junge sprechen lernt, und daß er sich um einen möglichen Wertverlust seines Grundstücks sorgte?« fragte Watson ungläubig.

»Ich nehm alles, was ich kriege«, lachte Harper. »Nachweis des Motivs. Und vielleicht Verschwörung. Wir spielen mit dem Gedanken, als weiteren Anklagepunkt Mitgliedschaft in einer konspirativen Vereinigung aufzunehmen, und das bedeutet, wenn wir wollen, können wir den Klempner, der den Ausguß repariert hat, in den Zeugenstand rufen. Und wir haben noch kein Wort über die Tätowierung gesagt, die im Polizeibericht beschrieben wird. Die Geschworenen werden hellauf begeistert sein.«

»Und was werden die Geschworenen dazu sagen, daß Mrs. Todesstrafe bei der Militärpolizei anruft und eine Vergewaltigung meldet und dann, kaum daß man sie in die Notaufnahme gebracht hat, ihre Meinung ändert? Es war *doch* keine Vergewaltigung, es war eine Affäre. Was hat sie denn heute für eine Geschichte auf Lager? War gar keine Affäre, es war ihr erstes Rendezvous?«

»Sie hat eine einzige Geschichte«, sagte Harper. »Ihr Mann hat ihr einen Revolver an den Kopf gehalten und sie gezwungen, das Märchen von der Vergewaltigung zu erzählen. Die Geschworenen werden damit keinerlei Probleme haben. Wir können sowohl die Affäre als auch die Zeichensprachstunden beweisen.«

»Womit denn beweisen?« fragte Watson. »Noch ein paar Aussagen Ihrer Zeugin?«

»Ich laß gerade ein paar TTT-Ausdrucke für Sie kopieren. Warum erzähle ich Ihnen das eigentlich alles?« fragte Harper vergnügt. »Wissen Sie, was TTT ist, Mr. Watson? Taubstummen-Teletex. Eine Weiterentwicklung des Fernschreibers. Sieht aus wie eine Schreibmaschine, nur daß man sie an die Telefonbuchse anschließt. Auf diese Weise telefonieren Gehörlose miteinander. Sie schließen ihr TTT-Gerät an das normale Telefonnetz an, und dann tippen sie so hin und her. Sie können sich damit sogar mit Nichtgehörlosen unterhalten, vorausgesetzt, diese benutzen Missouri Relay, einen Sprachumwandlungsservice der Telefongesellschaft.«

Watson wußte, was TTT war, weil er für Arbeitgeber, die bestrebt waren, ihren gehörlosen Beschäftigten »zumutbare Arbeitsbedingungen« anzubieten, schon mehrere Memos zum Bundesbehindertengesetz geschrieben hatte.

»Das Opfer hatte ein TTT-Gerät«, sagte Watson, mehr zu sich selbst.

»Ganz genau«, sagte Harper, »und Mary Whitlow hatte

ebenfalls eines. Dadurch konnte sie mit ihrem Sohn in Kontakt bleiben, dem drüben in Fulton, im Gehörloseninternat, die benötigte sonderschulische Ausbildung zuteil wurde«, sagte Harper mit mokanter Freundlichkeit.

»Na schön«, sagte Watson. »Sie hatten beide TTT.«

»Und wissen Sie was? Die meisten dieser Geräte haben so eine kleine Druckvorrichtung, wie eine Rechenmaschine, für den Fall, daß man ein Gespräch ausdrucken möchte, während man es führt, oder um anschließend nachlesen zu können, was der eine oder der andere gesagt hat. Können Sie mir folgen? Wahnsinnig praktisch.«

»Und Sie haben TTT-Ausdrucke aus dem Gerät des Opfers?«

»Jawoll, Sir«, sagte Harper kichernd. »Und auch noch gute. Denn jedesmal, wenn Mary Whitlow Elvin anrief, um einen Termin für eine Unterrichtsstunde zu vereinbaren oder auch nur, um ein bißchen zu turteln, behielt *der* offenbar die Ausdrucke. Sie wissen schon« – Harper gluckste –, »so wie man Liebesbriefe aufbewahrt, wenn man mit jemand eine Affäre hat.«

»Sind die Kopien hier dabei?« fragte Watson. Er blätterte die Akte durch und spähte in den Umschlag.

»Noch nicht«, sagte Harper. »Das sind so lange, schmale Angelegenheiten, und ich wollte das Beweismaterial nicht verunstalten, also haben wir uns einen Unabhängigen geholt, damit er sie uns zuschneidet und montiert. Sie werden die schon früh genug zu sehen bekommen. Ich kann Ihnen ja fürs erste ein paar Passagen daraus vorlesen.« Harpers Stimme kippte in einen Falsettsopran: »›Elvin, ich bin für die dritte Lektion im Zeichensprachlehrbuch bereit. Ich bezahle Ihnen die Stunde, sobald Sie hier sind. Danke, Mary Whitlow.‹ Oder wie wär's mit dieser hier: ›Elvin, ich bräuchte wieder eine Stunde Zeichensprachunterricht. Das Geld werde ich wie immer bereit haben.‹ Und hier ist eine aus der Endphase der beiden, wahrscheinlich eines der letzten Dinge, die der arme Kerl in seinem Leben zu lesen gekriegt hat: ›Elvin, ich möchte noch eine Lektion von dir. Aber ich möchte auch einfach nur mit dir zusammensein. Niemand hat so poetische Hände wie du. Ich möchte einfach nur mit dir allein sein. Und nächste Woche ist James in

Nevada. Ich möchte dich sehen und deine Zeichen überall an mir spüren.‹«

Watson fühlte, wie sein Gesicht glühte. Harper hätte sich bestimmt nichts so Überzeugendes ausdenken können, und das bedeutete, daß der alte Whitlow ganz schön in der Bredouille saß.

»Natürlich«, fügte Harper munter hinzu, »steht es Ihnen jederzeit frei, den guten alten James in den Zeugenstand zu rufen und ihn *seine* Version der Geschichte erzählen zu lassen. Ich hätte gar nichts dagegen, ihn ins Kreuzverhör zu nehmen und zu seiner Schwäche für das N-Wort zu befragen. Schon mal das Wort *Nigger* im Verhandlungssaal eines Bundesgerichts gehört?« Harper lachte. »Ich werde nach Möglichkeit dafür sorgen, daß wir ein paar Marshals extra zur Stelle haben, damit die Zuschauer nicht versuchen, ihn gleich da am Kronleuchter aufzuknüpfen.«

Watson wußte nicht viel über Strafrecht, aber er hatte schon genügend In-limine-Anträge vorbereitet – vorprozessuale Anträge mit dem Zweck, ein Beweiserhebungsverbot zu erwirken –, um zu wissen, was jetzt gefragt war: Zentner von Papier – Anträge und unterstützende Schriftsätze, durch die es galt, Scheinbeweismaterial von den Geschworenen fernzuhalten. Wenn die TTT-Ausdrucke echt waren, würden sie auch zugelassen werden – aber rassistische Äußerungen, die wer weiß wie lange vor dem Mord gefallen sein sollten …? Was Watson allerdings noch nicht wußte, war, mit wem er es in der Verhandlung zu tun haben würde. In einer anderen Epoche hätte er seinen Gegenanwalt anhand bestimmter untrüglicher Merkmale abgeschätzt: des Schnitts seiner Kleidung, der Marke und des Modells seines Wagens, seiner Adresse, seiner Alma mater, seiner Firma, der Waffengattung, in der er gedient oder nicht gedient hatte. Aber das war einmal. Was Watson interessierte, war, was für einen Rechner Harper hatte, welches Betriebssystem er benutzte, ob er mit WESTLAW oder mit LEXIS arbeitete, was für einen Web-Browser, was für Internet-Suchmaschinen er verwendete.

»Wissen Sie was – ich sehe mir diese Sachen an und schick Ihnen dann eine Mail«, sagte Watson. »Ist es eine Punkt-gov-Adresse?«

»Eine was?«

»Punkt gov«, sagte Watson. »Punkt com? Ihre E-Mail-Adresse. Wie lautet sie?«

»Ich bin keine Schreibkraft, Mr. Watson«, sagte Harper mit hörbarem Naserümpfen. »Ich bin Prozeßanwalt. Wenn Sie möchten, daß ich mir etwas aus WESTLAW oder dem Internet oder sonstwas ansehe, dann schicken Sie es mir per Post zu, oder sonst haben wir hier in der Kanzlei ein Mädchen, das uns solches Zeug besorgt. Ich kann Ihnen gern ihre Durchwahl geben.«

Vor einer Geschworenenverhandlung graute Watson, aber hinsichtlich des Papierkriegs, der mit Sicherheit vor und nach dem Prozeß wüten würde, hatte sein Gegner gerade seine unzureichende technologische Ausstattung eingestanden. Diese Erkenntnis und das Bewußtsein seines daraus folgenden gewaltigen Informationsvorsprungs beruhigten ihn nicht wenig.

Harper lachte gutmütig, als ob diese Sache nicht nur leicht, sondern auch noch amüsant werden würde. »Schauen Sie, wenn Sie eine von diesen Vipern aus der Strafanwaltskammer wären, dann hätte ich Sie bis zur Woche der Verhandlung im dunkeln gelassen und Ihnen dieses Material erst zwei Tage bevor ich es aus dem Ärmel ziehe und der Jury vorlese, zugeschickt. Aber ich bin nicht so. Sie haben es sich nicht ausgesucht, dieses Dreckschwein zu vertreten, also habe ich mir gedacht, Sie sollten gleich von Anfang an wissen, womit Sie es hier zu tun haben. Wer weiß – wenn wir uns ernsthaft bemühen, können wir uns die Sache vielleicht vom Hals schaffen.«

»Und zwar dadurch, daß –?« fragte Watson.

»Dadurch, daß Sie auf schuldig plädieren und diesen rassistischen Haßkiller lebenslänglich ins Gefängnis schicken«, sagte Harper, »damit er nie wieder die Chance hat, auf behinderte farbige Staatsbürger Jagd zu machen.«

»Jagd zu machen?« Watson lachte höhnisch. »In seinem eigenen Schlafzimmer? Jetzt sind wir also schon soweit, daß er in seinem eigenen Schlafzimmer *Jagd* auf behinderte farbige Mitbürger macht? Ich werde Ihr Angebot meinem Mandanten übermitteln, weil ich dazu verpflichtet bin, und dann werde ich ihm sagen, er soll es nicht annehmen.« Noch im selben

Moment spürte er die Gegenwart von Arthurs Geist, der dräuend über dem Gespräch schwebte, aber er war außerstande, gegen seine Anwaltsinstinkte anzukämpfen.

Wieder schmunzelte Harper. »Ich weiß nicht, was Sie da in Ihrer großen schnieken Anwaltsfirma so treiben, aber *ich* verdiene mir meine Brötchen am Bundesgericht, und zwar damit, daß ich zu Geschworenen rede. Denken Sie mal darüber nach.«

»Na schön, Mr. Harper. Sie reden zu Geschworenen. *Ich* verdiene mir damit mein Geld, daß ich Revisionsanträge schreibe. Ich verdiene mir mein Geld mit WESTLAW, und zwar damit, daß ich richterliche Entscheidungen ausfindig mache, die klipp und klar erklären, daß Sie nicht die Hälfte von diesem Bockmist in die Beweisaufnahme bringen können. Wie wär's, wenn wir Ihren Geschworenenspruch anschließend vom Revisionsgericht kassieren lassen? Denken Sie mal *darüber* nach.«

Watson hörte Applaus am anderen Ende der Leitung. »Gute Ansprache, Jungchen«, sagte Harper, »und auch noch aus dem Stegreif! Ich möchte Sie so reden hören, wenn zwölf Gesichter und vierundzwanzig Augen Sie anstarren. Richten Sie Ihrem Bürschlein aus, er kann lebenslänglich nehmen, oder er kann eine Woche lang im Gerichtssaal schwitzen und dann sehen, ob die Geschworenen ihm nicht doch lieber den Ärmel für die Giftnadel hochkrempeln möchten.«

Neuntes Kapitel

Er versuchte, bei Whitlow zurückzurufen, aber es gelang ihm nicht, in der ganzen County-Strafvollzugsanstalt Des Peres eine Menschenseele an die Strippe zu bekommen. Dann ließ er die Ergebnisse seiner Transvestitenrecherchen mit zwei Begleitzeilen auf Nancys Schreibtisch liegen – wahrscheinlich nicht die protokollarisch korrekte Vorgehensweise bei einem Code Orange, aber eine weitere fünfundvierzigminütige Konferenz mit Wattle dem Trottel und Spike wollte er nach Möglichkeit umgehen. Um 18.15 Uhr – Lunchzeit für Associates von Stern, Pale – schlich er sich über die Hintertreppe hinaus und setzte sich ab.

Sobald er in seinem Honda saß, legte er Rachel Palmquists Nummer auf eine Kurzwahltaste seines Handys – ein Akt, den die Nonnen als »Einwilligung in die Versuchung« bezeichnet hätten. Whitlow mußte er auch unbedingt erreichen. In Sachen Dreistigkeit machte seinem Mandanten keiner was vor. Er schien sich tatsächlich einzubilden, er könne die Dienste eines Pflichtverteidigers annehmen und sie durch zusätzliche vorprozessuale Dienstleistungen aufstocken, für die er mit dem Geld seiner Kumpel bezahlte. Als Watson beim dritten Versuch im Gefängnis durchkam, wurde er mit einer automatischen Durchsage über Telefonerlaubnis und Anwaltsbesuchszeiten belohnt.

Noch immer viel los auf der Straße. Es war erst halb sieben. Er hätte um sieben zu Hause sein können. Zur Abwechslung einmal früh! Und wenn die Nonnen im Fond gesessen hätten, dann hätten sie gesagt: »Ja, fahr nach Haus!« Er hatte jede Menge gesellschaftlich akzeptierter Dinge zu erledigen. Er konnte etwas harmlos Zwanghaftes tun und es sich aus dem Kopf schlagen, etwas gefährlich Zwanghaftes zu tun.

Er hatte sich seiner Pflichten gegenüber seinem Mandanten entledigt. Jetzt brauchte er nichts anderes zu tun, als nach Haus zu fahren.

Er wählte Palmquists Nummer, um ihr zu sagen, daß er es heute abend doch nicht mehr schaffen würde. Sie konnten ja zu einer anderen Gelegenheit fertig werden – zu normalen Bürozeiten, bei Tageslicht –, anstatt sich zur Fortsetzung eines Rendezvous zu verabreden, sich im Schutz der Dunkelheit zu treffen, nachdem sie den ganzen Tag miteinander geflirtet hatten. Sie war eine zu tolle Puppe. Zu intelligent. Zu witzig. Zu unwiderstehlich. Und ihm graute vor der Vorstellung, was er entdecken könnte, wenn er die Verschlüsse zwischen Dr. Palmquists Schulterblättern aufhakte. Selbst die winzigste Chance, daß etwas passieren könnte, war ein zu großes Risiko. Mannhaft richtete er all seine Gedanken auf Sheila und Benjy. Denk an die beiden, sagte er sich und beschwor vor seinem inneren Auge Bilder ihrer glücklichen Gesichtchen herauf. Dann malte er sich aus, wie diese Gesichtchen aussehen würden, wenn sie zu erschütternden Zeugnissen von Ehebruch und matrimonialer Zerrüttung wurden. Die verständnislose Verbitterung im Stich gelaßner Unschuld. Denk mal darüber nach.

Kein Sprit, verriet ihm ein Blick auf die Benzinuhr. Geld auch keins. Und seine Kreditkarten waren schlecht gemischt. Er stieg wieder aus und ging zu einem Geldautomaten um die Ecke. Seine erste Transaktion war eine Kontoabfrage – $ 42,86: Die Hypothekenzahlung war abgebucht worden. Er holte sich zehn Dollar heraus und hoffte, Sandra hatte in der Zwischenzeit keine weiteren Schecks ausgestellt. Er investierte fünf an der Tankstelle und starrte dann auf den armen einsamen Fünfer, der in seiner Brieftasche verblieb.

Der böse Wolf stand vor der Tür, und sein Name war Kredit. Gott sei Dank kümmerte sich Watson selbst um die Rechnungen – Sandra hätte einen Herzinfarkt bekommen, wenn sie auch nur einen Tag lang neben ihm im Kredittower gesessen und mit angesehen hätte, wie er Geld zwischen Giro- und Kreditkartenkonten hin- und herlotste, während sich Schecks im Blindanflug befanden, von Zinsturbulenzen erschüttert, und Effektenkonten nur um wenige Punkte an der Gefahr vorbeischrammten, gegen Nachschußzahlungsaufforderungen zu crashen.

Die Nonnen hatten ihm auch noch etwas beigebracht, was »Meiden der Gelegenheit zur Sünde« hieß, und genau das war es, was er jetzt hätte tun sollen. Dazu brauchte er lediglich sein Handy zu zücken, Dr. Palmquists Zielwahltaste zu drücken und ihr zu sagen, er müsse unbedingt nach Haus. Er zückte sein Handy. Drückte noch einmal die Zielwahltaste. Der magische dritte Versuch erreichte Dr. Palmquist via Pager. Seine Lippen öffneten sich. Er sog Luft in seine Lungen. Er sprach.

»En route«, sagte er.

»Cham?« sagte sie. »Sind Sie das?«

Ihr Lachen ertönte direkt an seinem Ohr, und er ruckte auf dem Autositz hin und her, um den vaskulären Prozessen in seinem Schoß ausreichende Entfaltungsfreiheit zu gewähren. Sein Fuß spürte den Boden unter dem Gaspedal, und die Kolben des Hondas jubilierten in ihren Zylindern.

»Mein Name«, sagte er, während er die Auffahrt zum Highway 40 hinaufschoß, »ist Australopithecus Robustus. Rangähnliche Männchen nennen mich Rob. Weibchen nennen mich Mr. Robustus. Elsa, sind Sie das?«

Sie wechselten hemmungs- und hirnlose Lachsalven über den Äther.

»Ich geh dann runter und erwarte Sie in der Eingangshalle. Bis gleich.«

Harmlos, sagte er sich. Nur eine Besprechung. In einer Stunde würde alles vorbei sein, und dann konnte er nach Haus fahren und helfen, die Kinder ins Bett zu bringen.

Beim zweitenmal waren Campus, Gebäudekomplex, Eingangshalle schon leichter zu finden; desgleichen ihre zunehmend vertrauliche Art. Wenn er sich nicht täuschte, hatte sie Zeit gefunden, ihr Parfüm aufzufrischen.

»Ein weiteres Forschungsprojekt bewilligt«, sprudelte sie heraus.

»Glückwunsch!« gratulierte Watson. Sollte er – was? Ihr scherzhaft gegen die Schulter boxen? Ihr die Hand schütteln? Wäre eine Umarmung übertrieben gewesen? »Gute Arbeit, Dr. Palmquist. Worum geht's bei dem Projekt?«

»Neurochemische Aspekte der Gewalttätigkeit und Aggression«, sagte sie. »Konkret untersuchen wir genetische Aberrationen in den Gehirnen aggressiver Mäuse. Männlicher Mäuse, um genau zu sein – muß ich es überhaupt dazusagen? Das defekte Gen macht sie so gewalttätig, daß sie alle anderen Käfiginsassen töten, wenn man sie über Nacht zusammenläßt.«

»Also mafiose Mäuse?« fragte Watson. »Cosa-Nostra-Nager?« Er warf einen Blick in die Runde auf die trübbeleuchteten Korridore und dunklen Zimmer. »Wie spät wird's bei Ihnen eigentlich immer so?«

»So spät, wie ich will«, sagte sie. »Keine Kinder. Das große Kind, das ich geheiratet hatte, hab ich mir vom Hals geschafft. Und kleine Kinder kommen mir erst ins Haus, wenn ich die dazugehörige Ehefrau habe.« Sie verfiel in ein parodistisches John-Wayne-Knurren. »Einen guten kleinen Koch mit nem starken Kreuz. Ein braves Hausmännchen, das wär genau meine Kragenweite. Will's wie Sie machen: eine Mutter zu Haus, die die Kurzen aufzieht, während ich mir da draußen mein Stück von der Welt hole.«

Sie stiegen in den Aufzug und fuhren zu ihrem Stockwerk hinauf.

»Ich hab mit meinem Mandanten geredet, und ich hab mit dem Staatsanwalt geredet, und ich bin zu dem Schluß gelangt, daß mein Mandant wahrscheinlich ein haßbehinderter Mitbürger ist«, sagte Watson.

»Kein Verbrechen, soweit mir bekannt ist«, sagte sie. »Auch kein pathologischer Zustand – bislang. Denken Sie doch mal darüber nach«, fuhr sie mit einer emphatischen Geste fort, während sie rasch ausschritt und ihre Joggingschuhe auf dem Marmorboden quietschten. »Haß könnte durchaus einen entscheidenden Selektionswert besitzen. Was, wenn die Spezies, wie einige vermutet haben, sich erst dann optimal entwickelte, wenn ein besonders empfindliches Gleichgewicht zwischen Liebe und Haß erreicht ist, zwischen Gut und Böse, Jäger und Gejagtem, positiven und negativen Emotionen? Was, wenn die Liebe ohne die Konkurrenz des Hasses fett, faul und selbstsüchtig würde?«

»Na also hören Sie mal«, protestierte er.

»Die Neurotechnologie wird uns bald das nötige Instrumentarium liefern, um die im menschlichen Gehirn für Haß und Aggression verantwortlichen Neuronenverschaltungen äußerst präzis und effektiv zu exzidieren. Durch Biomedizin,

Pharmazeutik, Strahlenmedizin, Mikrolaserchirurgie – suchen Sie sich aus, was Sie wollen: es wird Realität. *Sollten* wir es tun? Sollten wir neuronale Netzwerke des menschlichen Gehirns mit einem Gammastrahlenskalpell umverdrahten? Die Frage ist längst nicht mehr, *ob* wir eine Methode finden werden, den Haß zu eliminieren oder zu neutralisieren. Wir werden sie finden. Aber *sollten* wir das auch? Was, wenn die Schaltkreise, die eine wünschenswerte Aggressivität und eine unerwünschte Gewalttätigkeit ermöglichen, ein und dieselben wären? Was, wenn ein niedriger Serotoninspiegel nicht nur Massenmörder produzierte, sondern auch tapfere Soldaten und unerschrockene Bullen inspirierte?«

»Und was für ein Mensch wäre Whitlow ohne seinen Haß?« fragte Watson. Er klopfte auf seine Aktenmappe. »Ich habe meine Notizen zu meinem Gespräch mit ihm dabei.«

»Ich brauche keine weiteren Informationen über Mr. Whitlow«, sagte sie. »Jedenfalls nicht von Ihnen.«

Watson traute seinen Ohren nicht. »Aber ich dachte, Sie hätten gesagt, daß ich Ihnen von dem Gespräch Bericht erstatten sollte?«

»Eine Kriegslist, um Sie wieder herzulocken«, sagte sie freimütig und vergnügt. »Wenn ich als sachverständige Zeugin über Mr. Whitlow aussage, werde ich mich ausschließlich auf dasjenige stützen, was ich durch neuropsychologische Versuchsreihen, durch seine Neurofunktionsprofile, seine Persönlichkeitsprofile, seine genetischen und biologischen Marker, die Aufzeichnungen seiner Ärzte und so weiter erfahre. Ich werde eidlich aussagen, daß ich Mr. Whitlow nie persönlich begegnet bin. Ich habe Mr. Whitlow nicht befragt. Ich habe von keiner anderen Seite irgendwelche Informationen über Mr. Whitlow erhalten – wenn man vielleicht von den *River News* absieht. Ich werde mehr über Mr. Whitlow wissen als Mr. Whitlow selbst – oder Sie –, und das, ohne ihm auch nur ein einziges Mal begegnet zu sein.« Sie bog rechts in einen kurzen Korridor ein und öffnete eine weiße Tür mit der Aufschrift MAGNETOENZEPHALOGRAPHIE.

»Hier haben wir ein nigelnagelneues Spielzeug«, sagte sie und führte ihn in einen Raum, in dem ein großer würfelförmiger Kasten stand, der wie ein Banktresor mit dick verglasten Fenstern aussah. Außen an einem der Fenster war eine Konsole angebracht. Sie entriegelte die Tür durch Drehung eines Rades und zog sie auf.

»Diese anderen Räume, die ich Ihnen gezeigt habe, sind dazu konzipiert, die starken Magnetfelder, die die MRI-Geräte erzeugen, am Entweichen zu hindern. Dieser Raum ist dazu konzipiert, irgendwelche Magnetfelder am *Eindringen* zu hindern.«

Drinnen kam man sich vor wie im Behandlungszimmer eines Zahnarztes, nur daß der verstellbare Zahnarztstuhl unter einer Apparatur stand, die wie eine Monstertrockenhaube aussah – eine zweieinhalb Meter hohe weiße Säule.

»Was ist das?« fragte Watson vornübergebeugt und sah von unten herauf in die Haube und in einen Helm, der mit einer Unzahl von blanken Metallscheiben bestückt war.

»Was Sie sehen, ist ein Neuromag 278-Kanal-Ganzkopf-Magnetometer. Es mißt Magnetfelder im menschlichen Gehirn, in erster Linie in der Großhirnrinde, aber weitere Kanäle gewähren uns auch tiefere Einblicke. Wir nennen es die Zehn-Millionen-Dollar-Trockenhaube. Es fängt selbst schwächste hirnmagnetische Felder auf – deswegen sperren wir mit diesen Mauern alle sonstigen Magnetfelder aus. Nach einer Analogfiltrierung und einer Analog-Digital-Umwandlung zeichnet der Computer Bilder der Magnetfelder, sogenannte Magnetoenzephalogramme, die eine direkte Messung der in verschiedenen Teilen des Gehirns stattfindenden Aktivität darstellen. Eine vollkommen noninvasive Methode. Nehmen Sie Platz«, sagte sie mit einer einladenden Geste.

Watson fühlte sich leicht klaustrophobisch. Die Wände schienen jedes Geräusch zu verschlucken, ihre Worte schienen in der Luft zu verhallen, noch ehe sie sein Ohr erreichten.

»Ich werde Ihnen ein paar Bilder Ihres Gehirns zeigen, wie es Ihren Finger bewegt.«

Durch eines der Fenster konnte er die Konsole sehen: Sie war eingerahmt von einer Batterie von 28-Zoll-Monitoren, auf denen Darstellungen von Transversal- und Sagittalschnitten von Gehirnen zu sehen waren – teils in Schwarzweiß, teils von unheimlicher greller Buntheit, wie fluoreszierende Rorschach-Kleckse, teils von geometrischen Figuren, Ebenen, Vektoren und Pfeilen überlagert, die fast wie tektonische Platten auf Gehirngittern aussahen.

»Zunächst«, sagte sie, »müssen wir Sie von überholten, hartnäckigen Vorstellungen von der angeblichen Funktionsweise des Gehirns befreien. Ich werde mit einem Konzept den Anfang machen, das zum Grundstein unserer neurowissenschaftlichen Analyse Ihres Falles werden könnte. Man spricht dabei von der Verzögerung der bewußten Intention.«

»Etwas Philosophisches?« fragte Watson.

»Neurophilosophisches«, sagte sie. »Der größte Teil dessen, was wir Tag für Tag tun, sind unbewußte Verhaltensweisen – *automatische* wäre ein besseres Wort –, und ich spreche jetzt nicht vom Schlaf. Ganze Bereiche unseres Gehirns sind für die Steuerung von Aktivitäten verantwortlich, die wir nicht bewußt überwachen – wie wenn wir uns geistesabwesend die Zähne putzen, auf Autopilot geschaltet haben und an der Interstate-Ausfahrt vorbeifahren, die wir eigentlich hatten nehmen wollen, weil wir normalerweise an der nächsten herausfahren, und so weiter. Eine nicht mehr aktuelle Telefonnummer wählen. Unsere Frau mit dem Namen unserer Sekretärin anreden. Es passiert im Gehirn, das Gehirn befiehlt dem Körper, die bestimmte Handlung auszuführen, und der gehorcht – alles, bevor das sogenannte subjektive Bewußtsein davon etwas mitbekommt. Dann klatschen wir uns vor die Stirn und sagen: ›Wo habe ich nur meinen Kopf gehabt?‹ oder: ›Warum habe ich das nur getan?‹«

»Sie meinen, wie wenn ich Ihnen zuhöre, anstatt einfach das Angebot des Staatsanwalts anzunehmen?«

Sie hob einen verdrehten Strang von farbigen Kabeln hoch, der in einem verhedderten Netz von Elektroden endete. »Merken Sie sich diesen Gedanken«, sagte sie. »Ich komme später darauf zurück. Wie lange dauert es, einen Menschen zu erschießen?«

Watson machte den Mund auf.

»Antworten Sie nicht«, sagte sie. »Lassen Sie uns zunächst das Ereignis in hauchdünne Scheibchen von neurologischer Zeit aufschneiden. Seien Sie vorsichtig« – sie drohte ihm kichernd mit dem Zeigefinger –, »Sie könnten sich verletzen.

Das hier ist leistungsfähigste, modernste kognitive Neurowissenschaft. Das ist nichts für Amateure.«

»In dem Fall«, sagte Watson, »ist das nichts für die Geschworenen. Aber machen Sie weiter.«

Sie ging vor ihm auf und ab. Er machte es sich in dem Untersuchungsstuhl bequem, legte den Kopf unter den Scanner und genoß die Aussicht.

»Wie Sie selbst gesagt haben, haben Sie und die Geschworenen nicht die leiseste Ahnung von der Funktionsweise des Gehirns. Sie sind das, was wir ›Volkspsychologen‹ nennen. Sie denken sich ein fiktives begriffliches Konstrukt namens ›freier Wille‹ zusammen, was für einen Neurowissenschaftler ungefähr das gleiche ist, wie an die Existenz von Kobolden oder UFOs zu glauben. Sie sind noch immer ein gläubiger Anhänger des kartesianischen Dualismus, das heißt, Sie glauben an die Existenz einer materiellen Welt, zu der auch Ihr materielles Gehirn gehört, aber Sie glauben gleichzeitig auch, daß es irgendwo im Inneren dieses materiellen Gehirns eine Steuerzentrale gibt – nennen Sie sie Vernunft, Epiphyse, Geist oder Seele, drittes Auge, kartesianisches Theater –, einen Ort, an dem ein undifferenziertes Bewußtsein von der Außenwelt eingehende Reize sichtet, dann Entscheidungen fällt und Befehle an Ihren physischen Körper sendet: den Ort, an dem Sie die ›Ich‹-Empfindung erleben. ›Ich will eine Bank ausrauben.‹ ›Ich will meine Frau betrügen.‹ ›Ich will Anwalt werden.‹«

Watson war unter der Einwirkung von Beispielssatz Nummer zwei sichtlich zusammengezuckt. Hatte sie ihm gerade zugezwinkert?

»Als Dualist«, fuhr sie fort, »das heißt, als jemand, der glaubt, Körper und Geist seien zwei verschiedene, wenngleich untrennbare Entitäten, glauben Sie, einen Mann zu erschießen laufe etwa folgendermaßen: Erstens, der Angeklagte – sein Geist, seine Seele, seine Zentraleinheit, sein Ich oder seine Zirbeldrüse, was auch immer – faßt den Vorsatz, das Opfer zu töten. Zweitens, ein im motorischen Kortex des Angeklagten plötzlich ausbrechender Schub neuronaler Aktivität initiiert die Bewegung, indem er einen entsprechenden Befehl zum Abzugsfinger sendet. Drittens, der Abzugsfinger vollzieht die Bewegung.«

Watson grübelte darüber nach, während er ihr dabei zusah, wie sie Kabel in das Elektroden-Sensornetz stöpselte – eine Art Haarnetz mit darin eingeknüpften Metallscheibchen, die jeweils durch einen Draht mit dem Kabelstrang verbunden waren, welcher sich wiederum um eine Armatur emporschlang und in einer Buchse an der Wand endete.

»Klingt gut«, sagte er.

»Klingt zwar gut«, sagte sie, »hat aber nichts mit dem wahren Tatbestand zu tun. Ist durch Dutzende von Versuchen und fünfzig Jahre neurologischer Forschung widerlegt worden. Wenn ich eine Elektrode in Ihr Gehirn einführe«, sagte sie. »Hier.« Sie streckte die Hand aus und berührte eine Stelle ungefähr am Scheitelpunkt seines Schädels. Durch die liegende Haltung, zu der ihn der Untersuchungsstuhl zwang, befand sich sein Kopf auf gleicher Höhe mit ihrem Thorax; als sie sich über ihn beugte, öffnete sich ihr weißer Laborkittel ein wenig, und eine ihrer lycraverpackten Brüste liebkoste für den Bruchteil einer Sekunde seine Wange. Die plötzliche Wärme ließ sein Gesicht in einem Nachhauch von Parfüm erglühen. Er starrte auf zwei volle, blutwarme, wohlgeformte Gelegenheiten zur Sünde. Sein Alptraum: konkurrenzfähige Brüste, die eine Frau schmückten, die ebenso schön und begehrenswert war wie die seinige.

»Genau hier«, sagte sie und berührte seine Kopfhaut, »einen mikrodünnen Draht in Ihren motorischen Kortex schiebe.«

Sie trat einen Schritt zurück und nahm seine Rechte in ihre weichen, trockenen Hände. »Und einen anderen hier«, sagte sie und berührte dabei seinen Handrücken, am Ansatz seines Zeigefingers, »wo sich der Muskel zusammenzieht und Ihren Zeigefinger bewegt. Wenn die Kabel, die die zwei Elektroden mit meinem Aufzeichnungsgerät verbinden, exakt gleich lang sind, kann ich Ihnen präzise, in Millisekunden, angeben, wieviel Zeit von dem Moment, da die Aktivität im motorischen Kortex einsetzt, bis zu dem Augenblick, in dem sich der Finger tatsächlich krümmt, vergeht. Normalerweise in dem Bereich zwischen fünfhundert und sechshundert Millisekunden, also über eine halbe Sekunde.«

»Wo liegt der motorische Kortex«, fragte er in der Hoffnung, daß sie sich wieder über ihn beugen und ihn an der Schädeldecke berühren würde.

»Falsche Frage«, sagte sie. »Die richtige Frage lautet: Wann werden Sie sich subjektiv der Absicht Ihres Gehirns bewußt, Ihren Finger zu bewegen?«

Watson verzog das Gesicht.

»Behalten Sie's für sich. Es wäre ohnehin Unsinn«, sagte sie. »Die Frage läuft allem zuwider, was Sie je über Denken und Verhalten gelernt haben. Aber geben Sie gut acht, denn es ist wichtig, und es ist ein wissenschaftliches Faktum, keine Theorie. Ich kann es Ihnen beweisen. Bewußt werden Sie sich Ihrer Absicht, Ihren Finger zu bewegen, ungefähr dreihundert Millisekunden – oder fast eine Drittelsekunde – *nachdem* die die Fingerbewegung auslösende zerebrale Aktivität im Kortex eingesetzt hat, und rund zweihundertfünfzig bis dreihundert Millisekunden, bevor Ihr Finger sich tatsächlich bewegt – vorausgesetzt, Sie beschließen nicht, den ursprünglichen Befehl zu widerrufen.«

Watsons Gesicht verzog sich zu einer noch häßlicheren Grimasse, während ihres, da sie sich zunehmend in die Aufgabe einfühlte, die Funktionsweise des Gehirns zu erläutern, ein gewisses Leuchten annahm.

»H-hm«, sagte er nickend.

»Sie haben gerade zu einer Falle ›h-hm‹ gesagt«, bemerkte sie. »Was ist das ›Sie‹ in ›Vorausgesetzt, Sie beschließen nicht, den Befehl zu widerrufen‹?«

»Hm«, sagte Watson.

»›Hm‹ ist richtig«, sagte sie. »Wenn Sie eine allgemeine Umfrage zu diesem Thema durchführten, würden Sie wahrscheinlich wenigstens die Hälfte der Befragten dazu bringen, den kartesianischen Dualismus – die Idee vom lenkenden Geist in der Gehirnmaschine – zu verwerfen, aber dann würden sie allesamt in die Falle des, nennen wir's: kartesianischen Materialismus plumpsen, das heißt, sie würden sich an den Glauben klammern, daß zumindest irgendein zentraler Teil des materiellen Gehirns alle übrigen Teile beaufsichtigt und steuert.«

»Und das stimmt nicht?« fragte er, wehmütig fast, da er spürte, daß eine geliebte Vorstellung im Begriff stand, unter den Stiefeln der erbarmungslos vorrückenden Streitmacht ihrer Logik ihr Leben zu verhauchen.

»Wir leben und atmen Descartes«, sagte sie. »Selbst wenn Sie von dem Kerl noch nie was gehört haben sollten. Monsieur Ich-denke-also-bin-ich. Sein Schatten fällt über unsere ganze Rechtsprechung und Medizin. Descartes behauptete, er habe eine Reihe von Träumen gehabt, auf denen er dann sein philosophisches System aufgebaut habe. Revisionistische Psychoanalytiker sind mittlerweile zu dem Schluß gelangt, daß Descartes wahrscheinlich an undiagnostizierten epileptischen Anfällen litt. Er schuf ein ganzes philosophisches System, um die grauenerregende Kluft zu erklären, die die Epilepsie zwischen seinem denkenden Gehirn und seinem nicht zu kontrollierenden Körper aufgerissen hatte – eine Traumlösung des Problems gescheiterter Selbstkontrolle. Und damit –« sie schmunzelte – »wurde die klassische Formulierung des Geist-Körper-Problems wahrscheinlich durch einen Hirnschaden angeregt. Können Sie sich eine köstlichere Ironie des Schicksals vorstellen?«

»Aber das menschliche Bewußtsein?« sagte Watson. »Man kann es an sich selbst erleben, kann es analysieren, seine elektrischen Begleiterscheinungen untersuchen. Aber man kann es nicht *erklären*. Es ist schlechthin unerklärlich – nicht in Worte zu fassen.«

»Klar«, sagte sie sarkastisch, »genauso, wie es für die Hebräer unmöglich war, ›Jahwe‹ zu sagen. Weil es ein Glaubenssatz ist, das heißt, eine sprachliche Stellwand, die Ihnen dazu dient, diejenigen Teile der Natur auszugrenzen, an deren Erklärung Sie sich nicht versuchen wollen. Mit einer solchen Einstellung gehören Sie in eine dieser neurophilosophischen Sekten, wo die Leute den ganzen Tag nichts anderes tun, als Thomas Nagel zu lesen und sich zu fragen: ›Was ist es wohl für ein Gefühl, eine Fledermaus zu sein?‹ Wir reden hier von hundert Milliarden Neuronen, hundert Billionen synaptischen Verbindungen, und an jeder einzelnen von ihnen können unterschiedlich starke exzitatorische Potentiale aufgebaut werden. Ein kombinatorisches Universum, aber – bis jetzt – keinerlei Hinweis auf die Existenz einer Zentraleinheit. Die wahrheitsgetreuste Schilderung des neurologischen Tatbestands der Erschießung eines Menschen lautet also folgendermaßen: Erstens, ein im motorischen Kortex plötzlich einsetzender Schub neuronaler Aktivität initiiert die Bewegung, indem er einen entsprechenden Befehl zum Abzugsfinger sendet. Zweitens, nach dreihundert Millisekunden wird sich der Angeklagte subjektiv dessen bewußt, daß irgendwo in seinem Gehirn ein Impuls zu töten entstanden ist und daß sich ein Signal auf dem Weg zu seinem Finger befindet. Drittens, während der zweihundert bis zweihundertfünfzig Millisekunden zwischen Bewußtwerdung und Erfolgen der tatsächlichen Bewegung entscheiden *andere* Teile des Gehirns, ob sie dieses Signal, das vorbewußt, fast eine halbe Sekunde vorher, abgeschickt wurde, abfangen oder widerrufen sollen. Viertens, das Gehirn unterbindet entweder die Tat oder erlaubt dem Abzugsfinger, sich zu krümmen.«

Watson wand sich auf seinem Stuhl. »Ist das Ganze nicht lediglich eine aufgemotzte Version dessen, was man früher ›unbewußtes Verhalten‹ nannte?« fragte er, leicht entnervt von ihren Millisekunden-Haarspaltereien.

»*Vor*bewußtes«, sagte sie. »Nicht unbewußtes. Himmelweiter Unterschied. Unbewußter Gedanken sind Sie sich per definitionem nicht bewußt. Vorbewußte Kognition hingegen ist Gehirnaktivität, die sich ereignet, *bevor* Sie sich ihrer bewußt werden. Das Beängstigende an der ganzen Angelegenheit ist, daß sie konkrete physische Bewegungen in der realen Welt auslöst. Ihr Bewußtsein, wenn Sie es unbedingt so nennen wollen, *beobachtet* lediglich Aktivität, die in irgendeinem anderen Teil Ihres Gehirns ihren Ursprung hat. Ob Bewußtsein auch tatsächlich Gehirnaktivität *moduliert,* ist eine Frage für Neurophilosophen. Viele bezweifeln das.

Stellen Sie sich Ihr Gehirn als eine komplexe Anordnung von Schaltkreisen und parallel geschalteten Prozessoren vor. Von Zeit zu Zeit sind sich einige wenige von ihnen ihrer selbst bewußt; die meisten aber sind es nicht. Stellen Sie sich eine dreihundert Millisekunden breite moralische Leerstelle vor, die sich unmittelbar nach Entstehen des verhaltensauslösenden zerebralen Impulses auftut und sich erst wieder schließt, wenn das Bewußtsein sich dieser Tatsache bewußt wird.«

»Und für Mr. Whitlow bedeutet das Ganze was?«

»Mr. Whitlow sieht seine Frau mit einem anderen Mann im

Bett«, sagte sie, verschränkte die Arme und fing wieder an, auf und ab zu gehen. »Er wird dadurch provoziert, in Rage gebracht. Im juristischen Kontext wird sein Geisteszustand mit phrasenhaften Wendungen beschrieben: Es ist ein Verbrechen aus Leidenschaft, es ist vorsätzliche Tötung, er hat in der Erregung die Selbstbeherrschung verloren. Er schaltet auf Autopilot. Er zielt und drückt ab.

Gemäß der Theorie der Bundesanwaltschaft wiederum sieht Mr. Whitlow seine Frau im Bett mit einem gehörlosen Schwarzen. Er wird durch die Untreue seiner Frau provoziert, in Rage gebracht, aber er schaltet nicht auf Autopilot. Er vollführt vielmehr einen zusätzlichen gedanklichen Schritt, den des – zumindest partiellen – Motiviertseins durch Haß auf Gehörlosigkeit und/oder Schwarzsein. Er zielt und drückt ab. Und«, fuhr sie fort, indem sie ihre Hände auf die Armlehnen stützte und sich über ihn beugte, »solange uns Mr. Whitlow nicht etwas anderes erzählt, ist das alles in einer Zeitspanne von dreihundert Millisekunden passiert. Einer Drittelsekunde?«

Watson fiel die Kinnlade herunter. Er starrte ihr ins Gesicht. »Sie sollten Anwältin werden.«

»Ich kann mich beherrschen«, sagte sie. »Zuviel Arbeit, zuwenig Geld. Und so dröge wie trockener Toast.« Sie lachte. »Es sei denn natürlich, man hat das Glück, über einen Fall zu stolpern, der sich neurowissenschaftlich ausschlachten läßt.«

»Natürlich«, sagte er.

»Aber zurück zu Mr. Whitlow«, sagte sie. »Ein guter Neurowissenschaftler könnte jetzt die Frage stellen, welcher zeitliche Rahmen, welche Koordinierung, was für eine neuronale Hardware zur Übermittlung dieser zwei Emotionen oder Motive – Wut und Rassen- oder Behindertenhaß – nötig wären. An welchen Stellen des menschlichen Gehirns nehmen sie ihren Ausgang? Welche neuronalen Verschaltungen leiten sie zu der Ebene dessen, was das Gesetz ›Bewußtsein‹ oder ›Vorsätzlichkeit‹ nennt? Was, wenn Wut im Corpus amygdaloideum entsteht und Rassenhaß aus dem präfrontalen Kortex heruntersickert? Aus der anschaulich wahrgenommenen Untreue der eigenen Ehehälfte resultierende Wut ist nicht dasselbe wie durch Vorurteile motivierter Haß. Wut aus dem einen Grund und Haß aus einem anderen? Kann das Gehirn überhaupt beides gleichzeitig produzieren? Kann beides in dem koexistieren, was ihr Volkspsychologen ›subjektives Bewußtsein‹ nennt? Kann es im Zeitraum einer Drittelsekunde koexistieren? Was, wenn das eine, neurologisch gesprochen, das andere überlagert oder verdrängt?«

»Sie haben mich überzeugt«, sagte Watson. »Ich stimme für Freispruch.«

»Warum?« sagte sie. »Sie haben doch nicht die leiseste Ahnung, wie das Gehirn funktioniert.«

»Aber das klingt so gut«, sagte er.

»Sie sind reizend«, schnurrte sie. »Möchten Sie gern Bilder von den reizenden Magnetfeldern sehen, die ein reizendes Gehirn wie das Ihre erzeugt?«

»Warum nicht?«

»Okay«, sagte sie. »Dieses Sensornetz erlaubt mir, ein simultanes 32-Kanal-EEG aufzuzeichnen. Und wenn Sie ein Superbombenmega-EKG mit hautgalvanischer Reaktion wollen, müßte ich Sie bitten, den Schlips abzunehmen, Ihr Hemd aufzuknöpfen und Ihre Gürtelschnalle zu öffnen.«

Er sah kurz zu ihr auf.

»Keine Sorge«, sagte sie mit einem Lächeln. »Das ist Wissenschaft. Ich bin Ärztin. Und Sie? Sie sind ein großer Klacks Protoplasma. Ein unformatiertes männliches Menschenindividuum aus einer der korrumpierteren Zonen menschlichen Strebens – der Juristerei.«

Er legte seinen Schlips über eine der Armlehnen und ließ sein Hemd nach dem Aufknöpfen keusch über der Brust geschlossen.

Sie riß zwei Alutütchen auf und schmierte mit kundigen Bewegungen ein klares Gel auf mehrere Elektroden. Sie schob sein Hemd mit den Handrücken auseinander und fing an, Elektroden an seinen Oberkörper zu pappen. Gänsehaut strich ihm über die Brust wie eine kühle Brise, dann spürte er die winzigen Kälteschocks des Gels.

»Dieses Hinterherhinken des Bewußtseins findet in beiden Richtungen statt«, sagte sie. »Nicht nur vom Gehirn zum Körper, sondern auch vom Körper zum Gehirn und von der Umwelt zum Gehirn.

Reize, Sinneseindrücke«, sagte sie und pappte je eine Elektrode an seine Schultern, »werden durchweg vorbewußt verarbeitet. Wichtige mentale Entscheidungen und Vorstellungen werden gebildet, noch bevor das Gehirn sich subjektiv dessen bewußt wird.«

Sie legte ihm das Bündel Drähte sanft auf den Schoß.

»Das ist ...« fing er an, dann atmete er ein.

»Harmlos«, sagte sie. »Völlig harmlos. Ein kostenloser Blick auf die Magnetfelder, die von Ihrem eigenen Gehirn erzeugt werden. Es ist so, als wären Sie der erste Mensch, der durch ein Mikroskop oder ein Fernrohr sieht.«

Sie warf sich in ihre pseudoprofessorale Lieblingspose, faßte sich mit Daumen und Zeigefinger ans Kinn und sah ihn über den Rand ihrer Hornbrille hinweg prüfend an.

»Als Wilhelm Meister zum erstenmal in seinem Leben durch ein Fernrohr sah, warnte er die umstehenden Astronomen vor der sittlich schädigenden Wirkung, die derlei technische Hilfsmittel auf die Menschen ausüben würden, indem sie ihnen ermöglichten, Dinge zu sehen, die mit ihrer ›inneren Urteilsfähigkeit außer Gleichgewicht‹ stünden. Die Erfindung des Mikroskops löste eine ähnliche Reaktion aus – Entsetzen –, und sie wurde verboten. Goethe sagte, einzig ›eine höhere Kultur, deren nur vorzügliche Menschen fähig sind‹, ermögliche es, ›inneres Wahres mit diesem von außen herangerückten Falschen einigermaßen auszugleichen‹. Und erinnern Sie sich, daß der alte Michelangelo sich klammheimlich, im Schutz der Dunkelheit, zu Anatomieübungen an Leichen schleichen mußte. Warum? Weil die Kirche die Sektion des menschlichen Körpers für ein Verbrechen erklärte. Die Pfaffen waren nicht daran interessiert zu wissen, ob Menschen im sezierten Zustand nicht *doch* eine große Ähnlichkeit mit ihren Vettern, den Tieren, aufwiesen. Können Sie sich vorstellen, was der alte Goethe zu diesem Trumm hier gesagt hätte? Wenn das kein ›von außen herangerücktes Falsches‹ liefert, dann weiß ich auch nicht! Und wir« – sie grinste –, »sind *wir* die ›vorzüglichen Menschen‹?«

»Ich werde mir selbst beim Denken zusehen?«

»Nicht direkt«, sagte sie. »Das könnte auf uns beide eine ziemlich einschläfernde Wirkung haben. Aber Sie werden visuelle Umsetzungen der von Ihrem Gehirn erzeugten Magnetfelder sehen. Wir setzen uns hier dauernd gegenseitig unter die Trockenhaube. Aber selbst geringste Bewegungen des Rumpfes führen zu fehlerhaften Messungen, deswegen muß ich Ihre Arme und Beine festbinden. Darf ich?«

Sie zeigte ihm die für die Handgelenke gedachten Klettbänder, die von den Armlehnen des Untersuchungsstuhls herabhingen.

»Sicher«, sagte er unsicher. »Warum nicht?«

Die Manschetten waren dick und fest, und sie zog sie ihm mit erfahrenen Bewegungen an Armen und Beinen stramm. Wenn er wirklich wollte, dachte er, würde er sich wahrscheinlich befreien können, aber als er diese Hypothese experimentell zu verifizieren versuchte, indem er seinen rechten Bizeps gegen das Klettband anspannte, erkannte er – gerade, als sie mit seinem linken Bein fertig wurde –, daß er festsaß.

»Gefangen«, sagte er und tat so, als versuche er, sich freizukämpfen.

»Wie Cham«, sagte sie.

Sie griff nach unten und hob den Kabelstrang von seinem Schoß auf, zupfte und sortierte die Drähte auseinander, als seien es Blumenstengel, und legte dann ein noch verheddertes Bündel auf seinen Schoß zurück. Sie spannte das Sensornetz mit beiden Händen auseinander, beugte sich über Watson und streifte – als sie ihm das Gespinst von Elektroden über den Kopf stülpte und ihn sanft unter die Haube des Apparats schob – seine Wange noch einmal mit Drüsen, die die menschliche Spezies seit dem allerersten Tag gelabt hatten.

»Manchmal werden Sinnesdaten so lange in dieser vorbewußten Phase, von der ich Ihnen erzählt habe, verarbeitet«, sagte sie, während sie, noch immer über ihn gebeugt, Kabel zurechtzupfte, sein Haar, seinen Nacken berührte, »bis die psychische Aktivität ein bestimmtes Potential erreicht. Das vegetative Nervensystem tritt in Aktion, noch bevor das Gehirn sich subjektiv der parallel ablaufenden Prozesse bewußt wird – ein Vorgang, der bisweilen mit Wendungen wie ›die Kontrolle‹ oder ›den Kopf verlieren‹ beschrieben wird.«

Sie überprüfte die Anschlüsse an der von oben herabhängenden Armatur.

»Mr. Watson«, sagte sie, indem sie ihr Gesicht senkte und ihn aufmerksam ansah, »nach den Rückmeldungen, die ich empfange, registriert Ihr Gehirn ein intensives Lustgefühl, wenn ich mich über Sie beuge.«

»Das Ding ist *an*?« keuchte er.

Sie ging zur Tür des Tresorraums, drehte sich um und lächelte. »Noch nicht.«

Sie schlüpfte hinaus und tauchte dann wieder draußen vor dem Fenster an der Konsole auf. Er hörte ein fernes Summen und sah, wie die Monitore zum Leben erwachten. Der eine zeigte offenbar topographische Karten des menschlichen Kopfes aus unterschiedlichen Perspektiven, mit einer Vielzahl verschiedener pastellfarbener Felder. Ein anderer Bildschirm war voll von schnörkeligen Linien. Ein dritter war leer.

Sie kam wieder herein, beugte sich herunter und hielt den Kopf neben seinen, so daß sie aus demselben Blickwinkel durch das Fenster auf die Monitore sahen.

»Diese farbigen Muster stellen Magnetfelder unterschiedlicher Stärke dar: ein direkter Maßstab für die in Ihrem Gehirn stattfindende neuronale Aktivität. Sie werden gleich einer der wenigen Menschen auf der Welt sein, die bislang das Vergnügen gehabt haben, ihre eigenen neuromagnetischen Vorgänge in Echtzeit visuell mitzuverfolgen. Die Schnörkel auf dem anderen sind das EEG. Wird alles aufgezeichnet und im Computer gespeichert. Ich kann Ihnen Farbausdrucke davon machen.«

Sie stellte sich wieder vor den Stuhl und hob die verbleibenden Kabel von seinem Schoß auf.

»Ich hatte Ihnen doch gesagt, Sie sollten das aufmachen«, sagte sie. Sie schob den kleinen Finger unter das Stück Gürtel zwischen Schnalle und Lasche und ruckelte es los. »Sie haben nicht gehorcht. Für die hautgalvanischen Reaktionen brauche ich an jedem Oberschenkel eine Elektrode. Jetzt schmiere ich Ihnen den ganzen Gürtel mit Gleitmittel voll.«

»He«, sagte er schwächlich und bäumte sich gegen die Fesseln auf.

»Entspannen Sie sich«, sagte sie. »Seien Sie kein Zappelphilipp. Ich bin die Tante Doktor.«

Sie tupfte Gel auf die zwei verbleibenden Elektroden, schob

ihm mit den Handrücken die offene Hose auseinander und pappte die Elektroden an den vorgesehenen Stellen fest.

Die eine Hand auf seinem Oberschenkel, warf sie einen Blick durchs Fenster auf den dritten Monitor, der jetzt aufleuchtete und dann horizontal verlaufende Schnörkellinien zeigte.

»Hm«, sagte Watson. »Ich glaube ...«

»Das war's«, sagte sie und lächelte ihn wieder an. »Sie sind angeschlossen. Ein Neuromag 278-Kanal-MEG, ein simultanes 32-Kanal-EEG und ein 12-Elektroden-EKG mit zusätzlicher Hautwiderstandsmessung, alles aufgezeichnet, ausgewertet und in unseren Rechnern gespeichert – die ersten Komponenten Ihres Neurofunktionsprofils. Was ist das für ein Gefühl, dabei zuzusehen, wie diese ganze magnetische und elektrische Aktivität Ihr Rückenmark entlang zwischen Ihrem Gehirn und Ihrer Erektion hin- und hersaust?«

Watson verschluckte sich an seinem Speichel und bekam einen heftigen Hustenanfall. Er versuchte wieder, sich freizukämpfen – wenngleich eher mental als körperlich.

»Vielleicht sollten wir jetzt Schluß machen«, sagte er wenig überzeugend.

»Bewegen Sie einen linken Finger«, sagte sie.

Er tat es.

»Bewegen Sie einen rechten Finger«, sagte sie.

Er tat es.

»Linkshänder«, sagte sie. »Massive Pawlowsche Schaltungen in der rechten Hemisphäre. Waren Sie ein Portnoy-Typ?«

»Ich weiß nicht ...«

»Jetzt werden Sie nicht sauer«, sagte sie. Sie schlenderte zum Stuhl, beugte sich vor und sah ihm fest in die Augen. »Ich werde uns beiden einen Gefallen tun«, kündigte sie an und zückte ein weiteres Beutelchen Gel.

Er versuchte, aus keinem besonderen Grund, sich zu rühren, und scheiterte.

»Haben Sie eine Vorstellung davon, was es mich kostet, von der Aufsichtsbehörde die Erlaubnis zu bekommen, das Magnetoenzephalogramm eines solchen Ereignisses bei einem menschlichen männlichen Versuchsobjekt zu erstellen? Vier

Jahre dauert es mindestens, bis die Sache bewilligt ist. Mit Ihrer Hilfe kann ich es in rund vier Minuten schaffen.«

»Bitte«, protestierte er ein wenig zuwenig und zu spät. »Das möchte ich nicht. Ich bin verheiratet.«

»Ich weiß«, sagte sie und quetschte sich Gel auf die Fingerspitzen der rechten Hand. »Das zeigen uns die Monitore. In männlichen Gehirnen stellt sich der Zustand als verwaschene Flecken im limbischen System dar. In dem Tiefenbereich fällt die Auflösung schlagartig ab, und wir bekommen lediglich eine graubeige Schmiere herein. Sie verrät ein starkes Reizdefizit als Folgeerscheinung einer chronisch monogamen Lebensweise, eines fundamentalen Mangels an Variation hinsichtlich Sexualpartnerinnen und sexuellen Erlebnissen. Aber es läßt sich behandeln.«

Seine Unterarme spannten sich unter den dickgepolsterten Klettbändern.

»Bei männlichen Ratten«, fügte sie heiter hinzu, »sprechen wir dabei vom ›Coolidge-Effekt‹. Ein Rattenmännchen, das gerade ejakuliert hat, zeigt eher die Bereitschaft, ein neues Weibchen zu besteigen, als dasjenige, das es gerade begattet hat, ein zweites Mal zu besteigen. Was sagen Sie dazu?«

»Ich muß darüber nachdenken ...« sagte er.

»Nur zu«, sagte sie. »Dafür sind wir hier Spezialisten.«

Sie berührte ihn behutsam, zärtlich.

»Kontrolle verloren«, stellte sie mit einem freundlichen Lächeln fest. »Ihre neuronalen Schaltungen sind phasenverriegelt. Widerstand gleich Null. Rheostaten voll aufgedreht. Sie fahren auf Servolenkung. IRQ. IRQ. IRQ. IR-KRRR. Wir haben Busverbindung zum Gameport. Ich habe direkten wahlfreien Zugriff auf das gesamte Modalspektrum von Sympathikus und Parasympathikus.«

Ihre Stimme war besänftigend und aufrichtig, eine warme Sinusschwingung im Kanal seines Rückgrats. Kühles Gel. Glatte Hand. »Ein einziger ... Streich«, murmelte sie, »und die Leitungen sind offen und alle in dieselbe Richtung geschaltet.«

Er atmete ein paarmal tief durch und betrachtete die Spitze ihrer Zunge, die über ihre Oberlippe glitt. Sie stützte sich auf die Armlehne und lehnte sich an ihn.

Sie band ihr Haar los und schüttelte es frei.

»Atmen Sie durch die Nase«, sagte sie.

Sie reckte den Kopf vor und warf einen Blick auf die Monitore. »Wir bekommen eben den Olfaktorius herein«, sagte sie.

»Es riecht gut«, sagte Watson, »aber –«

»Körper werfen Schatten«, sagte sie. »Gehirne sondern Bewußtsein ab. Aber das Bewußtsein übt kein bißchen mehr Kontrolle auf Ihr Gehirn aus, als Ihr Schatten Ihrem Körper vorschreibt, was er tun soll.«

»Schon«, sagte er. »Aber –«

»Ihre Lautgebungen, Ihre moralischen Bedenken, Ihre geheuchelten Proteste sind allesamt bloße Epiphänomene – Begleiterscheinungen, Nebenprodukte. Ihr Gehirn bemüht sich, Ihnen etwas schmackhaft zu machen, was es eigenmächtig, ohne Sie um Erlaubnis zu fragen, zu tun beschlossen hat.«

Noch immer neben ihm stehend, beugte sie sich über ihn, während ihre Hand ihn kundig auf den Orgasmus zu manipulierte. Er blickte über ihre Schulter hinweg, durch ihre dunklen Flechten, durch das Fenster der Tresorkabine, und sah, wie sich die tektonischen Platten der grafischen Darstellung seines Kopfes rot und orange färbten.

Er spürte ihr warmes Schmunzeln in seinem Ohr. Sie lehnte sich Wange an Wange an ihn und beobachtete die Monitore.

»Generalisierter Muskeltonus, perineale Kontraktionen, unwillkürliche Beckenstöße mit einer Periodizität von null Komma acht Sekunden, medialer präoptischer Kern kurz vor der Weißglut.« Sie kicherte. »Der laterale Hypothalamus bringt weitere Schaltkreise ins Spiel«, flüsterte sie. »Houston, wir haben explosionsartige Aktivitäten in den supraoptischen und paraventrikulären Kernen des Hypothalamus, daß die Neuriten nur so qualmen. Herzfrequenz steigend. Haut gerötet. Vasodilatation. Spasmen. Unwillkürliche Lautgebungen ... *Uuuund* ... Peng! Massiver Ausstoß von Oxytozin aus dem Hypophysenhinterlappen.«

Er ließ den Kopf zur Seite fallen, keuchte und stöhnte.

»Neurowissenschaft«, sagte sie. Und küßte ihn.

Zehntes Kapitel

Nicht nur war er zum Abendessen nicht dagewesen, er war auch zum Baden nicht dagewesen. Zum Abendessen war er zwei- bis dreimal die Woche nicht zu Haus, aber den abendlichen Ablutionen der Kinder nicht beizuwohnen war ein eheliches Kriegsverbrechen. Wenn in der Firma irgendwelche Codes oder nationalen Notstände eintraten, verpaßte er das Baden und bezahlte dafür teuer mit verlorener Freizeit, während der er sich bemühen mußte, unablässige Vorhaltungen der Memsahib abzuwehren. Er konnte sie oben hören, wie sie bereits die Gutenachtgeschichte vorlas. Er wußte, daß ihm ein Blick bevorstand, der älter war als die Welt – der gleiche Blick, mit dem Paläogattin Lucy und ihre Jäger-&-Sammler-Schwestern wahrscheinlich ihre urmenschlichen Gemahle bedacht hatten, wenn die liederlichen Schurken zu spät und mit magerem Resultat von der Jagd heimkehrten, ein Blick, der besagte: *Ich kenne ein paar rangähnliche Männchen, die mit halb soviel Mühe doppelt soviel Fleisch nach Haus bringen und dann ihren Feierabend der Erziehung und sittlichen Aufrüstung der Kinder widmen.*

Um die Sache noch schlimmer zu machen, war er von einem rivalisierenden Weibchen betatscht, beschnüffelt und besabbert worden und war jetzt von oben bis unten von ihrer Witterung durchtränkt. Sandra tendierte per se nicht zur Eifersucht, aber bei einigen Gelegenheiten, als ihr ehebrecherische Eskapaden gemeinsamer verheirateter Freunde zu Ohren gekommen waren, hatte Watson schon die Wölfin aus ihr hervorbrechen sehen.

»Bist du das?« rief sie nach unten, wobei ihr Tonfall zu verstehen gab, daß ihr ein Hobby-Einbrecher oder ein kompetenter Babysitter ebenso recht gewesen wäre.

»Was von mir übrig ist«, sagte Watson, von einem plötzlichen Verlangen nach kaltem Bier gepackt, worauf er sich fragte, ob dieses Bedürfnis nach einem Sedativum in flüssiger

Darreichungsform irgendwo in seinem Vorbewußten ausgebrochen war und jetzt seine Hand veranlaßte, automatisch nach der Kühlschranktür zu greifen, sie zu öffnen, die Dose aufzureißen … während andere Teile seines Gehirns diesem Impuls nichts entgegenstellten.

»Ich hab mich mit diesen Ärzten getroffen, die meinen Pflichtmandanten untersuchen wollen, dann mußte ich wegen eines Code Orange in L. A. ins Büro zurück«, rief er erklärend, wobei er den zweiten Besuch sowie den Umstand, daß ihm bei letzterem Anlaß eine hinreißende Neurowissenschaftlerin einen runtergeholt hatte, geschickt aussparte.

Das Bewußtsein der drohenden Gefahr bewirkte, daß er seinen Instinkten vertraute. Und seine Instinkte sagten ihm, daß er sich besser einen ganz anderen Grund für das Code Orange ausdenken sollte, weil eine Beschreibung des Gateway./.Mikey-Falles zu stark in das Thema Sexualverhalten gespielt hätte. »L. A. wollte und wollte uns einfach nicht von der Strippe lassen. Es ging um eine feindselige Übernahme, wir haben den ganzen Abend die Informationsdienste in Trab gehalten, nach alternativen Investoren gesucht, Möglichkeiten zu Aktienrückkäufen, Störaktionen und sonstigen Abwehrmaßnahmen ausgeheckt.«

»GIB DEN HUNDEN ZU FRESSEN«, brüllte sie und las dann weiter den Kindern vor: »›Ich kenne ein paar neue Tricks‹, sagte die Katze-in-der-Mütze. ›Eine Menge guter Tricks. Ich werde sie euch zeigen. Eure Mutter wird bestimmt nichts dagegen haben.‹«

Die Wahrheit war, daß er sich trotz Code Orange verdrückt und es Nancy Slattery überlassen hatte, die Präzedenzfälle, die er gefunden hatte, zu erläutern, während er mit fliegenden Fahnen zu Dr. Palmquist gefahren war. Und Wattle war ganz der Typ, der eine genaue Liste führte, sie zweimal überprüfte und dann in Watsons demnächst fällige Leistungsbeurteilung *unverschämt* schrieb.

Er schnappte sich das Telefon und wählte die Nummer für die Voice-Mail-Fernabfrage der Firma; die virtuelle Vermittlung teilte ihm mit, es lägen für ihn Botschaften mit einer Gesamtlänge von zwölf Minuten vor. Er schaltete auf WIEDERGABE und legte den Finger einsatzbereit auf die WEITER-Taste.

Als erster meldete sich Arthur, der von ihm einen Bericht über seine Besprechung im Neuroscience Center wollte. (Vielleicht war er selbst schon mal dort gewesen und wollte Eindrücke austauschen.) Dann fing er wieder an, auf eine Urteilsabsprache zu drängen. »Ich kenne ein paar Leute in der Bundesanklagebehörde«, sagte er. »Ich hatte Sie ausdrücklich angewiesen, mich im Falle, daß sich jemand mit einem Verhandlungsangebot an Sie wenden würde, umgehend zu informieren.«

Watson erstarrte. »Kacke!«

»Joseph!« schrie Sandra vom Obergeschoß herunter.

»Tut mir leid, San«, sagte er. Er hatte vergessen, Arthur von Harpers Anruf zu erzählen! In der Scheiße stecken war eine Sache; *er* lag darin schon volle »fünf Faden tief«.

WEITER.

Syndikus von PizzaFax, Betreff: Offenlegung von Urkunden.

WEITER.

Er hörte wieder Sandras Stimme. »Unser Fisch aber sagte: ›Nein! Nein! Schick die Katze fort! Sag dieser Katze-in-der-Mütze, daß ihr *nicht* mit ihr spielen wollt. Sie dürfte gar nicht hiersein. Sie hat hier nichts zu suchen. Sie hat hier nichts verloren, wenn eure Mutter aus dem Haus ist!‹«

Dann Wattle (mit Spike McGinnis im Hintergrund), weiter in Sachen Antrag auf beschleunigtes Verfahren. »Wie steht's mit Urteilen, die auf die Frage eingehen, ob Transsexualität – Moment«, sagte Wattle der Trottel. »Was ist er, Spike?« fragte er mit leiser werdender Stimme, als er sich vom Freisprechgerät abwandte. »Welches von beiden hat mit Kleidung zu tun?« Seine Stimme kehrte mit normaler Lautstärke zurück. »Genau, nicht die Sache mit der Kleidung, ob das andere, Transsexualität, nach dem Illinois-Gesetz als Behinderung anerkannt wird? Da wir doch zur Trans-, Trans-, was auch immer, nichts in unserem Sinne finden. Sie verstehen, was ich meine. Wären *die* rechtserheblich?«

»Nein, du dummes Arschloch!« sagte Watson. »Das haben wir schon längst in der Code-Orange-Besprechung abgehakt.«

WEITER.

»Mit wem schimpfst du da unten eigentlich?« fragte Sandra

schrill. »Hängst du schon wieder am Telefon? Würdest du solche Ausdrücke unterlassen!«

»Mit niemand«, sagte er. »Nein! Ja, ich unterlasse solche Ausdrücke.« *Statt dessen besorg ich mir eine Glock 19 Halbautomatik.*

»Hast du die Hunde gefüttert?«

Die nächste Aufzeichnung begann. »Anwalt Watson? Hier ist James Whitlow. Ich darf hier nicht lang telefonieren. Die Leitung war plötzlich weg. Ich hab nicht aufgelegt. Ich weiß nicht, ob die diese Gespräche aufnehmen oder abhören oder was, aber mir ist noch was eingefallen, was ich Ihnen sagen wollte, warum ich nicht schuldig im Sinne der Diskriminierung bin. Ich hab schon viele Afroamerikaner gesehen und viele hörbehinderte Leute, und ich hab nie versucht, die umzulegen, bis ich einen gesehen hab, der versuchte, meine Frau zu nageln. Und außerdem ist mein Junge hörbehindert, und ich hab doch auch noch nicht versucht, ihn umzubringen. Oder behaupten die, daß ich nur Leute umbringen will, die hörbehindert *und* afroamerikanisch sind? Dabei hatt ich den tauben ... ich meine, den hörbehinderten Afroamerikaner schon ein paarmal vorher gesehen und hab nie versucht, ihn umzulegen, aber die würden bestimmt sagen, das war, weil ich ihn in der Kirche gesehen hab.

Also, ich hab mit Buck geredet und 'n paar von meinen Freunden, und ich hab Ihnen wohl schon gesagt, daß wir ganz ordentlich Knete aufgetrieben haben. Egal, auch wenn Buck ordentlich Knete hat, Bucks Anwältin meint, daß ich vielleicht besser mit Ihnen als Anwalt fahr, weil's so viele Rechtstheorien über diese Haßgeschichte gibt, die man erst mal auf die Reihe kriegen muß, und nen Haufen Recherchen, was ganz schön teuer wär, und lauter Anträge und so Zeugs. Hab ich mir alles so aufgeschrieben. Und überhaupt, Buck seine Anwältin hat gemeint, daß Sie vielleicht ganz gut in so was sind, wo Sie doch im *Law Journal* sind und weil Sie in so ner großen Firma arbeiten, und außerdem wären Sie umsonst, was auch noch dazukommt. Die haben gemeint, um den Prozeß kann ich mir dann später Gedanken machen. Oder vielleicht könnten die dann einen anderen Anwalt besorgen, daß er Ihnen hilft, einen guten Strafanwalt. Und Buck und seine Anwältin haben gemeint, ich soll's nur sagen, wenn Sie irgendwelches Extrageld brauchen, für Ermittler oder sachverständige Ärzte oder sonstwas, oder daß Sie vielleicht auch selber Extrageld brauchen. Aber wenn der Staatsanwalt fragt, dann wissen wir beide natürlich, daß ich keinen müden Dollar hab. Stimmt's? Und auch wenn ich zufällig etwas Geld kriegen täte, dann würd ich hinterher vielleicht nix mehr davon wissen, von wegen dieser traumatischen Amnesie, von der wir geredet haben. Ich red und red, also egal, ich ruf morgen früh noch mal an, wenn die mich lassen.«

Watsons sechster Sinn meldete sich in Form eines Kribbelns. *»Bucks Anwältin meint, daß ich vielleicht besser mit Ihnen als Anwalt fahr«*? Idiotenalarm! Jetzt wollten sie ihn als gutmütigen Deppen für die Recherchen einspannen! *»Und außerdem wären Sie umsonst«*? »Scheiße«, sagte er und hörte von oben prompt den Fuß seiner Frau aufstampfen. *»Extrageld? Oder daß Sie vielleicht auch selber Extrageld brauchen«*?

»Noch was«, redete Whitlow inzwischen weiter, »ich krieg jetzt Pillen für die Infektion, und das Dilantin geben die mir auch. Die haben irgendwas davon gesagt, ob die die Aufzeichnungen von dem Arzt kriegen können, der mir die Sachen für die Infektion verschrieben hat, wo ich noch ... bevor die mich eingebuchtet haben. Ich find nicht, daß die die kriegen sollten, weil das nämlich Privatsache ist. Können wir denen also einfach nein sagen?

Ich hab noch mal drüber nachgedacht, wie Sie mir gesagt haben, daß Sie erst mal noch nix wissen wollen, aber trotzdem frag ich: Was würden *Sie* denn tun, wenn Sie eines Tages nach Hause kommen würden, und dann so was? Egal, ich seh Sie dann morgen.«

Watson drückte auf PAUSE und spielte dann die Aufnahme noch ein zweitesmal ab. Der andere Anwalt, das Extrageld, die ärztlichen Aufzeichnungen. Und da war's wieder – Whitlow, der ihn fragte: »Was würden *Sie* denn tun?«

Er setzte die Voice-Mail-Abfrage an der Stelle fort, wo er aufgehört hatte.

Eine Botschaft von Rachel Palmquist, deren Stimme einen neuronalen Schaltkreis aktivierte und seine Poren öffnete, so daß er im talgigen Ausfluß des Schuldigen baden konnte. Ein Spannungsstoß in seinem vegetativen Nervensystem löste gemischte kardiale Rhythmusstörungen aus. Herzklopfen und Schmetterlinge im Bauch für junge Singles; tödliches Entsetzen und Angina pectoris für Ehebrecher mit Kindern.

»Ich laufe dir nicht hinterher«, sagte sie. »Ich wollte dir nur sagen, daß ich einen Platz für deinen Mann besorgt habe. Ich hab den Leiter des Psychon-Projekts in Minnesota angerufen. Ich hab einen Termin für deinen Typ bekommen, und ich soll dich bei der Aufsetzung des Antrags auf jede erdenkliche Weise unterstützen. Was dein eigenes kriminelles Neurofunktionsprofil anbelangt, habe ich mir, direkt nachdem du weg warst, die Filme vom großen Ereignis noch einmal angeschaut. Schockpink und Neonorange, starke Magnetfelder im medialen präoptischen Kern des Hypothalamus, die für ein extrem aggressives, typisch männliches Sexualverhalten sprechen – Aufreiten, Beckenstoßen ... Ich glaube, du solltest einen Arzt bitten, sich das mal anzusehen. Wärst du damit einverstanden, daß ich zur Absicherung noch ein PET-Scan und ein Funktions-MRI durchführe? Bis dann.«

Mit glühenden Wangen hörte er wieder die Stimme seiner Frau.

»Dann kam unsere Mutter zurück, und sie sagte zu uns beiden: ›Habt ihr Spaß gehabt? Erzählt mal. Was habt ihr denn so gemacht?‹

Sollten wir es ihr erzählen? Was *sollten* wir nur tun? Nun ... Was würdet *ihr* denn tun, wenn eure Mutter *euch* fragte?«

Es war zu spät, nach oben zu gehen und pro forma seine Hilfe anzubieten. Die Schlacht ums Insbettbringen war geschlagen; die Besiegten hatten sich unter Tränen ergeben, hatten gebadet, sich die Zähne geputzt, die Waffen gestreckt und waren dem Bann der Gutenachtgeschichte erlegen. Jetzt war Papa, der Pazifist, der nichts von den Mühsalen des allabendlichen Bürgerkriegs wußte, noch gerade rechtzeitig eingetroffen, um Kriegsbeute, Gutenachtküßchen und eine Strafpredigt über den Gebrauch unanständiger Wörter in Empfang zu nehmen. Er zog es indes vor, die Post durchzusehen, und stellte dabei fest, daß einige betroffene Bürger und *Post-*

Dispatch-Leser seine Privatadresse im Telefonbuch nachgeschlagen hatten:

Sehr geehrter Herr Anwalt Watson,
ich weiß, daß es eine Unzahl von raffinierten Rechtstheorien gibt, mit deren Hilfe Sie versuchen werden, James Whitlow vor seiner wohlverdienten Strafe zu bewahren.
Anwälte vergessen leicht, daß wahre Gesetze einfach sind.
Eines davon lautet: HASS IST IMMER UNRECHT.
Ihr Mandant verdient nicht den Tod – was er braucht, ist ein LANGSAMER TOD, dem ich nur zu gern beiwohnen würde. Oder noch besser, ich könnte bei der Durchführung der Folter mithelfen, denn dann würde ich mich viel besser fühlen.
Wenn ich dereinst in den Himmel komme, werde ich über die Brüstung hinabschauen und Sie und James Whitlow in der Hölle braten sehen.
Denken Sie daran. HASS IST UNRECHT. Punkt.

Gabriel

Der nächste Brief war auf dem Geschäftspapier der Amerikanischen Vereinigung behinderter Amerikaner geschrieben und trug als Logo einen Sisyphus im Lendenschurz, der einen Felsblock einen Hang hinaufstemmte – oder vielleicht war es auch Atlas, der mit der Weltkugel auf den Schultern einen Berg bestieg.

Sehr geehrter Mr. Watson,
seit zwanzig Jahren steht mein Leben im Dienst der Interessen von Mitbürgern mit besonderen Bedürfnissen. Ich kenne den unbezwingbaren Mut und Lebenswillen der Behinderten, und ich weiß um den Haß und die Geringschätzung, die der Rest unserer Gesellschaft Menschen mit besonderen oder abweichenden Fähigkeiten entgegenbringt. James Whitlow haßt jedes und alles, was vom Phänotyp einer intellektuell unterentwickelten, extremistischen weißen Mentalität abweicht – was gleichbedeutend damit ist, daß er jeden haßt außer sich selbst und einige wenige andere tätowierte faschistoide Schlägertypen, die ihre Zeit damit zu-

bringen, in Kneipen Pool zu spielen und Menschen mit von den ihren abweichenden Fähigkeiten oder Lebenszielen zusammenzuschlagen.
Meine gehörlosen Klienten werten Mr. Whitlows vorsätzlichen Einsatz von Gewalt gegenüber einem Gehörlosen sowie seine öffentlich geäußerte Geringschätzung der American Sign Language als einen Angriff gegen ihre Kultur und ihre Selbstachtung und als eine direkte Bedrohung ihrer Existenz. Wir werden mit gleicher Post 5000 Briefe an Senator Bond und Kongreßabgeordneten Gephardt schicken, in denen diese aufgefordert werden, dafür zu sorgen, daß diese Regierung und die Bundesanklagebehörde kein anderes Urteil als die Todesstrafe akzeptieren werden.

Mit vorzüglicher Hochachtung

Amanda Wright
Vizepräsidentin
Amerikanische Vereinigung
behinderter Amerikaner

Unter der Dusche dachte er an Pontius Pilatus und Lady Macbeth, auch wenn es nicht seine *Hände* waren, die er sich gerade wusch. Anschließend pinkelte er, trank drei Gläser Wasser, schrubbte sich wieder das Gesicht ab, schnitt sich die Fingernägel, putzte sich die Zähne mit Bürste, Zahnseide und wieder Bürste, reinigte sich die Gehörgänge mit Q-Tips, pinkelte abermals und stutzte sich die Nasenhaare. Die hektische Sequenz von Reinigungsritualen trug nicht im geringsten dazu bei, seine Befleckungsängste zu beschwichtigen. Irrationale, neurotische Ängste, keine Frage. Ansteckung durch Wichsen? Ja! Was war mit den Affen und Ratten, mit denen sie ständig zu tun hatte? Er hätte sie aufhalten und darauf bestehen sollen, daß sie einen Latexhandschuh benutzte. *»Ich will nicht, daß Sie das tun, aber* wenn *Sie's tun, dann nehmen Sie doch bitte einen Latexhandschuh.«*

Als er am Bett stand, drehte er sich noch dreimal um – nach seiner Leselampe, seiner Brille, seinem Buch – und schlüpfte schließlich unter die Decke. Er verspürte den plötzlichen Drang, sein Subnotebook zu holen und die Festplatte zu defragmentieren. Mit einer neuen Utility, die er auf der Arbeit heruntergeladen hatte, einen Virus-Scan durchlaufen zu lassen. Den Videotreiber mit einer Beta-Version, die gerade herausgekommen war, upzudaten. Aber er hatte seinen Rechner im Auto gelassen. Nichts als Ärger, wenn er ihn jetzt holte. Sie würde sich wahrscheinlich in der Zwischenzeit eine Schußwaffe besorgen.

Also starrte er statt dessen an die Zimmerdecke und versuchte, sich als ein komplexes Tier zu begreifen, als entfernten Verwandten Chams, als Organismus, ausgestattet mit einem Gehirn, das den Stolz und die Krönung der ganzen Evolution darstellte, ein biochemisches Wunderwerk, das im Laufe von Jahrhunderten neurodarwinistischen Kampfs ums Dasein immer mehr vervollkommnet und darauf programmiert worden war, alles irgend Nötige zu tun, um seine Gene zu schützen und an die nächste Generation weiterzugeben. Das ist es, dachte er, ich bin eine männliche biologische Kraft. Menschenweibchen können, wenn's hochkommt, ein Kind pro Jahr produzieren; so ziemt es sich für sie, bei der Auswahl ihres Begattungspartners kritische Strenge walten zu lassen. Männchen aber wird jeder erdenkliche evolutionistische Anreiz geboten, sich mit der größtmöglichen Anzahl attraktiver Weibchen zu paaren und die größtmögliche Schar von Nachkommen zu zeugen.

Mit anderen Worten: Der Ehebruch war, biologisch gesprochen, eine absolut sinnvolle Einrichtung, und Watson erfüllte lediglich seine genetische Pflicht, wenn er einer schönen Gehirnwissenschaftlerin nachstieg. *Gib nicht mir die Schuld, Schatz! Knöpf dir Darwin vor und mach* ihn *zur Sau!*

Aber Augenblick mal, dachte er beschwichtigend. Das war doch alles wieder nur eine seiner Überreaktionen. Halb unfreiwillig einen runtergeholt zu bekommen sollte Ehebruch sein? Ein *Vorspiel* zum Ehebruch vielleicht. Ganz gewiß kein Geschlechtsverkehr. »Petting« hätten die Nonnen das genannt. Ein pubertäres Vergehen, sicher schlimmer, als über die Abendglocke hinaus auszubleiben, aber kein Ehebruch. Keine Todsünde.

Die Worte seines Vaters hallten ihm wieder in den Ohren: *»Bist du bereit, einer einzigen Frau treu zu bleiben?«*

Er erinnerte sich an einen sehr realistischen Traum, den er in unregelmäßigen Abständen immer wieder hatte: Er schlief mit ... na ja, nicht Sandra. Einer früheren Freundin, einer Sekretärin, einer Unbekannten. Und im Moment des Erwachens schlug der Traum in einen Alptraum um, denn während dieser Zeitspanne von vielleicht dreißig Sekunden wußte er und erinnerte sich qualvoll klopfenden Herzens, daß er seiner Frau viele, viele Male untreu gewesen war, erinnerte sich an einzelne Episoden, an exakteste Details. Aber aufgrund seiner morbiden katholischen Angst vor dem Ehebruch hatte er die Erinnerung an diese Verfehlungen aus seinem Bewußtsein verdrängt. Nur die periodisch wiederkehrenden Alpträume gewährten ihm einen Einblick in seine wahre animalische Natur. Während dieser sehr kurzen Phasen des Aufwachens erblickte er sein wahres Selbst und fühlte sich ... Wie formulierte es der abtrünnige Katholik Jimmy Joyce noch mal: »So war er also auf die Stufe eines Tiers gesunken, das sich nach dem Fleisch die Lefzen leckt.« (Und das von einem Kerl, der sich einbildete, er sei gerade dabei, geistgeschmiedete Ketten abzuwerfen?)

Bislang hatte Watson immer wieder aus diesen hartnäckigen Alpträumen aufwachen und im tröstlichen Wiedererkennen der realen Welt tief aufatmen dürfen. *Es war nur ein Traum gewesen!* Er war noch immer ein guter, treuer Ehemann. Konnte er sich das *jetzt* noch sagen? Vielleicht nicht. Jetzt mußte er sich mit irgendwelchen fadenscheinigen Rationalisierungen über den angeblichen Selektionswert des Ehebruchs begnügen.

Bald würde im breiten Bett neben ihm ein zweites komplexes Tier mit hochentwickelten sprachmotorischen Fähigkeiten liegen. Als sie sich auf die Bettkante setzte, machte er einen Satz. Sie trug ein anderes Satinhemdchen, diesmal ein rosenblütenpinkfarbenes. Sie hackte wiederholt auf den Einstellknopf ihres Radioweckers.

»Du bist dran, wenn sie aufwachen«, sagte sie kurz angebunden. »Im Kühlschrank steht ein Fläschchen. Vergiß nicht, ihm die Windeln zu wechseln, sonst ist das Bett wieder naß.«

Immer noch wütend, weil er sich verspätet hatte? Aber warum dann das Hemdchen? Und nicht das übliche Baumwoll-T-Shirt? Hatte sie es einfach wahllos aus dem Schrank gegriffen? Oder war sie in Stimmung? Schon wieder? Das wäre nicht gut gewesen, denn was, wenn er nicht so schnell wieder konnte? Oder was, wenn seine von Schuldgefühlen zerrütteten Nerven ihn daran hinderten, zu –? Was, wenn er nein sagte? Sie würde argwöhnisch werden. Zuerst sehr spät nach Haus kommen, und dann ein solches Angebot ablehnen? Ihr Mann, Joe Watson? Sie würde nicht argwöhnisch werden, sie würde *Bescheid wissen.*

»Arthur hat angerufen«, sagte sie gereizt, als sie unter die Decke schlüpfte. »Habe ich's schon gesagt?«

»Nein«, sagte er, plötzlich atemlos. »Was wollte er denn?«

»Er hat dich gesucht«, sagte sie. »Wo warst du?«

»Wann?« fragte Watson. »Ich war bei den Gehirnleuten. Dann war ich wieder in der Firma. Ich war wahrscheinlich noch da; er hat mich nur nicht gefunden. Das wäre nicht das erste Mal.«

»Er hat gesagt, daß du nicht da warst. Er hat's mit dem Communicator versucht. Und mit dem Pager.«

»Dann war ich im Krankenhaus. Ich mußte den Communicator wegen der Strahlung und der Magnetfelder im Arztzimmer zurücklassen.«

Sie stieß einen langen, abgrundtiefen Seufzer aus.

»Ich koche kein Abendessen mehr, wenn du mich nicht bis spätestes vier Uhr anrufst und mir versicherst, daß du allerspätestens um halb acht zu Haus bist.«

»Einverstanden«, sagte er. »Sobald dieser Pflichtfall ausgestanden ist, bin ich jeden Abend um sieben zu Haus.«

Sie war ganz eindeutig sauer und nicht in Stimmung, was ihn einigermaßen erleichterte. Aber Arthur? Rief ihn zu Haus an? Um sich darüber aufzuregen, daß er ihm nicht von Harpers Anruf erzählt hatte? Und das Hemdchen machte ihn weiterhin nervös. Was, wenn sie noch in Stimmung *kam*? Dann würde er parat liegen. Da gab's nur einen Ausweg. Einen riskanten, keine Frage. So tun, als sei *er* in Stimmung, solange sie noch motzig war, und darauf vertrauen, daß sie ihm einen Korb geben würde – wie sie es immer tat, wenn sie stinkig war, weil er sich verspätet hatte.

Er wriggelte eine Hand hinaus und legte sie auf ihren Oberschenkel.

»Mir ist nicht danach«, sagte sie.

Uff.

Sie wandte sich mit einem Ruck von ihm ab und hackte wieder auf allerlei Radioweckerknöpfe ein.

»Arthur treibt mich zum Wahnsinn«, sagte Watson. »Das ist schlimmer als goldene Handschellen, es ist eher wie gefesselt und geknebelt sein. Er ist die reinste Vogelspinne. Er hat meine Innereien in einen flüssigen Brei verwandelt, er schlürft mir meine Eingeweide aus.«

Ein weiterer Seufzer ihrerseits erfüllte die Luft mit giftigen Ausdünstungen. »Vielleicht könntest du ein paar von diesen PizzaFax-Golfnachmittagen ausfallen lassen und dafür ein bißchen was arbeiten?«

»Geht nicht«, sagte er bitter. »Die sind Pflicht.«

Mit einemmal fühlte er sich wie Raskolnikow nach dem Axtmord. Er hatte es zugelassen, daß eine Gehirnforscherin ihm einredete, das *Gewissen* sei so etwas wie ein rudimentäres Organ, ein evolutionäres Merkmal, das im Kontext einer dörflichen Gesellschaft seinen Sinn gehabt hatte, aber in der modernen Welt keinerlei nützlichen Zweck mehr erfüllte. Wie immer hatte Shakespeare recht behalten, und das Gewissen war zu einem Hindernis geworden, das jeden Mann, der's sich bewahrte, zu einem Bettler machte. Gut zu leben bedeutete, sich selbst zu vertrauen und ohne es auszukommen.

Er hatte Jahre edlen, unermüdlichen Fleißes darin investiert, sich Heim und Familie aufzubauen, nur um alles für ein schmuddeliges kleines Abenteuer bedenkenlos aufs Spiel zu setzen.

Zum Totlachen. Und jetzt?

»Also, wie verfahren wir jetzt mit diesem Pflichtfall?« fragte sie. »Schaffst du ihn dir vom Hals?«

»Kann ich momentan noch nicht«, sagte er. »Die Anklage will die Todesstrafe beantragen.«

»Weil er schuldig ist, oder?« fragte sie. »Deswegen will der Staatsanwalt die Todesstrafe. Es ist nicht so, daß er unschuldig wäre.«

»Okay, er hat wahrscheinlich den Mann getötet«, sagte Watson. »Aber ich glaube nicht, daß er das vorsätzlich getan hat. Ich glaube nicht, daß es böse Absicht –«

Sie schnitt ihm mit einer verächtlichen Grimasse das Wort ab und kehrte ihm wieder den Rücken zu. »Er hat einen Schwarzen ›Nigger‹ genannt und ihm in die Brust geschossen, aber es war keine böse Absicht? Ist das jetzt eine von diesen juristischen Theorien, die du dir zusammendenkst, nachdem du wochenlang Fälle aus dem Computer gelesen hast? Ich habe nicht zwei Jahre lang bei diesem Steuerberater gearbeitet und dich durch das Jurastudium geschleppt, damit du minderbemittelte Rassisten verteidigst. Ich denke, du solltest schleunigst tun, was Arthur dir gesagt hat.«

»Arthur ist nicht sein Anwalt«, sagte Watson.

»*Ach nein?* Dann soll ich also den Leuten erzählen, du bemühst dich, einen Haßmörder freizubekommen, sehe ich das richtig?«

»Er kommt nicht frei«, sagte Watson und dachte: *Schön wär's!* Er wäre schon der neue Star-Anwalt der Stadt, wenn er es auch nur schaffte, weniger als lebenslänglich herauszuschlagen – aber *Freispruch* ...!

Er schloß die Augen und hörte im Geist noch einmal die telefonische Botschaft seines Mandanten ab. »*Oder daß Sie vielleicht auch selber Extrageld brauchen?*« Die Frechheit von dem Kerl war nicht zu überbieten. Und wieder die andere Frage: »*Was würden* Sie *denn tun?*« Langsam hatte Watson genug davon, und er schwor sich, daß er die Frage das nächstemal beantworten würde. Er legte sich die Antwort schon mal im Kopf zurecht.

Was ich tun würde? Ich würde mir sagen: Ich mache gerade eine extreme Ehekrise durch ... Ich verspüre den fast unüberwindlichen Impuls, meine Frau nebst ihrem Reserve-Lebensabschnittsgefährten, einem behinderten Afroamerikaner, über den Haufen zu schießen. Ich erwäge den schwerstmöglichen Verstoß gegen die Gesetze von Kirche und Staat: die Zerstörung von Menschenleben – ein ernstzunehmendes kriminelles Verhalten mit einschneidenden lebenslänglichen rechtlichen Konsequenzen. War auf Ignatius High, in der Klasse über mir, nicht ein Typ, der jetzt bei Stern, Pale & Covin arbeitet, der besten Anwaltsfirma der Stadt? Na klar doch, Joe Watson! Ich werde jetzt meine Waffe wieder sichern und den alten Joe anrufen.

Sobald ich Joe erreicht hätte, würden wir ein wenig von alten Zeiten plaudern, und dann würde Joe mich umgehend an den Spezialisten für Familienrecht der Firma verweisen, Drath Blutarski, Esq. Drath' Ratschlag würde sein, die Alternative »Mord« noch einmal zu überdenken. Mord, würde er mir wahrscheinlich erklären, kann in der Tat eine wichtige erbrechtliche Vorsorgemaßnahme oder ein nützliches Instrument zur außergerichtlichen Beilegung ehelicher Zwistigkeiten darstellen. Allerdings erfordert Mord aufgrund gewisser kleinlicher – sowohl nichtkodifizierter als auch kodifizierter – Verbote fast immer eine sorgfältige Planung sowie nicht unerhebliche Ausgaben im Zusammenhang mit der Beauftragung sachverständiger Dritter. Hatte ich diese technischen Probleme, nach einem Beratungsgespräch mit meinem Anwalt und einer ersten unverbindlichen Kontaktaufnahme mit besagten Sachverständigen, bereits gründlich durchdacht? Nein? Drath' Ansicht würde sein, daß die impulsiv gefaßte Entscheidung, Mord als mögliche Konfliktlösungsstrategie einzusetzen, den Klienten fast immer unnötigen rechtlichen Sanktionen aussetzt, die vom Entzug der amtlichen Fahrerlaubnis bis hin zu Geldbußen oder sogar Freiheitsstrafen reichen können.

»Denken wir doch einmal nach«, würde Drath sagen. »Worum geht es uns hier eigentlich? Ich kenne Sie zwar nicht besonders gut, aber ich spüre doch einen gewissen, zumindest momentanen Wunsch nach Rache – dessen Befriedigung Sie, sofern Sie sich für Mord als Ihren Modus operandi entscheiden, ganze zwei bis drei Minuten lang auskosten würden. Und dafür eine Freiheitsstrafe riskieren? Ersparen Sie sich das Gefängnis«, würde Drath weise raten. »Sorgen wir dafür, daß die beiden jahrelang Entsetzliches ausstehen müssen, während Sie und ich nicht vom Buchstaben des Gesetzes abweichen.«

Sobald er für die sachkundige Entsorgung der Schußwaffe gesorgt hätte, wäre alles reine Routine. Drath würde wahrscheinlich noch einen kurzen Anruf tätigen und mich dann an die firmeneigenen Assistenzanwälte für Familienrecht verweisen, die mir in klaren, numerierten Schritten auseinandersetzen würden, wie genau vorzugehen sei.

1. Hüten Sie sich, Ihre Kenntnis von der Affäre in irgendeiner Weise zu verraten.

2. Beauftragen Sie einen Privatdetektiv, Ihnen mit einem Teleobjektiv Fotos von Ihrer Frau und deren afroamerikanischem Freizeitgefährten zu beschaffen, wie sie gerade Ihr eheliches Glück entweihen. Wenn sich keine Fotos beibringen lassen, beauftragen Sie jemanden, den beiden vor seinem Haus hinten reinzufahren, und besorgen Sie sich eine Kopie des polizeilichen Unfallberichts mit deren beider Namen.

3. Sobald Sie die Fotos oder den Polizeibericht haben, räumen Sie alle gemeinsamen Konten leer und lassen Sie sich die Einlagen bar auszahlen. Kündigen Sie alle gemeinsamen Kreditkartenkonten und weisen Sie die jeweilige Bank an, die Abschlußrechnung ihr *zuzusenden.*

4. Entscheiden Sie, welches Auto Sie nehmen wollen, und entfernen Sie dann aus dem anderen alle Funktelefone und sonstigen wertvollen elektronischen Geräte. Schaffen Sie alles aus dem Haus, was nicht niet- und nagelfest ist und einen Wert von mehr als $ 500 besitzt – ausgenommen ihre Schmucksachen und etwaige Familienerbstücke.

5. Nehmen Sie den Jungen und ziehen Sie nach Texas, wo Familienheime von der Zwangsvollstreckung ausgenommen sind und in Dingen wie Unterhaltszahlungen und eheliche Untreue noch eine sehr traditionelle Rechtsauffassung herrscht. Transferieren Sie Ihr Geld ins Ausland und verteilen Sie es auf ein paar Nummernkonten; stecken Sie den Rest in das neue Haus, das nach texanischem Gesetz dem Zugriff jeden Gläubigers – einschließlich Ihrer künftigen Exgattin – entzogen ist.

6. Reichen Sie die Scheidung ein und beantragen Sie das Sorgerecht für den Jungen.

7. Beantragen Sie die gerichtliche Anordnung einer medizinischen und psychologischen Untersuchung des Jungen. Sobald er durch die fachmännische Unterstützung des Gerichtspsychologen und des Experten für Amnesiereversion sein psychisches Belastungssyndrom überwunden hat, könnte er sich möglicherweise daran erinnern, daß der Afroamerikaner einmal durch sein Verhalten den Eindruck erweckt hatte, als wolle er ihn sexuell mißbrauchen, oder er könnte ihm Drogen angeboten und anzügliche Äußerungen fallengelassen haben – vermutlich in Gebärdensprache. Oder behaupten Sie, der Typ habe Ihre Frau und Ihren Sohn mit Hilfe wahnhafter

Gedankengebäude der Gehörlosenkultur einer Gehirnwäsche unterzogen. Es ist eine längere Angelegenheit, aber wenn man sie richtig aufzieht, könnte jemand von der Staatsanwaltschaft durchaus auf den Gedanken kommen, sie oder den Afroamerikaner des Kindesmißbrauchs anzuklagen.

8. Sorgen Sie dafür, daß Sie das Sorgerecht für den Jungen zugesprochen bekommen.

9. Bringen Sie den Anwalt Ihrer Frau dazu, im Austausch gegen einen äußerst großzügigen Vermögensausgleich unter namentlicher Einbeziehung von Vermögenswert A, B und C auf jegliche Unterhaltszahlung zu verzichten. Sobald Sie ihre Unterschrift dazu haben, melden Sie unverzüglich den Konkurs nach Abschnit sieben an, womit Sie automatisch von fast allen Verbindlichkeiten entbunden sind, nicht aber von der Verpflichtung zu Unterhaltszahlungen an den geschiedenen Ehegatten entbunden wären, sofern dieser nicht, wie in Ihrem Fall, bereits darauf verzichtet hätte.

Resultat: Anstatt mich der Firma Smith & Wesson zu bedienen, hätte ich mich von Stern, Pale & Covin beraten lassen. Anstatt, wie Sie, am Rande des Abgrunds zu taumeln und einem Leben im Gefängnis oder dem Tod durch die Giftspritze entgegenzublicken, würde ich mit meinem Jungen in Texas auf meiner Terrasse sitzen und grillen. Der kleine Bursche würde die örtliche Gehörlosenschule besuchen und lippenlesen lernen, der Afroamerikaner säße in Untersuchungshaft, die Ehefrau wäre mittellos und am Ende. Und alle wären glücklich und zufrieden.

Das *würde ich tun.*

Elftes Kapitel

Arthurs telefonischer Anpfiff vom vorigen Abend ließ ihm zwei Möglichkeiten zur Auswahl: Er konnte früh ins Büro, um Vergebung betteln und, sich der Übermacht beugend, Whitlow dazu bringen, das Angebot der Staatsanwaltschaft anzunehmen; oder er konnte eine Stunde länger schlafen, auf dem Weg zu Whitlow in der Firma anrufen und eine direkte Konfrontation vermeiden. Er entschied sich für letzteres. Er wartete auf der Abbiegespur in einer Blechlawine von Laduer Pendlern, sah sich geputzte und geschniegelte Insassen von schönen Autos auf dem Weg zu ihren Büros an und war sich ziemlich sicher, daß er der einzige Pendler war, der aus beruflichen Gründen bald in einem Hochsicherheitsbesuchszimmer einem Mörder gegenübersitzen würde.

Wie sollte er Whitlow von Harpers Halsabschneiderangebot erzählen? Angenommen, er riet ihm, nicht darauf einzugehen, und die Geschworenen befanden ihn in allen Punkten für schuldig? Die Erklärung würde dann ein wenig bemüht ausfallen. »James, Kumpel! *Nie im Leben* hätte ich damit gerechnet, daß es so ausgehen würde! Myrna Schweich hatte gesagt, sie würden nie und nimmer einen Weißen dafür auf den Stuhl schicken, daß er einen Schwarzen erschossen hat, der mit seiner Frau im Bett lag.«

Statt Arthur bekam er Arthurs Anrufbeantworter an die Strippe.

»Arthur, Joe hier«, sagte Watson, während er den Honda auf die innere Umgehungsstraße manövrierte. »Hab Ihre Nachricht gestern erst am späten Abend gekriegt. Ich ... wenn's Ihnen recht ist, seh ich heute gegen halb elf, elf bei Ihnen vorbei, sobald ich aus Des Peres zurück bin. Was Mr. Harper angeht, er hat mich gestern gegen Abend angerufen« – *gelogen, es war früher Nachmittag, jedenfalls noch Nachmittag* –, »ich habe versucht, Sie zu erreichen, aber Sie waren ... offenbar gerade am Telefon.« *Dreiste Lüge!* »Ich treffe mich heute morgen mit Mr. Whitlow, um ihm das Angebot der Staatsanwaltschaft mit meiner entsprechenden Empfehlung auszurichten.« *Der Empfehlung, es abzulehnen, heißt das, oder hatte er sich möglicherweise unklar ausgedrückt?* »Ich werde ihm auch empfehlen, in Dr. Palmquists neuropsychologische Tests einzuwilligen, und dann komme ich direkt ins Büro. Natürlich werde ich die ganze Zeit Handy und Communicator bei mir haben«, *und wenn die Akkus dabei zufällig ihren Geist aufgeben sollten, kann ich nichts dafür.*

Vielleicht hatte er einfach einen Fehler gemacht, dachte Watson, einen von der Art, wie normale Leute ihn machen dürfen, weil man ihnen kein Anfangsjahresgehalt von hundert Riesen zahlt, damit sie keine Fehler machen. Bislang schienen derlei Ausrutscher immer nur dann vorzukommen, wenn er für Arthur arbeitete – möglicherweise, weil er unbewußt rebellierte. *»Ich kenne ein paar Leute in der Bundesanklagebehörde.«* Das Timbre von Arthurs Stimme ließ ihm noch in der Erinnerung die Haarwurzeln kribbeln. *»Das folgende möchte ich nicht noch einmal sagen müssen: In dem Augenblick, in dem sich jemand mit einem Angebot an Sie wendet, will ich davon erfahren. Verstanden?«*

In der County-Strafvollzugsanstalt Des Peres saß wieder dieselbe übergewichtige Schwarze an ihrem Computer in der oktagonalen Einfriedung aus Stahlgitterwänden; sie hatte ein neues Arrangement von Zöpfchen, deren Perlen diesmal in anderen Farben prangten – Siena, Fuchsie, Indigo, Zyklame und Mauve –, und ein neues Spiel Microsoft Hearts auf dem Bildschirm. Einen neuen Bildschirmhintergrund hatte sie auch noch: ein Kente-Stoffmuster, in dem die Silhouette des afrikanischen Kontinents wasserzeichenartig durchschimmerte. Die Frau hatte ein untadeliges Stil- und Farbgefühl, was mit ein Grund dafür sein konnte, warum ihr jeder Sinn für eine Tätigkeit abging, die sie an eine so triste Umgebung kettete.

Diesmal hielt sie es nicht für nötig, ihn zur Kenntnis zu nehmen. Sie spielte die letzten drei Herzkarten aus, die sie auf der virtuellen Hand hatte, und sagte »Scheiße«, als Software-Gegenspielerin Tern mit der Neun über ihre Sieben ging und den letzten Herzstich einsackte. »Deine Mama verdient sich ihr Geld im Liegen«, giftete sie den Monitor halblaut an.

Watson versuchte, durch ein Räuspern ihre Aufmerksamkeit zu erregen. Sie klickte zurück zum Arbeitsplatz und dann in ihre Datei.

»Name?« sagte sie.

»Joseph Watson«, sagte er.

»Gefangener?« Sie hackte auf die Tabulatortaste, beugte sich vor und stülpte die Lippen um das lippenstiftverschmierte Ende eines Trinkhalms, der aus einer Cola-Dose hervorlugte.

»James Whitlow.«

Ein kurzer Ausbruch stenotypistischer Aktivität, dann starrte die Frau ausdruckslos auf ihren Bildschirm und rollte einen Bollen violetten Kaugummis zwischen Zunge und goldgefüllten Schneidezähnen hin und her.

»Nicht da«, sagte sie, zog den Kaugummi wieder ein und quetschte ihn zwischen den Backenzähnen zusammen.

»Wie bitte?« sagte Watson. »James Whitlow. Ich habe vorgestern zusammen mit ihm in dem Raum da gesessen. Der Gefangene heißt James Whitlow. W-H-I-T-L-O-W.«

Der Kaugummi kam wieder zum Vorschein und dehnte sich unter dem Druck ihrer Zunge zu einer violetten Blase. Watson beobachtete, wie sie sich langsam aufblähte – hier und da mit Schüppchen und Krümeln abgeblätterten rosenfarbenen Lippenstifts übersprenkelt –, bis sie mit einem gedämpften Knall zerplatzte. Die Frau öffnete den Mund, und während sie den Namen ein zweitesmal eingab, schob sich eine muskulöse Zunge hervor und schabte die Fetzen detonierten Kaugummis ringsum von ihren Lippen ab.

»W-H-I-T-L-O-W«, sagte sie – mit einem besonderen, extra für ihn angeschlagenen Ton. Dann starrte sie auf den Bildschirm. »Nicht da«, sagte sie wieder und warf ihm von unten herauf einen einzigen kurzen Blick zu, der ihm zu verstehen gab, daß sie nicht beabsichtige, sich weiter für ihn als Tippse zu betätigen.

»Mein Gefangener ist nicht hier«, sagte Watson. »Na schön, ich vermute, das bedeutet, daß man ihn – was? Verlegt hat? Hingerichtet hat?«

Die Frau runzelte leicht die Stirn und schenkte ihm einen weiteren Blick, diesmal des Inhalts, die gesprächstherapeutische Behandlung seiner psychischen Störungen gehöre nicht zu ihren dienstlichen Obliegenheiten. Sie rückte ihre erfreuliche, staatlich geförderte Leibesfülle in ihrem Stuhl zurecht, starrte ihn an und wartete geduldig darauf, daß er endlich die Klappe hielt und verschwand.

»Ich bin der Verteidiger Mr. James Whitlows, der sich unter Mordanklage hier in Untersuchungshaft befindet. Wenn mein Mandant sich nicht mehr hier aufhält, möchte ich gern wissen, wo er sich aufhält, und dann möchte ich ihn so bald wie möglich sprechen.«

Die Frau schüttelte langsam den Kopf und starrte ihn mit dem trägen Blick einer weidenden Kuh durch das Drahtgitter an. Eine eingehendere Musterung ergab, daß sie ihn in der Tat wahrzunehmen, ja möglicherweise sogar mit einem gewissen flüchtigen Interesse zu beobachten schien, als ob seine Fähigkeit, sich über derlei Quisquilien wie den Aufenthaltsort eines Untersuchungsgefangenen zu echauffieren, eine seltene und faszinierende Persönlichkeitsstörung darstellte – nichts, was sie zu irgendwelchen Aktivitäten verleiten würde, versteht sich, aber doch eine interessante Einlage in dem ihr ansonsten täglich gebotenen langweiligen Schauspiel menschlicher Entartung.

Watson verspürte einen fast unwiderstehlichen Drang, die CONFIG.SYS-Datei ihrer Persönlichkeit zu öffnen, die Zeile, die ihre nicht zu erschütternde Indifferenz verursachte, auszuREMmen und sie dann neu zu booten. Aber ihr bidirektionaler Datenaustausch erfolgte über die unsichere organische Schnittstelle sogenannter normaler menschlicher Interaktion, und so hatte er keinen Zugriff auf ihre Systemdateien. Jammerschade.

»Mein Mandant, bitte«, sagte er, schaltete auf Warte-Modus und beobachtete, wie eine weitere Blase an ihren Lippen explodierte.

Sie ließ den Kaugummi noch ein paarmal zwischen Zunge und Zähnen hin und her rollen und betrachtete Watson mit einem Ausdruck vagen Argwohns. Der violette Gummibollen zog noch ein, zwei Runden durch ihre Mundhöhle, woraufhin sie zu dem Schluß gelangte, die jüngsten Ereignisse könnten möglicherweise den Einsatz verbaler Mittel erforderlich machen. Sie tat einen tiefen Atemzug, verlagerte abermals ihr Gewicht und sprach dann: »Reggie.«

Auf der anderen Seite der maschendrahtverstärkten Plexiglasscheibe zog ein breiter, stiernackiger Mann in Uniform seinen kürbisförmigen Kopf aus einem Aktenschrank und schlenderte in den achteckigen Käfig.

»Ist ein Anwalt«, sagte sie, Watson, das erträgliche Ärgernis jenseits der Absperrung, nicht aus den Augen lassend. »Fragt nach nem Gefangenen, der dem Marshals Service überstellt worden ist.«

»Da kann ich Ihnen leider nicht helfen, Sir«, sagte der Mann fröhlich. »Wenn die erst mal beim U.S. Marshals Service sind, kriegt vierundzwanzig Stunden lang kein Mensch was über die raus. So sind die Bestimmungen. Sie können ruhig den Marshals Service anrufen, wenn Sie möchten, aber die werden Ihnen auch nix anderes sagen.«

»Den ... Marshals Service anrufen«, wiederholte Watson blöde. »Wollen Sie damit sagen, die haben ihn irgendwo anders hingebracht?«

Die Frau stieß ein leises Zischen aus, dann streckte sie eine violett beschichtete Zunge heraus und fing an, eine weitere Blase zu formen.

»Na schön«, sagte Watson und sah hilflos von ihr zu dem lächelnden Uniformierten. »James Whitlow ist nicht hier, und der Marshals Service hat ihn woanders hingebracht?«

Die Frau schüttelte ungläubig den Kopf, wandte sich wieder ihrem Bildschirm zu und klickte mit ihrer Maus etwas so weit nur irgend möglich von Watson Entferntes an.

»Muß nicht unbedingt sein«, sagte der Mann. »Sehen Sie, er ist dem Marshals Service überstellt worden. Sobald das passiert, wissen wir nix mehr von ihm. Er könnte mit den Marshals noch hier sein, er könnte mit den Marshals in Kalifornien sein, er könnte mit den Marshals bei Gericht sein, oder er könnte mit den Marshals auf dem Mond sein. Ganz zu schweigen davon, daß die Marshals ihn irgendwohin gebracht und jemand anders überstellt haben könnten. Was wir damit sagen wollen, ist, daß wir, sobald er dem Marshals Service überstellt worden ist, vierundzwanzig Stunden lang keinerlei Informationen über ihn liefern können. Das sind die Bestimmungen.«

Watson sah von Ms. Microsoft Hearts zu Reggie, der noch

immer aufrichtig lächelte und ihn mit einem Blick ansah, der klar besagte: »Ist das nicht ne bekloppte Welt, in der wir leben? Aber wir müssen uns schließlich alle an irgendwelche Spielregeln halten.«

Watsons Gehirn war darauf gedrillt worden, gegen bekloppte Bestimmungen anzugehen, aber dazu mußte er zunächst die für die bekloppte Bestimmung verantwortliche bekloppte Stelle oder Behörde kennen. War das eine interne Gefängnisbestimmung? Eine städtische Verordnung? Eine Richtlinie der Regierung? Ein Staatsgesetz, ein Bundesstatut? War das etwas, was das Oberste Bundesgericht in die US-Verfassung hineingelesen hatte? Wahrscheinlich ein Produkt der Doktrin von der ursprünglichen Intention. Sonnenklar. Die Väter der Nation hatten nicht gewollt, daß man sich nach jemandem erkundigte, der dem Marshals Service überstellt worden war.

Wenn seine Aufgabe, wie Myrna Schweich gemeint hatte, darin bestand, dafür zu sorgen, daß die Staatsanwaltschaft ihren Job tat, dann entledigte er sich ihrer einstweilen mit eher kläglichem Erfolg. Er starrte in den Käfig, dann durch die armierte Plexiglasscheibe tief in die Eingeweide des eigentlichen Gefängnisses und begriff, daß das Strafrecht als eigenständiger Studiengang und Berufszweig eingestuft werden sollte. Was hatte die Einkerkerung gewalttätiger Zeitgenossen mit irreführenden Aussagen auf einem Wertpapierprospekt zu tun? Was hatte Mord mit der Analyse von möglichen Copyrightverletzungen gegen »Anthrax Avenger« zu tun?

Da versuchte er, als Strafverteidiger aufzutreten, und schaffte es nicht einmal, seinen Mandanten ausfindig zu machen. Das Spiel war zu schwierig, und es gab keine Pull-down-Menüs für »Optionen« oder »Ansicht« oder »Einstellungen« oder »Eigenschaften«, anhand deren er eine ihm gemäßere Sachlage hätte konfigurieren können.

Er bedachte Ms. Microsoft Hearts mit einem verzweifelt-flehentlichen Blick.

»Tschüs«, sagte sie, ohne die Augen von der Pik-Zwei zu wenden, mit der Terri das neue Spiel eröffnet hatte.

Mit hängendem Kopf schlurfte er zu seinem Honda zurück. Highway 40 war verstopft – sein Auto saß im Stau fest, seine Gedanken in einem Morast aus Ennui mit Einsprengseln von Panik. Er wählte seine Büro-Voice-Mail-Nummer und fand eine Botschaft von Myrna Schweich, Prozeßanwältin und große Schwester in Sachen Strafrecht.

»Na, wie geht's dem Lieblingshaßtäter der Stadt? Tut mir leid, daß ich Sie neulich so kurz abgefertigt habe. Es war ein Notfall. Mit Betonung auf *war*, übrigens. Ich hab meinem Typ gesagt, er sollte besser im Gefängnis bleiben. Er hat gesagt, mein Job sei, ihn aus dem Gefängnis rauszuholen, und hat mich gefeuert. Er hat sich einen anderen Anwalt genommen, der ihn auch prompt aus dem Gefängnis rausgeholt hat. Und jetzt? Ist er tot. Also hab ich Zeit. Mary Whitlows Vergewaltigung-Schrägstrich-Affäre klingt mit jeder Lektüre komischer. Rufen Sie mich an.«

Watson versuchte, sie über den Communicator zu erreichen, und bekam das Besetztzeichen, was bedeutete, daß sie auf beiden Leitungen gleichzeitig sprach und ihre Empfangssekretärin auf der dritten. Harpers Anruf hatte ihn die Furcht vor der Bundesjustiz gelehrt. Er sollte sich zu einem öffentlichen Kommentkampf mit einem Stellvertretenden Bundesanwalt treffen – einem erfahrenen Profi, der sowohl die Fakten als auch die Gesetze auf seiner Seite zu haben schien. Derweil hatte sich der Arbeitgeber seines Gegners – die Bundesregierung – irgendwie mit seinem Mandanten abgesetzt. Sein Instinkt als kleiner Associate in einer großen Firma riet ihm, den Rat eines Seniorpartners einzuholen, aber das würde für ihn Arthur bedeuten, für Whitlow ein Schuldbekenntnis und für beide lebenslänglich – wenn in Watsons Fall auch nur bildlich, im Gefängnis des Gewissens abzusitzen.

Bislang war der einzige Mensch auf Watsons Seite eine übergeschnappte überwältigende Gehirnspezialistin mit einem Faible für Affensex und Neuromasturbation. Sein Honda kroch in einer Kontinentalverschiebung von Verkehr millimeterweise vorwärts, bis irgendwann die Ausfahrt Clayton auftauchte, dieselbe, die Watson damals immer genommen hatte, wenn er … zu Myrna Schweich gefahren war! Die große Schwester in rebus criminalibus. Da war sie! Er brauchte nichts anderes zu tun, als rauszufahren und ihr einen Besuch abzustatten. Arthur erwartete ihn zwar, aber wenn er auf dem Highway 40 blieb, würde er sowieso noch gut eine Stunde bis in die Stadt brauchen. Was sprach dagegen, zu einer kurzen Strategiebesprechung runterzufahren und dann eine andere, schnellere Route ins Zentrum zu nehmen?

Myrnas Kanzlei befand sich in einem schlichten kastenförmigen Zweigeschoßbau in Clayton, der ansonsten Zahnarztpraxen, kleinere Inkassobüros und ein Sammelsurium von Solo-Selbständigen mit einem gemeinsamen Pool von Empfangs- und Bürosekretärinnen beherbergte. Watson begrüßte Tilly, Myrnas Empfangssekretärin, die ihn daraufhin bei Myrna anmeldete und nach hinten in die Stätte seiner sentimentalen Erinnerungen durchwinkte: das Büro, in dem er seine erste Revisionsbegründung aufgesetzt hatte.

»Anwälte für Haßtäter!« sagte sie. »Joey, Sie fehlen uns.«

Myrna Schweich lehnte sich in ihrem Drehstuhl zurück und versuchte, ihre Nikes auf den Schreibtisch zu legen, aber ihre Beine waren zu kurz, und so öffnete sie statt dessen eine der unteren Schreibtischschubladen und legte die Füße *da*rauf. Ein lavendelblaues Stirnband hielt ihr orangefarbenes Haar zurück und rahmte ein Gesicht voller Sommersprossen ein. Ihr Kleinmädchenmund war in einer No-Future-Farbe geschminkt, die sich nicht ganz zwischen Hämatomviolett und schwarze Galle entscheiden konnte. Schwarze Bauchtänzerinnenhosen hingen ihr von den Beinen herab, und an ihrem schwarzen T-Shirt prangte, über und unter ihren Brüsten, in weißen Blockbuchstaben die Message: FUCK ART, LET'S DANCE.

»Aha? Sie wollen nicht für mich arbeiten, weil Ihre Frau scharf auf das große Geld ist. Und jetzt kommen Sie auf Händen und Knien angekrochen und wollen heiße Tips? Wie schmeckt das Geld in der City? Das Geld ist gut, aber es kostet einiges, stimmt's? Hatte ich's Ihnen nicht gesagt?«

Wie jeder gute Strafverteidiger beherrschte sie die Kunst, die seelische Verfassung ihres Gegenübers von seinem Gesicht abzulesen; sie wußte bereits, warum er gekommen war.

»Schulden sind mein Naturgesetz«, sagte er. »Meine Weltanschauung, meine Bedürfnishierarchie, meine *raison d'être*.

Geld verdienen nützt nichts. Es wird ausgegeben. Mir steht ein Bonus ins Haus. Schon jetzt ausgegeben.«

»Ich kenne ein paar ausgezeichnete Anwälte für Konkursrecht«, sagte sie. »Ich glaube, Sie brauchen einen von diesen Finanzpsychologen.«

Nachdem sie den detaillierten Bericht von Harpers Anruf angehört hatte, trank sie einen Schluck aus ihrem soundsovielten vormittäglichen Heineken, prokelte dann aus einem Päckchen Gitanes zwei Zigaretten heraus und schob ihm eine über den Schreibtisch zu. Sie hob einen kleinen Keramikschädel auf, der griffbereit auf ihrem Schreibtisch gestanden hatte, und drückte ihm auf das Nasenseptum. Über der Fontanelle erschien eine blaues Flämmchen. Sie hielt ihre Gitane daran und paffte.

»Es wird vielleicht keinen besonderen Trost für Sie bedeuten«, sagte sie, »aber Harper arschtretenderweise durch das Bundesbezirksgericht zu treiben gehört zu meinen leichteren Übungen, und ich wär dazu noch imstande, wenn ich beinamputiert und in einen Rollstuhl geschnallt wäre.«

Seine Augen leuchteten auf. »Wollen Sie den Fall haben?«

Ihre Augenbrauen zogen sich fast zu einem orangefarbenen X zusammen. »Ohne Bezahlung? Joey, wir hatten doch grade erst vom Geld geredet! Mal abgesehen davon – wenn der Angeklagte sich einen tollen Strafverteidiger nimmt, sagen sich die Leute prompt: ›He, der hat offenbar einen tollen Strafverteidiger *nötig*.‹«

Sie reichte ihm ein schwitzendes Heineken, schob ihm wieder die Gitane zu und verpaßte dem Schädel einen Schwung, daß er auf seine Seite des Schreibtisches schlitterte. Ihre Fingernägel waren schwarz lackiert und mit warzenartigen weißen Farbklümpchen übersät. Watson bemerkte auf der Schädeldecke den halbkreisförmig um die Düse verlaufenden reliefartigen Schriftzug: RAUCHEN MACHT SCHLANK.

Myrna stieß genüßlich einen Schwall Rauch aus und sah, daß er ihre Nägel, ihr T-Shirt, ihren hämatomfarbenen Lippenstift, ihr Heineken betrachtete. »Bin letzte Nacht nicht mehr nach Haus gekommen«, sagte sie und hob bei der Erinnerung an eine Geschichte, die zum Erzählen zu lang sein mochte, die Augenbrauen. »Berittene Bullen haben uns um drei Uhr früh aus Laclede's Landing rausgetrieben, Hände im Nacken und vornübergebeugt. Die sind mit Tränengas auf mich los. Ich bin eine zugelassene Anwältin, und die gehen mit Tränengas auf mich los, während ich zahlende Mandanten bewirte.

Sehen Sie mich an«, sagte sie und legte sich die Fingerspitzen an die Schultern, links und rechts vom FUCK ART, »ich bin eins fünfzig mit Absätzen. Ist es nötig, mit Tränengas auf mich loszugehen? Was ist das hier, der Platz des Himmlischen Friedens? Wer bin ich denn, Rodney King auf Crack? Ich hab schon die Hälfte dieser Bullen bei Gericht ins Kreuzverhör genommen – deswegen haben die das überhaupt nur gemacht. Könnten Sie mir nicht ein paar schöne fette Wirtschaftsverbrecher besorgen, von der Sorte, die im Bellerive Country Club Golf spielt?«

»Ich bin auf dem Weg in die Stadt«, sagte er. »Gestern war ich in diesem Gehirninstitut, und jetzt sucht eine Neurologin für mich nach einem möglichen psychischen Defekt.«

»Das ist vernünftig«, sagte sie mit emphatischem Kopfnicken. »Ich hatte von jeher auf einen psychischen Defekt getippt. Das würde erklären, warum Sie zu so einem Laden wie Stern, Pale gegangen sind. Sie haben einen Dachschaden. Das hab ich immer schon gewußt.«

»Also, auf Dachschäden würde *ich* nicht mit Fingern zeigen«, sagte Watson, »besonders wenn ich schwarzlackierte Nägel hätte. Wie dem auch sei, dann wollte ich also meinen Mandanten besuchen, und er ist nicht mehr da. Er scheint weg zu sein. Oder nicht weg – ›dem Marshals Service überstellt‹«, äffte er die Microsoft-Hearts-Dame nach.

»Sie verlegen ihn«, sagte Myrna. »Vielleicht in Einzelhaft. Vielleicht ins Krankenrevier. Vielleicht in ein anderes Gefängnis. Warten Sie vierundzwanzig Stunden ab, dann werden Sie's erfahren.« Sie breitete die Finger der rechten Hand fächerartig aus, polierte ihre schwarzen Nägel an ihrem T-Shirt und warf einen Blick auf ihre Armbanduhr. »Halten Sie sich die forensische Psychoneuropuppe warm, besonders wenn sie, wie Sie sagen, nichts kostet. Aber an Ihrer Stelle würde ich mir eher Gedanken darum machen, daß ich ein paar respektable Hirnklempner von der normaleren Sorte und einen guten Ermittler an Land ziehe. Haben Sie einen Ermittler?«

»Meinen Sie, so einen Privatdetektiv?« sagte Watson und dachte: *Wie interessant, wie spannend, wie im Fernsehen!* »Meinen Sie, Jack Nicholson?« fragte er. »Jay Gittes in *Chinatown?*«

»Heilige Scheiße«, sagte sie. »Das ist hier keine Beratung, das ist juristischer Katastrophenschutz. Ausgabe von juristischen Survival-Kits.« Sie zog einen Marker aus ihrem Stifthalter und reichte ihn ihm. »Warum schreiben Sie sich nicht gleich H-I-L-F-E auf die Stirn? Jetzt verziehen Sie sich an Ihren Computer und komponieren für Richter Stang ein paar schicke Schriftsätze über das unveräußerliche verfassungsmäßig garantierte Grundrecht des Menschen, im häuslichen Schlafzimmer Haßtaten zu begehen, und ich besorge Ihnen derweil einen Ermittler. Das hier ist kein Übungsfall, Freundchen. Das ist ein gottverdammter Prozeß. Richter Stang ist Kaiser Nero, Mike Harper ist der Löwe, und Sie und Ihr kleiner rassistischer Kumpel sind butterzart weichgeklopfte Christen. Sie können meinen Ermittler geliehen haben. Gemäß hiesigen Bestimmungen wird Ihnen das Gericht die Unkosten bis zu einer Höhe von zwanzig Stunden à sechzig Dollar erstatten. Fällt unter Zusatzartikel sechs. Ich werde ihn auf die Krankenwagenbesatzung und die Nachbarn ansetzen. Was ist mit den CID-Jungs, die als erste am Tatort waren? Haben Sie ihre Namen?«

»CID?« fragte Watson.

»Criminal Investigation Division«, sagte Myrna unter Aufbietung all ihrer geringen Geduld. »Die Sache ist doch auf einem Army-Stützpunkt passiert, stimmt's? Irgendwo in Süd-Missouri? Diese Typen kriegen eher den Halleyschen Kometen zu sehen als den Schauplatz eines Mordes. Ich würde darauf tippen, daß ein paar neunzehnjährige MP-Bubis durch die ganze Wohnung gestapft sind und blutige Mordwaffen aufgelesen und sich die Finger an der Reizwäsche des Mädels abgewischt haben, bevor ein Staff Sergeant am Tatort eingetrudelt ist.«

»Okay«, sagte Watson. »CID. Sonst noch jemand?«

»Zeugen? Nachbarn? Notärztliches Personal? Coroner?«

»Augenblick«, sagte Watson. »Augenblick. Whitlow wollte, daß ich mit einer Nachbarin rede. Warten Sie mal.« Er holte eine Mappe aus seinem Aktenkoffer und blätterte durch braune Aktendeckel und Computerausdrucke. »Lucy Martinez. Nachbarin, zwei Türen weiter. Er wollte, daß ich mit ihr rede und herausfinde, ob einer seiner Freunde sein Auto aus dem Fahrzeugverwahrhof holen könnte. Ein gewisser Buck?«

»Buck?« fragte Myrna. Sie klang besorgt und tat dann so, als sei sie's nicht. »Was wissen wir sonst noch über Buck?«

»Irgendein Freund von ihm. Sind zusammen in irgendeinem Verein.« Er betrachtete sie, wie sie die Asche von ihrer Zigarette abstreifte. »Warum?«

»Nur so«, sagte sie schnell. »Klang nur irgendwie komisch. Ich meine, warum sollte sich jemand, dem die Todesstrafe droht, Gedanken um sein abgeschlepptes Auto machen?«

»Na ja«, sagte Watson, »jetzt macht er sich jedenfalls keine Gedanken mehr darum, denn wie es scheint, hat dieser Buck etwas Geld aufgetrieben.«

»Tatsächlich«, sagte sie.

»Deswegen will er sich vielleicht selbst einen Anwalt nehmen. Aber ich glaube, er macht sich keine richtige Vorstellung davon, wieviel ihn das wirklich kosten würde.«

»Und bis Sie den Fall los sind, müssen Sie sich wie ein guter Anwalt verhalten«, sagte sie.

»Eben«, sagte Watson. »Was soll ich also tun?«

Sie reichte ihm einen Bleistift und einen Notizblock.

»Sie brauchen Fakten. Sie brauchen die FBI-Vordrucke 302. Das sind Berichte, die FBI-Agenten nach jeder Zeugenvernehmung einreichen müssen. Sie brauchen die Berichte des Coroners, des Leichenbeschauers, der Vergewaltigtenberatung, den Autopsiebericht, das Ergebnis der ballistischen Untersuchung. Achten Sie darauf, daß Sie *sowohl* den Einweisungsbericht von der Notaufnahme *als auch* den Befund der Vergewaltigtenberatung bekommen. Die Notärzte meinen gewöhnlich, daß die Frau es darauf angelegt hat oder daß sie es in Wirklichkeit selbst wollte, während die Mädels vom Trauma-Management grundsätzlich den Standpunkt vertreten, daß jeder sexuelle Kontakt, der übers Händchenhalten hinausgeht, eine Vergewaltigung darstellt.

Enthält die Akte zur Zeit schon irgendwelche Aussagen der Notärzte oder Rettungssanitäter? Lektion Nummer eins: Rettungssanitäter sind aufmerksame, objektive Beobachter von Opfern, Tätern und Tatorten. Die besten Augenzeugen und bisweilen auch die ersten, die am Tatort eintreffen. Hinzu kommt, daß sie absolut immun gegen den Horror sind, der die Wahrnehmung des durchschnittlichen Zeugen angesichts von Blut, Verstümmelung und Tod beeinträchtigt. Nichts bringt sie aus dem Gleichgewicht. Alle anderen sind am Kotzen, und die Rettungssanitäter machen Beobachtungen. ›He, Billy Bob, guck dir das mal an, der hat keine Hosen an, und sein Schwanz liegt da drüben unter der Waschmaschine. Womit sie das Ding wohl abgehackt hat?‹

Wer hat die Beweisstücke eingesammelt? Welche Namen stehen auf den kleinen Aufklebern, und welche Namen kommen in den Berichten vor? Normalerweise sammeln vier oder fünf Blödmänner die Beweise ein, und der Intelligenzbolzen, der imstande ist, sich seine Story zu merken, unterschreibt die Berichte. Auf die Art können sie der Staatsanwaltschaft statt vier unzuverlässiger Zeugen einen gutaussehenden College-Burschen liefern, der sich bei seiner Aussage nicht verheddert und fünf Verhandlungen am Tag schafft, ohne auch nur aus der Puste zu kommen. Wir brauchen die *unzuverlässigen* Burschen. Wer hat aufgeräumt, nachdem die Bullen den Tatort freigegeben und die Militärverwaltung wieder rangelassen haben? Hausmeister, Blockbetreuer, Umweltstrategen? Wie die bei der Army auch heißen mögen – wir wollen mit ihnen reden.«

Watson unterbrach sein besessenes Mitkritzeln nur, um gelegentlich einen Schluck aus seiner Flasche Heineken zu nehmen.

»Das meiste davon können Sie dem Ermittler überlassen. Aber da werden Sie Ihren öffentlichen Zuschuß ziemlich schnell aufbrauchen.«

Myrnas Telefon gab zwei Triller von sich.

»Andererseits brauchen Sie schon gutes Beweismaterial, wenn Sie diese Scheißstaatsanwälte Gottesfurcht lehren wollen. Wenn die loslegen, müssen *Sie* Sachen rausholen können, daß die sich dreimal um sich selbst drehen und sich in die Hose pissen.« Sie las die Nummer des Anrufers auf dem Display und hob ab.

»Hallo, Schätzchen. Nein, aber heute abend kommt Mami nach Haus. Und ich bring auch Eiscreme mit. Ich hab dich auch lieb. Geht Nana mit dir zum Spielplatz? Das ist brav. Mami hatte gestern abend zu arbeiten, mußte Leuten mit furchtbar vielen Problemen helfen. Na ja, eigentlich Leuten, die furchtbar viele Probleme *hatten*, bis ich ihnen geholfen hab, aber jetzt muß ich mich trotzdem noch mit ihnen unterhalten für den Fall, daß sie mal wieder furchtbar viele Probleme haben. Du bist ein Engelchen. Ich hab dich auch lieb. Tschüs.«

Sie legte auf.

»Mein Ermittler bekommt normalerweise achtzig die Stunde und ist jeden einzelnen Penny davon wert. Er heißt Dirt. Wie Dreck.«

»Dreck?

»Er schafft mir den Dreck bei. Er sagt, ich behandle ihn wie Dreck, er kostet weniger als Dreck, und so weiter. Dirt ist gut. Ein Eins-a-Ermittler. Wie gesagt, das Gericht wird sechzig Dollar die Stunde übernehmen, bis zu einem Maximum von, glaube ich, zwanzig Stunden«, sagte Myrna nachdenklich und nickte dann. »Für den Rest werd dann eben ich irgendwie aufkommen.« Sie lächelte. »Und Sie? Vielleicht können Sie mir irgendwann auch mal unter die Arme greifen, hm?«

»Das ist die andere Sache«, sagte Watson. »Jetzt meint Whitlow, er könnte etwas Geld auftreiben, aber er bildet sich ein, er könnte sich von mir umsonst verteidigen lassen, während er das Geld für Sachverständige und Ermittler ausgibt. Ich habe ihm erklärt, daß das nicht geht.«

»Klingt jedenfalls, als wär er ein cleveres Kerlchen«, sagte sie. »Ich würd mir keine allzu großen Gedanken über seine Finanzlage machen, solange nicht wirklich jemand mit einem Barscheck aufkreuzt. Und wenn das passiert, greifen Sie einfach zu.«

»Sonst noch was, Boss?« fragte er.

»Die Ehefrau«, sagte sie.

Watsons Gedanken kehrten augenblicklich zum vergangenen Abend zurück. Quasi-Ehebruch. Er hatte seine Frau, die Mutter seiner Kinder, semibetrogen. Er war die männliche Entsprechung einer *demi-vierge*, eines Mädchens oder einer Frau, die der Unkeuschheit und dem häufig wechselnden manuellen Verkehr frönt, sich aber ihre Jungfräulichkeit bewahrt.

»Sandra möchte, daß ich mir den Fall vom Hals schaffe«, sagte er. »Sie und Arthur sollten zusammenziehen. Dann könnten sie Mama und Papa spielen und mir mit noch mehr Autorität vorschreiben, was ich tun soll.«

»Nicht *Ihre* Frau«, sagte sie grinsend. »*Seine* Frau. Die Ehefrau Ihres *Mandanten.*« Sie nahm sich eine weitere Gitane aus dem Päckchen und zündete sie mit dem Yorickschädel-Feuerzeug an. Sie schwang ihre kurzen Beinchen wieder auf die Schreibtischschublade, paffte an der Gitane und dachte laut nach.

»Okay«, sagte sie. »Am Tatort behauptet Frauchen, ein guter Bekannter sei im Begriff gewesen, sie zu vergewaltigen, und ihr Mann habe den Betreffenden in Notwehr getötet. Kaum ist sie bei der Vergewaltigtenberatung angekommen, ändert sich ihre Geschichte. Warum? Weil ihr Mann sie bedroht und genötigt hatte, am Tatort zu lügen? Vielleicht. Aber sie weiß auch eins: Wenn sie bei der Vergewaltigung bleibt, wird man sie nach Spuren von Sperma, Haar, Textilfasern, nach Blut und Gewebeläsionen untersuchen – also ändert sie ihre Geschichte. Jetzt ist es auf einmal eine Affäre, aber sie hatten noch gar nichts gemacht, sie bereiteten sich erst darauf vor, es zu machen, als Ku-Klux-Jimmy auf dem Plan erscheint.«

»Da ist aber noch etwas«, sagte Watson. »Harper behauptet, er würde mir Ausdrucke aus dem TTT-Gerät des Opfers schicken. Das ist so eine Spezialtastatur, mit der sich Taubstumme über die Telefonleitung miteinander schriftlich unterhalten können. In ihrer letzten Botschaft an das Opfer hat sie was in der Art gesagt wie ›Ich möchte nur mit dir allein sein‹, und daß James in Nevada sein würde.«

»Ernsthaft?« fragte Myrna. »Wie's aussieht, hat Freund Jimmy den Flieger nach Nevada verpaßt und ist statt dessen im Todestrakt gelandet.« Sie paffte wieder. »Ich weiß nicht«, sagte sie nachdenklich. »Eines steht inzwischen zumindest fest. Mary Whitlow *kann* lügen. Sie hat es wenigstens einmal getan, und sie hat ihre Sache gut gemacht, als es darauf ankam. Sehen wir doch mal, was Dirt für Sie ausgräbt.«

Wieder in seinem Büro, wählte Watson Arthurs Nummer und bekam seine Sekretärin, Marcia, ans Telefon. »Ist er beschäftigt?« fragte er in einschmeichelnd verschwörerischem Flüsterton.

»Hängt davon ab«, sagte sie. »Möchten Sie, daß er beschäftigt ist?«

»Danke«, sagte Watson. »Sie sind meine Zeugin. Ich habe angerufen.«

Noch mehr Post. Es ermutigte ihn, festzustellen, daß nicht alle Bürger von Saint Louis ihn für einen miesen geld- und publicitygeilen Winkeladvokaten hielten. Wenigstens *einen* Fan hatte er:

Sehr geehrter Mr. Watson,
ich bin sicher, daß Sie wegen der wichtigen Arbeit, die Sie wegen der Verteidigung Mr. James Whitlows gegen die sogenannten Haßgesetze der Bundesregierung leisten, vielfältigen Anfeindungen ausgesetzt sind. Wie Sie und Ihre Kritiker indes wissen sollten, haben bahnbrechende wissenschaftliche Studien nachgewiesen, daß die Schwarzen, sobald sie sich um mehr als zehn bis zwanzig Grad in nördlicher Richtung vom Äquator entfernen, schwere psychische Verwirrungserscheinungen an den Tag legen, bedingt durch den Umstand, daß sich die drastische Veränderung der Polarität der Erde störend auf die magnetischen Eigenschaften bestimmter wichtiger zellularer Bestandteile ihres Gehirns auswirkt.
Und hier erst, auf 35 Grad nördlicher Breite? Was kann man da schon anderes erwarten, als daß ein Schwarzer sich einbildet, er könnte mit einer verheirateten weißen Frau schlafen, nur weil sie sich momentan in einem psychisch oder emotional geschwächten Zustand befindet?
Sollten Sie gelegentlich Zweifel an der Richtigkeit Ihres Tuns hegen, erlauben Sie mir, Ihnen zu versichern, daß wenigstens ein Mensch mit sehr hohem IQ, der sich zudem gründlich mit der Materie auseinandergesetzt hat, Ihr Handeln gutheißt und täglich für Sie betet.

Mit freundlichen Grüßen,

Kyle Whitcomb, M.A. Genetik,
Experte für hybride Rassen

Der schwache Trost, wenigstens einen – wenngleich offenkundig dementen – Anhänger zu haben, wurde von Brief Nummer zwei sofort wieder zunichte gemacht. Mußten die Dinger unbedingt immer paarweise kommen? Wie Tiere, die auf die lecke Arche der beruflichen Zukunft stapften, die er sich aufzubauen versuchte?

> Sehr geehrter Herr Anwalt Watson,
> anscheinend sind Sie die Verkörperung der unerträglichen Weißigkeit des Böseseins. Sie sind kalt, nordisch, weiß und besitzen keinerlei Menschlichkeit: nichts, was auch nur entfernt an eine menschliche Regung erinnerte. Die Griechen – Weiße! – stahlen den Ägyptern Philosophie, Logik und Mathematik und pervertierten dann diese urafrikanischen Wissenschaften und bedienten sich ihrer, um den Sklavenhandel und die Gaskammern zu erfinden. Vielleicht brauchen wir ein besseres Raketensystem, mit noch mehr großen weißen Penissen, die in den Himmel ragen? Und jemanden wie Sie als Verteidiger des Unternehmens, das sie hinstellt?
> Es ist endlich an der Zeit, sich auf die Segnungen der freiheitlich-demokratischen Lynchjustiz zu besinnen.
>
> Adam Africa
> O'Fallon, Missouri

Watson wählte die Nummer des Marshals Service und hinterließ eine Voice-Mail mit der Bitte um Rückruf. Dann loggte er sich ein, klickte das Icon des Internet-Providers der Firma an und rief zwei Suchmaschinen auf, die jede für sich mindestens fünfmal so leistungsfähig waren wie der von der Firma abgesegnete Kinderkram, mit dem sich die anderen Anwälte behelfen mußten. Sie erschienen auf dem Bildschirm als grafische Darstellungen von Roboterspinnen, deren Bäuche Doppelreihen von weißen Eingabefeldern für die Suchbegriffe enthielten. Er nannte die eine Spinne »Rachel« und fing an, Textstrings in die Suchmasken einzugeben: *Rachel Palmquist, Neurowissenschaft, Psychon-Projekt, Gage Institute, Gewalt, kriminell, Gehirn, forensisch, Neuropsychologie, Neuropsychiatrie, Scanning*. Er programmierte beide Spinnen darauf,

Web, WELL, ECHO, Usenet, FidoBit, BITNET und sogar AOL und CompuServe zu durchsuchen. Er befahl ihnen, kleinere Suchmaschinen als Helfer zu rekrutieren und diese das Internet gleichfalls nach denselben Suchkriterien abgrasen zu lassen. Binnen weniger Minuten würden die Suchmaschinen mit ihrer Liste von Fundstellen zurückkehren. Die zweite Spinne nannte er »Haß«, dann öffnete er ihr Suchmasken-Abdomen und tippte: *Haß-Äußerung, freie Meinungsäußerung, Erster Zusatzartikel, Diskriminierungstat, strafverschärf.!, Strafsache (Wisconsin./.Mitchell), Bundesrecht+Todesstrafe.* Nach diesen Begriffen hatte er schon WESTLAW abgesucht und eine ganze Wagenladung Fachzeitschriftenartikel und Urteilsbegründungen gefunden – die üblichen pyrotechnischen Begleiterscheinungen einer überkochenden Zusatzartikel-eins-Diskussion. Was er jetzt brauchte, waren die Reaktionen der Medien auf diese Fragen, die politischen Implikationen von Gesetzen, von denen er bis vor einer Woche nicht einmal gewußt hatte, daß sie überhaupt existierten.

Bis dahin hatten sich seine Recherchen größtenteils auf die unterschiedlichen Arten von Antidiskriminierungs- und Haßtatgesetzen bezogen: wie sie funktionierten, ob sie eine verfassungswidrige Einschränkung der Gedanken- oder Meinungsfreiheit bedingten, ob sie so vage in ihrer Formulierung waren, daß sie es völlig dem Ermessen des jeweiligen Staatsanwalts überließen, von Fall zu Fall zu bestimmen, welche Straftat von Haß oder Voreingenommenheit begleitet gewesen war und welche nicht. Die Gesetze sahen *dann* verschärfte Strafen vor, wenn nachgewiesen werden konnte, daß der Angeklagte sein Opfer bewußt aufgrund von dessen Rasse, Hautfarbe, Religion, Abstammung, nationaler Herkunft, Behinderung oder sexueller Präferenzen ausgewählt hatte. Mit dem Problem, wie man es wohl anstellen sollte zu beweisen, daß jemand eine Straftat aufgrund der Rassenzugehörigkeit des Opfers oder aufgrund der eigenen rassistischen Gesinnung begangen hatte, konnten sich dann die zuständigen Gerichte herumschlagen.

Symbole, Äußerungen, Bandenabzeichen, Zugehörigkeit zu bestimmten Vereinigungen und – oha! – Tätowierungen machten in solchen Fällen den Großteil des verwerteten Beweismaterials aus, was auch der Grund dafür war, daß die Verteidigung sich in der Regel als allererstes auf Zusatzartikel eins berief. Hatte Whitlow gemäß Zusatzartikel eins das verfassungsmäßige Recht gehabt, das N-Wort zu benutzen, während er einen Afroamerikaner erschoß? Nein. Aber es verstieß möglicherweise gegen die Verfassung, wenn die Staatsanwaltschaft den Versuch unternahm, seine Bekanntschaften, seine persönlichen Überzeugungen, seine Lektüre, ja vielleicht sogar seine Tätowierung als Beweismittel heranzuziehen. Denn anders als die am Tatort gefallene Äußerung konnten all diese Dinge durchaus durch den ersten Zusatzartikel und die Garantie der Versammlungsfreiheit geschützt sein.

Wie Minderheitengruppen zu ihrem Leidwesen hatten erfahren müssen, wurden dieselben Gesetze, die vorgeblich zu ihrem Schutz verabschiedet worden waren, durchaus auch *gegen* sie angewandt. Eine von Klanwatch durchgeführte Studie hatte gezeigt, daß fast die Hälfte aller während eines Zeitraums von drei Jahren aufgrund von Rassenhaß verübten Morde auf das Konto von Schwarzen gingen – die nur zwölf Prozent der US-Bevölkerung ausmachten: eine Statistik, die man in einem *Post-Dispatch*-Artikel über Whitlow kaum antreffen würde. Wahrscheinlich verübten Schwarze auch nicht mehr Haßtaten als Weiße – nur wurden sie von Polizisten und Staatsanwälten, die zu entscheiden hatten, was eine Haßtat sei und was nicht, eben häufiger einer solchen beschuldigt und angeklagt.

Die ersten Antihaßgesetze griffen das Haßproblem *direkt* an, indem sie verbale oder symbolische Äußerungen von Haß – wie das Verbrennen von Kreuzen etwa oder das Anbringen von Hakenkreuzschmierereien oder das Tragen von weißen Spitzkappen und Laken mit Gucklöchern – unter Strafe stellten. Das Oberste Bundesgericht erklärte diese Gesetze aber für verfassungswidrig, weil sie es unternahmen, Worte oder Gedanken strafrechtlich zu verfolgen. Wenn man auf die Wand einer Synagoge ein Friedenssymbol pinselte, bekam man eine Bewährungsstrafe wegen mutwilliger Sachbeschädigung; wenn man ein Hakenkreuz malte, zehn Jahre gemäß Haßmotivationsbestimmung. Im Jargon der Zusatzartikel-eins-Gesetzgebung waren die ersten Haßtatgesetze nicht *inhalts-*

oder *standpunktneutral*. Ein Kinderspiel für den Verteidiger. Das war im Jahre 1993.

Anstatt also verbale und physische Äußerungen von Haß per se für strafbar zu erklären, *verschärften* die einzelstaatlichen Gesetzgeber die Strafen für Vergehen und Verbrechen – unbefugtes Betreten, Sachbeschädigung, Körperverletzung, Mord –, die *durch Haß motiviert* oder aufgrund des geschützten Status des Opfers oder der gehässigen Gesinnung des Täters verübt worden zu sein schienen. Nach den neuen Gesetzen war Haß für sich genommen also kein Verbrechen mehr, doch er konnte einem ohne weiteres eine Verdopplung oder Verdreifachung des Strafmaßes einbringen.

Viele Kommentatoren wandten ein, dies sei eine Unterscheidung ohne sachlichen Unterschied. Als wollte man junge Leute, die ihren Einberufungsbescheid verbrannten, wegen Brandstiftung anklagen. In ihren Augen waren die neuen Strafverschärfungsgesetze nichts anderes als geschickte juristische Winkelzüge, die letztlich auch nichts anderes bezweckten, als unpopuläre Gedanken zu bestrafen und verletzende Äußerungen zu unterdrücken, ohne formell mit dem ersten Verfassungszusatz in Konflikt zu geraten. Wie eine Autorität, Susan Gellman, es im Titel eines juristischen Fachartikels so knapp und treffend formulierte: »Stock und Stein brechen dir das Bein – aber können Beleidigungen dir das Genick brechen?« Andere sahen in der Absicht, einen rassistischen Mörder doppelt so streng wie einen »normalen« zu bestrafen, keinen Widerspruch zur Verfassung; schließlich, argumentierten sie, bestraft die Gesellschaft einen vorsätzlichen Mord ja auch weit strenger als einen während einer Kneipenschlägerei von einem Betrunkenen verübten Totschlag. Dagegen wiederum wandten manche ein, der *Vorsatz* lasse sich unschwer durch Feststellung und Bewertung der äußeren Umstände und der der Tat voraufgehenden Handlungen nachweisen (hat der Angeklagte dem Opfer »aufgelauert«, hat er die Tat geplant, hat er anderen von seinem Vorhaben erzählt?); der Nachweis eines bestimmten *Beweggrundes* erfordere hingegen eine Reise in die Psyche des Angeklagten (war er am Verhungern und brauchte das Geld des Opfers, hatte er unbewußt eine autoritäre Vaterfigur angegriffen, weil er als Kind mißhandelt worden war, bereitete ihm Gewalt Vergnügen, haßte er das Opfer, weil dieses häßlich war? – entschuldbarer Haß, der sich nicht auf die Höhe des Strafmaßes auswirkt –, oder haßte er das Opfer, weil dieses weiß war? – verwerflicher Haß, der eine verschärfte Strafe rechtfertigte).

In der Regel bestand das Beweismaterial in am Tatort gemachten Äußerungen oder in Symbolen – brennenden Kreuzen, Hakenkreuzen oder, in wenigstens einem Fall, einem Schweinskopf. Ein Schornsteinfeger aus Long Island hatte sich an Rosch Ha-schana mit seiner jüdischen Freundin gezankt, sich betrunken und im Suff einen Schweinskopf durch das Panoramafenster des Eigenheims der orthodoxen Familie des Mädchens geschmissen. Die Spezialeinheit für die Untersuchung von Diskriminierungsverbrechen von Nassau County hatte über ein Jahr lang erfolglos ermittelt, bis sich der betrunkene, schweinskopfschmeißende Schornsteinfeger schließlich selbst gestellt hatte. Ein Detective stufte seinen dummen Streich als Haßtat ein, weil »er gewußt« habe, »daß die Opfer koscher lebten«.

Watson klickte den SpiderMaster an und programmierte ihn darauf, Boolesche Konnektoren abzugleichen, was ihn so lange beschäftigt hielt, bis die zwei Spinnen namens Haß und Rachel mit vierzig handverlesenen Hits pro Bauch zurückkehrten.

Arthur erschien an der Tür. *Schluck.*

»Ich war gerade auf dem Weg zu Ihnen«, sagte Watson.

»Wir werden in einer halben Stunde bei Richter Stang erwartet«, sagte Arthur grimmig, sein Ton ein düsterer Zweiklang von Wut und ... Besorgnis? »In der Kammer«, fügte er wichtigtuerisch hinzu.

»Warum werden wir bei Richter Stang erwartet?« fragte Watson, ohne die Ruhe zu verlieren, obwohl dies in der Tat nach einem üblen Omen aussah. Sogar Watson wußte, daß Richter Stang so gut wie niemanden – mit Sicherheit keine Anwälte – »in der Kammer« empfing. Er beschränkte seine Audienzen auf öffentliche Verhandlungen oder Durchlauftermine, was ihm die Möglichkeit gab, die Anwälte vor ihren Mandanten und den Vertretern der Gegenseite zu demütigen.

»Warum *wir* bei Richter Stang erwartet werden?« wiederholte Arthur ätzend, wobei in den Tiefen seiner Netzhaut ein reptilisches Funkeln aufzuckte, als säßen hinter seinen Augäpfeln, in einem Nest aus neuronalem Gewebe zusammengeringelt, zwei züngelnde Nattern, zum Angriff bereit. »Wahrscheinlich weil Richter Stang ein unzureichend sedierter Psychopath ist«, sagte er. »Ich hatte versucht, einen Termin bei ihm zu bekommen. Statt dessen habe ich von seiner Assistentin die schriftliche Mitteilung erhalten, der sehr ehrenwerte Richter lehne es ab, zum Fall Vereinigte Staaten gegen Whitlow gehörende Angelegenheiten zu erörtern, sofern nicht der prozeßbevollmächtigte Anwalt des Angeklagten zugegen ist.« Arthur warf ihm einen Blick von *noch* ophidischerem Gleißen zu. »Und das sind *Sie*.«

Die Spinne namens Rachel kehrte zurück, piepte die beiden Anwälte vom Monitor aus an, klappte ihr segmentiertes Abdomen auf und führte die URLs vor, die Watsons Suchanfrage ergeben hatte. Die Arachnide namens Haß war noch auf der Jagd.

»Was ist das?« fragte Arthur, mit einer Grimasse zum Bildschirm gewandt. »Ein Spiel?«

Watson versuchte, Zeit zu gewinnen. »Das ist eine Spinne«, sagte er, vorübergehend außerstande, mit einer deskriptiveren Erklärung aufzuwarten. »Eine Suchmaschine.« Wie konnte man diesem senilen Ludditen, diesem technologischen Säugling, die Zukunft begreiflich machen? Arthurs Füllfederhalter, seine auf Hadernpapier aufgesetzten Skripte und sein Diktaphon waren wie Keulen, mit denen ein Neandertaler gegen Luft-Boden-Raketen anzugehen versuchte. »*Was das ist!?*« hätte Watson gern entgegnet. »*Das ist eine aktive Sun-Microsystems-Arbeitsstation, die über eine faseroptische Breitband-Standverbindung die jüngste (vor nicht einmal einer Woche heruntergeladene) Beta-Version von Red HotJava laufen läßt und parallel dazu eine Beta-Version eines Programms namens ArachnoManiac einsetzt, die ich in etlichen nächtelangen Sitzungen so weit aufpoliert, frisiert und vervollkommnet habe, daß sie sich auf eigene Faust ins Internet hinausbegeben und in vier Minuten mehr und bessere Informationen zurückbringen kann, als Sie mit einer ganzen Schwadron Ihrer Zweihun-*

dert-Dollar-die-Stunde-Associates in einer Woche aufzutreiben imstande wären.«

»Es ist Software«, sagte Watson respektvoll. »Spinnen, Roboter, Browser, Gopher ... Sie durchsuchen Net oder Web nach den erwünschten Informationen und legen sie einem dann vor.«

Er unterließ es, hinzuzufügen, daß es sich dabei um – nach den in der Firma geltenden strengen Netzwerk-Sicherheitsbestimmungen – *verbotene* Software handelte. Aber Arthur kannte gerade eben den Unterschied zwischen Hardware und Software, und Inspector Digit, der MIS-Chef der Firma, war ein Kumpel Watsons. Watson war also – hoffentlich – abgesichert. Was hätte ein ehrgeiziger, junger, technisch versierter Associate aber auch tun sollen? Etwa die fünf Jahre alten Bronto-Browser benutzen, die die Firma zur Verfügung stellte?

»Faszinierend«, sagte Arthur mit hörbaren höhnisch-mokanten Untertönen. »Glauben Sie, daß eine dieser Roboterspinnen mir begreiflich machen könnte, wie ein talentierter, hochbezahlter junger Anwalt auf dem Weg zum Partnerstatus dazu kommt, explizite Anweisungen eines Seniorpartners, der siebzig Prozent seines Auftragsvolumens kontrolliert, zu ignorieren?«

»Arthur, den Anruf habe ich gestern bekommen. Ich bin bei Ihnen vorbeigegangen, und Sie ... Sie haben gerade telefoniert. Und heute? Fragen Sie Marcia. Sie waren beschäftigt!«

»... wie besagter Anwalt dazu kommt, seine fachlichen Fähigkeiten und firmeneigene Ressourcen für die Verteidigung eines mittellosen Mörders zu verschleudern? Wie er dazu kommt, ein absolut vernünftiges Angebot der Staatsanwaltschaft abzulehnen, ohne vorher seinen Vorgesetzten oder seinen Mandanten zu konsultieren?«

»Ich habe das Angebot nicht abgelehnt«, protestierte Watson. »Ich wollte mit meinem Mandanten heute morgen darüber reden, aber –« Für den Bruchteil einer Sekunde innere Debatte. Er traute sich nicht, Arthur zu sagen, daß er seinen Mandanten nicht finden und noch viel weniger bezüglich eines Angebots beraten konnte. »Es war mir nicht möglich, ihn aufzusuchen. Ich werde ihm das Angebot referieren ...«

Er stockte. Kein sehr überzeugender Schluß. »Und ihm sagen, was ich davon halte.«

Sie sahen sich über Watsons Schreibtisch hinweg an.

»Ich habe in dieser Haßsache einige Recherchen angestellt«, sagte Watson.

»Das sehe ich«, sagte Arthur mit einem haßerfüllten Blick auf die Schreibtischladung Haßmaterial. »Vielleicht ist es am besten so«, zischte er pythonisch und versuchte, auf und ab zu gehen, wie er es im Zustand der Verärgerung immer zu tun pflegte, nicht eingedenk des Umstands, daß er sich in einem Associate-Büro befand, wo er sich bestenfalls ein paarmal um sich selbst drehen konnte. »Wenn es Sie treibt, unbemittelte Straftäter zu verteidigen, ist es am besten, wenn Sie dies bereits zu Beginn Ihrer beruflichen Laufbahn entdecken ... so haben Sie noch die Möglichkeit, ein anderes, Ihrer Berufung gemäßeres Betätigungsfeld zu finden.« Er hörte auf, auf der Stelle zu treten, und wölbte eine Augenbraue. »Das Büro des Offizialverteidigers dürfte jeden nehmen, der einen Abschluß in Jura vorzuweisen hat und noch nicht in Verwesung übergegangen ist. Sie werden ein Viertel von dem verdienen, was Sie hier bekommen.« Er zuckte die Achseln und hustete. »Aber die Sorte von Leuten vertreten zu können, die Sie vertreten möchten, zählt mehr als Geld, nicht wahr? Ich bin sicher, daß Sandra Ihren Entschluß gutheißen würde.«

Damit übertraf sich die senile Memme wieder einmal selbst. Zog die Ehefrau ins Spiel. Wie viele rechtschaffen denkende Eigentümer von Bungalows im Grünen war Sandra der Überzeugung, daß es der Gesellschaft nur guttäte, wenn Mordverdächtige am Tag nach der Anklageerhebung ohne viel Aufhebens hingerichtet würden. Gerichtsverhandlungen waren überflüssige Spektakel, die Schuldigen die Möglichkeit boten, sich an Formfehler und Verfahrensprobleme zu klammern, wodurch das Unvermeidliche nur unnötig hinausgezögert wurde.

»Seien Sie in fünfzehn Minuten mit Ihrem Mantel in meinem Büro«, sagte Arthur und ging.

O Scheiße! Watson sog die Luft durch zusammengebissene Zähne ein. Richter Stang, in der Kammer!

Laien, einschließlich Gelegenheitsprozessierern und chipsknabbernden »Fernsehgericht«-Zuschauern, erscheinen Richter wie platonische Wächter in schwarzen Talaren, die auf Podesten aus blankpolierter Eiche thronen und von dort aus, in der öffentlichen Arena des Gerichtssaals, Anordnungen und Dekrete, Freisprüche und Verurteilungen, Feststellungsurteile und beweismäßige Entscheidungen ergehen lassen. Nur Anwälte blicken auch hinter die Kulissen, indem sie die privaten Arbeitsräume der Richter betreten – also den Richter »in der Kammer« aufsuchen.

Watson hatte keine Prozeßerfahrung, aber er hatte genug Vor- und Nachverhandlungsarbeit geleistet, um zu wissen, daß Richter »in der Kammer« die weniger öffentlichen Aspekte der Verwaltung jenes gigantischen gesellschaftlichen Unternehmens namens straf- und zivilrechtliche Jurisdiktion abhandeln. Hier empfangen Richter die Anwälte – die leitenden und weniger leitenden Angestellten dieses Unternehmens. Alles hier Geäußerte ist in der Regel inoffiziell, da es keinen Protokollführer gibt, der es für die Akten festhalten würde. Mündliche Vereinbarungen und Feststellungen von Tatbeständen sind indes nicht weniger bindend als in öffentlicher Verhandlung abgegebene Erklärungen – vielleicht sogar noch bindender, weil dabei das Wort und der Ruf des Anwalts auf dem Spiel stehen und ein Anwalt, der sich nicht an eine in der Kammer getroffene Absprache hält, beruflichen Selbstmord begeht.

Trotz der informellen Situation und des Fehlens eines Protokollführers befinden sich erfahrene Anwälte während ihres ganzen Aufenthalts in der Kammer in einem Zustand überhöhter Wachsamkeit, der nur noch von der totalen mentalen Mobilmachung, die einer Eröffnungs- oder Abschlußansprache an die Geschworenen voraufgeht, übertroffen wird. Selbst mit weniger als einem Jahr Erfahrung als Knappe und Domestik von Leuten wie Arthur wußte Watson aus eigener Anschauung, welch weitreichende Konsequenzen die scheinbar beiläufigste Plauderei in der Kammer für einen anhängigen Fall zeitigen konnte. Jeden Moment kann der Richter die Stirn runzeln und einem zu verstehen geben, daß ein Antrag auf Klageabweisung in der Fünf-Millionen-Dollar-Versicherungsbetrugssache, in der man als Verteidiger auftritt, günstig beschieden werden könnte. Der Richter kann ein paar flachsige

Bemerkungen über einen früheren, dem eigenen verblüffend ähnelnden Fall machen, in dem der damalige Anwalt eine empörende und dem Gericht unzumutbare Taktik angewandt habe – exakt die Taktik, die man selbst am ersten Verhandlungstag einzusetzen gedacht hatte. Eine Sache, die in öffentlicher Verhandlung – wo die Verfahrensregeln ein- und die prolixen Einsprüche der Anwälte schriftlich festgehalten werden müssen – sechs Monate zähesten formaljuristischen Ringens erfordern würde, kann in der Kammer während einer einzigen Kaffeepause erledigt werden.

Gewissenhafte Richter würden sich unter keinen Umständen bereit erklären, eine Sache *ex parte*, das heißt, in Abwesenheit des Gegenanwalts, inhaltlich zu erörtern. Weniger gewissenhafte Richter würden dadurch eine außergerichtliche Beilegung erzwingen, daß sie einen der Anwälte beiseite nehmen und ihm eine unverblümte Beurteilung seines beschissenen Falls geben – oder aber die unschätzbare Information, daß der *Gegenanwalt* genau eine solche Beurteilung erhalten hat. Und schließlich gab es noch Richter Stang, der ungefähr so berechenbar wie ein der Klapsmühle entsprungener schizoider Paranoiker war.

Watson öffnete die Spinne Rachel und las die Überschriften und dazugehörigen Kurztexte der ersten fünf Treffer, die die Suche ergeben hatte. *L. A. Times*, 12. Dezember 1999, »Neurowissenschaftler sollen in abschließender Anhörung im Freeway-Killer-Prozeß aussagen«: »Dr. Palmquist und Dr. Ling, zwei Neurowissenschaftler des renommierten Gage Institute, werden PET-Scans des Angeklagten vorführen und damit nachzuweisen versuchen, daß dieser ein unheilbarer Soziopath und zu keinerlei menschlichem Mitgefühl fähig ist.« *Hartford Courant*, 10. Mai 2000, »Mildernde Umstände für den ›Kaufhaus-Grapscher‹?«: »Dr. Palmquists Auswertung der Scans wird wahrscheinlich ergeben, daß schwerwiegende Defekte in den Verbindungsbahnen zwischen den Stirnlappen und dem limbischen System den Angeklagten zu einem soziopathischen Automaten gemacht haben, dem jegliche Fähigkeit fehlt, auf die Empfindungen anderer Menschen Rücksicht zu nehmen.«

Und weitere Treffer, in denen sich Dr. Palmquists Ausführungen zur Unverbesserlichkeit des angeklagten Psychopathen maßgeblich auf Urteil und Strafmaß ausgewirkt hatten. Watson geriet leicht ins Schwitzen, als er ihren Namen grundsätzlich nur in Verbindung mit der Anklagebehörde des einen oder anderen Staates erwähnt sah und erkannte, daß der Nachweis eines psychischen Defekts nicht etwa als entlastendes Moment für die Verteidigung, sondern stets als Beweis dafür gedient hatte, daß jeder Rehabilitationsversuch von vornherein zum Scheitern verurteilt sein würde. Er veränderte mit Hilfe eines virtuellen Schiebereglers die Gewichtung des Suchbegriffs *Psychon*, und der Spinnenbauch erbrach weitere Zeitungsausschnitte und Zusammenfassungen von Nachrichtensendungen. APNewswire, »Ausschuß zur Verbrechensbekämpfung verspricht baldige Maßnahmen der Regierung gegen die steigende Flut von Gewalttaten«: »Bedeutende Genetiker, Biologen, Neurowissenschaftler und Neuropsychologen haben sich zu einem kontroversen Seminar über die biologischen und genetischen Aspekte der Gewaltbereitschaft und des gewalttätigen kriminellen Verhaltens getroffen ... Dr. Rachel Palmquist, ein Mitglied des in Fachkreisen als ›Gage-Gruppe‹ bekannten Forschungsteams, bestätigte, daß Gewaltbereitschaft ein biologischer oder genetischer Defekt sei, ein medizinisches Problem, ein Symptom einer psychischen Störung, das sich medikamentös oder, in Extremfällen, durch invasive Therapierung der betroffenen neuronalen Verschaltungen beheben oder zumindest eindämmen lasse.«

Irgendwo in den Straßenschluchten der Metropolis von Papierstapeln, die seinen Schreibtisch bedeckten, meldete sich das Getriller eines externen Anrufs. Behutsam kramte Watson den Hörer hervor. »Joseph Watson«, sagte er mit einem Blick auf die Systemuhr in der Ecke seines Bildschirms.

Der Marshals Service. Er war an eine typische Beamtenseele geraten. Sie hörte sich wie die Schwester der Frau in der County-Strafvollzugsanstalt Des Peres an. »Es ist uns nicht möglich, vor Ablauf einer Frist von vierundzwanzig Stunden nach Überstellung zum Marshals Service irgendwelche Informationen über den Untersuchungsgefangenen zu geben«, sagte sie. Hörte er da das Huschen und Klicken einer Maus? Waren Anna und Terri und die ganze Microsoft-Hearts-Bande auch bei *ihr* zugange?

Die zwei anderen Knöpfe an seinem Telefon leuchteten auf. Ein Anruf von außen. Sein Information Manager meldete sich am Bildschirm mit einem Doppelpiepser, identifizierte den Anrufer als Rachel Palmquist, MD, PhD, und präsentierte ihre Visitenkartendatei.

»Ich bekomme gerade einen anderen Anruf«, sagte Watson. »Könnten Sie bitte einen Augenblick warten?« Er drückte auf einen anderen Knopf.

»Rachel?« sagte er in atemloser Erwartung.

»Nicht ganz«, sagte Arthur. »Wo bleiben Sie?«

»Bin sofort da«, sagte Watson. »Wirklich, ich bin praktisch schon unterwegs. Ich glaube, Dr. Palmquist wartet auf meiner anderen Leitung.« Als er einen weiteren blinkenden Knopf drückte, spürte er, wie sich seine Achselhöhlen in zwei Miniatursaunas verwandelten.

»Rachel?« sagte Watson.

»Ich kann nicht lange reden«, sagte sie. »Ich hatte gedacht, wir vereinbaren einen Termin für eine weitere Sitzung. Ich möchte deine Reaktionsmuster mit denen von Cham vergleichen. Um das Signal-Rausch-Verhältnis herabsetzen zu können, brauche ich außerdem eine statistisch signifikante Anzahl von ... Ereignissen wie dasjenige, das wir mit dem MEG dokumentiert haben. Kurz gesagt, ich brauche mehr Daten. Was sagst du dazu: Wir stellen neben Chams Stuhl einen zweiten für dich auf und verpassen dir gleichfalls einen Kopfputz von Elektroden und eine Konsole mit Knöpfen und dem ganzen Pipapo. Und vielleicht eine Partnerin deiner Wahl auf dem fahrbaren Stuhl. Wie wär's mit morgen nachmittag? Samstag. Hättest du da Zeit?«

Watson hob die Augen und sah Arthur, der im Trenchcoat vor seiner offenen Tür stand und ihn böse anfunkelte.

»Drei Uhr«, sagte Watson. »Wir müssen uns über Whitlow unterhalten.«

»Ich weiß«, sagte sie. »Jetzt will ihn sich der Staatsanwalt greifen. Wir reden morgen darüber. Tschüs.«

»Was?« sagte er und hörte, wie sie auflegte.

Das Blinklicht der Leitung zum Marshals Service verlosch.

»Gehen wir«, sagte Arthur.

Zwölftes Kapitel

Wenn er zum erstenmal »die Kammer« betritt, kann ein junger Anwalt durchaus die entspannte, zum Plaudern anregende Atmosphäre einer Junggesellenbude oder eines gemütlichen Wohnzimmers vorfinden, komplett mit ein paar Sesseln, einer Ottomane, einem Couchtisch und manchmal sogar Kaffee. Häufiger indes trifft der Anwalt ein Interieur an, wie es von jeher von Diktatoren bevorzugt wurde – von Mussolini etwa, dessen Arbeitszimmer so beschaffen war, daß der Besucher einen gigantischen, empfangshallenartigen langen Raum durchwandern mußte und dabei, wie Alice, zusehends zusammenschrumpfte, je mehr er sich einem auf einem Podest thronenden Ungetüm von Schreibtisch näherte, hinter dem ein vierschrötiger Machtmensch saß und vor dem zwei ungepolsterte Stühle des wurmgleichen Bittstellers harrten.

In der »Kammer« werden Richter gewöhnlichen Menschen ähnlicher – formell oder informell, autokratisch oder freundlich, mürrisch oder leutselig, Typ A oder Typ B –, allerdings mit *einem* wichtigen Unterschied: Wie auch immer ihre jeweilige individuelle Persönlichkeit beschaffen sei, sie bewahren alle ihre fast übermenschliche Macht über berufliche Zukunft und Mandanten. In der Kammer können Anwälte das Gefühl haben, mit dem Richter ein unverbindliches After-Dinner-Gespräch über ihren Fall zu führen – oder sie können sich der hochnotpeinlichen Musterung ausgesetzt fühlen, die derjenige zu erleiden pflegt, der sich um einen Posten bewirbt oder ein hohes ungesichertes Darlehen beantragt. Die meisten Anwälte bringen derlei erträglich stressende Sitzungen in zyklischen Abständen hinter sich, ohne sich je Gedanken darum zu machen, welche Assoziationen der Ausdruck »die Kammer« unter Umständen hervorrufen könnte.

Jene jedoch, die Bundesbezirksrichter Whittaker J. Stangs »Kammer« aufsuchten, verfochten fortan ganz eigene, adrenalininduzierte, wahnhafte Theorien über die etymologische

Herkunft dieser Bezeichnung, denn was sie da erwartete, war ein Rechtsanwalts-Gruselkabinett, über das ein weltfremder Despot regierte, der einen unsäglichen Genuß daraus zu schöpfen schien, den elenden Juristenkreaturen, die er in seinen Herrschaftsbereich zitiert hatte, erlesen schmerzhafte Existenzangstschocks zuzufügen. Für Anwälte gehörte Richter Stangs »Kammer« zu der Gas- und Folter-Varietät.

Arthur und Watson drehten im Vorzimmer Däumchen und hörten sich an, wie Richter Stang seiner Sekretärin hinsichtlich der optimalen Stärke und Temperatur des Tees, den sie gerade in einer nach hinten abgehenden kleinen Küche für ihn braute, Befehle zubellte. Die zwei Anwälte hatten es sich just auf einem rissigen Ledersofa mit bestoßenen Holzteilen und aufgeplatzten Nähten unbequem gemacht, als die von innen hervordonnernde Stimme Justitias sie wieder aufspringen und in Habtachtstellung erstarren ließ, obwohl der Richter sie überhaupt nicht sehen konnte.

»Ida?« gellte Richter Stang. »Wenn diese zweibeinigen Nagetiere aus dieser Schriftsatzdruckerei irgendwann hierherfinden sollten, LASSEN SIE SIE WARTEN, kapiert? Nichts als ein Haufen oberflächlicher, korrupter, überbezahlter Drückeberger. Großkanzleischnösel. Die Associates verdienen in dem Laden mehr als ich – und wofür? Präzedenzfälle recherchieren. Pah. Und die Partner-Geldsäcke benutzen das Gericht zu allem außer zur Rechtsfindung: Publicity, Befriedigung ihrer Eitelkeit, Bereicherung. Wenn ich ein paar von ihnen eigenhändig mit dem Seitengewehr exekutieren könnte, würden meine Person und mein Beruf erheblich in meiner Achtung steigen.«

Dann trat Stille ein, lediglich unterbrochen vom Knistern eines angerissenen Streichholzes, dem Aufzischen brennenden Schwefels und dem leisen Plink des verkohlten Hölzchens, das in einen Aschenbecher fiel, gefolgt vom Duft von Zigarrenrauch.

Nach ein paar Minuten trat aus der Küche ein in einem blumengemusterten Kleid steckendes verhutzeltes altes Weiblein, das so aussah, als servierte sie Richter Stang seit dem Missouri-Kompromiß seinen Tee. Die gichtigen Finger ihrer linken Hand hielten eine zittrige Untertasse mit darauf klappernder Tasse, während ihre Rechte den Griff eines vierfüßigen Krückstocks umklammerte. Ihr zerbrechlicher Schädel wankte unter der Last eines ausladenden Kranzes von silbernen Flechten und grünspanüberkrusteten Kämmen. Watson nahm einen zarten, irgendwie vertrauten Duft wahr und wußte ihn nicht unterzubringen, bis sein Bulbus olfactorius eine Suchanfrage durch das Neuronen-Net jagte, ein übereinstimmendes Engramm fand und eine Erinnerung aus fernen Kindertagen ausgrub: seine Uroma, die sich an ihrem Toilettentisch über Flakons und Puderquaste beugte und zu ihm sagte: »Das ist Lavendelwasser, Joey.« Das war es, und Ida besaß wahrscheinlich die letzte noch existierende Flasche Lavendelwasser der westlichen Hemisphäre.

»Hier entlang, Jungs«, sagte sie und faßte dann Arthur genauer ins Auge. »Arty Mahoney?« krächzte sie, mit dem hochgestemmten Krückstock auf ihn deutend, die Knochen ihres Unterarms mit einem schlaffen Faltenwurf von stockfleckiger Haut drapiert, ihre Augen leuchtend vor Wiedersehensfreude.

»Wie reizend, Sie wiederzusehen, Ida«, sagte Arthur liebenswürdig.

»Ihr Jungs habt heute Glück«, flüsterte sie heiser und zwinkerte. »Der Richter ist sehr guter Laune. Seine Psychiater haben den Juristischen Untersuchungsausschuß des Achten Gerichtsbezirks offiziell davon in Kenntnis gesetzt, daß er nicht geisteskrank im Sinne des Gesetzes ist und somit kein Hindernis für eine effektive Rechtsprechung darstellt.«

»So was hört man immer gern«, sagte Arthur mit Wärme.

»Wir freuen uns alle seinetwegen«, sagte Ida. »Die Ärzte sagen, es seien nichts als ein paar hundsgewöhnliche, ausgewachsene, chronische, schwere Feld-Wald-und-Wiesen-Persönlichkeitsstörungen. Nicht annähernd das, was diese heulsusigen Anwälte, die Beschwerde über ihn eingereicht hatten, benötigen würden, um den sehr ehrenwerten Richter seines Amtes entheben zu lassen.«

»Gott sei gedankt«, sagte Arthur.

»Aber wirklich«, sagte Ida. »Unsere Gebete sind erhört worden.«

Sie bedeutete ihnen, ihr ins Allerheiligste zu folgen, und so watschelten sie ihr mit winzigen Pinguinschrittchen nach, während sie ihre orthopädische Krücke aufsetzte, zwei Schritte vorwärtstappte, wieder aufsetzte, wieder vorwärts tappte …

»Richter Whittaker J. Stang«, beschwerte sie sich, als sie zu guter Letzt bei seinem Schreibtisch angelangt war, »Sie haben mir gar nicht gesagt, daß Arty Mahoney uns besuchen würde. Nein wirklich, Arty, wir haben Sie seit ich weiß nicht wie lange nicht mehr gesehen!«

In einem hochlehnigen rotledernen Drehsessel in sich zusammengesunken und, seitwärts abgewandt, halb hinter einem wuchtigen ramponierten Holzschreibtisch versteckt, sah Richter Stang kleiner und schmächtiger aus als neulich, da Watson beim Durchlauftermin erstmals im Schatten jurisdiktiver Machtentfaltung gebebt hatte. Der Richter lehnte sich zurück und paffte an einer neunzölligen Davidoff, den Raum eines Gebäudes, in dem Rauchen gemäß Bundesgesetz untersagt war, mit Qualmschwaden verfinsternd.

Und ein weiterer Duft, der Erinnerungen aus Watsons Kindheit aufrührte. Klettenwurzel. Opa Watsons Lieblingshaarwasser. Entsprechend verräterisch glänzten die grauen richterlichen Haarflusen, die strategisch über die Glatze verteilten angeklatschten Strähnen. Der Richter trug ein sauberes, abgewetztes Jackett, ein gestärktes weißes Hemd und einen burgunderroten Schlips mit verschossenem heraldischem Dekor. Auf seiner Nasenspitze saß eine Lesebrille, durch die er gerade die Titelseite der *River City News* musterte – die Nummer mit der Haßtatstory.

Beim Anblick der vertrauten Schlagzeile bekam Watson Augen wie Untertassen.

»Vielleicht wissen *Sie* nicht, wann wir Mr. Mahoney das letztemal gesehen haben«, knurrte Richter Stang, ohne von der Zeitung aufzusehen, »aber ich weiß es. Es war diese strohstupide Antitrustsache, mit der wir uns 1989 neun Monate lang bis zum Erbrechen angeödet haben, nur damit Anwalt Mahoney zu guter Letzt auf der Treppe des Gerichtsgebäudes umkippt und tot spielt, anstatt den gottverdammten Prozeß zu Ende zu führen. Pah!«

»Guten Morgen, Herr Richter«, sagte Arthur.

»Vergleichen Sie sich, kämpfen Sie die Sache durch, das ist

mir egal«, schimpfte Richter Stang; der Drehmechanismus seines vorsintflutlichen Sessels quietschte, als er sich darin nach vorn drehte. »Aber lehnen Sie kein Vergleichsangebot ab, um nach zweijähriger Offenlegung und zehntägiger Verhandlung in meinem Gerichtssaal genau dasselbe Angebot anzunehmen!« Der Richter rammte seine Schreibtischschublade in einem Anfall unverbrauchter Wut zu, als läge der angesprochene Zwischenfall erst einen Tag und nicht über zehn Jahre zurück.

»Genau das gleiche haben Sie auch schon damals gemacht, als ich mich erfolglos bemühte, aus Ihnen einen Staatsanwalt zu machen. Erinnern Sie sich an dieses Schutzgeldfiasko? Diese libanesischen Mafiagangster haben Sie mühelos in die Tasche gesteckt. Und das nicht einmal. Zweimal!«

»Herr Richter«, seufzte Arthur, »das ist doch wirklich Schnee von gestern.«

»Nicht Schnee«, kläffte Richter Stang. »Scheiße. Ein dampfendes Stück Scheiße, frisch aus dem Arsch eines Mulis gefallen! Und von gestern? Vielleicht sind *Sie* schon darüber weg!«

Arthur sah sich mehrmals nach einer Sitzgelegenheit um, bis er begriff, daß es keine gab.

»Herr Richter«, sagte Arthur, »wir sind hier ... Übrigens, ließen sich ohne allzu große Umstände ein paar Stühle besorgen?«

»Keine Stühle«, sagte Richter Stang. »Anwälte reden weniger, wenn sie gezwungen sind, ohne einen Stuhl, auf dem sie sich häuslich niederlassen, oder ein Pult, hinter dem sie sich verstecken können, vor mir zu erscheinen. Und je weniger der Anwalt redet, desto geschwinder nimmt die Gerechtigkeit ihren Lauf. Tragen Sie Ihre Sache vor. Und fassen Sie sich kurz.«

»Ja, Herr Richter«, sagte Arthur. »Ich –«

»Kern, Substanz, Muskelfleisch«, warf der Richter ein und schielte die beiden durch Schwaden blauen Zigarrenrauchs an. »Fettgeglibber und Floskeln können Sie einem anderen Büttel des Gemeinwohls auftischen.«

»Ja, Herr Richter«, pflichtete Arthur bei.

Die Tasse klapperte auf der Untertasse, als Ida Anstalten machte, sie neben Richter Stangs Ellbogen abzusetzen.

»Nicht verschütten!« bellte er, wodurch er bei der alten Frau einen ausgeprägten Intentionstremor und in der scheppernd auf dem Schreibtisch landenden Tasse schwere Seen auslöste.

Arthur nahm einen neuen Anlauf: »Herr Richter, wir sind hier –«

»Essenz ohne Maulgeklappe«, kläffte der Richter. »Konzisheit die erste Verfahrensregel. Überfordern Sie nicht die Geduld des Gerichts durch vollmundigen Bombast und hochtrabenden Schwulst. Ihre Rede sei schlicht! Wenn Sie dazu nicht imstande sind, steigen Sie in einen dieser sprechenden Uhrzeit-und-Außentemperatur-Aufzüge und fahren Sie hinauf zum Parthenon, wo das Achte Revisionsgericht auf seinem kollektiven kurfürstlichen Hinterteil sitzt und sich von Amts wegen mit derlei mündlichem Müll befaßt. Nehmen Sie Ihr prolixes Geplärr und Ihr supersophistisches Geseire und schmeißen Sie damit eine Weile da oben um sich. Verstanden?«

»Euer Ehren«, sagte Arthur bestimmt, »ich –«

»Nichts Langes vermag zu erfreuen«, merkte der Richter an. »In der Kürze liegt die Würze, der Reiz aller Damenunterwäsche, der besonnene Einsatz von Worten, die mehr geistigen Raum schaffen, als sie akustischen einnehmen. Mein Königreich für weniger Rede. Nicht gezaudert, Sir. Wählen Sie den kurzen, geraden Weg. Noch einmal von vorn.«

»Ich versuch's ja, Herr Richter«, sagte Arthur knapp.

»Mit dem Versuch wird's nicht getan sein, Counselor«, brüllte der Richter, dem eine Ader in der greisen Schläfe schwoll. »Sie sind zu alt für juristische Trockenübungen, mittlerweile müßten Sie Ihr Metier beherrschen.«

Die zwei älteren Herren fuhren fort, einander mit forensischen Ausfällen und Aufwärtshaken zuzusetzen, derweil Watson sich umsah und seinen Blick durch Richter Stangs brandneue, besonnte, moderne, geräumige, im achtundzwanzigsten Stockwerk des Gerichtsgebäudes der Zukunft gelegene »Kammer« schweifen ließ. Sie sah aus wie die Wohnkapsel einer im Orbit kreisenden Raumstation, die man mit anachronistischen – etwa New-Deal-zeitlichen – Denkwürdigkeiten und Kuriosa vollgestopft hatte: den persönlichen Gegenständen des Richters, die unverändert aus dem alten Bundesgericht herübergeschafft worden waren. Neben dem zernarbten hölzernen Schreibtisch stand ein postpostmoderner marmorner Hyperbelast, der nach dem Willen des Architekten die Funktion eines Schreibtisches hätte erfüllen sollen und jetzt als Ablagefläche für zwei überformatige, blinde und stumme Monitore diente. Neben diesen befanden sich zwei nicht angeschlossene Ultra-Pentium-Minitower, die der Richter als Buchstützen für eine verzogene und ramponierte, ledergebundene vielbändige Ausgabe von Wright, Miller und Kanes *Federal Practice and Procedure* zweckentfremdete. Zerfallende Supplementbände, die wahrscheinlich noch vor der McCarthy-Ära das Licht der Welt erblickt hatten, bedeckten langsam die Marmorfläche mit einer Patina von Papiergrus. Die CD-ROM-Schublade eines der Minitower war ausgefahren und bewies, daß sie sich hervorragend zur Aufnahme einer Reserve-Zigarrenkiste eignete.

Der Richter führte sich die mit floralen Reliefmustern verzierte Tasse an die Lippen, blies einmal über den Rand hinweg, trank die Tasse mit einem einzigen Schluck aus und nippte dann behutsam an seiner Zigarre.

Arthur erkannte seine Chance und füllte die Pause mit einem vollständigen Satz. »Herr Richter, wir sind hier in der Sache Vereinigte Staaten gegen Whitlow, einer Bundes-Mordsache, in der Sie meinen jungen Associate, Joseph Watson, zum Verteidiger eines Haßtäters bestellt haben.«

Watson verspürte den professionellen Drang, für seinen Mandanten das Wort zu ergreifen, aber er wußte, daß bei Arthurs geschwächtem Zustand ein einziges Wort seinerseits zur sofortigen Kündigung und zum anschließenden häuslichen Höllengericht geführt hätte. Andererseits (schoß es ihm für den Bruchteil einer Sekunde durch den Kopf) stelle man sich nur die Heldensaga vor, die er Rachel Palmquist hätte erzählen können! Seine berufliche Laufbahn geopfert, um ihren gemeinsamen Fall zu retten! Aber noch mehr als der Wunsch, die gute Frau Doktor zu beeindrucken, regte sich in ihm die immer lebhaftere, irrationale, zwanghafte anwaltliche Sorge um seinen Mandanten James Whitlow – den sturen, eigensinnigen, engstirnigen Kleinbürger, der es nun einmal nicht besser wußte und einer lenkend-schützenden Hand bedurfte.

»Das ist richtig«, sagte Richter Stang. »Ich habe ihn bestellt und fest damit gerechnet, durch seine Leistung beeindruckt zu werden, wovon vorderhand nicht die Rede sein kann.« Der Richter bannte Watson mit einem durchbohrenden Blick seiner vor Zorn und Rauch blutunterlaufenen Augen. »Wo ist mein Sägemehl, Junge?«

Watson hatte das Vierkantholz in einen Aktenschrank gelegt und nicht im Traum gedacht, daß er es wirklich ...

»Herr Richter«, sagte Arthur mit einem gekünstelten Hüsteln, das irgendwo zwischen Nachsicht und Ungeduld bauchlandete, »wir alle sind mit den ehrfurchtgebietenden theatralischen Maßnahmen wohlvertraut, deren sich das Gericht – nicht selten mit Erfolg – zu bedienen pflegt, um Anwälte zur Erfüllung der Erwartungen des Gerichts zu motivieren, aber ich hoffe doch, auch im Namen meines jungen Mitarbeiters, davon ausgehen zu dürfen, daß diese Farce mit dem Stück Holz eher als symbolische Geste zu werten war. Ich meine, ernsthaft, Herr Richter, Sie sind ... das Gericht meinte zweifellos nicht wirklich, äh ... ich will keineswegs andeuten ... Ich ersuche das Gericht, seine Anordnung zu überdenken und einem jungen Anwalt, der gerade erst seine Zulassung erhalten hat, eine derartige Demütigung zu ersparen. Sie ist mit Euer Ehren Unparteilichkeit nicht zu vereinbaren und im Hinblick auf die hohen juridischen Standards, die die in diesem Bezirk zugelassenen Anwälte von diesem Gericht erwarten zu dürfen gewohnt sind, unschicklich.«

Richter Stang tat noch einen Zug und wandte sich mit einem Schwung seines Drehstuhls von den Anwälten ab und dem Ausblick auf das Zentrum von Saint Louis und dem Mississippi zu. »Sie haben recht, es ist unschicklich.«

»Ich hatte gehofft, daß Sie zu demselben Schluß gelangen würden«, sagte Arthur bescheiden. »Wenn schon nichts anderes, so erweckt es doch den Anschein von Befangenheit.«

»Es ist mit der Unparteilichkeit des Richteramts nicht zu vereinbaren«, wiederholte der Richter, »und es hat den Anschein von Ungehörigkeit, oder wie immer Sie das nennen wollen.«

»So ist es, Euer Ehren«, sagte Arthur. »Es stellt eine unzumutbare Härte dar.«

»Das Gericht schließt sich der Argumentation der Verteidigung an. Nach nochmaliger Erwägung ordne ich hiermit an, daß *Sie* das Vierkantholz zu Sägemehl zerkauen. Sie sind wahrscheinlich derjenige, der den jungen Burschen zu diesem unberechtigten Antrag auf Entbindung angestiftet hat.«

Da er sich nirgends hinsetzen konnte, stellte Arthur wenigstens seinen Aktenkoffer ab. »Die Frage nach der Vollmacht des Gerichts, derlei anzuordnen, einmal hintangestellt«, sagte Arthur, »muß ich –«

»Ich habe die Macht, und Sie haben das Geld«, sagte der Richter, weiterhin von den Anwälten abgewandt, als sei er ein Radiosprecher, der Hörerfragen beantwortete. »Ich gestehe, daß ich die Antwort auf Ihre hintangestellte Frage nicht weiß, aber das kann ich im Handumdrehen für Sie klären.«

Er klopfte die Zigarre über einem steinernen Aschenbecher von der Größe eines Suppentellers ab. »Ida? Schicken Sie eins der Mädchen rein.«

»Euer Ehren«, stotterte Arthur, »d-das ist wirklich nur eine marginale Frage. W-wir sind nicht hierhergekommen, um –«

Watson zuckte beim Anblick seines Vorgesetzten, eines der mächtigsten Partner in der Firma, der von der unumschränkten Macht eines Bundesbezirksrichters zu schwanzeinkneifender Unterwürfigkeit gebracht wurde, innerlich zusammen. *Arthur hat gestottert,* erkannte Watson in jenem Zustand namenloser Verblüffung, in dem man Zeuge einer neuen, bis dahin gänzlich ungeahnten Dimension des menschlichen Daseins wird. Nachdem er miterlebt hatte, wie sein Boss weltumspannende Konferenzschaltungen und Klientenmeetings glatt und glanzvoll über die Bühne gebracht, über verlustreiche firmeninterne Machtkämpfe zwischen verschiedenrangigen Partnern präsidiert, die Berufshaftpflichtversicherungskrise beigelegt, den Syndikus des wichtigsten Klienten der Firma um den Finger gewickelt, mit gegnerischen Anwälten wie mit ebenso vielen Gameboys gespielt hatte … War es nach all diesen erstaunlichen Leistungen möglich, daß Arthur Mahoney sich vor einem einfachen Richter fürchtete?

In der Firma redeten die Partner eher wegwerfend über Richter Stang – ein fossiler Knallkopf, dem das Schicksal, oder wahrscheinlicher die richtigen politischen Beziehungen, ein

Amt auf Lebenszeit beschert hatte. Mit einemmal erkannte Watson das Offensichtliche: Alle vorbereitenden Schriftsätze, Anträge, Akteneinsichtsersuchen, theatralischen Posen, Verhandlungsangebote, Briefwechsel und sonstigen auf die Behinderung der Gegenseite abzielenden anwaltlichen Winkelzüge änderten nichts daran, daß beide Parteien dem jeweils zuständigen Richter auf Gnade und Ungnade, Gedeih und Verderb ausgeliefert waren. Der Anflug von Besorgnis, der Watson kurz zuvor, im Büro, an Arthur aufgefallen war, hatte sich mittlerweile zu echter Angst ausgewachsen.

»Guten Morgen, Herr Richter«, sagte eine von Richter Stangs Assistentinnen – die Blondine –, die Watson von jenem schicksalhaften Durchlauftermin sofort wiedererkannte. Sie war freundlich, frisch, aufgeweckt, ansprechend verpackt in einem kurzen Kostüm und einer Bluse aus Rohseide, und hatte ein burgunderrotes Tuch um den Hals gebunden, das sich wie eine Schleife über einem Obstkorb ausbreitete.

Da der Richter fortfuhr, aus dem Fenster zu starren, ging die Assistentin halb um den Schreibtisch herum und blieb an dessen Schmalseite stehen.

»Ich meine, ich hätte Sie und das andere Mädchen gebeten, bezüglich dieses Holzproblems, das vor rund einer Woche im Zusammenhang mit unserer kleinen Mordsache aufgetaucht war, und namentlich im Hinblick darauf, ob ich zu einem solchen Vorgehen befugt sei, ein paar Recherchen anzustellen.«

»Ja, Herr Richter«, sagte sie munter, »wir haben uns mit der Frage eingehend auseinandergesetzt, und zwar genau in der Form, wie Sie sie formuliert hatten, und unsere Antwort lautet nein.«

»Da sehen Sie, Herr Richter«, sagte Arthur höflich. »Es ist mit der Würde des Gerichts nicht zu –«

»Nein?« unterbrach ihn der Richter und strahlte seine Assistentin an. »Ausgezeichnet. Wirklich gute Arbeit. Nein. Genau, wie ich mir gedacht hatte.«

»Nein?« sagte Arthur und sah mit einem verdutzten Ausdruck vom richterlichen Hinterkopf zum Gesicht der Assistentin.

»Das ist korrekt«, sagte die Assistentin. Sie öffnete eine lederne Aktenmappe und blätterte drei oder vier Seiten zurück.

»Die exakte Fragestellung lautete in der Formulierung des Herrn Richters: Erfüllt es den Tatbestand eines Verbrechens, wenn ein Bundesbezirksrichter kraft richterlicher Vollmacht und Entscheidungsbefugnis einen bei seinem Gericht zugelassenen Anwalt zwecks disziplinarischer Bestrafung dazu anweist, ein Stück unverschmutztes, unbehandeltes, nichttoxisches Holz von nicht unzumutbarer Länge zu Sägemehl zu zerkauen? Unsere Antwort lautet: Nein, wir konnten keinen Präzedenzfall und kein Gesetz ausfindig machen, aus dem hervorgegangen wäre, daß ein solches Vorgehen nach gültigem Recht als Verbrechen gewertet werden könnte. Der Herr Richter hatte uns ausdrücklich instruiert, die Frage, ob eine derartige Anordnung einen Mißbrauch der richterlichen Ermessensbefugnis darstelle, über den Rahmen der richterlichen Disziplinargewalt hinausgehe oder auf dem Revisionswege aufgehoben werden könne, außer acht zu lassen.«

Arthur ließ den Kopf hängen und seufzte.

»Gehe ich also recht in der Annahme, daß ich mich keines Verbrechens schuldig mache, wenn ich den hier anwesenden Mr. Mahoney anweise, ein Stück Vierkantholz zu Sägemehl zu zerkauen? Ist es dann vielleicht ein Vergehen?«

»Wir haben die einschlägigen Online-Datenbanken durchsucht«, sagte die Blondine keß, »und sind auf keinen aktenkundigen Fall gestoßen, daß ein Richter eines Verbrechens oder Vergehens angeklagt worden wäre, weil er einem Anwalt befohlen hatte, ein Stück Holz zu Sägemehl zu zerkauen.«

»Da haben Sie's«, sagte der Richter, noch immer zum Fenster gewandt. »Befolgen Sie die Anweisungen, und es wird niemand etwas von Ihrer Mißachtung des Gerichts oder Ihrer nachfolgenden Bestrafung zu erfahren brauchen. Wenn Sie meine Entscheidung anfechten wollen, werden Sie dies in öffentlicher Verhandlung tun müssen – was Ihr gutes Recht ist.« Er streifte einen Aschering von der Zigarre ab. »Es wird nicht das erste Mal sein, daß ich einen Anwalt im Abgrund seines eigenen Unverstands untergehen sehe.«

Arthur erstarrte wie ein Vorstehhund und glotzte hilflos, während der Richter seine Assistentin mit einem »Danke, meine Liebe« bedachte und dann seinen Schreibtisch nach einem etwaigen nächsten Punkt auf der Tagesordnung absuchte.

»Oh, es war mir ein Vergnügen«, entgegnete die Assistentin. »Herr Richter, ich könnte an dieser Stelle auch erwähnen, daß der für diesen Fall zuständige Stellvertretende Bundesanwalt den Antrag, in dessen Zusammenhang er gestern mit Ihnen gesprochen hatte, inzwischen eingereicht hat. Wir dachten, daß Sie die Sache möglicherweise mit den Anwälten erörtern wollten, bevor die Herren wieder gehen. Wenn ich mich nicht irre, wollte die Staatsanwaltschaft eine psychologische und medizinische Untersuchung des Angeschuldigten gemäß Bestimmung zwölf beantragen.«

Sie lehnte sich über die zwei Minitower und reichte dem Richter ein Schriftstück, drehte sich dann um und hielt einem unsichtbaren Dritten zwischen Watson und Arthur eine Kopie hin. Watson machte einen Schritt nach vorn und streckte seine Hand aus; Arthur kam ihm zuvor und schnappte sich das Dokument.

»Was zum Teufel ist das Psychon-Projekt überhaupt?« fragte der Richter. »Die haben schon vier oder fünf von diesen Krüppeln nach Minnesota raufgeschafft, und dann kommen sie hierher zurück und behaupten, der Angeklagte sei ein geborener rassistisch-psychopathischer Haßmörder, der lebenslänglich hinter Gittern gehört. Das überrascht mich. Früher bedeutete ein psychischer Defekt, daß man *nicht* schuldig war. Jetzt haben sie die Sache auf den Kopf gestellt. Wenn man jetzt einen Hirnschaden hat oder verrückt ist, dann bedeutet das lediglich, daß man wahrscheinlich verrückt genug war, jemanden umzubringen, und vor allen Dingen verrückt genug ist, das noch einmal zu tun.«

Watson erstarrte und spähte dann Arthur über die Schulter.

»Wenn wir schon mal bei dem Thema sind«, knurrte der Richter, »kann ich euch Jungs genausogut verraten, daß ich neulich in dieser Angelegenheit eine kleine *ex-parte*-Besprechung mit dem Bundesanwalt hatte. Immer, wenn ich mich zu einem solchen Schritt entschließe, achte ich darauf, der Fairness halber ein zweites kleines *ex parte* mit der anderen Seite zu veranstalten, was zur Folge hat, daß die zwei *ex partes*, sobald man sie zusammenbringt, ein *in ganzo* konstituieren, wie ich es zu nennen beliebe, und keiner sich beklagen kann. Gehen Sie mit mir konform, Mr. Mahoney?«

»Herr Richter, wir wären mit allem einverstanden, was zu einer schleunigen Beendigung dieser Sache führen und uns gestatten würde, meinen Associate, Mr. Watson, von einem Fall zu befreien, für den er ganz offensichtlich nicht qualifiziert ist.«

»Ich entscheide, wer qualifiziert ist«, sagte der Richter. »Mr. Watson, hatten Sie sich möglicherweise mit der Absicht getragen, sich bei Ihrer Verteidigung auf einen wie auch immer gearteten psychischen oder organischen Schaden oder Defekt zu berufen? Denn falls ja, könnten wir diesen Burschen in die Mayo-Klinik schaffen und Sie und den Ankläger in einem Aufwasch zufriedenstellen. Das ist die beste Methode, die ich kenne, eine kostenlose medizinische Untersuchung für einen mittellosen Mandanten zu bekommen. Natürlich war der Staatsanwalt schneller und hat dafür gesorgt, daß auch er alles zu sehen bekommen wird, und wie Sie wahrscheinlich wissen, sind die meisten Ärzte in diesen bundeseigenen medizinischen Forschungszentren Huren der Staatsanwaltschaft. Sie riskieren also, für Ihren Mandanten ungünstige Untersuchungsergebnisse zu bekommen. Es besteht eine sehr gute Chance, daß die Hirnklempner anschließend erklären, er habe ganz genau gewußt, was er tat, und sei so zurechnungsfähig wie Sie und ich.«

Arthur wandte sich abrupt ab und hustete.

»Etwas in den falschen Hals bekommen, Mr. Mahoney?«

»Nein, Herr Richter«, schnappte Arthur nach Luft. »Ich bitte um Verzeihung, ich hatte nur –«

»Falls Sie also«, fuhr der Richter fort, »vielleicht vorgehabt haben sollten, die Einweisung dieses Mannes in eine staatliche Klinik zu beantragen, *ohne* die Anklage etwas von Ihren Plänen wissen zu lassen, dann ist es dazu zu spät. Was immer die da oben ausgraben, wird bei Prozeßbeginn *beiden* Seiten bekannt sein. Dasselbe habe ich gestern dem Ankläger gesagt.«

Der Richter nahm seine leere Teetasse in die Hand und starrte mit verdrießlicher Miene hinein.

»Bestehen Ihrerseits irgendwelche Einwände dagegen, daß an Ihrem Mandanten medizinische oder psychiatrische Untersuchungen vorgenommen werden?«

Watson warf Arthur einen Seitenblick zu. »Im Gegenteil,

Herr Richter – tatsächlich bin ich gerade dabei, einen Antrag gemäß Bestimmung zwölf, Abschnitt zwei fertigzustellen, in dem ich das Gericht davon in Kenntnis setze, daß wir in der Verhandlung möglicherweise auf verminderte Schuldfähigkeit infolge eines psychischen Defekts plädieren werden«, sagte er. »Zum mindesten würde ich das Gericht um die Erlaubnis ersuchen, durch medizinische Experten nachprüfen zu lassen, ob das der Verteidigung bekannte neurologische Leiden, unter dem der Angeschuldigte in der Vergangenheit gelitten hat, zum Teil oder ausschließlich zu dem ihm zur Last gelegten impulsiven Verhalten geführt haben könnte.«

»Betrachten Sie Ihren Mann als überstellt«, sagte Richter Stang. »Tatsächlich habe ich bereits gestern die entsprechende Anordnung erlassen, und ich vermute, daß er schon weg ist. Bringen wir diese ganze Psychoscheiße hinter uns, und dann werde ich die Anwälte wissen lassen, was für ein medizinisches Gutachten die Geschworenen zu hören bekommen.«

»Nur noch eins«, sagte Watson. »Sie haben gesagt, daß der Ankläger in alles Einsicht hat, was von der Mayo-Klinik zurückkommt. Wie wäre es, wenn wir zusätzlich zu den Mayo-Tests einen eigenen Sachverständigen – einen eigenen Neurowissenschaftler oder Neuropsychologen hinzuziehen würden?«

»Das kostet gewöhnlich Geld«, sagte der Richter. »Gemäß Strafprozeßordnung kann ich Ihnen eine Fahrt zur Mayo-Klinik spendieren. Ich kann aber keine Bundesmarshals bezahlen, die Ihren Jungen durch die Stadt kutschieren, bis er einen Gehirnklempner findet, der ihn versteht, und dann noch weitere Schecks für die anfallenden Arztkosten ausstellen.«

»Die Gebührenfrage ist einstweilen nicht von Belang«, sagte Watson. »Eine andere Sorge habe ich allerdings – was ist, wenn wir den Sachverständigen unserer Wahl konsultieren, und dieser Sachverständige schreibt uns ein Gutachten, das uns mißfällt? Ist die Staatsanwaltschaft befugt, die Offenlegung dieses Gutachtens zu erzwingen, selbst wenn wir den Sachverständigen nicht in den Zeugenstand rufen? ... beziehungsweise *die* Sachverständige?« fügte er mit einem Seitenblick auf Arthur hinzu.

Der Richter drehte sich mit seinem Schreibtischsessel zurück und sah Arthur, soweit feststellbar zum erstenmal seit

Beginn der Unterredung, direkt an. »Sehen Sie, was passiert, wenn ein Anwalt ein Anwalt ist und kein Drückeberger?« fragte er grinsend.

»Ich denke dabei auch an den Mandanten«, protestierte Arthur. »Ich bin von Mr. Watsons Chancen in einem Mordprozeß nicht sehr überzeugt, insbesondere da er noch nie eine Geschworenenverhandlung miterlebt, geschweige denn geführt hat.«

Der Richter wandte sich wieder Watson zu. »Heißes Thema, Mr. Watson. Sie werden in der Literatur ausführliche Kommentare dazu finden, was passiert, wenn der Psychiater, den man konsultiert hat, ein Gutachten erstellt, von dem besser niemand etwas erfahren sollte.«

»Ich habe sie schon gefunden«, sagte Watson. »Sie erschienen nach der Entscheidung des Obersten Bundesgerichts in Ake gegen Oklahoma, die Angeklagten das Recht auf den Beistand eines psychiatrischen Sachverständigen garantiert. Aber die einzelnen Revisionsgerichte sind sich darüber uneins, was geschieht, wenn der Sachverständige, den man konsultiert hat – ein Sachverständiger, von dem die Anklagevertretung weiß –, ein Gutachten erstellt, das eher der Staatsanwaltschaft als der Verteidigung nützt. Und das für uns zuständige Achte Revisionsgericht hat sich zu der Frage bislang noch nicht geäußert.«

»Machen Sie sich um die Heinis keine Sorgen«, sagte der Richter mit einer Grimasse. »Das Achte Revisionsgericht kann sich einen sechszölligen Nagel in seinen kollektiven Arsch schieben.« Er wandte sich wieder seiner Assistentin zu. »Schätzchen?« sagte er und reichte ihr den Antrag der Staatsanwaltschaft. »Stempeln Sie da meine Unterschrift drauf – und auf sonst noch alles, was wir an Papierkram benötigen, um unseren Haßmörder in die gerichtsmedizinische Abteilung der Mayo-Klinik zu verfrachten.«

»Ja, Herr Richter«, sagte die Assistentin.

»Ach, und noch was«, sagte der Richter. »Wie wir alle wissen, bedeutete es einen Verstoß gegen die gerichtsüblichen guten Sitten, wenn ich dem hier anwesenden Mr. Watson meine voraussichtliche Entscheidung bezüglich irgendwelcher Anträge, die er oder die Staatsanwaltschaft in dieser Sache einreichen *könnten*, bekanntgeben würde; wären Sie also so freundlich, diese unveröffentlichte Entscheidung herauszusuchen, die wir letztes Jahr gefällt haben, als der Staatsanwalt versuchte, an das schriftliche Gutachten eines Psychiaters heranzukommen, den die Verteidigung konsultiert hatte und der von seinem Zeugnisverweigerungsrecht Gebrauch machte? Wenn ich mich nicht täusche, ging es um diesen verhuschten jungen Burschen, der auf dem Postamt aufgekreuzt war und um eine Versandbox gebeten hatte, um seinem Bruder in Philadelphia eine Maschinenpistole zu schicken.«

»Ich erinnere mich, Herr Richter«, sagte die Assistentin. »Ich habe die Entscheidung des Gerichts for- ... äh, hm, ich habe *mitgeholfen,* die Entscheidung des Gerichts zu formulieren.«

»Wenn ich mich recht entsinne«, sagte der Richter, »hatte die Verteidigung drei verschiedene Psychiater konsultiert – der erste meinte, der Angeklagte sei geistig gesund, der zweite meinte, er sei geisteskrank, und der dritte meinte, ich sei geisteskrank. Die Verteidigung erklärte, sie beabsichtige, Psychiater Nummer zwei in den Zeugenstand zu rufen, und die Staatsanwaltschaft beantragte, die Offenlegung der Gutachten von Nummer eins und drei anzuordnen. Und was haben wir seinerzeit gesagt?«

Die Assistentin lächelte. »Wünscht das Gericht den Wortlaut der schriftlichen oder den Wortlaut der mündlichen Entscheidung des Gerichts zu hören?«

»Machen Sie's kurz«, sagte der Richter. »Der mündlichen.«

Die Assistentin nickte und erklärte liebenswürdig: »Die mündliche Entscheidung des Gerichts, mit welcher der Antrag der Staatsanwaltschaft auf Offenlegung der Gutachten und Vorladung der sich auf ihr Zeugnisverweigerungsrecht berufenden, von der Verteidigung konsultierten Psychiater abgewiesen wurde, lautete« – sie straffte sich und senkte geringfügig die Stimme: »›Sagen Sie diesem Staatsanwalt, er möge sich einen zehnzölligen Nagel in den Arsch schieben.‹«

Die Assistentin lächelte, der Richter nickte bestätigend, und Arthur warf Watson einen durch die Nebelbank von Zigarrenrauch kaum gedämpften unheilschwangeren Blick zu.

»Danke, Kendra, Liebes«, sagte der Richter. »Das wäre vorläufig alles. Geben Sie Mr. Watson eine Kopie von der schriftlichen Entscheidung des Gerichts, in der darauf hingewiesen wird, daß die Aufzeichnungen eines von der Verteidigung in einer Strafsache konsultierten, nicht vor Gericht aussagenden Psychiaters nach dem Rechtsgrundsatz der Verfügungsgewalt des Selbständigen über die Ergebnisse seiner Arbeit geschützt sind und die Staatsanwaltschaft daher keinen Anspruch auf sie erheben kann.«

»Euer Ehren«, warf Arthur ein. »Mit Verlaub, das Gericht hat einen gerade aus der Universität entlassenen jungen Juristen ohne jede Prozeßerfahrung mit der Verteidigung in einem schwierigen, kontroversen Mordfall beauftragt, in dem die Staatswaltschaft die Todesstrafe beantragen will. Ich begreife nicht ...«

Ohne sich um Arthur zu kümmern, wandte sich der Richter ab und versenkte sich wieder in die spektakuläre Aussicht auf die City von Saint Louis und den Mississippi, auf dem die Kähne durch die lichtgesprenkelten Wellen pflügten und die Brücken in der Sonne glitzerten. Er holte aus einer Schreibtischschublade einen Schlüsselring, suchte einen Schlüssel aus und bediente sich seiner, um Ohrenschmalz aus seinem Gehörgang zu graben. Er musterte die so gewonnene Probe, wischte den Schlüssel an seiner Socke ab und brummelte vor sich hin: »Es ist mir egal, ob Frank Donahue für den Senat kandidiert, aber wenn er versucht, das in meinem Gerichtssaal zu tun, besorge ich's ihm wie einer läufigen Hündin.«

Arthur räusperte sich. »Ich weiß die Anteilnahme des Gerichts an den politischen Schicksalen unseres Gemeinwesens zu würdigen, aber ich gestehe, daß es mir schwerfällt, dem Gedankengang des Gerichts zu folgen«, sagte er mit einem Ton, der kaum merklich zu verstehen gab, daß es offensichtlich mit den logischen Fähigkeiten des Gerichts haperte.

»Wie könnten Sie auch?« sagte der Richter lächelnd, noch immer zum Fenster gewandt. »Der Gedankengang des Gerichts entzieht sich zwangsläufig Ihrem beschränkten geistigen Vermögen.«

»Dieser Fall –« begann Arthur.

»Ist Exkrement«, sagte der Richter. »Er ist dieselbe Sorte Scheiße, in die Sie sich seinerzeit, als Sie in Tom McGrath'

Büro arbeiteten, immer mit Vorliebe zu setzen pflegten. Ich habe die einschlägigen Gesetze gelesen, ich habe die Anklageschrift gelesen, ich habe die Zeitungen gelesen, und andauernd stoße ich dabei auf zwei Wörter, die mir eine Menge Kopfzerbrechen bereiten. Zwei Wörter, auf die ich häufig stoße – in Schadensersatzprozessen, in Börsenberichten, in metaphysischen Traktaten, in der Politik, wenn ich wegen meiner sich verschlechternden Gesundheit meinen Arzt aufsuche und wenn ich mich bemühe, die Ursache des Sodbrennens meiner Frau zu eruieren. Sie ißt Tortilla-Chips mit Peperoni-Dip und Avocados, Taco-Salat mit Tabasco, Jalapeño-Tunke und Chili-Rellenos; anschließend trinkt sie einen Kübel Kaffee und knuspert dazu eine Tafel Schokolade; und dann weckt sie mich mitten in der Nacht auf und erklärt mir, was ihr Sodbrennen bereite, sei mein exzessiver Alkoholgenuß.«

Arthur warf Watson einen Blick zu, der deutlich besagte: *Sehen Sie? Tollwutpsychose.*

»Zwei Wörter«, sagte Richter Stang. »Gehe ich recht in der Annahme, daß keiner der zwei hier anwesenden gelehrten überbezahlten Leuchten der Rechtswissenschaft weiß, um welche zwei Wörter es sich dabei handelt?«

»*Aufgrund von*«, sagte Watson leise.

Arthurs Kopf rührte sich nicht, aber Watson konnte sehen, wie sich seine Nackenhaare sträubten und seine Nackenmuskeln versteiften, als übe er sich gerade darin, mit den Ohren zu wackeln.

»Ha«, stieß der Richter mit befriedigtem Fauchen hervor. Er wirbelte in seinem Stuhl herum und richtete einen gichtigen Finger auf Watson – ein Lehrer, der über seinen wohlpräparierten Lieblingsschüler vor Stolz strahlt. »So hab ich's gern! *Aufgrund von.*« Seine Augen wetterleuchteten zu Arthur hinüber. »Bislang sehe ich *einen* Anwalt, der sich Gedanken um seinen Mandanten macht.«

An Arthurs Mundwinkel zuckte ein Muskel. Watson erkannte, daß ihr Herr-Knecht-Verhältnis sich gerade zu einer Dreiecksbeziehung erweitert hatte, mit einem irren Bundesrichter, der sie beide vom entgegengesetzten Winkel aus angrinste – eine dritte Säule, die beide, jeden für sich oder gemeinsam, bedrohte.

»Diese neumodische Haßrichtlinie erklärt, daß ich das Strafmaß dieses dummen Scheißers um sechs Punkte anheben muß, wenn er sein Opfer vorsätzlich *aufgrund von* dessen Rasse oder Behinderung ausgewählt hat.«

»Herr Richter, wir sind nicht hier, um den Begriff der Kausalität zu erörtern«, meldete sich Arthur zu Wort.

Richter Stang wandte sich wieder seinem Panoramafensterausblick auf den Fluß zu, lehnte sich in seinem Drehstuhl zurück und schwang seine Beine auf den Marmorschreibtisch, so daß seine Füße genau vor dem ausgeschalteten Computermonitor in die Höhe ragten. Er klemmte sich die Zigarre zwischen die Zähne und verschränkte die Hände hinter dem Kopf.

»In einem knochentrockenen Wald, Mr. Mahoney, steht ein Zweihunderttausend-Dollar-Haus«, sagte Richter Stang, den Blick wieder in die Ferne gerichtet, durch Gekräusel von Zigarrenrauch plaudernd. »Hundert Meter westlich des Hauses schlägt der Blitz ein und löst einen Waldbrand aus. Hundert Meter östlich desselben Hauses, im selben Wald, wirft ein Mann achtlos eine Zigarette weg und löst einen zweiten Waldbrand aus. Die zwei Brände vereinigen sich zu einem einzigen Feuer, dem kurz darauf das Haus zum Opfer fällt. Die Brandexperten der Feuerwehr stimmen darin überein, daß jeder der zwei Brände allein ausgereicht hätte, um das Haus zu zerstören. Der Eigentümer des Hauses verklagt den Zigarettenraucher wegen fahrlässiger Sachbeschädigung auf zweihunderttausend Dollar Schadensersatz. Mit welchem Resultat?«

Arthur stieß einen weiteren Seufzer der Verzweiflung aus. »Ich muß gestehen, daß ich mich nicht mehr erinnere, Herr Richter.«

»Verzwickte Angelegenheit, die Kausalität«, sagte der Richter. »Äußerst verzwickt. Nehmen Sie zum Beispiel das Feuer. Eine Verhandlung um eine so große Sache wie Mutter Natur, so evident wie zwei Waldbrände und so simpel wie eine Zivilklage wegen fahrlässiger Sachbeschädigung. Aber simpel ist das nicht. Was glauben Sie nun, was passieren würde, wenn ich versuchte, eine Verhandlung über zwei Feuer zu führen, die durch das degenerierte Gehirn eines psychotischen Delinquenten gefegt sind und ihn dazu gebracht haben, jemanden zu erschießen? Sollen wir den Geschworenen den Auftrag geben, zu ermitteln, genau welche Sorte Haß dieser menschlichen Küchenschabe zur Tatzeit durch den Kopf geisterte? Und nachdem wir sämtliche abartigen Varietäten von Haß identifiziert haben – manche durch Drogen verursacht, manche vielleicht durch Mißhandlungen verursacht, manche vielleicht durch Schnaps verursacht, manche vielleicht durch … was verursacht? Nicht aussprechen! *Vorurteile!* Manche vielleicht dadurch verursacht, daß der Angeklagte ein heißblütiger Mr. MacDünnpfiff ist, der sich den Hintern wischt, noch ehe er geschissen hat … Nachdem wir all das gehört haben, sollen wir dann vielleicht die Geschworenen fragen, *welche* dieser verschiedenen Sorten Haß den Mann dazu veranlaßt hat abzudrücken? Nicht in meinem Gerichtssaal. Nicht, wenn ich es irgendwie verhindern kann.«

»Es ist sicher nicht der Aufmerksamkeit des Gerichts entgangen, von welch einer Epidemie von Haßtaten diese unsere Nation gegenwärtig heimgesucht wird«, sagte Mahoney. »Die Gesellschaft hat das Recht, über Verbrechen, die durch Haß gegen geschützte Gruppen motiviert sind, höhere und strengere Strafen zu verhängen als über Verbrechen, die aus weniger gesellschaftsschädigenden Motiven begangen werden.«

»Bah«, sagte Richter Stang und pulte sich eine Tabakfaser aus den Zähnen. »Wollen Sie den Haß unter Strafe stellen? Ich sitze hier seit fünfzig Jahren und habe während der ganzen Zeit nichts anderes als Haß erlebt. Jeder, der hier hereingeschleift wird, ist voll davon, die Ankläger sind voll davon, ich bin voll davon, Sie sind voll davon, und was nun? Wollen Sie nur bestimmte Sorten für strafbar erklären? Was sollen wir tun? Ein paar Haßproben nehmen und sie den Gerichtsmedizinern zuschicken? ›Stellen Sie fest, mit welcher Sorte wir es hier zu tun haben‹?«

Der Richter riß ein weiteres Streichholz an. »Das ist alles schön und gut, bis es für strafbar erklärt wird, Haßtäter zu hassen. Und was dann?«

»Mh-äh, Herr Richter«, stammelte Arthur, »trotzdem begreife ich noch immer nicht ganz, was das alles damit zu tun hat, daß mein Associate, Mr. Watson, in diesem Prozeß als Verteidiger auftreten soll, obwohl er keinerlei Erfahrung in

Strafsachen hat – ja praktisch noch überhaupt keine Erfahrung in Rechtsdingen.«

»Das Gericht braucht nicht zu befürchten, daß in Ihrem Gehirn zwei Feuer brennen könnten, Mr. Mahoney«, sagte der Richter. »Da steckt nichts anderes drin als der alles verzehrende Wunsch, Einkommensverluste und nichtabrechenbare Associate-Arbeit zu vermeiden.«

Arthur machte einen Katzenbuckel. »Jetzt überschreitet das Gericht die Grenzen seiner –«

»Der hier anwesende Mr. Watson hat einen hervorragenden Aufsatz geschrieben, in dem er sich mit dieser nationalen Manie, Haß zu bestrafen, und den mit diesen gutgemeinten, übertriebenen Gesetzen einhergehenden offenkundigen verfassungsmäßigen Problemen auseinandersetzt«, warf Richter Stang beiläufig ein. »Ich habe ihn gelesen. Er hat mir gefallen.« Watsons Lungen schwollen vor Stolz. »Kommen Sie schon, Mahoney. Sie können sich doch da drüben in Ihrem Laden die Rennpferde nach Belieben aussuchen. Der Junge hat was auf dem Kasten, sonst hätten Sie ihn sich nicht geholt. Ich wette, er hatte noch fünf bis zehn weitere Angebote zur Auswahl. Da er jung und dumm ist, hat er Ihres angenommen, weil Sie am meisten zahlen. Mit den vereinten Kräften Mr. Watsons und meiner Assistentinnen werden wir Urteilsbegründungen die Fülle finden, die meine Schlußfolgerung bestätigen, daß dieser stinkende Haufen Scheiße, den Frank Donahue ein Haßverbrechen zu nennen beliebt, nichts anderes ist als ein Schielen nach einem Sitz im Senat. Der Bundesanwalt wird gegen meine Abweisung seiner Haßtat-Anklagepunkte Revision einlegen, und in dem Fall könnte es sein, daß diese körperlosen Gottheiten, die in mehr denn olympischer Blödheit über die Geschicke des Achten Gerichtsbezirks walten, meine Entscheidung aufheben. Und wenn die Olympier meine Entscheidung aufheben, bekomme ich den Fall zur nochmaligen Verhandlung vorgelegt. In der Verhandlung wird der hier anwesende junge Mr. Watson seinen eigenen Kopf auf einem Tablett serviert bekommen, und die Geschworenen könnten unter Umständen sogar seinen Mandanten in die Injektionskammer schicken. Woraufhin sich der Angeklagte einen anderen Anwalt nehmen und wegen unzulänglicher

Prozeßvertretung Berufung einlegen wird, weil ein psychotischer alter Bundesbezirksrichter einen grünschnäbeligen Ignoranten zum Verteidiger in einer Todesstrafsache bestellt habe. Der langen Rede kurzer Sinn? Ich kriege Frank Donahue *jetzt* vor die Flinte, und dann noch ein *zweites* Mal im Wiederaufnahmeverfahren.«

Arthur lächelte bitter.

»Das Achte Revisionsgericht kann mich kreuzweise kassieren«, sagte der Richter, die Augen zu rauchtränenden Schlitzen zusammengekniffen, »es kann meine Entscheidungen bis zum Urschleim und wieder zurück aufheben, aber kein weißer Abschaum verläßt meinen Gerichtssaal mit einer Fahrkarte zum Friedhof, nur weil Frank Donahue Senator werden möchte.«

»Ja, Herr Richter«, sagte Arthur, »ich verstehe.«

»Sie verstehen nicht«, sagte der Richter, »und es ist mir herzlich egal.«

Watson hielt die Luft an und wartete, auf weitere zwanzig Minuten verbalen Bombardements gefaßt, in denen es darum ging, ob Arthur verstehe oder nicht verstehe, doch dann sah er zu seiner Erleichterung, wie sein Boss, augenscheinlich kapitulierend, seinen Aktenkoffer vom Boden aufhob.

»Ich bin ein Richter«, sagte Richter Stang und sah erst Watson, dann Arthur über den Rand seiner Lesebrille hinweg an. »Ich nehme jeden Anwalt, jeden Ankläger, jeden Angeklagten so, wie er kommt, und dann tue ich meinen Job. Ich bemühe mich, fair zu sein.«

»Ja, Herr Richter«, seufzte Arthur.

»Deswegen will ich Sie hier nicht wieder sehen, es sei denn, Sie haben exakt 680 Gramm gekautes Sägemehl in einem passenden Behältnis bei sich. Gekaut, kapiert? Wenn's sein muß, schicke ich das Zeug zu einer Speichelanalyse in die Gerichtsmedizin. Zwingen Sie mich nicht dazu!«

»Wäre das alles?« fragte Arthur steif.

»Und Sie«, sagte Richter Stang, jetzt zu Watson gewandt. »Anträge. Gute! Mit jeder Menge beweistheoretischen Argumentationen. Denn sobald ich Ihren Anträgen stattgebe, wird der Staatsanwalt Sie schnurstracks zu einem beschleunigten vorgezogenen Überprüfungsverfahren vor die Götter der heiligen Revision schleifen. Und wenn Sie erst einmal da oben sind, dürfen Sie mit nichts argumentieren, was Sie nicht schon in Ihren bestimmenden Schriftsätzen vorgelegt haben, also vergewissern Sie sich, bevor Sie die Dinger einreichen, daß alles da und hieb- und stichfest ist, kapiert?«

»Ja, Herr Richter«, sagte Watson.

»Die tödlichste Urtodsünde an meinem Gericht ist, unvorbereitet zu erscheinen«, sagte Richter Stang. »Wenn Anwälte unvorbereitet erscheinen, höre ich erst wieder auf, sie mit Unflat zu überschütten, wenn ich die Gewißheit habe, daß sie meinen Gerichtssaal verlassen und sich prompt das Leben nehmen werden. Das nächste Mal, wo sie auch nur mit dem *Gedanken* spielen, in meinen Gerichtssaal zu kommen, ohne gründlichst vorbereitet zu sein, fallen sie auf die Knie und übergeben sich bei der bloßen Erinnerung daran, was ich ihnen das letztemal angetan habe.«

Der Richter nahm seine Lesebrille ab und rieb sich mit seinen knorrigen Fingern den Nasensattel. »Sie scheinen ein brauchbarer Bursche zu sein, und Sie leisten gute Arbeit. Aber ich will *absolut sicher* sein, daß wir bei Ihnen diese erste Stufe überspringen können. Lassen Sie sich nicht in meinem Gerichtssaal blicken und reichen Sie keine Zeile ein, solange Ihr Material nicht das Allerbeste ist, was Sie zustande bringen. Kapiert? Kurze, exakte, unangreifbare Schriftsätze, in denen Sie sämtliche für den Tatbestand Ihres Falles maßgeblichen Gesetze anführen. Klar? Ich habe Ihre Veröffentlichung gelesen. Sie haben Talent. Damit haben Sie ein Zehntel des Weges geschafft. Der Rest ist Arbeit. Machen Sie sich daran.«

Dreizehntes Kapitel

Der sprechende Uhrzeit-und-Außentemperatur-Fahrstuhl brachte sie hinunter in die Eingangshalle, wo Arthur wortlos den Weg zur Tiefgarage einschlug. Watson riskierte einen gelegentlichen Seitenblick und musterte das Gesicht seines Vorgesetzten verstohlen nach Anzeichen von Wut oder Gefahr – einem verkrampften Backenmuskel, einem unheildräuenden Auge, einem weiteren reptilischen Zischen. Statt dessen deutete Arthur, als sie sich der Snackbar im Erdgeschoß näherten, auf die Glastür und lächelte.

»Eine kleine Erfrischung, Joe?« sagte er munter. »Richter Stangs trockener Humor kann einem die Kehle ganz schön ausdörren, finden Sie nicht auch?«

»Aber wirklich!« Trotz seines verbindlichen Lächelns verspürte Watson ein unvermindert bohrendes Unbehagen. Er war fällig. Es war nur eine Frage der Zeit.

Drinnen entschied sich Arthur für ein koffeinfreies Diät-Coke, und Watson nahm sich ein normales. Der Kassierer saß auf einem Hocker hinter der Theke und überflog mit den Fingerspitzen eine Seite Brailleschrift. Hinter ihm lehnte ein langer weißer Stock an der Wand.

Als Arthur die Limos auf die Theke stellte, sagte der Mann: »Guten Tag, die Herren.«

»Guten Tag«, sagte Arthur. »Zwei Cola, bitte. Ich zahle beide.«

Der Mann drückte ein paar Tasten an der Registrierkasse, nahm von Arthur einen Fünfdollarschein entgegen und schob ihn in den Schlitz einer Apparatur. Es ertönte ein Piepser, und Arthurs Wechselgeld klimperte in die Ausgabeschale der Registrierkasse. Der Kassierer reichte ihm die Scheine.

»Danke«, sagte Watson und folgte Arthur nach draußen zu den Aufzügen.

»Kleine Geschichtsstunde«, sagte Arthur liebenswürdig, während sie auf den Fahrstuhl warteten, der sie in die Tiefgarage bringen würde. »Der Pächter der Cafeteria hier stellt schon seit Jahren Blinde ein. Es ist eine Tradition, die weit in die Zeit vor dem Bundesbehindertengesetz zurückreicht. Die meisten sind noch immer dazu ausgebildet, Falschgeld allein nach dem Tastgefühl zu erkennen. Natürlich haben sie jetzt die Infrarotscanner, die ihnen sagen, ob die Banknote echt und wieviel sie wert ist.«

»Wahnsinn«, sagte Watson, den die Tatsache, daß Arthur so auffällig nicht auf die demütigende Behandlung einging, die ihm durch Iwan zuteil geworden war, immer mehr beunruhigte.

»Nur ein Krümel historisches Insiderwissen von einem ehemaligen Staatsanwalt«, sagte Arthur mit Wärme.

»Ja«, sagte Watson. »Danke. Das ist wirklich interessant.« Sollte er es mit einer dämlichen Überleitung versuchen, so à la: »Mann o Mann, was sagen Sie zu diesem Richter Stang?« Aber vielleicht sparte sich Arthur das Thema für die Rückfahrt auf, wenn sie ungestört sein würden?

Ein weiterer wortloser kurzer Marsch durch das fünfte Parkdeck der Tiefgarage des Gerichtsgebäudes der Zukunft. Arthur zückte die Fernbedienung, die Türen des Wagens entriegelten sich mit einem satten Geräusch, und die zwei Anwälte machten es sich wieder im luxuriösen cremefarbenen Interieur eines schwarzen BMW 890il bequem – Arthurs »Sommerauto«, das er immer dann fuhr, wenn er nicht sein »Allwetterauto« fuhr, einen Toyota Land Cruiser. Watson roch Neuwagenleder und erduldete eine weitere peinliche Stille, bis sein Boss die Zündung betätigte und das gedämpfte Schnurren von acht Zylindern, 240 Pferdestärken und ein Mozartsches Streicherquartett in C-Dur aktivierte. Am Armaturenbrett informierten sie Flüssigkristalldisplays digital über Uhrzeit, Außentemperatur, Tankinhalt, Datum der letzten Inspektion, Datum der nächsten Inspektion ...

»Ben Verruca, von Subliminal Solutions, hat noch einmal angerufen«, sagte Arthur. Er pellte zwei knisternde Fünfer aus seinem Westentaschenportefeuille, reichte sie der Bediensteten in ihrem Glaskabuff, ohne sie anzusehen, und fuhr dann los, während Watson Kopfrechnungen darüber anstellte, wieviel Rest er ihr gelassen hatte.

Watson riskierte wieder einen Seitenblick. Er sah nach Arthurs Fingerknöcheln, versuchte zu erkennen, ob sie vielleicht weiß waren und dem lederbezogenen Lenkrad Quietschlaute entlockten. Statt dessen sah er, wie sein Boss mit gelassener, selbstsicherer Miene entschlossen zum nächsten Tagesordnungspunkt überging, das jüngst erfolgte gerichtliche Mißgeschick hinter sich lassend und auf wichtigere Aufgaben zusteuernd, die sich an ihrer beider sich überschneidenden beruflichen Horizonten abzeichneten.

»›Greek SlaughterHouse‹?« sagte Watson, dankbar für diesen weiteren momentanen Aufschub, aber unvermindert sorgenvoll über die Natur der ihn letztlich erwartenden Vergeltung brütend.

»›Tower of Torture‹, Version 4.0«, sagte Arthur. »Ben hat ein paar Fragen, und er dachte, Sie mit Ihrem Background könnten ihm vielleicht behilflich sein.«

Verschlüsselte Botschaft, und Watson verstand sie auf Anhieb. Hätte Watson gesagt: »Meinem Background?«, dann hätte Arthur behauptet, er rede von Watsons Arbeit an »Tower of Torture« 3.11 und den damit zusammenhängenden Patent- und Warenzeichenproblemen. Aber in Wirklichkeit redeten Arthur und Ben Verruca von Watsons Background als einstigem Katholiken und den theoretischen Aspekten von Subliminal Solutions jüngsten, geheimstgehaltenen Bemühungen, in der neusten Version von »Tower of Torture« eine weitere Erscheinung der Heiligen Jungfrau Maria zu bewerkstelligen – als subliminalen Motivationsfaktor, der dem Unternehmen hoffentlich ähnliche Absatzerfolge bescheren würde, wie sie die erste Vision ausgelöst hatte.

Da er erwartet hatte, daß der erste TOP Richter Stangs menschenrechtswidrige Verhörmethoden sein würden, verwirrten sich jetzt die Themenbereiche in Watsons überhitzter Vorstellungskraft: Er sah Richter Stang, ganz in Schwarz gekleidet und mit einer Henkersmaske angetan, in einer Multimedia-Version seiner Gas-/Folter-»Kammer«, wie er unglückliche Anwälte in die dornenbewehrten Innereien einer Eisernen Jungfrau stopfte oder in den malmenden Eisenreifen eines Skevington-Korsetts zu Sanduhrform quetschte. Richter Stang als Grobschmied des Todes, der den Blasebalg trat und die Kohlen unter dem sikulischen Stier von Phalaris anfachte, in dessen ehernem Rumpf Watson in Kürze rösten und die eingebauten Pfeifen dazu bringen würde, sein Geschrei und Gebrutzel mit pneumatischem Bullengebrüll zu übertönen. Er rettete sich in ein Ave-Maria.

»Was war noch mal die Botschaft, die die, äh, Jungfrau bei ihrer ersten Erscheinung ausgesprochen hatte?«

Eine reine Pro-forma-Anfrage. Die gesamte Computer-Game-Industrie kannte die Botschaft in- und auswendig. Aber seinem Arbeitgeber zuliebe sagte Watson sie noch einmal auf – zu allem bereit, nur um dem Vorwurf zu entgehen, vor Richter Stangs Thron zum Apostaten geworden zu sein. »Ich glaube, nach dem zuletzt erzielten Konsens sagte sie: ›Wir lieben dich. Mein Sohn ist sehr stolz auf dich. Danke, daß du dich so sehr bemühst, gut zu sein. Hoffentlich sehen wir uns bald. Alles Liebe, Maria.‹«

»Ja«, sagte Arthur. »Das kommt meinen Informationen, soweit ich mich erinnere, sehr nahe. Gut.«

»Ja«, sagte Watson.

Und weiter ging die Fahrt, ein, zwei Häuserblocks lang; Watson summte Mozart vor sich hin, während er das plötzliche Aufzischen der Rute erwartete.

Arthur drückte auf ein geschmackvolles kleines Bedienelement und ließ den guten alten Amadeus zur nächsten Programmnummer springen. »Ben fragte sich, oder spekulierte vielmehr, was wohl passieren würde, wenn die Heilige Jungfrau Maria, aus was für Gründen auch immer, auch in ›Tower of Torture‹ 4.0 erschiene«, sagte Arthur. »Ganz spontan natürlich«, fügte er hinzu, »wie beim letztenmal. Aber was Ben sich speziell fragte, war, was wohl wäre, wenn die Botschaft der Jungfrau diesmal ein wenig ... aufregender ausfiele?«

»Eine aufregende Jungfrau Maria?«

»Ja, dynamischer. Mehr als nur ein vorhersagbarer Ausdruck mütterlicher Liebe. Was wäre beispielsweise, wenn ein paar Spieler behaupteten, von bestimmten Leiden geheilt worden zu sein? Jetzt bräuchte Ben etwas Hilfestellung bei den katholischen Aspekten der Sache. Er hat was von Blinden oder sonderbefähigten Personen gehört, die dadurch gesund wurden, daß sie in magischen Zisternen badeten oder aus Quellen tranken, die am Schauplatz einer Marienerscheinung entstanden waren.«

»Lourdes«, sagte Watson.

»Ja«, sagte Arthur. »Was hätte es für eine Wirkung, wenn etwas in der Art passierte?«

»Auf dem Bildschirm?« fragte Watson ungläubig.

»Überlassen Sie *das* den Programmierern«, sagte Arthur. »Ich meine, die Frage ist natürlich rein akademisch. Es versteht sich von selbst, daß niemand voraussagen kann, was sie tun wird, wenn sie noch einmal erscheint. Aber was, wenn ihre Botschaft etwas ominöser ausfiele, so in Richtung einer dunklen Warnung an die Adresse der sündigen Menschheit? Was, wenn sie empfähle, sich schleunigst zusammenzureißen, weil sonst die vier Apokalyptischen Reiter schon bald durch die Stadt preschen und Kinder mit Sensen und Sicheln niedermähen und überall tödlichen Virusstaub ausstreuen würden? Hätte das eine positive Auswirkung auf das Käuferverhalten? Ben fragte sich, was Sie dazu sagen würden – mit Ihrem Background und Ihrer … intimen Kenntnis des Produkts.«

»Äh«, sagte Watson.

»Vielleicht könnten Sie ein kurzes Memo über die anderen Erscheinungen aufsetzen. Luhrt, richtig?« sagte Arthur, stolz auf sein Gedächtnis und seine Kenntnisse auf dem Gebiet des Katholizismus und ähnlicher entlegener Stammesreligionen. »Und Ben sprach auch von einer Fatiema? Quaddelupe? Gibt's da nicht mehrere davon?«

Watson zuckte innerlich zusammen, als er seinen Boss die Namen berühmter katholischer Wallfahrtsorte so verhunzen hörte, und hütete sich, ihn zu korrigieren.

»Vielleicht könnten Sie kurz zusammenfassen, was bei jeder Erscheinung passierte: Was die; äh, Jungfrau sagte. Was die Augenzeugen tatsächlich sahen. Vielleicht etwas Dramatischeres oder etwas mehr auf Konfrontationskurs Gehendes? Entweder Besserung oder ewige Verdammnis? Die Feuersbrunst, die in Erfüllung der Schrift die Welt vernichten wird?«

»Klar«, sagte Watson.

»Bis heute abend«, sagte Arthur, »oder morgen früh, wenn Sie es schaffen.«

»Die amtlichen Truckerbestimmungen«, sagte Watson. »Die wären jetzt eigentlich fällig.« Er hielt den Atem an. Um die Wahrheit zu sagen, wären sie schon heute morgen fällig gewesen, und Arthur würde sich entweder gleich oder spätestens, wenn er im Büro in seinem Kalender nachsah, wieder daran erinnern.

»Kein Problem«, sagte Arthur. Er hob das Telefon sanft von seiner Nußholzkonsole und drückte eine Kurzwahltaste. Er ließ sich mit Geoff Wilke, dem Syndikus von Biggs Trucking, verbinden und teilte ihm mit, daß ein paar der neuen firmeninternen Richtlinien noch sorgfältig überdacht und durch geeignete Zusätze mit den Bestimmungen des Verkehrsministeriums in Einklang gebracht werden müßten. Die Akte würde Arthur am Montag zusammen mit Nancy Slattery, die das Projekt verantwortlich betreute, persönlich vorbeibringen.

Watson hörte so konzentriert hin, daß er sich wie eine Stimmerkennungssoftware fühlte, die die Stressmuster in Arthurs Stimme analysierte. Noch immer keine Spur von Zorn oder Verärgerung.

Als Arthur auflegte, sagte Watson: »Tut mir leid, Arthur. Sie hatten mit meinem Memo gerechnet. Ich habe es nicht vergessen. Es ist nur ...«

»Es war alles zuviel für Sie«, sagte Arthur.

Watson suchte im Gesicht seines Chefs nach irgendwelchen Anzeichen von Ironie, fand aber nur echte Anteilnahme.

»Sie hatten keine Ahnung, daß wir Richter Stang in der Kammer aufsuchen würden. Dann mußten Sie versuchen, Ihren Mandanten ausfindig zu machen. Und das Memo? Machen Sie sich keine Gedanken«, sagte Arthur. »Die Betreuung der Associates ist Teil meiner Aufgaben. Ich hatte es heute morgen schon so kommen sehen. Nancy wird sich um die Angelegenheit kümmern.«

Wenn Watson sich nicht irrte, waren seine Bemühungen, Whitlow ausfindig zu machen, in Richter Stangs Amtszimmer gar nicht zur Sprache gekommen.

»Woher wußten Sie eigentlich, daß ich nach meinem Mandanten suche?«

»Ich habe mit Mr. Harper von der Staatsanwaltschaft und mit Dr. Palmquist gesprochen«, sagte Arthur geduldig. »Mr.

Whitlow ist auf dem Weg nach Rochester, Minnesota, ins Bundeskrankenhaus.«

»Danke«, sagte Watson verlegen, »sehr freundlich von Ihnen.«

Er versuchte, sich erleichtert zu fühlen. Vielleicht erinnerte sich Arthur an seine Zeiten als überarbeiteter Associate. Wieder falsch – Arthur war direkt von der Staatsanwaltschaft zu Stern, Pale übergewechselt und hatte niemals die Mühsale der Associate-Vorhölle kennengelernt.

»Und was unsere heutige kleine Reiberei mit dem sehr ehrenwerten Richter Stang anbelangt«, sagte Arthur, »machen Sie sich keine Sorgen. Sie haben richtig daran getan, ihm um den Bart zu gehen. Schließlich ist er der oberste Boss. Ich wünsche Ihnen, daß Sie alt genug werden, um noch zu erleben, wie ein geistesgestörter Kollege zum Bundesrichter ernannt wird, weil er seine Cocktails rein zufällig mit dem richtigen Senator trinkt, und dann für den Rest Ihrer beruflichen Laufbahn seine selbstherrlichen Unflätigkeiten zu erdulden. Wissen Sie, was ihn von den Leuten unterscheidet, die er tagtäglich ins Gefängnis schickt?« fragte er.

»Was?« fragte Watson.

»Die Medikamente, die er schluckt«, sagte Arthur mit einem unmutigen Seufzer. »Ach, was soll's«, sagte er und lächelte beruhigend. »Schwamm drüber. Wissen Sie«, fügte er mit Wärme hinzu, »man kommt unter der Woche einfach nicht dazu, in Ruhe über all die Dinge zu reden, die sich so im Laufe der Zeit ansammeln. Sind Sie morgen da?«

»Am Samstag?« sagte Watson. »Ich hatte vorgehabt, reinzuschauen und die Post durchzusehen und ein paar meiner Anträge in der Whitlow-Sache vorzubereiten.«

»Hervorragend«, sagte Arthur. »Wir sprechen uns dann.«

Wieder in seinem Büro, programmierte Watson ein paar weitere Spinnen und schickte sie auf die Suche nach Informationen über Erscheinungen der Heiligen Jungfrau Maria. Eine weitere setzte er auf Medienberichte über Richter Whittaker J. Stang an. Dann startete er eine gesonderte WESTLAW-Recherche und ließ sich eine Zusammenstellung sämtlicher unter Stang verhandelter Strafsachen ausgeben, gegen deren

Ausgang Rechtsmittel eingelegt worden waren. Weiter ließ er nach allen Stangschen Urteilsbegründungen suchen, in denen der Erste Verfassungszusatz, Bundesstrafverschärfungsrichtlinien oder Haßtaten erwähnt wurden. Schließlich rief er die Treffer ab, die die Spinnen »Haß« und »Rachel« eingesammelt hatten, und ließ sie durch den Filterindex laufen.

Journal of Forensic Psychology, August 1998: »Der Kongreß bewilligt Gelder für eine Reihe von Forschungsinitiativen, die sich, unter der Bezeichnung ›Psychon-Projekt‹, mit den biologischen und genetischen Ursachen der Gewalt befassen sollen. Statt die üblichen sozialen oder demographischen Wurzeln kriminellen Verhaltens zu untersuchen, sollen die Mitarbeiter von Psychon zuverlässige Methoden erarbeiten, unterschiedliche kriminelle Krankheitsbilder anhand eines medizinischen Modells zu diagnostizieren und zu behandeln.«

Forensic Neurosciences Digest, Juni 1999: »Die Neurowissenschaften sind nunmehr imstande, das psychobiologische Profil des Gewalttäters bis zu einem vernünftigen Grad von medizinischer Gewißheit zu ermitteln. Die vom Psychon-Projekt während des ›Jahrzehnts des Gehirns‹ aufgebaute – und durch spezielle Netz-Recherchen laufend aktualisierte – Datenbank wird Bewährungsausschüssen und Richtern gestatten, mit ziemlich großer Wahrscheinlichkeit zu ermitteln, wieweit sich ein bestimmter Angeklagter als Rückfalltäter erweisen wird.«

British Journal of Experimental Neuroscience, Januar 2001: »Dr. Rachel Palmquist, eine Neurowissenschaftlerin des Gage Institute, nahm im Anschluß an die vierte Jahresversammlung des Psychon-Projekts, einer interdisziplinären Arbeitsgruppe, an einer Pressekonferenz teil ... ›Es ist mittlerweile möglich, etwa aggressive Mäuserassen zu züchten oder einem ansonsten gesunden Tierindividuum Hormone oder Neurochemikalien zu verabreichen, welche die neurobiologischen Prozesse der Aggression reproduzieren. Es ist möglich, ein Tier in einer bedrohlichen, feindlichen Umwelt aufwachsen zu lassen, in der es konstanten Angriffen ausgesetzt ist. Das Gehirn eines solchen Tieres unterscheidet sich – chemisch, strukturell, neurologisch – meßbar von den Gehirnen der Kontrollgruppe. Das ist zweifelsfrei erwiesen. Jetzt untersuchen wir die durchaus reale Möglichkeit, die bestimmten Neuronenschaltungen, die ein Tier zu Gewaltbereitschaft oder anderen impulsiven pathologischen Formen von Sozialverhalten prädisponieren, zu reparieren oder operativ zu entfernen.‹«

Saint Louis Post-Dispatch, 3. März 2001, »Neurowissenschaftlerin Palmquist soll Leitung der ›Biogenetischen Arbeitsgruppe Gewaltverbrechen‹ übernehmen«: »›Die Leute reagieren deswegen so empfindlich auf den Begriff der Gedankenkontrolle, weil sie sich nicht klarmachen, daß ihr Denken, ihre ganze Psyche, ständig, in jeder Sekunde kontrolliert wird – die Frage ist nur, wer diese Kontrolle ausübt. Jeder hat das Recht, die Verantwortung für seine eigenen neuronalen Verschaltungen zu tragen, solange diese nicht anfangen, verrückt zu spielen und dem Rest der Person die Anweisung erteilen, mit einer automatischen Waffe ins nächste Einkaufszentrum zu fahren. Sobald das geschieht, muß die Medizin eingreifen und den pathologischen Zustand beheben oder weitestmöglich lindern.‹«

Für einen menschenfeindlichen Einsiedler schaffte es Richter Stang, in einer erstaunlichen Menge von Medienberichten über Festbankette und Konferenzen der Anwaltskammer, in denen er für Äonen unermüdlichen Dienstes an den Bundesgerichten geehrt wurde, zu erscheinen. In der Regel sah man ihn mit finsterer Miene zwischen zwei strahlenden Leuchten der Rechtsprechung stehen. Ein Haufen Meldungen und Fotos stammte aus den achtziger Jahren, aus der Zeit, als er den Vorsitz in den Prozessen gegen die libanesische Mafia geführt hatte. Dann Richter Stang mit verschiedenen Präsidenten des Obersten Bundesgerichts: Supreme Court Chief Justice Earl Warren, dann Warren Burger und schließlich William Rehnquist. Watson fiel das Stichwort *Spence* ins Auge, und als er den Treffer anklickte, verspürte er ein Kribbeln: Richter Stang, der Gerry Spence (einem der Helden aus Watsons Studentenzeiten) in dessen »Sommerklinik« in Wyoming die Hand schüttelte – das einzige Foto, das Watson finden konnte, auf dem der Richter so aussah, als stehe er tatsächlich kurz davor, regelrecht zu lächeln.

Vierzehntes Kapitel

Watson kam früh nach Haus: um sieben – fast ein Rekord! Aber die Memsahib war nicht glücklich über die Ereignisse in Richter Stangs Amtszimmer; selbst der purgierte Bericht, den Watson ihr lieferte, erwies sich als zuviel für sie. Sie erfaßte rasch die wesentlichen Punkte: Der Mordfall hatte sich nicht in Luft aufgelöst, und Arthur war möglicherweise verstimmt; Richter Stangs Würdigung der juristischen Fähigkeiten ihres Gemahls taten nichts zur Sache.

»Ich mache mir wirklich Sorgen wegen dir und Arthur«, sagte sie, und ihre Augen nahmen den vielsagenden tränennaß-rotumflorten Blick an, der Watson kund und zu wissen gab, daß er seiner eigentlichen Bestimmung – für ihre und ihrer beider Kinder Glück und Sicherheit zu sorgen – immer weniger gerecht wurde.

Er versuchte, sie mit reichlicheren Weingaben ruhigzustellen, aber sie zeigte sich nicht interessiert. Und später, kurz vor dem Zubettgehen, hörte er, wie sie im Schlafzimmer mit ihrer Mutter telefonierte und dabei seinen Namen aussprach. Als er sich auf Zehenspitzen näher an die Tür heranpirschte, hielt sie kurz inne und ging dann nahtlos zu Benjys Mittelohrentzündung über. Er verspürte einen Schauder des Entsetzens und fragte sich, ob sie bereits seine aufkeimende Untreue gewittert hatte. Vielleicht wußte sie es noch nicht bewußt und verlagerte ihre dunklen Ahnungen auf das Motiv seiner angeblichen Disloyalität gegen Stern, Pale. Irgendwo in ihrem Unbewußten mußte ein Systemmonitor auf eine Unregelmäßigkeit gestoßen sein und sie veranlaßt haben, die mütterliche Hotline anzurufen. Er fand es ihrerseits entschieden übertrieben, Unterstützung von außerhalb anzufordern. *Sie* war da offenbar anderer Meinung.

Vielleicht hatte er, überlegte Watson, irgendeine Grenze überschritten und hatte sich einfach eingeredet, er könne unmöglich schon dadurch in Schwierigkeiten geraten, daß er dem Willen des mächtigen Whittaker J. Stang (ein Bursche, der mit Leuten wie Gerry Spence auf du und du stand!) und den anwaltlichen Standesregeln gehorchte. Arthur konnte ihn nicht offiziell deshalb feuern, weil er gegenüber einem vom Gericht zugeteilten Mandanten seine Anwaltspflicht erfüllte: Der Skandal würde für Stern, Pale eine schwere Demütigung bedeuten und den Status der Partner als aufrechte Diener der Justiz, als vorbildliche Bürger und als Mitglieder der Anwaltskammer in Frage stellen. Nein, das Schlimmste, was Arthur tun konnte, war, ihm in ganz anderen Kategorien, wie Arbeitsqualität oder Anzahl abrechenbarer Stunden, ein paar mittelmäßige jährliche Leistungsbewertungen auszustellen. Etwa ein Jahr später würde ihm die Firma nahelegen, sich anderweitig umzusehen, woraufhin er sich anderweitig umsehen und vielleicht kündigen würde. Kurz gesagt: keine Gewitterwolken am unmittelbaren beruflichen Horizont – und die langfristigen Konsequenzen waren vorläufig ja doch nur reine Spekulation.

Und in der Zwischenzeit, wie wäre es, wenn er es irgendwie schaffen würde, ein paar dieser gegen Whitlow erhobenen Vorwürfe abweisen zu lassen? So unrealistisch war der Gedanke nach der heutigen Unterredung mit dem Richter ja gar nicht. Hohe Auszeichnung für ihn – ob es Stern, Pale nun paßte oder nicht. Bundesrichter verfolgten Strafprozesse mit großer Aufmerksamkeit und nahmen Siege der Verteidigung interessiert zur Kenntnis – insbesondere dann, wenn es ein bestellter Anwalt oder ein Offizialverteidiger war, der einen solchen aus dem Hut zu zaubern vermochte.

Er entschied, daß es an der Zeit sei, sich im Büro das Clarence-Darrow-Zitat an die Wand zu hängen. Er würde es mitnehmen, wenn er morgen in die Firma fuhr. Er holte es aus der Zitaten-Datenbank, die er in seinem Notebook angelegt hatte und die er häufig nach prägnant formulierten Argumenten für seine Memos oder Skripte durchsuchte.

Im Jahre 1902 lud der Direktor des Chicagoer Gefängnisses von Cook County Clarence Darrow ein, vor den Häftlingen zu sprechen. Darrow nahm an und lieferte den Gefangenen eine seiner berühmten Reden. Darauf gestoßen war Watson in Arthur Weinberg (Hrsg.), *Attorney for the Damned: Clarence*

Darrow in the Courtroom, wo die Rede insgesamt zwölf Seiten umfaßte, aus denen er etliche inspirierende Passagen für seine Datenbank exzerpiert hatte – darunter auch die folgende:

> Wenn euer Fall zur Verhandlung kommt, wird es nur eine untergeordnete Rolle spielen, ob ihr schuldig oder unschuldig seid, aber es wird auf jeden Fall besser sein, wenn ihr einen geschickten Anwalt habt. Und ihr könnt euch keinen geschickten Anwalt nehmen, wenn ihr kein Geld habt. Es ist zuerst und zuletzt eine Frage des Geldes. Die Männer, die die Erde besitzen, machen die Gesetze, und zwar zum Schutz ihres Besitzes. Sie richten etwas wie einen Zaun oder eine Palisade um ihren Besitz auf, und sie richten das Gesetz so ein, daß der arme Hund, der draußen steht, nicht hineinkann. Die Gesetze sind in Wirklichkeit zum Schutz der Herren dieser Welt konzipiert. Sie sind nie dazu gedacht gewesen oder dazu angewandt worden, Gerechtigkeit zu schaffen. Wir haben kein System zur Schaffung von Gerechtigkeit …
> Nehmt zum Beispiel den ärmsten Mann in diesem Raum. Wenn die Gesellschaft ein System zur Schaffung von Gerechtigkeit zustande gebracht hätte, dann bekäme doch der ärmste Mann in diesem Raum einen ebenso guten Anwalt wie der reichste – oder etwa nicht? Wenn man euch vor Gericht stellte, würdet ihr eine ebenso lange und ebenso faire Verhandlung bekommen wie der reichste Mann in Chicago. Dann würde man euren Fall nicht in fünfzehn, zwanzig Minuten über die Bühne bringen, während es fünfzehn Tage dauert, den Fall eines Reichen zu verhandeln.

Armer Darrow. Fünfzehn Tage würden gerade eben ausreichen, um einen einzigen Antrag auf Ablehnung von Beweismitteln gegen O. J. oder Claus von Bülow zu verhandeln. Und ganze Prozesse …?

Was war mit dem berüchtigten Rutger-Lupine-Prozeß wegen sexueller Belästigung gewesen? Die Hauptverhandlung hatte insgesamt zweiundzwanzig Monate gedauert, vom Herbst 1999 bis Sommer 2001: der Fall eines bisexuellen und transsexuellen reichen Sexualtäters, der aufgrund seiner/ihrer gemischten Rasse, Abstammung und Nationalität nebst seiner/ihrer promiskuösen Konversion zu den zwölf mitgliederstärksten Religionen der Welt eigentlich gegen alle Vorwürfe der Begehung von Haßtaten hätte gefeit sein müssen, die er nach Überzeugung des Anklägers aufgrund der Rasse, Religion, Abstammung, Geschlechtszugehörigkeit, sexuellen Identität oder Behinderung des jeweiligen Opfers begangen hatte. Lupines Argumentation, er/sie gehöre selbst jeder einzelnen geschützten Gruppe an, gegenüber welcher er/sie sich der Diskriminierung schuldig gemacht haben sollte, war zuletzt zusammengebrochen, und er/sie wurde in neunzehn verschiedenen Fällen von schwerer, sexuell motivierter verbaler Belästigung und vierzehn Fällen von strafbarer Drangsalierung am Arbeitsplatz mit dem Ziel, Menschen unterschiedlicher Befähigung, Religion, Abstammung, Geschlechtszugehörigkeit und sexueller Orientierung in ein Abhängigkeitsverhältnis zu bringen und zu entwürdigen, für schuldig befunden. Zur Größenordnung eines Krabbelgruppen-Sexskandals wuchs sich der Fall aber aus, als bei Durchsuchung der Wohnung des Angeklagten eine Cybersex-Maschine entdeckt wurde – komplett mit taktilem Bodysuit, maßgefertigter weiblicher Abdominal-Einheit, Virtual-reality-Helm, teledildonischen Handschuhen und faseroptischen Leitungen, die das Ganze mit einer zusammengeschalteten Anordnung von Zentralprozessoren verbanden. Lupine war für die Interaktion mit obszöner, gemäß Seuchenerlaß verbotener pornographischer Software oder für Cybersex mit virtuellen Darstellungen anderer Sexualtäter ausgerüstet, die bedenkenlos genug waren, zwecks Verrichtung strafbarer teledildonischer Handlungen online zu gehen. Was alles zusammengenommen noch zusätzliche neunundvierzig Verstöße gegen das Telekommunikationssittlichkeitsgesetz ergab und nach Maßgabe der Novellierungen von 2001 mit einer Haftstrafe von nicht unter zehn Jahren geahndet wurde.

Fünfzehn Tage, um einen Reiche-Leute-Prozeß über die Bühne zu bringen, Mr. Darrow? Wenn's um einen Straftäter aus den oberen Steuerklassen geht, wie O.J. oder Lupine, dürften fünfzehn *Monate* schon eher hinkommen.

Über seinen Beruf hatte Darrow in seiner Autobiographie geschrieben: »Ich hatte es mit dem Leben zu tun, mit seinen Ängsten, seinen Hoffnungen und Niederlagen. In meinen Augen sollte es in der Justiz eher darum gehen, Motive und Verhaltensweisen zu verstehen und für humane Veränderungen zu sorgen, als blindlings von Haß und Vergeltung und jener ungreifbaren, undefinierbaren Eigenschaft zu schwafeln, die die Menschen ›Gerechtigkeit‹ nennen und über die eigentlich niemand etwas weiß.«

Aus demselben Buch stammte auch ein Zitat, das Watson sich aus seiner Datenbank geholt hatte, nachdem er zu Whitlows Verteidiger bestellt worden war. Jetzt markierte und kopierte er es für den Schriftsatz, den er – sollte der große Tag jemals kommen – beim Achten Revisionsgericht in Sachen Whitlow einreichen würde: »Es gibt keine Gedankenverbrechen; es gibt nur Tatverbrechen.« Darrow pflegte den Geschworenen zu erklären: »Ich bin nicht verpflichtet zu glauben, daß jemand im Recht ist, um seinen Fall übernehmen zu dürfen, und Sie sind nicht gezwungen zu glauben, er sei im Recht, um ihn für nicht schuldig befinden zu können.«

Watson spürte in sich Darrows gerechte Schadenfreude beim Gedanken daran, die normale Gleichung der Bundesjustiz außer Kraft zu setzen: Stell einen geschickten Anwalt kostenlos zur Verfügung, und wirf den Karren der – normalerweise von gutverdienenden Staatsanwälten und betuchten Angeklagten definierten – »Gerechtigkeit« um.

Am nächsten Morgen wachte er früh auf und beschloß, Buße zu tun. Er würde zu Haus bleiben – wenigstens bis zehn oder halb elf –, ehe er in die Firma fuhr, um sich mit Arthur zu treffen. Er würde die Stützräder an Sheilas Fahrrad in Ordnung bringen, Benjy auf der Schaukel anschubsen, seiner Frau zeigen, daß er nicht nur ein Ernährer, sondern auch ein guter Vater war.

Er schlenderte nach draußen, um die Morgenzeitung zu holen und einen Blick auf sein Eckchen Welt zu werfen. Sandra hatte ein unfehlbares Auge. Als sie, ein Jahr zuvor, das Haus in Ladue gekauft hatten, hatte sie den Vorort als »perfekt« bezeichnet. Und das war er auch. In Ladue gab es keine bosnischen Serben. Keine tschernobylischen Reaktorunfälle. Keine

West Bank. Keine Hutus oder Tutsis. Keine Drogenkartelle, keine somalischen oder liberianischen Rebellenführer. Keine atomaren Wiederaufbereitungsanlagen. Keine Todeslager oder Euthanasieheime zur Eindämmung der staatlichen Rentenausgaben. Klein, exklusiv und trotzdem erschwinglich – gerade mal, für einen Associate bei Stern, Pale –, hatte Ladue einen eigenen Charme und, ja, ausgezeichnete Schulen. Die Schulen waren so gut, daß sie den Eltern, die bereit waren, die erforderlichen Grundsteuern zu bezahlen, damit ihren Kindern die bestmögliche Ausbildung zuteil wurde, akademische Ehrentitel verliehen.

An warmen Sommerabenden stellten Joe und Sandra und die übrigen Eltern überall – außer auf dem makellosen grünen Rasen – Gartenstühle auf und bewunderten ihre Kinder, die sich (unaufgefordert!) von ihren High-Resolution-Videobildschirmen und Dolby-Surround-Home-Entertainment-Centers losrissen, blinzelnd in das schwindende Sonnenlicht des Planeten Terra traten und sich beschwerten, daß es nach Erde roch. Diese Kinder waren alle ein, zwei Jahre zu spät eingeschult worden, damit sie später auf dem College ihre Studiengenossen an Reife und Geistesgaben übertrafen. Man konnte ihnen unbesorgt erlauben, sich allein hundert Meter und mehr von zu Haus zu entfernen, denn sie waren umfassend geimpft und von einer antrainierten Xenophobie durchdrungen, die sie dazu befähigte, die lächelnden Mienen und sonstigen charakteristischen Merkmale von Fremden und anderen pathologischen Massenmördern auf den ersten Blick zu erkennen.

Die Worte »Komm her, kleines Mädchen« reichten in Ladue vollkommen aus, um jeden männlichen Erwachsenen lebenslänglich hinter Gitter zu bringen. Gesundes Volksempfinden und Familientugenden waren in so reichlicher Fülle vorhanden, daß sie überall herumlagen und man eine Schaufel und die Hilfe eines alten schwarzen Gärtners namens Willy brauchte, um sie alle wieder einzusammeln.

Nachdem Watson Sheilas Stützräder in Ordnung gebracht hatte, spielte er auf dem Rasen mit Benjy und einem großen Plastikball, an dem sein Sohn gerade lernte, sich hochzuziehen und vornüberzuplumpsen. Mindestens fünfzehn oder zwanzig Minuten ununterbrochene hochwertige Familienfreizeit. *Das ist wirkliches Leben,* dachte er, *einfach nur sein. Nur teilhaben. Es ist so einfach.*

Sein Kumpel, Andy Harmon, der direkt gegenüber wohnte, kam im Bademantel aus dem Haus, um seine Zeitung zu holen.

»Hi, Andy«, grüßte Watson überschwenglich, gierend nach Gesellschaft, unter seiner erzwungenen Absonderung vom Menschengeschlecht leidend.

»Hi, Joe«, sagte Andy.

Und Joe dachte: *Was für ein prächtiger Bursche!* Andy war der Polarstern, die Wärme im Herdfeuer, das Salz der Erde, die Marmelade im Doughnut. Andy hatte sein Haus vor zwanzig Jahren gekauft, als nette Leute es sich noch leisten konnten, in die Gegend zu ziehen. Jetzt war er ein umgänglicher Teilzeit-Sanitärinstallateur inmitten von anal-retentiven Klägern und klagefreudigen Gastroenterologen.

»Joe«, rief Andy herüber. »Mir wäre so richtig nach einem kleinen Haßverbrechen heut abend. Wenn ich erwischt werde, übernehmen Sie dann meine Verteidigung?« Er klatschte sich auf den Oberschenkel, lachte wiehernd und verschwand wieder im Haus.

Blumen reckten ihre Köpfe empor, Bäume prangten in vollem Laubkleid, frisches Gras, der Duft von Humus und die Verheißung von Samen. Ein schöner Junimorgen … bis die samstagvormittäglichen Rasenservices einzutreffen begannen. Weiße Pickup-Trucks mit gelben Fässern voll Chlordan. Tankwagen, betankt mit Dursban und Dylox, Diazinon Ultra und Dacthal. Alles dem Ziel geweiht, die Rasen in jenem Zustand zu halten, in dem man sie in perfekten Vororten vorzufinden pflegt.

Chöre von Vögeln quinquilierten in den Laubkronen, der Wind säuselte in mustergültig gewachsenen Jungbäumchen – frisch beblätterten Rotahornen, Eichen, Linden, Hartriegeln –, Bienen summten, Kinder lachten, Windschellen klimperten – und nichts davon war im Gedröhn und Geratter zu vernehmen, das Rasenmäher, Kettensägen, Laubsauger, Heckenschneider, Unkrautrupfer und Baumverneblungsapparate produzierten.

BCL – Better Chemical Lawns –, Inc., fuhr nebenan vor, wo die Witwe Una Hodgkins im Vorgarten stand und die wöchentliche Zuteilung von Herbi- und Insektiziden überwachte. Ein vermummter Toxikologe in Einweg-Overall, Gummihandschuhen und Schutzbrille schaltete den Kompressor des Tankwagens ein. Watson beschloß, die Kinder ins Haus zu schicken und anschließend vielleicht in die Stadt zu fahren, um sich im Büro ein bißchen Ruhe und Frieden und gefilterte Luft zu gönnen, aber dann hob er den Kopf im falschen Moment in die falsche Richtung und sah Una, und sie winkte ihn zu sich an die Grundstücksgrenze heran.

Ihr fleckiger Schädel war – bis auf ein paar lange dünne silberne Chemotherapie-Strähnen – völlig kahl. Vor vier Jahren war ihr Mann, Irv, an Krebs verstorben. Kurze Zeit später traten bei zwei Hunden der Familie merkwürdige Lymphome auf, die trotz massiver und überaus kostspieliger Chemotherapie die Tierchen bald darauf dahinrafften. Die Tochter, Uma Hodgkins, erlag einem chronischen Hautleiden, das in internationalen medizinischen Fachzeitschriften besprochen wurde. Als Hund Nummer drei die Räude und autoimmunopathogene Störungen bekam, gelangte Una zu der Erkenntnis, daß sie keinen Epidemiologen vom Gesundheitsamt zu fragen brauchte, um zu wissen, daß dieses gehäufte Auftreten von Krebs nicht auf Zufall beruhte. Sie stellte eigene Nachforschungen an, unterhielt sich mit mehreren Ärzten und Anwälten und identifizierte schließlich den Übeltäter: die elektromagnetischen Felder der Hochspannungsleitungen, die sechs Straßen weiter durch die Siedlung verliefen. Längere Zeit wurde sie nicht müde zu erzählen, sie habe eine Bürgerinitiative von gleichgesinnten Nachbarn gefunden, die plane, eine Gruppenklage gegen Union Electric einzureichen, und Joe merkte, wie übel sie es ihm nahm, daß er nicht darum bettelte, die Gruppe vertreten zu dürfen.

»Herrlicher Morgen, nicht wahr, Joe?« sagte sie und atmete einen irisierenden Dunst von Heptachlorkohlenwasserstofftröpfchen ein, der sich sanft von den besprühten Bäumen herniedersenkte.

Es war ihre gewohnte Taktik, erst eine symbolische Floskel vorauszuschicken, bevor sie zum Eigentlichen überging und wieder einmal zu verstehen gab, es wäre um das ganze Viertel weit besser bestellt, wenn Watson seinen Rasen besser pflegte. Sie hatte nicht den Mumm gehabt zu gestehen, daß sie bei der Eigentümervereinigung den Antrag gestellt hatte, einen Rasenservice zu beauftragen und die Rechnung stillschweigend auf Watsons Anteil an den Gemeinschaftskosten aufzuschlagen; Andy hatte ihm davon erzählt.

»Ich hab gerade mit dem Rasenmann gesprochen«, sagte Una. »Er meint, diese Werren, die Sie da haben, werden sich bald ausbreiten. Er meinte, die Nachbarn sollten ihre Gegenmaßnahmen koordinieren, so daß wir das Ungeziefer auf einen Schlag vertilgen können. Andernfalls«, sagte sie mit einem Ernst, den sie wahrscheinlich ihrem Onkologen abgeguckt hatte, »werden sich die Werren überall ausbreiten.«

Watson hatte sein Lebtag nie etwas mit Maulwurfsgrillen zu tun gehabt, bis er nach Ladue gezogen war, wo die Viecher nicht nur eine häufige Plage waren, sondern auch, wenn sich selbst überlassen, einen zuverlässigen Indikator für die moralische Verkommenheit des betreffenden Hauseigentümers und für dessen völligen Mangel an Familientugenden darstellten.

»Ich werde mit Sandra darüber reden«, sagte er.

»Ich habe Ihren Namen in der Zeitung gelesen«, sagte Una. »Jetzt sind Sie also Strafverteidiger geworden.« Sie hob eine Augenbraue und sah auf die Gänseblümchen und den Hahnenfuß, die sich um seine Knöchel schmiegten, und die mißfarbigen Flecken, die von Nelkenschwindlingen sowie braunem und schwarzem Brandpilz verursacht wurden – wie sie ihm gleich nach seinem Einzug im Rahmen einer rasenkundlichen Förderstunde genußvoll mitgeteilt hatte.

»Aber nun«, sagte sie, und ihre wegwerfende Kopfbewegung gab klar zu verstehen, daß sein neues Hobby, Mörder zu verteidigen, sie nicht im geringsten überrasche: Erst unternimmt man nichts gegen Hahnenfuß und Maulwurfsgrillen. Dann macht sich der Brandpilz auf dem Rasen breit. Als nächstes fängt man an, Mörder zu verteidigen. Schon bald wird man wahrscheinlich seine Kinder verkommen lassen, weil man sich an irgendwelchen zwielichtigen Orten herumtreibt und sich tödlichen Viren aussetzt, indem man liederlichen, außerehelichen sexuellen Verrichtungen frönt.

»Ich weiß ja«, sagte sie traurig, »daß Sie kein Gefühl für Rasen haben.«

»Überhaupt keins«, sagte Joe, der, kurzzeitig vom beschämenden Bewußtsein seiner angeborenen Gleichgültigkeit gegenüber Gras durchdrungen, aber vom Wunsch beseelt, dennoch ihr Freund und Nachbar zu bleiben, den Blickkontakt mied.

»Keine Ozeane hier«, sagte sie, über den Nichthorizont der Minifußgängerzone hinwegblickend. »Keine unendliche blaue See, die ins Blauauge Gottes hineinschmilzt. Keine Aussichten. Die Lichter der Großstadt löschen den Nachthimmel aus. Wir haben nichts, woran wir die sterblichen Menschenwesen messen könnten. Ich will einen Rasen, dessen Grün so tief ist, daß es ins Unendliche weitergeht. Unendliches Grün – das ist, was ich will.«

»Es ist ein schöner Rasen«, sagte Watson. »Sie haben sich wirklich große Mühe damit gegeben, und man sieht den Erfolg.«

»Wissen Sie«, sagte Una, »meine Mutter meinte früher immer, ein Rasen verrät eine ganze Menge über die Familie, der er gehört.« Dann sah sie plötzlich zu ihm auf, als sei ihr die Idee erst gerade eben gekommen. »Möchten Sie, daß mein Rasenpfleger Ihnen einen Kostenvoranschlag daläßt?«

»Ich werde mit Sandra darüber reden«, sagte er und zog sich etwas zurück, als das Überdruckventil des Tankwagens eine pilzförmig aufblühende Chlordanwolke ausstieß.

Die Rasenverehrung wirkte sich auch auf den Hausfrieden negativ aus. Hannibal und Lilith – große, muskulöse Mischlinge aus dem Tierasyl – trieben sich drinnen herum. Der Rasen war gerade eingesät worden, und Sandra wollte nicht, daß sie alles zertrampelten und aufscharrten. Soweit ganz nachvollziehbar, dachte Watson, aber das hielt Sandra nicht davon ab, sich daran zu weiden, wie sehr die Hunde ihrem Mann auf den Geist gingen. Die Biester schnappten nacheinander und jagten sich gegenseitig, mit klackenden Krallen über den Steinfußboden schlitternd, fliegende Büschel von Haaren hinter sich lassend, kehlige Knurrlaute ausstoßend. Chronische latente Feindseligkeit, von immer wiederkehrenden, plötzlich ausbrechenden Attacken aufgelockert.

Sheila und Benjy spürten, daß sich die Animositäten wieder einmal dem Siedepunkt näherten. Sie standen auf Stühlen, hielten sich die Ohren zu und kreischten: »DIE HUNDE BRINGEN SICH WIEDER UM!«

Hannibal und Lilith verwandelten sich unvermittelt in ein bellendes, beißendes, knurrendes Knäuel von Hundegliedmaßen. Sandra, die den Kindern nicht die geringste Unfolgsamkeit oder Ungezogenheit durchgehen ließ, behauptete von den Hunden, wann immer Watson sich erbötig machte, sie mit einem Schürhaken zu erschlagen oder während eines Schneesturms vor die Tür zu jagen, mit heiterem Gleichmut, sie seien »schon in Ordnung«.

Instabilität alles Häuslichen. Seine Homepage war ein einziges Durcheinander, eine Dauerbaustelle, eine Katastrophe. Vielleicht sollte er einen dieser Geräuschpegelmesser installieren, die man in Baseballstadien sah. Er konnte ihn an die Wand hängen und die Werte über 90 Dezibel feuerwehrrot markieren. Und wenn sie wieder einmal alle durcheinanderschrien, konnte er zusehen, wie die Nadel in den roten Bereich stieg, »RUHE!« brüllen und darauf hinweisen, daß es jetzt nachweislich objektiv zu laut sei.

Sein Familienleben war einfach zu sehr von emotionalen Erschütterungen, Ungewißheiten, häuslichen Gefahren, täglichen Katastrophen belastet – mit normaler Systemwartung kam man nicht mehr dagegen an. Gegen einen Festplattenausfall konnte man sich leicht absichern. Regelmäßige häufige Backups waren das ganze Geheimnis. Eine aktuelle Kopie des logischen Laufwerks auf einem getrennten herausnehmbaren Datenträger aufbewahren. Aber wie fing man es an, eine Uninstall- oder Debug-Utility an der Ehefrau laufen zu lassen? Das Gehirn seines Kindes zu defragmentieren und neu zu formatieren? Die zwei Hunde-Dateien zu PKZIPpen und in entlegenen Sektoren der Festplatte zu archivieren, so daß sie einerseits einem nicht den maßgeschneiderten Arbeitsplatz vollrümpelten, andere Familienmitglieder andererseits mittels Multitasking auf sie zugreifen und sie in einem anderen Fenster, möglichst weit weg von dem eigenen, beliebig abspielen konnten? Wenn er Sandras Stimmungen doch nur so leicht und exakt hätte nachvollziehen können, wie er die Kurse von Cisco- und Sun-Microsystem-Aktien mitverfolgte!

Jemand sollte dem Schöpfer mal den Vorschlag unterbreiten, die ausgeprägtesten Hochs und Tiefs im emotionalen Leistungsprofil des Lebens auszugleichen. Nein, Moment. Wie wär's damit, einfach nur die Tiefs zu beseitigen? Weniger Depression, mehr Hochstimmung. Oder vielleicht, die Tiefs mit Hilfe von irgendwelchen garantiert unschädlichen biologisch-natürlichen Pillen erträglicher zu gestalten? Aber würden die Hochs, ohne entsprechende Tiefs, dann gewissermaßen niedriger ausfallen? War das so wie auf dem Aktienmarkt? Strich man die Tiefs, und schon war die Hälfte der Faustregel »Niedrig kaufen, hoch verkaufen« hinfällig? Mußten sich Investoren dann damit begnügen, hoch zu kaufen und höher zu verkaufen – was vielleicht nur halb so befriedigend wäre?

Als die Hunde in rapidem Crescendo einen neuen Lärmgipfel ansteuerten, übertönte er das Tohuwabohu kurz entschlossen durch Einschalten des Müllschluckers, was prompt das ganze Haus in einem Getöse von berstendem Glas oder Metall erzittern ließ.

»WER HAT BESTECK IN DEN MÜLLSCHLUCKER GEWORFEN?«

Er schaltete die Maschine aus, steckte ihr eine Hand in den Rachen und schnitt sich die Finger an den Scherben eines Marmeladenglases. Der Anblick reichlich strömenden Blutes entlockte seinen Angehörigen ein betroffenes »Hach!« und einen Augenblick der Stille – gerade soviel, wie sie brauchten, um festzustellen, daß seine Finger noch alle dran waren, woraufhin sie wieder anfingen, einander anzubrüllen und die Hunde anzuschnauzen.

Watson wickelte sich ein geblümtes Geschirrtuch um die Hand, ging hinaus in die Garage, kam mit einem fünf PS starken Profi-Sauger zurück und pumpte die Scherben aus dem Müllschlucker. Er ließ das ohrenbetäubende Gedröhn wie eine warme Woge über sich hinwegspülen und betrachtete distanziert das häusliche Chaos, das sich jenseits des Lärms wie ein Stummfilm vollzog.

»Hast du noch Geld?« schrie Sandra unhörbar in den Krach.

Watson konnte ihr jedes Wort von den Lippen ablesen, und so brüllte er nur: »WAS?«

Sie beugte sich über den Profi-Sauger und schaltete ihn aus.

»Ich bin extra bis zum Geldautomaten gefahren, nur um mir sagen zu lassen, daß das Konto auf Null steht«, sagte sie. »Dann bin ich trotzdem in den Supermarkt. Hinter mir sechs Leute, neben mir die Kinder, ich habe acht volle Einkaufstüten, und da eröffnet mir die Kassiererin, daß unsere beiden Kreditkarten abgelehnt worden sind. Beide über dem Limit. Müssen wir uns über unsere Finanzen unterhalten?«

Er spürte, wie die infratextuelle Botschaft versuchte, sich an die Oberfläche zu drängen, und die Erkenntnis erfüllte sein Erwerbstätigenherz mit Entsetzen: *Wenn wir mehr Geld brauchen, könnte ich ja zu dieser Steuerberaterfirma zurückgehen, und du könntest mehr zu Haus bleiben. Du könntest es dir ein für allemal aus dem Kopf schlagen, jemals Partner zu werden, und mit den Kindern mit Bauklötzen spielen, während die anderen Jungs in der Firma arbeiten, deinen Lunch essen, abrechenbare Stunden für sich verbuchen und über deine professionelle Impotenz Witze reißen.*

Er legte sich die Fingerspitzen an die Schläfen. »Äh, ich hätte eine Idee. Warten wir doch ab, bis mein Pflichtfall über die Bühne ist, und dann reden wir in aller Ruhe über die Sache. Was hältst du davon?«

Sie maß ihn mit einem abweisenden Blick.

»Ich besorg schon etwas Geld, um das Loch zu stopfen«, sagte er. »Es ist nur ein kurzfristiges Problem. Bald sind die Bonusse fällig. Ich bekomme einen sehr ordentlichen.« Er konnte ja zu Arthur gehen, dem Alpha-Männchen, und ihn um eine vorgezogene Auszahlung bitten.

»Der Off-roader muß in die Werkstatt«, sagte sie.

»Fährt einwandfrei«, sagte Watson. »Vergiß die Werkstatt.«

»Der CD-Player springt bei der leisesten Erschütterung. Sheila hat die Drosselautomatik kaputtgemacht. Die gespeicherten Daten für die individuellen Sitzeinstellungen werden gelöscht, sobald man den Motor anläßt. Wir müssen die Kfz-Steuer bezahlen. Sheila kommt auf dieser Einfahrt mit ihrem Rad keine zwei Meter weit, ohne umzufallen. Wir sind die einzigen in der ganzen Siedlung, die eine gekieste Auffahrt haben.«

»Wir bluten finanziell aus«, sagte er und zeigte ihr das um die Faust gewickelte blutige Geschirrtuch. »Die Autoraten. Die Hypothekenzahlungen. Die Grundsteuer. Wenn ich meine Finanzsoftware lade, krieg ich Herzrhythmusstörungen. Wir nähern uns mit Riesenschritten dem Kreislaufkollaps. Mein Bonus ist diesmal zehntausend. Damit können wir die Auffahrt pflastern und den Gerichtsvollzieher bis Weihnachten hinhalten.«

»Wenn wir Geld brauchen, könnte ich ja –«

»Aaaargh!« schrie Watson. »Nur noch zwei Monate. Zwei Monate! Mehr verlange ich gar nicht. Dann entscheiden wir, was zu tun ist.«

Hannibal biß Lilith. Lilith brachte sich hinter Sheila in Deckung. Das Mädchen stand jetzt zwischen den zwei Hunden.

»Sheila«, sagte Watson.

Hannibal bellte und sprang vor. Lilith knurrte und schnappte ins Leere. Hannibal biß Sheila.

Watson war in zwei Sätzen zur Stelle und verpaßte beiden Hunden einen Tritt, daß sie auf klackenden Krallen durch die halbe Küche schlitterten. Sheilas Gesicht lief rot an, sie verharrte einen Moment in stummem Entsetzen, bevor sie losbrüllte. Sie hielt die Hand vor sich ausgestreckt und sah zu, wie die weißen Eindellungen in ihrer Haut sich blau verfärbten und sich dann mit dunklem Blut füllten.

Watson war schlagartig ruhig, als ob in seinem überlasteten Nervensystem irgendwelche Sicherungen oder Stromunterbrecher durchgeschmort wären. Er sah sich als das, was er war: der Daddy in einer modernen Schmierenkomödie. Er trug seine kreischende Tochter zur Spüle und hielt ihre Hand unter laufendes Wasser. Sandra reichte ihm antiseptische Seife. Er reinigte Sheilas Wunden, während Sandra ihr gut zuredete. Er trug Sheila ins Wohnzimmer und schob den *König der Löwen* in den Videorecorder – etwas Würdevolles und Patriarchalisches, das sie hoffentlich beruhigen würde.

Er lief nach oben ins Schlafzimmer und weiter in den kleinen Nebenraum, das ihm als behelfsmäßiges Arbeitszimmer diente. Er schaltete das Subnotebook an, um noch rasch das Clarence-Darrow-Zitat auszudrucken, bevor er in die Firma fuhr. Er schaute zu, wie sich das elegante, von bunten kleinen Animationen umtanzte Logo des Betriebssystems auf dem Bildschirm aufbaute. Wirklich schick. Megaflott. Er führte sich die Kaffeetasse an die Lippen und trank einen kleinen Schluck, legte die Finger auf die Tastatur und blickte zurück auf den Bildschirm, wo jeden Augenblick seine sorgfältig durchgestylte, vielfarbige, bedienungsfreundliche, optimal konfigurierte Arbeitsoberfläche erscheinen sollte, und sah statt dessen die Maske des Todes. Ein schwarzer Bildschirm mit weißen Blockbuchstaben:

> ES IST EIN IRREPARABLER SYSTEMFEHLER AUFGETRETEN!!! DAUERHAFTE FEHLFUNKTION DES BETRIEBSSYSTEMKERNELS. DAS SYSTEM IST IM MOMENT INSTABIL. EINE ODER MEHRERE KOMPONENTEN DES BETRIEBSSYSTEMS SIND AUSGEFALLEN. DATENVERLUST WAHRSCHEINLICH. SYSTEMÜBERGREIFENDE FEHLFUNKTION IM SYSTEMKERNEL. FAHREN SIE DAS SYSTEM HERUNTER, UND WENDEN SIE SICH AN QUALIFIZIERTES SERVICEPERSONAL.

An jedem anderen Tag hätte er eine Obszönität hinausgeschrien. Aber diese Meldung war so schwerwiegend und so ominös, und sie war während einer Phase so einschneidender privater und beruflicher Umwälzungen aufgetreten, daß sie ihn mit Grauen und den finstersten Vorahnungen erfüllte – wie die naturwidrigen Ereignisse, die in Shakespeares Dramen den Tod von Königen anzukündigen pflegen. Um seine Daten oder seine Arbeitsoberfläche oder seine Programme fürchtete er nicht – er war Mr. Backup in Person und erstellte tägliche Zuwachs- und wöchentliche Komplettsicherungen. Er fürchtete vielmehr um sein Leben, seine geistige Gesundheit, seine Ehe, seine Kinder, ja sein Dasein schlechthin. Mit einemmal erschien ihm die ganze Natur, die ganze Realität, wie ein einziges nahtlos zusammenhängendes Gewebe von psychischen und physikalischen Ereignissen.

Und wieder einmal setzte sich seine frühe anthropologischakademische Prägung durch. Er war ein Spielball der gleichen beängstigenden, verstörenden Ereignisse – Verwirrung, familiärer Zwist –, unter dem die Menschen aller Kulturen schon vor Jahrtausenden gelitten hatten. Die Topfpflanzen waren wahrscheinlich schon am Verdorren. Am heutigen Nachthimmel würden Kugelblitze und Wunderzeichen erscheinen. Alles Folgen des Ehebruchs. Aber man schrieb doch das einundzwanzigste Jahrhundert, oder? Der Ehebruch konnte doch nicht seine Festplatte zerstören – oder etwa doch? Den Kern seines Betriebssystems auflösen?

Auf der Ignatius University hatte er einmal für ein Ethnologieseminar ein Referat über die Stämme Borneos geschrieben. Er streckte die Hand aus, holte aus dem Bücherregal, das über seinem Schreibtisch hing, seine gekürzte Fassung von Frazers *Goldenem Zweig* und machte sich auf die Suche nach einer tribalen Autorität für die Stützung der These, daß der Ehebruch ein modernes, abendländisches Vergehen sei, ein erst in jüngerer Vergangenheit entdeckter Verstoß, wahrscheinlich verursacht durch überentwickelte Besitzinstinkte, wie sie die Männchen technologisch fortschrittlicher Völker gerade auf sexuellem Gebiet entwickeln. Inzest, das wußte er, war praktisch schon immer tabu gewesen, aber wie die Stämme Borneos zum schlichten Ehebruch standen – zum Beispiel mit einer schönen Gehirnspezialistin verübt –, daran konnte er sich nicht mehr erinnern.

Das Sachregister führte ihn zu den Kayans, einem im Inneren von Borneo lebenden Stamm, der allerdings nicht bereit zu sein schien, seine Theorie zu unterstützen. Nach Auskunft Frazers glauben die Kayans, Ehebruch werde durch die Geister bestraft, und zwar dergestalt, daß diese den ganzen Stamm mit Mißernte und anderen Kalamitäten heimsuchten. Er las die Passage durch und stellte sich dabei bildhaft vor, wie er und Rachel Palmquist dafür zur Rechenschaft gezogen wurden, daß sie ihr Dorf dem Zorn der Naturgottheiten ausgesetzt hatten:

> Um also diese Katastrophen von den unschuldigen Mitgliedern des Stammes abzuwenden, stellt man die zwei Übeltäter mit ihrer gesamten Habe auf einer Kiesbank inmitten

des Flusses unter Quarantäne; zu ihrer gründlichen Reinigung werden dann Schweine und Hühner geschlachtet, und Priesterinnen beschmieren mit deren Blut die Habseligkeiten des schuldigen Paares. Zuletzt werden die beiden mit sechzehn Eiern auf ein Floß gesetzt und der Strömung des Flusses überlassen.

Fünfzehntes Kapitel

Samstag vormittag. Bei Stern, Pale Zeit für die Pflege zwischenmenschlicher Kontakte. Watson machte einen Rundgang und sagte allen Partnern aus der Prozeßabteilung hallo. Dann druckte er sein Darrow-Zitat von einer Backup-Datei aus und hängte es an seine Pinnwand. Er hörte seine Voice-Mail ab: Routineanfragen wegen Offenlegung von Urkunden; Geschäftsessen; Abteilungsmeetings; zuletzt eine Frauenstimme, heiser, nuschelig, mit einem schleppenden Ozark-Akzent ...

»Mr. Watson? Falls die mir den richtigen Watson gegeben haben, den Anwalt von James Whitlow? Wenn's verboten ist, daß ich Sie anrufe, dann krieg ich jetzt wohl ne Klage an den Hals, oder die buchten mich ein.« Sie war betrunken oder stand unter Drogen, und er meinte, jemanden – einen Mann? zwei Männer? – im Hintergrund reden zu hören. »Aber egal, hier ist Mary Whitlow, und Sie müssen meinem Mann, dem Mörder, sagen, daß wir beide unser Testament machen können, wenn er nicht zurückgibt, was er mitgenommen hat. Die glauben die Geschichte nicht, die er Buck rumerzählen läßt, daß ich es irgendwo versteckt haben soll. Die wissen, daß *er* es war, der's genommen hat. Daß er in Des Peres im Knast sitzt, nützt ihm auch nix. Die haben Leute da drin, die können ihn bis Sonntag sechsmal umlegen, ohne sich dabei erwischen zu lassen. Rufen Sie mich nicht an, Mr. Watson. Ich ruf Sie wieder an, von ner Telefonzelle aus. Sagen Sie dem dummen Arsch, daß die wissen, daß er es war, der's genommen hat, und daß die ihn umlegen, wenn er's nicht wieder rausrückt.«

Watson hörte sich die Aufzeichnung ein zweitesmal an. Abgespeicherte Uhrzeit des Anrufs 1.34 Uhr, im Hintergrund Verkehrsgeräusche. »*Sie müssen meinem Mann, dem Mörder, sagen, daß wir beide unser Testament machen können, wenn er nicht zurückgibt, was er mitgenommen hat ... Daß er in Des Peres im Knast sitzt, nützt ihm auch nix. Die haben Leute da drin, die können ihn bis Sonntag sechsmal umlegen, ohne sich dabei erwischen zu lassen.«*

Er wollte schon zum Telefon greifen und versuchen, seinen Mandanten in Minnesota an die Leitung zu bekommen, aber Arthur würde bald die Geduld verlieren und persönlich vorbeikommen, um nach dem Verbleib seines Associate und des eiligen Memos für Ben Verruca zu fragen. Also beugte sich Watson über seine Tastatur und schrieb und redigierte anschließend sein Kurzskript über Erscheinungen der Heiligen Jungfrau Maria – einen knappen, sorgfältig durchdachten Text, der hoffentlich Arthurs Whitlow-induzierte Reizungen lindern würde. Das Memo enthielt stichwortartige Infos zu Fatima; Lourdes; Guadalupe; den blutigen Tränen der Madonnina von Civitavecchia; weinenden Muttergottesstatuen in County Wicklow (Irland); einer hölzernen Madonna im Kloster von Akita (Japan). Den Hauptteil aber bildete eine aufgemotzte, fetzige Darstellung der angeblichen Erscheinung der Heiligen Jungfrau Maria in Medjugorje, Bosnien und Herzegowina, am 24. Juni 1981. Sechs ortsansässige Kinder hatten berichtet, die Muttergottes sei ihnen erschienen und habe Bilder von Himmel und Hölle sowie Prophezeiungen zu verschiedenen Ereignissen von globaler Bedeutung geoffenbart und künftige Pilger und Gläubige allgemein dazu aufgefordert, für den Frieden zu beten.

In seinem Memo wies Watson darauf hin, daß im Falle einer weiteren spontanen Marienerscheinung in einem Subliminal-Solutions-Produkt die Multimedia-Präsentation 3D-Grafiken einschließen könnte, die in 65 000 Farben ein paar Qualen der Hölle und Wonnen des Fleisches zeigten, gefolgt von ein paar Qualen des Fleisches und Wonnen der Hölle, wobei sich anbieten würde, erst auf einigen ausgewählten irdischen, sinnlichen Zügellosigkeiten zu verweilen, ehe man – in liebevoll ausgestalteten Bildern von Infernos bluttriefender Gewalt – den Lohn der Sünde vorführte und dem Ganzen die Verkündigung folgen ließ, der bosnische Bürgerkrieg der 1990er Jahre sei die Folge davon gewesen, daß die Welt Marias Ermahnungen mißachtet habe. War unter Umständen eine fordernde und rächende Jungfrau denkbar? Eine Göttin der Liebe und des Krieges, eine Art Ischtar? Eine stramm gebaute, sexgeladene Walküre? Eine kurvenreiche wollüstige Huri? Vielleicht konnte sie *die* Göttin für das neue Jahrtausend werden – emanzipiert, selbstbewußt, bereit, Olymp, Empyreum, Walhalla und sonstige ehemals männliche Domänen zu erstürmen und für sich zu erobern? Konnte ihre Multimedia-Persona (*falls* sie erschien) Selbstverwirklichung, Autonomie und Gleichberechtigung erlangen? Konnte sie auf eine Weise Macht ausüben – barmherzige, mütterliche, göttliche, allwissende Macht –, die über die stereotype Brutalität männlicher Gottheiten hinausging? In der Sache steckte ein gewaltiges Publicity- und Marketingpotential. Sie konnte sich als *das* Gegenmittel gegen Barbie erweisen. Anstatt sich zur Vollkommenheit zu hungern, würden Frauen künftig sorglos – ja, von göttinnengleichem Stolz und befreiten sexuellen Gelüsten durchdrungen – in die Breite gehen können und den neuen, heroischen Maßen der Jungfrau Maria nacheifern. Eine Venus von Willendorf nach sechs Monaten Fitness-Center. Das war's! Eine altnordische Göttin auf dem NordicTrack 2000! Was insgesamt durchaus den Durchbruch in den Bemühungen der Computergame-Industrie bedeuten konnte, das branchentypisch unterrepräsentierte weibliche Käuferpotential drastisch auszubauen.

Es war ein Schnellschuß und leicht schmuddelig dazu, aber es war genau das, was der Boss bestellt hatte. Jetzt, sagte sich Watson, konnte er sich, nachdem er die Religion seiner Jugend geplündert hatte, wieder seiner eigentlichen Aufgabe zuwenden und eine Breitseite von Anträgen vorbereiten, die auf den Kopf Mr. Harpers, seines Gegenspielers in US./.Whitlow, niederprasseln sollten.

»Kuriersendung, Sir«, sagte einer der Büroboten. Ein durchtrainierter Jüngling in weißem Hemd und Schlips reichte Watson einen dicken reißfesten Umschlag aus dem Postwagen.

»Danke«, sagte Watson und wunderte sich etwas, denn der Inhalt fühlte sich irgendwie knollig an – eindeutig nicht die üblichen Dokumente.

Keine Absenderangabe. Er schaffte es nicht, den Umschlag aufzureißen, also schob er Papierstöße herum, bis er unter Stratifikationen von recherchiertem Haßtatmaterial eine schon lang vermißte Schere zutage förderte. Der erste Schnitt ließ einen Schwall Luft aus der Versandtasche entweichen. Watson roch es, noch ehe er es sah: Geld. Ein Packen Banknoten, dicker als seine Faust, fünf Bündel Zwanziger, mit starken braunen Gummibändern zu einem Ballen zusammengebunden.

Er ließ ihn auf den Schreibtisch fallen, als er plötzlich jemanden auf dem Korridor entlanggehen sah. Er schlich sich um seinen Computertisch herum und schloß lautlos seine Zimmertür, dann lief er wieder zurück: eine geballte Faust gegen das Brustbein gepreßt, um eine kurze Sequenz von atemlosen Rhythmusstörungen zu unterdrücken. Er rang nach Atem und starrte ein sehr dickes Bündel Zwanzigdollarscheine an, das sich soweit ganz gut in die chaotische Innenausstattung seines Arbeitszimmers einfügte.

Er schüttelte den schlaffen Umschlag aus, und heraus fiel ein kurzes, auf normalem weißem Briefpapier getipptes Begleitschreiben:

> VERTRAULICHE MITTEILUNG
> ANWALT-MANDANT-SACHE, FALLMATERIAL
> AN: Joseph Watson, Rechtsvertreter von James Whitlow
>
> Vorschuß, Gebühren, Spesen, wie immer Sie es verwenden wollen. Empfehlen unabhängige medizinische Gutachten, da man ihn zu den Bundeshuren nach Rochester verfrachtet hat.
> Wenn das verbraucht ist, teilen Sie unserem Mandanten telefonisch mit, Dr. Greens Honorarforderungen seien zu hoch. Er wird wissen, was das bedeutet, und dann schicken wir mehr. Geld spielt keine Rolle. Was zählt, sind Resultate. Vermeiden Sie es, am Telefon über den Fall oder die Zahlungsmodalitäten zu sprechen. Psychon zeichnet Anrufe auf. Ich melde mich wieder.
>
> Bucks Anwältin

Teilen Sie unserem Mandanten mit? Ein Teil von ihm sperrte sich dagegen, das Geld auch nur anzufassen. Ist es möglich, von Banknoten Fingerabdrücke abzunehmen oder damit DNS-Tests durchzuführen? Ein anderer Teil fand, er müsse zunächst die Höhe des fraglichen Betrags feststellen, um sich mit den ethischen und juristischen Fragen, die momentan in seinem Schädel Haschmich spielten, auf angemessene Weise auseinandersetzen zu können. Er fächerte ein Bündel auseinander und fing an, die hypnotisch unter seinen Fingerspitzen vorüberrauschenden Zwanziger zu zählen.

Bucks Anwältin kannte sich mit den Meldebestimmungen der Steuerbehörde aus: 499 Zwanzigdollarscheine, $ 9980,00. Cash. Bucks Anwältin? War sie wirklich Anwältin? Gab es diesen Buck überhaupt wirklich? War er ein ehemaliger Sträfling?

Es klopfte leise an die Tür. »Joe?«

Arthurs Stimme!

Watson band die losen Häufchen gerade gezählten Geldes rasch wieder zusammen, ließ sie samt Begleitschreiben in seinen oben aufklappbaren Aktenkoffer fallen und schob diesen mit der Fußspitze unter seinen Schreibtisch.

»Ja?« sagte Joe. »Arthur? Morgen. Kommen Sie nur herein. Tut mir leid, ich habe nur ...«

Arthur schob die Tür gerade so weit auf, daß er den Kopf hereinstecken konnte, und lächelte.

»Ich hatte gehofft, Ben Verruca das Jungfrau-Maria-Memo rasch durchfaxen zu können und dann zu einem kleinen ... Plausch zurückzukommen«, sagte er mit einem merkwürdigen Lächeln in den Mundwinkeln.

»Klar«, sagte Watson. »Ich bin gerade bei der letzten Durchsicht.«

Ein weiteres blasses Lächeln ließ Watsons Kopfhaut kribbeln. Verhielt sich Arthur irgendwie seltsam? Oder verzerrte die Bargeldparanoia lediglich seine Urteilskraft?

»Können Sie es nicht für fertig erklären?« drängte Arthur. »Handschriftliche Korrekturen sind kein Problem. Marcia kann sie einarbeiten, bevor sie das Ganze wegschickt. Sie ist samstags immer da, um mir etwas zur Hand zu gehen.«

Watson hielt das Jungfrau-Maria-Memo in die Höhe. »Nur ein paar Bleistiftkorrekturen«, sagte er.

»Sehr schön«, sagte Arthur. Er trat ins Zimmer und nahm das Memo entgegen.

Als die Tür aufging, sah Watson ein Grüppchen von Leuten

hinter Arthur stehen: den Chef der Abteilung Informationssysteme, Inspector Digit; Drath Blutarski, den Spezialisten für Familienrecht und für die Bewertung von Associates verantwortlichen Juniorpartner; einen Wachmann? Was suchten die alle hier? Das Lächeln verschwand aus Arthurs Gesicht.

»Was ...?« Weiter kam Watson nicht. Das Blut hämmerte in seinem Kopf, und im Takt dazu spürte er auf einmal rhythmische Krämpfe in seiner Brust. Hatten sie das Geld entdeckt?

»Ich wünschte, ich könnte sagen, daß es mir leid tut, Joe«, sagte Arthur feierlich. »Aber ich kann Ihnen nichts vormachen.«

»Vormachen?« sagte Watson und gab dem Aktenkoffer einen weiteren Stoß mit dem Fuß. »Ich versteh –«

»Fremdsoftware in das lokale Computernetz der Firma einzuspeisen ist ein Vergehen, das die fristlose Kündigung nach sich zieht«, sagte Arthur ernst. »Das wissen Sie. Sie kennen die Risiken. Die Viren, die mögliche Beschädigung der Firewalls, die Gefährdung vertraulicher Klientendaten und die Beeinträchtigung der Funktionssicherheit unserer Systeme und Netzkomponenten. Das lernt jeder Associate bereits im Rahmen seiner Einweisung. Es steht fett gedruckt in jedem Mitarbeiterhandbuch.«

Inspector Digit hatte eine Diskette in der Hand. Er starrte die ganze Zeit darauf, statt Watson ins Gesicht zu sehen.

Watsons Haut brannte, und zu seinen Atembeklemmungen kam jetzt ein plötzliches Aufwallen von Übelkeit hinzu. »Software soll das Problem sein?« zischte er sarkastisch. »Software, Arthur? Es geht um meinen Pflichtfall! Es geht um Richter Stang, stimmt's? Software?«

Arthur schaffte es, sein Gesicht zu einer überzeugenden Miene der Verblüffung erschlaffen zu lassen, und warf Inspector Digit und Drath Blutarski einen Blick über die Schulter zu. Blutarski und Arthur zuckten die Schultern und schüttelten den Kopf. *Nicht der erste Associate, der nicht richtig tickt,* schienen sie zu denken.

»Was in aller Welt könnte das mit Ihrem Pflichtfall oder Richter Stang zu tun haben?« fragte Arthur. »Fremdsoftware in das lokale Netz der Firma einzuspeisen ist ein Kündigungsgrund. Jeder Mitarbeiter der Firma weiß das.« Er wandte sich nach Inspector Digit um, dann zurück zu Watson. »Mit Sicherheit jeder *Anwalt*, insbesondere jeder mit Ihren Computerkenntnissen.«

»Hanebüchener Bockmist«, sagte Watson. »Wir führen Beta-Tests durch, und er weiß das.« Er hatte es noch immer nicht geschafft, Digit zu einem direkten Blickkontakt zu bewegen. »Und *Sie* wissen das auch.« Watson funkelte seinen Boss an.

Arthur mußte gestern abend vor dem Spiegel geübt haben, denn er ordnete seine Züge zu einem weiteren zutiefst erstaunten Gesichtsausdruck. »*Wir?* Wollen Sie damit etwa sagen, es gibt noch mehr Associates, die die Informationssysteme der Firma und vertrauliche Klientendaten durch nichtgenehmigte Software gefährden? Es fällt mir schwer, das zu glauben. Aber wenn dem so ist, werden wir, sobald wir hier fertig sind, deren Festplatten überprüfen, und man wird sie entlassen. Noch heute.«

Digit scharrte mit den Füßen. Arthur führte Watson sein heldisches Gerichtssaalgesicht vor. »Aber wir brauchen Namen«, fügte er streng hinzu, »andernfalls müssen wir annehmen, daß dies lediglich eine weitere haltlose Unterstellung ist – wie Ihre Behauptung, Ihnen werde deswegen gekündigt, weil Sie Ihre Verpflichtungen gegenüber einem Ihnen vom Bundesgericht zugeteilten Mandanten erfüllt haben.«

Arthur, Digit, Drath, jeder im Raum wußte, wer die anderen Silikonköpfe unter den Associates waren. Computer-Junkies. Hacker. Web-heads und WESTLAW-Freaks. Die normalen Regeln hatten für Associates ab einem bestimmten Grad von einschlägigem Sachverstand keine Gültigkeit. Namen hätten nichts gebracht als den Nachweis von Watsons Bereitschaft, zu petzen und Kameraden mit sich in die Verdammnis und die Erwerbslosigkeit zu zerren.

»Das hatte ich mir gedacht«, sagte Arthur. »Sie kennen ja das bei Kündigung übliche Prozedere«, sagte er knapp. »Es ist dasselbe, das wir unseren Klienten mit arbeitsrechtlichen Problemen empfehlen. Mr. Shannon wird sich um die Fragen der Sicherheit kümmern«, fügte er hinzu und winkte den Wachmann heran. »Er wird die Entnahme Ihrer persönlichen Gegenstände beaufsichtigen und dafür Sorge tragen, daß Firmeneigentum hierbleibt. Aus nachvollziehbaren Gründen kann Ihnen der Zugriff auf irgendwelche in unseren Computersystemen gespeicherten Daten nicht mehr gestattet werden. Es ist sicherlich uns beiden lieber, wenn kein Sabotageverdacht aufkommt.«

»Sabotage?« stieß Watson erstickt hervor.

»Unterlagen, die Ihre persönlichen Klienten betreffen, dürfen Sie mitnehmen, Sie dürfen aber keinerlei Dokumente entfernen, die Klienten der Firma betreffen. In Zweifelsfällen wird Officer Shannon die fragliche Akte überprüfen und sie mir gegebenenfalls zur Entscheidung vorlegen. Selbstverständlich steht es Ihnen frei, recherchiertes Material und Ergebnisse Ihrer Arbeit im Zusammenhang mit dem Pflichtfall, bei dem es sich meines Wissens ja um Ihren einzigen nennenswerten persönlichen Klienten handelt, mitzunehmen.«

»Ich werde gefeuert, weil ich mich geweigert habe, meinen Mandanten an die Staatsanwaltschaft zu verkaufen«, sagte Watson, an niemand besonderen gerichtet. »Weil ich getan habe, was Richter Stang mir aufgetragen hatte.«

Arthur bedachte die Gruppe mit einem weiteren erstaunten Blick. »Ich hatte damit gerechnet, daß Sie unser Urteil in der Angelegenheit in Frage stellen würden.« Arthur wandte sich zu Digit und winkte ihn nach vorn. »Die Informationstechniker werden Ihren Computer neu booten und ein Programm laufen lassen, das jede auf Ihrer Festplatte installierte Software identifiziert und mit Namen, Registrierungs- und Versionsnummer ausgibt sowie eine Liste aller innerhalb eines bestimmten Zeitrahmens geänderten Dateien erstellt.«

Digit wartete höflich ab, daß Watson ihm Platz machte. Watson schubste seinen Aktenkoffer weiter unter den Schreibtisch.

»Joe«, sagte Drath, »ich hoffe, Sie verstehen den Standpunkt der Firma. Glauben Sie mir, wenn es hier um ein schlichtes Leistungsproblem oder um persönliche Inkompatibilität ginge, würden wir Ihnen erlauben, anderweitige Vereinbarungen zu treffen und freiwillig auszuscheiden. Aber eine fortgesetzte Gefährdung der inneren Sicherheit können wir einfach nicht dulden.«

»Mein Bonus?« fragte – forderte Watson fast. »Fristlose

Kündigung«, sagte Drath und deutete mit einem Achselzucken an, er könne nichts dafür. »Das Vergütungskomitee setzt die Bonuszahlungen für die Associates erst nächste Woche fest. Zu dem Zeitpunkt werden Sie kein Mitarbeiter von Stern, Pale mehr sein. Wie könnten wir ...?«

»Wie könnten Sie mich kreuzweise am Arsch lecken?« fragte Watson. »Ist es das, was Sie sagen wollten?«

Digit schob die Diskette in Laufwerk A und drückte auf die RESET-Taste. Arthur und Drath traten einen Schritt hinaus in den Korridor, steckten die Köpfe zusammen und wandten sich halb zurück, um Watson im Auge zu behalten.

»Sir«, sagte der Wachmann, »Sie dürfen jetzt Ihre persönlichen Gegenstände aus Ihrem Schreibtisch entfernen.«

Watson suchte eine Ziehharmonikamappe voll brauner Umschläge mit Recherchenergebnissen heraus, auf der klar und deutlich »US./.Whitlow« sowie die Codenummer für diese spezielle, nichtberechenbare Klientensache zu lesen stand.

»Als erstes packe ich meine Unterlagen zum Pflichtfall ein«, kündigte er an und hielt die rote Mappe in die Höhe, damit Arthur und der Wachmann sie sehen konnten. Arthur nickte und setzte seine Unterhaltung mit Drath fort.

Watson zog den Aktenkoffer hervor, öffnete ihn rasch und ließ die Ziehharmonikamappe in das mittlere Fach fallen, wo sich die Geldbündel befanden, die so darunter verschwanden. Ruhig streckte er die Hand nach oben aus und griff sich weitere Mappen und Aktendeckel, um sie dem Wachmann kurz zur Begutachtung hinzuhalten und sie anschließend in den Aktenkoffer zu stecken, bis das ganze Mittelfach voll war. Die Akten standen ein paar Zentimeter höher, als ihm lieb war, aber der Koffer war so tief, daß die Mappen noch immer nicht an die Oberkante der Trennwände reichten.

»Die Jungs von der Beschaffung haben Ihnen hier ein paar leere Aktencontainer für Ihre Bücher und persönlichen Gegenstände herausgestellt«, sagte Arthur.

Der Wachmann begleitete Watson zu seinem Aktenschrank. Watson holte aus der untersten Schublade Richter Stangs Vierkantholz hervor und reichte es Arthur nach draußen auf den Korridor.

»Wenn ich mich recht erinnere, gehört das Ihnen, Boss.«

Arthur nahm es mit einer Grimasse entgegen und stellte es behutsam an die Wand.

Das letzte, was Watson einpackte, war das letzte, was er aus seinem Desktop-Rechner ausgedruckt hatte – das Darrow-Zitat.

Sechzehntes Kapitel

Myrna hob das Bündel Banknoten in die Höhe, ließ es auf ihren Schreibtisch fallen und lauschte mit schräggelegtem Kopf dem Aufschlag. »Alles Zwanziger?«

»Alles Zwanziger«, sagte Watson und fuhr sich mit den Fingern nervös durch die Haare. Sie wirkte gelassen, als habe sie der Bericht über die Besprechung in Richter Stangs Amtszimmer und Joes umgehende brutale Entlassung fast gar nicht überrascht. Watson sah auf Myrnas Telefon und fragte sich, wann und wie er es Sandra beibringen würde. Vielleicht konnte er einen Roman in der Ichform schreiben, *Memsahibs Alptraum*. Arbeitslosigkeit. *»Das System ist im Moment instabil. Abbrechen, Wiederholen, Ignorieren?«* Sandra würde ihre Eltern anrufen, ihn von einer sauberen Diskette rebooten und es dann seinen Schwiegereltern überlassen, ihn zu debuggen und nach Bootsektor-Viren zu scannen. »Diese Work-A-Daddy-Einheit funktioniert nicht richtig«, würden sie sagen. »Es liegen mehrere irreparable Speicherzuordnungsfehler vor. Wir müssen die fehlerhaften Sektoren markieren, das Ganze neu formatieren und die BIOS-Einstellungen entsprechend ändern. Neu programmieren, daß er wieder Einkommen ausgibt.«

Nun tappten Sheila und Benjy auf die Bühne des Gewissens: mitleiderregende Opfer in einer Tragödie des Regisseurs und zugleich Hauptdarstellers Joseph Watson in seiner Rolle als Schurke, Prolet, gefeuerter Anwalt, treuloser Gatte, Verbrecherkumpan und gescheiterter Vater. Etwas schnürte ihm die Brust zu, was in späteren Jahren wahrscheinlich als erster Vorbote einer Angina pectoris diagnostiziert werden würde. Wenn erst einmal das ganze Geld aus dem Aktiendepot aufgebraucht war, würden die Kinder mit dem staatlichen College vorliebnehmen müssen. Und das sogenannte richtige Geld, wie Sandras Dad es nannte? Weit und breit nichts zu sehen, außer dem Päckchen, das vor ihm auf Myrnas Schreibtisch lag (und das R. J. Connally wahrscheinlich als Peanuts betrachtet hätte).

Sie ließ das Bündel noch einmal aufplumpsen. »Klingt mir nach zehn Riesen.« Sie grinste durch Rauchschwaden. »Sag's mir nicht. Ganz knapp unter zehn Riesen, richtig?«

»Haarscharf darunter«, sagte Watson. »Mein Arbeitslosenstatus läßt es wie weit darüber erscheinen.«

»Die sind von einer Frechheit wie ein ganzer Stall Nutten«, sagte sie. »Wenn Richter Stang was davon mitkriegen würde, daß sie dich wegen eines Pflichtfalls auf die Straße setzen, würde er denen den ganzen verdammten Puff dichtmachen. Vielleicht erzähl *ich* es ihm ja bei Gelegenheit. Nein, ich erzähl's Ida. Sie ist der beste Zugang zu ihm. Niemand kommt an Richter Stang ran außer über Ida – oder eine seiner Assistentinnen.«

Sie ließ den Packen Andrew Jacksons noch einmal auf die Tischplatte fallen und lauschte dem Aufprall.

»Es riecht nach April«, seufzte sie. »Er mischt Erinnern und Begehren, weckt dumpfe Schulden auf mit Dollarregen. Es ist regelrecht beglückend – auf eine absolut elementare Weise. Nicht mit Worten auszudrücken. Stellen Sie sich vor, Sie sind vollkommen ausgehungert, ausgedörrt wie die Wüste Gobi und schärfer als ein dreiköpfiger Leguan, und einer Ihrer Mandanten kommt hereinspaziert und serviert Ihnen ein Lammfilet im Speckmantel, buttergetränkten Hummer, gekühltes Quellwasser, geeisten Chardonnay, ein paar saftige, harzige Knospen Afghanen und bläst Ihnen dazu einen – alles auf einmal.«

»Was mache ich jetzt damit?« fragte Watson.

»Einen drauf!« sagte Myrna. »Kippen Sie ein paar Bier. Stecken Sie sich einen Fidel-Castro-Bomber ins Gesicht und dröhnen Sie sich zu. Sie sind gerade den Traktorstrahlen des Imperiums entronnen, und auf Ihrem allerersten Soloflug durch die Rebellensektoren tun Sie einen Mandanten auf, der bar rein netto ohne Abzug zahlt. Eine Made im Speck ist verglichen mit Ihnen arm dran.«

»Muß ich dem Gericht nicht vom Geld erzählen?«

Die Nikes plumpsten von der Schublade herunter, als Myrna sich in einem rauchigen Hustenanfall krümmte.

»Das Geld, die Tatsache, daß es existiert, die Tatsache, daß es Ihnen angeboten wurde, die Zahlungsmodalitäten, die Diskussion über medizinische Sachverständige und über die mögliche Form ihrer Honorierung – das alles sind vertrauliche Mitteilungen Ihres Mandanten und dessen Rechtsbeistands. Wenn der Anwalt oder der Mandant so dämlich ist, die vertraulichen Informationen an einen dritten, etwa einen Richter, weiterzugeben, dann verzichtet er damit explizit auf sein diesbezügliches Aussageverweigerungsrecht. Möchte der Herr Verteidiger seine Frage neu formulieren?«

»Was soll ich tun?« fragte Watson.

»Nehmen Sie das Geld, und teilen Sie dem Gericht schriftlich mit, daß Sie beabsichtigen, die Verteidigung als beauftragter Anwalt zu übernehmen«, sagte sie. »Lassen Sie es mich anders formulieren: Hören Sie auf, ein Untergehilfe, ein Amanuensis, ein Famulus und Faktotum, ein Mädchen für alles, Allzweckbubi und Gebrauchsgegenstand irgendeines autokratischen Partners zu sein, und fangen Sie an, ein Anwalt zu sein. Jemand hat Ihnen gerade eine Karre voll Geld auf den Tisch abgeladen. Er will Sie anheuern. Wollen Sie arbeiten?«

Watson stand auf und fing an, auf und ab zu gehen – ein Verhaltensmuster, das ihm während seiner Entenkindzeit durch Arthurs Vorbild eingeprägt worden war. »Ich habe keinen Job. Kein Büro. Mein Krempel ist hinten im Honda in Pappkartons verstaut. Ich hab meinen Bonus und den Firmencomputer verloren. Ich hab zu Haus ein müdes Rübchen von einem Pentium mit 1-Giga-Festplatte und einem internen 14.4-Modem. Es bringt gerade eben Reader Rabbit für DOS – schon WESTLAW geht über seine Begriffe. Was soll ich machen? Mir den Drucker der Kinder unter den Nagel reißen und dem Bundesgericht Punktmatrix-Memoranda vorlegen?«

Myrna schnipste an ihrer Zigarette. »Für dreihundert Mäuse im Monat können Sie das Extrazimmer nebenan haben. Nehmen Sie sich drei oder vier Riesen aus dem Haufen und kaufen Sie sich einen Scheißcomputer, wenn Sie das glücklich macht. Es hat Geld geregnet. Ich könnte Ihnen sogar helfen. Wir könnten Partner sein«, bot sie an, und als er sofort aufsah, fügte sie schnell hinzu: »Auf Fall-Basis, versteht sich, das heißt also, für den Anfang, bei diesem Fall.«

»Wirklich?« fragte er. Das erste Anzeichen nahender Verstärkung erfüllte ihn mit Freude. »Sie würden mir helfen?«

»Sicher«, sagte sie. »Ich rechne stundenweise ab. Dreihundert vor Gericht. Zweihundert außerhalb. Und vergessen Sie Dirt nicht«, fügte sie hinzu und klopfte mit der flachen Hand auf eine Mappe, die auf ihrem Schreibtisch lag. »Er ist fleißig gewesen. Und hat auch einige hübsche Sächelchen ausgegraben.«

Sie sah ihm dabei zu, wie er ein paar Kopfrechnungen anstellte, und tippte dann auf das Geldbündel.

»Ich hab so das Gefühl, daß bald mehr davon kommt«, sagte sie. »Auf dieser Seite des Gesetzes kriegt man so was nicht oft zu hören ... Wie heißt es da noch mal so schön?« Sie angelte sich mit einem Finger die Mitteilung von Bucks Anwältin, zog sie zu sich herüber und las daraus vor: »›Geld spielt keine Rolle. Was zählt, sind Resultate.‹ Kurz und bündig. Das gefällt mir.«

»Ja«, sagte Joe, »dann würden Sie also mit dem Fall vor Gericht ziehen?«

»Noch zu früh, um sich diesbezüglich festzulegen«, sagte sie. »Sie setzen sich hin und werfen für Richter Stang ein paar Eins-a-Anträge und -Memos aufs Papier, und ich bereit mich eben auf eine Scheißverhandlung vor. Aber falls irgend jemand fragt«, warnte sie, »*Sie* sind *zu mir* gekommen, okay? Ich helfe Ihnen, weil Sie mich darum gebeten haben.«

»Okay«, sagte Joe zögernd. Er öffnete den Mund, um zu fragen, wer denn danach fragen sollte und warum es so wichtig sein sollte.

»Partner in der Whitlow-Sache?« fragte sie und hielt ihm die offene Hand hin.

»Partner«, sagte er und schlug ein.

»Okay. Sperr die Ohren auf«, sagte sie und reichte ihm Notizblock und Bleistift. »Mach dir Notizen.« Dann setzte sie sich gerade auf und grinste ihn breit an. »Hör auf, ein Anwalt zu sein, und sei fortan ein Untergehilfe, ein Amanuensis, ein Famulus und Faktotum, ein Mädchen für alles, Allzweckbubi und Gebrauchsgegenstand einer autokratischen Partnerin: Myrna Schweich.«

Sie blähte ihren Brustkorb, zog die Schultern bis an die

Ohren hoch, daß ihr Hals in ihrem Sweatshirt verschwand, rutschte mit ihrer Stimme eine Oktave tiefer und fing an, wie Rumpole vom Old Bailey oder sonst ein bezopfter britischer Barrister zu reden.

»Mitschreiben«, sagte sie. »Du mußt dich mit der Ehefrau unterhalten«, sagte sie. »Hast du schon mit Frauchen gesprochen?«

»Mit meiner Frau?« fragte Watson, dem die eigene häusliche Situation noch lebhaft im Kopf herumging.

»Seine, nicht deine«, sagte Myrna. »Da fick mich doch ein gebratener Storch! Es hat bisher noch keiner mit der Frau des Angeschuldigten gesprochen?! Vielleicht sollte *ich* mit ihr ein paar Takte reden. Mary Whitlow ist nicht nur die Schlüsselfigur, sie ist die einzige Figur im Spiel. Die einzige andere Person, die den Raum lebend verlassen hat.«

»Man hat mir die Protokolle ihrer Aussage geschickt«, sagte Watson. »Ich hatte gedacht, das sei so wie bei Zivilsachen, wo man mit Zeugen der Gegenseite nur vor Gericht und in Anwesenheit von deren Anwalt sprechen kann. Aber heute morgen, beziehungsweise wohl eher gestern nacht, hat sie mir im Büro was auf den Anrufbeantworter gesprochen.«

»Sie hat dich angerufen?« fragte Myrna. Sie setzte sich abrupt auf und sah ihm scharf in die Augen. »Was hat sie gesagt?«

»Irgendwas davon, sie und ihr mordender Mann könnten beide ihr Testament machen, wenn er nicht zurückgebe, was er mitgenommen hat. Sie fing immer wieder damit an, irgendwelche ›sie‹ würden sie beide umbringen. Sie klang so, als sei sie betrunken oder auf Tabletten oder sonstwas.«

»Was noch?« bohrte Myrna nach. »Hat sie irgendwas über Buck gesagt? Wie zum Beispiel: ›Wo ist Buck?‹«

Die Selbstverständlichkeit, mit der sie Buck erwähnte, überraschte ihn. Sie sprach so weiter, als habe sie bemerkt, daß es ihm aufgefallen war.

»Ich meine, du hast doch die ganze Zeit davon geredet, Whitlow habe immer wieder mit diesem Buck angefangen, und daß er sein Auto auslösen sollte und so weiter. Also habe ich mir gedacht, Mary kennt diesen Buck vielleicht, und vielleicht hat sie was über ihn zu erzählen.«

»Sie sagte was in der Art wie: ›Die glauben die Geschichte nicht, die Buck herumerzählt, daß ich es irgendwo versteckt haben soll.‹ Aber ich weiß nicht, was *es* ist oder was Buck mit diesem *es* zu tun haben soll. Und sie hat nicht gesagt, wo oder wer Buck ist.«

»Was ist mit dem Tatort? Inzwischen dagewesen?«

Watson machte eine hilflose Geste. »Ich schätze, ich hab mich bisher auf die vorbereitenden Schriftsätze konzentriert«, erklärte er, »und auf die verfassungsrechtlichen Aspekte, das psychologische Gutachten und so weiter. Ich bin wohl irgendwie davon ausgegangen, daß er es getan hat. Ich versuchte einfach, die Haßvorwürfe zu entkräften.«

»Edles Ziel«, sagte sie. »Aber was hatte ich dir gesagt?« fragte sie streng. »Es spielt keine Rolle, ob er's getan hat. Es geht nur um eins …«

»… nämlich dafür zu sorgen, daß der Staatsanwalt seinen Job macht und jeden Punkt seiner bepißten Anklage beweist«, sagte Watson.

»Exakt«, sagte sie. »Wir wissen nicht mal, wo die Sonne aufgeht, solange uns das die Staatsanwaltschaft nicht mit entsprechenden Sachverständigengutachten hieb- und stichfest beweist. Ich war nicht dabei, als der gehörlose Afroamerikaner die rechtmäßige Ehefrau des Angeklagten unter Ausnutzung seines Vertrauensverhältnisses vergewaltigt hat. Ich könnte wetten, daß *du* auch nicht dabei warst, aber du darfst mich unbesorgt eines Besseren belehren.« Sie hakte ihn mit einem Kopfnicken ab. »Okay, wir waren also beide nicht dabei. Weiter, Richter Stang können wir mit annähernder Sicherheit ebenfalls streichen. Die Geschworenen waren wahrscheinlich auch nicht dabei – obwohl alles möglich ist. Am ersten Verhandlungstag wissen wir *eine* fundamentale menschliche Wahrheit: Jeder ist ein Lügner. Die Jungs von MP und CID sind Lügner. Die Feds sind Lügner. Der Bundesanwalt ist ein Bube und Erzschurke mit einer Gabelstaplergabel, wo andere Leute eine Zunge haben. Dein Mandant würde Scheherezade wie Mutter Teresa unter Eid klingen lassen, wenn er sich davon versprechen könnte, das Wort *Todesstrafe* nie wieder hören zu müssen. Wir wissen das und nur das, was die Staatsanwaltschaft vor Gericht beweist. Und selbst das ist nicht wahr, solange nicht zwölf Supermarktkassiererinnen befunden haben, *daß* es das ist. Bis das geschieht, war Whitlow zur Tatzeit auf dem Klo und hat den Rosenkranz gebetet, und von dem Mord hat er erst gehört, als er mit den fünf glorreichen Geheimnissen fertig war.«

»Aber wer ist Bucks Anwältin?«

»Scheiß auf Bucks Anwältin«, sagte Myrna. »Die Staatsanwaltschaft und die bösen Buben wollen ständig wissen, wer wessen Anwalt bezahlt und wer wen vertritt. Deswegen halten wir Strafverteidiger zusammen und sagen denen keinen Furz. Selbst wenn ich's wüßte, könnt ich es dir nicht sagen. Und solange Bucks Scheißanwältin weiter Bares rüberwachsen läßt, kümmert's uns einen Dreck, wer sie ist.«

Watson atmete tief durch. Er hätte sich gern befreit gefühlt, freudetrunken ob der Aussicht, sein eigener Herr zu sein. *Ni dieu ni maître.* »Er konnte ein weiser Fürst sein, Herrscher über das beseelte Gemeinwesen seiner selbst.« Statt dessen fühlte er sich nackt und verwundbar, ausgestoßen aus dem mächtigen Stammesverband, der ihn so lange ernährt und beschützt hatte, ihn aufgezogen ... und hinausgeworfen hatte. Konnte er es überhaupt schaffen, sich auf eigene Faust durchzuschlagen?

Er sah Myrnas Bürostuhl an – Polyacrylpolster auf Kunststoffrahmen, mit einem einzigen Drehknopf unter dem Sitz, um die Höhe zu verstellen. Der Stuhl, den er bei Stern, Pale geräumt hatte, war ein ergonomisch durchdachtes, mittels dreier Hebel und zweier Drehknöpfe individuell einstellbares Wunderwerk der Technik gewesen, mit butterweichen, anatomisch geformten Korduanlederpolstern und verstellbarer pneumatischer Kreuzstütze. Watson war an Gratismahlzeiten gewöhnt, Club-Mitgliedschaften, Freikarten für die Heimspiele der Cardinals und der Blues, Kranken- und Lebensversicherung, Pensionsleistungen – an all die netten Dinge, die ihm den Aufenthalt in diesem ergonomischen Drehsessel, in dem er fünfundsechzig Stunden die Woche gesessen und juristischen Mehrwert produziert hatte, noch angenehmer gemacht hatten. Gute Bezahlung und eine Arbeit, bei der man sich keine schmutzigen Hände holte oder einen Bruch zu heben brauchte. Myrna sah dagegen so aus, als verbringe sie täglich nicht mehr als höchstens eine Stunde auf diesem Fließbandstuhl – die übrige Zeit hetzte sie durch die Gegend, damit beschäftigt, Staatsanwälte einzuschüchtern und Kriminelle dazu zu bringen, sich so lange zu benehmen, bis sie sie freibekommen und ihre Honorarschecks eingelöst hatte.

»Nun«, sagte sie, »ich seh nicht allzu viele Alternativen. So oder so hast du den Fall am Hals. Du könntest vermutlich einen Antrag auf Entbindung stellen und damit begründen, daß man dich auf die Straße gesetzt hat. Du könntest so tun, als würde Richter Stang sich das wer weiß wie zu Herzen nehmen – aber das wird er nicht. Warum solltest du dich also, wenn du die Scheiße schon machst, nicht wenigstens dafür bezahlen lassen?«

»Richter Stang läßt mich da nie raus«, sagte Watson. »Ich hatte früher einen Lateinlehrer, einen Jesuiten, der war haargenau wie er. Ich brauch's gar nicht nachzuschlagen – Richter Stang war auf Ignatius High, Abschlußklasse 1943, er entstammt einer langen Linie von intellektuellen Zuchtmeistern. Statt *De bello gallico* zu übersetzen, werde ich eben James Whitlow verteidigen. Es ist alles so vorbestimmt. Ich wette, er hat mich ausgesucht, weil ich auf Ignatius High und Ignatius University war. Scheiß auf meinen Artikel im *Law Journal* – er hat erfahren, daß ich auf intellektuellen Frondienst und monastischen Gehorsam stehe. Anstatt Hausaufgaben zu machen, soll ich nach dem Willen des Gerichts makellose Memoranda produzieren. Anstatt die Schulbank zu drücken, werde ich an vorprozessualen Besprechungen teilnehmen, wo ich die für meinen Fall relevante Gesetzeslage besser als jeder andere im Raum kennen werde. Wenn ich versage, wird man mich vor Gericht stellen, splitternackt an das Richterpodium gekettet, und Richter Stang wird mich in öffentlicher Verhandlung geschickt ausfragen und der gesamten Anwaltschaft des Landes nebst ausgewählten Berichterstattern von Print- und Elektronikmedien meine abgrundtiefe Unwissenheit vorführen.«

Myrna grinste und wischte sich mit dem Handrücken über den Mund. »Du warst in der Kammer«, sagte sie. »Du kennst den Mann. Dein Entsetzen ist förmlich mit Händen zu greifen. Du trägst die charakteristischen psychischen Wundmale des Stang-Opfers. Du gehörst zu einer auserwählten Minderheit. Richtig. Er läßt dich da niemals raus. Und du kannst dieses *niemals* ruhig mit zehn multiplizieren, sobald du dem Gericht formell mitgeteilt hast, daß du die Verteidigung im Mandantenauftrag übernimmst. Von da an gehört der Fall dir, durch sämtliche Instanzen. An deiner Stelle würde ich also meinem Mandanten erklären, daß Dr. Greens Honorarforderungen schon jetzt viel zu hoch sind.«

»Du meinst, *jetzt*?« sagte Watson. »Dr. Greens Honorarforderungen sind *jetzt* schon zu hoch?«

Ein Heineken an den Lippen, legte Myrna den Kopf zurück und schaffte es, gleichzeitig zu schlucken und zu nicken. »Viel zu hoch. Sag ihm, daß man dich auf die Straße gesetzt hat, daß das Geld knapp ist und Dr. Greens Gebühren zu hoch sind.« Sie rülpste mit genüßlicher Schamlosigkeit und klopfte auf den Packen Geld. »Ich wette, es trudelt bald noch einer von der Sorte ein«, sagte sie. »Reich die Anzeige der Verteidigungsbereitschaft ein. Du übernimmst Vorverhandlung und etwaige Rechtsmittel. Wenn's zur Verhandlung kommt, werde ich zwölf Schafe in die Geschworenenbank pferchen und den gehörlosen toten Afroamerikaner der Vergewaltigung anklagen. Ehe die Sache vorüber ist, haben wir Mike Harper soweit, daß er wie ein dressierter Seehund vor Richter Stang Männchen macht.«

»Aber warum wollen diese Leute, daß ich für sie arbeite?« fragte Watson.

Myrna hörte auf zu lächeln. »Gute Frage«, sagte sie. »Vielleicht kennt jemand jemanden, der jemanden kennt, der für Richter Stang arbeitet. Vielleicht auch nicht.« Sie zuckte die Achseln. »Du kannst nachweislich schreiben. Wir haben es mit dem Bundesgericht zu tun, wo sämtliche vorprozessualen Anträge schriftlich eingereicht werden und nur schriftlich begründet werden dürfen. Keine mündlichen Haarspaltereien oder bombastische Reden, wie sie an staatlichen Gerichten üblich sind. Du könntest dem Bundesanwalt mit ein paar Ladungen Papier über die verfassungsrechtlichen Implikationen der Anklage eine ganze Menge Ärger bereiten.«

Sie hatte recht. Er hatte ganz vergessen, daß am Bundesgericht die gesamte Vorverhandlung in schriftlicher Form erfolgt. Und solange die Argumentationen auf dem Papier stattfanden, traute er sich durchaus zu, jedem Staatsanwalt Paroli zu bieten.

»Die ersten drei, vier Wochen werden nur für Recherchen und fürs Abfassen von Memos draufgehen«, dachte er laut nach. »Das bedeutet, daß ich Harper ganz schön zusetzen könnte, ehe es auch nur richtig losgeht. Das bedeutet sogar, ich könnte *dir* einen Tritt in den Hintern verpassen«, sagte er.

»Vorsicht, Kleiner«, sagte sie. »Was den Schreibkram angeht, geb ich zu, daß du mir über bist, aber früher oder später dürften wir's mit einer gewissen Kleinigkeit namens Verhandlung zu tun haben, und dann siehst *du* neben *mir* ganz schön alt aus.«

»Und *nach* der Verhandlung«, stichelte er. »Was ist *nach* der Verhandlung?«

»Na was?« fragte sie gereizt.

»Dann könnte ich dich oder Harper vors Bezirksgericht schleifen, wo ich einen Revisionsantrag vorlegen würde, daß ihr beide mit den Ohren schlackert.«

»Jesus«, sagte sie. »Ich brüte mir hier ein Monster aus. Werd mir bloß nicht aufmüpfig, Bübchen. Dazu besteht keinerlei Veranlassung. Wir können uns gegenseitig helfen. Ich werd dich schon nicht im Regen stehenlassen«, versprach sie und ließ den Stummel ihrer Gitane in eine leere Bierflasche fallen. Sie holte noch ein paar Heinekens aus dem Kühlschrank, öffnete sie mit einem Schweizermesser und reichte ihm eines.

»Wenn du jetzt also Ernst machen willst«, sagte sie und streckte die Hand nach dem dünnen Stapel Aktendeckel aus, den sie schon mindestens zweimal liebevoll getätschelt hatte, »hätte ich hier tonnenweise gute Neuigkeiten aus der dreckigen Hemisphäre.«

»Von deinem Ermittler?«

»*Unserem* Ermittler. Dirt. Wir haben ihm vor – was? achtundvierzig Stunden? – den Auftrag gegeben, und schon serviert er uns alles schön auf einem Silbertablett, und die Ehefrau stinkt zum Himmel.«

»Mary Whitlow?« fragte Watson, dem es endlich gelang, den Sandra-Reflex zu unterdrücken.

»Mary Whitlow stinkt«, sagte Myrna. »Alles, was ich über

sie höre, hat dieses gewisse Odeur. Den Lügnerduft. Fötor. Hör dir das an. Wo sind meine Notizen?« Sie zog ein Notizbuch aus ihrem Aktenkoffer und blätterte darin herum, dann schlug sie einen der braunen Aktendeckel auf.

»Los geht's. Erstens, der tote schwarze Macker. Er ist ihr Zeichensprachlehrer, richtig? Sie nimmt seit fast einem Jahr Unterricht in Gebärdensprache, weil sie *soo gern* mit ihrem Söhnchen kommunizieren möchte, dem kleinen siebenjährigen Charlie Whitlow ... Und weißt du was? Der taube Junge verbringt neun Monate des Jahres im Internat, drüben in Fulton. In den Sommerferien kommt er nach Haus, aber bleibt dann die ganze Zeit bei der Oma, weil – so die Nachbarin Hilda Pence – ›die familiäre Situation nicht gut ist‹. Nach Aussage dreier verschiedener Nachbarn und zweier Lehrer des Jungen kann Mary Whitlow nicht *ein Wort* Zeichensprache.«

Erinnerungen regten sich und versuchten aufzusteigen. Whitlow hatte ihm gesagt, Mary könne überhaupt keine Gebärdensprache: *»Ich hab die Zeitung gesehen, wo die jetzt auf einmal wie die Königin der Zeichensprache dasteht.«*

»Das gleiche hat mir Whitlow erzählt«, sagte Watson. »Aber wenn sie keine Zeichensprache kann und sie auch keine Zeichensprache lernt ...« Ein halbfertiger Gedanke ging in Myrnas Geplapper wieder unter.

»Faul, faul, oberfaul«, sagte Myrna. »Und was Stinken angeht, macht Toten in der Regel keiner was vor. Der verblichene schwarze Zeichensprachlehrer ist ein tauber Dichter – ein schwarzer William Blake, richtig? Ein Kulturheros für Behindertentechnologie. Er wohnt in Webster Groves. Es ist nicht direkt dein Schickimicki-Ladue, aber es ist auch ganz bestimmt nicht Ghetto. Eigenes Häuschen, obere Mittelklasse. Geschätzter Wert: hundertfünfzig Riesen. Vielleicht hat er's irgendwie günstig gekriegt. Aber hör dir das an: Seine Mama hat eine Hypothek auf eine Eigentumswohnung unten am Golf in Höhe von vierhundert Riesen, und rat mal, wer da saftige Barzahlungen reinpumpte? Unser tauber Poet, der mit irgendwas sehr ordentlich Knete machte und sich alle Mühe gab, das geheimzuhalten. Was es war, wissen wir noch nicht, aber irgend etwas sagt mir, daß es keine Termingeschäfte mit Schlachtvieh waren.

Er arbeitete bei Acrobat Printing, so einem gehobenen Computergrafik- und Copy-Shop. Und rat mal, wer sonst noch da arbeitete? Mary Whitlow. Also gut, nach seinen Gehaltsüberweisungen verdiente er bei Acrobat so um die fünfunddreißig Riesen. Er arbeitete noch beim Center für Gehörlosenkultur und bei ›Technologie für Taube‹ und verkaufte Voice Transcription Devices, diese Gerätchen, die gesprochene Sprache in Schrift umsetzen, aber das war alles ehrenamtlich, okay? Er verkaufte seine eigenen computergenerierten künstlerisch ausgestalteten Poesieheftchen. Gar nicht schlecht übrigens. Wollen wir also mal *ganz* gnädig sein und sagen, daß er damit jährlich zehn Riesen dazuverdiente. Wo kam die restliche Knete her? Die Familie hatte kein Geld. Er war geschieden und zahlte Unterhalt für Exfrau und zwei Kinder. Und er war vorbestraft. Wegen was, wissen wir noch nicht. Aber Dirt findet's schon raus.«

Watson stellte sich Mary Whitlow vor, wie sie bei sich zu Haus mit ihrem schwarzen William Blake zusammensaß. *Wenn sie keine Zeichensprache konnte, wie konnten sie –?*

Myrna schüttelte Gitane Nummer zwei aus der himmelblauen Packung und unterbrach wieder seinen Gedankengang. »Rekonstruieren wir doch mal den Hergang der Sache. Frauchen schickt angeblich ihrem schwarzen Lover eine Botschaft per – wie heißt das Ding? T was?«

»TTT«, sagte Watson. »Damit können Gehörlose schriftlich miteinander telefonieren.«

»Also gut, sie schickt ihrem Lover einen Liebesbrief per TTT«, sagte Myrna, »und teilt ihm darin mit, daß ihr Mann in Kürze verreise und sie es nicht erwarten könne, ihn zu sehen. Am Tag des Mordes ruft sie im MP-Hauptquartier von Fort Fuckup an und erzählt, ihr Mann habe soeben einen Kerl erschossen, der sie vergewaltigen wollte. Als die MP erscheint, wird sie ein bißchen ausführlicher, desgleichen Ku-Klux-Jimmy: Sie hat gerade wieder eine dieser Zeichensprachstunden, die so wenig zu bringen scheinen, als ihr Lehrer frech wird, sie bis ins Schlafzimmer verfolgt und versucht, sie zu vergewaltigen. Rein zufällig kommt ihr Gemahl just in diesem Augenblick durch die Tür, hört ihre Hilfeschreie, holt seine Kanone und erschießt den tauben Schwarzen, bevor der zu

Potte kommen kann. Schön, die MP-Bubis schreiben alles brav auf, rufen im Hauptquartier an und erhalten den Befehl, Mary in die Notaufnahme zu fahren, wo ein Team der Vergewaltigtenberatung sich um sie kümmern soll.

Die MP packt Frauchen ins Auto und befördert sie zur Notaufnahme. Während der Fahrt dahin ändert sich aber ihre Geschichte. Es war gar keine versuchte Vergewaltigung. Jetzt bekommen wir die Story von der Affäre aufgetischt. Aber jetzt paß auf. Wir kriegen *drei* verschiedene Darstellungen. Version eins, von einem Pfleger der MP referiert: ›Die Patientin gab an, ein Verhältnis gehabt zu haben, von dem ihr Mann nichts wüßte, und dann sei ihr Mann nach Haus gekommen und habe ihren Liebhaber erschossen.‹«

Myrna zog zweimal an ihrer Zigarette. »Siehst du da irgendwo das N-Wort?« fragte sie kopfschüttelnd. »Oder war der Pfleger vielleicht nur rücksichtsvoll?«

Sie blätterte zwei Seiten weiter. »So, in der Notaufnahme wird sie noch einmal von der MP befragt, diesmal über den *wahren* Tathergang. Jetzt bekommen wir eine detailliertere Version der Story von der Affäre. ›Das Opfer sagte zu Officer Nance: ‚Ich war mit meinem Freund zusammen. Ich wollte ihm gerade einen blasen. Der Reißverschluß seiner Hose war auf. Da ist mein Mann nach Haus gekommen und hat ihn erschossen. Er hat mich gezwungen, die Polizei anzurufen und zu sagen, daß es eine Vergewaltigung war.'‹«

Sie sah vom Blatt auf. »Muß ich's noch einmal lesen?« fragte sie. »Irgendwas von Nigger? Irgendwas von taub? *NIX*. Tatsächlich«, sagte Myrna, leckte sich den Finger und blätterte weiter, »hören wir kein Wort von Niggern, bis die FBI-Agenten zum Stützpunkt rausfahren und sich mit Mary unterhalten: Ab *dem* Punkt liest sich die Sache wie *Mississippi Burning*, und wir kriegen Nigger aufgetischt bis zum Abwinken.

Der FBI-Version zufolge übten sie und ihr Zeichensprachlehrer wohl gerade ein paar extreme Gebärden, als Papi vorzeitig nach Haus kommt. Papi gibt Haßreden von sich.« Myrna senkte theatralisch die Stimme und nahm die Pose eines Schauspielers ein, der seinen Text abliest: »›Sieht ganz so aus, als würd ich mir nen tauben Nigger schießen ... Ich brauch drei Zeichen oder sonstwas. Ich brauch *tot*, ich brauch *taub*, und vor allem brauch ich *Nigger.*‹ Wumm! Knallt ihn über den Haufen, richtet die Kanone auf die Frau und sagt: ›Meine Alte läßt sich von keinem Nigger freiwillig bumsen. Du rufst die Bullen an und sagst denen, ich hab diesen versifften Nigger dabei erwischt, wie er dich vergewaltigt hat, und hab ihn umgelegt.‹ Sie gehorcht und lügt. Haß, Haß, hurra, nicht wahr?«

Myrna balancierte eine zentimeterlange Aschespitze auf ihrer Zigarette und sah sich verzweifelt im Zimmer um. »Wo ist mein Aschenbecher?«

»Hier«, sagte Watson und schob ihr eine weitere grüne Flasche zu.

»Du hast gerade einen ersten Eindruck von den sogenannten ›sorgfältigen Befragungstechniken‹ des FBI gekriegt, die eigens dazu entwickelt wurden, um jeden möglichen Rassen-, Geschlechts-, Behinderungs- oder sonstigen Hintergrund herauszuarbeiten, der das Motiv eines Verbrechens abgegeben haben könnte. Für unterbelichtete Dorfbullen ist ein Verbrechen ein Verbrechen, aber man braucht nur die richtigen Fragen zu stellen, und Wunder über Wunder!, den Nebeln menschlicher Verkommenheit entsteigt ein Haßverbrechen. Die Feds erkennen eine Arbeitsbeschaffungsmaßnahme auf den ersten Blick. Die Möglichkeiten sind schier endlos. Haß könnte sich für sie als ein noch besseres Geschäft als Crack erweisen. Schließlich gibt's Haß immer und überall, und dazu noch umsonst!«

Gereizt schnippte Myrna Asche in die grüne Flasche. »Frage: Warum läßt sich Frauchen den ganzen langen Weg bis zur Notaufnahme kutschieren, bevor sie einem Krankenpfleger erzählt, was wirklich passiert ist?«

»Warum?« sagte Watson.

»Hast du dir die MP-Berichte angesehen?« fragte Myrna. »Während der Fahrt zur Notaufnahme sitzt sie fünfzehn geschlagene Minuten lang hinten im Auto und schweigt. Sie sagt kein Wort.«

»Vielleicht war sie verängstigt«, sagte Watson.

»Vielleicht war sie das wirklich«, sagte Myrna. »In welchem Fall ich mir vorstellen könnte, daß sie ihren rassistischen mordwütigen Ehemann gern so schnell wie möglich hinter Gittern sehen möchte. Wenn sie nicht abgeht von der Vergewaltigungsstory, bleibt *er* auf freiem Fuß – ja er könnte sich sogar absetzen, kaum daß die Bullen wegsehen. Wenn sie dagegen die Ich-hatte-ein-Verhältnis-und-er-hat-meinen-Freund-umgebracht-Story erzählt, wird er augenblicklich wegen Mordes verhaftet.«

»Na schön«, sagte Watson.

»Vielleicht ist das eine von diesen Haßehen. Er haßt Nigger. Sie haßt ihn. Er haßt sie. Rassistengatte kommt heim und findet Gattin dabei vor, wie sie über die Schulter eines Schwarzen hinweg die Zimmerdecke anlächelt. Also zückt er seine Kanone und schießt ihrem Liebhaber in die Brust? *Den* Teil könnte ich mir zur Not vorstellen. Bedenk jetzt aber, daß wir es angeblich mit Mr. Hitzkopf zu tun haben, Mr. Dachschaden, und der erschießt zwar den schwarzen Macker, ist dann aber plötzlich wieder Herr seiner selbst und erschießt seine Frau, die mit einem Schwarzen im Bett war, *nicht*? Meine Damen und Herren aus den untersten Einkommensschichten: Er hat *deswegen* seine Frau nicht getötet, weil er sie besser kennenlernen möchte, jetzt, wo sie mit Afroamerikanern geschlafen hat. Und er ist auch noch so rücksichtsvoll, eine Zeugin am Leben zu lassen – eine, die ihn haßt –, damit sie vor Gericht erzählen kann, daß er einen Gehörlosen *Nigger* genannt und über den Haufen geschossen hat? Wär's nicht gescheiter gewesen, sie auch abzuknallen und dann zu behaupten, der farbige Fachmann für bunte Abende habe sie erschossen, ehe er eingreifen konnte?«

Watson kritzelte wie besessen mit.

»Ich kann Frauchens Gestank riechen. Und Ku-Klux-Jimmys Vergewaltigungsgeschichte ist zwar besser, aber wenn du *mich* fragst, umweht auch ihn ein gewisser Duft. Aber ich schweife ab, beschnuppern wir sie einen nach dem anderen.

Warum wartet Mrs. W. so lange, bevor sie damit rausrückt, was wirklich passiert ist? Warum nicht sofort, als die Bullen aufkreuzen? Weil sie Angst hat? Vielleicht. Aber was, wenn sie in Wirklichkeit die Konfrontation vermeiden möchte – ihr Wort gegen seines, direkt am Tatort? Mit all den frischen Spuren und aufschlußreichen Beweisstücken, die überall herumliegen? Was, wenn es noch eine andere Geschichte gibt – eine, die *keiner* von beiden an die Öffentlichkeit lassen möchte?

Wir haben die Vergewaltigungsstory, wir haben die Story von der aufgeflogenen Affäre und dem Verbrechen aus Leidenschaft – was, wenn es noch eine dritte Story gäbe? Eine Story, die ihr hitzköpfiger Göttergatte hätte rausbrüllen können, sobald deutlich geworden wäre, daß sie ihm plötzlich in den Rücken fiel?«

»Stark«, sagte Watson.

»Okay, aber dein Junge ist auch ein kleines Stinkerchen. Seine Geschichte lautet, daß er just im richtigen Augenblick nach Haus kommt, um einen Schwarzen zu töten, der sich gerade anschickte, seine Frau zu vergewaltigen. So was kommt wohl vor. Aber wo kommt die Kanone so plötzlich her? Nach Frauchens Aussage bewahrte er die Waffe im Auto auf. Schön, er kommt also ins Haus und sieht oder hört, wie ein Schwarzer sich gerade über seine Frau hermacht. Was da? Er sagt sich: ›He, ich hab's! Ich lauf wieder raus und hol meine Knarre aus dem Auto, daß ich diesen Nigger abknallen kann. Vielleicht bin ich ja rechtzeitig wieder zurück, um ihn umzulegen, bevor er meine Frau wirklich vergewaltigen kann!‹«

Sie fing an, auf und ab zu laufen, und schüttelte eine dritte Gitane aus dem Päckchen. »Selbst wenn die Kanone irgendwo im Haus versteckt sein sollte, läuft die Sache noch immer zu glatt. Seine Frau schreit um Hilfe, ein Schwarzer ist gerade dabei, sie zu vergewaltigen, und was tut er, ein weißer Rassist? Er bleibt stehen und überlegt sich in aller Ruhe, wo im Haus er die Waffe – die vielleicht gar nicht geladen ist – zum letztenmal gesehen hat? Spaziert dann ins Zimmer und erschießt den Eindringling just, wie der dabei ist, die Hose runterzulassen? Was ist das – irgend so ein beknackter Film? Mr. Hitzkopf würde sich eine Nachttischlampe oder einen Stuhl greifen und den Scheißer bewußtlos schlagen, *dann* würde er die Knarre holen und ihm auch nicht in die Brust, sondern in den Kopf schießen.

Zurück zu den MP-Berichten. Der schwarze William Blake liegt mit halb ausgezogener Hose und einem großen häßlichen Loch in der Brust auf dem Bett. Das Bett ist ungemacht und voller Blut, aber ansonsten sieht die ganze Wohnung wie *home sweet home* aus.

Wo sind die Kampfspuren? Frauchen ist nicht zerfleddert,

angeschlagen, dreckig? Sie ist nicht vergewaltigt worden. Kein Sperma, keine Gewebeläsionen, keine Textilfasern oder Haare an ihr. Also wissen wir, daß Blackie dabeigewesen sein muß, seine Hose *aus*zuziehen, nicht sie wieder *hoch*zuziehen. Sie hat Blue Jeans und ein T-Shirt an. Erste Möglichkeit: Sagen wir, er wollte sie vergewaltigen. Sie ist vollständig angezogen. Okay, er jagt sie also durch die ganze Wohnung, ohne irgendwas umzuschmeißen. Er praktiziert sie aufs Bett, ohne sie zu schlagen oder ihr irgendwas vom Leib zu zerren oder ihr Haare auszureißen. Und was dann? Läßt er sie los und macht den Hosenstall auf? Was hat er vor, ihr ein Loch in die Jeans zu ficken? Aber bevor er dazu kommt, guckt er hoch – und *kawumm*, mitten in die Brust? Kann natürlich sein. Für meinen Geschmack aber zu hollywoodmäßig. Und noch einmal: keinerlei Kampfspuren.

Wenn du *mich* fragst«, sagte sie, »haben wir zwei Lügner und einen toten Verbrecher. Und das Beste hab ich mir für den Schluß aufgespart.« Sie blätterte wieder eine Seite weiter. »Was hatte ich dir gesagt? Der Rettungssanitäter, Billy Ray Willard, hat nach einer Nachtschicht ein paar Bierchen mit Dirt gezischt. Und weißt du was? Billy Ray hat dieses Baby-Überwachungsgerät, von dem wir im MP-Bericht gelesen hatten, gleichfalls gesehen. Erinnerst du dich an das Abhörgerät?«

»Äh«, sagte Watson. »Ja. Im MP-Bericht. Du hattest gemeint, daß sie wahrscheinlich Kinder in Tagespflege nahm.«

»Falsch!« sagte sie. »Ich hatte dir doch gesagt, du solltest der Sache nachgehen. Statt dessen hast du Haßpräzedenzfälle geschmökert. Jedenfalls, Billy Ray hat selbst zwei Kinder und so ein Überwachungsgerät. Und er fand das irgendwie komisch, daß der Sender im Wohnzimmer stand. Ich meine, normalerweise stellt man den Sender ins Kinderzimmer und den Empfänger in die Küche oder in den Garten, oder wo auch immer man sonst sitzt, richtig? Also überlegt sich Billy Ray, daß vielleicht ein unbeaufsichtigtes Kleinkind irgendwo in der Wohnung sein könnte, und macht sich auf die Suche. Kein Kind *und* kein Empfangsgerät. Was fängt man mit einer halben Baby-Überwachungsanlage an?«

Watson zuckte die Achseln.

»Bessere Frage«, sagte sie. »Wo ist die andere Hälfte?«

Sie holte zwei weitere Heinekens unter ihrem Schreibtisch hervor. »Die letzten Heinis, Cowboy.« Sie trank einen langen Schluck, wischte sich mit dem Handrücken über die bläulichen Lippen und sagte: »Nächste Woche steige ich in mein rosa Kleidchen, tu mir eine Schleife ins Haar und statte Mary Whitlow einen Besuch ab. Mal sehen, ob ich nicht rauskriege, *was* verschwunden ist, was die beiden den Kopf kosten könnte.«

Watson nahm Heineken Nummer zwei und sah seine Notizen durch, die allmählich anfingen, vor seinen Augen zu verschwimmen.

»He«, sagte sie, »wenn wir mit dieser ganzen Sherlock-Holmes-mäßigen Gehirnplackerei durch sind, sollten wir uns dann nicht mal dieses Zimmer nebenan ansehen, das du dir mietest? Das Beste daran ist der Lüftungsventilator im Scheißhaus, und ich meine, ich hätt vorhin Fidel da drin gesehen, der bei einem mordsmäßigen Rasta-Torpedo voll Jamaika-Knaster etwas Unterstützung brauchen könnte. Vielleicht hilft uns der alte Fidel anschließend, deinen Krempel reinzuräumen?«

Siebzehntes Kapitel

Er stand mit einem formidablen Dröhnkopf auf dem Bürgersteig vor Myrnas Büro und versuchte, sich zu erinnern, welcher Schlüssel zur Tür seines Hondas gehörte, da die Fernsteuerung nicht funktionierte – aber vielleicht drückte er auch nur auf den falschen Knopf. *Schließen? Öffnen? Halt ich das Ding vielleicht falsch rum?*

Er verstaute das Geld von Bucks Anwältin im Kofferraum. Zwei Möglichkeiten: heimfahren und Sandra beichten, daß er gefeuert worden war und seinen Bonus verloren hatte, weil er auf den Rat seines Bosses nicht gehört und sich auf die Verteidigung eines Mörders fixiert hatte; oder zum Gage Institute fahren und seiner heimlichen Göttin des Enzephalons erzählen, daß er ein Jahresgehalt von hundertfünf Riesen plus Bonus geopfert hatte, damit sie ihre berufliche Allianz fortführen und ihren gemeinsamen Mandanten gewissenhaft verteidigen könnten. Schaun wir mal.

Er hatte alle seine Kisten reingeschleppt und in seinem (wie er sich das Ding zu nennen bemühte) »Büro« gestapelt: einem neun Quadratmeter großen Schuhkarton mit einem Fensterchen mit Blick auf eine Seitengasse und ein Gewirr von Hochspannungsleitungen. Eine Aktenbox hatte er auf dem Rücksitz vergessen. Sie war offen und quoll über von den Spolien seines demontierten Arbeitsplatzes: einem Fantasy-Stiftbecher; Briefbeschwerern, die ihn als treuen Abonnenten verschiedener juristischer Fachzeitschriften auswiesen; einem Trackball; einem gerahmten Foto von Sandra und den Kindern, das er jetzt herauszog und durch die Nebelschwaden betrachtete, die Myrnas Freizeitgifte in seinem Kopf hinterlassen hatten.

Das Foto war im Zoo aufgenommen worden und zeigte die lächelnde Sandra, die gebückt hinter Sheila und Benjy stand und die beiden in ihre Arme schloß. Sommerlaub sprenkelte Schatten auf ihre sorglosen und glücklichen Gesichter – Gesichter so fern wie Sterne, deren Licht erst jetzt ankam und

Bilder von längst vergangenen Ereignissen aus einer ganz anderen Welt überbrachte. In jener Zeit war Papa ein Arbeitstier von einem Anwalt gewesen und hatte mit unfehlbarem Scharfblick wichtige Ähnlichkeiten zwischen »CarnageMaster« und »Greek SlaughterHouse« aufgespürt – Ähnlichkeiten, die sich zuletzt in Form von Klagen und Klageerwiderungen wegen Patent-, Urheberrechts- und Warenzeichenverletzungen materialisieren würden, welche Klagen und Klageerwiderungen wiederum die Profite von Subliminal Solutions Multimedia, Anomie Enterprises und Abulia Systems schützen, Gebühren für Stern, Pale abwerfen und Einzahlungen in Sheilas und Benjys College-Kasse und das bislang inexistente Startkapital-Sparschwein ermöglichen würden.

Und neuerdings? Neuerdings war Papa damit beschäftigt, einen Mörder zu verteidigen und das häusliche Glück zu zertrampeln, von der Naturwissenschaft geblendet und bereit, alles aufs Spiel zu setzen, nur um die Chance zu bekommen, mit der Venus der Neurokybernetik und der lockeren Sitten das Tier mit zwei Rücken zu machen.

Reue über Untreue ist ein solches Klischee, daß es fast unmöglich ist, sie zu empfinden. Das Gehirn verleugnet wahrscheinlich deswegen derlei Empfindungen, weil es sich nicht eingestehen will, daß es nichts Originelleres zustande bringt. Und da war er nun, unterhielt ein pflichtbewußtes Schuldgefühl darüber, daß er es auch nur in Erwägung ziehen konnte, untreu zu werden – und hing gleichzeitig wonnevollen Erinnerungen an Frau Dr. med. Aphrodite und ihre zauberischen neurowissenschaftlichen Manipulationen nach.

Bis vor einer Woche war sich Watson ziemlich sicher gewesen, daß sexuelle Anziehung durch verschiedenerlei Hormone und Enzyme ausgelöst wurde, Drüsensekrete, die auf andere Drüsen einwirkten, und immer so weiter, das ganze Nervensystem hinunter. Jetzt nicht mehr. Das war kein flüchtiger tierischer Magnetismus. Nur Menschen sparen sich die erotischen Gelüste von tausend frustrierten Nächten auf, um sie auf ein einziges Wesen zu konzentrieren. Spürte Cham etwa den gleichen Kitzel in seinen Ganglien, die gleichen durch Testosteron und Prostaglandine hervorgerufenen Veränderungen des Blut-pH-Wertes?

Watson war etwas Besseres als Cham – und eines Tages würde er es möglicherweise auch schaffen, sich das wirklich einzureden –, aber einstweilen hielt er es für das beste, zu Hause anzurufen und etwas Zeit herauszuschlagen, um sich mit größerer Muße der zahlreichen Unterabteilungen seines zerfallenden Ichs annehmen zu können.

Er wollte schon nach seinem Communicator greifen, als es ihm plötzlich wieder einfiel: kein Autotelefon mehr. Er befand sich auf Soloflug, steuerlos durch Funkstille treibend, vom Rest der Menschheit abgeschnitten. Er konnte sonstwohin fahren, wurde ihm mit einemmal bewußt, und wäre für niemanden erreichbar gewesen. Gerade in diesem Augenblick schossen wahrscheinlich Stern-Pale-Codesignale rings um ihn herum durch die Atmosphäre, und er war taub für ihre Orange-Rufe um WESTLAW-Hilfe. Himmlische Befreiung.

Er fand ein Münztelefon, wunderte sich, daß Southwestern Bell noch immer welche aufstellte, klaubte das nötige Kleingeld aus dem Aschenbecher des Hondas.

»San?« sagte er in eine schmuddelige, kaugummiverkrustete Sprechmuschel hinein und bemühte sich, seiner Stimme die Dringlichkeit eines routinemäßigen »Es ist was dazwischengekommen«-Anrufs zu verleihen. Die Verglasung der Telefonzelle war von innen mit Spucke und Kaugummi, von außen mit Streusalz und Straßendreck verschmiert. Die Katalysatorabgase vorüberfahrender Autos raubten ihm den Atem.

»Ich habe vorhin Mom und Dad angerufen«, sagte sie. »Sie sind auch der Meinung, daß ich die Kinder aus dem Haus schaffen muß.«

Aus Besorgnis wurde Panik. Er hatte ihr noch kein Wort gesagt, und sie schaffte schon die Kinder aus dem Haus. *DAS SYSTEM IST IM MOMENT INSTABIL.*

»Was ist denn passiert?« flehte er, was in »BeastMaster«-Sprache übersetzt lautete: »Welche von den Kreaturen, die ich von Zeit zu Zeit von der Leine lasse, ist ertappt worden?«

»Ich war in der Waschküche, deswegen habe ich das Telefon nicht gehört.« Ihre Stimme zitterte, als finde sie erst jetzt allmählich wieder die nötige Selbstkontrolle, um zusammenhängend zu reden. »Ich bin in die Küche gekommen, und die

Kinder redeten am Telefon.« Ihre Schluchzer verursachten Störungen in der Leitung. »Also habe ich gesagt: ›Wer ist es? Sheila, Liebes, mit wem redest du da?‹«

Eine Frau! dachte er. Er hatte sich verspätet! *IRREPARABLER SYSTEMFEHLER!!! DAUERHAFTE FEHLFUNKTION DES BETRIEBSSYSTEMKERNELS*. Er hatte Rachel gesagt, daß er um drei bei ihr sein würde. Hektisch streifte er den Ärmel von der Uhr zurück. Es war halb fünf! Sie hatte wahrscheinlich in der Firma angerufen. Und dann hatte sie … Er meinte beinah, Sheilas reines Kinderstimmchen zu hören: »Das ist eine Freundin von Dad, Mom. Sie hat Fotos von seinem Gehirn, wie es Magnetismus rausspritzt. Eine Dame möchte mit Papa reden.« Schlimmste Befürchtungen stießen wie Raben hernieder und drängten sich in den verwachsenen Bäumen der windgepeitschten Heide seines Gewissens. Er brannte vor Scham, erstickte an Selbstverachtung, ertrank in Selbsterniedrigung … Aber Moment mal, was genau hatte sie eigentlich gegen ihn in der Hand?

»Deine Tochter unterhielt sich an *unserem* Telefon mit einem *Mörder*! Einem Haßkiller! Tauschte Liebenswürdigkeiten mit einem Sträfling aus. Er hat Sheila gefragt, ob sie in den Kindergarten geht.«

»O Gott«, seufzte Watson, bemüht, nicht erleichtert zu klingen. »Du meinst, Whitlow? Es geht hier nur um Whitlow?«

»Nur?« schrie sie. »Dein Kind hat mit einem rassistischen Mörder telefoniert! ER HAT MIT IHR GEREDET! VERSTEHST DU?«

»Sonst hat niemand angerufen?« fragte er. Er konnte sein Glück gar nicht fassen. Ehebruch, Untreue, Gehirnsex, Arbeitslosigkeit, Versagen als Vater und Ernährer – nichts davon war auch nur im entferntesten angeschnitten worden. Vorläufig stand nichts Schlimmeres an als ein Schuldeingeständnis und eine Bewährungsstrafe wegen vertraulichen Umgangs mit einem Mörder.

»San, es tut mir leid«, sagte er, in die sozialverantwortliche Rolle des Verteidigers der Rechte zu Unrecht Beschuldigter – na ja, okay, wenigstens *teilweise* zu Unrecht Beschuldigter – verfallend. »Von mir hat er unsere Telefonnummer nicht. Er muß die Auskunft angerufen haben. *Ich* war seinerzeit dafür gewesen, die Nummer nicht eintragen zu lassen, weißt du noch? Du hast sie freigegeben, und das bedeutet, daß Better Chemical Lawns, James Whitlow und Saddam Hussein sie problemlos herausbekommen können, wann immer sie den Drang verspüren, uns anzurufen.«

»Als ich sie freigegeben habe«, fauchte sie, »war mein Mann ein Anwalt für Wirtschaftsrecht. Ich möchte nicht mit einem Strafverteidiger verheiratet sein. Ich mag weder Kriminelle noch deren Anwälte! Sheila hat gesagt, er hätte in einem fort zu ihr gesagt, was für ein liebes kleines Mädchen sie sei. Wenn du mich fragst, ist dieses Tier nicht nur ein Killer, sondern auch ein Kinderschänder!«

»San, er sitzt im Gefängnis und kann mit einer lebenslänglichen Freiheitsstrafe rechnen. Ich denke, wir sind in Sicherheit.«

»Es sei denn, du holst ihn da raus!«

Er sah sich plötzlich im Durchlauftermin vor Richter Stang. Antrag auf Entbindung wegen Beeinträchtigung der Lebensgemeinschaft mit dem Ehegatten. Siehe beigefügte eidliche Erklärung der Sandra Connally Watson (Absatz 7), worin die Unterzeichnende erklärt: »Ich ertrage die Berührung eines Menschen nicht, der mit einem Mörder im selben Zimmer gewesen ist.«

»Ich hab Sheila den Hörer weggenommen«, fuhr sie fort, »und dieser ... dieser Sträfling erzählt mir, er kann dich in der Firma nicht erreichen, weil die Zentrale sagt, du arbeitest dort nicht mehr. Er gibt mir die Nummer der ›Geschlossenen psychiatrischen Abteilung‹ von irgendeinem Federal Medical Center in Minnesota und sagt, er müßte mit dir reden.«

»Oh«, sagte er. »Er hat eine Telefonnummer hinterlassen? Wie ist sie?«

»Ruf die Zentrale an«, sagte sie. »Ich hatte nicht vor, ihn noch dadurch zu ermutigen, daß ich *eine Botschaft entgegennehme*! Der Mann ist ein Mörder! Haben sie dich gefeuert?«

»Arthur hat mir wegen meines Pflichtmandats einen Dolchstoß mit meiner Software verpaßt«, sagte er. »Mach dir keine Sorgen. Ich kann die Firma wahrscheinlich auf Schadensersatz verklagen. Die können mich nicht einfach deswegen feuern, weil ich getan habe, was ein Bundesbezirksrichter von mir verlangte. Man hat mich reingelegt. Es war eine abgekartete Sache.«

»Seit wann kannst du die verklagen? Solange du Unternehmen verteidigt hast, hast du mir immer gesagt, Angestellte auf Widerruf hätten drei Rechte: das Recht, gefeuert zu werden, das Recht, gefeuert zu bleiben, und das Recht, ihre Klage wegen ungerechtfertigter Entlassung abgeschmettert zu bekommen. *Ich soll mir keine Sorgen machen?* Wir haben kein Geld. Du hast keinen Job. Keine Sorgen? Drei Jahre Jurastudium zum Teufel!«

»Ich hab den Bonus bekommen«, log er. Die Ausflucht war ihm plötzlich wie von selbst herausgerutscht, bevor er Zeit gehabt hatte, sie zurückzuhalten. Einer dieser automatisch ablaufenden parallelen Handlungsabläufe, von denen er kürzlich gehört hatte. »Mit dem Bonus können wir uns schon eine Weile über Wasser halten«, sagte er. »Und ich bin durch Myrna Schweich an einen zahlenden Mandanten rangekommen. Erinnerst du dich an Myrna Schweich? Ich hab während des Studiums für sie Präzedenzfälle recherchiert.«

»Diese Strafrechtspunkerin?«

»Sie ist keine ... Sie ist eine sehr angesehene Rechtsanwältin.«

»Als ich sie gesehen habe, hatte sie ein abgeschnittenes Nine-Inch-Nails-T-Shirt an, Body-Piercings und violetten Lippenstift.«

»Sie ist ... Das ist so ihre Masche. Verkleidung, für die Mandanten.«

»ICH MAG KEINE STRAFVERTEIDIGER!« Ein Schrei aus voller Kehle, ein Zungen-Peitschenschlag auf seinem Rücken. Er verspürte ein plötzliches Verlangen, sich in den Catskills von den Zwergen zu ein paar Fingerbreit Grog und einer Kegelpartie einladen zu lassen und anschließend die nächsten zwanzig Jahre zu verschlafen.

Als sie ihre Fassung wiedergewonnen hatte, sagte Sandra: »Die Kinder bleiben bei meinen Eltern, bis es keine Verbrecher und Strafverteidiger mehr in unserem Leben gibt.«

Was hätte er darauf schon entgegnen können? *Überleg's dir noch einmal, Liebes. Ich glaube, frühe Begegnungen mit Straf-*

tätern und den sie verteidigenden Anwälten stellen eine wertvolle praktische Lektion in Staatsbürgerkunde dar?

»In ein paar Monaten ist alles vorbei«, sagte er. »Das verspreche ich dir. Im Lauf der nächsten acht, zehn Tage werde ich mich ziemlich häufig mit den medizinischen Sachverständigen zusammensetzen müssen. Die Scanning-Verfahren und die neurologischen Tests sind äußerst kompliziert. Ich muß imstande sein, sie dem Gericht und meinem Mandanten zu erklären. Ich muß ... Wir haben jetzt einen Detektiv. Und Geld. Angehörige und Freunde des Mandanten haben für einen Vorschuß zusammengelegt.«

»Ich dachte, Arthur hätte dir gesagt, du solltest dir den Fall vom Hals schaffen oder auf schuldig plädieren? Was wäre, wenn du ihn jetzt noch loswerden würdest – bekämst du deinen Job dann wieder zurück?«

»Sandra, ich kann keinen Menschen zu einer lebenslänglichen Freiheitsstrafe verurteilen lassen, nur um meinen Job zu behalten. Das ist unethisch.« *Kein Vergleich mit Mord oder Ehebruch,* dachte er, *aber zumindest ethisch fragwürdig, das bestimmt.*

»Wir sind dann bei Mom und Dad«, sagte sie und legte auf.

Bluffte sie nur? Aber was bestand schon für eine Hoffnung, mit jemandem vernünftig reden zu können, der wegen eines Anrufs von einem Mandanten von zu Hause auszog? Außerdem, wenn Mary Whitlow die Wahrheit sagte, dann wollten »sie« seinen Mandanten umbringen – eine Information, die er so rasch wie möglich weiterleiten sollte. Anschließend konnte er ja immer noch heimfahren und sich vor der ungnädigen Göttin auf den Boden werfen, Buße tun, um Vergebung flehen.

Er steckte ein paar weitere Münzen in das vorsintflutliche Telefon und wählte die Nummer seines ehemaligen Arbeitgebers. Eine Stern-Pale-Empfangssekretärin gab ihm fröhlich-professionell die Nummer durch, die James Whitlow für ihn hinterlassen hatte. Ohne offen auf das unersprießliche Thema seiner fristlosen Kündigung Bezug zu nehmen, bat sie dann um eine Nachsendeadresse und eine Telefonnummer, unter der man ihn bei Bedarf erreichen könne. Watson fischte Myrna Schweichs Geschäftskarte aus seiner Hosentasche und las sie ihr vor.

»Gut«, sagte sie, »denn wir haben hier eine Sendung für Sie. Möchten Sie, daß ich sie Ihnen hier zurücklege oder per Post an Sie weiterleite?«

»Steht da ein Absender darauf?« Er hielt den Atem an und fragte sich, nur einen Augenblick lang, ob Bucks Anwältin möglicherweise seiner Bitte zuvorgekommen sein konnte.

»Ja«, sagte sie. »Michael Harper, Esquire. Bundesanklagebehörde.«

»Oh«, sagte er. »Okay. Ja. Leiten Sie es doch bitte einfach an die Kanzlei von Myrna Schweich weiter.«

Das Ferngespräch nach Minnesota ließ er aus Boshaftigkeit Stern, Pale in Rechnung stellen. Die Telefonzentrale des Federal Medical Center teilte ihm mit, Whitlow befinde sich in einer Zelle, unten in der Radiologie, und verband ihn weiter. Während er wartete, forderte ihn eine Tonbandstimme dazu auf, durch Investition in Bundessparanleihen an der Sicherung der Zukunft seines Landes mitzuwirken.

Beim Klang der Stimme seines Mandanten überkam ihn Freude und Erleichterung. Der Angeschuldigte war in Sicherheit und unversehrt.

»James?« sagte Watson.

»Sie haben mir das Leben gerettet, Anwalt«, sagte Whitlow.

»Habe ... ich«, sagte Watson, seine Intonation gerade rechtzeitig von der eigentlich beabsichtigten Frage zu einer Feststellung modifizierend.

»Die Brüder hätten mich beinah drangekriegt. Wenn Sie mich nicht aus Des Peres rausgeholt hätten, dann würd ich jetzt mit ausgeleiertem Arschloch dasitzen und meine Knochen wieder einsammeln. Und wenn mich die Farbigen nicht drangekriegt hätten, dann hätten's diese weißen Arschficker gemacht. Ich bin voll zum Abschuß freigegeben. Wie haben Sie's denn hingebogen? Wie haben Sie mich da rausgekriegt?«

»Ich ... also ... Na ja, die Tests«, sagte Watson. »Wir mußten doch die Tests machen lassen, nicht wahr? Also hab ich den Staatsanwalt dazu gebracht, seine Unterschrift drunterzusetzen, und dann –«

»Sie haben meinen gottverdammten Christenarsch gerettet, Anwalt«, sagte Whitlow. »Der Aufseher der Mitternachtswache war ein riesiger ... äh ... Afroamerikaner aus Mississippi. Irgendwer hat ihm das mit der Tätowierung gesteckt. Da wach ich um drei Uhr nachts auf, und da steht der so über mir und guckt sich das Ding mit der Taschenlampe an. Und dann sagt der: ›Freitag nachts ist nach Einschluß außer mir kein Mensch mehr im Block.‹ Dann sagt er laut: ›Hat einer von euch Niggern in der Zeitung gelesen, was für ein weißes Stück Scheiße wir hier haben?‹ Und der ganze Block fängt schlagartig an zu grölen und an den Gittern rauf- und runterzuklettern wie so ein Haufen wildgewor-... na ja, wie Afroamerikaner das manchmal so tun. Und dann hält der sich die Taschenlampe unter die Fresse, wie so ein Drill Sergeant bei den Marines, und sagt: ›Freitagnacht, Arschficker. Punkt zwölf.‹«

»Ein Wärter hat Sie bedroht?« fragte Watson. »Ein Vollzugsbeamter?«

»Mich bedroht?« schrie Whitlow. »Das war keine Drohung. *Umlegen* wollte mich der Scheißer! Wenn Sie mich da nicht rausgeholt hätten, dann wär ich gestern nacht Schlag zwölf ein toter Mann gewesen.«

»Ich habe getan, was ich konnte«, sagte Watson – so professionell, daß er es sich beinahe selbst abnahm, daß er etwas damit zu tun gehabt hatte. »Jetzt hören Sie mir zu. Sie befinden sich in einem staatlichen Krankenhaus. Die Ärzte und Psychologen, die Sie untersuchen, arbeiten für die Staatsanwaltschaft. Wir bekommen die nackten Daten zwar umgehend per Computer rübergeschickt, aber ich brauche Experten, die das Material analysieren und dafür sorgen, daß die Staatsanwaltschaft keine krummen Dinger dreht. Ich bin aus meiner Firma rausgeflogen, weil ich zuviel Zeit in diesen Fall investierte. Deswegen sind Dr. Greens Honorarforderungen schon jetzt zu hoch, und ich möchte sichergehen, daß wir alle Sachverständigen haben, die wir auch wirklich benötigen. Und ich muß mich ausschließlich auf Ihren Fall konzentrieren können, ohne mir wegen anderer Mandanten den Kopf zerbrechen zu müssen.«

»Sie sind anständig zu mir gewesen«, sagte Whitlow. »Sie werden's nicht bereuen, daß Sie zu mir gehalten haben, Joe.«

»Ja«, sagte Watson, »ich will's auch nicht bereuen. Und Ihre Frau hat versucht, mich telefonisch zu erreichen. Sie hat mir aufs Band gesprochen. Sie hat andauernd was davon geredet, irgendwelche ›sie‹ würden Sie beide umbringen, wenn *Sie* nicht irgendwas zurückgeben, was Sie mitgenommen haben.«

»Einen Scheiß!« flüsterte Whitlow heiser. »Sagen Sie ihr, *einen gottverdammten Scheiß* werden die uns umbringen. Was bildet die sich eigentlich ein, wen die verarschen kann? Die bringen zuallererst *sie* um, und da haben die auch meinen Segen zu! Und mich? Ich hab hier ein Zimmer mit Aussicht auf die Todeszelle. Jeder will mich umlegen! Und da will die mir *damit* angst machen?«

»Wer sind ›sie‹, und was ist das, was Sie mitgenommen haben sollen?« fragte Watson. »Und hängt es irgendwie mit den gegen Sie erhobenen Anschuldigungen zusammen? Oder mit Ihrer Verteidigung?«

»Nein«, sagte Whitlow heftig. »Hängt nicht damit zusammen. Hat mit gar nix was zu tun. *Sie ist die Fotze, die mich tot sehen will!*«

»Immer mit der Ruhe«, sagte Watson. »Reden wir doch einfach weiter, wenn Sie wieder hier sind.«

»Ich bleibe *hier*«, sagte Whitlow. »Sagen Sie mir einfach, was ich tun soll, um hierzubleiben oder in ein anderes Knastkrankenhaus zu kommen. Wenn die mich wieder in Missouri ins Gefängnis stecken, dann bin ich ein toter Mann. Kapiert?«

»Ich werde mit den Ärzten reden«, sagte Watson, »oder mit dem Richter. Ich werd sehen, was ich tun kann.«

»Gut«, sagte Whitlow. »Und *wenn* Sie mit denen reden, dann fragen Sie die doch gleich, was die hier mit mir eigentlich anstellen. Die stecken mich in so Röntgenmaschinen und Scanner«, sagte Whitlow. »Die zeigen mir Fotos von Nig-... von Afroamerikanern. Ich muß mir irgendwelche Wörter und Puzzlebilder angucken. Die stecken mich in ne Röntgenmaschine und zeigen mir Fotos, und ich soll mir Geschichten dazu ausdenken, was ich da seh, und denen erzählen. Die pappen da überall Drähte und Pflaster an mich dran, und dann soll ich den Kopf in so riesige Blechreifen stecken, und die zeigen mir Fotos von Schlangen und Krieg und Müttern, die ihre Kinder umarmen. Das ist irgend so ne bekloppte Psychoscheiße, die die mit mir veranstalten. Das mag ich nicht.«

»Machen Sie die Tests«, sagte Watson. »Wir brauchen die Daten. Ich werde mit den Ärzten reden, daß sie Sie so lange wie möglich aus Missouri raushalten. Aber früher oder später müssen Sie zur Verhandlung zurückkommen. Das ist Ihnen doch klar?«

»Haben die da drüben nicht auch ein Gehirnkrankenhaus?« jammerte Whitlow. »Wie das hier? Und vielleicht könnten die mir ein paar große weiße Wachposten vor die Tür stellen. Ach, vergessen Sie's«, sagte er. »Kacke! Das war nicht vorgesehen gewesen, mit dieser ganzen Niggerscheiße. Das ist ein einziger großer Arschfick, was die da mit mir veranstaltet. Die besorgt's mir echt! So war das nicht geplant!«

»Wie, geplant?« fragte Watson.

Vom anderen Ende der Leitung kam ein zischender Seufzer.

»Vergessen Sie's«, sagte Whitlow. »Sagen Sie mir nur, ob die den Zeitungen oder dem Staatsanwalt weiter so ne Scheiße erzählt, von wegen, ich würd Nigger hassen.«

»Sie –« begann Watson.

»Ich hab nicht ›Nigger‹ gesagt«, sagte Whitlow. »*Sie* hat ›Nigger‹ gesagt, okay? Ich bin nicht so dämlich, vor nem Bullen ›Nigger‹ zu sagen. *Die* sagt's. Nicht ich.«

»Sie haben das Wort ›Nigger‹ überhaupt nicht gebraucht?«

»Was?« fragte Whitlow. »Sie meinen, *überhaupt* nie?«

Über die Leitung kam der dumpfe Knall einer auffliegenden Metalltür. Männerstimmen.

»Hören Sie«, sagte Whitlow, »der Wärter ist grad gekommen und meint, ich muß weg, die wollen mir wieder den Kopf in irgendne Maschine stecken. Was suchen die eigentlich? *Sie* finden das raus, und *wir* kümmern uns um Dr. Greens Honorar.«

Achtzehntes Kapitel

Er griff sich eine Handvoll von dem Geld von Bucks Anwältin aus dem Kofferraum und kaufte eine dicke rote Rose mit Blütenblättern, so groß wie Zungen, und im Weinladen nebenan eine Flasche französischen Roten zu dreißig Dollar (Plastikkorkenzieher inklusive). Lockerer und gefährlicher Lebenswandel. Die meisten Männer versauen entweder ihr Familienleben oder ihre berufliche Laufbahn, aber nicht beides auf einmal. Er spürte, wie er in den Wurstigkeitsbereich, die Zone, wo es nichts mehr zu verlieren gab, abglitt; Sheila und Benjy kamen in der Gleichung praktischerweise nicht vor – wahrscheinlich dank dem Acapulco-Torpedo, den er sich mit Myrna Schweich reingezogen hatte und der seither jeden seiner Gedankengänge mit einem warmen Nebel umhüllte ... war da was mit den Kindern gewesen?

Er wählte die Nummer des Instituts und entschuldigte sich bei ihrem Anrufbeantworter für die Verspätung, dann fügte er nach einer kurzen Pause hinzu: »Ich bin auf dem Weg.«

Ein unbeteiligter Beobachter wäre doch wahrscheinlich zu dem Schluß gelangt, daß Sandra sich das alles selbst zuzuschreiben hatte, oder? Hatte sie nicht die Kinder aus dem Haus geschafft? Die Schwiegerinquisition ins Spiel gebracht? Seine beruflichen Entscheidungen bekrittelt? Sich auf Arthurs Seite geschlagen und seine Gefühle verletzt? Ihn förmlich in die Arme einer wartenden Neurowissenschaftlerin getrieben?

Während er den Honda parkte und in das Gage Institute schwebte, legte er sich ein plausibles Gespinst von Erklärungen zurecht, mit dem er lange genug würde leben können, um sich in Schwierigkeiten zu manövrieren. Rose und Rotwein waren eine kleine Aufmerksamkeit unter Arbeitskollegen, kein Zeichen von Zuneigung. Und wo sonst hätte er jetzt schließlich schon hinsollen? Zu Sandras Eltern? Zu viele Feuer zu löschen, zu viele Querschläger, denen man ausweichen mußte. Eins nach dem anderen. Das Wichtigste zuerst. Nämlich seinen Pflichtfall in den Griff bekommen, dann seine berufliche Situation; *danach* konnte der verläßliche Ernährer auf Händen und Knien nach Haus zurückkehren und geloben, künftighin eine einfühlsame, qualitativ hochwertige elterliche Bezugsperson zu sein. Wenn er sein Gnadengesuch verfrüht einreichte, dann würde er anschließend sofort wieder losziehen müssen, um seinen Straftäter zu retten und seiner Neurowissenschaftlerin nachzusteigen, und der häusliche Ärger würde prompt wieder losgehen.

Die Eingangshalle war leer; bis auf sie und ihr echtes Lächeln.

»Du siehst wohlig derangiert aus«, sagte sie. »Alkohol? Drogen? Ich rieche etwas.«

»Wie wär's mit fristloser Kündigung?« fragte er. »Kannst du *die* riechen?«

Oben in ihrem Büro setzten sie sich zu einem traulichen Informationsaustausch an einen ihrer Arbeitstische. Watson lieferte eine wahrhaft homerische Schilderung seines letzten Gefechts gegen Finsterling Arthur – dröhnend erzumpanzerte Streiter, Schmähung und Widerschmähung, verletzte Ehre, gespaltene Helme, finstere Abschiedsschwüre. Als nächstes atemlose Updates zu Whitlow und seiner Fahrt nach Rochester. Sie hatte Psychon-Insiderstoff, er hatte Richter-Stang-Stories beizusteuern. Er erzählte ihr von seinem neuen Büro in Myrnas Nebenzimmer und daß Sandra Sheila und Benjy am Telefon mit Whitlow erwischt hatte.

Das anekdotische Wiederauftauchen der Kinder verursachte eine vorübergehende Gesprächspause. Sie klopfte mit einem Gage-Institute-Bleistift, an dem das NIH-Logo des Jahrzehnts des Gehirns prangte, auf die Tischplatte, dann zog sie aus der Whitlow-Akte ein Blatt heraus und las vor: »›Die bei Mr. Whitlow abgenommenen Persönlichkeitsprofile zeigen rekurrierende destruktive, durch Impulsivität, intensive emotionale Erregung, Selbststimulierung und Mangel an Selbstkontrolle gekennzeichnete Verhaltensmuster. Der Proband ist außerstande, die ethischen Implikationen seines eigenen Verhaltens einzuschätzen.‹«

Die Tür ihres Büros stand offen, und sie hörten einen anderen besessenen, unermüdlichen, spätsamstagabendlich tätigen

Neurowissenschaftler, irgendwo weiter den Korridor hinunter, eine Tür schließen. Schritte, erst schwach vernehmlich, kamen lauter werdend näher. Sie rollte das Ende des Bleistifts zwischen ihren geschürzten Lippen, hob dann die Augen und ertappte ihn dabei, wie er ihr auf den Mund sah. Der Zeiten Flügelwagen hielt an; nur die Schritte tappten immer näher. Watson klappte der Mund auf. Sie legte sich die Fingerspitzen an die Brust, direkt unter der Plakette mit der Aufschrift LEGIT. 5. OG, PSYCHON-PROJEKT. Sein Blick rutschte abwärts, dahin, wo ihre Finger gewesen waren, die hallenden Schritte wurden lauter, sie streifte sich ein verirrtes Löckchen hinters Ohr und redete weiter.

»Für eine Belehrung der Geschworenen über antisoziale Persönlichkeiten bevorzuge ich das *Merck Manual*. Es ist allgemein anerkannt und unanfechtbar.« Sie zog ein Blatt aus einer Aktenmappe und las wieder laut vor: »›Zu den prädisponierenden Faktoren dieses Persönlichkeitstypus gehören häufig Alkoholismus, Drogenabhängigkeit, Haftstrafen, berufliches Versagen, sexuelle Devianz oder Promiskuität.‹«

Sie lächelte und rieb ihre Schenkel aneinander. Das Knistern ihrer Strümpfe jagte ein synaptisches Feuerwerk durch sein Nervensystem.

Die näher kommenden Schritte verstummten, und Watson hörte eine weitere Tür, die sich schloß.

Dann spürte er, wie sich die Außenseite ihres Knöchels an der Innenseite seines Beins hinaufschob und sich ihr nylonumschlossenes Fußgewölbe geschickt um seine Erektion schloß.

»Gute Nacht, Dr. Palmquist«, sagte eine Männerstimme auf dem Korridor leise, doch niemand blieb stehen.

»Gute Nacht«, rief sie forsch – die Stimme der Wissenschaft – und las weiter von ihrem Blatt ab. Während sich ihr warmer Fuß unter dem Tisch zu schaffen machte, gab sie ihm oben ihre geschäftsmäßige Stimme zu spüren: »›Diese Personen sind impulsiv, verantwortungslos, amoralisch und unfähig, auf sofortige Triebbefriedigung zu verzichten. Sie sind außerstande, dauerhafte innige Beziehungen zu anderen einzugehen, aber sie können durchaus einen ausgeprägten Charme und ein überzeugendes Auftreten besitzen und geschickt für ihre egoistischen Ziele einzusetzen wissen. Frustrationserlebnisse ertragen sie schlecht, und Opposition kann bei ihnen leicht Feindseligkeit, Aggression oder offene Gewalt auslösen. Ihr antisoziales Verhalten zeigt geringes vorausschauendes Planen und ist von keinerlei Reue oder Schuldgefühlen begleitet, da diese Menschen eine ausgeprägte Begabung zu haben scheinen, zu rationalisieren und anderen die Schuld an ihrem verantwortungslosen Handeln zu geben.‹«

Irgendwo am entgegengesetzten Ende des Korridors ging eine Tür auf und wieder zu. Stille. Sie starrten sich über den Tisch hinweg in die Augen.

»Ich habe eine ausgeprägte Begabung, zu rationalisieren und anderen die Schuld an meinem verantwortungslosen Handeln zu geben«, sagte er. »Das ist alles deine Schuld. Nichts davon war meine Idee.«

Sie trafen sich auf halbem Weg über dem Tisch, wo sie einander gierig an noch bekleidete Körperteile gingen. Er öffnete ihren Kittel, knöpfte die Bluse auf, zerrte frenetisch an einem zinnfarbenen trägerlosen Stütz-BH.

Keuchend hielt sie auf einmal inne. »Wir müssen woandershin«, sagte sie. »Sofort.«

Watson strich sich die Hemdschöße über der Wölbung in seiner Hose glatt, während sie sich anderweitig ausgehfertig machte. Die Korridore waren dunkel, nur die Notbeleuchtung und die Ausgangsschilder verbreiteten ein schwaches Licht.

»Wo gehen wir hin?« flüsterte er.

»In den Lagerraum«, sagte sie. »Hinter dem Primatenlabor.«

Unten angelangt, schlichen sie, nervös nach Anzeichen menschlicher Anwesenheit spähend, zwischen den Käfigreihen bis ans hintere Ende der riesigen Halle. Palmquist öffnete eine schwere Stahltür, knallte sie dann, sobald sie beide drinnen waren, wieder zu, schloß ab und schaltete die Beleuchtung aus, so daß nur noch gelbe Lichtbalken waagerecht durch die Lüftungsschlitze des Primatenlabors hereindrangen. Sie zerrten sich wieder gegenseitig die Sachen vom Leib und sanken langsam auf eine Polstermatte.

Sie setzte sich rittlings auf ihn und schickte sich an, die nötigen Anschlußverbindungen herzustellen, Stecker und Buchse bereit, I/O aktiviert, Server/Client, Master/Slave.

Zwei leistungsfähige biologische Maschinen, die gerade eine stehende Modemverbindung aufbauten, um einen wechselseitigen Zugriff auf den jeweils anderen Hauptprozessor zu ermöglichen.

Durch das leise Brummen von Lüftungsventilatoren, das aus dem Nebenraum hereindrang, konnte Watson die Urlaute von Makaken, Pavianen, Schimpansen und Meerkatzen hören, die durcheinanderschnatterten und -kreischten, als wüßten sie ganz genau, worauf ihre emporgekommenen Verwandten hinauswollten. Elsa und Cham waren ihre Nachbarn, und die ganze Primatengemeinde begrüßte keckernd und johlend den Einzug dieser unbehaarten neuen Spezies, die sich etwas Besseres dünkte und meinte, dem Fortpflanzungsgeschäft unter Ausschluß der Öffentlichkeit nachgehen zu müssen.

Sie saß ab und legte die Wange auf seine Brust, leise gegen sein Brustbein keuchend. »Laß uns einen Augenblick leiden.«

Sie setzte sich auf glatte ovale Lenden zurück und wiegte sich leicht hin und her. Er hatte der zinngrauen Spitze, die auf irgendeine Weise die wechselseitige Entkleidung überstanden hatte und jetzt so zart und zerbrechlich wie Arabesken aus Asche aussah, brünstig mit Lippen und Zunge zugesetzt. Sie rückte ein Stückchen von ihm ab, machte ihre Hände frei und öffnete die Vorderschließe ihres BHs, um ihm einen ungehinderten Zugriff auf seine zwei kugeligen Zwangsvorstellungen zu gewähren.

Ihre Düfte, ihr Parfüm vermischten sich mit den uralten Gerüchen, die vom Primatenlabor hereinschwadeten – dem Gestank von Affenurin und dem reifen Aroma gärender Bananenschalen. Wasser rieselte durch Rinnen und Abflüsse aus abgespritzten Käfigen. Für einen Moment gelang es ihm, die Palmquist bloß als ein überdurchschnittlich intelligentes Tier zu sehen. Ihre Gerüche, ihre Atmung, ein gelegentliches Aufstöhnen, leise Grunzer der Wollust. Eine gewisse Gier oder Begehrlichkeit, die ihn anfangs erregte, dann aber abstieß, als sie die Inbrunst egoistischer Aggression annahm.

So kommt eben so was zustande, dachte er, als ihm eine momentane außerkörperliche Vision zweier Primaten zuteil wurde, die einander mit Zähnen und Klauen bearbeiteten. *Bring dich in eine bestimmte Situation, und dann reicht ein einziger Funke, damit die exotherme Bioreaktion in Gang gesetzt wird.*

Von da an würden die Alpträume vom Ehebruch Wirklichkeit sein. »*Bist du bereit, einer einzigen Frau die Treue zu halten?*« Jetzt hätte sein Vater seine Antwort gehabt. »*Da war ich also auf die Stufe eines Tiers gesunken, das sich nach dem Fleisch die Lefzen leckt.*« Mehr Affengeschrei aus dem Nebenraum. Er war sich sicher, Chams Stimme heraushören zu können, das Geheul, das er ausstieß, obwohl sein Kopf unbeweglich in der Schraubzwinge festsaß. »Ich kenne dich, Watson!« sagte er in Affensprache.

Er spürte, wie eine eisige Kälte von seinen Gliedmaßen aus auf sein ganzes Inneres übergriff. Er würde für den Rest seines Lebens in diesem beengten Gehirnkasten eingesperrt bleiben, hinter zwei Augen, ausweglos ausgesetzt der Selbstverachtung wegen dem, was er zu tun im Begriff stand. Er hatte plötzlich den Wunsch, noch ein, zwei Minuten zu warten. Abwarten und sehen, ob es ihm gelingen würde, die rückhaltlose Selbstvergessenheit wiederzufinden, die ihn überhaupt erst in diese Situation hineinmanövriert hatte.

Sie spürte, daß etwas nicht stimmte, und ging entschlossen auf Südkurs, um Abhilfe zu schaffen.

»Das System ist vorübergehend heruntergefahren«, warnte er. »Ich muß einen Augenblick nachdenken.«

»Er ist schon wieder am Denken«, sagte sie. »Und ich habe meine Ausrüstung nicht dabei! Hach, wo sind Funktions-MRI-Scanner und CRAY-T3E-Supercomputer, wenn ein alleinstehendes Mädchen sie braucht?«

Sie streckte sich neben ihm aus und legte ihren Kopf an den seinen.

»Warum?« sagte er in ein Gewirr von dunklen, duftenden, feuchten Strähnen, direkt hinter ihrem Ohr. »Das ist mir noch nie passiert.«

»Irgendwie komme ich mir dadurch verwerflicher vor«, sagte sie.

»Ich meine«, protestierte er, »normalerweise denke ich nicht darüber nach, während ich es tue. Aber diesmal frage ich mich –«

»Es wird schon gutgehen«, murmelte sie in seine Brust,

»besonders, wenn du die Antwort irgendwo oberhalb der Gürtellinie oder außerhalb der septalen Lustzentren suchst.«

»Na ja«, sagte er. »Ich meine ... Warum?«

Sie seufzte und lachte in sein Fleisch hinein. »Ich glaube, wir werden erheblich weniger Schwierigkeiten damit haben, herauszufinden, warum Mr. Whitlow den gehörgeschädigten Afroamerikaner erschossen hat. Ich glaube, du hast versucht, eine Haßtat gegen deine Frau zu verüben, aber dein Zentralnervensystem hatte im letzten Moment, äh, nicht mehr den Nerv dazu.«

»Aber ich –«

»Was ich wirklich gern hätte, wären ein paar Filme für meine Studenten: ›Meine Damen und Herren, hier sehen Sie PET-Scans eines männlichen Gehirns, das sich selbst betrachtet und die für seine Libido zuständigen Komponenten einer Systemdiagnose unterzieht. Beachten Sie bitte die gutentwickelten Neuronenketten für Selbsttäuschung, Leugnung, Verdrängung und Sublimation. Beachten Sie die geschlossene Schaltungsanordnung, die von therapeutischer Reue und griesgrämigen Rationalisierungen gelegt wird.‹«

»Hör schon auf«, sagte Watson. »Ich hab's mir anders überlegt. Ich glaube, wir sollten uns besser an die Arbeit machen.«

»Du hast recht«, sagte sie. »Unsere Aufgabe ist, eine neuropsychologische Verteidigung aufzubauen, die uns ermöglichen soll, einem Haßmörder das Leben zu retten, und ihm helfen, möglichst bald wieder auf freien Fuß zu kommen. Das ist eine wichtige, dringende Arbeit von hohem ethischem Wert, aber ich denke, eine kleine Pause steht uns gelegentlich schon zu.«

»Und ich sollte ...«

»Du solltest zu Haus sein und deiner Frau dabei helfen, die Kurzen ins Bett zu bringen. Aber das tust du nicht.« Sie stützte sich auf einem Ellbogen hoch und sah ihn an. »Du bist hier, zusammen mit diesen beiden Hübschen«, sagte sie und hielt ihm ihre Brüste in ihren Händen entgegen. »Noch so ein pawlowscher Tittentyp«, sagte sie. »Andauernd hör ich von diesen Hinterntypen«, beklagte sie sich, »aber getroffen hab ich noch keinen.«

Sie machte es sich wieder auf seiner Brust bequem und kicherte.

Sie brachte es fertig, gleichzeitig frivol und von einer unerbittlichen Wissenschaftlichkeit zu sein. Die tumultuarischen Ereignisse des Tages hatten in ihm ein tiefes Bedürfnis nach menschlicher Zuneigung hinterlassen. Er hatte sich nach Palmquist verzehrt, und dann war ihm nacktes Schuldgefühl – nicht Tugend! – dazwischengekommen. Er hatte ihr Geschenke zur Feier ihres bewilligten Forschungsauftrags gebracht – konnte sie ihm nicht ein paar Minuten der Selbsterkundung gönnen?

Er setzte seine Ehe, seine Kinder, seinen Seelenfrieden aufs Spiel – alles für seinen ersten Versuch in Sachen Ehebruch: eine Großtat mit monumentalen moralischen Implikationen, die sie in keiner Weise zu würdigen wußte. Was er brauchte, war eine übermächtige Leidenschaft, die einen Sündenbock – oder zumindest eine Erklärung – für sein Verhalten würde abgeben können; aber sie verweigerte die Kooperation.

»Du hast leicht reden«, sagte er. »Du bist ja nicht verheiratet, du hast keine Kinder.«

»Nö«, sagte sie. »Hab's probiert. Ist schiefgegangen, bevor es ans Kindermachen gehen konnte. Jetzt ist es zu spät. Kinder wären für meine Karriere das reinste Kryptonit.«

»Vielleicht steure ich auf die Scheidung zu«, sagte er.

»Nur die Ruhe, Freundchen«, sagte sie. »*Das* Baby lass ich mir nicht anhängen. Immer sachlich bleiben. Ich habe eine bessere Frage an dich. Warum verlangst du von deinem Gehirn, daß es sich selbst erklärt? Nicht, daß ich dich entmutigen möchte. Neurowissenschaftler finden derlei Darbietungen unendlich amüsant.«

»Aha«, sagte er, und langsam schlich sich Widerwillen in seine Stimme ein. »›Das unerforschte Leben ist nicht lebenswert.‹ Das war also nur Sokrates' Gehirn, das ein paar bioelektrische Störungen produzierte? Selbsterforschung ist was? Unmöglich?«

»Nicht so sehr unmöglich«, seufzte sie, »als vielmehr absolut unzuverlässig. Du verlangst von einer biologischen Maschine, daß sie von sich selbst abrückt und eine objektive Beurteilung ihrer eigenen Arbeitsprozesse abgibt. Wenn du der HAL 9000 aus *2001* wärst, würdest du mir und dem Astronauten Dave geduldig erklären, du müßtest das tun, was für die

Mission am besten ist. Aber in Wirklichkeit tust du nur das, was für HAL am besten ist.«

»Was ist mit –?« Er stockte. »Wie soll ich sagen –«

»Ich glaube, das Wort, das du suchst, ist ›Willensfreiheit‹«, sagte sie. »Nein, warte, du und Whitlow seid doch beide katholische Jungs, Jesuitenzöglinge. Es ist die Seele, nach der du fragst, nicht? Hab ich recht?« Ihr Tonfall gab deutlich zu verstehen, daß etwas Prosaischeres und Einfallsloseres kaum vorzustellen sei.

»Genau«, sagte Watson

»Dualismus, weißt du noch?« sagte sie. »Der Geist in der Maschine. Du willst sagen, daß im Kopf des ›Material Girl‹ ein Geist sitzt, der Befehle ausgibt und das Gehirn mit Gedanken beliefert. Hab ich recht?«

»Ich denke schon«, sagte Watson, der zwar ahnte, daß er sich gerade sein argumentatives Grab schaufeln ließ, aber nicht wußte, was er dagegen hätte einwenden können.

»So ziemlich das einzige, worauf sich die meisten Neurowissenschaftler bislang einigen konnten, ist, daß die Seele eine unhaltbare Hypothese darstellt. Ich könnte mir fünf bis zehn gute Argumente dagegen ausdenken, aber begnügen wir uns für den Anfang mit einem leicht nachzuvollziehenden. In *Philosophie des menschlichen Bewußtseins* verwendet Dan Dennett die Analogie eines Cartoons, dessen Held ›Casper das freundliche Gespenst‹ heißt. Du willst behaupten, du hättest eine immaterielle, unkörperliche Seele, die aus irgendeinem sonderbaren Ektoplasma besteht, das im Augenblick deines Todes verdampft und in den Himmel aufsteigt. Ganz wie du möchtest. Du hast einen Geist, der, insofern er schlechthin unstofflich ist, nicht aus Atomen oder Elektronen oder Molekülen besteht.«

»Einverstanden«, sagte Watson.

»Als Gehirnforscherin muß ich wissen, *wo* diese unstoffliche Seele die Verbindung zum zerebralen Gewebe herstellt. Geschieht es an den Dendriten? Haben wir dort eine synaptische Schnittstelle, wo die Seele auf das Neuron trifft? Oder geschieht es vielleicht eher irgendwo im vorderen Sulcus cingulatus, da dieser Bereich des Gehirns unter dem PET- oder dem fMRI-Scanner aufleuchtet, wenn die Testperson mit moralischen Problemen ringt? Auf welche Weise wirkt etwas schlechthin Immaterielles auf ein materielles Gehirn ein? Kinder fragen nie: Wie kommt's, daß Casper durch Wände gleitet und durch Baumstämme hindurchschwebt, aber trotzdem fallende Gegenstände auffangen oder jemandem auf die Schulter klopfen kann? Ist Casper ein unstofflicher Geist oder ein körperliches Wesen, das einem ein Spielzeug herbeitragen kann? Wie funktioniert das? Ist die Seele etwas Ungreifbareres als Dampf? Oder kann sie bei einem Menschen tatsächlich den neuronalen Impuls hemmen, seinen Hosenstall zu öffnen oder auf den Abzug zu drücken?«

Watson durchwühlte sein Gehirn nach Sinnsprüchen, die vor langer Zeit, zusammen mit den Erinnerungen an altersschwache Nonnen – sie hatten besänftigende Stimmen, kühle kreidebestaubte Hände und glatte, von schwarzweißen Hauben eingerahmte weiße Gesichter –, dort vergraben worden sein mochten.

»Na schön, dann vergiß die Seele«, sagte Watson. »Das Gesetz geht davon aus, daß der Geist den Körper regiert und daß jeder für sein Verhalten verantwortlich ist.«

»Der freie Wille«, sagte sie. »Damit hättest du eigentlich anfangen müssen.«

»Na dann von mir aus. Der freie Wille.«

»Meine Damen und Herren Geschworenen«, sagte sie mit spöttischem Tonfall, »das durch Rassismus und andere Vorurteile befangene Gehirn des Angeklagten wird durch einen wesenhaft wohlwollenden Geist namens freier Wille bewohnt, der es zur Tatzeit nicht vermocht hat, auf korrekte Weise mit den anderen Komponenten des Geist-Gehirn-Kontinuums zu interagieren, wodurch es zu einem zeitweiligen Aussetzer, einer Störung in der somatomotorischen Signalübertragung gekommen ist, in deren Verlauf sich eine 357er Magnum als in Reichweite befindlich erwies und Geschosse abgefeuert wurden.«

»Nicht einmal einen freien Willen haben wir?«

»Wieder eine volkspsychologische Vorstellung«, sagte sie. »Es ist eine hübsche Fiktion – vielleicht eine notwendige Fiktion –, daß ein bestimmter Teil unseres Bewußtseins imstande sei, sich neben sich zu stellen und seine eigene Leistung zu beurteilen und zu lenken. Aber das Gehirn ist ein Symphonieorchester ohne einen Dirigenten. Momentan hören wir eine Oboe oder vielleicht eine Pikkoloflöte einen kecken Triller der Selbstbespiegelung vollführen, während alle übrigen Instrumente anderweitig beschäftigt sind. Was von dir übrigbleibt, ist ein äußerst komplexes Gleichgewicht miteinander konkurrierender, schleimiger, parallel geschalteter biologischer Prozessoren in diesem elektrochemischen Klumpen Hörnchennudeln, der da zwischen deinen Ohren gärt und letztlich deinen ganzen Körper regiert, aber sich per definitionem nicht selbst regieren kann.«

»Aber –«

»... es *muß* doch noch etwas anderes geben«, vollendete sie mit spöttischer Stimme seinen Einwand. »Tut es auch. Überleben und Fitness. Und darüber hinaus gibt es nur noch die Lust. Sie stellt sich auf dem EEG als weit ausschlagende Deltawellen auf dem Kanal der Septumelektrode dar.

Wenn's darum geht, sich selbst zu erklären, ist das Gehirn ein notorischer Dummkopf. Man kann ihm nicht trauen. Wenn ihm wichtige Informationen fehlen, dichtet es sich alles mögliche zusammen, bis es eine Geschichte – eine Narrativierung – beisammen hat. Es ist oft von lebenswichtiger Bedeutung, daß es sich möglichst schnell, ja augenblicklich, ein Bild vom Körper und dessen Umgebung verschafft – selbst wenn es anfangen muß zu phantasieren, um zu einer kohärenten Narrativierung zu gelangen. Phantomglieder, Halluzinationen, unterdrückte Erinnerungen, Erinnerungstäuschungen, Wahrnehmungstäuschungen, Rationalisierungen – alles ist recht, wenn sich damit nur die Lücken schließen lassen.

Du hast doch schon vom linken und vom rechten Gehirn gehört, nicht? Manchmal wird zur Behandlung besonders schwerer Fälle von Epilepsie die Verbindung zwischen den beiden – das Corpus callosum – operativ durchtrennt. Und dann hat man im Prinzip zwei eigenständige Gehirne, ja? Und was – zwei Seelen? Oder willst du mir jetzt erzählen, daß es nur eine einzige unstoffliche Seele, eine freie Willensinstanz, gibt und daß die auf der linken Seite ›residiert‹, wo die Sprachzentren lokalisiert sind? Oder auf der rechten Seite, dem Sitz der räumlichen Wahrnehmung? Was bedeuten würde, daß sie nicht reden kann?«

»Ich hab nicht gesagt, daß sie nicht reden kann«, protestierte er. »Ich sage, daß sie ein Mysterium ist.«

»Ein neurochemisches Mysterium vielleicht«, sagte sie abschätzig, »das sich gespaltene Gehirne, defekte Gehirne, wirklich intelligente Gehirne allesamt genötigt fühlen zu erklären.« Sie legte den Kopf in den Nacken und sah ihm in die Augen. »Irgendeine Erklärung findet sich doch fast immer, oder? Das Gehirn sagt so gut wie nie: ›Ich weiß nicht‹, wenn es nach seinen eigenen Wahrnehmungen gefragt wird. Ich habe Hirnschlagpatienten steif und fest behaupten hören, ihre halbseitige Lähmung sei eine rein willentliche Angelegenheit und sie würden problemlos wieder anfangen, die andere Hälfte ihrer selbst zu bewegen, sobald sie in der Stimmung dazu seien. Das nennt man Anosognosie – die Unfähigkeit, durch Krankheit bedingte eigene Funktionsausfälle zu erkennen; man beobachtet sie bei manchen Patienten, die einen Infarkt in der rechten Hirnhemisphäre erlitten haben.«

»Dann«, sagte er unsicher, »sollte ich es also aufgeben, mich selbst erklären zu wollen? Grübeln ist nur eine Fehlfunktion meines limbischen Systems?«

»Eigentlich spielt sich die entsprechende neuronale Aktivität eher im Gyrus cinguli, im Lobus insularis, im hinteren Gyrus orbitalis und im Gyrus temporalis superior ab. Aber nur zu, grüble ruhig noch ein bißchen, wenn du möchtest. Ich find's nur schade, daß ich keine Aufnahmen davon machen kann. Hast du dir schon mal den Serotoninspiegel messen lassen?«

»Nein«, sagte er, fast ärgerlich.

»Serotonin wirkt wie eine Bremse auf gewalttätige Impulse im Gehirn. Auch aus einem niedrigen Serotoninspiegel läßt sich beim Menschen mit hoher Wahrscheinlichkeit auf Impulsivität und Gewaltbereitschaft schließen – genau das, womit wir es bei deinem Patienten zu tun haben. Dein Spiegel ist momentan wahrscheinlich auch relativ niedrig, weil du gerade von einem Alpha-Männchen gefeuert worden bist. Du bist bereit, Risiken einzugehen.«

»Wenn ich also ›Leck mich, Arthur‹ sage, dann spricht aus mir ein Serotoninmangel«, sagte er.

Sie lachte. »Ein anderer Neurowissenschaftler hat das Gehirn einmal als einen losen Zusammenschluß neuronaler Systeme bezeichnet«, fuhr sie fort. »Die Fähigkeit, Einigkeit unter den konkurrierenden Interessengruppen zu erzielen, ist individuell verschieden stark ausgeprägt. Frag einen Alkoholiker: ›Wieviel trinken Sie?‹ oder frag einen ganz normalen Mann: ›Warum betrügen Sie eigentlich Ihre Frau?‹, und dann schau zu, wie das pluralistische Selbst in Aktion tritt. Das Gehirn wird sich auf jeden Fall reinwaschen. Es wird leugnen, es wird die plausibelsten Erklärungen, Entschuldigungen und Versprechen auftischen. Es wird in Wut geraten und um sich schlagen, für sich Ausnahmen machen, jede Information bestreiten, die nicht mit seinem Selbstbild übereinstimmt, ja sich sogar einen Drink eingießen, um sich die Sache in aller Ruhe durch den Kopf gehen zu lassen.

Apropos«, sagte sie, rutschte von ihm weg und langte nach der Flasche Wein, die er ihr mitgebracht hatte. Sie fand ihren Laborkittel, fischte ein Heftchen Streichhölzer aus der Tasche und zündete einen Bunsenbrenner an. Watson fand den Plastikkorkenzieher, riß die Stanniolkappe ab und öffnete die Flasche. Rachel stellte zwei Plastikbecher mit dem Logo des Gage Institute hin und schenkte sich und Watson christlich ein. Dann kuschelten sie sich aneinander im Halbdunkel, in dem die blaue Flammenzunge des fauchenden Brenners – die Labor-Entsprechung eines Kaminfeuers – tiefe, blauschwarze Schatten in die Kurven und Vertiefungen von Rachels wunderbarer Haut warf.

Watson überlegte sich, ob er einen zweiten Versuch starten sollte, aber er befürchtete, sich lediglich wieder an der Schwelle des Ehebruchs zu blamieren und Phantomen zu erliegen, die in Alpträumen und den von den Nonnen installierten Stromunterbrechern und BIOS-Interrupts (die alle Impulse, das siebte Gebot zu übertreten, blockierten) präkonfiguriert waren.

»Cheers«, sagte sie und stieß mit ihm an. Mit einem Blick auf das Logo an ihrem Becher fügte sie dann hinzu: »Ersäufen wir ein paar tausend Neuronen in gutem französischen Wein aus Bechern vom Jahrzehnt des Gehirns.«

Sie machte es sich im umgekehrten V seines Arms und seines Oberkörpers bequem. Sie legte die Rose, die er ihr geschenkt hatte, auf seine Brust und fing an, sie Blatt für Blatt zu zerzupfen.

»Er haßte ihn«, sagte sie, »er haßte ihn nicht. Er haßte ihn. Er haßte ihn nicht. Er haßte ihn ... Was für eine Sorte berufliche Beziehung haben wir hier eigentlich?«

Er betrachtete den Ventilator, der sich über ihm an der Decke drehte, trank einen Schluck aus seinem Becher und dachte über seinen Platz im Universum nach.

»Ich werde dich also nicht fragen, ob du religiös bist«, sagte er. »Du glaubst nicht an ... höhere Wesen oder was auch immer.«

»Du meinst, ob es einen Gott gibt?« Sie lachte. »Können wir nicht den Kleinkinderscheiß überspringen und uns direkt auf die ernsthaften Fragen konzentrieren?« Sie trank einen Schluck und leckte einen versprengten Tropfen vom Rand des Bechers ab. »Als Naturwissenschaftlerin spreche ich Gott das denkbar höchste Kompliment aus – ich widme mein Leben der Erforschung Seiner Werke, und ich lasse die Frage nach Seinen persönlichen Eigenschaften grundsätzlich aus dem Spiel. Statt dessen vertraue ich auf meine Fähigkeiten und stelle mir die Frage: ›Scheine ich eine Seele zu haben?‹ Und davon ausgehend, was die Neurowissenschaft mich über das menschliche Gehirn gelehrt hat, lautet meine vorläufige Antwort: ›Nein, ich habe keine Seele.‹«

Watson trank und musterte ihre halbbeleuchteten Kurven, die sich wollüstig aus den Schatten wölbten. Er fragte sich, ob er es fertigbringen würde, seine Seele wie ein altes T-Shirt abzustreifen, die Fähigkeit zu Schuldbewußtsein und Selbstzweifel über Bord zu werfen, aufzuhören, sich über den Ehebruch den Kopf zu zerbrechen, und endlich dazu zu schreiten, seinen Beitrag zur weiteren Ausbreitung der Spezies zu leisten. War das erledigt, würde er sich wieder dem jüngsten Beruf seiner Wahl zuwenden können: Mörder zu verteidigen.

»Wie schaffen es eigentlich hundert Milliarden Neuronen, gemeinsam das subjektive Innenleben des Geistes zu erzeugen?« fragte sie. »Wir wissen es noch nicht. Aber wenn die Erklärung einmal kommt, dann versichere ich dir, daß ihre reine Wissenschaftlichkeit weit staunenswürdiger sein wird, als jede Seele es sein könnte.« Sie führte den Becher an die Lippen. »Abgesehen davon macht die Biologie mehr Spaß. Erinnerst du dich an das MEG – die Magnetoenzephalographie?«

»Wie könnte ich das vergessen?«

»Okay, dieses Gerät – die Trockenhaube – hat von deinem Gehirn ausgehende biomagnetische Felder *aufgezeichnet*. Aber mit Hilfe eines anderen Gerätes können wir auch magnetische Felder *erzeugen* und sie auf dein Gehirn richten, dadurch ganz bestimmte Felder stimulieren und zerebrale Aktivität hervorrufen oder nachahmen – und das auf völlig nichtinvasivem Weg.«

»Aha«, sagte er.

»Ja«, sagte sie verschmitzt. »Ich richte also meinen MEG-Stimulator auf die Seitenwand deines dritten Hirnventrikels, und just wenn du anfängst, einen Orgasmus zu haben, beschieße ich dein limbisches System mit einem starken Magnetfeld, und das löst so heftige Triebregungen aus, daß deine Moralin-Viren schlagartig außer Gefecht gesetzt werden.«

»Ist das irgendwie schädlich?«

»Absolut harmlos«, sagte sie. »Das habe ich schon mindestens ein halbes dutzendmal gemacht.«

Bevor er diese Information angemessen verarbeiten konnte, beugte sie sich plötzlich zu ihm hinunter, küßte ihn auf die Wange und flüsterte ihm ins Ohr: »Und wenn wir uns ein bißchen besser kennen, wenn wir ein gewisses Vertrauensverhältnis aufgebaut haben, dann wirst du mir erlauben, dir eine dünne Kanüle in die septale Region einzuführen, so daß ich dir etwas Acetylcholin injizieren kann, während wir es miteinander treiben.«

»Und was würde das bewirken?« fragte er, plötzlich erregt durch ihren anzüglichen Ton, aber zusammenschaudernd bei der Vorstellung, sich ein Loch in den Schädel bohren zu lassen.

»Och, nicht viel eigentlich«, sagte sie mit einem leisen Schmunzeln. »Multiple Orgasmen von dreißig bis vierzig Minuten Dauer. Ein Lustgefühl von buchstäblich unerträglicher Intensität, und dann drehen wir ein, zwei Strich herunter, so daß du es gerade eben aushältst. Und dann fangen wir wieder von vorn an.«

»Ich ruf dann wegen eines Termins an«, sagte er.

Sie sah wieder ihren Becher an und trank einen Schluck.

»Wozu nach einer hypothetischen Seele suchen, wenn uns schon die simple Biologie vor Ehrfurcht erschaudern läßt?« Sie kuschelte sich wieder in die Höhlung zwischen seinem Arm und seinem Brustkorb.

»Ich hab heut morgen mit Whitlow gesprochen«, sagte Watson. »Er fragt sich und mich, was die da oben mit ihm anstellen. Er möchte wissen, wonach sie eigentlich suchen, und ich habe mich das auch schon gefragt. Wonach suchen sie?«

Sie beugte den Nacken, und ihre Silhouette bewegte sich zusammen mit den Schatten, die der Bunsenbrenner an die Wand warf.

»In gewisser Hinsicht«, sagte sie, »sucht die Staatsanwaltschaft nach derselben Sache wie wir und will sichergehen, daß sie sie als erste zu sehen bekommt.«

»Hilf mir«, sagte Watson. »Ich denke, ich verstehe, warum *wir* ihn testen wollen – weil wir nach einem psychischen Defekt suchen, richtig? Etwas, was es ihm unmöglich gemacht hat, sich zu beherrschen oder die Folgen seines Handelns abzuschätzen, stimmt's?«

»Stimmt«, sagte sie. »Aber nichts ›Weiches‹. Keine frühkindlichen Traumata oder Twinkies oder Psychosen. Wir wollen etwas Hartes.« Sie griff ihm zwischen die Beine.

»Wir wollen einen Hardwarefehler, einen Defekt, den wir auf einem Scan oder einem EEG oder einem MEG aufzeigen können, und dazu sagen: ›Da ist er – ein struktureller Defekt im Stirnlappenkortex oder eine unzureichende Durchblutung des Stirnhirns, die eine Beeinträchtigung der Impulshemmungsmechanismen zur Folge hat oder der Fähigkeit, moralische Urteile zu fällen – was man vielleicht als das *Gewissen* bezeichnen könnte. Das ist etwas Konkretes. Wir können es den Geschworenen zeigen. Ich kann ihnen erklären, wie sich eine mangelhafte Durchblutung oder eine Läsion des Stirnhirns auf dessen Funktion auswirkt.«

»Okay«, sagte Watson, »wir suchen also nach einem mentalen Defekt – und das ist doch ein Entlastungsmoment, oder? Eine belastende, *schuldhafte* Geisteskrankheit gibt es doch nicht, oder? Also was will die Staatsanwaltschaft mit diesen Daten anfangen?«

»Normalerweise arbeite ich immer für die Anklagevertretung«, sagte sie. »Diesmal helfe ich *dir*, weil ich eine doppelte Publicitywirkung erziele, wenn ich bei spektakulären Fällen auch mal die andere Seite vertrete. Sieh dir einmal das Grunddelikt an – Mord. Überleg dir jetzt folgendes. Unsere Verteidigung lautet, daß der Angeklagte unter einem biologischen oder angeborenen Defekt leidet, einer strukturellen Mißbildung, die ihn zu einer impulsiven oder antisozialen Persönlichkeit macht und ihn daran hindert, die Folgen gewalttätigen Verhaltens abzuschätzen. Na gut, vielleicht sagen die Geschworenen: ›Stimmt, der arme Kerl wußte nicht, was er tat, weil er ein schadhaftes Gehirn hat.‹ Vielleicht sagen sie aber auch: ›Das ist irgend so ein wissenschaftlicher Hokuspokus, und die Sachverständigen, die ihn veranstalten, werden dafür bezahlt, den Kerl freizubekommen. Es ist uns egal, ob er einen Gehirntumor hat, schuldig ist er trotzdem.‹ Oder, noch schlimmer, sie sagen: ›Wißt ihr was, diese Frau Doktor hat völlig recht. Er ist ein hirngeschädigter Psychopath. Stecken wir ihn lebenslänglich hinter Gittern.‹«

»Na schön«, sagte Watson, »dann würden wir verlieren.«

»Aber wir können *zweimal* verlieren«, sagte sie, und ihre Augen verengten sich zu dunklen Schlitzen. »In der Strafzumessungsphase wird der Staatsanwalt uns daran erinnern, daß unser Bursche bereits in der Vergangenheit wiederholt gewalttätige, impulsive Verhaltensweisen an den Tag gelegt hat. Er hat Menschen verletzt. Er hat Hakenkreuze gemalt. Neuerdings benutzt er das N-Wort und bringt einen Schwarzen um. Eine Jury hat ihn des Totschlags oder des Mordes für schuldig befunden. Jetzt muß der Richter noch das Strafmaß festlegen. Und welche Faktoren zieht der Richter bei der Strafzumessung in Betracht? Überlegung Nummer eins ist wahrscheinlich: Wird sich dieser Verbrecher bessern? Oder steht zu befürchten, daß er früher oder später als Wiederholungstäter zurückkommt? Hat er einen einmaligen Fehler begangen? Oder haben wir es hier mit einem chronischen Problem zu tun? Was wird die Staatsanwaltschaft also mit all deinen Sachverständigengutachten über neurologische Defekte anfangen? Hm?«

Sie richtete sich wieder auf, rittlings auf seinem Oberkörper, und lächelte zu ihm hinab, während sie darauf wartete, daß er die Zusammenhänge herstellte.

»Oh«, sagte Watson.

»Ganz genau«, sagte sie. »Jetzt zeigt der Staatsanwalt dem Richter unsere PET-Scans, unsere MRI-Scans und unsere Sachverständigengutachten und sagt: ›Hier besteht keinerlei Hoffnung auf Rehabilitation, Euer Ehren. Das Problem ist angeboren. Es ist biologisch. Es ist physiologisch bedingt, und das einzige, was dieses Tier noch kurieren könnte, wäre ein neurochirurgischer Eingriff. Der Angeklagte ist ein Über-Raubtier. Eine Haßmaschine. Ein gewissenloser Automat, völlig unfähig, Reue über seine Verbrechen zu empfinden.‹«

»Oje«, sagte Watson. »Ich hätte –«

»Betrachte Mr. Whitlow einmal mit den Augen der Anklage, wie ich ihn auch sehe: Er ist eine zu groß geratene Maus mit einem etwas höher entwickelten Gehirn. Er ist eine unvertretbar gefährliche Maschine. Irgendein Zahnrädchen ist kaputt, und das bewirkt, daß sein Gehirn gesellschaftlich inakzeptable Befehle an den Rest seines Körpers aussendet. Also was tun? Wie hilft man diesem grundsätzlich biologischen Problem am besten ab? Durch Einsperren? Warum? Damit sich diese ganze gestörte Gehirnmaschinerie auf sich selbst richtet – und auf andere mit ähnlich gestörten Gehirnfunktionen? Warum? Was für eine Verschwendung! Die Unterbringung eines Sträflings in einem Bundesgefängnis kostet soviel, wie ein Anwalt in einem Jahr verdient.«

»Was wäre die Alternative?« fragte Watson.

»Na ja«, sagte sie, »wie wäre es mit reparieren? Die Störung – wie jedes andere medizinische Problem auch – diagnostizieren und anschließend beheben. Und wenn die Kerls nicht zu reparieren sind, dann sollte man sie eben der Wissenschaft zur Verfügung stellen. Ich glaube nicht an die Todesstrafe. Warum jemanden dadurch bestrafen, daß man ihn tötet, wenn man ihn auch dadurch bestrafen kann, daß man ihn studiert, ihn wenn nötig wie ein Meerschweinchen viviseziert und herauszufinden versucht, warum er einen Kurzschluß hatte? Indem man ihn tötet, erlöst man ihn nur von seinem Elend.«

»Laß mich mal sehen«, sagte Watson in einem nicht hundertprozentig humorigen Ton. »Ich habe mich mit dir zusammengetan, weil ich dachte, du seist eine Zeugin der Verteidigung. Jetzt klingt es so, als ginge es dir darum, meinem

Mandanten den Schädel zu öffnen und die Teile seines Gehirns, die dir nicht passen, herauszuschneiden. Geht's *darum* im Psychon-Projekt?«

»Über die geheimen Aspekte des Psychon-Projekts darf ich dir keine Auskunft geben«, sagte sie. »Wir suchen nach genetischen, biologischen, umweltspezifischen, medizinischen Ursachen der Gewalt. Die Soziologen haben ihre Chance gehabt, und die Dinge sind nur noch schlimmer geworden. Jetzt ist es an der Zeit, die Biologen, die Genetiker, die Neurowissenschaftler ans Ruder zu lassen.«

»Aber *reparieren*«, sagte Watson. »Wie repariert man Gewalttätigkeit?«

»Genauso wie wir übermäßigen Stress ›reparieren‹«, sagte sie und prostete ihm zu. »Durch Medikation. Die Tierversuche unterliegen nicht der Geheimhaltung, deswegen kann ich dir verraten, daß wir mittels kontrollierter lebensfeindlicher Umweltbedingungen gewalttätige Tierindividuen gezüchtet haben. Und anschließend haben wir sie repariert: mit Hilfe von Drogen, mikrofeinen Elektroden, noninvasiver Resektion mittels Gammastrahlenskalpell. Wir brauchen den Tieren nicht den Kopf zu öffnen, um sie zu reparieren. Ebensowenig wie ich deinen zu öffnen brauche, um dich zum Orgasmus zu bringen.«

Sie goß den letzten Rest Wein in die zwei Becher. Das Licht der Flamme liebkoste ihre Haut.

»Was wäre, wenn du über jeden Menschen, der je gelebt hat, absolut alles wissen könntest?« flüsterte sie ihm ins Ohr. »Was würdest du wissen wollen?«

Da sich die Dinge nun einmal so weit entwickelt hatten, fand Watson, er könnte es auch mit Aufrichtigkeit versuchen. »Ich glaube ... ich glaube, ich würde wissen wollen, ob Jesus Christus wirklich Gott war«, sagte er mit einer vor Rotwein und religiöser Ergriffenheit leicht nuschelnden Stimme. »Das würde nicht wenige größere intrapsychische Konflikte lösen. Es würde mich von den Unbilden des Glaubens erlösen. Ich könnte einfach für den Rest meines Lebens in Gewißheit schwelgen und nach meinem Tod stracks zu Gott emporfahren.«

»Oder aber ein Leben als strahlende Krone der Evolution

führen«, sagte sie, »ohne einen Funken mentaler Energie an abergläubischen Unfug vergeuden zu müssen.«

»Okay«, sagte er. »Ich bin fertig. Jetzt bist du dran. Wenn du über jeden Menschen, der je gelebt hat, absolut alles wissen könntest, was würdest du wissen wollen?«

Sie leerte ihren Becher. »Wieviel Napoleons Serotoninspiegel vor und nach Waterloo betrug.«

»Und wenn der Serotoninspiegel vom Sollwert abweicht«, sagte er, »dann ist man ein defekter, reparaturbedürftiger Android?«

»Nun«, sagte sie, »schau dir die Statistiken an. Rund sechs Prozent der kriminellen Bevölkerung verüben rund siebzig Prozent aller Gewaltverbrechen. Chronische Gewohnheitstäter. Willst du mir einreden, das legte nicht zumindest den *Verdacht* einer biologischen Komponente nahe?«

»Und freier Wille«, sagte er, »Erlösung, Besserung, Charakterbildung, spirituelle Erneuerung – alles geht den Bach runter.«

»Schau«, sagte sie leicht beschwipst und kuschelte sich im blauen Licht des Bunsenbrenners wieder an ihn, »als Naturwissenschaftlerin glaube ich nicht, daß man allzuviel tun kann, wenn man eine biologische Prädisposition zu Gewalt oder sexuellem Fehlverhalten hat. Es bleibt einem nichts anderes übrig, als das Beste daraus zu machen und sich nach Möglichkeit nicht erwischen zu lassen. So wie wir das jetzt tun.«

Ihre Köpfe lehnten sich leicht benebelt aneinander. Im synaptischen Zwielicht eines herannahenden Traums stellte sich Watson vor, wie sie beide bei Sonnenaufgang nackt aus ihrer Höhle an den Ufern des Turkanasees traten, in die Savanne hinausschlenderten und Lucy zuwinkten, dem Pekingmenschen, dem Piltdown-Menschen ... Watson und die Jungs brachten ein versprengtes Gnu mit Keulenhieben und Steinwürfen zur Strecke. Am Abend luden sie Cham und Elsa zu sich zum Essen ein und machten sie mit Spießbraten und vergorenem Reis bekannt.

»He«, murmelte sie und holte ihn aus seinem paläolithischen Schlummer, »ich glaube, die Werte deines kortikalen Hauptreglers sind zu hoch eingestellt; sie übersteuern alle normalen hypothalamischen Impulse. Vielleicht könnte ich da mit ein paar stereotaktischen Sonden rein und die Optionen des limbischen Gonkulators zurechtmodeln, so daß er die Schuldgefühle herausfiltert und mehr Lust freisetzt.«

»Seele«, sagte er. »Ist inoperabel. Fällt nicht in dein Ressort.«

Neunzehntes Kapitel

Am nächsten Tag kaufte er sich für einen Teil von dem Geld von Bucks Anwältin einen Rechner, einen Drucker, einen Monitor, ein Telefon und einen Anrufbeantworter, dann verbrachte er die ganze Nacht damit, die Geräte zusammenzuschließen und seine ganz private Geschäftsbude am Daten-Highway einzurichten. Als der Morgen graute, saß er in seinem gewohnten ekstatischen Trancezustand vor einem Bildschirm voll prächtiger Icons, wie die Waffen eines Informationskriegers auf einer Arbeitsoberfläche angeordnet, die eine ziemliche Ähnlichkeit mit dem Setup aufwies, das er in der großen Firma zurückgelassen hatte. Alle seine Agenten, Browser, Spinnen und Roboter waren neu konfiguriert und einsatzbereit. Er hatte sich einen Schreibtisch, einen Arbeitstisch und zwei Stühle gekauft – letztere in dem Sinne individuell einstellbar, daß man sie auf die Hinterbeine kippen oder mit ihnen über den Boden schlittern konnte, aber keiner von beiden mit einem einzigen Drehknopf oder Hebel zur Einstellung von Sitzhöhe und Neigungswinkel, pneumatischem Blasendruck, Nierenstütze oder sonst einem Aspekt seines bisherigen seßhaften Lebens ausgestattet. Der einzige Komfort, den diese gebrauchten Büromöbel boten, war Besitzerstolz.

Bei Tagesanbruch fuhr er heim in ein leeres Haus, duschte, kochte sich einen dreifachen Espresso und zog seinen Stern-Pale-Southwick-Anzug, sein letztes sauberes Hemd und einen dunklen, seriösen Schlips an. Er steckte seine lederne Dokumentenmappe in seinen Aktenkoffer, seinen College-Abschluß-Füller in seine Hemdtasche, seine Brieftasche in seine Brusttasche: Fetische der Macht, die ihn bei seiner gefährlichen Mission mit zusätzlicher Autorität ausstatten sollten.

Er schloß den mittleren Knopf seines Southwick-Jacketts und warf sich vor dem Ankleidespiegel in eine anwaltliche Pose. Er sah sich in die Augen und versuchte sich zu erinnern, wie Dr. Palmquist nach einer halben Flasche Wein die Evolution des Gesichtssinns beschrieben hatte: »Zwei Gehirnlappen, die auf der Suche nach Licht aus dem Schädel herauswuchsen« – und da waren diese zwei Lappen bloßliegenden Hirns nun und berührten sich selbst visuell. Er versuchte, sich in Dr. Palmquists Kategorien zu sehen: ein egoistisches Gen, ein Gehirn ohne eine andere Zielsetzung als die Maximierung seines darwinistischen Selektionswerts, eine »zu groß geratene Maus«, wie sie Whitlow charakterisiert hatte. Keinerlei Seele. Kein Geist in der Maschine. Nur ein raffgieriges Stück Fleisch, das unablässig nach Nahrung, Fortpflanzung, Selbstreplikation und Verewigung strebte. Aber wie lautete die evolutionistische oder neurologische Erklärung seiner jüngsten Verhaltensweisen? Warum setzte er das der Genübermittlung förderliche Mikrobiotop, in dessen Realisierung er bereits so viel Mühe investiert hatte, jetzt so bedenkenlos aufs Spiel?

Was war mit der »Flugzeugregel«? Die meisten moralischen Gebote hatten ihren Ursprung in kollektivem Erfahrungswissen und gesundem Menschenverstand. Beispielsweise sollte ein Mensch wenn schon aus keinem anderen Grund, dann einfach deswegen einen einzigen Geschlechtspartner haben, weil Komplexität das Risiko des Mißerfolgs erhöht. Eine zweimotorige Maschine (oder eine zweimotorige Ehe) hat statistisch doppelt so viele Pannen wie eine einmotorige. In der Liebe, in der Software, in der Elektronik, in der Informationstheorie, im Gebet, in den Hobbies und im ganzen Leben erhöht Einfachheit die Lebensdauer. Erst einen wirklich stabilen Korb flechten, dann all seine Schätze hineinlegen: Wozu Gefahr und Komplikationen herausfordern? Es war noch zu früh im Leben, um schon das Bedürfnis nach einer Ablenkung vom Gedanken an die eigene Sterblichkeit zu verspüren. Das kam später, mit den Porsches und den Haartransplantationen. Was also trieb ihn in die ablenkenden Arme moralischer Komplexität?

Und warum dieses monomane Befaßtsein mit James Whitlows Los? Korrektur für die Narrativierung, die er für sich erstellte: Als Person war Whitlow keinen halben Gedanken wert – Watsons Engagement, wenn davon überhaupt die Rede sein konnte, galt einzig Whitlows faszinierenden juristischen Problemen.

Vielleicht hatte sein Gehirn – sozusagen eigenmächtig – einst beschlossen, daß es sich von nun an für den ersten Verfassungszusatz und Haßtaten interessieren würde. Daher der Artikel, den er als Student geschrieben hatte: »Sind Haßverbrechen Gedankenverbrechen?« Darf der Staat Verbrechen, die sich äußerlich in nichts von anderen unterscheiden – eine brutale Vergewaltigung, einen Mord, Brandstiftung –, von denen die Geschworenen aber befinden, daß sie von einem verwerflichen Haß auf bestimmte geschützte Gesellschaftsgruppen motiviert waren, mit einer zusätzlichen Strafe belegen? Ja, der Staat darf das, hatte das Oberste Bundesgericht entschieden, unmittelbar bevor sein Artikel erschienen war.

Nächste Frage: Welche Art von Indizien dürfen die Geschworenen bei ihrer Untersuchung der Psyche des angeklagten Haßmörders eigentlich berücksichtigen? War das Motiv Rassenhaß? Klassenhaß? Persönliche Differenzen? Eifersucht? Und die subtilste Fragestellung überhaupt – und zugleich auch das eigentliche Problem bei seinem Mandanten: Wie soll man zwischen einem Rassisten, der zufällig einen Schwarzen getötet hat, und einem Rassisten, der einen Schwarzen *aufgrund* seiner Rasse getötet hat, unterscheiden? Man kann Petrus, Freud, den Großinquisitor und Oprah in den Zeugenstand rufen. Aber eines darf man nicht vergessen: Diese Untersuchungen der psychischen Prozesse des Angeklagten finden im Rahmen einer sogenannten *Gerichtsverhandlung* statt, bei der der Angeklagte das absolute Recht hat, kein einziges Wort zu sagen.

Harte Nüsse, wie juristische Examensfragen – diese Rätsel, die so sparsam formuliert sind, daß sie die Eleganz formallogischer Gleichungen erreichen: A (für Angeklagter) ist ein Mensch mit engstirnigen Ansichten und Bekanntschaften. O (Opfer) gehört einer geschützten Minderheit an. A sagt zu O: »Leute wie Sie regen mich dermaßen auf, daß ich Sie totschlagen könnte.« A tötet O. Kann A einer Haßtat für schuldig befunden und mit dem doppelten Strafmaß für Mord belegt werden? Wenn ja, wie ändert sich die Sachlage, wenn sowohl A als auch O schwarze behinderte homosexuelle Baptisten sind?

Genau die Sorte formalistischer Argumentation, die man Geschworenen niemals vorsetzen durfte. Für eine Jury war der

Unterschied zwischen 1) einem engstirnigen Mörder und 2) einem zur Tatzeit nicht von Engstirnigkeit motivierten engstirnigen Mörder der Unterschied zwischen offener Feindseligkeit und erklärtem Haß – das heißt, praktisch überhaupt kein Unterschied.

Aber Redefreiheit, Meinungsfreiheit, Versammlungsfreiheit waren so wirkmächtige verfassungsrechtliche Talismane, daß ein geschickter Anwalt Whitlows Problem vor einem Revisionsgericht, in dem es ja keine Geschworenen, sondern nur gelehrte Richter gab, in all seiner formalen, theoretischen und konstitutionellen Schönheit ausbreiten konnte. Ein Revisionsgericht war nichts als ein paar Gestalten in schwarzen Talaren, die über Lesebrillen und einen eichenen Richtertisch hinweg Fragen an gestresste Anwälte richteten. Ein Haufen von Hanswursten mit einer ausgesprochenen Schwäche für soliloquische Sophistik, abstruse Abstraktionen, kasuistische Konfabulationen, rabbinische Rabulismen, mandarineske Mandamusmeierei und wortgewaltigen Schwulst.

*Tat*fragen wurden vor erstinstanzlichen Gerichten geklärt, wo Anwälte wie Harper und Myrna Zeugen ins Kreuzverhör nahmen und auf diese Weise zu ermitteln versuchten, was *wirklich* passiert war. *Rechtsfragen* wurden vor Revisionsgerichten geklärt, wo es niemanden interessierte, was wirklich am Tatort geschehen war oder ob B (Beklagter) tatsächlich am Lenkrad des Fahrzeugs saß, als dieses mit K (Kläger) kollidierte, so daß er sich das Bein brach. Wenn aber der Richter der ersten Instanz entschieden hatte, ein in Wirklichkeit der Verfassung widersprechendes einzelstaatliches Gesetz stehe mit der Verfassung in Einklang, dann spitzten Revisionsrichter augenblicklich die Ohren. Argumentierte man mit nackten Tatsachen und erklärte ihnen, der Mandant sei zu Unrecht wegen fahrlässiger Körperverletzung verurteilt worden, weil der Kläger sich tatsächlich *keinen* Beinbruch zugezogen oder weil B zur fraglichen Zeit *nicht* am Lenkrad des Fahrzeugs gesessen habe, so verwarfen sie den Revisionsantrag.

Whitlows Fall in der Revision zu gewinnen konnte sich durchaus als ein bloßer kleiner Schritt auf der Erdalter währenden Wanderung durch die Einöde der Rechtsprechung erweisen. Ein Revisionssieg würde unter Umständen nichts anderes bewirken als eine Klärung formaler Aspekte der Vorverhandlung, woraufhin Watson gezwungen sein würde, die Leiter der juristischen Evolution wieder hinabzusteigen und noch einmal auf der »Prozeßebene« anzufangen, im erstinstanzlichen Tiefland der widerspenstigen Fakten, wo die flinkzüngigen Schmierenkomödianten und -tinnen der Prozeßanwaltszunft den Schafen auf den billigen Plätzen große Seifenopergefühle und gebrochene Beine verkaufen. Und Watson wußte durchaus, was dort mit seinen eleganten verfassungsrechtlichen Argumentationen passieren konnte – selbst wenn das Achte Revisionsgericht sie vor der Verhandlung abgesegnet haben sollte. Wie La Rochefoucauld sagte, gab es »kein erschütternderes Schauspiel als die Ermordung einer schönen Theorie durch eine Bande brutaler Fakten«.

Auf, laßt uns Erbsen zählen. Er verteidigte einen Rassisten, der des Mordes und einer Haßtat angeklagt war, und zwar nach Maßgabe eines wahrscheinlich verfassungsgemäßen Gesetzes und aufgrund von wahrscheinlich anfechtbaren Indizien, wodurch eine zwanzig- bis dreißigprozentige Chance bestand, daß Watson mit ein paar gutgezielten, energischen vorprozessualen Schriftsätzen der Anklagevertretung erheblichen Ärger bereiten konnte; vielleicht eine fünf- bis zehnprozentige Chance, daß er die Haßanklage los wurde, wenn er nur genügend Indizien für die engstirnig-rassistische Gesinnung seines Mandanten aus der Beweisaufnahme heraushielt – was für Whitlow fünf bis zehn Jahre statt lebenslänglich oder Todesstrafe bedeuten würde; und eine ungefähr nullkommaeinsprozentige Chance, daß er tatsächlich einen Freispruch erreichte.

Aber war diese Mission, auf deren Erfüllung sein Gehirn sich eigenmächtig programmiert hatte, es wert, daß er dafür seinen Job verlor und seine Ehe ruinierte? Sicher, er konnte sich jederzeit hinter dem Panier der Pflicht verstecken. Er gehorchte schließlich nur Richter Stang und den Regeln standesgemäßen Verhaltens. Und Sandra? Ehefrau, Mutter seiner Kinder? Sheila? Benjy? Zwei hilflose, leiblich, geistig und hinsichtlich ihrer Aufgabe, den Fortbestand der Menschheit zu garantieren, von ihm (und der Memsahib) abhängige Genpäckchen?

Er schlenderte in Benjys leeres Zimmer und starrte auf die mit Disney-Gestalten geschmückten Wände. E_m (Ehemann) verübt Quasi-Ehebruch gegen E_f (Ehefrau). E_f nimmt Kinder, K_1 & K_2, mit zu Schwiegereltern und überläßt es E_m, sich allein in seinem leeren Haus zu fragen, was bewirkt haben mag, daß sein Gehirn mit einemmal fehlerhaft funktioniert und seine Mission aus den Augen verliert. Vielleicht waren Whitlow und Palmquist das, was in der Psychiatrie als »autochthone Ideen« bezeichnet wurde: die gesamte Psyche beherrschende Vorstellungen, die der Patient als von außen eingegeben statt als aus den eigenen Bewußtseinsinhalten sich entwickelnd erlebte.

Nach ein paar weiteren widersprüchlichen neuronalen Manövern putzte er sich, ohne sich so recht dessen bewußt zu sein, die Zähne mit Zahnseide und -bürste und fuhr in die Stadt, gleichfalls ohne sich so recht dessen bewußt zu sein, da sein Bewußtsein von der Vorstellung besetzt war, die gute Frau Dr. Palmquist – noch einmal! – wiederzusehen und mit ihr die Ergebnisse von Whitlows Tests, die am nächsten Abend per sicherem Datentransfer von Rochester hereinkommen würden, ausführlich zu besprechen.

Er parkte vor dem Gerichtsgebäude, fand drinnen das Büro des zuständigen Beamten und reichte das erste Dokument ein, das er aus seinem neuen Computer ausgedruckt hatte: »Anzeige der Verteidigungsbereitschaft durch beauftragten Rechtsbeistand Joseph T. Watson, Esq., in Sachen Vereinigte Staaten./.Whitlow.«

In Myrnas Kanzlei erwarteten ihn zwei Postsendungen: ein großer Umschlag von Michael Harper, Assistant U.S. Attorney, und eine weitere knollige reißfeste Versandtasche vom selben Kurierdienst, den Bucks Anwältin schon das erstemal benutzt hatte. Die vertrauten Bündel glitten durch seine Finger und flößten ihm eine gewisse Zuneigung zu Buck und seinem Rechtsbeistand ein.

In »seinem Büro«, wie er es stolz nannte, fühlte er sich wie ein richtiger Unternehmer. Myrna hatte gesagt, er könne Verkehrssachen und ein paar Fälle von Trunkenheit am Steuer für sie erledigen. Er kannte einige freischaffende Kollegen, die im Auftrag von Kanzleien Schriftsätze abfaßten und Hilfe brauchen konnten. Und vielleicht konnte er ja noch ein paar Pflichtfälle ergattern? Schon bald würde er der vergoldeten Zitzen Stern, Pales entwöhnt sein und sich seinen Lebensunterhalt als freier Anwalt verdienen.

Er öffnete Harpers Umschlag und fand darin eine weitere eidliche Erklärung zu Ermittlungsergebnissen, TTT-Ausdrucke sowie mehrere Bündel anderer Computerausdrucke. Irgendwelche Protokolle?

Ein Trillern unterbrach ihn bei seiner Durchsicht des Materials. Sein erster Anruf unter seinem neuen Anschluß.

»Joe? Mike Harper«, sagte die Reibeisenstimme. »Sie scheinen ja unter die Nomaden gegangen zu sein. Ich hab ganz schön herumtelefonieren müssen. Jetzt haben Sie sich also mit Myrna Schweich zusammengetan?«

»Ich habe mir Räume von ihr gemietet«, sagte Watson. »Als Student habe ich ein paarmal für sie recherchiert.«

»Sind Sie zu ihr gelaufen?«

»Gelaufen?« fragte Watson.

Harper lachte und fragte dann mit einschmeichelnder Stimme: »Ich meine, *Sie* haben sich wegen dieser Sache an sie gewandt? Nicht umgekehrt?«

Watson zögerte kurz und fragte sich noch einmal, inwiefern das irgendeine Rolle spielen konnte; dann sagte er: »Ja, ich hab sie angerufen. Ich bin nicht mehr bei Stern, Pale, und ich brauchte Büroräume.«

»Haben Sie eine genauere Vorstellung davon, was für Leute sie so vertritt?« fragte Harper. »Und sie lernt die Typen auch ein bißchen *zu* gut kennen, was in ihrer Branche einen Rechtsverstoß bedeuten kann.«

»Möchten Sie sich mit ihr darüber unterhalten?« fragte Watson.

Harper produzierte ein paar heisere Lacher. »Hören Sie, Arthur Mahoney hat mir erzählt, daß Sie ins kalte Wasser gesprungen sind. Sie sind Clarence Darrow oder sonstwas in der Richtung, und dieser rassistische Killer ist Thomas Scopes. Er meint, Sie hätten sich auf Zusatz eins eingeschossen und bereiteten sich darauf vor, mich mit verfassungsrechtlichen Memos zuzuschütten. Seit wann ist der erste Verfassungszusatz eine Rechtfertigung für Mord?«

»Ich weiß nicht«, sagte Watson. »Seit wann versuchen Staatsanwälte, jemanden hinrichten zu lassen, weil er tätowiert ist oder rassistische Witze erzählt?«

»Ich weiß, ich weiß«, schmunzelte Harper. »Unter seiner miesen Schale steckt ein güld'nes Herz. Wie auch immer, ehe Sie sich ein Bein ausreißen, um mir unnötige Arbeit zu machen, dachte ich, ich verschaff Ihnen die Möglichkeit, sich ein etwas realistischeres Bild von Ihrem Mandanten zu machen«, sagte er. »Ich hab einiges an Ihre alte Adresse geschickt. Ich würde es nicht direkt als *Brady*-Material bezeichnen«, fügte er mit einem ominösen Lachen hinzu. »Und die TTT-Ausdrucke habe ich Ihnen als Dreingabe dazugelegt.« Seine Stimme kippte in Mary Whitlows Falsett. »›Ich möchte einfach nur mit dir allein sein. Und nächste Woche ist James in Nevada. Ich möchte dich sehen und deine Gebärden überall an mir spüren.‹«

»Ich hab das Material, das Sie mir geschickt haben, noch nicht bekommen«, sagte Watson, während er das Material durchblätterte, das Harper ihm geschickt hatte. »Bei Stern, Pale hieß es, sie hätten es mit der normalen Post weitergeleitet. Sie wissen ja, was das bedeutet.«

Schweigen am anderen Ende.

»Das bedeutet, daß Angestellte des öffentlichen Dienstes für die Zustellung der Dokumente verantwortlich sind«, fuhr Watson fort, »was wiederum bedeutet, daß selbige Dokumente mittlerweile wahrscheinlich in South Dakota gelandet sind, vielleicht hat man sie aber auch versehentlich Mr. Whitlow zugestellt. Alles ist schließlich möglich, wenn Staatsangestellte ihre Finger im Spiel haben – habe ich nicht recht, Mr. Harper?«

»Sie klingen schon wie ein Krimineller, und es ist erst Ihr zweiter Tag in dem Job. Ihr Junge ist in Minnesota, wo er wie das Insekt, das er ist, unter die Lupe genommen wird, und ich überlege mir ernsthaft, ob ich diese Verschwörungsgeschichte, von der ich Ihnen gesprochen habe, nicht doch noch draufsetze. Ich habe Ihnen noch ein paar andere Sachen geschickt, die Sie sich genau ansehen sollten, bevor Sie unser Angebot formell ablehnen.«

»Was ist das, eine eidliche Zeugenaussage?« fragte Watson blätternd. »Das Protokoll einer Anhörung?«

»Sie haben's also *doch*«, sagte Harper. »Junge, Sie töten mir den Nerv«, sagte er ohne eine Spur von Humor.

Brady klang irgendwie vertraut, aber Watsons Kurs in Strafprozeßrecht lag schon drei Jahre zurück; er hatte zweiundsiebzig Stunden lang gebüffelt und den Lernstoff exakt bis zum Ende des letzten Absatzes seiner Examensklausur behalten. Er öffnete auf der rechten Seite seines Informationsmanagers ein Fenster, klickte das Symbol für »Bibliothek« an und wählte *Wests Leitfaden juristischer Termini und wichtiger Fälle*. Er tippte *Brady* in die Eingabemaske und drückte auf Enter.

»Sie sind doch so vernarrt in Computer«, sagte der Staatsanwalt, »und das gleiche gilt offenbar für Ihren Mandanten. Es ist eine Zusammenstellung von Botschaften an eine Use-Net-Group. Eines von diesen Online-Foren, wo Gleichgesinnte sich in virtuellen Konferenzräumen ›treffen‹ und über die Tastatur miteinander plaudern können. Mr. Whitlow chattet mit einer Gruppe von Leuten, die sich der ›Adlerorden‹ nennt. Möglicherweise haben Sie schon mal von denen gehört. Erinnern Sie sich an diesen Agenten der Finanzbehörde, der vor ein paar Jahren von einer Autobombe durch halb Atlanta versprüht wurde? Erinnern Sie sich, wie die versucht haben, das Erziehungsministerium in die Luft zu sprengen? Die Abtreibungskliniken in Florida? Nette Burschen. Gute Jungs, die sich gern per Computer zusammensetzen und über alles reden, was sie so auf dem Herzen haben. Niggerwitze. Empfehlungen zu Waffen- und Munitionskäufen. Obdachlosenstories. Nigger hier, Nigger da. Wie man einen Babymörder am besten umlegt. Ihr Junge loggt sich mit dem User-Namen ›Thor61‹ ein. Irgend so was Arisches, Ultrarechtes, Paramilitärisches, nach dem, was ich so höre. Und wenn der alte Thor erst einmal online ist, nimmt er kein Blatt vor den Mund, was seine Meinung über Afroamerikaner angeht.«

Während Harper ein dreckig-satanisches Bild von Whitlow zeichnete, erschien auf dem Bildschirm die Antwort auf Watsons Anfrage: »Brady-Material – für die Verteidigung günstiges Beweismaterial, das die Anklagevertretung unaufgefordert offenzulegen hat. Nach der Entscheidung des Obersten Bundesgerichts in Sachen Brady./.Maryland, 373 U.S. 83 (1963).«

»Wie sind Sie an die Sachen rangekommen?« fragte Watson weiterblätternd. »Das ist ...« stammelte er. »Das ist Bockmist«, hatte er eigentlich sagen wollen, aber jetzt suchte er nach einem passenden *juristischen* Pejorativum. »Das ist eine Verletzung der Privatsphäre meines Mandanten«, sagte er zögernd. »Es ist ein Verstoß gegen das Datenschutzgesetz«, fügte er genüßlich hinzu.

Harper schnaubte verächtlich. »Gehen wir doch die Sache gemeinsam durch.« Watson hörte förmlich Harpers hämisches Grinsen. »Wir haben herausgefunden, daß Ihr Junge ein regelmäßiger Besucher einer dieser rechtsextremistischen Websites ist. Wir haben einen Jurastudenten und Computerfreak beauftragt, sich da einzuloggen und die Protokolle von Botschaften durchzulesen, die an eine offene Newsgroup gesendet und in einer UseNet-Bibliothek, auf die jeder, der ein Modem besitzt, beliebig zugreifen kann, gespeichert werden. Dann haben wir die Archivdateien sämtlicher unter der User-ID ihres Mandanten oder dem Decknamen Thor61 bei der Newsgroup eingegangenen Mitteilungen heruntergeladen und ausgedruckt.«

Watson überflog die Seite, bis er Thor61 fand: »Und wenn die meinen, daß Afrika so ein Paradies ist, dann sollen die doch wieder dahin zurück und sich zu ihren Verwandten in die Bananenbäume hocken. Wir können ja bei den Vereinten Nationen beantragen, daß die überall auf dem Kontinent Basketballkörbe aufstellen.«

Harper räusperte sich. »Vielleicht haben Sie ja auf der Uni ein paar neumodische Theorien gelernt, von wegen archivierte Botschaften an ein offenes Internetforum herunterzuladen verstoße gegen Zusatz vier. Ich bin nur ein einfacher Staatsdiener, also wär das wahrscheinlich alles zu hoch für mich. Aber wenn ich's mir recht überlege, ist Richter Stang *auch* nur ein einfacher Staatsdiener, also gut möglich, daß das auch für ihn zu hoch wäre.«

Watson überflog eine eidliche Erklärung und kämpfte gegen einen Anfall von Gänsehaut an.

14) FBI-Ermittler werden bezeugen, daß sie bei Durchsuchung der in South Saint Louis gelegenen Wohnung des Angeschuldigten an der Wand der Garage des Angeschul-

digten ein Poster fanden, das die Karikatur eines Schwarzen mit großen Lippen darstellte, der im Fadenkreuz eines Zielfernrohrs rennt.
15) Ermittlungsbeamte fanden vierzehn Exemplare eines Buches mit dem Titel *Einziger Überlebender*: die fiktive futuristische Schilderung der Abenteuer eines weißen Chauvinisten, der nach einem blutigen Bürgerkrieg und der darauf erfolgten Machtübernahme seitens der »dunklen Rassen« nach Kanada flieht. Die Beamten hatten erfahren, der Angeschuldigte habe das Buch mehreren Freunden geschenkt und dazu geäußert, man sehe darin, was mit diesem Land früher oder später passiert, wenn die Jiddenmedien und die Nigger nicht einen ordentlichen Dämpfer kriegen«.
16) Ermittlungsbeamte haben die Aussagen mehrerer Gäste der Irish Bull Tavern aufgenommen, wo der Angeschuldigte, James F. Whitlow, weniger als achtundvierzig Stunden vor der Ermordung Elvin Brawleys rassistische Witze erzählt und rassistische Äußerungen gemacht haben soll.

»Haben Sie etwa vor, Witze, Poster und frei erhältliche Bücher in die Beweisaufnahme zu bringen?« fragte Watson. »Vielleicht sollten Sie noch überprüfen, was für Filme er im Videoshop ausleiht. Vielleicht treiben Sie jemanden auf, der bezeugen kann, daß seine emotionale Reaktion auf *Roots* nicht den staatlich vorgeschriebenen Rührungsquotienten erreicht hat.«

»Gute Idee«, sagte Harper. »Es sind nicht die Bücher, es ist das, was er damit gemacht und was er dazu gesagt hat. Weitere Mosaiksteinchen für die Verschwörungstheorie. Die bauen wir auch noch ein. Selbst wenn's dazu nötig sein sollte, noch vor Beginn der Hauptverhandlung vor das Achte Revisionsgericht zu ziehen und Richter Stangs Entscheidung kassieren zu lassen.«

»Das war's?« fragte Watson in bemüht unbeeindrucktem Ton.

»Ach ja, hätt ich beinah vergessen«, fügte Harper schmunzelnd hinzu. »Als weiteren Anklagepunkt nehmen wir noch einen Verstoß gegen das neue Gewalt-gegen-Frauen-Gesetz auf: Wir stützen uns dabei auf Marys Aussage, er habe sie nach Ermordung ihres erwählten heterosexuellen Partners mit tödlicher Gewalt bedroht.« Harper gluckste. »Geben Sie mir einen Computer, Jungchen. Ich könnte darüber einen Tatsachenroman schreiben. Geschworenen-Bestseller. Na, wie klingt das? ›Meine Damen und Herren Geschworenen, Elvin Brawley hatte mit Mary Whitlows einzigem Sohn, dem gehörlosen kleinen Charlie Whitlow, *eine* Sprache und *eine* Behinderung gemeinsam. Elvin lehrte Mary Whitlow, sich mit Hilfe der American Sign Language – der einzigen wahren Sprache der Gehörlosen – mit ihrem Söhnchen zu unterhalten, und dann verliebte er sich in sie und schloß auch ihren Sohn in sein Herz. Eines Tages im vergangenen März starb diese Liebe, als Elvin Brawley von einem Rassisten ermordet wurde, der nicht wollte, daß sein Sohn imstande sein sollte, mit Hilfe der Gebärdensprache mit seiner eigenen Mutter zu kommunizieren.‹«

»Wenn das hier das ist, was Sie nicht direkt Brady-Material nennen würden«, sagte Watson, »wo ist dann das, *was* Sie Brady-Material nennen würden?«

Eine hörbare Pause, rasch gefolgt von einem scharfen Lachen.

»Wenn ich Brady hätte, müßte ich es Ihnen doch übergeben, oder?« protestierte Harper.

»Müßten Sie, ja«, sagte Watson. »Meine nächste Frage würde vermutlich lauten, *wann* würden Sie es mir übergeben? Irgendwann vor Verhandlungsbeginn, stimmt's? Sagen wir, am Tag davor?«

»Das Ganze entwickelt sich zu einem Mißverständnis«, sagte Harper beschwichtigend. »Ich habe nicht gesagt, daß ich Brady-Material habe.«

»Und Sie haben auch nicht gesagt, daß Sie *kein* Brady-Material haben, habe ich recht?«

»Das sind böse Jungs, Joe«, sagte Harper, mit einemmal kein Gegner mehr, sondern ganz der besorgte Onkel. »Sie haben bestimmt nicht vor, Ihre Babyschühchen im Dienst dieser Schakale einzulaufen. Die mischen in Waffenhandel mit, Betrug, Geldwäscherei, Falschmünzerringen. Sie haben im Süden Missouris ganze Silos voll Sprengstoff. Neuerdings schöpfen sie in den Kasernen den rechtsextremistischen Abschaum ab. Und wenn wir herausfinden, daß Ihr Junge zu denen gehört, dann kann er sich nach dieser Verhandlung auf ein paar weitere Prozesse gefaßt machen – oder wir ändern die Anklageschrift entsprechend ab und erledigen alles in einem Aufwasch.«

Watson verspürte gerade ein Frösteln, das sich von einem plötzlichen Kern von Übelkeit durch seinen ganzen Körper ausbreitete, als plötzlich Myrna Schweich an der Tür erschien. Sie trug ein graues Kammgarnkostüm mit vier Knöpfen, dazu passende graue hochhackige Schuhe, Nylonstrümpfe, ein dezentes Make-up und eine Seidenbluse. Die fleischgewordene Respektabilität.

»Können Sie einen Augenblick warten?« sagte Watson. Er legte die Hand auf die Sprechmuschel. »Dr. Greens Honorar ist angekommen«, flüsterte er Myrna zu. »Ich hab Harper in der Leitung. Er sagt, Whitlow gehört irgendeiner paramilitärischen Organisation an.« Er spürte, wie ihm alles Blut aus dem Gesicht wich.

Myrna stülpte die Unterlippe vor und kaute dann nachdenklich daran. »Was erzählt er dir sonst noch?«

»Adlerorden«, sagte er. »Erinnerst du dich an das Erziehungsministerium? 1999?«

»Kann er Whitlow wirklich mit diesen Leuten in Verbindung bringen?« Ein Angstschimmer blitzte in ihren Augen auf und verschwand dann wieder. »Konkrete Beweise? Oder ballert er nur ins Blaue? Er blufft, gottverdammich!« Sie nahm Watson den Hörer ab und legte ihre sommersprossige kleine Hand auf die Sprechmuschel.

»Glaubt er, daß *ich* dich hergeholt habe?« fragte sie.

»Ich glaube nicht«, sagte Watson. »Er hat mich das gefragt. Ich hab ihm gesagt, daß ich hergekommen bin, weil ich früher mal für dich gearbeitet habe und jetzt ein Büro brauchte.«

»Gut. Schau mich an«, sagte sie feierlich. Sie packte ihn bei seinem dezenten Schlips, zog seinen Kopf auf ihre Höhe hinunter und starrte ihn mit kriegerischem Blick von unten herauf an. »Keine Blöße geben. Ihm kein Wort verraten. Gewalttätigkeit ist der beste Angriff«, sagte sie eindringlich. »Wenn nötig, wirst du am Ende der Verhandlung knietief in Leichen stehen. Wenn er dir nicht gibt, was du von ihm haben willst, wirst du ihn vor den Augen einer Bundesjury mit einer Fahrradkette zu Fleischmatsch verarbeiten. Bist du bereit?«

Watson nickte grimmig, und sie gab ihm den Hörer zurück.

»So«, sagte Watson in die Sprechmuschel. »Tut mir leid, Harper. Reden Sie weiter.«

Myrna klatschte sich die kleine Hand vor die Stirn. »Nicht ›*Tut mir leid,* Harper‹«, soufflierte sie ihm mit heiserem Geflüster. »›*Leck mich,* Harper‹!«

»Also, was ich damit sagen will«, sagte Harper, »und der einzige Grund, weshalb ich Ihnen Material geschickt habe, das ich Ihnen gar nicht hätte schicken brauchen, ist, daß dieser Kerl ein noch üblerer Bursche ist, als wir gedacht hatten. Wenn wir mit ihm fertig sind, wird er sich nach lebenslänglich die Finger lecken.«

»Nur aufgrund der mir vorliegenden Beweise kann ich unmöglich auf lebenslänglich plädieren«, sagte Watson. »Da bin ich mir ziemlich sicher.«

»Ziemlich sicher?« stöhnte sie.

»Er wird nie darauf eingehen.«

»Nicht er«, flüsterte Myrna. »›Ich. *Ich* werde nie darauf eingehen.‹«

»Sie wird ...« sagte Watson. »Ich meine, ich werde nie darauf eingehen. Aber ich werd's ihm ausrichten. Ich werd hören, was er dazu sagt.«

Myrna steckte sich eine Gitane an und stieß angewidert einen Schwall Rauch aus. »Hat er noch immer vor, einen zahnlosen dreibeinigen Mischling auf die Hundeausstellung zu bringen?« sagte sie so laut, daß Harper sie hören konnte.

Watson zuckte die Schultern.

»Ich halt's nicht mehr aus«, sagte sie und riß Watson den Hörer aus der Hand. »Harper?« sagte sie. »Myrna Schweich. Genau. Hören Sie, abgesehen davon, daß Sie einen viel zu kleinen Pimmel haben, geht's Ihnen gut, ja?«

Sie paffte und nickte ungeduldig. »Klar«, sagte sie. »Klar. Ich verderb hier die Jugend. Bislang war er ein Stern-Pale-Chorknabe, der auf den Köpfen von stecknadelköpfigen Staatsanwälten Engel zählte, und jetzt erzähl ich ihm vom Satan und der Bundesanwaltschaft.«

Sie blies einen großen, vibrierenden Rauchring und jagte dann einen kleinen, dichten mitten durch den ersten hindurch. »Ich hab ihm gesagt, was ich Ihnen jetzt sage«, sagte sie in die Sprechmuschel. »Ich hab ihm gesagt, daß Sie versuchen, ihn mit Ihrem Pimmel einzuschüchtern, und nichts von dem, was Sie heute so erzählen, trägt dazu bei, meine Meinung zu ändern.«

Sie setzte sich auf Watsons Arbeitstisch, hielt die Zigarette in die Höhe, spähte über die Schulter nach einem Aschenbecher, und als sie keinen sah, aschte sie auf den Fußboden.

»Na schön«, sagte sie, »Sie versuchen also nicht, ihn mit Ihrem Pimmel einzuschüchtern, weil Ihr Pimmel zu klein dafür ist. Aber uns arschzuficken versuchen Sie doch, oder nicht? Wenngleich mit einem Zwergenpimmel?«

Sie zwinkerte Watson zu. »Ich bin eine was? Joe, schalt doch bitte das Aufnahmegerät ein. Ich bin eine was? Sie benutzen Verbalinjurien aus dem Urogenitalbereich über eine öffentliche Leitung? Sie, dessen Pimmel so kurz ist, daß er sich selbst bepißt? Harper, ich bin erschrocken, bestürzt, durch Ihre Ausdrucksweise seelisch traumatisiert. Ich glaube, Ihre Äußerungen kommen dem Tatbestand der sexuellen Belästigung gefährlich nahe. ›Mr. Harper hat mich bedroht, Euer Ehren. Dann hat er versucht, seinen Penis als Waffe einzusetzen, aber ich konnte vor Lachen nicht stillhalten.‹«

Sie neigte den Kopf zur Seite und ließ Harper noch ein bißchen weiterreden. »Hm, hm«, sagte sie und nickte. »Ich werd Ihnen sagen, was sein Mandant sagen würde. Sein Mandant würde sagen: ›Warum versucht der stellvertretende Bundesanwalt eigentlich, uns mit einem so winzigen Pimmel in den Arsch zu ficken?‹«

Sie klemmte sich den Hörer zwischen Kinn und Schlüsselbein. »Hm. Na ja, wenn wir zu keiner Einigung kommen können, dann gehen wir eben in die Verhandlung, richtig? Vor einem Bundesgericht stehen wir gar nicht so schlecht da. Wir werden eine hübsche Menge weiße Geschworene haben. Wenn Sie mir mit einer schwarzen Jury Angst einjagen wollen, dann sollten Sie Ihren Mord besser neu inszenieren und dafür sorgen, daß Ihre Zeugin sich eine neue Story einfallen läßt – die wievielte Version? Die dritte? Die vierte? Und lassen

Sie die Geschichte in East Saint Louis passieren und nicht auf Army-Gelände.«

Sie verschränkte die Arme, Rauch und Empörung verströmend. »Hm. Hm. Das Problem ist nur, Harper, wenn wir in die Verhandlung gehen, dann sieht der ganze Gerichtssaal, was für einen winzig kleinen Zwergenpimmel Sie haben. Sie haben *eine* Zeugin, und die paßt ihre Geschichte ihrem jeweiligen Tages-Outfit an. Sie haben eine als Beweismittel nicht zulässige Tätowierung, ein paar Niggerwitze und einen toten Vergewaltiger. Hm, hm. Ich muß jetzt Schluß machen«, sagte sie. »Melden Sie sich wieder, wenn Sie ein ernsthaftes Angebot haben. Und vergewissern Sie sich, daß Sie Handlungsvollmacht haben, okay? Kommen Sie mir dann nicht mit irgendwelchem dünnen Geschiß von wegen, Sie müßten erst Ihren Boss oder Ihre Frau fragen – kapiert?«

Sie legte auf und schlug mit ihrem kleinen blassen Fäustchen auf den Schreibtisch.

»Warum sind die nur solche Arschlöcher?« schäumte sie. »Die sollten diese dummen Ficker chirurgisch überarbeiten lassen. Denen das Arschloch rausschneiden und mitten in die Fresse verpflanzen, damit jeder gleich auf den ersten Blick sieht, womit er es zu tun hat.«

Zwei Triller. »Anruf von Ihrer Tochter«, sagte die Empfangssekretärin über die Gegensprechanlage.

Myrna nahm ab. »Schätzchen«, sagte sie und schaltete nahtlos auf Mamis Stimme um. »Ja, ich denk auch an dich. Back schön Plätzchen mit Nana und laß mir ein paar übrig, okay? Okay, tschüs dann. Ich bin bald zu Haus. Tschüs.«

»Adlerorden«, sagte Watson, noch immer fröstelnd und leicht verängstigt.

»Militante Rechtsextremisten«, sagte Myrna. »Sind das nicht die mit den Autobomben?«

Watson nickte. »Ich bin jetzt ganz offiziell der Verteidiger von Bombenlegern.«

»Er ist kein beschissener Bombenleger. Das ist nur Harper, der ins Blaue ballert. Abgesehen davon, Autobomben hin oder her, der Fall gehört dir. Und es ist weiteres Geld gekommen. Jetzt scheiß dir wegen dieser Extremistenkacke nicht in die Hose. Wenn die Demokraten an der Macht sind, gilt jeder, der eine Schußwaffe im Haus hat, als militanter Rechtsextremist. Erinnerst du dich an Ruby Ridge? Rutger Lupine? Was war mit Richard Jewell? Dem Hauptkandidaten der Staatsanwaltschaft für den Bombenanschlag während der Olympischen Spiele in Atlanta? ›Unterzeichnen Sie diesen Verzicht auf Ihre Rechte‹, haben die ihm gesagt. ›Keine Sorge. Das ist nur zum Spaß. Wir drehen ein Lehrvideo. Sie können die Hauptrolle darin spielen. Die Verzichtserklärung ist nicht echt. Vertrauen Sie uns.‹ Diese Adlerfuzzis oder wie die heißen könnten genausogut harmlose Wochenend-Paintball-Krieger sein, was wissen wir schon? Du hast doch wohl nicht etwa vor, der *Staatsanwaltschaft* zu glauben? Harper? Er wollte Profi-Golfer werden, aber mit Privatstunden hat er nicht genug verdient, also hat er noch flink Jura studiert. Jetzt ist er ein braungebrannter Matinee-Star für Juries von Seifenopernkonsumenten. Er ist ein guter Anwalt, aber den Posten hat er nur gekriegt, weil sein Papa Frank Donahues bester Freund ist. Selbst wenn's wirklich Rechtsextremisten sein sollten – Strafverteidigern praktizieren solche Typen keine Bomben ins Auto.« Sie verstummte und legte den Kopf schief. »Laß mich mal nachdenken.« Sie schüttelte den Kopf. »Nein, das war ein Anwalt von ner anderen Sorte, den die in die Luft gejagt haben. Ich glaub nicht, daß es ein Strafverteidiger war. Wahrscheinlich ein Anwalt für Steuerrecht.«

Watson trug sich kurz mit dem Gedanken, ein stilles Eckchen zu suchen, wo er sich in aller Ruhe übergeben könnte, aber er war vor Angst wie gelähmt.

»Kein Grund zur Sorge«, sagte sie und klang für einen Augenblick so, als versuche sie gleichzeitig auch sich selbst zu beruhigen. »Ich hab schon mal für solche Heinis gearbeitet.« Sie warf ihm einen Blick zu. »Vielleicht waren es sogar dieselben. Irgendwas-Orden? Adler-Patrioten? Ich bring die immer durcheinander. Wie dem auch sei – du tust deinen Job, indem du den Staatsanwalt zwingst, jeden einzelnen Punkt seiner beknackten Anklage zu beweisen. Du wirst gut bezahlt, und wenn die das nächstemal anrufen, teilst du denen höflich, aber bestimmt mit, daß du überlastet bist und ihrer Sache nicht die Aufmerksamkeit und Energie widmen kannst, die sie eigentlich verdient. Und wenn *das* nicht funktioniert, erzählst du denen, du hättest dir eine unheilbare, hochvirulente spinale Meningitis zugezogen und dein Arzt gebe dir nur noch drei Wochen. Nur laß dich nicht mit denen ein. Werd nicht deren regulärer Anwalt. Professionelle Distanz«, schloß sie emphatisch, »ist das A und O bei der ganzen Sache. Ich laß mich nur mit meinen Drogenmandanten ein. Und auch da nur mit den netten.«

Watson schluckte und versuchte sich vorzustellen, wie das wohl sein würde, höflich, aber bestimmt die professionelle Distanz zu Autobombern zu wahren. Als sie wieder nahtlos zum Whitlow-Fall überging, bekam er es kaum mit.

»Abgesehen davon«, sagte sie und fixierte ihn mit ernster Miene, »hast du dem Gericht inzwischen mitgeteilt, daß du Vorschußhonorar und Mandat übernommen hast. Was bedeutet, daß du da nicht wieder rauskommst, außer vielleicht in einer Kiste.« Dann lächelte sie. »Was auch gut so ist«, sagte sie fröhlich, »denn Dirt hat sich für dich schwer ins Zeug gelegt. Er hat sich in den ungewaschenen Volksschichten umgetan.« Ihr Mundwinkel verzog sich, als sie die Fingerspitzen auf einen weiteren Stoß Berichte ihres Detektivs legte. »Schmutzalarm. Er ist zum Militärgelände von Fort Fuckup rausgefahren und hat die Nachbarn über Vorkommnisse in und um Villa Whitlow befragt.«

»Er ist zum Stützpunkt rausgefahren? Hat er mit Mary Whitlow geredet?«

»Aber sonst mit jedem«, sagte sie. »Mary ist irgendwo untergetaucht, und ich glaube, der Staatsanwalt hat ihr dabei geholfen. Aber wir haben ein paar nette Sächelchen. Dreckige Sächelchen. Erstens, die Infos über Nachbarin Lucy Martinez, die dein Mandant angefordert hatte. Dirt sagt, sie hängt rund um die Uhr am Fenster. Eines Tages wird sie noch zur Ehrengenerälin der Nachbarschaftspatrouille ernannt. Hat's besonders auf Parksünder abgesehen – kaum stellt sich einer vor ihre Haustür, ruft sie an und läßt den Abschleppwagen kommen.«

»Genau das gleiche hat auch Whitlow von ihr erzählt«, fügte Watson hinzu, der sich an den Besuch bei seinem Mandanten erinnerte und sich bemühte, seine Rolle als bezahlter Verteidiger zu spielen, ohne in Ohnmacht zu fallen.

»Also hat Dirt Lucy über Elvin Brawley ausgefragt. Wie sah der aus, wie oft kam er vorbei, wie lang blieb er immer?

Lucy sagt: ›Zeichensprachlehrer? Der taube Farbige? Klar, der ist immer zu Fuß gekommen, in Zivil und immer mit einem Aktenkoffer. Aber für irgendwelchen Unterricht ist der nie lang genug dageblieben, jedenfalls soweit wir feststellen konnten. Gekommen ist er vielleicht vier-, fünfmal. Aber in der Wohnung geblieben ist der immer höchstens fünf Minuten. Bestimmt nicht lang genug, um Zeichensprache zu unterrichten oder sonstwas zu tun. Ist einfach nur mit einem Aktenkoffer gekommen und wieder gegangen.‹ Der Aktenkoffer wird von Nachbarin Hilda Pence bestätigt, die Elvin am Tag seines Todes auf der Straße gesehen hat. Hilda nahm an, da seien diese computerdekorierten Gedichtheftchen drin gewesen, die er verkauft haben soll.

Dann hat Dirt Lucy gefragt, ob es je so ausgesehen hätte, als habe Mary Whitlow eine Affäre laufen. ›Nicht, soweit ich feststellen konnte‹, sagt Lucy. Nach Lucys Meinung ist eher Männe derjenige, welcher. An den Nachmittagen, wo die Frau in der Druckerei arbeiten war, hat er immer eine pummelige Wasserstoffblondine von der Wohnwagensiedlung mit nach Haus genommen.

Deswegen haben die Nachbarn gedacht, als sie den Schwarzen zum erstenmal kommen sahen, Mary habe rausgefunden, daß ihr Mann was nebenher laufen hatte, und wollte es ihm heimzahlen, aber hier sagt sie es noch mal: ›Der ist nie lang genug für etwas in der Richtung dageblieben. Es sei denn, daß er einer von der ganz schnellen Truppe war. Außerdem, wenn er vorbeikam, saß Whitlow meist draußen in seinem Auto, rauchte und beobachtete das Haus.‹«

»Beobachtete das Haus?« sagte Watson.

»Lucy wohnt zwei Türen weiter«, sagte Myrna, »und laut Dirt gibt's pro Wohneinheit nur eine Parkbucht. Parkplätze sind auf dem Stützpunkt Mangelware, und die Leute werden kiebig, wenn sich jemand auf ihren Platz stellt.«

»Es waren also nicht die Bullen, die das Auto abgeschleppt haben«, sagte Watson. »Das war, was Buck wissen wollte. Lucy hat's abschleppen lassen.«

»Nach ihrer Aussage«, sagte Myrna, »hat sich Whitlow

zweimal auf ihren Parkplatz gestellt. Dann hat er einfach rauchend dagesessen und sein Haus im Auge behalten. Schön, eines Tages fährt Lucy zum PX, um ein paar Lebensmittel einzukaufen, und wie sie zurückkommt, ist Whitlow schon wieder da, sitzt in einem Ford und raucht. Sie hat ihn angehupt, und er ist aus ihrer Parklücke rausgefahren. Und jetzt raten Sie mal, wer da mit einem Aktenkoffer in der Hand aus Whitlows Haustür rausspaziert kommt?«

Watson verzog das Gesicht und schüttelte den Kopf.

»Ganz genau«, sagte sie. »Elvin Brawley. Nach Lucys Darstellung ist Whitlow in dem Moment losgefahren, und zwar in die entgegengesetzte Richtung, von seinem Haus weg, und fünf Minuten später ist er wieder zurückgekommen und hat das Auto korrekt vor seiner eigenen Haustür geparkt.«

»Ganz schön merkwürdig«, sagte Watson.

»Am Mordtag«, fuhr Myrna fort, »war die alte Lucy im dortigen Perkins, wo sie als Serviererin arbeitet, was vermutlich einer der Gründe ist, warum die Jungs von der MP sie überhaupt nicht befragt haben. Wie sie nach Haus kommt, parkt da schon wieder dieses Auto – es scheint wirklich dasselbe zu sein –, obwohl die Parkbucht vor Whitlows Wohnung frei ist. Natürlich sitzt *er* diesmal nicht im Auto, weil ihn die Bullen inzwischen wegen dringenden Mordverdachts mitgenommen haben. Sie weiß aber noch nichts davon. Sie weiß nur, daß schon wieder ein Auto auf ihrem Parkplatz steht. Als erstes geht sie also ins Haus und ruft bei den Whitlows an. Keiner nimmt ab. Dann geht sie wieder raus und stellt fest, daß die Beifahrertür des Taurus nicht verriegelt ist, sie öffnet sie, weil sie sieht, daß der Zündschlüssel noch steckt, und sie überlegt sich, daß sie die Karre selbst beiseite fahren könnte. Im letzten Moment kriegt sie dann doch Schiß, aber jetzt rate mal, was sie auf dem Armaturenbrett sieht?«

Watson runzelte die Stirn. »Eine Autobombe?«

»Blödmann«, sagte Myrna. »Den Empfänger einer Fisher-Price-Baby-Überwachungsanlage, der nur still vor sich hin rauscht, weil der MP-Bulle den Sender vor Verlassen der Wohnung abgestellt hatte. Erinnerst du dich an die Überwachungsanlage?«

»Er hat die beiden belauscht!« sagte Watson.

»Klingt nach einer Routinemaßnahme«, sagte sie. »Drinnen läuft irgendeine faule Sache ab, und Whitlow hört draußen mit für den Fall, daß irgendwas schiefläuft.«

Watson versuchte sich vorzustellen, warum Whitlow draußen vor seinem eigenen Haus sitzen und zuhören sollte, wie sich ein tauber Schwarzer fünf Minuten lang mit seiner Frau unterhielt. Statt sich zu fragen, ob der Adlerorden schon dabei war, einen Sprengsatz für seinen Honda zusammenzubasteln, versuchte er sich vorzustellen, was Mary Whitlow und Elvin in der Whitlowschen Wohnung getrieben haben mochten, während James draußen im Auto wartete. Erinnerungen regten sich und drängten an die Oberfläche. Whitlow hatte ihm gesagt, daß seine Frau überhaupt keine Zeichensprache beherrschte: *»Ich hab die Zeitung gesehen, wo die jetzt auf einmal wie die Königin der Zeichensprache dasteht.«* Wenn sie also keine Zeichensprache konnte, wie hatte sie sich da mit ihm unterhalten? Und selbst gesetzt den Fall, sie konnte gerade genug, um sich irgendwie zu verständigen – was hatte sich Whitlow über das Überwachungsgerät eigentlich angehört? Gebärden? Das leise Gekratze einer Feder, mit der sich zwei Leute gegenseitig etwas aufschrieben?

»Zurück zu Dirt und Lucy. Lucy ruft bei der Verkehrs-MP an und zetert rum, ihr Parkplatz sei blockiert. Die Bullen rufen einen zivilen Abschleppdienst an, damit die das Auto entfernen, und Lucy hat ihren Parkplatz wieder.«

»Das ist das Auto, nach dem ich in Whitlows Auftrag fragen sollte«, wiederholte Watson. »Buck traute sich nicht, es selbst abzuholen. Er befürchtete, die Polizei könnte es im Zusammenhang mit dem Mord abgeschleppt haben.«

»Das ist gut«, sagte sie. »Das ist gut. Jetzt aber, Herr angehender Strafverteidiger: Was müssen wir als nächstes herausfinden?«

Watson sah vom Notizblock auf. »Wir müssen herausfinden, was im Haus passiert ist?«

»Geschenkt«, sagte sie wegwerfend. »Was noch?«

»Äh«, sagte Watson.

»Der Aktenkoffer …« sagte Myrna.

»Genau«, sagte Watson. »Wir müssen herausfinden, was sich im Aktenkoffer befand, den Elvin mit sich herumschleppte.«

Myrna verdrehte den Kopf zu einer Mischung aus Nicken und Schütteln. »Ja, müssen wir wohl«, sagte sie. »Aber wie wär's damit: Wo *ist* der Scheißaktenkoffer?«

Watson starrte sie an und spürte, wie seine Augen immer größer wurden.

»Hilda hat gesehen, wie Elvin ihn ins Haus getragen hat. Elvin wird als Leiche wieder hinausgetragen. Militärbullen und Rettungssanitäter kommen und gehen. FBI-Leute kommen und gehen. Jeder schreibt Berichte. Niemand schreibt was von einem Aktenkoffer.«

»Du hast recht«, sagte Watson.

Die Frau vom Verwahrhof. Er hatte sie am Telefon gesprochen. Ihre Stimme hallte irgendwo im Verlies seines Gedächtnisses nach: *»Ihre Frau war hier und meinte, sie bräuchte Ihre Aktenkoffer aus dem Kofferraum, weil da Ihre Kreditkarten und Schecks drin wären.«*

»Er ist im Kofferraum des Wagens«, sagte Watson aufgeregt. »Die Frau vom Verwahrhof. Sie hat gesagt, Mary habe versucht, irgendwelche Aktenkoffer aus dem Auto zu holen, aber man habe ihr das nicht erlaubt, weil sie keine Papiere dabeihatte.«

»Du bist ein verdammt cleverer Anwalt«, sagte Myrna. Sie blätterte in dem Stoß Unterlagen, auf den sie ihre Notizen gelegt hatte, und zog dann ein einzelnes Blatt heraus. »Dirt«, sagte sie grinsend. »Er hat herausgefunden, wo vom Stützpunkt abgeschleppte Fahrzeuge hinkommen, und hat dem Kfz-Verwahrhof von Fort Fuckup, Fuckville, Missouri, einen Besuch abgestattet. Der Typ vom Nachtdienst war äußerst nervös. Nie und nimmer würde er Dirt erlauben, in welchem abgeschleppten Fahrzeug auch immer herumzuschnüffeln. Der Eigentümer, ein Armeeangehöriger aus Fort Fuckup, wollte am nächsten Morgen deswegen vorbeikommen. Haftung. Fristlose Kündigung, wenn was rausgekommen wäre. Das Gelände wird nachts von Militärstreifen bewacht, ist ringsum eingezäunt. Nichts zu wollen. Sogar für Dirt.«

Myrna stieß wieder einen Schwall Rauch aus. »Fünf Zwanzigdollarscheine später erlaubt der Diensthabende Dirt zwar immer noch nicht, das abgezäunte Gelände zu betreten, aber er erklärt sich immerhin bereit, ihm eine Kopie der Inventarliste zu überlassen – Name des Eigentümers natürlich geschwärzt. Als das Auto abgeschleppt wurde, steckte der Zündschlüssel noch. Und in einem solchen Fall wird grundsätzlich eine Liste sämtlicher im Fahrzeug – einschließlich des Kofferraums – befindlicher Gegenstände angefertigt.«

Myrna reichte Watson eine dünne Fotokopie mit der Überschrift »Kfz-Verwahrhof – Fahrzeuginhalt«, auf der zwei längere eingerahmte Listen zu sehen waren; die erste umfaßte alles, was man offenbar im Fahrzeuginnenraum gefunden hatte – von leeren Burger-King-Tüten über einen Strohhalm, zwei Coladosen, siebzehn Zigarettenstummel, eine Bedienungsanleitung, sechs Musikkassetten, einen Reifendruckmesser, einen Eiskratzer, ein Fisher-Price-Baby-Überwachungsgerät …

»Das Abhörgerät«, sagte Watson.

»Lies weiter«, sagte Myrna.

Die Liste mit der Überschrift »Kofferraum« enthielt einen Wagenheber, ein Montiereisen, zwei Öllappen, eine Gummiflasche mit Scheibenwischerflüssigkeit, einen Ersatzreifen, einen Werkzeugkasten, darin Steckschlüsselsatz usw. … zwei abgeschlossene Aktenkoffer …«

»Er ist im Kofferraum des Wagens!« rief Watson aus.

»*Sie* sind im Kofferraum des Wagens«, sagte Myrna. »*Zwei* abgeschlossene Aktenkoffer. Und wir kommen nicht an sie ran. Nicht, ohne zu den Bullen zu gehen: Und wenn wir das täten, habe ich so eine Ahnung, daß die Angelegenheit für die ganze Familie *noch* unerfreulicher werden könnte. Besser, du fragst deinen Mandanten, was wir jetzt tun sollen. Er und Buck wissen, was sich in den Aktenkoffern befindet, und sie möchten vermutlich beide nicht, daß *wir* das wissen.«

»Aber die Bullen, die MPs, die müssen doch gewußt haben, daß das Auto da war. Vielleicht halten sie es doch als Beweisstück zurück.«

»Warum?« entgegnete sie. »Es hat keine Nummernschilder, und es parkt vor *Lucys*, nicht vor Whitlows Haus. Das eine garantiere ich dir: Wenn das Auto ein Beweisstück in einem Mordfall wäre, dann stünde es jetzt, in sämtliche Bestandteile zerlegt, in einer abgeschlossenen Betongarage und würde nach Fingerabdrücken und Blutspuren untersucht werden. Nein. Die wissen nichts davon. Und wenn sie den Verdacht hätten, daß das Auto irgendwas mit dem Mord zu tun hat, dann würden sie es unter Verschluß halten und abwarten, wer es abholen kommt – was ja genau die Befürchtung von Whitlows Kumpel ist. Aber das würde bedeuten, daß die Militärpolizei *denkt*, und das wäre wahrlich ein Oxymoron. Das würde bedeuten, daß der Typ bei der Verkehrspolizei irgendwie gewußt hatte, daß Whitlow in dem Auto gesessen hatte, und diese Information an die MP weitergegeben hat. Aber daß die rechte Hand nicht weiß, was die linke tut, reicht Militärs und sonstigen Staatsdienern noch nicht; die haben sogar Probleme, den Rumpf dazwischen im Kopf zu behalten.«

Watson wollte das Rätsel um die Aktenkoffer lösen. Er wollte seinen Mandanten auf die bestmögliche Weise vertreten und ein besserer Strafverteidiger werden. Aber da war noch diese dumme Sache mit den Autobomben. Und was, wenn Whitlow Elvin in Erfüllung seiner Pflichten als Mitglied des militanten Adlerordens liquidiert hatte?

»Harper hat Kopien von Newsgroups-Beiträgen, in denen Whitlow davon redet, daß man die Nigger nach Afrika zurückschicken sollte, und Whitlow hatte in seiner Garage ein Poster mit einem Schwarzen im Fadenkreuz eines Zielfernrohrs«, sagte Watson. »Ich glaube, diese Sache ziehst du mit Dirt am besten allein durch. Wie's aussieht, läuft es ohnehin auf eine reine Sachargumentation hinaus. Du brauchst mich gar nicht. Nimm *du* das Geld. Ich denk, ich sehe zu, daß ich einen Job als Dozent für juristische Recherche und Schriftsatz bekomme. Das bringt zwar weniger ein, aber dafür hat es auch nichts mit Höllenmaschinen zu tun.«

»Du willst dich von Harper mit zwei Zweien aus dem Spiel bluffen lassen?« fragte sie.

»Harper überlegt sich, ob er die Anklage um Verschwörung und Gewalt gegen Frauen aufstockt«, sagte Watson. »Klingt für meine Begriffe nach mehr als zwei Zweien.«

»Er pfeift, um sich im Dunkeln Mut zu machen«, sagte Myrna. »Wenn er auch nur den leisesten Beweis für Whitlows Verbindung zum Adlerorden hätte, dann würde er dir *kein Wort* davon sagen. Er würde ruhig zusehen, wie du diesen Haßmist auseinanderpflückst, und drei Monate vor Whitlows vorzeitiger Entlassung wegen guter Führung würde er mit einer ganz neuen Anklage vor Gericht ziehen.«

»Autobomben? Verschwörung? Militante Ultrarechte?« sagte Watson. »Da muß ich passen. Bei Terrorismus und unschuldigen Menschenleben ist bei mir Schluß.«

»Ganz ruhig, Jungchen«, sagte Myrna. »Laß mich jetzt bloß nicht hängen. Wir haben keinerlei Beweis für Harpers spinnöse Theorien. Ich brauche dich. Ich kann von früh bis spät in Fakten herumstochern. Das ist mein Job. Aber die Geschworenen werden sich um ein paar sachliche Widersprüche einen Dreck scheren, wenn wir Harper erlauben, Beweise in die Verhandlung zu bringen, die unseren Mandanten als rassistischen Spießer hinstellen. Er wohnt in einem miesen Spießerhäuschen, wo er rassistische Bücher liest und online mit rassistischen Mitspießern chattet. Hier, meine Damen und Herren Geschworenen, ein paar Kostproben aus seiner rassistischen E-Mail-Korrespondenz. Er hat eine wirklich prächtige Tätowierung, und er kennt ein paar echt gute Niggerwitze.

Das können wir nicht zulassen«, sagte sie. »Du bist noch nicht so lang dabei, daß du das wissen könntest, aber das N-Wort kommt in einem Bundesgericht nicht besonders gut an. Das ist so ähnlich, wie wenn jemand dem Papst, während er unter der Kuppel des Petersdoms das Hochamt hält, ›Arschficker‹ zubrüllen würde. Deswegen waren O. J.s Verteidiger so scharf darauf, es in die Verhandlung zu bringen. Es wirkt Wunder. Und es funktioniert noch immer, auch nach O. J. zwei, O. J. drei, O. J. vier, O. J. fünf, Lupine drei und vier. Ob es reinkommt und wie oft, ist eine Rechtsfrage. Eine formaljuristische Frage. Eine Verfahrensfrage. Das ist dein Job. Am besten wäre es für uns, wenn Mary Whitlow im Laufe ihrer Aussage ein-, zweimal ›Nigger‹ sagte – und *die* Aussage nehmen wir im Kreuzverhör in null Komma nix auseinander. Dein Job ist, dafür zu sorgen, daß der Rest, wenn irgend machbar, draußen bleibt.«

Zwanzigstes Kapitel

Allein in seinem überschuldeten Haus in Ladue, durchschweifte Watson von weißvermummten Gestalten und explodierenden Hondas bevölkerte Alptraumlandschaften. Arthur und Richter Stang verbargen sich abwechselnd hinter der autoritären Gestalt, die ihn, in Leichentücher gehüllt, von einem vor dem Himmelstor aufgestellten Podest herab strafend anfunkelte und ihn mal warnte: »Das ist ein schlechter Klient«, mal aus den Regeln standesgemäßen Verhaltens zitierte: »Der Rechtsanwalt ist verpflichtet, seinen Mandanten nach bestem Wissen, Gewissen und Vermögen zu vertreten.«

Ein Gesichtsloser mit einer Magritte-Melone und einem schwarzen Überzieher folgte ihm auf Schritt und Tritt. Und jedesmal wenn Watson versuchte, einen Polizisten auf den nachschleichenden Schatten aufmerksam zu machen, konnte ihn natürlich niemand außer ihm sehen. »Nein, wirklich, er war genau da. Gerade eben. Wollen Sie damit sagen, Sie haben ihn nicht gesehen?«

Als die Gestalt ihn endlich einholte, ertönte aus dem schattigen Schleier, der sich anstelle eines Gesichts unter der Hutkrempe befand, eine Stimme: »Sie schulden mir etwas. Sie haben etwas, was mir gehört. Wir haben eine Abmachung, wissen Sie noch?«

Watson rannte entsetzt davon, sprang in seinen Honda, drehte den Zündschlüssel herum und flog in die Luft. Als er in einem Unterwelts-Nepplokal wieder zu sich kam, hob er seinen Kopf aus einem Messingspucknapf und kletterte mühsam auf einen Barhocker. Ein rotgesichtiger, leutseliger Barkeeper kam, eine muntere Version von Berlioz' *Fausts Verdammnis* pfeifend, an den Tresen geschlendert, um seine Bestellung entgegenzunehmen.

»Sie sehen wie ein Single-Malt-Typ aus«, sagte der Barkeeper, griff sich einen Wischlappen und polierte seine Säufernase – eine Supernova von geplatzten Äderchen ließ seinen

Zinken erglühen wie ein Rücklicht – flink auf Hochglanz. »Wie wär's mit ein bißchen Plauderwasser? Wir lassen es hier eine Ewigkeit lagern. Royal Nepenthes, Highland Lethe, Ancient Acheron, Styx Single Cask. Alles, was das Herz begehrt.«

»Haben Sie Old Tantalus?« fragte Watson.

Der Barkeeper füllte ein hohes Glas bis obenhin mit zerstoßenem Eis und stellte es auf den Tresen. Dann stemmte er mit geübtem Griff einen regulären rot-gelben Benzinkanister hoch und füllte das Glas mit fünfundzwanzig Jahre altem, in Sherry-Eichenfässern gelagertem Single-Super-Bleifrei mit einem Schuß Antiklopfmittel und Zylinderputzer.

Er prokelte einen Splitter von Watsons dürrem Gebein los und stocherte damit in den Zähnen herum.

»Nett, Sie hier unten zu sehen«, sagte er mit einem blutzähnigen Grinsen. »Es wird Ihnen hier bestimmt gefallen. In den Großstadtbereichen haben wir DS-1-Leitungen und überall sonst ISDN. Direkt nach der Verhandlung bekommen Sie Ihren Rechner. Und wissen Sie was? Keine Ehefrau. Keine Kinder. Keine Besucher aus Porlock. Keinerlei gezwungene Geselligkeit, außer Sie sind selbst dazu in der Stimmung. Und Sie brauchen nicht den halben Tag damit zu vergeuden, zu irgendwelchen Leuten nett zu sein. Beliebig viel Zeit für produktives Arbeiten und konzentrierteste Weiterbildung. Die meisten Jungs erzielen hier sechsstellige Beträge mit links«, sagte er und schob ihm das Glas geeisten Sprit zu. »Trinken Sie aus. Sie werden's brauchen, um die Verhandlung zu überstehen.«

»Verhandlung?« fragte Watson.

»Ihre«, sagte der Barkeeper und brach in kernige, satanische Lachsalven aus, wobei er auf Watsons Schoß deutete. »Euer Ehren, wir bitten das hohe Gericht, das Corpus defickti, ich meine, das Corpus delicti, als Beweisstück Nummer eins bis unendlich aufzunehmen: Einen rüpelhaften, dickköpfigen Penis, einen barbarischen Mösophagen ohne einen Fliegenschiß Anstand im Leib. Den Oberdreckskerl unter den Lumpenkerlen. Einen mukösen vermiformen Schlappschwanz mit einem reptilischen Funkeln im polyphemischen Auge. Einen aufgeblasenen Truthahn, der in den finstren Gewölben des

Fleisches zuschlägt wie ein peniler Donnerkeil. Einen geifernden Köter, einzig gierend nach Zwielicht, schlüpfrigen Schlitzen, Thunfisch, Ekstase und Schlaf ...«

Als Watson nach zwei bis drei Alpträumen mit vergleichbarer Thematik aufwachte, mußte er sich beeilen, um sich zu einem weiteren Treffen mit Dr. Palmquist (und kaum drei Stunden richtigem Schlaf) nicht zu verspäten.

Auf dem Weg zum Gage Institute fiel ihm ein, daß sie vergangenen Abend am Telefon weit weniger neckisch und entschieden sachlicher geklungen hatte. Natürlich war die Mäusebrutalitätsstudie in vollem Gange, und nach Auskunft ihrer letzten E-Mail strömten die Daten aus Minnesota nur so herein – und weitere Testreihen um Whitlows ärgerniserregendes Enzephalon standen noch bevor. War Watson möglicherweise eifersüchtig auf die Aufmerksamkeit, die sie Whitlows Pathologemen schenkte? Was war mit seinen atavistischen, abergläubischen Moralvorstellungen – von zumindest klinischem Interesse waren die doch wohl allemal, oder?

In der Eingangshalle erkannte ihn der Wachposten wieder und winkte ihn an der Sperre vorbei. Watson wurde allmählich als dazugehörig betrachtet.

Er fand Dr. Palmquist an ihrer L-förmigen Arbeitsstation, die Hand auf einem Trackball, das Gesicht in die leuchtenden Farben eines hochauflösenden Monitors getaucht, ihre Miene Ausdruck jener besonderen ehrfürchtigen Konzentration des ernsthaften Users in ekstatischer kybernetischer Entrückung: einer Form mystischer Verehrung, die den altehrwürdigen branchenüblichen Brauch begreiflich macht, Programmsymbole als *icons* zu bezeichnen.

»Nur einen Moment«, sagte sie und hob einen Finger vom Trackball. Sie klapperte noch ein wenig auf der Tastatur herum, dann stand sie auf und nahm einen Stoß Akten vom Schreibtisch. »Gehen wir in den Vorführraum.«

Sie ging mit energischem Schritt voran und führte ihn, ununterbrochen schwatzend, einen Korridor entlang in einen Raum, in dem sich eine großflächige Konsole mit etlichen hochauflösenden 32-Zoll-Monitoren befand.

»Zunächst einmal Background-Material. Heather, meine Assistentin, hat Mr. Whitlows Krankengeschichte zusammengestückelt«, sagte sie und bot Watson einen Drehstuhl neben dem ihren an.

»Sie hat ärztliche Aufzeichnungen gefunden?« fragte Watson.

Rachel warf ihm einen Blick zu, der im Klartext »Was hattest *du* denn gedacht?« bedeutete. »Heather hat unter anderem forensische Medizin studiert«, sagte sie. »Wenn ein Krankenblatt existiert, dann macht sie es ausfindig, und dann schafft sie es herbei. Krankenversicherungsamt, die Datenbanken der Lebensversicherungsträger, das ärztliche Informationsnetz, was auch immer ... Du sagst ihr, was du haben willst, und sie beschafft's, sei es mit Überredungskünsten, mit List oder mit Hartnäckigkeit.«

»Hat sie was Gutes gefunden?« fragte Watson.

»Setz dich doch«, sagte Rachel. »Wir machen hier Nägel mit Köpfen. Zunächst einmal die Vorgeschichte. In der Uni-Klinik der Southwest Missouri State haben wir Aufzeichnungen zu den ersten Anfällen gefunden. Ziemlich langweiliges Zeug. Idiopathischer Anfall, gefolgt von unauffälligen EEGs, nichts auf dem Funktions-MRI, medikamentöse Symptombehandlung, eine Zeitlang anfallfrei. Anhand der alten Unterlagen läßt sich nicht sagen, ob er Drogen nimmt oder säuft. Einmal, als er sich um einen Nachtschichtjob als Computerwartungstechniker bewerben wollte, hat er die geforderte Urinprobe verweigert. Ein paarmal irgendwelche Probleme mit dem Rücken gehabt, bla, bla.«

»Seit der Geschichte auf dem College keine weiteren Anfälle?« fragte Watson.

»Wahrscheinlich nicht«, sagte sie. »Aber das ist vielleicht auch egal, wenn du erst siehst, was Heather *noch* ausfindig gemacht hat.«

»Einen psychischen Defekt?« sagte er eifrig. »Von der harten Sorte?«

»Gemach, Kumpel«, sagte sie. »Eine Kassenambulanz am South Grand hatte ein paar neuere Krankenberichte, und ein paar weitere hatte sie einer anderen Krankenkasse, drüben in Festus, Missouri, zugeschickt, weil Patient Whitlow Jobs und Versicherungsträger oft zu wechseln pflegte. Wir brauchten denen nur die Einverständniserklärung zuzufaxen, und sie haben uns umgehend die aktuellen Krankenberichte zugeschickt: die des laufenden Jahres, bis direkt eine Woche vor dem Mord.«

»Wirklich?« sagte Watson mit großen Augen.

»Wirklich«, sagte sie, »und wie du habe ich gedacht: Wie auf Bestellung! Eine Woche vor dem Mord sucht er einen Arzt auf, damit der ihm andere Medikamente gegen seine Anfälle verschreibt, die Umstellung hat unerwünschte psychische Nebenwirkungen zur Folge, und *Peng!*, Auftreten von impulsiven Verhaltensweisen, Unterabteilung Mord. Neurochemischer Defekt.«

»So was in der Art«, sagte Watson.

»Tja«, seufzte sie. »Nichts in der Art. Tripper trifft's eher. Grampositiver Befund im Abstrich, sprich Gonorrhö. Und die nächste Frage aus des edlen Mr. Whitlow Lippen, eine Woche vor dem Mord gestellt, lautet nach den Aufzeichnungen der Sprechstundenhilfe: ›Meine Frau braucht doch nix von zu wissen, oder?‹«

Watson erinnerte sich an seine Unterredung mit Whitlow und dessen gereizte Äußerung: *»Ich muß schon wieder pissen! ... Das ist so ne andere Medizin, die ich brauch ... Was Persönliches.«* Und daran, was Whitlow ihm damals auf den Anrufbeantworter gesprochen hatte, an dem Tag, als er Rachel Palmquist kennengelernt hatte: *»Die haben irgendwas von gesagt, ob die die Aufzeichnungen vom Arzt kriegen können, der mir die Sachen für die Infektion verschrieben hat ... bevor die mich eingebuchtet haben. Ich find nicht, daß die die kriegen sollten, wo das nämlich Privatsache ist. Können wir denen also einfach nein sagen?«*

»Die Pißinfektion«, sagte Watson. »Er nahm Medikamente gegen eine, wie er sich ausdrückte, ›Pißinfektion‹.«

»So kann man das auch nennen«, sagte sie. »Was uns alles nicht weiter zu interessieren bräuchte«, fügte sie hinzu, »hätte sich nicht etwas ereignet, was Heather neckisch mit ›eine kleine Unachtsamkeit bei der Übermittlung ärztlicher Aufzeichnungen‹ umschreibt. Die Krankenkasse in Festus hat nämlich nicht nur Whitlows Unterlagen geschickt, sondern die der ganzen Familie.«

»Der ganzen Familie?« fragte Watson.

»Genau«, sagte sie. »Seine, ihre, Klein Charlies: des ganzen Whitlow-Klans. Das kommt eben dabei raus, wenn man seinen Verwaltungskräften lausige Löhne zahlt. Dadurch werden sie unachtsam und anfälliger für geschickte indirekte Behauptungen seitens von Profis wie Heather, die zugefaxte Vollmacht und Einverständniserklärung beziehe sich auf die Unterlagen der *ganzen* Familie und nicht nur eines einzelnen Patienten. Solche Mißverständnisse können von Nutzen sein, besonders wenn man nach genetischen Markern sucht.«

Sie sortierte zusammengeheftete Stöße von ärztlichen Aufzeichnungen. »Ihr Mandant kommt also am Montag an, beklagt sich« – sie las von einem Blatt ab –, »er ›pisse Batteriesäure‹, wie er es formuliert, und fragt, ob er seiner Frau von diesem kleinen Anfall von Amors Jucken denn unbedingt erzählen müsse.« Sie legte die Blätter beiseite und hob einen anderen Stoß auf.

»Und jetzt rat mal, wer am Freitag in derselben Kassenambulanz aufkreuzt – eine Woche vor dem Mord?« fragte sie und sah ihn über den Rand ihrer Brille hinweg an.

»Nein«, sagte er.

»Doch. Mary Whitlow, die über Reizung, Brennen beim Wasserlassen und eitrigen Ausfluß klagt.«

Watson verzog das Gesicht. »Er hat's ihr also erzählt?«

»Hat er nicht«, sagte sie und las dann vom Krankenblatt ab: »›Als sie ihre Diagnose erfuhr, geriet die Patientin in heftigen Zorn. Sie warf dem medizinischen Personal vor, eine falsche Diagnose gestellt oder ihre Probe im Labor vertauscht zu haben.‹«

Sie blätterte eine Seite weiter. »Das wird dir jetzt gefallen. ›Die Patientin erklärte unter Tränen, sie könne unmöglich Gonorrhö haben, da sie seit sieben Jahren verheiratet sei und während der ganzen Zeit mit niemandem außer ihrem Ehemann Geschlechtsverkehr gehabt habe.‹«

»Oha«, sagte Watson.

Rachel blickte über den Rand der Brille und lächelte. »Denk mal darüber nach«, sagte sie. »Und dann überleg dir schon mal, wo du noch eine Flasche französischen Roten für unsere nächste kleine Feier herbekommst.«

»Gib her!« sagte Watson. Er nahm ihr die Unterlagen aus der Hand und las selbst weiter.

»So wie es aussieht«, fuhr Rachel fort, »war das ein ziemlich heikler Fall von ›Wie sag ich's meinem Kinde, ohne was davon zu erzählen, daß Männe erst ein paar Tage vorher mit den gleichen Beschwerden dagewesen ist‹ – was natürlich ein Verstoß gegen die ärztliche Schweigepflicht gewesen wäre.«

Watson las aus den Aufzeichnungen vor: »›Der Patientin wurde erklärt, daß sie sich die Krankheit von *jedem* infizierten Sexualpartner zugezogen haben könne – einschließlich ihres Ehemanns. Als sie sich weigerte, die Resultate zu akzeptieren, zeigte ihr der diensthabende Arzt die gramgefärbten Abstriche, so daß sie es mit eigenen Augen sehen konnte.‹

Dann hatte Lucy Martinez also recht – er hat sie *tatsächlich* betrogen.«

Rachel schürzte die Lippen und warf ihm einen Blick zu. »Ja, und manche Männer sollen auch Hosen tragen. Aber was weit wichtiger für dich ist: Eine Woche vor dem Mord schwört sie nachweislich Stein und Bein, nie mit einem anderen als mit ihrem Mann geschlafen zu haben. Sieben Tage später erzählt sie den Bullen, sie habe ein Verhältnis mit Elvin gehabt.«

»Das bricht ihr das Genick«, sagte Watson. »Myrna nimmt sie im Zeugenstand restlos auseinander.«

»Ein weiteres liebendes Paar, durchs Ehegelöbnis fürs Leben aneinandergekettet«, sagte Rachel. »Du hast Glück gehabt, dank Heather, und *ich* habe ein paar weitere hübsche Sachen, die ich dir in seinem Neurofunktionsprofil zeigen kann. Die Daten sind vorletzten Abend vom Federal Medical Center in Rochester gekommen. Selbst über DS-1-Leitung hat's anderthalb Stunden gedauert, bis alles hier war.«

Sie zog eine Tastaturablage heraus und begann, Scans auf die Monitore zu holen.

»Als erstes den wichtigsten Fund – wir haben eine Subarachnoidalzyste. Und die Neurologen empfehlen die operative Entfernung.«

Auf einem Bildschirm erschienen sechzehn gespenstische Abbildungen von Transversalschnitten eines Gehirns. Rachel klickte eines davon an und vergrößerte es zum Vollbild. »Genau da«, sagte sie und deutete mit dem Mauszeiger auf ein blaßgraues golfballförmiges Gebilde, das zwischen Schädeldecke und Gehirnwindungen eingebettet lag.

»Die Zyste ist zuerst auf dem MRI-Scan sichtbar geworden, und dann hat ein PET-Scan die Bestätigung geliefert, daß sie tatsächlich die Durchblutung des Stirnhirns beeinträchtigt.«

»Ein harter psychischer Defekt?« fragte Watson.

»Hart ohne Frage«, sagte sie und klang ein wenig enttäuscht. »Aber neues Terrain werden wir mit dem Ding nicht erschließen. Vielleicht kommen wir nicht einmal dazu, es vorzuführen, wenn Marys Arztbesuch in die Beweisaufnahme kommt. Nichts ist so nutzlos wie ein gründlich diskreditierter Zeuge.

Das erste Bild ist ein MRI-Scan, ausgezeichnet zur Darstellung anatomischer Details. Möchtest du die Läsion sehen? Da ist sie. So, hier«, sagte sie und klickte zwei leuchtend bunte Gehirnscheiben auf je einem Monitor auf Vollbildgröße. »Wenn man sehen will, welche *Wirkung* die Läsion auf Durchblutung und Stoffwechsel hat, nimmt man PET- oder fMRI-Scans. Links hast du Mr. Whitlows Gehirn, rechts zum Vergleich ein Bild des gleichen Transversalschnitts eines normalen Gehirns – hier eines anderen siebenundzwanzigjährigen männlichen Weißen. Die Farbfelder symbolisieren numerische Werte. Wir könnten jeder Zahl jede beliebige Farbe zuordnen, aber nach allgemeiner Konvention repräsentieren Blau- und Violettöne niedrige Durchblutungswerte, während die sich anschließenden Farben des Spektrums – Grün, Gelb, Orange, Rot – eine immer stärkere und schließlich – Weiß – optimale Gewebedurchblutung darstellen.«

Watson betrachtete Whitlows buntgefärbte Gehirnscheibe: Im Frontalbereich herrschten die Blau- und Violettöne vor, während im normalen Gehirn zur Rechten Rot, Gelb und Weiß überwogen.

»Das Bild ist im Ruhezustand aufgenommen«, sagte sie. »*Noch* ausgeprägter ist der Unterschied, wenn die Testperson während der Aufzeichnung ein computerisiertes Videoclip betrachtet, das in 3D und Multimedia eine spuckende Kobra zeigt. Das Video wird routinemäßig dargeboten, desgleichen die begleitende Erklärung. Der Forscher zeigt dem Probanden die digitalisierte hochauflösende Farbdarstellung einer speienden Speikobra und erläutert, daß das Tier imstande ist, seinem Opfer über eine Entfernung von bis zu zweieinhalb Metern hinweg Gift in die Augen zu spucken, was überaus schmerzhafte Verätzungen der Hornhaut und vorübergehende Blindheit verursacht, was die Schlange wiederum ausnutzt, um zuzubeißen und der wehrlosen Beute ein Neurotoxin zu injizieren, das Krämpfe, intermittierenden Atemstillstand, rasendes Fieber und schließlich einen qualvollen Tod zur Folge hat.

Wie die PET-Scans zeigen, werden während einer solchen Videoshow bestimmte Verschaltungen in stärkerem Maße aktiv – besonders diese älteren, ›niedereren‹ Teile des Gehirns, in denen primäre Emotionen wie Angst ihren Ursprung haben. Aber auch das Stirnhirn kommt dabei ins Spiel, denn es reguliert Impulse und starke Emotionen mittels Rückkoppelung zum Corpus amygdaloideum und überhaupt dem ganzen limbischen System. Das hier ist nur eines von Dutzenden standardisierter visueller Reize, die im Rahmen dieses Tests routinemäßig dargeboten werden. Herzerwärmende Bilder von Müttern, die sich Säuglinge an die Brust drücken. Sonnenaufgänge, KZ-Überlebende, weinende Kinder, blühende Blumen, lächelnde Gesichter, wütende Gesichter und so weiter – alle in einer kontrollierten Umgebung dargeboten und von standardisierten Erklärungen begleitet, die eigens dazu konzipiert sind, bestimmte spezifische kognitive Bahnen im menschlichen Gehirn zu aktivieren.

Wir kompilieren diese Darstellungen zerebraler Aktivität und erstellen für jeden Probanden ein individuelles Neurofunktionsprofil. Wir erzeugen und speichern grafische Darstellungen der spezifischen Weise, wie das individuelle Gehirn auf bestimmte genormte Reize reagiert: auf exakt dieselben Reize, die wir fünftausend anderen Testpersonen – darunter ein- bis zweitausend rückfälligen Gewaltverbrechern – unter genau den gleichen kontrollierten Bedingungen und mit den gleichen, von derselben Stimme gesprochenen Erklärungen dargeboten haben.

Solche Profile fassen wir in einer Datenbank zusammen. Dann bringen wir einem Computer bei, die Profile anhand von Ähnlichkeiten und Abweichungen zu katalogisieren. Wir bringen ihm bei, zu sortieren und zu vergleichen und wieder zu vergleichen, und zwar unter Anwendung der Vergleich-Kontrast-Zyklen, deren das Gehirn sich selbst bedient – sogenannter rekursiver Netzschaltungen –, und finden dadurch heraus, wer bestimmte Anlagen hat und wer nicht. Dann messen wir, wie gut die Testpersonen diese Anlagen in ihrer Gewalt haben, indem wir den Gyrus praefrontalis und dessen Verbindungsbahnen zum limbischen System, und da insbesondere – erraten! – zur Amygdala –, unter die Lupe nehmen.«

Watson starrte auf das PET-Scan von Whitlows Gehirn. »Können uns diese Farbkleckse verraten, warum er eigentlich diesen tauben Schwarzen erschossen hat?« fragte er schmunzelnd.

»Nicht ganz«, sagte sie, »aber eine ganze Menge kann ich dir über ihn schon erzählen. Wie du bereits gesehen hast, zeigt sein Stirnhirn Symptome von Hypometabolismus, was bedeutet, daß seine Gyri frontales nicht genügend Blut und Sauerstoff empfangen, um diese impulsiven Verhaltensweisen, von denen wir schon gesprochen haben, kontrollieren zu können.

Männlich. Unformatiert. In Gewebeproben und zerebrospinaler Flüssigkeit verschiedene biologische Marker für Sex und Gewalt, darunter niedriger Serotoninspiegel im Liquor. Er leidet unter genetischem Typ-2-Alkoholismus – der schlimmsten Sorte: Sieh dir die niedrigen P-300-Wellen an. Funktionsgestörte Dopaminrezeptoren. Niedrige Monoaminoxidasewerte. Es gibt Anzeichen einer transitorischen Depression, was allerdings bei jemandem, der unter Mordanklage steht und auf seinen Prozeß wartet, nicht weiter verwunderlich ist.«

Watson starrte verständnislos auf die computergrafischen Darstellungen buntscheckiger Hirnscheibchen.

»Alles kapiert?« fragte sie mit einem verschmitzten Seitenblick.

Weitere Monitore schalteten sich mit weiteren leuchtend bunten Bildern ein. Sie deutete auf einen Schirm nach dem anderen. »PET, CAT, Echoplanar fMRI, MEG, SPECT und EEG. Grafische Darstellungen von Glucoseverbrauch, elektrischen Feldern, magnetischen Feldern und Durchblutung – alles sowohl einzeln als auch in beliebiger Überlagerung darstellbar. Was möchtest du wissen?«

»Ist er verrückt?« fragte Watson. »Ich meine, abgesehen davon, daß er einen harten psychischen Defekt hat.«

»Die Läsion wird durch die Ergebnisse der Halstead-Reitanschen und Luria-Nebraskaschen Neuropsychologischen Tests bestätigt. Mehrdimensionale Persönlichkeitsinventare zeigen erhöhte antisoziale Tendenzen. Solipsismus, Narzißmus, Atavismus, Autismus, Sadismus, kurz: einige der schlimmsten Ismen, mit denen wir es überhaupt zu tun gehabt haben, seitdem der Staat angefangen hat, uns gemäß Federal Omnibus Scanning Technology and Forensic Applications Act von 1999 dafür zu bezahlen, daß wir sie ausfindig machen.«

Sie zwinkerte ihm zu.

»Abschließende Diagnose?«

»Eine klassische subanthropische Mitgang-Münchhausen-Homunkulopathie. Er ist sogar noch schlimmer dran als du.«

Watson sah sie verunsichert an.

Sie gab ihm einen Tritt unter dem Tisch. »Das letzte habe ich erfunden, du dummer Dussel. Nur Quatsch gemacht.«

Sie rollte einen Bleistift zwischen ihren Lippen und lächelte ihn an. Ihre Lippen … »Halt mich zurück!« schrie Kind Watsons innerer Erwachsener, als er merkte, daß er sich langsam vornüberlehnte, und kämpfte gegen den Drang an, sich an reifen, saftigen, burgunderroten Lippenschnitzen satt zu schlürfen. Sie beugte sich über einen Ausdruck von James Whitlows EEG und las Watson die Auswertung vor. Er versuchte, nach den zinnfarbenen Spitzennestern zu spähen, in denen sich seine Zwillingszwangsvorstellungen versteckt hielten. Ein Blick am Revers ihres Laborkittels vorbei, ihre Kehle hinunter und hinein in den Halsausschnitt ihrer Bluse ergab burgunderrote Spitze – ein neues Farbkonzept –, die exakt mit ihren Lippen übereinstimmte.

»Elsa«, sagte er, »sollten wir uns nicht woandershin verfügen und ein bißchen soziale Pelzpflege treiben?«

»Kann nicht«, sagte sie. »Um diese Uhrzeit sind noch zu viele andere Wissenschaftsprimaten da, und ich glaube nicht, daß du schon zu Gruppensex bereit bist.« Sie hob eine Augenbraue. »Abgesehen davon hast du das letztemal die halbe Nacht herumgejammert, wir müßten uns eigentlich an die Arbeit machen, und den Rest der Zeit dein Gehirn gefragt, warum es sich in Übereinstimmung mit dem Coolidge-Effekt aufs Kreuz legen lassen wollte. Folglich werden wir diesmal zuerst unsere Arbeit erledigen. Und wenn du *dann* noch mal deine Schuldschaltungen hochfährst, stecke ich dich in die Röhre und nehme ein paar fMRI-Filme auf, die ich meinen Studenten vorführen kann.«

»Na schön, was haben die Sachverständigen der Staatsanwaltschaft vor?« fragte Watson.

»Die vom Staat bezahlten Neuropsychologen werden behaupten, daß die Läsion Mr. Whitlows Fähigkeit, die Folgen seiner Handlungen abzuschätzen, *nicht* beeinträchtigt. Diese ganzen Stirnlappentheorien, mit denen wir gerade um uns geschmissen haben, sind noch neu und nicht unumstritten, aber ich bin mir ziemlich sicher, daß wir unser Gutachten in der Beweisaufnahme durchbekommen, und dann werden *die* versuchen, es mit Hilfe ihrer Sachverständigen anzufechten.«

Sie öffnete eine Mappe und suchte einen Bericht heraus. Watson versuchte, ihren Blick abzufangen, aber sie war von einer ernüchternden Geschäftsmäßigkeit, und er fragte sich, ob das nur daran lag, daß es hellichter Tag und normale Bürozeit im Institut war.

»Sie werden auch ihrerseits versuchen, ein paar neumodische Geschütze aufzufahren. Habe ich die ›Moderne Rassismus-Skala‹ schon erwähnt? Ziemlich pflaumenweiches Zeug. Ein Test, durch den mit Hilfe geschickt formulierter Fragen versucht wird, den Probanden dazu zu bringen, seine wahren Rassenvorurteile zu gestehen. Noch immer sehr subjektiv. Deswegen hat man in jüngster Zeit einen neuen Test entwickelt.«

»Um rassistische Gesinnung zu messen?« fragte Watson. »Ach komm.«

»Es ist machbar«, sagte sie gelassen. »Keine Frage. Tatsächlich können wir deine Einstellung zu so ziemlich allem messen, völlig noninvasiv.«

»Und wie?«

»Erinnerst du dich an die ersten dreihundert Millisekunden? Die ›Leerstelle‹ zwischen Reiz und Reaktion, zwischen Absicht und Tat? Das Vorbewußte?«

»Ja.«

»Ich setze dich in einer kontrollierten Umgebung vor einen Farbmonitor. Auf den Tisch vor dir stelle ich eine ›Gut-Schlecht-Box‹, wie wir das Ding nennen: ein mit dem Computer verbundenes Eingabegerät mit zwei Knöpfen, einen für deinen rechten Zeigefinger, einen für deinen linken. Ich fang an, dir Wörter vorzuführen – ›gute‹, so wie *Schönheit, Frieden, Freund, Blumen*; oder ›schlechte‹, so wie *Ekel, Böses, Krebs, Tod*. Ich messe, wie lange du exakt, in Millisekunden, brauchst, um die Wertigkeit des jeweiligen Wortes zu beurteilen – in der Regel um die fünfhundert Millisekunden, eine halbe Sekunde.«

»Okay«, sagte Watson.

»Jetzt rat mal, was passiert, wenn ich, hundert Millisekunden bevor ich dir ein gutes Wort oder Bild darbiete, ein *schlechtes* Wort oder Bild erscheinen lasse – ganz kurz, nur zweihundert Millisekunden lang, also gerade lang genug, daß du es sehen kannst, aber nicht so lang, daß du darüber nachdenken könntest; und *dann* das gute Wort oder Bild zeige?«

»Ich kotze?«

»Nein.« Sie lachte. »Du brauchst länger, um zu entscheiden, daß das gute Wort oder Bild positiv zu beurteilen ist. Als wir Whitlow ein prächtiges, gestochen scharfes Foto einer blühenden Orchidee zeigten, hat er eine halbe Sekunde gebraucht, um den ›Gut‹-Knopf zu drücken. Wenn wir unmittelbar vor Darbietung der Orchidee zweihundert Millisekunden lang das Bild eines weißen Gesichts einblitzten, brauchte er weiterhin nur rund fünfhundert Millisekunden, um für die Orchidee ›Gut‹ zu drücken. Wenn wir vor Darbietung der Orchidee ein *schwarzes* Gesicht zweihundert Millisekunden lang einblitzten, brauchte er fast eine ganze Sekunde, um sein Urteil zu fällen, weil sein Gehirn erst die negativen Assoziationen des ersten Bildes überwinden mußte.«

»Er ist ein Rassist, weil er nicht schnell genug auf den Knopf drücken kann?« fragte Watson.

»Es ist hieb- und stichfeste Wissenschaft«, sagte sie. »John Bargh von der NYU. Russell Fazio von der Indiana. Wenn der Proband auf das erste Bild, das ›Auslöse-Bild‹, wie wir es nennen, emotional positiv reagiert und ebenso positiv auf das zweite, das ›Ziel-Bild‹, dann entscheidet er sich schnell. Wenn die eine Reaktion negativ und die andere positiv ist, tritt eine meßbare Verzögerung ein. Je länger außerdem die Verzögerung, desto stärker sind die positiven oder negativen Assoziationen, die dem ersten oder ›auslösenden‹ Bild anhaften.«

»Das Ganze wird schon bald etwas zu bedeuten haben«, sagte Watson. »Mir schwant Böses.«

»Whitlow ist ein pawlowscher Rassist«, sagte sie, »mit starken, unmittelbaren negativen Reaktionen auf schwarze Gesichter. Das stellt in sich wohl noch kein Verbrechen dar. Aber ich nehme an, daß die Anklagevertretung versuchen wird, diese Testergebnisse in ihre psychologische Beurteilung des Angeklagten einzubauen und damit nachzuweisen, daß jede von Whitlow gegen einen Schwarzen verübte impulsive Handlung grundsätzlich von starkem Rassenhaß begleitet wäre.«

»Aber Moment mal«, sagte Watson. »Bedeutet das nicht, daß er nichts dafür kann? Daß sein Rassismus unwillkürlich ist?«

»Lies dein Gesetz nach«, sagte sie. »Es stellt es unter Strafe, ein Opfer *aufgrund von* dessen Rasse, Hautfarbe, Religionszugehörigkeit, nationaler Herkunft, ethnischer Zugehörigkeit, Geschlechtszugehörigkeit, Behinderung und so weiter zu wählen. Es ist ein zweiköpfiges Verbrechen. Auf der einen Seite haben wir die Wahl, die vorsätzlich sein kann, und dann haben wir die Motivation, die nach Auffassung des Gesetzgebers willkürlich oder unwillkürlich, bewußt oder unbewußt sein kann. Spielt keine Rolle.«

»Bist du sicher, daß du keine Anwältin bist?« fragte Watson. »Das ist ja reinste Science-fiction«, sagte er.

»Der Science-Aspekt ist keine Fiktion«, entgegnete sie. »Die einzige Frage ist, ob solches Material von einem Bundesgericht als Beweismittel in einem Mordprozeß zugelassen werden darf. *Wenn* es reinkommt, kann ich nicht in den Zeugenstand treten und behaupten, es sei unwissenschaftlich, noch kann ich beweisen, daß Whitlow automatische *positive* emotionale Reaktionen auf Schwarze zeigt, weil das einfach nicht stimmt. Er zeigt im Gegenteil heftige automatische *negative* emotionale Reaktionen auf sie.«

»Noch mehr Beweiserhebungstheorie«, stöhnte Watson.

»Du sagst es«, erwiderte sie. »Und jetzt, wo du weißt, worum es bei Automatismus-Tests geht, kann ich dir gern einen Termin geben, und dann ermitteln wir deine automatische, vorbewußte Einstellung zu deiner Frau, indem ich dir ein Foto von ihr einblitze, bevor ich dir das Bild dieser spuckenden Kobra zeige. Möchtest du?«

»Ziemlich geschmacklos«, sagte er.

Sie stand auf und fing an, Aktenmappen zusammenzulegen. »Elsa«, sagte er, »ich ...«

Sie strich ihm mit der Hand über das Haar. »Cham, du mußt dich um die Beweisanträge der Staatsanwaltschaft und deine bestimmenden Schriftsätze kümmern. Und ich hab eine Mistkarrenladung Whitlow-Daten, durch die ich durchwaten muß.«

»Wie wär's mit heute abend?« fragte er. »Spät?«

»Mäusemännchen auf Stickstoffoxid«, sagte sie. »Ich kann nicht. Ich ruf dich an, okay?«

Einundzwanzigstes Kapitel

Sie rief die ganze nächste Woche nicht an und Sandra auch nicht. Watson mußte selbst die Memsahib anrufen, um Vorverhandlungen auf neutralem Boden zu arrangieren. Er hatte Blumen geschickt, was nichts genützt hatte. Bislang konnten sie sich auf keinen Austragungsort einigen. Wenn's so weiterging, würden sie sich schon bald zu Pariser Friedensgesprächen treffen und sich über die Form des Verhandlungstisches streiten. Vorläufig scheiterten alle Bemühungen an seinem Versuch, Geliebte 1.0 zu installieren, ohne vorher Ehefrau 1.0 entfernt zu haben. IRQ-Konflikt.

Getreu dem korrekten männlichen Protokoll stürzte er sich in seine Arbeit, wobei er auf äußerst effektive Weise Querverbindungen zwischen seinem beruflichen Ehrgeiz und seinem Sexualtrieb herstellte und damit jenen harmonischen Zustand verwirklichte, den die alten Griechen *eudaimonía* nannten und Freud Sublimierung. Sheilas und Benjys Abwesenheit verursachte ihm allerdings schwere Entzugserscheinungen – Kinderfleischgelüste. Eine der größten Freuden des Lebens war schließlich, am frühen Morgen ein neun Monate altes gurrendes Kleines aus dem Bettchen zu holen, es sich um den Kopf zu wickeln und dem kleinen Zappelphilipp so richtig fest *puh!* auf den Bauch zu machen, während es einem ins Ohr kicherte. So ein Vergnügen! Und dann ab ins Büro. Aber Benjy war in das Haus des Alpha-Männchens verlegt worden, wo er von R.J. Connally & Sons vor Sträflingen, Strafverteidigern und Bauch-Puhs beschützt wurde. Watson konnte sich R.J.s Bestürzung ob seines Schwiegersohns Tändelei mit dem Strafrecht aufs bildlichste vorstellen. Von richtigem Geld war weit und breit nichts zu sehen, und daran würde sich auch nichts ändern, sofern Watson nicht zu einem Arbeitstier von einem Strafanwalt wurde und die nähere Bekanntschaft von Leuten wie Gerry Spence und Alan Dershowitz machte. Andernfalls würde Watsons Handlungsweise nichts als eine, wie R.J. es genannt hätte, absurde Abkehr von der wahren Berufung zum richtigen Geld bleiben.

Watson verbrachte die Woche mit Recherchieren, Aufsetzen und Einreichen seiner vorprozessualen Anträge. Dann erhielt er Kopien von Harpers Hausaufgaben. Die Schriftsätze der Staatsanwaltschaft waren phantasielose Fließband-Anträge und -Memos – wahrscheinlich hatte eine Sekretärin die Akten zu irgendeinem früheren Fall aus der Registratur geholt und lediglich Namen, Fallnummer, Anrede und Briefkopf geändert. Vorgefertigte Textblöcke von Juristenfloskeln voll mechanisch aneinandergereihter Allerwelts-Präzedenzfälle, dafür so gut wie bis überhaupt keine Anwendung der für die konkrete Sachlage des aktuellen Falles relevanten Gesetze. Watsons Memos dagegen waren handgefertigte Juwelen, Kleinodien aus der Feder des Gewinners des Preises für computergestützte juristische Recherche & Schriftsatzabfassung der Ignatius University School of Law.

Nachdem er seine Erwiderungen auf die Anträge der Staatsanwaltschaft aufgesetzt und eingereicht hatte, kehrten seine Gedanken wieder zu Palmquist zurück, aber jedesmal, wenn er sie in seinem Personal Information Manager anklickte und das Programm ihn fragte: »BÜRONUMMER ZU DIESEM EINTRAG WÄHLEN?« blieb er bei seinem störrischen NEIN. »Ich ruf dich an« war das letzte gewesen, was sie zu ihm gesagt hatte.

Endlich piepte ihn eines Nachmittags sein PIM an, und er fand eine E-Mail mit einer Gage-Institute-Adresse im Absenderfeld vor. Als er sie anklickte, fühlte er sich wie ein liebeskranker Troubadour, der das Siegel eines parfümierten Umschlags erbrach. Vielleicht hatte seine fleischgewordene Obsession diese Photonen und Pixel nicht mit eigenen Händen berührt, aber schon der bloße Anblick ihres Namens in elektronischer Druckschrift genügte, um seinen inneren Bluthund in helle Erregung zu versetzen. Nach priapischer, den Pforten ihrer Seele entquollner Prosa sich sehnend, fand er statt dessen nüchterne, zu klobigen Absätzen gepackte Ausführungen über die gerichtsmedizinischen Implikationen von Subarachnoidalzysten. Nicht einmal ein »Wie geht's?« oder »Wann sehe ich dich wieder?« Aber was wünschte er sich überhaupt von der wohlgestalteten Neurologin, wenn er ja doch nicht den moralischen Nerv aufbrachte, sie zu besteigen? Liebeserklärungen? Bewunderung? Anerkennung seiner fachlichen Qualifikation? Reziproke Verknalltheit?

Er blätterte den Heftordner mit den Krankenberichten der beiden Whitlows durch, die Rachel ihm bei ihrer letzten Begegnung überlassen hatte. »Die Patientin erklärte unter Tränen, sie könne unmöglich Gonorrhö haben, da sie seit sieben Jahren verheiratet sei und während der ganzen Zeit mit niemandem außer ihrem Ehemann Geschlechtsverkehr gehabt habe«? Er widerstand dem Impuls, sich vorzustellen, wie es wäre, selbst eine solche Diagnose gestellt zu bekommen und dem Ansturm begleitender psychophysischer Symptome zu erliegen, die aus reinem Gewissen, Betrogensein, Eifersucht, Haß, Rachsucht aufwallten und zu *einem* Gefühl konvergierten. Er widerstand und blätterte weiter zu Palmquists getipptem Whitlow-Kommentar: »Die Arachnoidalzyste drückt auf die Stirnlappen von James Whitlows Gehirn und beeinträchtigt so die Durchblutung, verringert den Stoffwechsel und hemmt die sogenannten Steuerfunktionen der Gyri frontales, die somit nur in geringerem, unzureichendem Maße imstande sind, aggressive motorische oder emotionale Impulse zu kontrollieren.«

Sein Telefon klingelte zweimal. Anruf von außerhalb. »Bezirksgericht der Vereinigten Staaten, Östlicher Distrikt von Missouri«, sagte die Ruferkennungssoftware.

»Hallo?«

Es war Richter Stangs Sekretärin.

»Ida?« sagte er und meinte fast, Lavendelwasser riechen zu können.

Ihre Stimme war dünn, gütig, freundlich und letztlich grauenerregend: Richter Stang wollte die beteiligten Anwälte noch einmal in der Whitlow-Sache sprechen.

»Sprechen?« fragte Watson voll banger Vorahnungen. »Sie meinen, zur vorprozessualen Konferenz? Schon?«

»Der Richter hat angeordnet, daß die Anwälte in der Kammer erscheinen sollen«, sagte Ida. »Von einer vorprozessualen Konferenz hat er nichts gesagt. Die werden normalerweise formell anberaumt und im Gerichtssaal abgehalten.«

Ein Angstschauder jagte ihm über den Rücken. Richter Stang in der Kammer. Zweimal! In derselben Sache?

»Wann?« fragte Watson.

»Nun«, sagte Ida hörbar überrascht. »Jetzt. Ich gehe davon aus, daß er *jetzt* gemeint hat.« Watson hörte, wie sie die Sprechmuschel vom Mund entfernte und sich an den Richter wandte.

»Nein«, rief er vergeblich, »Sie brauchen ihn nicht zu fragen!«

»Sie wollten diese Anwälte doch *jetzt* in der Whitlow-Sache sprechen, oder?« fragte sie.

»Wo *bleiben* die Anwälte?« hörte Watson den Richter aus seiner Kammer hervorbrüllen. »Was treiben sie? Haben wir nicht angeordnet, daß sie hier erscheinen sollen? Und sie sind *nicht* erschienen, stimmt's?«

Watson bedankte sich höflich bei Ida, legte auf und schrie: »Myrna! Hilfe!«

Watson hinterließ Harper eine Nachricht, Harper hinterließ Watson eine Nachricht, Harper hinterließ Myrna eine Nachricht, und am Ende trafen sie sich auf Konferenzschaltung und konnten sich auch mit vereinten Kräften nicht erklären, warum Richter Stang sie zu sich in die Kammer zitieren sollte. Vielleicht war es doch eine vorprozessuale Konferenz, und Ida hatte es nur nicht begriffen. Oder vielleicht wollte der Richter, daß die Anwälte ihre Anträge mündlich begründeten. Am Bundesgericht ungewöhnlich, aber doch möglich. Oder eine Schlichtungskonferenz?

Watson raffte Kopien seiner Anträge und Begründungen zusammen, warf dann einen Blick auf den Stoß von Dokumenten, die Harper eingereicht hatte, und entschied, daß er von denen keine Kopien mitzunehmen brauchte.

Während der Fahrt in die Stadt zog Myrna im Fond von Watsons Honda Leggings und Elvis-Costello-T-Shirt aus und schlüpfte in ihren Gerichtssaal-Kampfdress: stahlblaues Kostüm, weiße Seidenbluse, mattbraune Nylonstrümpfe, graue Slipper. Gerade eine Spur Eyeliner, keinerlei Lidschatten, das bernsteinfarbene Haar zu einem strengen Knoten gebunden, die Miene kühn und kriegerisch. Am Fuß der Vortreppe des Gerichtsgebäudes stellten sie sich voreinander in Positur und begutachteten ihre jeweilige Erscheinung. Sie stellte sich auf die Zehenspitzen und staubte ihm die Schultern ab, zupfte ihm die Krawatte gerade, trat einen Schritt zurück und sah ihn noch einmal von oben bis unten an.

»Mittlerer Knopf«, sagte sie und deutete auf seinen Anzug. »Richter Stang duldet keine offenen Jacketts. Bin ich okay?«

»Tadellos wäre untertrieben«, sagte Watson.

Drinnen fuhren sie in »einem dieser sprechenden Uhrzeit-und-Außentemperatur-Aufzüge«, wie Richter Stang sie genannt hatte, hinauf in den achtundzwanzigsten Stock des Gerichtsgebäudes der Zukunft, atmeten noch einmal tief durch und stiegen dann aus, bereit, sich dem Schicksal zu stellen.

Myrna hatte Watson erzählt, Harper sei ein Schrank von einem Kerl, aber er hatte in Rechnung gestellt, von wem die Information kam, und sich nichts weiter dabei gedacht, bis sie aus dem Fahrstuhl traten und von einem Hünen in blauem Anzug begrüßt wurden, der im Korridor auf und ab gegangen war. Watson erkannte die vertraute Raucherstimme auf Anhieb wieder und wunderte sich, weil sie so gar nicht zu diesem Anwalt mit der Statur eines Profi-Basketballers paßte. Ein stumpfgeschnittener, fönfrisierter silberner Schopf verlieh ihm eine aristokratische Vornehmheit, die sein Alter – er mochte Mitte Dreißig sein – eigentlich nicht rechtfertigte.

Als sie sich die Hand gaben, spürte Watson, wie seine – auch nicht gerade kleine – Rechte in der trockenen Umklammerung einer Pranke mit Fingern wie Zigarren verschwand. Harpers Gesicht war schmal und bis auf den Teil der Stirn, der vom Schirm seiner Golfmütze beschattet worden war, gleichmäßig gebräunt. Bei Stern, Pale & Covin waren nur Lobbyisten und Drückeberger braungebrannt gewesen. Bei einem Staatsanwalt wie Harper bedeutete ein solches Aussehen wahrscheinlich nur, daß er nicht bereit war, seine wohlverdiente Freizeit den Launen seines einzigen Klienten zu opfern.

»Mike Harper«, sagte der stellvertretende Bundesanwalt herzlich. Er wirkte urban, kompetent, kollegial und schien die lässige Selbstsicherheit großer, gesunder Körper und eine rücksichtsvolle Herablassung gegenüber kleineren Leuten auszustrahlen – bis Watson bemerkte, daß er Myrna Schweich demonstrativ nicht zur Kenntnis nahm. Sie wuselte auf dem Fußboden herum und suchte nach einer Entsorgungsmöglichkeit für ihre Kaugummipapierchen, denn da sie in einer Bundesbehörde nicht rauchen durfte, blieb ihr nichts anderes übrig, als einen Juicy-Fruit-Streifen nach dem anderen zu kauen.

Schließlich trat sie unter Watsons Ellbogen hervor und hob ihre kleine weiße Hand zu einem saloppen Gruß. »Hey, Mookie. Wie läuft's?« sagte sie.

Harper würdigte sie keines Blickes und sah statt dessen Watson an. »Sie wird Ihnen bei dem Fall nur schaden. Haben Sie ihre Mandanten kennengelernt? Weiß Richter Stang eigentlich von ihr?«

»He, Arschloch am Himmel«, sagte sie, »ich befinde mich hier unten genau in der richtigen Höhe, um der Staatsanwaltschaft in diesem Fall erheblichen und bleibenden Schaden zuzufügen.«

»Ich habe Ihnen nichts zu sagen«, sagte Harper von eisigen Gipfeln der Verachtung herab.

»Oooh«, sagte Myrna, »Mookie ist sauer, Joey. Wir haben ihn verletzt. Und dabei heißt es immer, An*wältinnen* würden sich emotional echauffieren.«

»Gehen wir zum Richter«, sagte Harper gereizt. »Je eher, desto besser.«

»Lauft ihr Jungs schon mal vor«, sagte Myrna, »ich muß noch pissen.«

Harper und Watson fanden Richter Stangs Empfangsbüro leer vor: von Ida keine Spur, ausgenommen ihren vierfüßigen Krückstock, der allein und verlassen im Raum herumstand.

Dann scholl Richter Stangs Stimme aus dem Allerheiligsten der Bundesgerichtsbarkeit hervor.

»Man wirft mir vorsätzliche seelische Grausamkeit gegen einen Rechtsanwalt vor?« sagte Richter Stang, offenbar am Telefon. »Nun, Frau Richterin, da kann man nichts machen.«

Ida sah, wie die Anwälte durch die offene Tür in das Amtszimmer spähten, beugte sich zum Richter hinunter und flüsterte ihm etwas zu.

»Die können warten, bis ich von den Toten auferweckt werde, Ida! Sie haben das Gericht warten lassen, oder?«

Sie schlenkerte eine gelähmte Hand und bedeutete den zwei Anwälten, auf dem rissigen Ledersofa im Vorzimmer Platz zu nehmen, bis Richter Stang sein Telefongespräch beendet haben würde. Jetzt kam auch Myrna, winkte Ida vertraulich zu und artikulierte lautlos: »Hallo, Ida.«

»Ja, Richterin Hunsicker, ich weiß, daß Sie die Präsidentin dieses Gerichtsbezirks sind. Aber ich habe das höhere Dienstalter. Zu meiner Zeit hat das noch etwas gegolten. Es steht mein Wort gegen das eines neurasthenischen Anwalts.«

Es trat eine Pause ein.

»Ich kann nichts dafür, wenn ein verweichlichter Advokat einen Nervenzusammenbruch erleidet. Es war absolut nicht nötig, einen Krankenwagen zu rufen. Das war reines Theater! Sie kennen doch zweifellos die ›Dünnschädel-Entscheidung‹, die in bezug auf pathologisch überempfindliche Kläger angewandt wird, oder? Nun, dann muß es doch bestimmt auch eine Dickschädel-Entscheidung für dummköpfige Anwälte geben. Ich lasse gerade drei von der Sorte in meinem Vorzimmer warten: Darf ich davon ausgehen, daß Sie mich auch *dafür* verantwortlich machen werden, wenn einer von ihnen einen Anfall von Mimositis und schäumendem Schnickschnack bekommt?«

Eine weitere Pause. Die Anwälte warfen sich Blicke zu.

»Ida«, sagte der Richter, »Richterin Hinsicker hat es schon wieder getan.«

»Sie hat einfach aufgelegt?« fragte sie. »Die Frau hat keine Manieren. Sie stammt eben aus einer anderen Gesellschaftsschicht.«

Der Richter seufzte und stieß dann einen halblauten Fluch aus. »Na schön, dann schicken Sie die Hampelmänner also rein. Bringen wir es hinter uns.«

Myrna, Harper und Watson grüßten Richter Stang, der sich seinerseits mit einem Schwung seines Drehstuhls von ihnen abwandte und aus dem Fenster blickte.

Watson fiel sofort auf, daß diesmal ein einzelner, unbequemer Stuhl vor dem Schreibtisch stand. Er sah, wie Harper ihn ins Auge faßte, und reagierte nicht schnell genug. Harper erreichte die Sitzgelegenheit als erster.

»Mr. Watson«, sagte Richter Stang, noch immer ohne sich

seinen Besuchern zuzuwenden, »wären Sie so freundlich, diesen Stuhl ins Vorzimmer zurückzutragen? Mein letzter Besucher war kein Anwalt.«

Watson hob den Stuhl behutsam auf, trug ihn aus dem Richterzimmer und beeilte sich, wieder in die Kammer zu kommen.

»Das Gericht hat schlaflose Nächte, und ich werde Ihnen verraten, warum. Das Gericht wacht auf, gepeinigt von Brustschmerzen, die ihm die Erkenntnis bereitet, daß es kurz davor steht, einen überflüssigen Mordprozeß zu verhandeln. Einen Prozeß, den kompetente, professionelle Anwälte dieses Gerichts imstande sein sollten, durch eine vernünftige Urteilsabsprache zu vermeiden. Es geschieht jedoch nichts in dieser Richtung, was bedeutet, daß einer oder mehrere der beteiligten Anwälte inkompetent, unprofessionell oder beides ist. Ich beabsichtige herauszufinden, ob die Inkompetenz und die Unprofessionalität einem, zweien oder dreien von Ihnen eignen.«

»Herr Richter, entschuldigen Sie«, sagte Harper, »nur zur Klärung. Ist das hier eine Schlichtungskonferenz, eine vorprozessuale Konferenz? Oder vielleicht eine Anhörung zu den dem Gericht vorliegenden Anträgen? Und falls es eines davon ist, dürfte ich das Gericht ersuchen, anzuordnen, daß ein Protokoll aufgenommen wird?«

»Ihr Boss, unser Senator in spe, hat Ihnen aufgetragen, das zu sagen, Mr. Harper«, sagte Richter Stang.

Harper errötete. »Das ist nicht wahr, Herr Richter, ich habe lediglich versucht ...«

»Mich reinzulegen«, sagte der Richter lakonisch. »Das hier ist ein Gespräch. Ein Gespräch ist eine Situation, in der Menschen mit schlichten Worten Gedanken austauschen, anstatt Volksreden zu schwingen, wie das stellvertretende Bundesanwälte zu tun pflegen, wenn ihre unsterbliche Rhetorik protokollarisch für die Nachwelt festgehalten wird.«

»Herr Richter, ich –« fing Harper an.

»Mr. Harper, wir sind Nachbarn: Mein Haus steht an der Ecke der vielbefahrenen Kreuzung Nowhere Street und Elsewhere Street. Sie sind mein unmittelbarer Nachbar, Sie wohnen in der Nowhere Street, zweites Haus von der Ecke.«

Ohne seine zusammengesackte Haltung zu ändern, drehte

sich Richter Stang langsam in seinem Schreibtischsessel herum. Er schien vor ihren Augen zu altern, in sich zusammenzuschrumpfen, klettwurzbehandelte Silberhaare zu verlieren, die sich spinnwebartig auf die Revers seines Leichenbitteranzugs legten. Noch immer ohne die Anwälte eines Blickes zu würdigen, streckte er eine fast fleischlose Hand aus und öffnete einen handgearbeiteten Humidor aus Nußholz und poliertem Messing. Bedächtig hob er aus dem samtgepolsterten, mit Zedernholz ausgekleideten Innenraum eine Zigarre (wieder eine Zehn-Dollar-Davidoff, wie Watson mit einem Blick auf die weißgoldene Bauchbinde feststellen konnte).

»Wenn Sie Gentlemen wären«, sagte Richter Stang, ohne sie anzusehen, »würde ich Ihnen Zigarren anbieten. Doch Sie sind's nicht, also spar ich's mir.«

»Herr Richter –« fing Harper an.

»Unterbrechen Sie mich nicht, Mr. Harper. Ich möchte mich einen Augenblick lang dem Genuß dieser guten Zigarre widmen können, ohne daß die Pforten meiner Gehörorgane durch das verbale Geschleime von Rechtsverdrehern besudelt werden.«

Richter Stang entnahm einem gravierten Schnapsglas ein Zedernholzstreichholz und riß es an einem Bein seines Schreibtisches an. Er paffte behaglich, drehte die Zigarre, um sich zu vergewissern, daß sie gleichmäßig brannte, und lehnte sich dann in seinem Schreibtischsessel zurück.

»Jeden Morgen sitze ich an meinem Fenster und sehe hinaus auf die Stoppschilder, die sich an allen vier Seiten der Kreuzung Nowhere Street und Elsewhere Street befinden. Ich sehe Sie oft morgens auf dem Weg zur Arbeit das Haus verlassen, die Nowhere in südlicher Richtung entlangfahren und vor dem Stoppschild bremsen. Und ich sehe, daß Sie als pflichtbewußter Staatsdiener Ihr Fahrzeug stets zum völligen Stillstand bringen, bevor Sie dann wieder anfahren und die Kreuzung überqueren.«

Richter Stang verstummte und sah Harper zum erstenmal an. Dem Staatsanwalt stand der Mund offen.

»Machen Sie sich auch Notizen, Mr. Harper?«

»Notizen, Herr Richter?«

»Schon gut«, sagte der Richter und wandte sich wieder

langsam von seinen Zuhörern ab und seiner Aussicht auf den Fluß zu. »Jeden Morgen, Punkt sieben Uhr fünfzehn, sehe ich, wie Freddy Fuckhead – der auf der anderen Seite, auf der Elsewhere Street, wohnt – sein Haus verläßt und zu seinem Auto geht. Jeden Morgen, Punkt sieben Uhr fünfzehn, sehe ich ihn in sein Auto einsteigen, die Zündung betätigen, den Motor auf die denkbar rücksichtsloseste Weise aufheulen lassen, dann mit achtzig Sachen die Elsewhere in westlicher Richtung entlangbrettern und das Stoppschild überfahren, ohne das Bremspedal auch nur angetippt zu haben. Seit vier Jahren sehe ich Freddy jeden Werktagmorgen sich auf die gleiche Weise verhalten.«

Der Richter verstummte, paffte an der Zigarre und starrte durch sein Fenster auf den breitesten Fluß Nordamerikas, dem die Morgensonne gerade Glanzlichter aufsetzte.

»Das ist Mark Twains Fluß«, sagte er. »Huck und Jim sind wahrscheinlich noch immer irgendwo da draußen und erfreuen sich jeder an des anderen Geschichten, während ich hier auf dem Trockenen sitze und mich von Pseudo-Dauphins und Schwindelherzögen anöden lassen muß.«

Eine Zeitlang paffte der Richter weiter vor sich hin und starrte schweigend auf den Fluß. Harper und Watson sahen sich gegenseitig an. Dann lehnte sich Harper ein wenig zur Seite und versuchte mit einem vorsichtigen Blick festzustellen, ob Richter Stang vielleicht schon ganz woanders weilte. Als der Richter wieder zu sprechen begann, riß Harper augenblicklich seine Knochen zusammen.

»Heute morgen aber«, fuhr der Richter fort, »heute morgen lag mir dieser beschissene Fall auf der Seele, und da befiel mich der plötzliche Drang zu scheißen. Also verließ ich meinen Platz am Fenster und suchte, um Punkt sieben Uhr vierzehn – sechzig Sekunden bevor Freddy Fuckhead normalerweise herauskommt und sein Auto anläßt – das Scheißhaus auf.

Als ich zu meinem Beobachtungsposten mit Blick auf die Kreuzung Elsewhere und Nowhere zurückkehrte, war es sieben Uhr neunzehn. Ich sah aus dem Fenster und erkannte, daß sich während meines Stuhlgangs ein schwerer Unfall ereignet hatte. Freddy Fuckhead war Ihnen offenbar seitlich reingefahren, und beide Fahrzeuge waren in Flammen aufgegangen. Sie torkelten, Ihren eigenen Kopf bei den Haaren haltend, durch die Gegend, während Freddy sich den Anzug glattstrich, der anscheinend vom Airbag seines Fahrzeugs ein wenig in Mitleidenschaft gezogen worden war.

So«, sagte der Richter. »In dem bald darauf sich entspinnenden Zivilprozeß wegen Fahrlässigkeit oder Strafprozeß wegen grober Fahrlässigkeit oder fahrlässiger Körperverletzung mit Todesfolge möchten Ihre Erben beziehungsweise der Staatsanwalt mich als Zeugen aufrufen und unter Eid aussagen lassen, daß ich Freddy Fuckhead vier Jahre lang jeden Werktagmorgen dieses Stoppschild habe überfahren sehen und daß ich, auch wenn ich ihn an dem Morgen des Unfalls *nicht* das Stoppschild habe überfahren sehen, nichtsdestoweniger so gut wie sicher bin, daß er es an dem Tag gleichfalls getan und somit aller Wahrscheinlichkeit nach den Unfall verursacht hat.«

Rauchschwaden bauschten sich sacht vor dem Fenster des Richters.

»Freddy wird von Ms. Schweich und Mr. Watson vertreten. Als die Anklagevertretung mich in den Zeugenstand ruft, springt sie auf und erhebt Einspruch. Mit welcher Begründung, Ms. Schweich?«

»Äh, Herr Richter«, sagte Myrna, »mit der Bitte um Nachsicht und allem gebührendem Respekt, aber könnte mir das Gericht, wenn ich richtig antworte, anstelle eines Plätzchens bitte eine Zigarette bewilligen?«

»Legen Sie die Gründe für Ihren Einspruch dar, Ms. Schweich«, befahl der Richter.

»Bundesbeweisregel 404«, sagte Myrna. »Beweise für andere Straftaten als die zur Verhandlung stehenden sind nicht zulässig, wenn sie lediglich aufzeigen sollen, daß der Angeklagte, insofern er andere strafbare Handlungen begangen hat, einen Hang zum Verbrechen oder einen schlechten Charakter hat.«

»Ausnahmen?« fragte der Richter.

»Zugelassen werden kann solches Beweismaterial dann, wenn es dazu dient, irgendwelche anderen strittigen Punkte zu klären, wie zum Beispiel Motiv, Gelegenheit, Absicht oder andere, von anderen Regeln definierte Tatbestandsmerkmale. In dem von Ihnen dargestellten Sachverhalt aber sind Motiv und Absicht keine Merkmale der dem Angeklagten zur Last gelegten Straftat und, soweit ich gehört habe, auch keine anderen strittigen Punkte, zu deren Klärung das Beweismaterial zugelassen werden könnte. Die Gegenseite möchte, daß Sie bezeugen, daß Mr. Fuckhead gewohnheitsmäßig fahrlässig handelte und daher wahrscheinlich auch am Tag des Unfalls fahrlässig gehandelt hat – also genau die Art von Beweis erbringen, die Regel 404 unmöglich machen soll.«

»Sie dürfen eine Zigarette rauchen, Ms. Schweich.«

»Ich bin dem Gericht für seine Nachsicht zu größtem Dank verpflichtet«, sagte Myrna, während sie schon ihre Handtasche öffnete und eine Gitane aus ihrer blauen Packung schüttelte. Sie gab sich Feuer und zog mit der verzweifelten Seligkeit einer auftauchenden Fast-Ertrunkenen eine Lunge voll Rauch ein.

»Mr. Harper«, sagte der Richter, »nach Auskunft der dem Gericht vorliegenden Schriftsätze und Anträge von Staatsanwaltschaft und Verteidigung beabsichtigen Sie, in großer Ausführlichkeit den Nachweis zu erbringen, daß dieser Bursche Niggerwitze erzählt hat, das Wort *Nigger* benutzt hat, Hakenkreuze auf Wassertürme geschmiert hat, sich vor zehn Jahren auf der High-School mit einem schwarzen Footballspieler geprügelt hat, Kontakte zu Gruppen unterhält, die das Wort *Nigger* benutzen, seinen Computer benutzt, um sich mit ihnen auszutauschen, Bücher über Leute liest, die Nigger hassen, und von irgendwelchen Psychologen untersucht worden ist, die eidlich bezeugen wollen, daß sie diesen Burschen untersucht haben und zu dem Ergebnis gelangt sind, daß er ein eingefleischter Rassist ist – trifft das zu?«

»Das ist in der Tat unsere Absicht, Herr Richter, und zwar, weil solches Beweismaterial der Feststellung des Motivs dient«, sagte Harper. »Und dieses Beweismaterial wird uns erlauben, den Nachweis zu erbringen, daß Mr. Whitlow sein Opfer vorsätzlich aufgrund von dessen Rasse ausgewählt hat.«

»Verstößt es gegen ein Bundesgesetz, Rassist zu sein?« fragte der Richter.

»Nein, Herr Richter«, sagte Harper.

»*Noch* nicht, jedenfalls«, sagte Richter Stang.

»Aber es gibt andere Verstöße gegen Bundesgesetze – Mord, beispielsweise, oder Verabredung zum Mord –, und das Gesetz schreibt dann eine Strafverschäfung vor, wenn der Tatuntersucher zu dem Schluß gelangt, daß diese Straftaten durch Rassismus motiviert waren.«

»Motiviert?« fragte der Richter. »Mr. Harper, erklären Sie den Unterschied zwischen Motiv und Absicht.«

»Absicht ist ... was man zu tun beabsichtigt«, sagte Harper, »also ob man eine Straftat bewußt und vorsätzlich begangen hat, und nicht nur aus Versehen oder etwa beim Schlafwandeln ...«

»Und Motiv?«

»Ist das, was einen motiviert hat. Die Gründe, die einen bewogen haben, die vorsätzliche Tat zu begehen.«

»Für gewöhnlich keine eigenständige Straftat, nicht wahr?« fragte der Richter. »Es ist für gewöhnlich nicht einmal ein eigenständiges Merkmal einer angelasteten Straftat, nicht wahr? Ich meine, gewöhnlich wollen wir nur wissen, ob die strafbare Handlung *vorsätzlich* verübt wurde. Über Motive reden wir, um den Geschworenen eine zusammenhängende Geschichte liefern zu können, vielleicht sogar um eine Verschärfung des Strafmaßes zu erreichen, aber eine eigenständige Straftat – oder auch nur ein eigenständiges Tatbestandsmerkmal der Straftat als solcher – ist das Motiv doch für gewöhnlich nicht, richtig?«

»Richtig«, sagte Harper, »aber die Gesellschaft ist berechtigt, besonders verwerfliche Motive zu identifizieren und zu bestrafen, wenn der Gesetzgeber bestimmt –«

»Und es gibt gute Gründe dafür, das Motiv *nicht* als ein Tatbestandsmerkmal oder eine eigenständige Straftat einzustufen, nicht wahr?« fuhr der Richter fort. »Denn wie beweist man, was jemand denkt, während er eine Straftat verübt, und beweist anschließend, daß diese Gedanken die Tat verursacht haben?«

»Ich denke –« begann Harper.

»Ich vermute, daß Sie mindestens schon ein-, zweimal aufgewacht sind und sich gefragt haben, welche absurde Melange von Motiven Sie veranlaßt haben mochte, sich am voraufgegangenen Abend so abscheulich zu verhalten, aber darauf wollen wir jetzt nicht näher eingehen. Fragen Sie sich nie nach Ihren Motiven, Mr. Watson?«

»Ehrlich gesagt, doch, Herr Richter«, sagte Watson, die Augen unverwandt auf Richter Stangs Hinterkopf gerichtet. »Manchmal tue ich irgendwelche Dinge, und ich begreife selbst nicht, warum. Oft habe ich gemischte Beweggründe, schaffe es aber nicht, sie auseinanderzusortieren, und zu anderen Gelegenheiten glaube ich, ganz bestimmte, klar umrissene Beweggründe zu haben, habe aber in Wirklichkeit ganz andere. Und wenn ich mir schon über meine *eigenen* Motive keine Klarheit verschaffen kann, graut mir bei der Vorstellung eines Strafprozesses, in dem eine Jury versucht, sie für mich auseinanderzuklauben, während ich stumm dabeisitze und mich meines verfassungsmäßig garantierten Aussageverweigerungsrechts freue.«

Myrna zwinkerte Watson zu und zog an ihrer Gitane, dann streckte sie den kleinen sommersprossigen Mittelfinger ihrer rechten Hand in die Höhe und schwenkte ihn in Harpers Blickrichtung.

»Herr Richter«, sagte Harper zornig, »das dürfte jetzt wirklich genügen. Ich muß darauf bestehen –«

»IDA!« gellte der Richter, ohne sich von seinem Fenster mit Aussicht abzuwenden. »Würden Sie bitte Frank Donahue anrufen und ihm befehlen, sich ins Richterzimmer zu verfügen. Jetzt.«

»Herr Richter, ich bin vom Bundesanwalt bevollmächtigt, eine protokollarische Niederschrift dieser Unterredung zu verlangen. Darüber hinaus ist die Verteidigung – zumindest die eine Hälfte davon – die unprofessionellste Rechtsanwältin, mit der ich je etwas zu tun gehabt habe, und hinzu kommt, daß das Gericht uns noch immer nicht über den Zweck dieser Anhörung unterrichtet hat –«

»Das hier ist keine Anhörung«, sagte Richter Stang. »Das Gericht hat gleich zu Beginn jeden möglichen diesbezüglichen Zweifel ausgeräumt. Es ist ein Gespräch, Mr. Harper. Und das Gericht ist zu der Entscheidung gelangt, daß *Ihre* Gesprächszeit abgelaufen ist. Sie sind angewiesen, bis zum Erscheinen Mr. Donahues zu schweigen.«

Myrna lächelte und zündete sich eine weitere Zigarette an. Watson starrte weiterhin unverwandt auf Richter Stangs Hinterkopf. Harper sah auf seine verschränkten Hände hinunter und schäumte still vor sich hin.

Nach mehreren Minuten konzentrierten unbehaglichen Schweigens hörte Watson eine Männerstimme im Empfangsbüro und erkannte gleich darauf die stämmige, vierschrötige Gestalt Frank Donahues mit dem borstigen graumelierten Rotschopf wieder, den er schon mehrmals auf Zeitungsfotos gesehen hatte. Trotz seiner kleinen Statur strahlte er eine erhebliche Autorität aus, wie er da an der Schwelle stand und mit wachen grünen Augen die Akteure des Dramas abschätzte, das gleich seinen Auftritt erleben würde.

»Ida, seien Sie so freundlich und bitten Sie den Bundesanwalt herein«, sagte Richter Stang.

»Guten Tag, Herr Richter«, sagte Donahue.

Noch immer reglos aus dem Fenster blickend, hub Richter Stang an zu sprechen. »Der hier anwesende Mr. Harper war außerstande, das Gericht mit einem kohärenten Gutachten über den Unterschied zwischen Motiv und Absicht zu erbauen, daher habe ich meine Sekretärin gebeten, Ihr Büro anzurufen, Mr. Donahue.«

Frank Donahue versuchte, durch einen Blick in Harpers Richtung festzustellen, wie weit die Sache schon aus dem Ruder gelaufen war. Harper seufzte auf und wandte das Gesicht ab.

»Vielleicht wird uns ein konkretes Beispiel weiterhelfen«, sagte Richter Stang. »Sie hatten offensichtlich *die Absicht*, diese Anklage zu erheben, da sie bei Gericht eingereicht worden ist, die Anklageschrift Ihren Namen trägt und ich davon ausgehe, daß Sie, als Sie sie eingereicht haben, weder betrunken waren noch sich in der Gewalt unüberwindlicher somnambulischer Somnolenz oder epileptischer Umnachtung befanden oder unter einer hochgradigeren als der bei Staatsdienern gewöhnlich anzutreffenden intellektuellen Defizienz litten. Aber vielleicht hätten Sie die Güte, uns bezüglich der Motive, die Sie zu diesem Handeln veranlaßt haben, in Kenntnis zu setzen.«

»Bin ich vor dieses Gericht geladen worden, um an einer

metaphysischen Untersuchung schuldhafter psychischer Zustände teilzunehmen?« fragte Donahue ungläubig.

»Pah« – ein einzelner Verschlußlaut sandte einen Rauchschwall in die Höhe, wo er sich, vom Sonnenlicht beschienen, zirrusgleich um das graue Gefels von Richter Stangs Profil lagerte.

»Das Gericht würde sich nie aus freien Stücken einer derartigen Verwirrung aussetzen. Die von Ihnen inszenierten metaphysisch-bürokratischen Darbietungen, deren Zeugen wir in der Vergangenheit bereits wiederholt sein mußten, sind so tiefschürfend, daß sie jedermann erstaunen, verblüffen und in abgrundtiefe Verwirrung stürzen – Sie selbst nicht ausgenommen.«

Donahue sah sich nach einer Sitzgelegenheit um und schien sich dann gereizt zu erinnern, wo er sich befand. »Ich bin hier als Repräsentant der Obersten Anklagebehörde der Vereinigten Staaten, und in meiner Eigenschaft als Anwalt dieses Gerichts«, sagte Donahue mit hörbar hochsteigender Galle, »werde ich nicht –«

»Noch die nackteste, offensichtlichste Tatsache bleibt in einer Verhandlung, die durch Ihre allseits bewunderte Fähigkeit zu mentaler Selbstverstümmelung ausgezeichnet ist, unhinterfragt«, fuhr Richter Stang fort. »Das Gericht kennt keinen anderen Juristen, der auf eine so perverse und maßlose Weise stolz auf selbstverursachte Ratlosigkeit wäre. Kurzum, Mr. Donahue, wenn Ihr Herz daran hängt, nimmt das Gericht, ohne auf weitere Beweise zu bestehen, hiermit zur Kenntnis, daß Sie ein rechter Teufelskerl von einem Anwalt sind.«

»Mit Erlaubnis des Gerichts«, sagte Donahue, »möchte ich beantragen, daß ein Protokoll dieses Treffens aufgenommen –«

»Damit Sie dann was in der Hand haben und mich nach oben schleifen können? Beim gerichtlichen Untersuchungsausschuß eine Beschwerde gegen mich einreichen? Schminken Sie sich's ab. Sie haben die Erlaubnis des Gerichts *nicht*.«

»Nun gut«, sagte Donahue, »in dem Fall sehe ich mich gezwungen, darauf zu *bestehen*, daß ein Protokoll aufgenommen wird. Die Äußerungen des Gerichts sind ungebührlich –«

»UNGEBÜHRLICH!« brüllte Richter Stang.

Watson spürte, wie der von Richter Stangs Stimmbändern erzeugte Schalldruck sein Haar nach hinten wehte, und staunte, daß ein so kleiner alter Mann über solch eine akustische Potenz gebieten konnte.

»Ungebührliche Narrheit!« röhrte der Richter. »Verlangen Sie von mir noch ein einziges Mal ein Protokoll oder eine Abschrift für Ihre Golfkumpane da oben in der Kapelle der unheiligen Revision, und ich ziehe Sie wegen Mißachtung des Gerichts zur Verantwortung, *Sir*! Ich werde das Schwert des Damokles vermittels eines Menschenhaars an die Deckenbalken hängen. Dann werde ich Ihnen befehlen, sich darunterzustellen und ›Chattanooga Choo-Choo‹ zu singen, während meine Protokollführerin für Sie in extenso mitschreibt. Haben Sie mich verstanden?«

Frank Donahue blähte seine Brust, daß sein blauer Anzug sich wie ein Segel der Empörung bauchte. »Wenn das wieder eine dieser öffentlichen Übungen in Despotie, Menschenverachtung und, offen gesagt, wie viele meinen, Übertretung der Befugnisse dieses Gerichts werden soll, dann –«

»IDA!« schrie Richter Stang, finster an seiner schwelenden Davidoff entlangstarrend. »Ida! Schicken Sie eines der Mädchen herein.«

Frank Donahue schnaufte ungeduldig, während Richter Stang den Fluß betrachtete, der breit in der Morgensonne dahinströmte.

»Guten Morgen, Herr Richter.« Es war die Brünette. Sie war auf der Ignatius University ein Jahr weiter als Watson gewesen. Renee Sowieso. Eine überirdische Schönheit, die in der Jahrgangswertung auf einem der ersten Plätze rangiert hatte. Sie nickte den Anwälten höflich zu, ging an ihnen vorbei und stellte sich aufmerksam neben Richter Stang auf.

Der Richter wandte kein Auge vom Fluß ab. »Ist es ein schweres Verbrechen, ein minderes Verbrechen oder ein Vergehen, wenn ich eine Vorladung wegen Mißachtung des Gerichts anordne, das Schwert des Damokles an einem Menschenhaar aufhänge und dem Bundesanwalt für den Östlichen Distrikt von Missouri befehle, sich darunterzustellen und ›Chattanooga Choo-Choo‹ zu singen, während meine Protokollführerin in extenso mitschreibt?«

Der Bundesanwalt seufzte hörbar.

Renee strich sich eine Strähne dunklen, glänzenden Haars hinter das rechte Ohr und lächelte. »Um ehrlich zu sein, Herr Richter, haben wir diesen konkreten Fall noch nicht recherchiert, aber das Gericht wird sich erinnern, daß wir gelegentlich bereits ähnlichen Fragestellungen nachgegangen sind und daß die fraglichen Tatbestände teils weder Verbrechen noch Vergehen waren, teils nicht in Betracht gezogen werden konnten. So war es beispielsweise kein Verbrechen oder Vergehen seitens des Gerichts, einem Konkursanwalt zu befehlen, seine eigene Gebührenabrechnung zu Brei zu zerkauen. Unsere einzige Einschränkung lautete, daß der Anwalt nicht angewiesen werden sollte, den Papierbrei anschließend zu verschlucken, da eine unglückliche Obstruktion der Atemwege zu einer Verletzung, unter Umständen sogar mit Todesfolge, führen könne, die zumindest in bestimmten Gerichtsbezirken als fahrlässige Körperverletzung bewertet werden könnte.«

»Reden Sie weiter«, sagte der Richter.

»Es war kein Verbrechen oder Vergehen seitens des Gerichts, anläßlich jener Gruppenklage gegen eine Krankenversicherungsgesellschaft, die wir letztes Jahr zu verhandeln hatten, die Rechtsvertreter beider Parteien anzuweisen, während der gesamten Dauer der Beweisaufnahme Idiotenkappen zu tragen. Und vielleicht erinnert sich das Gericht an jenen kalifornischen Anwalt, der im Durchlauftermin ohne Schlips und mit offenem Hemdkragen erschienen war?«

»Dieser Surfbrettpenner?« knurrte der Richter.

»Der nämliche«, sagte sie neckisch. »Das Gericht wurde keinerlei Rechtsverstoßes für schuldig befunden, als es dem Anwalt befahl, sich *zwei* Krawatten mit Windsorknoten umzubinden, bevor das Gericht seinen Antrag auf Vertretung in dem anhängigen Fall auch nur in Erwägung ziehen würde. Aber wenn ein Hinweis gestattet ist –«

»Gestattet«, sagte der Richter.

»Hat das Gericht die Möglichkeit in Betracht gezogen, daß das Haar reißen und dadurch dem Schwert erlauben könnte, auf Mr. Donahues Kopf zu fallen, was eine Kopfverletzung zur Folge hätte, die –«

»Sie wollen damit sagen, man würde *mir* die Schuld daran geben?« fragte der Richter.

»Es wäre nicht auszuschließen, Herr Richter«, gab Renee vorsichtig zu bedenken.

»Sie wollen damit sagen, man könnte behaupten, das Schwert sei *aufgrund* meines angeblichen Hasses gegen Mr. Donahue heruntergefallen? Würde man mir unterstellen, ich hätte mich bei Ausübung meiner mir von Artikel III garantierten Befugnisse von gemischten Motiven leiten lassen? Bei Ausübung der unbeschränkten, durch Kongreß und Oberstes Bundesgericht und Bundesverfahrensordnung an dieses Gericht delegierten Vollmacht? Sie wollen damit sagen, daß all diese meine Befugnisse und Vollmachten unzulässigerweise von irgendwelchen finsteren, unausgesprochenen persönlichen Motiven befleckt sein könnten? Daß man *aufgrund* dieser vagen Möglichkeit ein Amtsenthebungsverfahren gegen mich einleiten könnte?«

Die Frau schürzte die Lippen und nickte. »Nicht auszuschließen, Herr Richter, aber ohne weitere Fakten kann ich –«

»Aber was, wenn ich Mr. Donahue befehlen würde, sich *aufgrund* seines Verhaltens unter das Schwert zu stellen? Und *aufgrund* dieser schwachsinnigen Strafsache, die meine Gerichtsterminliste besudelt? Und *aufgrund von* bestimmten psychischen Leiden, die es mir nahezu unmöglich machen, meinen glühenden Haß gegen Anwälte zu bemeistern? Und *aufgrund von* –«

Der Richter hielt inne, griff nach seiner Teetasse und führte sie an die Lippen, dann rückte er sie wieder ein Stück ab und spähte durch seine Lesebrille hinein. »Ida! Tee!« Er wählte ein neues Zedernholzstreichholz und riß es an der Unterseite seines Drehsessels an. »Ich gestehe, daß mir Ihre Frage entfallen ist, Mr. Donahue«, sagte er. »Irgendwelche Einwände dagegen, daß wir einfach weitermachen?«

»Weitermachen?« fragte Donahue.

»Ja, mit dieser informellen Zusammenkunft. Mit unserem Gespräch.«

»Herr Richter, ohne in irgendeiner Weise zu verstehen geben zu wollen, daß ich ein Protokoll dieser Unterredung wünschte, bittet die Anklagevertretung das hohe Gericht, die

Natur dieser Unterredung zu spezifizieren. Ist es eine Anhörung zu eingereichten Anträgen?«

»Mr. Donahue«, sagte Richter Stang gedehnt, »Ihr Name ist Polonius, und Sie haben sich hinter einem Wandbehang in Königin Gertrudes Schlafgemach versteckt. Ich bin Hamlet. Ich trete auf. Ich höre etwas oder jemanden hinter der Tapete rascheln, und ich sage: ›Wie? Was? Eine Ratte?‹ und stoße mit meinem Schwert durch den Stoff und verwunde Sie tödlich. Königin Gertrude sagt: ›Weh mir! Was tatest du?‹ Ich sage: ›Fürwahr, ich weiß es nicht: Ist es der König?‹«

Donahue tat einen einzigen tiefen Atemzug und ließ resigniert den Kopf hängen.

»Habe ich Sie vorsätzlich getötet?« fragte Richter Stang. »Habe ich geglaubt, es sei eine Ratte oder ein Mensch da hinter der Tapete?«

»Das sind doch bloß literarische Gestalten, Herr Richter, ich wüßte wirklich nicht –«

»Unsterbliche literarische Gestalten«, sagte Richter Stang. »Und wenn wir uns hier auch durchaus im sicheren Rahmen normalen Strafrechts bewegen, tun Sie sich arg schwer, meine Absicht zu ermitteln. Denn einen Augenblick später sehe ich, daß es ein kläglicher, vorwitz'ger Narr ist – nämlich Sie, ich meine natürlich, Polonius –, der hinter der Tapete liegt, und ich sage: ›Ich nahm dich für 'nen Höhern‹, will natürlich sagen, ich hatte Sie für den König gehalten. Jetzt aber wissen wir nicht, ob der Gedanke, es sei der König, *vor* oder *nach* dem tödlichen Schwertstoß erfolgte. Was von beiden nun?«

»Ich gestehe, daß ich keine blasse Ahnung habe«, sagte Donahue, »und daß es mir auch herzlich egal ist.«

»Nehmen wir jetzt spaßeshalber an, es existierte ein verfassungswidriges Gesetz, das für jedes ungebührliche Motiv, das mich dazu verleitet haben könnte, Sie zu erstechen, eine Strafverschärfung vorschreibt. Jetzt geht's erst richtig los, nicht wahr, Mr. Donahue? Gestatten Sie mir, ein paar Motive vorzuschlagen. Wie Sie sich entsinnen werden, gab ich in meinem Stück vor, verrückt zu sein, und diese Tat war nur eine von etlichen Listen, durch die ich den Zweck verfolgte, die Leute von meinem Wahnsinn zu überzeugen. Ich war durch einen glühenden Haß gegen Ratten und rattenartige Menschen motiviert. Ich wollte den Tod meines Vaters rächen. Aufgrund meiner rebellischen und melancholischen Natur lehnte ich mich unbewußt gegen jede mir begegnende Autoritätsfigur auf. Ich habe Sie getötet, weil ich wußte, daß Sie nie in eine Heirat zwischen mir und Ihrer Tochter Ophelia einwilligen würden. Und so weiter.«

»Nun, Herr Richter«, sagte Frank Donahue, »wenn schon nichts anderes, haben wir doch zumindest einen klaren Fall von Vereinigte Staaten gegen Hamlet.«

»›Wie? Was? Eine Ratte?‹« gluckste Richter Stang. Er drehte sich gerade eben weit genug herum, um die Asche seiner Zigarre im Steinaschenbecher auf seinem Schreibtisch abzustreifen, und wandte sich dann wieder seinem Panorama zu. »Ich werfe *einen* Blick auf dieses Gesetz, meine Herren, und ich sehe Verhandlungen. Jede Menge Verhandlungen, jede einzelne davon sich ewig hinziehend und ausschließlich der Klärung der Frage gewidmet, auf welche Sorte Haß unser Angeklagter spezialisiert war. Es ist schon schwierig genug, herauszufinden, was der Angeschuldigte *getan* hat. Jetzt wollen Sie dem noch vier weitere Verhandlungstage hinzusetzen, um herauszufinden, woran er *gedacht* hat, als er es getan hat?«

»Herr Richter«, sagte Donahue ungeduldig, »wir geraten allmählich –«

»Nach reiflicher Überlegung«, unterbrach ihn Richter Stang, »ist dieses Gericht zu der Überzeugung gelangt, daß eine Anhörung in diesen Angelegenheiten nicht notwendig ist. Dem Gericht liegen schriftliche Anträge und begründende Memoranda sowohl der Staatsanwaltschaft als auch des Angeschuldigten, James Whitlow, vor.«

Der Richter schwenkte in seinem Drehstuhl herum und sah die Anwälte an.

»Das Gericht entscheidet, daß sämtlichen vom Angeschuldigten eingereichten Anträgen hiermit stattgegeben wird. Das Gericht entscheidet weiterhin, daß sämtliche von der Staatsanwaltschaft eingereichten Anträge auf Nichtverwertung der Beweise für die psychische Störung oder den zerebralen Defekt des Angeschuldigten hiermit abgelehnt sind.«

»Die Staatsanwaltschaft wird eine beschleunigte mündliche

Revisionsverhandlung und die Aufhebung dieser Entscheidung beantragen«, sagte Donahue entschlossen.

»Ich bin noch nicht fertig, Mr. Donahue«, sagte der Richter. »Aus den in Anklageerwiderung und begründendem Memorandum des Angeschuldigten durch den hier anwesenden Mr. Watson dargelegten Gründen gibt das Gericht weiterhin dem Antrag des Angeschuldigten auf Niederschlagung der von der Staatsanwaltschaft unter Berufung auf die Haßmotivationsbestimmungen erhobenen Anklagepunkte statt.«

»Wir werden dagegen Revision einlegen«, sagte Donahue zuversichtlich.

»Pah«, sagte der Richter unter Emission weiterer Rauchschwaden. »Damit hatte ich doch tatsächlich nicht gerechnet, Mr. Donahue. Da komme ich ja richtig ins Grübeln. Wenn das passiert und die Sache an mein Gericht zurückverwiesen wird, ist nicht auszuschließen, daß die Verhandlung sich bis nach den Wahlen hinzieht.«

Donahue wandte sich zu Harper und sagte: »Kommen Sie.«

Der Richter redete gemächlich weiter. »Natürlich haben die Wahlen nichts mit diesem Fall zu tun, denn Sie haben alle gehört, daß ich den Bundesanwalt nach seinen Motiven für die Anklageerhebung gefragt habe und er von einer Wahl nichts gesagt hat.«

Harper und Donahue gingen. Myrna und Watson standen vor Richter Stangs Schreibtisch; ihrer beider Atem ging rascher, ihre Gesichter waren gerötet vor Freude über den Sieg.

»Gute Arbeit, die Schriftsätze«, sagte Richter Stang. »Bei Ihrer bevorstehenden Unterredung mit den platonischen Wächtern des Achten Revisionsgerichts wird wahrscheinlich allen Ihren Anträgen auf Beweiserhebungsverbot stattgegeben werden, denn die Staatsanwaltschaft übernimmt sich bei ihrem Versuch, Meinungsäußerungen, Ansichten und Bekanntschaften vor die Geschworenen zu bringen. Abgesehen davon entscheidet über die meisten Beweisanträge das erstinstanzliche Gericht«, sagte er und stieß zugleich mit dem Rauch einen Seufzer aus. »Das bin ich.«

»Ja, Herr Richter«, sagte Watson.

»Allerdings könnte sich das Gericht mit der Abweisung der Haßtatgeschichte seinerseits übernommen haben. Da werden

Sie Ihre eigentliche Schlacht auszufechten haben. Man wird Sie sehr genau nach Wisconsin gegen Mitchell ausfragen.«

»Ich weiß, Herr Richter.«

»Die Gesetzeslage in Wisconsin gegen Mitchell weicht aus den in Ihren Schriftsätzen genannten Gründen von dem für uns relevanten Bundesgesetz ab. Sorgen Sie dafür, daß Sie den Herren da oben ganz genau erklären können, inwiefern das der Fall ist.«

»Das werde ich tun, Herr Richter.«

»Ms. Schweich, wenn diese Sache zur Verhandlung an uns zurückverwiesen werden sollte, werden Sie sich in meinem Gerichtssaal benehmen. Keine Possen.«

»Ich werde mein Bestes tun«, sagte Myrna.

Der Richter schnaubte. »Und wenn Ihr Bestes nicht gut genug ist und Sie sich wie ein Arschloch aufführen, dann werde ich Sie ein Arschloch nennen – vor Ihrem Mandanten, den Geschworenen, der Presse, Ihrer Mutter und so weiter.«

»Ich verstehe, Herr Richter.«

Der Richter drehte sich langsam wieder seinem Fenster zu und seufzte. »Das ist Mark Twains Fluß«, sagte er.

»Er ist sehr schön heute«, sagte Myrna.

»Ich bin alt und müde«, sagte Richter Stang. »Die Laster der Menschen und die Stimmen der Anwälte rauben mir den Schlaf. Ich habe keinen Frieden. Bald werde ich tot sein. Frank Donahue wird Senator sein. Und Sie alle werden noch hier sein und reden. Ich werde in ewiger Glückseligkeit schlummern, und Sie werden weiterhin niederen menschlichen Bedürfnissen Ihre Zunge leihen. Narren! rufe ich. Macht mich lustig. Doch sie sind nicht gefällig.«

»*Wir* jedenfalls werden nach einer solchen Entscheidung mächtig lustig sein«, sagte Myrna. »Dürfen wir um unsere Entlassung bitten, wenn das Gericht keine weiteren Fragen an uns hat?«

»*Ida!* Begleiten Sie die Anwälte hinaus und bringen Sie mir meinen Tee.«

Zweiundzwanzigstes Kapitel

Myrna stieg in den Fond von Watsons Honda und entkleidete sich rasch – eine zweite Jeanne d'Arc nach der Schlacht, die die Kleiderhaken zum Gestell für ihre Anwaltsrüstung machte: Kammgarn-Harnisch, burgunderrote Halsberge, Seidenblusen-Brünne, stahlgrauer Bauchschurz.

Watson versuchte zu fahren, aber das Adrenalin des Triumphes pulsierte in seinen Adern und gab ihm den Tatterich. Er hatte erwartet, im edlen Streit um die verfassungsmäßigen Rechte seines Mandanten mit Pauken und Trompeten unterzugehen, und diese Erwartung hatte ihn gegen die Angst vor der Niederlage gewappnet. Es war schließlich keine Schande, einen hoffnungslosen Prozeß mit einem hoffnungslosen Mandanten zu verlieren. Nichts dagegen einzuwenden, wenn ein blutiger Anfänger an der juristischen Entsprechung einer Leiche übte. Ein junger Anwalt hätte schon stolz sein können, auch nur *einen* seiner sechzehn Anträge durchzubekommen. Selbst ein symbolischer Sieg aufgrund eines »reinen Formfehlers«, wie die Zeitungen so gern schrieben, wäre eine gewaltige Befriedigung gewesen. Aber alle sechzehn Anträge durchzubekommen? Einschließlich eines Antrags auf Abweisung der Haßanklage? Sprachloses Delirium. Er hatte, wenigstens vorübergehend, das Schicksal eines Mörders abgewendet, die Pläne der Bundesanwaltschaft durchkreuzt, einem U.S. Attorney und Kandidaten für den US-Senat in die Suppe gespuckt und wahrscheinlich die Hälfte der Bürger von Saint Louis in Rage gebracht – und das alles nur, indem er Buchstaben und Wörter auf dem aquamarinblauen Schirm seines Monitors aneinandergereiht, dann ausgedruckt und bei Gericht eingereicht hatte.

»So wie's aussieht, wirst du mit Frank Donahue in den Ring steigen«, sagte Myrna.

»Frank Donahue? Ich hatte gedacht, Harper würde die Vertretung der Anklage übernehmen.«

»Ach wo, Harper ist Mr. Hollywood. Ohne Text völlig aufgeschmissen. *Die* Sache nimmt Donahue selbst in die Hand. Er muß schließlich sicher sein können, daß das Revisionsgericht begreift, wie wichtig dieser Fall für Bundesanklagebehörde und Senat ist.«

Watson verdrängte den Gedanken daran, wie es sein würde, vor dem Revisionsgericht gegen Frank Donahue antreten zu müssen, und konzentrierte sich vorerst darauf, den errungenen Sieg auszukosten. Auf der Universität hatten ihm seine Memoranda gute Noten und Preise eingebracht. Vor dem Bundesbezirksgericht verschafften preiswürdige Memos Typen wie James Whitlow – einem mit Steuergeldern am Leben gehaltenen Rassisten – technische Vorteile. Watsons Memos hatten den Plan des Volkes der Vereinigten Staaten von Amerika, Whitlow etwas in die Adern spritzen zu lassen, was die Angelegenheit kurz und nicht völlig schmerzlos erledigen würde, vorerst vereitelt.

Während sie wieder in schwarze Leggings und ihr Elvis-Costello-T-Shirt schlüpfte, hielt Myrna vom Fond aus eine kurze Vorlesung über Mandantenbeziehungen und Strafrecht.

An entscheidenden Punkten jedes Prozesses, erklärte sie, müsse der Mandant informiert werden. Wenn er schlechte Neuigkeiten habe, müsse sich der Anwalt hüten, das Thema ausstehende Gebühren anzuschneiden. Überbringe er aber frohe Kunde – wie etwa vom vorprozessualen Blutbad, das Watson gerade unter den örtlichen Vertretern der Bundesanklagebehörde angerichtet hatte –, sollte die Mitteilung an den Mandanten stets eine diskrete Erinnerung an die zur Leistung so unschätzbarer Dienste erforderlichen Honorare einschließen. Nach Myrnas wohlerwogener Ansicht war es jetzt an der Zeit, ihren gemeinsamen Mandanten davon in Kenntnis zu setzen, daß Dr. Greens Gebühren immer weiter in die Höhe gingen. Sie hatten gerade eine wichtige taktische Schlacht in einem Feldzug gewonnen, der sich durchaus als ein langer erweisen konnte – eines Krieges, der ohne weiteres zwei Revisionen einschließen konnte: eine vor, eine nach der Hauptverhandlung. Watson sollte die Gelegenheit beim Schopf ergreifen und sich eines weiteren Bündels duftender grüner Scheinchen versichern.

»Noch mal?« fragte Watson. »Noch mehr Geld verlangen? So früh schon?«

»Besser jetzt, als nachdem wir in der ersten oder zweiten Instanz gewonnen oder verloren haben, Mann«, sagte sie. »Danach könnt's sein, daß wir nie wieder was von denen hören. Und was dann? Schicken wir ihnen eine Gebührenabrechnung? Zu Händen Adlerorden, c/o Weihnachtsmann, Nordpol? Wir haben nicht mal deren Adresse. Und ganz unter uns – ich will deren Adresse auch gar nicht wissen. Wir haben der Staatsanwaltschaft bislang nur mit unseren Tennisschuhen in den pensionsberechtigten Arsch getreten; jetzt brauchen wir zusätzliches Geld für Stahlkappenstiefel.«

Bei seiner Schilderung der momentanen Sachlage, empfahl sie weiter, sollte sich Watson ihrem gemeinsamen Mandanten gegenüber zurückhaltend optimistisch, ja, falls technisch machbar, besonnen überschwenglich geben. Den Sieg feiern, ohne falsche Hoffnungen zu erwecken. Ihnen stand noch die Auseinandersetzung mit dem Revisionsgericht bevor, aber die Rücksichtnahme, die die zweite Instanz gegenüber Richter Stangs Entscheidungen zu den Beweisanträgen walten lassen mußte, ging so sehr zu ihren Gunsten, daß die meisten, wenn nicht sogar sämtliche Beweise für den Rassenhaß des Angeklagten nicht zugelassen werden würden. Und wichtiger noch – sie hatten Donahue und Harper eine verfahrenstechnische Hürde in den Weg gestellt, und jetzt mußten die beiden Rechtsmittel einlegen und ihren Antrag vor dem Achten Revisionsgericht vertreten, bevor sie auch nur daran denken konnten, in die Hauptverhandlung zu gehen.

»Siehst du, was passiert, wenn man seinen Job erledigt? Ich bin die erste, die bereit ist, mit der Gegenseite zu kooperieren – solange die nicht versucht, mich zu linken. Wenn das passiert, dresche ich dem Gegenanwalt mit dem Gummiknüppel über den Schädel und schlag ihm die Zähne ein. Dann erkläre ich ihm: Wenn er mir *je-mals* wieder dumm kommt, werde ich zur Furie. Ich werde zur Harpyie, zum Sukkubus, Fuckubus und was es sonst noch so gibt. Ich werde ihm in seinen gräßlichsten Alpträumen erscheinen, ihm meine Krallen in den Rücken schlagen, ihn mit einer Klaviersaite erdrosseln, ihm mit meinen Reißzähnen die Kopfhaut vom Schädel fetzen.«

Sie verstummte kurz, um nach Luft zu schnappen. »Engagiere ich mich zu sehr?«

Das Aufzischen eines entflammenden Streichholzes verleitete Watson zu der Annahme, sie verabreiche sich eine weitere Erhaltungsdosis Nikotin. Dann roch er schwelende Kräuter.

»Myrna! Bist du übergeschnappt? Wir sind im Auto, um Himmels –«

»Zur Feier des Tages«, krächzte sie mit dem atemlosen Flüstern des erfahrenen Kiffers, der gelernt hat zu reden, ohne den Rauch auszuatmen. »Sind wir uns schuldig. Wir haben ein wenig Sonnenschein in das Leben eines armen, hilflosen, unterdrückten, schutzlosen rassistischen Scheißspießers gebracht.« Sie verschluckte einen Huster, ohne ihren Lungenzug zu verlieren.

»Wo hast du denn das her?«

»Aus meiner Handtasche.«

Watson blendete auf die Besprechung im Richterzimmer zurück. Myrna war also nicht nur leichtsinnig genug, um am hellichten Tag in einem fahrenden Auto auf einer verkehrsreichen Straße einen Joint anzuzünden: Sie war an Metalldetektoren und Sicherheitsbeamten vorbeigetänzelt; in ein Bundesgerichtsgebäude geschlendert; an den regionalen Dienststellen von FBI, Bundesdrogenbehörde und Bundesanwaltschaft vorbeispaziert und hatte das Bundesbezirksgericht betreten, wo sie vor Richter Whittaker J. »Black Jack« Stang (Iwan dem Schrecklichen, dem Fürsten der Finsternis) erschienen war – all das mit einer nennenswerten Menge Einstiegsdroge in ihrem Besitz!

Er mußte diesen Fall abschließen und sich schleunigst nach anderweitigen Mietverhältnissen umtun.

Sie reichte ihm einen dünnen pinkfarbenen Joint nach vorn. Offenbar mit Erdbeergeschmack-Papierchen gedreht.

»Im Auto?« schrie Watson und fuchtelte nach hinten. »Willst du unbedingt, daß man uns verhaftet und in Whitlows Nachbarzelle steckt?«

Die Vorstellung amüsierte sie so sehr, daß sie loskicherte und den Rauch ausatmen mußte. »Immerhin haben wir unsere Anwälte gleich dabei!«

Watson warf ängstliche Blicke in den Rückspiegel, suchte

die Straße nach Bullenkarossen ab und schaffte es endlich, als er keine sah, seinen Puls wieder in den Normalbereich zu bringen. Er zankte Myrna wieder aus; es war ihm egal, ob sie ihre eigene berufliche Laufbahn aufs Spiel setzte, aber daß sie *ihn* mit dem Gesetz in Konflikt brachte, fand er überhaupt nicht witzig. Als er das nächstemal die Augen zum Rückspiegel hob, fiel ihm eine graue Limousine auf. Sie fiel ihm auf, weil sie schon vorher dagewesen war – meinte er jedenfalls. Vor ein paar Minuten? Ein grauer Ford? Ein Taurus? Ein Probe? Zwei ernst dreinschauende Tölpel – fast Zwillinge: dunkle Haare, dunkle Anzüge, dunkle Sonnenbrillen ... Korrektur, verspiegelte Sonnenbrillen. Sie schienen sich nicht zu unterhalten, nur stur geradeaus zu starren ... Waren sie schon vorher dagewesen? Er hatte in den Spiegel gesehen, bevor er auf die Auffahrt zum Highway 40 eingebogen war. War das dasselbe graue Auto, das er da gesehen hatte? Ach was.

Er wechselte die Spur. Das graue Auto ebenfalls.

»Äh, Myrna«, sagte er und warf wieder einen Blick in den Rückspiegel, »ich hab nicht gekifft, ich bin nicht zugedröhnt – ich meine, vielleicht hab ich eine kleine Paranoia à deux. Aber da ist ein Auto hinter uns, das uns vielleicht verfolgt. Zwei Typen in Anzug und Sonnenbrille.«

Myrna atmete ruhig ihren letzten Lungenzug aus, legte sich den Stummel auf die Zunge und verschluckte ihn. »Wenn die mich wegen Besitz drankriegen wollen, werden die schon einen Durchsuchungsbefehl und eine Magenpumpe brauchen. Glotz nicht in den Spiegel«, sagte sie. »Das schlimmste, was dir passieren kann, ist eine Blutuntersuchung wegen zureichendem Verdachtsgrund und eine Durchsuchung des Wagens durch einen der besten Experten dieses Distrikts.«

Sie fischte eine Puderdose aus ihrer Handtasche, öffnete sie und betupfte sich die Mundwinkel mit einem Papiertaschentuch.

»Paar bierernste Scheißer in Anzügen«, sagte sie, als sie den Spiegel der Puderdose in Stellung gebracht hatte. »Hast du elektrische Fensterheber?«

»Ja«, sagte Watson, krampfhaft bemüht, nicht in den Rückspiegel zu schauen. »Hab ich. Und wenn ich auch noch die Lüftung einschalte, kriegen wir den Rauch schon raus. Aber was ist mit dem dicken Packen Geld von Bucks Anwältin, das ich hinten im Kofferraum habe?«

Myrna gab einen Laut von sich, der irgendwo tief in ihrer phylogenetischen Vergangenheit seinen Ursprung zu haben schien. »DU BEWAHRST DAS GELD IM KOFFERRAUM DEINES AUTOS AUF?« schrie sie. »Und da machst du mich an, weil ich eine Prise Pot dabeihab? Bitte sag mir, daß das Zeug wenigstens nicht offen herumliegt!«

»Es steckt noch immer in dem Umschlag, in dem es gekommen ist«, sagte er. »Du hast mir doch gesagt, daß Bankeinzahlungen für das Finanzamt wie *Einnahmen* aussehen«, protestierte er und dachte derweil – oder besser gesagt, schrie innerlich: *Nicht nur verlier ich meinen Job! Jetzt verliere ich auch noch meine Anwaltszulassung!* Vielleicht würde Sheila einen Autoaufkleber von der Schule nach Hause bringen, auf dem stand: DENK AN DEINE KINDER – FINGER WEG VON DROGEN. Oder vielleicht konnte er beim nächsten Elternabend einen kleinen Informationsvortrag über Geldwäscherei halten.

»Ich hab an die zehn Bankschließfächer unter verschiedenen Namen«, sagte sie. »Erinnere mich daran, daß ich dir bei Gelegenheit erkläre, wie die funktionieren. Einstweilen läßt du hier hinten ein paar Kubikmeter Außenluft rein, während ich mir diese Zulassungsnummer notiere. Missouri 5YW-77F.«

Watson hörte das Klick und Piep von Myrnas Handy, das eingeschaltet wurde.

»Ich kenne eine hilfsbereite Angestellte der Kfz-Meldestelle mit Zugang zur zentralen Datenbank«, sagte sie. »Die hatten ihren Jungen wegen Waffenbesitz drangekriegt, und ich hab eine Bewährungsstrafe für ihn rausgeschlagen.«

»Wie fahr ich jetzt weiter?« fragte Watson, der die Augen standhaft geradeaus hielt und sich mit aller Macht auf das Logo eines Bunny-Bread-Lasters konzentrierte, der vor ihnen herfuhr.

»Hängt davon ab, ob das Bullen sind oder irgendeine andere Sorte Großwild. Schau nicht in den Rückspiegel. Schalt den Blinker ein, wechsle auf die andere Spur, und guck dir die Leute im Außenspiegel an.«

Watson tat, wie befohlen. »Immer noch da«, sagte er.

»Echt von der *ganz* unauffälligen Truppe, die Typen«, sagte Myrna. »Die sollten sich zur Sicherheit eine Sirene und ein paar schöne, dicke Warnblinkleuchten zulegen.«

»Sie holen auf«, sagte Watson.

»Libby? Hi. Myrna Schweich. Muß mich kurz fassen, weil ich einen kleinen Notfall hab. Könnten Sie kurz was nachsehen? Ja. Missouri 5YW-77F. Metallicgrauer 1992er Taurus. Genau. Freunde & Helfer? Nein? Auf *wen* zugelassen?«

Watson wechselte auf die rechte Außenspur, ging auf neunzig runter und warf einen Blick in den Seitenspiegel. Der Taurus überholte nicht, sondern scherte gleichfalls nach rechts aus.

»WAS!« schrie Myrna. »Kneifen Sie mich und sagen Sie's noch mal. Nicht möglich. Hundertprozentig? Danke, Libby. Muß Schluß machen.«

Ein weiteres Piep und Klick, als sie das Handy ausschaltete.

»Bullen?« fragte Watson, dem es in bewunderungswürdiger Weise gelang, seine Stimme am Zittern zu hindern.

»Da fick mich doch ein Kranich«, sagte Myrna. »Dieses Nummernschild ... Dieses Auto ist auf James und Mary Whitlow zugelassen, 4279 Fairmont, Dogtown, South Saint Louis. Neue Zulassung. Nicht älter als drei Tage.«

»Unmöglich«, sagte Watson mit einem kurzen Blick in den Spiegel. Gespenstische Sehstörungen – sein Gehirnmetabolismus lief dank eines neuen Brennstoffgemisches aus Kampf-oder-Flucht-Sekreten schlagartig auf Hochtouren. Die Windschutzscheibe verwandelte sich zusehends in einen riesigen, hochauflösenden Surroundvideomonitor, der Rückspiegel in einen Bildschirmausschnitt mit Mini-Livecam-Übertragung. Level 5 eines 3D-Multimedia-Abenteuers namens »Lawyer Warriors«. Die Spielhinweise, die über Bildschirm und Audio-Interrupts eingeblendet wurden, wirkten extrem konstruiert und unrealistisch. Und von hinten erzählte ihm sein virtueller Gameführer, ein rothaariger Gnom, eine geschwätzige Besserwisserin vom Schlage Microsoft-Bobs, wie er ihre Level-5-Feinde vernichten und zu Level 6 aufsteigen konnte.

»Kann nicht Whitlows Auto sein«, sagte er in der Hoffnung, die Realität durch schiere Willenskraft wieder zu einem

Handlungsablauf zurechtbiegen zu können, der zumindest einen gewissen Sinn ergab. Dann erinnerte er sich an sein Gespräch mit Whitlow und an Myrnas Zusammenfassung von Dirts Bericht: Lucy, die selbsternannte Ordnungshüterin und Fürstin des Abschlepps – hatte sie nicht bestätigt, daß Whitlows Auto ein Ford Taurus war? Und die Dame von der Abschleppstelle? *»Fahrzeugpapiere und Lichtbild-Ausweis ... und Sie werden es zulassen müssen und etwaige rückständige Steuern und Gebühren nachzahlen. Dann gehört's Ihnen.«*

»Irrt sich deine Kfz-Meldedame auch manchmal?« fragte Watson.

»Ist bislang nicht vorgekommen«, sagte Myrna. »Du hast ja gehört, wie ich zweimal nachgefragt habe. Und als gestohlen gemeldet ist es auch nicht.«

»Whitlows Wagen folgt uns«, sagte Watson. Er ließ alle Verstellung fahren und starrte unverhohlen in den Rückspiegel auf die zwei Männer in Anzug und Sonnenbrille, die ihm im Auto seines Mandanten folgten. Vielleicht hatten sie es gestohlen. Sein Entzücken darüber, der Verhaftung entgangen zu sein, war so berauschend, daß er beinah seine Kampfpositur eingenommen hätte – bereit, das Eigentum seines Mandanten zu verteidigen. Wie wäre es, wenn er jetzt kehrtmachte, ins Zentrum zurückführe und eine Klage auf Herausgabe und Wiederinbesitznahme einreichte? Da würden sich die Typen ganz schön umgucken!

»Sieht so aus, als ob jemand das Auto aus dem Verwahrhof rausgekriegt hätte«, sagte Myrna und brachte ihre Puderdose wieder in Beobachtungsstellung. »Muß Mary Whitlow gewesen sein. Aber keiner von beiden sieht danach aus, als ob er sich gern mit ›Mary‹ anreden lassen würde.«

Ihre Bemerkung gab Anlaß zu zwei bis drei Sekunden angespannten Schweigens vor dem Sturm, dem eine explosionsartige elektrische Entladung in ihren beiden Gehirnen folgte.

»Adlerorden!« riefen sie unisono aus.

»Ach du dicker Vater«, sagte sie. »Nazischläger. Kann doch nicht anders sein, oder? Die Bullen würden kaum mit der Karre eines Verdächtigen durch die Gegend fahren und alle etwaigen Spuren versauen.«

»Shit«, sagte Watson. »Glaubst du, wer das auch ist hat schon den Kofferraum aufgemacht?«

Ein weiteres Piep und Klick ihres Handys.

»Wie fahr ich jetzt weiter?« fragte Watson. »Wir sind an Big Bend vorbei, und gleich kommt Hanley.«

»Fahr irgendwo runter, wo du willst. Ich ruf im Büro an. Ich sag dir gleich, wo du hin- ... Tilly? Was ist los? Nein, lassen Sie jetzt mal die Anrufe. War jemand da, der mich sprechen wollte? Zwei Typen in Anzug und Sonnenbrille? Sie haben denen gesagt, ich wär bei Gericht? Nein, Tilly, nicht das FBI. Schön wär's. Bin gleich da.«

»Wohin jetzt?« fragte er, sobald er auf die Ausfahrt Henley eingebogen war und mit einem Blick in den Außenspiegel festgestellt hatte, daß der Taurus ihnen immer noch folgte.

»Die wissen, wo wir zu finden sind«, sagte sie. »Sind schon dagewesen.«

»Und?« fragte er.

»Was und?« sagte sie böse und spähte wieder in ihren Puderdosenspiegel, während sie so tat, als zupfte sie sich eine Wimper zurecht. »Du fährst uns ins Büro zurück, und wir unterhalten uns mit den beiden. *Das* und.«

Während er durch Hanley fuhr, zermarterte sich Watson das Hirn nach einer möglichen Weise, sie höflich zu fragen, ob er sie nicht einfach absetzen könnte. Da ihm keine einfiel, fuhr er auf den Parkplatz hinter dem Bürogebäude und versuchte, sich einzureden, daß Edelmut und Ritterlichkeit atavistische Empfindungen seien und in diesem speziellen Fall, da Myrna doch das stärkere Geschlecht repräsentierte, ganz besonders fehl am Platz. Er parkte den Honda an derselben Stelle wie immer. Der Taurus blieb am Straßenrand neben einer Parkuhr stehen und wartete.

»Glotz dir nicht die Augen aus dem Kopf«, sagte Myrna, raffte ihre Kleider und ihre Handtasche zusammen und marschierte auf den Hintereingang des Gebäudes zu. »Komm einfach rein.«

Watson verriegelte den Honda per Fernsteuerung und zögerte dann noch einen Augenblick. Wenn sein Auto eine Datei oder ein Verknüpfungssymbol gewesen wäre, hätte er einfach die Attribute geändert oder ein Archiv-Bit hinzugefügt, und dann hätte er hinterher problemlos feststellen können, ob sich jemand in seiner Abwesenheit daran zu schaffen gemacht hatte. Oder wenn der Parkplatz die Arbeitsoberfläche eines Betriebssystems gewesen wäre, hätte er einfach die ganze Chose mit einem Bildschirmschoner sichern können, der sich ohne Eingabe des richtigen Paßworts nicht wieder abschalten ließ. Er bekam einen plötzlichen Schrecken über die Nutzlosigkeit seiner Gedanken: Wie er dastand und ein Auto anstarrte und sich wünschte, es sei kein reales Auto, sondern ein virtuelles Objekt auf der bunten, übersichtlichen, wohlgeordneten Oberfläche seines Betriebssystems ... Stressgedanken. Ein Realitäts-Krisenmanager.

»*Joe*«, sagte Myrna scharf, ihrem Gesichtsausdruck nach zu urteilen ernsthaft um seinen Geisteszustand besorgt.

»Du glaubst doch nicht, daß die, äh, irgendwas mit dem Auto anstellen, oder?«

»Nicht, solange ich denen nicht den Auftrag dazu gebe«, brummelte sie. »Rein mit dir.«

Der Hintereingang des Bürogebäudes ging nach Westen. Während sie darauf zugingen, rechnete er jeden Augenblick damit, die Kugel zu spüren, die in seinen Hinterkopf einschlug. Aber wahrscheinlich *würde* er sie nicht einmal spüren – ein Lichtblitz in seinem Gehirn, und dann würden sich Samtvorhänge von Blut langsam über sein Gesichtsfeld senken, und seine festinstallierten Videoschirme würden ein für allemal verlöschen.

Als er die Glastür öffnete und hineinging, warf die Nachmittagssonne den Schatten seines ausgestreckten Arms, der Myrna die Tür aufhielt, und seines im Anzugjackett steckenden Oberkörpers auf den Boden vor ihm; die klaren Linien seiner Silhouette zeichneten sich auf den Fliesen des Flurs wie die Kreideumrisse eines Mordopfers am Tatort ab.

»*Das war die Arbeit von nem gottverdammten Profi*«, würde der Detective vom Morddezernat sagen. »*Wahrscheinlich Adlerorden, wie deren Mandant. Alles dasselbe Pack. Die zwei Scheißanwälte haben wahrscheinlich überhaupt nix mitgekriegt. Wenn diese Hohlspitzgeschosse im Genick einschlagen, platzt der Schädel wie ne beschissene Melone auseinander.*«

Ein blitzschneller Rauswurf ins Jenseits. Keine Zeit, noch zu beichten oder über den Sinn des Lebens nachzudenken. Es hört einfach so auf, und dann stehen irgendwelche Proleten um dich rum und reden über deine Überreste und daß du's nicht anders verdient hättest, weil du zu hohe Risiken eingegangen seist, die falschen Mandanten vertreten, die falsche Seite ausgesucht, die falschen Sachen gegessen, zuviel geraucht und getrunken hättest. Der Tod – die letzte, entscheidende Niederlage in der evolutionären Fitnesskonkurrenz.

Myrna klimperte mit ihren Schlüsseln und schloß die ausführlich verriegelte Tür ihres Büros auf, warf Kleider und Handtasche auf einen Stuhl, ging dann um den Schreibtisch herum und zog die untere große Schublade auf. Sie fischte ein schwarzes Schulterhalfter heraus – so zart gearbeitet, daß er wie ein Einkörbchen-Leder-BH aussah. Sie streifte ihn sich über und riß die obere Schublade auf, holte eine Smith & Wesson 357 heraus, schob ein Magazin in den Griff und entsicherte.

Watson sah ihr bei all dem zu und konnte sich nicht entscheiden, ob die ruhige Entschlossenheit, mit der sie sich bewaffnete, Zuversicht oder Entsetzen einflößte. Dem Anschein nach bestand zumindest eine gewisse Chance, daß schon bald reale Geschosse – mit den üblichen audiovisuellen Begleiterscheinungen in Form nonvirtueller Explosionen – abgefeuert werden würden.

»Fertig?« fragte sie ihn. Er nickte. Sie ließ die Arme seitlich herunterhängen, wackelte komisch mit den gespreizten Fingern und riß dann mit einer einzigen blitzschnellen Bewegung die Waffe unter ihrer Jacke hervor. Sie duckte sich in eine lehrbuchmäßige zweihändige Schußhaltung und zielte auf den Türspion.

»Das Magazin faßt achtzehn Zusatzartikel zur Gleichberechtigung«, sagte sie und steckte die Waffe in das Halfter zurück.

Ihr Telefon stieß einen einzelnen Triller aus.

»Hi, Tilly. Zwei Herren? Für Joe? Haben sie einen Termin?« Sie entfernte den Hörer von ihrem Ohr und strich sich die waffenbedingte Ausbeulung an ihrer Jacke glatt. »Sagen Sie ihnen, daß wir mit Prozeßvorbereitungen beschäftigt sind. Sie möchten einen Termin vereinbaren und ihre Namen hinterlassen.«

Myrna verstummte, fischte sich eine Zigarette heraus und zündete sie mit dem Totenkopffeuerzeug an.

Sie atmete den Rauch aus. »Ein Notfall? Sagen Sie ihnen, daß mein ganzes Leben ein einziger gewaltiger Notfall ist, und fünf Minuten ist alles, was sie kriegen. Schicken Sie sie rüber.«

Sie legte auf, zog sich die Ärmel über die Handgelenke und klopfte sich wieder auf die Jacke. Sie stellte sich hinter den Schreibtisch, nahm ein Blatt Papier in die Hand und tat so, als lese sie.

Es klopfte zweimal.

»Ja«, sagte sie. »Herein.«

Die Tür öffnete sich. Watson erkannte die obere Hälfte der beiden von seinem Rückspiegel her wieder. Zwei breitgebaute Männer steckten die Köpfe herein.

»James Watson?« sagte der erste und richtete schwarze Brillengläser in seine Richtung.

»Ja«, sagte Joe. »Warum?« Er versuchte, knallhart und genervt zu klingen: ein abgebrühter Anwalt, der nie im Leben bei Stern, Pale gearbeitet hätte, wo Besucher in Anzug und Schlips mit »Was kann ich für Sie tun?« begrüßt zu werden pflegten.

Würden sie jetzt nach ihren Waffen greifen? Auf die biologischen Erzeugnisse, die da in der Tür standen, hatte ihn das wirkliche Leben bisher nur durch Scorsese-Filme und Videospiele vorbereitet – »Greek SlaughterHouse« und »CarnageMaster«. Multimediagemetzel und cineastische Blutbäder waren die weitestgehende Annäherung an wirkliche, physische Gefahr, die er bislang erzielt hatte. Jede andere Bedrohung, mit der er als Erwachsener im realen Leben zu tun gehabt hatte, war rein psychologischer oder intellektueller Natur gewesen: Ehekräche, akademische Prüfungen, Hindernisse auf der Karriereleiter.

Die Nasenflügel des Mannes blähten sich leicht. Watsons Hand tastete instinktiv nach einem Trackball oder einem Joystick oder sonst einem Steuergerät, mit dem sich die Turbolaserkanonen abfeuern und große, ausgefranste Löcher in das virtuelle Fleisch der beiden Typen brennen ließen. »*Freßt flammenden Tod, Droiden! Ich bin der CarnageMaster!*«

Schläger Nummer eins trat ein, verschränkte die Hände vor seinem Bauch und wartete, bis sein Partner die Tür geschlossen und sich, einen schwarzledernen Aktenkoffer in der Hand, neben ihn gestellt hatte. Selbst aus der Nähe betrachtet, sahen sie sich ähnlich – nicht direkt Zwillinge, aber wahrscheinlich Brüder, und nicht lediglich im kriminellen Geiste. Aber ohne die Augen zu sehen, ließ es sich nicht eindeutig sagen. Stämmige Zweihundertpfünder, denen der neue – dunkelblaue beziehungsweise schwarze – Anzug um eine gute Nummer zu klein zu sein schien. Über den Sonnenbrillen war mit parfümiertem Styling-Gel angeklatschtes, glatt zurückgekämmtes Haar zu sehen, darunter doppelkinnige Verbrechervisagen. Geschmackvoll dezente Krawatten wölbten sich tadellos geknotet über Baumwollhemden mit sauberen und ordentlich zugeknöpften Manschetten und Krägen. Sie wirkten wie ehemalige College-Footballer, die nach einem fünfzehnjährigen Interludium als Versicherungsvertreter und dem Genuß von rund tausend Kästen Bier in den Staatsdienst gegangen waren oder eine passende paramilitärische Organisation gefunden hatten, in deren Auftrag sie jetzt die Welt an Werte wie Patriotismus, Anstand und den Kampf für die gute Sache erinnerten.

»Wir müssen uns über James Whitlows Fall unterhalten«, sagte derselbe Brocken, der rechte, von Watson aus gesehen, der vorläufig die redende Hälfte darstellte und weniger Fett und mehr Muskelfleisch als der zurückhaltende Pykniker zur Linken herumzuschleppen schien – der sich bei näherer Betrachtung zudem als mit einem Teint ausgestattet erwies, der täuschend an eine fleischfarbene Satellitenaufnahme der Mondoberfläche erinnerte. Daß die beiden sich vorstellen würden, erschien eher unwahrscheinlich, und so taufte Watson das führende, sprachbegabte Männchen provisorisch »Alpha« und das geklonte Individuum im Schlepp »Beta«.

»Falls die Herren einen Termin vereinbart haben, steht er nicht in unserem Kalender«, sagte Myrna. »Sie sind …«

»Ma'am, wir arbeiten für Freunde von James Whitlow«, sagte Alpha fast höflich und wandte sich zu Joe. »Die Freunde, von denen er Ihnen erzählt hat, daß die ihm vielleicht helfen könnten, die Anwaltsgebühren zu bezahlen.«

Sein Akzent pendelte irgendwo zwischen Mittelwesten und Südstaaten, vielleicht Cape Girardeau, Rush Limbaughs Heimatkaff, oder bestenfalls Stiefelabsatz, verdammt nah dran an Arkansas.

Joe machte den Mund auf, obwohl er nicht die Absicht hatte, irgend etwas zu sagen. Myrnas Gesicht verzog sich zu einem großen, unmißverständlichen »Na was?«.

»Red nicht mit diesen Typen, Joe«, sagte Myrna. »Freunde von Jimmy Whitlow? Anwaltsgebühren? Sie kommen hier einfach reinspaziert und fragen nach irgendwelchen angeblichen Mandanten? Für meine Begriffe bedeutet das, daß Sie entweder vom Mars kommen oder aber Bullen sind.«

Beta zuckte zusammen und ergriff erstmals das Wort. »Wir sind keine Bullen«, sagte er unvermittelt, als könne kein ehrlicher Mann diese Verleumdung auf sich sitzen lassen. Er zuckte noch einmal kurz, offenbar um zu zeigen, mit welch gewissenhafter Selbstbeherrschung er davon Abstand nahm, nach seiner Waffe zu greifen; dann rumorten seine Stimmbänder irgendwo tief in seinem dicken Hals. Alpha wandte den Kopf langsam herum: augenscheinlich ein Hinweis an seinen Kompagnon, *wer* hier das Reden besorgte.

Myrnas Widerworte machten Watson nervös. Er fragte sich, ob sie nicht hätte so höflich sein sollen, dem alten Beta zu gestatten, ein bißchen Dampf abzulassen – zumal ihn dies mit etwas Glück davon abgehalten hätte, das Feuer zu eröffnen. Möglicherweise hatte der arme Kerl eine aknebedingt unglückliche Jugend gehabt und litt seither unter chronischen Minderwertigkeitskomplexen. Watson hätte Beta gern geholfen, ein positiveres Selbstbild aufzubauen, seine Wut in den Griff zu bekommen, seine Gefühle zu artikulieren.

»Seid ihr Typen verkabelt?« fragte Myrna. »Jesus, ihr könntet genausogut eure Hundemarken rausholen und euch an den Schlips pinnen. Die stinken drei Meilen gegen den Wind nach verdecktem Ermittler, Joe.«

»Lady«, sagte Alpha, »wir sind keine Bullen. Wir arbeiten für Freunde von Jimmy Whitlow. Wir kommen nicht mehr an ihn ran, weil die Feds ihn nach Minnesota geschafft haben.«

»Bullen, Räuber, Parkuhrableser, Zeugen Jehovas, gute Familienväter, Kriegsveteranen«, sagte Myrna. »Soviel *ich* weiß, könnten Sie alles sein. Ich geh davon aus, daß wir keine Ausweise zu sehen kriegen werden. Haben Sie uns was zu sagen? Wir hören es uns an und sehen dann, ob's irgendeinen Sinn ergibt, aber von irgendwelchen Freunden Jimmy Whitlows wissen wir nichts. Und von irgendwem, der irgendwessen Anwaltsgebühren zahlen würde, wissen wir erst recht einen Scheißdreck.«

Alphas Schuhe knarrten, als er sein Gewicht verlagerte und die Schultern wie ein Gorilla hin und her bewegte – nur daß er für einen Primaten zu aufgedunsen um die Leibesmitte war; er und sein Bruder ähnelten eher dunklen Eisbären, aber ihre Ungeschlachtheit und ihr bärenhaftes Phlegma schienen doch von einer Intelligenz beseelt zu sein, die eine Stufe über dem Gorillahaften stand.

»Ich werd mich kurz fassen«, sagte Alpha, so höflich wie ein Vertreter, der ohne Vorwarnung vor der Tür steht. »Sagen Sie Jimmy Whitlow, daß die Lieferung nicht angekommen ist. Und wir müssen wissen, wer sie abgezweigt hat. Er? Sie? Oder jemand anders? Denn solang wir das nicht wissen, zahlen wir keinen müden Dollar für niemand seine Anwaltsgebühren.«

Myrna legte sich eine Hand an die Stirn und streckte die andere zu parodistisch überforderter Geste vor. »Ganz ruhig. Geht mir alles zu schnell, da komm ich nicht mit. Joe, nimm dir einen Stift und schreib alles mit. Eine Lieferung, sagen Sie? Und jemand zahlt Anwaltsgebühren?«

»Das hab ich nicht gesagt«, sagte Alpha. »Ich hab gesagt, niemand zahlt nen müden Dollar, solang wir nicht zurückgekriegt haben, was fehlt, und nicht wissen, wer's mitgenommen hat.«

Myrna erstarrte und ließ sich das Gehörte kurz durch den Kopf gehen. »Ah«, sagte sie, nahm ihre Zigarette vom Aschenbecher und zog daran. »Ich hatte gedacht, Sie versuchten zu sagen, jemand habe Jimmy Whitlows Anwaltsgebühren bezahlt. Wir schulden Dr. Green noch eine Stange Geld« – ihre Stimme senkte sich leicht, als sie den Namen geschickt einflocht –, »und wir haben uns erst gerade einen Revisionsantrag gekauft.« Ihr Ton war beiläufig gewesen, aber sie spähte lauernd durch den Rauch und beobachtete Alphas Reaktion.

»Ich hab gesagt«, wiederholte Alpha leicht errötend, »daß wir keinen müden Dollar für irgendwelche Anwaltsgebühren zahlen, solang wir nicht eine vernünftige Erklärung hören und beide Aktenkoffer zurückhaben.« Dann beugte er sich leicht vor und fragte: »Wer ist Dr. Green?« Seine Haltung war ganz respektvolle Unaufdringlichkeit, als wäre er selbstverständlich der erste gewesen, der bei Bedarf zugegeben hätte, daß ihn dies überhaupt nichts anging.

Watson begriff allmählich, daß das zwei üble Burschen waren, die auf der Benimmschule gewesen waren und dort gelernt hatten, in jeder Situation die bestmögliche Fassade vorzuführen und dadurch haßerfüllte Vorsätze und antisoziale Bestrebungen um so besser zu kaschieren. Hätten sie einen geselligen Abend zusammen verbracht, wäre Watson wahrscheinlich zuletzt selbst zu der Überzeugung gelangt, eine synergistische Mischung aus Haß und Patriotismus sei die Lösung aller Probleme seines Landes.

Nach einem langen prüfenden Blick auf Alphas Gesicht, oder was sie davon sehen konnte, klatschte sich Myrna mit der flachen Hand gegen die Stirn. »Ich schmeiß alles durcheinander«, sagte sie. »Dr. Green ist unser Sachverständiger in einem anderen Fall. Stimmt's, Joe? Was war das noch, diese Gefangenenrechtsklage, nicht?«

Joe nickte.

»Eijeijei«, sagte Myrna. »So viele Fälle. Tut mir leid, Jungs, ich hab's durcheinandergebracht.«

»Sie sind doch einer von diesen unbezahlten Pflichtanwälten, nicht?« fragte Alpha, plötzlich in Joes Richtung gewandt. »Jimmy bezahlt Sie gar nicht, stimmt's? Buck gibt Ihnen kein Geld, stimmt's?«

Watson warf Myrna einen Blick zu. »Das Gericht hat mich zum Verteidiger James Whitlows bestellt«, sagte Joe.

»Und was ist mit Ihnen?« sagte Alpha und richtete seine spiegelnde Sonnenbrille wieder auf Myrna. »Ich denk, wir wissen alle ganz gut, daß *Sie* nicht für umsonst arbeiten.«

Myrna blies einen Rauchfaden in Alphas Richtung. »Joe ist ein Kumpel. Er hat früher mal für mich gearbeitet. Ich helf ihm ein bißchen. Geb ihm ein paar Tips. Was dagegen?«

Alpha ließ die Backenmuskeln spielen und sagte: »Wir haben was von läuten hören, daß Jimmy Geld für Detektive und Sachverständige und so was bräuchte. Wir können Jimmy Whitlow nicht bei den Anwaltsgebühren helfen, solang wir nicht wissen, was mit der Lieferung passiert ist.«

»Passiert?« fragte Myrna.

Die zwei schwarzbebrillten Köpfe schwenkten wieder herum.

»Als Jimmy noch in Des Peres war«, sagte Alpha, »da haben wir ihn gefragt, was mit den Aktenkoffern passiert ist, und er hat uns gesagt, daß seine Frau die in den Kofferraum von seinem Auto getan hat – nachdem der ... Betreffende gestorben war und bevor die Bullen gekommen sind.«

»Tatsache?« sagte Myrna.

»Jimmy hat gesagt, sie *hätte gesagt*, daß sie die in den Kofferraum getan hat«, warf Beta ein, der offenbar Wert darauf legte, sein feines Gehör für die Nuancen vom Hörensagen unter Beweis zu stellen. »Er hat nicht *gesehen*, wie sie die ins Auto getan hat. *Er* war im Haus. Er hat nicht gesehen, was sie damit gemacht hat.«

Alphas Schuhe knarrten erneut, als er sich zu Beta umdrehte und dem Juniorpartner vermittels körpersprachlicher Äußerungen zu bedenken gab, daß seine nächste Unterbrechung die letzte sein würde.

»Jimmy behauptet, daß er ihr gesagt hat, daß sie die Aktenkoffer in den Kofferraum tun sollte«, stellte Alpha klar. »Also sind wir zu Miss Mary gefahren. Und wir haben gesagt: ›Wo sind die Aktenkoffer?‹ Und sie hat gesagt: ›Jimmy hat sie in den Kofferraum getan.‹«

»Soweit kein Problem«, sagte Myrna. »Klingt ganz danach, als ob die Aktenkoffer im Kofferraum wären.«

»*Gewesen* wären vielleicht«, sagte Alpha. »Die haben das Auto abgeschleppt, und Miss Mary mußte es wieder abholen. Also haben wir ihr angeboten, daß wir hinterherfahren, wenn sie es abholt. Da gab's aber irgendwie Probleme, weil's nicht angemeldet war, und sie mußte wieder zurück und das ganze Haus auf den Kopf stellen, um die Autopapiere zu finden. Am nächsten Tag sind wir ihr wieder hinterhergefahren, und als sie dann das Auto hatte, haben wir ihr irgendwie geholfen, im Kofferraum nachzusehen, und da war *ein* leerer Aktenkoffer.«

Beta hob den schwarzledernen Aktenkoffer schwungvoll in die Höhe, ließ die Verschlüsse aufschnappen und legte ihn aufgeklappt auf Myrnas Schreibtisch.

»Leer«, sagte er. »Nix drin außer so nem beschissenen Taschenrechner.«

Watson sah, daß aus dem Steckfach der Trennwand ein Gerät mit einem Flüssigkristalldisplay und einer Tastatur herauslugte. Es war kein Taschenrechner, aber es sah irgendwie vertraut aus. Er hatte so ein Ding schon mal gesehen ... oder vielleicht ein Bild davon? In der Zeitung?

»Wie viele abhanden gekommene Aktenkoffer hätten wir jetzt also?« fragte Myrna. »Zwei? Drei? Joe, schreibst du auch alles mit? Wir werden Jimmy Whitlow eine Nachricht von diesen Gentlemen zukommen lassen müssen.«

Joe griff sich einen Notizblock und murmelte: »Er sagt, sie sagt, sie hätte sie in den Kofferraum getan. Drei Aktenkoffer.«

»Ich hab nie gesagt, daß es drei Koffer waren«, sagte Alpha. »Es geht um *zwei* Aktenkoffer.« Er drehte sich um und sah seinen Begleiter an. »Na ja, ich schätze, eigentlich reden wir hier von *einem* Aktenkoffer. Der da ist der andere, den wir im Kofferraum vom Auto gefunden haben, aber da ist nix drin. Was bedeutet, daß jemand alles in den einen Aktenkoffer gepackt hat und den aus dem Auto rausgenommen hat oder vielleicht auch gar nicht erst reingetan.«

»Moment, Moment«, sagte Myrna. »Was für ein Auto?«

Die Köpfe drehten sich synchron um.

»Wir haben Jimmys Auto«, sagte Alpha. »Wir haben einen Aktenkoffer. Aber da ist nix drin. Es ist alles weg, und wir wollen es wiederhaben.«

»Hast du das, Joe?« fragte Myrna. »Sie wollen *alles* wiederhaben.«

Alpha wurde sauer: Offenbar hatte er sich den bisherigen Gang der Unterhaltung noch einmal durch den Kopf gehen lassen und den Schluß gezogen, daß er zuviel ausgeplaudert hatte.

»Sagen Sie Jimmy Whitlow, kein Geld für den Anwalt, bis wir das Zeug zusammen mit einer vernünftigen Erklärung zurückgekriegt haben. Ansonsten sollte er sich verdammt sicher sein, daß er wirklich nicht weiß, wo es ist.«

»Das ist ein Wort«, sagte Myrna. »Und wir werden Jimmy Whitlow alles ausrichten, was Sie uns gesagt haben, daß wir ihm ausrichten sollten. Gibt es auch eine Telefonnummer, unter der er sie gegebenenfalls erreichen kann?«

Alpha glotzte kurz, zu dämlich, um entscheiden zu können, ob Myrna ihn verarschen wollte. »Er weiß, wie er uns erreichen kann«, sagte er.

Watson räusperte sich und vergaß nicht, Beta mit einem achtungsvollen Blick zu bedenken, ehe er sich an Alpha wandte. »Wenn es die Bullen waren, die das Auto abgeschleppt haben, dann haben *sie* vielleicht alles aus den Aktenkoffern herausgenommen. Wäre das möglich?«

»Hm«, sagte Alpha, »wir wissen das zwar nicht sicher, aber wir glauben nicht, daß das die Bullen waren, die es abgeschleppt haben.«

»Und warum nicht?« spottete Myrna. »Weil sie euch Klugscheißern darüber keine schriftliche Mitteilung geschickt haben? Wenn die Bullen es geholt haben, dann halten sie jetzt wahrscheinlich nach den Leuten Ausschau, die nach dem verschwundenen Was-auch-immer suchen. Oder vielleicht stellen sie Mary Whitlow gerade ein paar Fragen zu dem, was sie im Kofferraum ihres Autos gefunden haben. Und vielleicht erzählt sie ihnen gerade, daß *Sie* nach dem Was-auch-immer suchen, was die aus dem Kofferraum geholt haben. Möglich ist alles.«

»Was ist mit Buck?« fragte Alpha. »Haben Sie mit Buck geredet?«

»Buck?« sagte Myrna. »Wer ist Buck?«

Alpha sah Beta an, dann redete er mit Myrna ein ernstes Wort. »Lady, ich hab Ihnen gesagt, daß wir keine Bullen sind. Also sparen Sie sich den Mist. Mary Whitlow behauptet, daß Buck mit Jimmy über die ganze Sache geredet hat. Und das heißt, daß wir mit Buck reden müssen. Aber anscheinend ist Buck plötzlich nicht greifbar. Wenn Buck Sie also anruft, dann sagen Sie ihm, daß er uns anrufen soll.«

»Buck«, sagte Myrna ausdruckslos.

Alpha starrte sie an. »Buck bezahlt Sie nicht zufällig, wie?«

»Niemand bezahlt mich«, sagte Myrna. »Sollte das mal passieren, ziehe ich aus diesem Rattenloch aus und besorg mir ein richtiges Büro.«

»Wir denken, daß er sich vielleicht bei Ihnen meldet, wo Sie ihn doch das letzte Mal aus der Scheiße geholt haben«, sagte Alpha.

Myrna zuckte die Achseln und warf Joe einen Seitenblick zu. »Ganz wie Sie meinen, Gentlemen. Sollte irgend jemand namens Buck hier anrufen, werden wir ihm sagen, daß zwei Schränke ihn suchen.«

Alpha machte eine Geste in Richtung Tür und ließ Beta vorgehen. Dann legte er die Hand an den Türknauf, drehte sich noch einmal um und sagte: »Und wenn wir nicht verdammt bald von Jimmy und Buck hören, kommen wir wieder her.«

Die Tür schloß sich. Myrna blähte die Backen und stieß aus geschürzten Lippen einen großen Seufzer aus. Sie und Watson schlichen an die Tür und hörten, wie die Männer einander etwas zugrunzten und dann durch den Hintereingang hinausgingen.

»Fick mir ein zweites Arschloch«, flüsterte sie.

Watson zitterte am ganzen Leib und fragte sich, wo sich wohl etwas Alkohol finden ließe, und zwar schleunigst. Danach würde er ein Telefon brauchen, um Sandra anzurufen und ihr zu sagen, daß sie recht gehabt hatte. Ja, Schatz! Liebling! *Du hattest recht!* Ich hab mich in Gefahr gebracht – mich, meine berufliche Existenz, mein Heim, meine Kinder. Ich kehre in Sack und Asche zu Stern, Pale zurück. Ich hatte vorübergehend den Verstand verloren. Synaptisches Greyout. Ich war außer mir, stand neben mir und hab mir ohnmächtig zugesehen. Meinen Körper hat jemand anders bewegt.

»Militante Faschisten, stimmt's?« zischte Watson.

»Vielleicht wäre *Patrioten* ein besseres Wort«, sagte sie, »bedenkt man, daß dein Klient laut Harper einer von ihnen ist.«

»Wer bezahlt uns eigentlich, wenn die's nicht sind?« fragte Watson. »Und *du*«, sagte er, als die Angst der Wut zu weichen begann. »*Du* bist Bucks Anwältin. Du hast mir diesen Brief geschickt.«

Myrna wandte die Augen ab und brummelte etwas, dann ging sie zu ihrem Schreibtisch zurück und griff sich die Gitanes.

Sie sah ihn scharf an, legte die Stirn in Falten und atmete tief durch.

»Setz dich, Joey«, sagte sie und ging um ihren Schreibtisch herum. »Wir müssen ein paar Takte reden.«

Ihr Ton ließ erahnen, daß sie mehr als nur ein paar Takte zu bereden hatten, und das partnereske Manöver, sich auf die Chefseite des Schreibtischs zurückzuziehen, paßte Watson ganz und gar nicht.

»Ich hatte dir ja gesagt, daß wir Strafverteidiger zusammenhalten, wenn Staatsanwaltschaft und Presse und Finanzbehörde ankommen und die Nase in unsere Bücher stecken wollen und herauszufinden versuchen, wer wen bezahlt – was streng vertrauliche Informationen sind. Also ...«

»Also was?« fragte Watson. »Ich bin weder Staatsanwalt noch von der Finanzbehörde.«

»Buck hat mich irgendwann angerufen, nach Whitlows Verhaftung. Du warst da noch bei Stern, Pale.«

»Buck hat dich angerufen?«

»Ja«, sagte Myrna. »Meinte, so ein Freund von ihm sei wegen der Ermordung eines Schwarzen verhaftet worden. Geld lasse sich unter Umständen beschaffen, aber es wäre dann die Sorte Geld, von der die Staatsanwaltschaft nichts wissen sollte. Ich selbst dürfte den Fall nicht übernehmen, weil sonst die Staatsanwaltschaft versuchen könnte, Jimmy mit Buck und den Paintball-Kriegern in Verbindung zu bringen, weil ich vor einiger Zeit Buck in einem kleinen Waffenbesitzfall vertreten hatte, zu dem es überhaupt nur dadurch gekommen war, daß man Buck in einem Haus erwischt hatte, in dem sich ein paar konventionelle Gefechtsköpfe und eine leichte Boden-Luft-Rakete befanden. So wahr mir Gott helfe, die gehörten nicht ihm. Er wußte nicht mal, daß die Sachen da waren! Wie auch immer, die Staatsanwaltschaft hatte irgend so einen Verschwörungsscheiß zusammengekocht und hatte versucht zu behaupten, Buck wär einer von diesen Adlerkriegern oder weiß der Geier. Und ich und die anderen Verteidiger haben sie rausgehauen. Das ist alles.«

»Warum hast du mir nichts davon gesagt?« fragte Watson.

»Ich wußte selbst nichts davon!« sagte sie. »Buck meinte, das wär nur ne ganz normale Allerweltskacke. Verbrechen aus Leidenschaft. Nichts mit Rechtsextremisten. Bargeld. Aber wir mußten vorsichtig sein, weil –«

»Weil Jimmy Whitlow *doch* zu diesen faschistischen Drecksäuen gehört, stimmt's?« brüllte Watson, ganz kurz davor, eine Frau zu schlagen.

»Ich kann mich nicht erinnern«, sagte sie. »Ich glaube nicht, daß er das so formuliert hat. Wie auch immer, dann haben wir erfahren, daß du den Fall übertragen bekommen hattest, und da hab ich gedacht: Die Welt ist doch wirklich ein Dorf! Und da ist uns der Gedanke gekommen, daß du uns vielleicht nützlich sein ...« – sie stockte –, »oder besser gesagt, daß wir *dir* bei dem Fall nützlich sein könnten. Und dann ist uns der Gedanke gekommen: Was, wenn diese elitären Arschlöcher bei Stern, Pale anfangen würden, dich unter Druck zu setzen, und du dem Fall nicht genügend Zeit widmen könntest? Und da hat Buck irgendwie angedeutet, daß sich dieses Geld beschaffen lassen würde. Natürlich frag ich nie, wo irgendwelches Geld herkommt, aber ich hab Buck irgendwie zu verstehen gegeben, daß du wahrscheinlich welches brauchen würdest. Ganz besonders, wenn es sich ergeben hätte, daß du die Firma verlassen mußtest.«

Watson fröstelte innerlich, als ihm die ernüchternde Erkenntnis aufging, daß er wieder einmal von einem Profi benutzt wurde – nur zu seinem Besten natürlich. Und jetzt eröffnete ihm die Profi-Entsprechung seiner großen Schwester, daß er »irgendwie« nichts anderes als eine Marionette war, an deren Fäden anonyme Anwälte irgendwelcher Naziorganisationen zogen.

»Was hast du denen denn sonst noch ›irgendwie‹ erzählt?«

»Na ja, genaugenommen war's Buck, der das Erzählen besorgt hat«, sagte sie. »Er wußte, daß man dir den Fall übertragen hatte. Ich hab gesagt, daß ich dich kenne, und er hat gemeint, gewisse Leute hätten ein gewisses Interesse.«

»Interesse woran?«

»Jimmy Whitlow«, sagte sie und streckte die Hand nach den Gitanes aus. »Und Buck wollte irgendwie wissen, wie du die Arbeit erledigen würdest. Und ich hab natürlich gesagt, was die Recherchen und Schriftsätze und den ganzen Papierkrieg anging, würdest du bestimmt hervorragende Arbeit liefern – ich sei da völlig sicher, weil du das schon früher für mich gemacht hättest.«

Sie steckte sich eine Zigarette an und zog.

»Und?« fragte Watson.

»Und er hat so ungefähr gesagt: ›Schön, aber was, wenn Jimmy Whitlow es wirklich getan hätte? Wäre Joe dann noch immer so Feuer und Flamme für die verfassungsrechtlichen Aspekte der Sache? Würde er trotzdem noch sein Bestes bei den Recherchen geben, wenn es irgendwelche Beweise dafür gäbe, daß Jimmy Whitlow vielleicht *doch* –«

»– einen Schwarzen getötet hat, weil er Schwarze haßt?« sagte Watson und spürte, wie sein Gesicht heiß wurde.

»Joey«, flehte sie. »Wahrscheinlich meinte er nur den Mord als solchen oder diese Naziverein-Geschichte. Ich hab keinen blassen Schimmer! Ich tapp genauso im dunkeln wie du. Ich dachte, die Eagle *Scouts* bezahlen uns! Wie gesagt, ich stell nie Fragen zu Geld. Buck zieht irgendne linke Tour ab. Oder dein Mandant zieht ne linke Tour ab. Oder die Adlerjungs ziehen ne linke Tour ab. Ich hab Buck lediglich gesagt, daß du vielleicht nicht in einem solchen Laden arbeiten würdest, wenn du mehr Geld hättest – genug, um dich wirklich frei entscheiden zu können.«

»Du hast denen gesagt, ich sei zu kaufen?«

»Ich hab ihnen gesagt, daß du dir dein Geld wahrscheinlich lieber mit etwas anderem verdienen würdest. Strafrecht. Hast du mir das nicht selbst gesagt? Haben wir uns nicht früher genau darüber unterhalten? Bevor die Frau Gemahlin deine berufliche Laufbahn in die Hand genommen hat?«

Er spürte, wie irgendwo hinter seinen Augen ein Schatten herunterfiel.

»Hoppla«, sagte sie. »War nicht so gemeint.«

»Wer sind diese *sie*, und warum hast du mir nicht eher von *ihnen* erzählt?«

»Wer sie?« sagte sie. »Glaubst du etwa, ich weiß das? Offenbar sind's auch gar nicht sie. Es ist der Scheißkerl Buck. Buck bescheißt mich. Er bescheißt dich. Der einzige Beteiligte, den er, soweit ich's beurteilen kann, *nicht* bescheißt, ist Jimmy Whitlow. Ich hatte keine Ahnung von irgendwelchen verschwundenen Aktenkoffern. Vielleicht hat Mary Whitlow das Ding. Vielleicht haben die Bullen das Ding!« jubelte sie. »Nebenbei gesagt, soll kein Beschwichtigungsversuch sein, aber der Einfall war schlicht genial, Joey. Ich kann's nicht beschwören, aber du könntest mit einer einzigen, treffenden Bemerkung deinem Mandanten das Leben gerettet und den Fall so gut wie gelöst haben. Brillant!«

»Du hast denen gesagt, ich sei zu kaufen«, sagte er bitter.

»Joey, du bist nicht schwer zu durchschauen. Du spielst irgendwie den Naiven, aber ich hab denen gesagt, ich wüßte nicht, wie hart du für den guten alten Whitlow arbeiten würden, wenn irgend etwas darauf hindeutete ... oder sagen wir, wenn es irgendwelche Beweise dafür gäbe, daß er ...«

»Und jetzt willst du mir eröffnen, daß es *tatsächlich* Beweise dafür gibt?«

»Heilige Mutter Gottes, nein!« sagte sie. »Ich hab dir absolut alles gesagt, was ich über die Ereignisse weiß oder mir so denke.« Sie tätschelte einen weiteren braunen Heftordner und warf Watson einen neckischen Blick zu. »Und jetzt habe ich paar neue Ideen und auch saftigen neuen Schmutz von Schmutzmeister Dirt. Das eine garantiere ich dir: Mit vereinten Kräften kriegen Dirt und ich und du schon noch raus, was für eine Scheiße da wirklich gelaufen ist.« Ihre Augen leuchteten auf. »Oder du wirst vor dem Revisionsgericht so vielen Ärschen in den Arsch treten, daß es überhaupt keine Rolle mehr spielen wird, was da wirklich gelaufen ist.«

»Ich arbeite nicht für dich«, sagte Watson. Er richtete einen starren Zeigefinger auf Myrna. »Ich steige aus.«

»Aus was?« fragte sie. »Aus dem Fall kannst du nicht aussteigen. Du hast dem Gericht deine Bereitschaft angezeigt, die Verteidigung als beauftragter Anwalt zu übernehmen.«

»Weil du mir gesagt hast, daß ich das tun sollte!« brüllte Watson. »Nein, ich steige *hier* aus. Ich muß mir was anderes suchen, wo ich arbeiten kann.«

»Tu das nicht!« schrie sie. »Bist du nicht mal neugierig? Ich meine, was ist mit Dirt? Willst du ihn etwa auch feuern? Deinen Ermittler? Ohne den wir so gut wie gar nichts wüßten? Das würde ja wirklich bedeuten, den Schwanz absägen, auf dem man wichst, oder wie der Spruch sonst geht.« Sie klopfte wieder mit der flachen Hand auf den Heftordner.

Seine Augen wanderten vom Heftordner zum Aktenkoffer, den Beta auf Myrnas Schreibtisch liegengelassen hatte. Sie folgte seinem Blick. Watson näherte sich dem Schreibtisch und streckte die Hand aus.

»Hm-hm«, sagte Myrna. Sie griff in die Schreibtischschublade und zog eine Schachtel Latexhandschuhe hervor. Sie zupfte einen linken und einen rechten heraus und reichte sie ihm.

»Da siehst du, du brauchst mich. Auch wenn ich eine –«

»Du bist ein Miststück«, sagte Watson.

Sie legte sich eine Hand an die Brust und deutete mit der anderen eine theatralisch-zierliche Geste an, als sei sie die Heroine in einem Mantel-und-Degen-Melodram. Sie wischte sich mit dem Handrücken eine imaginäre Träne aus dem Augenwinkel. »Du hättest jemand Besseres verdient.« Dann wackelte sie grouchomäßig mit den Brauen und fügte hinzu: »Nur, daß du niemand Besseres finden wirst, weil ich die Beste weit und breit bin.«

»Die beste Lügnerin vielleicht.« Er streifte sich die Handschuhe über und zog das merkwürdige Gerät aus dem Aktenkoffer. Jetzt erkannte er es wieder: Genau so ein Ding hatte Elvin auf dem Foto im *Post-Dispatch* in die Höhe gehalten. Dieselben Buchstaben in der linken oberen Ecke: VTD – »Voice Transcription Device«.

Er erinnerte sich auch an die Bildunterschrift: »Ein unermüdlicher Verfechter der Nutzung moderner Technologien zur Überwindung von Behinderungen«.

»*So* haben sich die beiden verständigt«, sagte Watson.

Myrna entließ einen dünnen Rauchfaden aus dem Mundwinkel und sah das VTD an. »Verständigt? Du meinst, das ist so ein TTT-Dings, das man an die Telefonleitung anschließt?«

»Nein, nicht TTT – VTD«, sagte Watson. »Mary beherrschte keine Gebärdensprache. Elvin war taub. Das hier ist ein Stimmenumsetzgerät. Es setzt gesprochene Sprache in Schrift um und stellt sie auf einem Bildschirm dar. Wenn es bei seinem letzten Besuch eingeschaltet war, dann …«

Sie sahen sich an.

»Wenn es an war, während er … sich im Haus der Whitlows aufhielt …« sagte Watson. »Wenn es nicht ausgeschaltet wurde, ist die Batterie jetzt leer. Aber wahrscheinlich hat es eine Autosave-Einrichtung, die alles speichert, was sich momentan im RAM befindet, bevor die Batterie vollends den Geist aufgibt. Genau wie ein Laptop.«

Watson näherte einen behandschuhten Finger dem EIN/AUS-Knopf des Gerätes.

»Finger weg«, sagte sie. »Wir müssen eine VTD-Party mit Zeugen veranstalten. Wir rufen beim Hersteller des Dings an und fordern einen Wartungsfachmann oder Techniker an. Wir laden einen Notar oder eine Nonne zum Zugucken ein. Wir lassen das Ding nach Fingerabdrücken untersuchen, damit wir wissen, wer es außer Elvin alles angefaßt hat. Dann haben wir einen Haufen Leute, die bezeugen können, in welchem Zustand sich das Gerät befand, als es wieder eingeschaltet wurde.«

Wie immer hatte sie recht, und er hätte sie dafür ohrfeigen können.

»Ich muß dich warnen«, sagte sie. »Bevor du das Ding hochfährst und den Speicherinhalt ausdruckst, mußt du dir klarmachen, daß alles, was da rauskommt, Beweismaterial ist. Ob pro oder kontra, gut oder schlecht. Aller Wahrscheinlichkeit nach wird's darauf hinauslaufen, daß du der Gegenseite eine Kopie davon aushändigen mußt. Und zwar vom ganzen Text, egal, was drin steht. Vielleicht möchtest du dich mit deinem Mandanten darüber beraten. *Bevor* du das Ding einschaltest oder den Inhalt ausdruckst.«

»Ich werd ihn fragen«, sagte Watson grimmig.

Sie lächelte ihn an. »Krieg keinen Haß auf mich dafür, daß ich Anwältin bin, Joey. Ich kann nicht aus meiner Haut.«

Er steckte das VTD vorsichtig unter die Lasche zurück, klappte den Aktenkoffer zu und verließ Myrnas Büro, ohne sich von ihrem Gesäusel (»Es ist wirklich, wirklich gut. Ich kann gar nicht glauben, daß du nicht wissen willst, was es ist!«) beeindrucken zu lassen.

Er ging in sein Büro, fest entschlossen, Sandra anzurufen und ihr die bedingungslose Kapitulation anzubieten. Er konnte heim, in den Schoß der Familie zurück. Keine Haßtäter oder -mandanten, keine verlogenen Anwältinnen, keine furchterregenden Richter oder streitbaren Staatsanwälte, keine heimtückisch-höflichen Nazischläger (es sei denn, sie beschlossen, zu ihm nach Haus zu kommen und die Kinder zu kidnappen!).

Drinnen erwartete ihn, im Auffangkorb des Gerätes zusammengerollt, ein mehrseitiges Fax. Ein Deckblatt vom Ignatius Medical Center und ein handschriftlich ausgefüllter Vordruck: »Einwilligung zu notmedizinischem Eingriff«. Der Text auf dem Mitteilungsblatt war von Rachel:

> Joe, habe heute zweimal versucht, Dich zu erreichen. Wie Du der Anlage entnehmen kannst, kommt James Whitlow morgen früh 6.00 Uhr zwecks Entfernung der Subarachnoidalzyste in den OP.
> Komplikationen nicht ausgeschlossen. Er hat sich mit jeder notwendigen therapeutischen Maßnahme einverstanden erklärt; im Gegenzug ist ihm zugesichert worden, daß die postoperative Rehabilitation und Unterbringung in einer bundeseigenen Klinik erfolgen wird und daß dem Gericht im Falle einer Verurteilung ein mildes Strafurteil empfohlen werden soll. Ich denke, wir können mit einem vertretbaren Maß an medizinischer Gewißheit bezeugen, daß jegliche beim Angeklagten in der Vergangenheit festgestellten impulsiven oder antisozialen Tendenzen ausschließlich oder teilweise auf das Konto dieser Zyste gingen.
> Nach dem Eingriff kommt er hierher zurück und wird in unserer geschlossenen psychiatrischen Reha-Abteilung untergebracht. Man wird mich über alle weiteren Entwicklungen telefonisch und per Datentransfer auf dem laufenden halten, ruf also an, wenn Du Informationen brauchst.
> Was ist bei Gericht herausgekommen?
>
> RP

Dreiundzwanzigstes Kapitel

Rachel Palmquist brauchte nicht lange zu warten, um zu erfahren, was bei Gericht herausgekommen war; ebensowenig der Rest von Saint Louis. Eine Schlagzeile in 36-Punkt-Schrift verkündete es am nächsten Morgen als allererstes: HASS-ANKLAGE IN MINDERHEITEN-MORDFALL ABGEWIESEN. Der *Post-Dispatch* hatte das alte Foto vom Tag der Verhaftung wieder ausgegraben: Whitlow in Handschellen und bester Weißer-Abschaum-Pose, mit finsterer, saurer Miene, und darunter die Bildunterschrift: »Haßmörder aus Formgründen bald wieder auf freiem Fuß?«

Als Watson den Artikel las, verspürte er eine eigentümliche Mischung aus Stolz und Verzweiflung und fragte sich, an wen er sich jetzt noch um Hilfe wenden konnte, da seine Mentorin, seine Mätresse in spe und seine Frau ihn eine wie die andere verraten hatten. Wenn er schon nichts anderes zustande brachte, bezauberte er doch zumindest alle wichtigen Frauen in seinem Leben.

Vergangenen Abend hatte er zweimal erfolglos versucht, Whitlow im Federal Medical Center in Minnesota zu erreichen. Als er es heute morgen endlich geschafft hatte, sich durch das Labyrinth von digitalen Ansagen und Menüs und automatischen Weiterschaltungen bis zu einem menschlichen Ansprechpartner durchzukämpfen, war Whitlow bereits auf dem OP-Tisch gewesen. Jetzt würde es mindestens einige Tage dauern, bis sein Mandant wieder imstande sein würde, Fragen über verschwundene Aktenkoffer zu beantworten.

Der Zeitungsartikel enthielt auch eine Kurzbio Joseph Watsons, »von Bundesbezirksrichter Whittaker J. Stang mit der Verteidigung des mittellosen James Whitlow betraut, der gemäß Bundeshaßtatgesetze der Ermordung Elvin Brawleys beschuldigt wird, eines gehörlosen Dichters und einer zentralen Gestalt der afroamerikanischen Gemeinde«. Selbst Watsons berufliche Veränderungen hatten es zur ersten

Seite gebracht: »Als Joseph Watson, Abschlußklasse 2001 der Ignatius Law School, mit der Verteidigung des spektakulären Haßtatfalles betraut wurde, arbeitete er noch als Associate in der auf Wirtschaftsrecht spezialisierten Anwaltsfirma Stern, Pale & Covin. Da aber, wie aus Firmenkreisen verlautet, der Fall einen immer größeren Teil von Mr. Watsons Zeit zu beanspruchen begann, entschloß sich der junge Anwalt zu kündigen, um sich ausschließlich der Verteidigung James Whitlows widmen zu können und eine eigene Kanzlei zu eröffnen.«

Kündigen? Sinnlos, sich darauf zu stürzen. Arthur Mahoney würde die Schuld auf den Reporter schieben, der Stern, Pales leidenschaftslose, unverbindliche Magermilch-Mitteilung über die »Änderung eines Beschäftigungsverhältnisses« mißverstanden habe. Kurze Zeit später würde bei der Zeitung ein Schreiben mit dem exakten Wortlaut der von der Firmenleitung abgegebenen Erklärung eingehen. Und ebenso sinnlos, sich mit dem journalistischen Tatsachenjongleur herumzustreiten, der die Abweisung einiger, aber längst nicht aller Anklagepunkte für einen Freispruch ausgab. Beim größten Teil der Bürger von Saint Louis würde die Story den Eindruck hinterlassen, daß sich ein grünschnäbeliger Anwaltsnovize namens Watson irgendwelcher juristischen Winkelzüge bedient hatte, um sich etwas Publicity zu verschaffen und einen rassistischen Mörder freizubekommen. Betroffene Bürger würden, mit Handys bewaffnet, durch die Straßen patrouillieren und nach einem weißen Patrioten Ausschau halten, der, rassistische Parolen und ein AR-15 Halbautomatik schwingend, Jagd auf farbige Kinder machte.

Eine eingerahmte Randspalte enthielt eine chronologische Zusammenstellung von Whitlows bisherigen Heldentaten, einschließlich einer Wiederaufbereitung der Hakenkreuz-Geschichte und ein paar erregend-knapper Andeutungen einer »ungenannt bleibenden Quelle aus dem Büro des Bundesanwalts«, Ermittlungsbeamte gingen »möglichen Beziehungen des Angeklagten zum Adlerorden« nach, »einer militanten rechtsradikal-rassistischen Haßgruppe, die allgemein für den 1999 in Washington, D.C., vor dem Erziehungsministerium verübten Terroranschlag verantwortlich gemacht wird, bei dem eine Autobombe zwei Regierungsbeamte tötete und zahlreiche Passanten zum Teil schwer verletzte«.

Seite zwei und drei brachten weitere Artikel über Haßverbrechen und die zerstörerische Wirkung, die sie auf den gesellschaftlichen Zusammenhalt der gesamten Nation ausübten. Schon jetzt zeichneten sich weitere Kongreß-Anhörungen am politischen Horizont ab – denn es war Wahljahr, und die steigenden Zahlen von Haßtaten waren ein brisantes Thema, das Talkshows, Medien und öffentliche Meinung gleichermaßen beschäftigte.

Das größte und dramatischste Foto zeigte U.S. Attorney Frank Donahue, wie er (von unten aufgenommen) auf den Stufen des Gerichtsgebäudes mit geballter Faust und zornverzerrtem Gesicht gegen Rassismus und Haßverbrechen wetterte – dazu die Bildunterschrift: »Haßverbrecher – zittert!«

Kurz nach der richterlichen Entscheidung erhob der Favorit im bevorstehenden Wettrennen um den neu zu besetzenden Senatssitz für Missouri, U.S. Attorney Frank Donahue, seine Rednerstimme und mobilisierte all seine sprichwörtliche Eloquenz, um der Welle von Haßverbrechen, die unser Land zu überrollen droht, den Kampf anzusagen. »Ich stehe hier, um engstirnigen Fanatikern, Rassisten, Sexualtätern, Kinderschändern und Verächtern behinderter Mitbürger in aller Deutlichkeit zu sagen, daß meine Amtszeit als United States Attorney noch nicht abgelaufen ist. Ich beabsichtige, meine ganze Energie und den vollen Umfang meiner amtlichen Befugnisse der Verfolgung und Bestrafung all derer zu weihen, die Angehörige von Minderheitengruppen terrorisieren und ihrem Haß gegen jedes Anderssein durch Verübung von Gewaltverbrechen an jenen unter unseren Mitbürgern Ausdruck verleihen, die sich am wenigsten zu verteidigen vermögen.

Straftaten, die aufgrund von – aus den jeweils geschützten Merkmalen resultierendem – Haß gegen Individuen oder ganze Gesellschaftsgruppen verübt werden, sind Bundesverbrechen«, sagte Donahue. »Der Kongreß hat diese Gesetze verabschiedet, und die Menschen erwarten, daß sie auch angewandt werden. Nach meiner Überzeugung tötete

James Whitlow einen gehörlosen Afroamerikaner zuerst mit seinen Worten und dann mit Geschossen. *Zwei* Verbrechen, nicht lediglich *eines*. Durch seine Entscheidung teilt Richter Stang den Bürgern dieser Stadt mit: Haß hat keine Bedeutung. *Ich* sage: Haß hat für die Menschen, die dessen unschuldige Opfer werden, *durchaus* eine Bedeutung!«
Mitarbeiter Mr. Donahues bezeichneten Richter Stangs Entscheidung als einen vorübergehenden Rückschlag, bedingt durch »die irrige und äußerst formalistische Auslegung des ersten Verfassungszusatzartikels und bestimmter Beweisregeln« seitens des Gerichts.

Zu Watsons Bestürzung machte sich Frank Donahues Tirade wie ein bloßer höflicher Meinungsaustausch in den sonnendurchfluteten Vorhallen des kollektiven Unbewußten der Stadt aus, wenn man sie mit den Kloaken politisch korrekter Entrüstung verglich, die ihn weiter hinten auf der Kommentarseite erwarteten.

Unter der Überschrift »Was ist das für ein Gefühl, Rechtsanwalt Watson?« attackierte ihn ein Lokalkolumnist direkt. Der Artikel bestand aus einer Reihe rhetorischer Fragen, die auf die Entlarvung von Watsons mangelndem Gefühl für menschlichen Anstand abzielten:

Was ist das für ein Gefühl, zu wissen, daß Sie Engstirnigkeit, Haß und Gewalt verteidigen?
Was ist das für ein Gefühl, zu wissen, daß Ihre verfassungsrechtlichen Taschenspielertricks es einem rassistischen Schürer von Haß ermöglicht haben, einen Menschen aufgrund seiner Hautfarbe zu ermorden und ungestraft davonzukommen?
Was ist das für ein Gefühl, zu wissen, daß Ihre Bemühungen einen engstirnigen Tyrannen unterstützt und begünstigt haben – einen Mann, der seinem eigenen gehörlosen Kind verbietet, die American Sign Language zu erlernen?
Was ist das für ein Gefühl, zu wissen, daß Sie diesem Schlägertyp in den Mantel helfen werden, damit er losziehen und wieder im Namen des Hasses töten kann?

Was ist das für ein Gefühl, wenn Sie nachts keinen Schlaf finden, Mr. Watson?

Falls es für Sie einen Trost bedeutet – wir Menschen von Saint Louis schlafen auch nicht besser als Sie, da wir jetzt wissen, daß dank Ihnen ein haßtriefender Fanatiker bald wieder die Straßen unserer Stadt unsicher machen wird.

Watson überflog zwei auf der gegenüberliegenden Seite abgedruckte Leserbriefe – einen von einer Befürworterin des Gesetzes gegen die Mißhandlung von Frauen, einen vom Sprecher der Initiative »Amerikaner für ein haßfreies Amerika«. Er ging nicht mehr ans Telefon, nachdem ihn ein Journalist angerufen und gefragt hatte, ob er irgendwelche Gewissensskrupel haben würde – vorausgesetzt, das Honorar stimmte –, den Ku-Klux-Klan zu vertreten.

Sandra würde diese Zeitung lesen, überlegte er sich. Und dann was? Weinen? Ihm die Pest an den Hals wünschen? *»Seht her, Kinder, Daddys Foto ist wieder in der Zeitung. Er macht sich wirklich einen Namen als Verteidiger rassistischer Mörder. Und hier, sie schreiben, er hätte vielleicht die Chance, für Lorenzo ›Bloody Turk‹ Garroti und die Mafia zu arbeiten. Wäre das nicht eine tolle Sache? Seid ihr nicht stolz auf euren Papi?«* Wieder verspürte er eine plötzliche verzehrende Sehnsucht nach seinen glücklichen Zeiten als harmloser, unkomplizierter Fachmann für computergestützte juristische Recherche. Papa Joe Ernährer, Esq., Mr. Nadel-im-Heuhaufen für Partner, die Präzedenzfälle zur Untermauerung ihrer Verteidigungsstrategien benötigten. Ein Lotophage, der selig entrückt auf einen Bildschirm voll prächtiger Icons starrte, sich entspannt zurücklehnte mit seiner Arbeitsstation eins und Dateien bearbeitete, Datenbanken durchforstetete, Textblöcke kopierte, einfügte, speicherte, lud. Anstatt sich weiter auf der Titelseite des *Post-Dispatch* in effigie aufhängen zu lassen, könnte er zu seinen Anträgen und Schriftsätzen zurückkehren – Urkunden, die im unersättlichen Schlund des Molochs Zivilprozeß verschwanden und ihrem Verfasser Wohlstand und Namenlosigkeit garantierten.

Und am Ende eines langen Arbeitstages könnte er in sein Heim zurückkehren, wo ihm wegen seiner Vernünftigkeit, seiner Ausgeglichenheit, seiner Solidität wieder die frühere liebevolle Hochachtung zuteil werden würde. Er und Sandra würden zusammen alt werden, am Kamin sitzend einander weise zulächeln und friedvoll zusehen, wie ihr richtiges Geld sich im Einklang mit der Siebenerregel alle sieben Jahre verdoppelte. Statt im *Post-Dispatch* zu *stehen*, könnte er ihn, draußen in Ladue im Whirlpool relaxend, geruhsam lesen. *»Liebling? Hast du mitbekommen, welche der langfristigen Wertpapiere heute um sechs Punkte gestiegen sind? Sind wir noch immer mit fünfzehn Pro im Rentenfonds? Oder waren wir ins Goldtermingeschäft umgestiegen?«*

Er hatte mit keiner anderen Waffe als der allvermögenden Tastatur einen bedeutenden strategischen Sieg errungen. Keine geringe Genugtuung – aber wenn er jetzt auf die entlegene Chance hin, daß sie sich ein kleines bißchen über seinen Triumph freuen könnte, versucht hätte, Sandra anzurufen, dann hätte er durchaus auch R. J. oder seine Schwiegermutter an den Apparat bekommen können. Also nahm er statt dessen ein Blatt seines neuen Briefpapiers und versuchte, die Gefühle, die ihm nach dem Weggang Alpha-&-Betas durchs Gemüt gegangen waren, niederzuschreiben: »Schatz! Liebling! DU HATTEST RECHT! Ich habe mich in Gefahr gebracht – mich, meine berufliche Existenz, mein Heim, meine Kinder. Ich kehre in Sack und Asche zu Stern, Pale zurück. Ich hatte vorübergehend den Verstand verloren ...«

Er las das noch einmal durch und warf es weg. Dann nahm er ein neues Blatt und schrieb: »Ich liebe Dich. Du fehlst mir. Joe.«

Besser, dachte er. Ein Ausdruck echten, edlen Gefühls, hinlänglich unbestimmt gehalten, um den Anwalt in ihm zufriedenzustellen, und nichts enthaltend, was sich im Falle einer späteren mündlichen Auseinandersetzung gegen ihn würde verwenden lassen.

Als er versuchte, Rachel für eine kleine telefonische Siegesfeier zu erreichen, mußte er sich mit einem Voice-Mail-Gruß begnügen. Er drückte auf die Null für »Zentrale« und versuchte, sie über ihren Pager zu erreichen. Kein Glück. Sie steckte wahrscheinlich in den Tiefen eines Rattenhirns und konnte nicht ans Telefon. Ein gehirnchirurgischer Eingriff an seinem Mandanten? Nett von ihr, vorher anzurufen und um Erlaubnis zu bitten. So wie es klang, hätte sich Whitlow für das Versprechen, nicht in das County-Gefängnis von Des Peres zurückgeschickt zu werden, mit absolut allem einverstanden erklärt.

Er sprach ihr auf den Anrufbeantworter und verlangte nach einer Erklärung für die übereilte Operation. Die Antwort kam in Form einer weiteren unpersönlichen E-Mail:

Joe:
Sitze hier fest. Kann nicht anrufen.
Arachnoidalzyste in der linken Sylvius-Furche zieht Gyri frontales inferiores, temporales anteriores und insulae durch Einschränkung der Durchblutung und Herabsetzung des Metabolismus in Mitleidenschaft, was eine Beeinträchtigung der »Steuerfunktionen« des Stirnhirns und damit der Kontrolle aggressiver oder emotionaler Impulse zur Folge hat.
Läsion potentiell gefährlich. Exzision oder Shunt indiziert. Gewißheit erst nach operativer Öffnung. Länger zu warten bedeutete unnötiges Risiko.
Whitlow in zehn bis vierzehn Tagen in unserer Klinik zurückerwartet.

RP

Das Achte Revisionsgericht hatte keine Zeit verloren. Schriftsätze in spätestens zehn Tagen fällig; Plädoyers fünf Tage darauf. Eine beschleunigte vorgezogene Revisionsverhandlung. Der Zeitplan war Watson nur recht. Er hatte die Rechtslage bis an die äußersten Grenzen der Online-Dienste recherchiert und sich den Schriftsatz schon vier- bis fünfmal im Kopf zurechtgelegt – ganz zu schweigen von seinen vorprozessualen Anträgen, die im wesentlichen dieselben Fragen zum Gegenstand gehabt hatten.

Bevor er aber anfangen konnte, sich nähere Gedanken über den möglichen Ablauf und Ausgang der *mündlichen* Verhandlung zu machen, klingelte sein Telefon einmal: Hausleitung – Myrna rief ihn vom Nebenzimmer aus an.

»Was?« sagte er.

»Joe«, sagte sie in dem höflichen Ton, dessen sie sich nur dann bediente, wenn Mandanten zugegen waren, »wenn du eine Minute Zeit hättest – Mrs. Whitlow ist hier und möchte uns sprechen.«

»Mary Whitlow!« sagte Watson. »Sie ist hier? In deinem Büro? Wir können mit ihr reden?« fragte er, noch immer in seiner Zivilprozeßmentalität befangen. »Ich meine, sie *darf* mit uns reden?«

»Ich rede gerade mit ihr«, sagte Myrna. »Wenn du rüberkommst, können wir alle miteinander reden. Und was *dürfen* anbelangt – das nennt man Versammlungsfreiheit. Vielleicht ist dir der Begriff noch von der Uni her bekannt.«

Myrna war keinen Schritt weit zu trauen, aber was konnte er schon tun? Der Fall, das Schicksal seines Mandanten und seine eigenen momentanen Umstände schienen unauflöslich mit einer schrillen, zwielichtigen, anderthalb Meter hohen karottenköpfigen Strafverteidigerin verwoben zu sein. Sicher, die Revision konnte er auch allein über die Bühne bringen. Er hatte schon Unmengen von Schriftsätzen verfaßt, und Plädoyers hatte er in Debattierübungen an der Uni auch schon gehalten. Aber selbst wenn er in der Revision gewann, würde der Fall an die erste Instanz zur Verhandlung zurückverwiesen werden. Und was dann? Vielleicht war Myrna für Joe nicht gut, aber seinem Mandanten würde sie in der Hauptverhandlung mit Sicherheit erheblich mehr nützen. Hatte er nicht schon vorher mit doppelzüngigen Arschlöchern zusammengearbeitet? Klar, in einer Firma mit vierhundert Anwälten muß man wohl oder übel lernen, mit doppelzüngigen Arschlöchern zurechtzukommen. War das nicht überhaupt das Wesen des Anwaltsberufs? Gemessen an Arthur war Myrna eindeutig ein Fortschritt. Und wenn sie ihn benutzt hatte, lag das nicht vielleicht einfach daran, daß sie sich wie eine Anwältin verhielt und er wie ein leichtgläubiger Depp?

Steckte Myrna vielleicht mit Buck, Mary Whitlow, Harper, Palmquist, Arthur unter einer Decke? Und in dieser Hierarchie von professionellen, unprofessionellen und nichtprofessionellen Schurken und geltungsgeilen Konkurrenten bestand sein Job darin, sich die Ärmel hochzukrempeln und für die erlauchten Damen und Herren Bartleby den Schreiber zu spielen: ein paar Präzedenzfälle recherchieren und Anträge aufsetzen, um Richter Stang bei Laune zu halten, während die richtigen Anwälte über das Schicksal des Angeklagten entschieden.

Watson schlüpfte in seinen Sportsakko und fand eine professionell aussehende Aktenmappe, die ihm Begleitschutz geben konnte. Während seines kurzen Marsches zum Nebenzimmer rüstete er sich innerlich für eine Konfrontation mit der Todfeindin seines Mandanten, indem er Erinnerungen an die verschiedenen Schurkinnen heraufbeschwor, denen er im Lauf der Jahre in der Weltliteratur begegnet war: Madame Defarge, Lady Macbeth, Blanche Du Bois, Morgan le Fay. Doch als er Myrnas Tür öffnete, sah er sich – statt der erwarteten frostäugigen, berechnenden Teufelin – einer verängstigten übergewichtigen Frau in schwarzer Polyestervelourshose und blauem Kittel mit der eingestickten Aufschrift ACROBAT PRINTING & GRAPHICS gegenüber. Ihr Haar war braun, schlaff und glatt und klebte ihr wie ein schmuddeliges Seidenkopftuch am dicken Schädel. Ihre Augen sahen wie schwarze Murmeln aus, die jemand in die teigige Masse ihres Gesichts hineingedrückt hatte.

Mit einemmal konnte Watson an nichts anderes denken als daran, daß sein Mandant dieser Frau (seiner Ehefrau!) – zumindest den ärztlichen Befunden zufolge – eine Geschlechtskrankheit angehängt hatte. Sie potthäßlich zu nennen wäre eine Beleidigung für jeden Pott gewesen. Hatte sie sich irgendwann gehenlassen? Oder hatte Whitlow sie geheiratet, weil sie irgend etwas anderes gehabt hatte, was er brauchte? Ein Auto? Eine Bleibe? Der Gedanke an Whitlow, der diese ... unansehnliche Frau infizierte, während er ihr irgendwelche Lügen ins ungewaschene Ohr flüsterte, ließ die Fortpflanzung des gesamten Menschengeschlechts wie eine schmierige, wahrhaft animalische Angelegenheit erscheinen.

Und welche Gipfel moralischer Unangreifbarkeit gewährten ihm diese verächtliche Aussicht auf die schmutzigen Taten der Familie Whitlow? Er war selbst bedenklich nah daran gewesen, die häuslichen Antivirusbestimmungen zu übertreten. Vielleicht besprach sich Sandra gerade in diesem Augenblick mit einer anderen Sorte Anwalt, ließ sich von ihm die unerschöpflichen Möglichkeiten des Familienrechts auseinandersetzen? Vielleicht war sie bei Stern, Pale und unterhielt sich mit Drath Blutarski. »*Interessenkonflikt, Mrs. Watson? Was denn für Interessen? Er arbeitet doch gar nicht mehr hier!*« Vielleicht bekam sie gerade die gleichen Ratschläge, mit denen er in seiner Vorstellung Whitlows unablässiges »Was würden *Sie* tun?« beantwortet hatte: »*Erstens: Hüten Sie sich, Ihre Kenntnis von der Affäre in irgendeiner Weise zu verraten. Zweitens: Beauftragen Sie einen Privatdetektiv, Ihnen Fotos von ihm und Frau Dr. Style R. Zahn zu beschaffen, wie sie gerade Ihr eheliches Glück entweihen ...*«

Statt Watsons Hand zu schütteln, streckte Mary ein paar feuchte Wurstfinger aus und überließ sie teilnahmslos seinem Zugriff. Sie sah ihn nicht an, als er »Erfreut, Sie kennenzulernen, Mrs. Whitlow« sagte – eine gestelzte Formulierung, die er noch im selben Augenblick bedauerte, als sie seine Lippen verließ. Marys Finger fühlten sich wie roher Grissiniteig an.

»Ich darf mit Ihnen eigentlich gar nicht reden«, sagte sie und zog ein Päckchen Kent aus der Seitentasche ihres Kittels. Sie bedachte Joe mit einem kurzen argwöhnischen Blick, dann wandte sie sich wieder Myrna zu und zeigte ihr die unangezündete Zigarette, die in ihren zitternden Fingern leicht vibrierte. »Aber eins hab ich zu sagen.«

Myrna griff nach ihrem Totenkopffeuerzeug, überlegte es sich dann aber anders, öffnete ihren Schreibtisch, holte ein Heftchen Streichhölzer heraus und reichte es Mary Whitlow.

»Der Staatsanwalt ist hinter mir her«, sagte sie »und der ist nicht der einzigste, der hinter mir her ist. Ich weiß nicht, was Jimmy Ihnen alles erzählt hat.« Sie versuchte, den beiden irgendeine Antwort vom Gesicht abzulesen, stieß aber auf ausdruckslose Mienen.

»Was ein Mandant seinem Anwalt erzählt, ist vertraulich«, sagte Myrna höflich, »aber –«

»Sie meinen geheim«, unterbrach Mary sie. »Okay, ich hab auch meine Geheimnisse, behalt ich sie eben für mich.« Ihre Stimme zitterte. Sie hob den Kopf und brachte eine herausfordernde Miene zustande, die recht schnell durch ein unkontrolliertes Zucken ihrer Gesichtsmuskulatur an Glaubwürdigkeit verlor. »Vielleicht ist es ihm egal, wenn er draufgeht«, sagte sie mit Tränen in den Augenwinkeln. »Aber ich hab nen tauben Jungen, wo ich mich drum kümmern muß.«

»Er aber auch«, warf Watson ein.

»Wenn Sie uns vielleicht sagen würden, *was* Sie eigentlich zurückgeben müssen«, sagte Myrna beschwichtigend. Sie stand von ihrem Stuhl auf und kam langsam um den Schreibtisch herum nach vorn. »Und wer Sie bedroht ... Vielleicht würde uns das helfen, Ihrem Mann die Situation begreiflich zu machen. Momentan können wir nicht mit ihm reden, weil er gerade in einer staatlichen Klinik am Gehirn operiert wird.«

»Nen Scheißdreck sag ich«, sagte Mary mit bebender Stimme. Sie wandte die Augen von Myrna ab und warf Joe einen Blick zu, als forderte sie ihn auf, sie irgendwas zu fragen. »Jedesmal, wo ich was sag, wird alles nur noch schlimmer. Und die verdrehen mir das Wort im Mund, wie's denen grad in den Kram paßt.«

»Das liegt daran, daß Sie mit der Staatsanwaltschaft geredet haben«, sagte Myrna. Ihre Stimme klang mitfühlend, respektvoll, sanft – kurz, absolut fremd. »Vielleicht haben Ihnen die Staatsanwälte bestimmte Worte in den Mund gelegt, Ihre Aussage beeinflußt, Sie dazu beschwatzt, die Dinge so zu sehen, wie *sie* sie sehen. Ich weiß, wie sie das anstellen. Und wenn das geschieht, wissen die Leute manchmal gar nicht mehr, an wen sie sich wenden, wem oder was sie Glauben schenken sollen. Ihr Leben lang haben sie der Obrigkeit vertraut. Und dann? Dann werden sie verhaftet oder verhört und erfahren am eigenen Leib, was es mit der Obrigkeit wirklich auf sich hat.«

»Die andern vielleicht«, fauchte Mary. »*Ich* weiß, wo die Regierung drauf aus ist. Trotzdem sag ich nix. Weil ich auch weiß, wo *Sie* drauf aus sind. Und der«, mit einem Ruck des Kopfes in Watsons Richtung. »Und *die*.«

Sie atmete rascher und setzte sich auf dem Stuhl um.

»Aber früher oder später«, schnurrte Myrna, »werden Sie es *doch* allen erzählen, nicht wahr? Dem Richter, den Geschworenen, der Presse – weil Sie vor dem Bundesgericht als Zeugin aussagen werden. Zwölf Geschworene werden Sie anstarren und sich fragen: ›Lügt sie? Sagt sie die Wahrheit?‹ Der Staatsanwalt tut vorläufig vielleicht noch so, als sei er Ihr

Freund, aber früher oder später fällt auch er über Sie her. Dann werden Sie befördert: von Zeugin zu Angeklagter.«

»Wegen was?« gab sie trotzig zurück. »*Ich* hab Elvin Brawley nicht umgebracht. James Whitlow hat das getan.« Ihre Lippen zitterten, und sie bedeckte ihr Gesicht mit toner- und farbbandfleckigen Händen.

»Nehmen wir spaßeshalber an, er hat wirklich Elvin umgebracht«, sagte Myrna. »Dann sieht's schlecht für ihn aus, stimmt's? Was für Sie wiederum gut *oder* schlecht sein könnte.«

»Ooh«, sagte Mary sarkastisch, »noch ein Anwalt, der mir erklären will, was gut und was schlecht ist! Ich hab mir lang genug das Hirn drüber ausgerenkt, was was ist, und jetzt geb ich's auf. Jetz tu ich für alle dasselbe, was die für mich getan haben – *nix*!« Sie beugte sich vor und spie das Wort förmlich aus. »Was ist mit dem, was mir dieser beschissene Schwachkopf angetan hat?« fragte sie. »Aber das ist nicht Ihr Bier, stimmt's?«

»Mein Bier ist, der Staatsanwaltschaft auf die Finger zu sehen«, sagte Myrna. »Ich sorge dafür, daß sie ihre Macht nicht mißbraucht und normale Leute wie Sie und mich nicht über den Tisch zieht.«

Myrna beobachtete Mary, wie sie Zigarettenrauch ausatmete, und griff nach ihren Gitanes.

»Also was möchten Sie, daß wir Ihrem Mann ausrichten?«

»Ich krieg meine Hälfte wieder, und dann sieht die Sache vielleicht anders aus«, stieß Mary hervor. Sie steckte sich die Zigarette mit bibbernden Fingern zwischen die Lippen und sah so aus, als bedauere sie, selbst dieses bißchen gesagt zu haben. »Vielleicht geh ich besser.«

»Joe«, sagte Myrna, »wir sollten uns das Ganze aufschreiben, daß wir nichts durcheinanderbringen.«

»Nix schreiben Sie auf!« keifte Mary. »Ich hab sowieso nix gesagt. Sie erzählen ihm, was Sie *vielleicht* gehört haben, was ich *vielleicht* gesagt hab.« Sie stand unvermittelt auf. »Ich bin jetzt weg.«

»Wenigstens können wir jetzt ziemlich sicher sein, daß sie nicht verkabelt ist«, sagte Myrna.

»Ich komm nicht vom Staatsanwalt!« schrie Mary.

»Gut, dann setzen Sie sich hin«, sagte Myrna. »Es sei denn, wir sollen Jimmy von Ihnen ›Nix!‹ ausrichten.«

Mary setzte sich mißtrauisch wieder hin und starrte Myrna mit einem haß- und einem angsterfüllten Auge an.

»Eine Gerichtsverhandlung ist nichts anderes als eine Märchenstunde«, sagte Myrna. »Da sitzen Leute in einem großen Raum, in dem man sich so ziemlich wie in einer Kirche vorkommt, und denen werden ein Haufen verschiedener Geschichten erzählt. Ihr Problem, Ma'am, ist, daß Ihre Geschichte nichts taugt. Sie können mir entweder die Passagen erklären, die für mich keinen Sinn ergeben, oder ich kann auch einfach den stellvertretenden Bundesanwalt anrufen. Er stellt Sie vor ein hübsches Grüppchen von Leuten, die sich Anklagejury nennen, und dann kann *er* Sie vielleicht fragen, was in diesen Aktenkoffern, hinter denen alle her sind, nun eigentlich drin war.«

Mary warf einen Blick auf die leicht herabhängende Asche an ihrer Zigarette und versuchte, ihre Hand ruhig zu halten. Myrna sah ihr in die Augen und starrte dann auf ihre zitternden Finger.

»Was hielten Sie von einem Aschenbecher?« fragte Myrna und zog an ihrer Zigarette. »Bevor Sie das vor lauter Tatterich auf den Boden fallen lassen?«

»Ich hab nix über irgendwelche Aktenkoffer zu sagen«, sagte Mary.

»›Nix‹ wäre ausgezeichnet«, sagte Myrna, »wenn Sie damit durchkämen. Aber wenn Sie in den Zeugenstand gerufen werden, nimmt Ihnen kein Mensch ›nix‹ ab.«

»Dann erzähl ich einfach, was passiert ist«, sagte Mary tapfer.

»Ach wirklich?« fragte Myrna. »Die ganze Story? Sie wollen dem Gericht vom Adlerorden erzählen? Und daß Sie die Ordensmama sind? Was sind Sie dieses Jahr noch mal? Geschäftsführerin? Schatzmeisterin? – Ist mir im Augenblick entfallen. Sie wollen denen erzählen, daß Sie die gesamte Herstellung der Zeitungen, Rundschreiben, Postwurfsendungen betreuen? Der ganzen Scheiße, die in die ganze Welt verschickt wird? *Das* wollen Sie denen alles erzählen?«

Marys Gesicht erstarrte zu einer gespenstischen Maske.

Myrna kam um den Schreibtisch herum, bog scharf um die Ecke und rammte ihre Zigarette in den Aschenbecher. Sie brach so unvermittelt in Marys persönlichen Raum ein, daß diese eine unwillkürliche Abwehrgeste machte. »Vielleicht *meinen* Sie, daß man Sie in diesem Leben schon nach Strich und Faden gearschfickt hat, Mädchen«, sagte Myrna, »aber das gibt sich, sobald ich Sie in den Zeugenstand rufe. Dann werden Sie nämlich *dermaßen* in den Arsch gefickt, daß Ihnen das Blut aus den Ohren spritzt.«

»Myrna«, sagte Joe und trat einen Schritt nach vorn, als Mary sich wieder die Hände vor das Gesicht schlug und aufschluchzte.

Myrna ging hinter ihren Schreibtisch und fing an, den Stoß Papiere zu durchwühlen, mit dem sie tags zuvor versucht hatte, Watson zu ködern. Jetzt warf sie ihm einen Blick zu und zwinkerte. »Aber vielleicht haben Sie den Bullen ja auch schon alles über die Aktenkoffer und diese ganze Milizscheiße erzählt – und in dem Fall würde ich mir an Ihrer Stelle allmählich Gedanken darüber machen, wie lang es noch dauert, bis der *Adlerorden* Wind von der Sache bekommt. So oder so sind Sie nicht in der Position, mit uns Spielchen zu treiben und auf einen Versuch der Zeugenbeeinflussung unsererseits zu spekulieren.«

Myrnas Augen loderten durch einen blauen Rauchschleier. Sie schwenkte eine Zeitung über ihrem Kopf, dann hielt sie inne und nahm noch eine zweite, bevor sie wieder um den Schreibtisch herum nach vorn kam. Die eine Zeitung reichte sie Joe, die andere zeigte sie Mary Whitlow, die aber keinerlei Anstalten machte, sie ihr aus der Hand zu nehmen.

Der Name des Blattes prangte in großen antiquierten Buchstaben, wie einer mittelalterlichen Handschrift entsprungen: EAGLE EYE PATRIOT NEWS. Wenn die Artikel hielten, was die Schlagzeilen versprachen, dann hatte man es hier eindeutig mit einem Periodikum für Rassenbewußte zu tun. STUDIE BEWEIST, DASS SCHWARZE UM 30% NIEDRIGEREN IQ ALS WEISSE HABEN. Weiter unten rechts, über einer eingerahmten Kolumne: SCHWARZE FÜR 90% ALLER GEWALTVERBRECHEN VERANTWORTLICH.

Drinnen wurd's erst richtig lustig. VERSAND VON ZIEL-

SCHEIBEN-POSTER »RENNENDER NIGGER«, hieß es in einer Anzeige auf Seite drei. GENETIKER DRÄNGEN AUF REINERHALTUNG DER RASSE, lautete eine Überschrift, und darunter war das eingerahmte Zitat zu lesen: »Mischehen zerstören den gesellschaftlichen Zusammenhalt Amerikas ...« SIEBENMAL SO VIELE WEISSE WIE SCHWARZE EMBRYOS ABGETRIEBEN, erklärte eine weitere Überschrift, dazu der Untertitel: »Wohlfahrtsstaat züchtet Verbrecher und zahlt ihnen anschließend Sozialhilfe.« Auf Seite vier empfahl ein Artikel mit der Überschrift BABYMÖRDER IN DIE LUFT GESPRENGT!, bei Abtreibungsärzten grundsätzlich auf den Kopf zu zielen oder aber – auf Entfernungen von unter hundertfünfzig Metern – zu panzerbrechenden Geschossen zu greifen.

»Seite fünf oben«, sagte Myrna.

Als Watson den Namen unter dem Leitartikel »Steuerboykott – kein Cent mehr aus meiner Tasche für die Aufzucht krimineller Nigger!« las, schoß ihm der Schweiß auf die Stirn: »Thor61«, Whitlows User-ID, wenn man Harper Glauben schenken konnte.

»Also, wenn die Staatsanwaltschaft *den* Wisch in die Finger kriegt«, sagte Myrna, »dann sind wir so gefickt wie ein ganzer Affenpuff. Letzte Seite«, fügte sie dann hinzu.

Joe blätterte um und sah einen Kasten, der anstelle des Impressums die Erklärung enthielt:

> Diese Zeitung wird von bewaffneten Patrioten herausgegeben, die bereit sind, die große Zukunft dieser Nation zu verteidigen, und sich der Aufgabe verschworen haben, die Medien und die politische Macht den Juden und Niggern wieder zu entreißen.
> Diese Veröffentlichung enthält Meinungsäußerungen, die vom ersten Zusatzartikel der Verfassung der Vereinigten Staaten geschützt sind. Sie enthält lediglich Meinungen und Ideen, die unter keinen Umständen als Kampfparolen, konkrete Instruktionen oder Anstiftungen zu gesetzwidrigen Handlungen mißverstanden werden dürfen.
> Wir danken noch einmal Zara42 und Thor61 für ihre unermüdliche Arbeit. Ein besonderer Dank gilt Thors Frau,

MW49, unserer Schatzmeisterin und Redakteurin des Rundschreibens.

Entschlossen, frei und stolz zu sterben. Orden der Adler.

»Unsere Schatzmeisterin MW49? Thors Frau? MW? Wir sind zeit unseres Lebens so böse gewesen, Joey«, sagte Myrna, »daß uns unmöglich ein solches Glück widerfahren kann, oder? Das *kann* doch unmöglich sie sein, oder?«

Marys Nasenflügel bebten mit jedem Atemzug, aber sie starrte Myrna aus tränennassen Augen an und sprach kein Wort.

Watson wurde plötzlich bewußt, daß er noch gar nicht dazu gekommen war, Myrna von James' und Marys ärztlichen Befunden zu erzählen, und war froh darüber. Hätte er was davon gesagt, würde Myrna Mary zu allem anderen jetzt auch noch den Tripper unter die Nase reiben.

»*Er* ist ein verlogener rassistischer Arsch mit einem Kopf voller Scheiße. *Sie* ist ein verlogener rassistischer Arsch mit einem Kopf voller Scheiße. Nehmen wir doch spaßeshalber einmal an, sie gehören beide dem Adlerorden an, und keiner von beiden nimmt Unterricht in Gebärdensprache. Warum kommt dann von Zeit zu Zeit ein tauber Schwarzer mit einem Aktenkoffer vorbei und bleibt drei Minuten lang bei ihnen? Drogen? Wer ist der Käufer, wer der Verkäufer? Und warum sollten Rassisten mit Afroamerikanern Geschäfte machen?«

»Elvin wollte mit niemand Geschäfte machen außer mit mir«, sagte Mary. »Allein. Das Baby-Abhörgerät war Jimmys Idee. Jimmy Whitlows Frau allein mit einem Nigger? Nicht ums Verrecken, außer er konnte aus zwanzig Meter Entfernung mithören, was da ablief.«

»Und, was lief da ab?« fragte Myrna.

Mary hob trotzig das Kinn. »Privatsachen.«

»Ich weiß nicht, worum's bei der ganzen Sache geht«, sagte Myrna, »aber Rassenfragen sind's nicht – nicht in erster Linie jedenfalls. Da ist ne Menge Haß im Spiel, aber *Rassenhaß? Behindertenhaß?* Das N-Wort oder irgendwas von Taubheit hören wir zum erstenmal, als Mary anfängt, mit dem FBI zu plaudern. Ich würde darauf tippen, daß die irgendwelche Informationen über Whitlow und seine Kumpel haben, vielleicht auch irgendwas über *sie*. Aber sie haben nicht genug in der Hand, um einen Verschwörungsfall zu konstruieren und ihn mit einer konkreten Straftat mit eindeutig rechtsextremistischem Hintergrund in Verbindung zu bringen. Nehmen wir also mal an, daß die gute alte MW gerade dabei ist, dem FBI zu erzählen, was wirklich passiert ist, als ihr in der Aufregung das N-Wort rausrutscht oder irgendwas davon, daß Elvin taub war. Was dann?«

»Dann werd ich als Niggerhasserin eingelocht«, sagte Mary mit *noch* einem herausfordernden Blick.

»Ach was«, sagte Myrna. »Wenn die sich mit Ihnen schlecht stellen, verlieren sie die einzige Zeugin, die einen Adlerarsch lebenslänglich hinter Gitter bringen könnte. Nein, nein. Ich glaube, es läuft eher folgendermaßen: ›Nigger?‹ fragt der Agent. ›Wer hat denn dieses Wort benutzt? Doch bestimmt nicht Sie, Mrs. Whitlow, oder?‹« sagte Myrna und funkelte Mary Whitlow an. »›Also wissen Sie, bei einem solchen Wort fragen wir uns tatsächlich, ob wir es nicht mit einer Haßtat zu tun haben. Ja, genau. Bei Haß gibt's zusätzliche Strafen, und schwere dazu, aber nur für Kriminelle, die irgendeine andere, eigenständige Straftat verübt haben, wie zum Beispiel einen Schwarzen oder einen Behinderten zu töten. Also, was wollten Sie gerade sagen? *Wer* hat *Nigger* gesagt? War es der verdammte Mistkerl? Versuchen Sie, sich zu erinnern. Hat er das vielleicht irgendwann kurz vor Verübung der Straftat gesagt – oder am Ende sogar gerade, während die Straftat verübt wurde? Denn in dem Fall wäre es eine wirklich ernste Sache. Hat er irgend etwas über Mr. Brawleys Behinderung gesagt?‹«

»Fick dich ins Knie, Lady«, sagte Mary.

»Wir kommen der Sache langsam näher«, sagte Myrna, »meinst du nicht auch, Joey? Ich muß mit meiner Sekretärin reden, daß sie meinen nächsten Termin ein wenig verschiebt. Könnt ihr beide ein Momentchen warten? Es sei denn natürlich, Mary Whitlow hat noch was anderes vor.«

Myrna bedeutete Joe mit einer herrischen Kopfbewegung, ihr auf den Korridor zu folgen. Sobald sie draußen waren, sagte sie: »Für den Fall, daß du das noch nie gemacht hast, das ist unsere Variante des Spiels ›Guter Bulle, böser Bulle‹, okay? Du gehst jetzt wieder rein und erzählst ihr, daß ich ein rücksichtsloses, geistesgestörtes Miststück bin und daß mir alles zuzutrauen ist. Ich könnte ihr Harper auf den Hals hetzen. Ich könnte das faschistoide Käseblättchen der Staatsanwaltschaft übergeben. Ich könnte sie wegen Unterschlagung von Beweismitteln oder Erpressung unter Anklage stellen lassen. Geschickter Schachzug, wie du versucht hast, sie vor mir in Schutz zu nehmen. Brillant. Du hast den richtigen Instinkt. Versuch, sie dazu zu bringen, daß sie sich dir anvertraut. Erzähl ihr, du könntest ihr vielleicht helfen, einen Ausweg aus der ganzen Sache zu finden. Sie schwitzt schon Blut und Wasser. Die Adler sind hinter ihr her und der Staatsanwalt ebenso. Sie sitzt in der Falle und macht sich vor Angst in die Hose. Nutz ihre Angst aus.«

Sie schob ihn in ihr Büro zurück und zog die Tür hinter ihm zu.

Mary Whitlow wandte den fetten Kopf nach ihm um.

»Ms. Schweich muß nur eben kurz mit einem anderen Mandanten sprechen«, sagte Watson. Er setzte sich auf den Stuhl, der Mary gegenüberstand, und legte die Hände auf seine Knie.

»Ja«, sagte Mary, »und vielleicht fällt sie unterwegs auf die Schnauze und bricht sich das Genick.«

Joe sah, wie ihre Finger zitterten, als sie sich eine weitere Zigarette anzündete.

»Ich ... könnte mir vorstellen ... daß Sie im Moment nicht mehr weiterwissen«, sagte Joe. »Wenn ich irgendwas für Sie tun kann ...?«

»Lecken Sie mich am Arsch«, sagte Mary.

»Ich bin zum Verteidiger Ihres Mannes bestellt worden«, sagte Joe. »Ich versuche nur, ihm zu helfen. Wenn Sie mir also etwas zu sagen haben, was ihm vielleicht helfen könnte ... Oder vielleicht auch *Ihnen* helfen –«

»Vögeln Sie rum?«

Die Kinnlade fiel ihm herunter, und er glotzte ihr ins weiße Gesicht, das jetzt starr vor Haß war. Er war sich nicht sicher, ob er sie richtig verstanden hatte oder ob seine privaten Zwangsvorstellungen mal wieder nach außen sickerten und die Realität entstellten. Sie musterte ihn aus zusammengekniffenen Augen durch den Rauch und deutete mit ihrer Zigarette auf den Ehering an seiner linken Hand. »Ich hab gefragt, vögeln Sie rum?«

»Was?« fragte er und spürte, wie ihm das Blut ins Gesicht schoß.

»Hatt ich mir gedacht«, sagte sie. »Tun sie alle. Und dann verarschen sie einen. Lügen rum.«

»Ms. Schweich hat mich gebeten, Sie zu fragen –«

»Sind Sie katholisch?« Sie warf ihm wieder einen Blick zu. »Sie sind doch auf dieselbe Jesuitenschule wie Jimmy gegangen – stand das nicht in der Zeitung? Jimmy hat von mir gewollt, daß ich auch katholisch werde. Meinte, ich müßte es tun, oder er würd mich nicht heiraten. Dann hat er angefangen, ewig rumzulabern von wegen, Ehebruch wär ne Todsünde, in derselben Preislage wie Mord«, sagte sie. Sie schnippte die Asche von ihrer Zigarette und sah zu, wie sie auf den Fußboden fiel. »Wichser.«

Der ärztliche Untersuchungsbericht, den Palmquist ihm überlassen hatte, rollte in seiner Vorstellung wie ein Spruchband auf einem Bildschirm ab: *»Die Patientin erklärte ..., sie könne unmöglich eine Geschlechtskrankheit haben, da sie mit niemandem außer ihrem Ehemann je Geschlechtsverkehr gehabt habe.«*

»Jimmy hat mir gesagt, wenn ich jemals rumvögeln würde, würde er mir eine Kugel in den Kopf schießen und das einem Nigger anhängen.«

»Und nach Ihrer eigenen Aussage *haben* Sie rumgevögelt, oder?« fragte Watson, der entschieden hatte, die beste Strategie sei, ihr nach Möglichkeit auf gleicher Ebene zu begegnen. Aber kaum hatte er den Mut aufgebracht, ihr in die Augen zu sehen und sie mit ihrer Geschichte zu konfrontieren, wußte er, daß er da, wo sie war, nie hingelangen würde. Sie starrte ihn mit einer mörderischen Miene an – einer Hockeymaske aus einem Horrorfilm. Er hörte, wie sie zischend Luft durch die Nasenlöcher einzog. Ihre schwarzen Augen glühten vor fieberhaftem Abscheu. Vielleicht hatte Othello in der Nacht, als er Desdemona erwürgte, so ausgesehen. Schwarze Rach', gekommen aus der tiefen Hölle, ihr Busen, angefüllt mit Natterzungen: eine fette Krötenfrau, die sich von Kerkerdünsten nährte. Aber *Othello* war nichts Wirkliches, erinnerte er sich.

Nein, nur so etwas wie ein verbales Videospiel für abgefahrene Literaturfreaks. Ein zu einem Konglomerat von Druckbuchstaben fossilisierter bombastischer Trickfilm. Und Othellos einziges Beweisstück war ein stibitztes Taschentuch gewesen – man stelle sich nur vor, Desdemona hätte ihm einen Tripper angehängt! Mary Whitlow hatte echt was in der Hand.

Sie tat einen tiefen Zug an ihrer Kent und blies Watson den Rauch ins Gesicht; dann biß sie die Zähne zusammen und sagte: »Jimmy hat nie gesagt, was passieren würde, wenn *er* rumvögeln würde.« Ihre Augen funkelten. Sie zog noch einmal und rollte die Zigarette zwischen ihren Fingern, schwarz und orange gefleckt von Teer und Druckerfarbe. »Ich schätze, jetzt weiß er's.«

Vierundzwanzigstes Kapitel

Watson vergaß stillschweigend, Myrna zur VTD-Party einzuladen. Dafür trug er das Gerät schon tags darauf in ein privates Labor und ließ es auf Fingerabdrücke untersuchen. Dann rief er die örtliche Niederlassung von VTech Industries an und vereinbarte einen Termin mit John Crowell, dem Leiter der Service-Abteilung von VTech. Am Telefon erklärte Crowell, das VTD arbeite nur dann mit maximaler Genauigkeit, wenn es das Stimmprofil des Sprechers enthalte – eine Liste von rund einhundert Lauten, die zunächst vorgesprochen und vom Gerät abgespeichert werden müßten –, was dem Programm im Idealfall ermögliche, die Stimme dieses bestimmten Menschen zu erkennen und in grafischer Umsetzung darzustellen. Mit einem solchen Profil sei eine achtzig- bis neunzigprozentige Transkriptionsgenauigkeit zu erzielen, allerdings mit häufigen Fehlern, insbesondere bei Homophonen *(Leere, Lehre; Lid, Lied)*. Ohne Profil – etwa wenn der Sprecher ein zufälliger Bekannter oder eher seltener Gast war – wurde die Transkription zu einer ziemlichen Glückssache, mit einer Trefferquote von vierzig bis höchstens sechzig Prozent.

Crowell erklärte, daß die Stimmerkennungstechnologie noch immer an den gleichen Mängeln krankte, mit denen die Computerindustrie im Zusammenhang mit Handschrift-Scannern und Stift-Eingabegeräten zu kämpfen gehabt hatte. Die VoiceType-Technologie war Mitte der neunziger Jahre von IBM entwickelt worden, und bereits 1996 hatten die ersten Betriebssysteme, wie OS/2 Warp 4, angefangen, sie zu integrieren. Das VoiceType-Diktaphon war die erste Büroanwendung gewesen, und ein paar Jahre darauf folgten die – als eine Art Prothesen für Taubstumme gedachten – tragbaren VTDs, die mit Hilfe eines LCD-Displays möglichst genaue Transkriptionen gesprochener Mitteilungen liefern sollten. Die meisten Modelle besaßen auch eine Tastatur, die es dem Taubstummen erlaubte, rasch eine Antwort zu tippen und dem Gesprächspartner auf dem Display zu zeigen. Oder sie ihm sogar mit Hilfe des eingebauten Voice-Synthesizers vorzuspielen. Aber vorläufig, so Crowell, hinkte die Praxis den theoretischen Versprechungen hinterher: Fehler – sinnentstellende Transkriptionen – kamen noch immer häufig vor.

Als Watson seinem sachverständigen Zeugen in spe erklärte, er brauche jemanden, der vor Gericht über das Gerät und dessen etwaigen Speicherinhalt aussagen könnte, warnte Crowell vor übertriebenem Optimismus: Daß wer auch immer was auch immer gesagt habe, lasse sich mit einem VTD wahrscheinlich *nicht* beweisen. Sollte Elvin Brawley das Gerät allerdings auch dazu benutzt haben, seinerseits Mitteilungen an seinen jeweiligen Gesprächspartner zu schreiben, dann müßte der Speicher des Gerätes ein genaues Protokoll all dessen enthalten, was er während der betreffenden Sitzung eingegeben hatte. Aber zu beweisen, was *Mary* gesagt oder nicht gesagt hatte, würde schon erheblich schwieriger sein.

Watson fuhr hinaus nach Chesterfield, in ein Gewerbegebiet, wo VTech Industries seine Niederlassung hatte. Crowell war ein großer Techniker um die Fünfzig mit krummem Rücken und trug eine Bifokalbrille mit daran montierter Uhrmacherlupe. Er führte Watson in eine Werkstatt, an deren Wänden sich auf Reihen von Klapptischen auseinandergeschraubte Elektronikgeräte stapelten, ausgeweidete Gehäuse, aus denen vielfarbige Kabel sprossen, Stöße von über Kreuz gelegten ausgebauten Leiterplatten.

»Haben Sie so ein Ding schon mal benutzt?« fragte Crowell. Er setzte sich an einen runden Tisch, über dem eine Batterie von starken Halogenlampen hing, und bot Watson den Stuhl neben seinem an.

»Nein«, sagte Watson.

»Spielen wir ein bißchen mit einem anderen herum, bevor wir Ihres starten«, sagte der Techniker. Er stand wieder auf, holte ein zweites VTD und stellte es zwischen ihnen beiden auf den Tisch. »Das ist ein 880er«, sagte er, »das gleiche Modell wie das Ihres Opfers.« Er drehte das Gerät so herum, daß der LCD-Schirm in Watsons Richtung wies. »Mikrofon«, sagte er und deutete auf zwei kleine Schlitze in der Ecke des Gehäuses.

Crowell schaltete das Gerät ein. »BEREIT«, erschien auf

dem Display. Dann drückte Crowell auf einen anderen Knopf, und auf dem Schirm erschien die Meldung: »TRANSKRIPTION BEGINNT. BITTE SPRECHEN ...« Crowell fing an, mit klarer, deutlicher, nach jedem Wort kurz absetzender Stimme zu sprechen.

»Wenn ich auf Transkriptionsmodus schalte, versucht es, jede Lautäußerung, die es empfängt, in geschriebene Wörter zu übersetzen. Punkt. Zeichensetzung erscheint nur, wenn der Sprecher sie selbst angibt, indem er ›Punkt‹, ›Komma‹ und so weiter sagt.«

Watson sah zu, wie Crowells Worte – oder zumindest etwas Ähnliches – auf dem LCD-Display erschienen: *»Wenig auf Transition Modder halte versucht es jede laut Äußerung die essen fängt in geriebene Werte zu übersetzen. Zeichensätze und scheint nur wenn der Sprecher sie selbst angibt in dem er., und so weiter sagt«*

»Sehen Sie?« sagte Crowell. »Ganz schön ungenau.«

»Sehen sie Gans schön und genau«, erschien auf dem Display.

Dann sprach Crowell noch langsamer und mit noch deutlicheren Pausen zwischen den einzelnen Wörtern. »Etwas besser wird's, wenn man langsam spricht und einfache Wörter verwendet.«

Watson las das Ergebnis vom Display ab: *»Etwa Bässe wird wenn Mann langsam sprich und einfache Wörter verwendet«*

Als Crowell wieder anfing, normal zu sprechen, füllte sich das Display mit praktisch sinnlosem Geschreibsel. Er schaltete das Gerät aus. »Hinzu kommt, daß es nur Wörter und Eigennamen erkennt, die in seinem werkseits eingespeicherten Grundwortschatz vorkommen. Obszönitäten, stark Umgangssprachliches, Fachtermini und so weiter transkribiert es nicht. Schauen Sie.« Er schaltete das VTD wieder ein und sagte: »Du bekackter Schleimscheißer.«

»Du bekannter Leim Heizer«, entgegnete der Bildschirm.

»Diese Geräte werden in der Regel von Firmen gemietet, die gehörlosen Mitarbeitern die von den Behindertengesetzen vorgeschriebenen ›vertretbaren Arbeitsbedingungen‹ anbieten wollen. Und *erleichtert* wird die Verständigung zwischen Gehörlosen und Hörenden, die die Zeichensprache nicht beherrschen, durch diese Technologie schon. Wenn sie versuchen zu verstehen, was jemand zu ihnen sagt, erhalten Gehörlose den Großteil ihrer Informationen aus den Lippenbewegungen und der Mimik des Sprechenden. Dieses Gerät liefert ihnen einfach ein weiteres Quantum für sich genommen ungenügender Daten, anhand deren sie eben *eher* erraten können, was der andere sagt. Eine zusätzliche Hilfe – aber zur Zeit noch alles andere als zuverlässig. So, und jetzt wollen wir mal sehen.«

Crowell streifte sich ein Paar Latexhandschuhe über und entfernte die Rückwand von Brawleys VTD. Er legte eine neue Batterie ein und schaltete dann das Gerät an. Watson sah mit angehaltenem Atem zu, wie der Bildschirm aufleuchtete.

»AUTO-SPEICHERUNG BEI ABSCHALTUNG«, teilte der Bildschirm mit. »DIE SITZUNG VOM 14. JUNI 2002 WURDE UM 17:45 BEI ABSCHALTUNG GESPEICHERT.«

»Das ist es«, sagte Watson. »Der Tag des ... Der Tag, an dem es passiert ist.«

»Jemand hat das Gerät ausgeschaltet, bevor die Batterie abgelaufen ist«, sagte Crowell.

»SICHERUNGSKOPIE VORHANDEN: TRANSKRIPTIONSSITZUNG VOM 14. JUNI 2002, 17:45 UHR. FÜR ERNEUTEN ZUGRIFF DRÜCKEN SIE JETZT BITTE AUF ›J‹.«

Crowell drückte auf J.

»Sieht so aus, als sei das die einzige gespeicherte Sitzung«, sagte er, »was aber nicht weiter auffällig ist. Das Programm beansprucht schon selbst einen so großen Teil der Systemressourcen, daß nicht viel Platz für Sicherungskopien übrigbleibt. Deswegen wird den Benutzern auch empfohlen, die Daten auf ihren PC zu überspielen, wenn sie mehr als nur eine Sitzung aufbewahren wollen.«

»Aber zumindest *eine* Sitzung haben wir doch, oder?« fragte Watson.

»Sieht so aus«, sagte der Techniker, während das LCD-Display sich vor ihren Augen mit Zeichen füllte:

14. JUNI 2002 17:41
TRANSKRIPTION BEGINNT. BITTE SPRECHEN …
Ist eingestellt
Hat meine Stimme
OK
ich hab ihn gesagt die Stunden Sinn zu teuer
WENN DU BESSERE STUNDEN FÜR WENIGER FINDEST DANN KAUF BESSERE STUNDEN

»Von ihm müßten die Versalien sein«, sagte Crowell. »Der Text in Großbuchstaben müßte das sein, was er als seinen Teil der Unterhaltung über die Tastatur eingegeben hat.«

Das Sitzungsprotokoll rollte langsam weiter über den Bildschirm ab.

Vielleicht kauf in wie bei jemand anderem Stunden
Dann iß das letzte Stunde wenn die nicht anders sagen
ICH GEB KEINE ANDEREN STUNDEN ABER DIESE EINE STUNDE WILLST DU NOCH? VIER FÜR EINS? SO WIE IMMER?
14. JUNI 2002 17:42
Ja vier vier eins ich hab das Geld
DU HAST GESAGT DEIN MANN WEG?
Weck ja
DU HAST GESAGT ICH SOLL DICH ANFASSEN?
Ja
DU WILLST DASS ICH DICH ANFASSE?
Ja und ich will auch
14. JUNI 2002 17:45
James Hilfe dehn Igor Wilma die Wäsche Hilfe er iß über geh schnappt Dehn Igor Wilma die Wäsche Hilfe
AUTOSPEICHERN. ENDE DER SITZUNG

Watson und Crowell ließen die Aufzeichnung ein zweites Mal ablaufen.

»Das war's?« fragte Watson. »Können wir das ausdrucken?«

»Klar«, sagte Crowell. Er drehte sich um, nahm von einem anderen Tisch einen Bubble-jet-Drucker und schloß ihn an das VTD an.

Während Watson auf den Ausdruck wartete, stellte er sich Mary und Elvin im Whitlowschen Wohnzimmer vor. Stellte sich vor, wie sie etwas sagte, was so ähnlich wie die transkribierten Wörter klang. Während Elvin seine Großbuchstaben tippte. Und Whitlow, der mit einem Baby-Überwachungsgerät im Auto saß, dürfte was gehört haben? Nur das, was Mary sagte – was Brawley tippte, nicht. Mit anderen Worten, als Elvin »DU HAST GESAGT DEIN MANN WEG?« getippt hatte, hatte Whitlow nur »Weg, ja« gehört. Als Elvin »DU HAST GESAGT ICH SOLL DICH ANFASSEN?« geschrieben hatte, hatte Whitlow nur »Ja« gehört.

Watson sah auf die Uhrzeitangaben, die am Rand des Blattes mitgedruckt worden waren. »Kann man davon ausgehen, daß die Zeiten stimmen?«

»Müßten sie«, sagte Crowell. »Die sind wahrscheinlich noch die zuverlässigsten Informationen, die wir haben.«

Watson sah sich die drei Uhrzeiteinträge genauer an. Der erste, längere Gesprächsabschnitt – die Bemerkungen über die teuren Stunden –, hatte offenbar eine knappe Minute gedauert, etwa von 17.41 bis 17.42, was ungefähr hinzukommen schien, wenn man die durch Tippen und Bildschirmablesen bedingten Verzögerungen in Rechnung stellte.

»Kann man annehmen, daß sie saßen und das Ding hin und her drehten? So wie wir das jetzt tun?« fragte Watson.

»Wahrscheinlich«, sagte Crowell, »besonders, da er doch seine Antworten eintippen mußte.«

Der zweite Teil der Unterhaltung war von der Wortmenge her nur ein knappes Drittel so lang wie der erste, aber er begann um 17.42 Uhr und endete um 17.45, als Mary Whitlow laut VTD mehrmals »James Hilfe dehn Igor Wilma die Wäsche« gesagt hatte.

»Warum dauert der an sich längere Teil der Unterhaltung eine Minute und der zweite, weit kürzere, *drei* Minuten?« fragte Watson.

Crowell sah sich den Ausdruck an. »Na ja, entweder sie haben in der zweiten Hälfte ihrer Unterhaltung sehr langsam gesprochen und geschrieben«, sagte er und notierte sich mit einem Bleistift die zeitliche Differenz, »oder sie haben, nach der ersten Hälfte geschätzt, zusammengenommen eine halbe

Minute lang geredet und zwischendurch insgesamt zweieinhalb Minuten lang geschwiegen.«

Watson stellte sich vor, wie Elvin und Mary am Tisch saßen und auf das Display des VTD sahen. Elvin tippt: *DEIN MANN WEG?* Und Mary sagt: *»Ja.«* Und Whitlow, der mit dem Baby-Überwachungsgerät draußen in seinem Ford Taurus sitzt, hört seine Frau *»Ja«* sagen und denkt: *Vielleicht hat er gefragt, ob er rauchen darf?* Er hört nicht: *DU WILLST DASS ICH DICH ANFASSE?* Nur *»Ja«* und *»Ja, und ich will auch«*.

Zum erstenmal bezog Watson auch Elvin in seine Überlegungen ein. *Was ist mit Elvin? Was hat Elvin eigentlich gehört?*

»Ich kann Ihnen Listen der wahrscheinlichsten Alternativen zu den offenbar falschen Wörtern zuschicken. *Dehn Igor Wilma.* Man kann wohl davon ausgehen, daß sie etwas anderes gesagt hat. Manchmal hilft es, sich solche phonetischen Annäherungen anzusehen, um auf die Lösung zu kommen. Vielleicht würde Sie das irgendwie weiterbringen.«

Watson starrte auf *dehn Igor* hinunter und kämpfte gegen einen Anfall von Übelkeit an. Zwei Minuten Stille, nachdem Mary gesagt hatte, er sollte sie anfassen? *Und was hatte* Elvin *gehört?* Was, wenn er nicht einmal ihr Gesicht hatte sehen können? Was, wenn er damit beschäftigt gewesen war, sie anzufassen, oder *sie* damit beschäftigt gewesen war, *ihn* anzufassen, und er nicht auf das VTD gesehen hatte? Elvin hatte nichts gehört. Und außer er konnte ihr Gesicht sehen, oder das VTD, hatte er nicht einmal gewußt, daß sie überhaupt etwas sagte.

Dehn Igor Wilma die Wäsche.

Aus unerfindlichem Grund erinnerte er sich plötzlich an einen der Artikel, die ihm seine Internetspinne Rachel mal angebracht hatte: »Sind Tiere zur Täuschung fähig?« Die Antwort: ein entschiedenes Ja, wie Frans de Waal, gestützt auf seine Beobachtungen von rangniederen Schimpansenmännchen, die sich heimlich mit erwachsenen Weibchen aus dem Harem dominanter Männchen verlustiert hatten, bestätigen konnte. Wenn die Alpha-Männchen ihre Untergebenen in flagranti crimine ertappten, bedeckten die jungen Spunde ihren erigierten Penis mit den Händen und taten unschuldig. *Nur ein bißchen geplaudert, Boss. Ganz harmlos. Nix weiter.* Watson konnte sich bildlich vorstellen, wie *seine* Hände abwärts geschossen wären, wenn Arthur, R. J. Connally, Richter Stang oder sein treuer Vater ihn auf der Schwelle von Palmquists rosiger Himmelspforte ertappt hätten. »*Nein, ehrlich, ich hab nur nach Entlastungsmomenten für meinen Mandanten gesucht.*«

»Sie täten mir einen großen Gefallen, wenn Sie mir solche Listen zufaxen könnten«, sagte Watson. »Ich fahre ins Büro zurück und gehe die Sachen dort in aller Ruhe durch. Aber« – er warf einen Blick auf seine Uhr, spürte, wie sich sein Magen zusammenkrampfte, und tat so, als würde er erst jetzt merken, wie spät es war –, »äh, ich muß noch ein Dokument bei Gericht einreichen«, log er.

»Das meiste davon sieht soweit ganz zuverlässig aus«, sagte Crowell, der noch immer auf den Bildschirm starrte, »besonders die einfachen Wörter. Aber selbst, wenn Sie erraten sollten, wie das *dehn Igor Wilma die Wäsche* in Wirklichkeit gelautet hatte, dürfte es ganz schön schwierig sein, das im Gerichtssaal zu beweisen.«

»Ja«, sagte Watson. »Da dürften Sie recht haben.« Er dachte an Mary Whitlow und daran, wie sie sich in Myrnas Büro auf ihrem Stuhl gewunden hatte. Wie blinde Rachgier ihr Knollen und Wülste der Wut ins Teiggesicht geknetet hatte. »*Jimmy hat nie gesagt, was passieren würde, wenn* er *rumvögeln würde. Ich schätze, jetzt weiß er's.*«

Eine eisige Kälte schnürte ihm die Brust zusammen, und er verspürte ein plötzliches unüberwindliches Bedürfnis, seinen Mandanten und dessen rachsüchtige Gattin so zu sehen, wie Dr. Palmquist sie sah: als große Mäuse. Oder vielleicht als Meerkatzen, Subspezies weißer Abschaum.

Er bedankte sich bei Crowell und ging. Auf dem Weg zu seinem Honda sah er sich um und betrachtete die Fußgängerzonen und Kinos mit ihrem Gewimmel von weiteren Primaten, die ihrem Affendasein nachgingen. Materielle Gehirne in materiell-materialistischen Jungen und Mädchen, auf nichts als Überleben programmiert. Die menschliche Rasse schien direkt vor seinen Augen zu regredieren – und er selbst sackte mit ab. Die Whitlows waren frisch ihren Höhlen entsprungene Troglodyten. Und er war ... was? Schon bald würde er ein kleinhirniger, kleingeistiger (bestand da überhaupt ein Unterschied?) moralischer Dinosaurier sein, der in der lebensfeindlichen Atmosphäre moderner Ideen keuchend nach Luft schnappte. Die Natur hatte ein Gehirn, und Watson und die Whitlows und Myrna und Richter Stang waren allesamt nichts weiter als kleine Bündel von Neuronen in einem Organismus, der ewig weiterlebte und von Menschen und anderen Tieren besiedelt wurde – Krankheitserregern, Krebszellen, die die Haut der Erde verpesteten.

Als er auf die Auffahrt zum Highway 40 einbog, mußte er wieder an Mary Whitlow denken. Ihre Aussagen – aus Polizei- und FBI-Berichten, TTT-Ausdrucken, aus ihrem eigenen Mund, dem VTD-Speicher – tauchten wie Wasserleichen im Sumpf seiner Gedanken auf und gingen langsam wieder unter, und mit ihnen sank seine Meinung vom Menschengeschlecht.

Am Tag nachdem ihr bewußtgeworden war, daß ihr Mann ihr im Zuge eines Begattungsaktes eine Geschlechtskrankheit verehrt hatte, hatte sie Elvin Brawley per TTT eine zärtliche Botschaft geschickt: »Ich möchte einfach nur mit dir allein sein. Und nächste Woche ist James in Nevada. Ich möchte dich sehen und deine Gebärden überall an mir spüren.«

Vor der Militärpolizei, in der Notaufnahme: »Ich war mit meinem Freund zusammen. Ich wollte ihm gerade einen blasen. Der Reißverschluß seiner Hose war auf. Da ist mein Mann nach Haus gekommen und hat ihn erschossen. Er hat mich gezwungen, die Polizei anzurufen und zu sagen, daß es eine Vergewaltigung war.«

»James Hilfe dehn Igor Wilma die Wäsche.«

Sein Auto fuhr beim Ignatius Medical Center vom Highway hinunter und dann weiter zum Gage Institute. Er hatte nicht vorgehabt, da hinzufahren, ehrlich, es war einfach so passiert. Wenn die Nonnen ihm deswegen den Prozeß gemacht hätten, dann hätte er in seiner Verteidigung möglicherweise auf eingeschränkte Schuldfähigkeit infolge eines psychischen Leidens oder Defektes plädieren können. Ihm war der Unterschied zwischen Recht und Unrecht sehr wohl bewußt und begreiflich, aber es gelang ihm einfach nicht, sein Handeln mit seinem Moralkodex in Übereinstimmung zu bringen. Episodische Dyskontrolle? Psychischer Defekt? Unwiderstehlicher Impuls?

Wie man's auch nennen mochte – das *Objekt* seiner unwiderstehlichen Impulse saß an seinem L-förmigen Arbeitstisch, über die Tastatur und eine Glasschale gebeugt, in der ein rosiges Organ von der Größe einer kleineren Erdbeere in einer Lösung schwamm. Rachel sah kurz zu ihm auf und sagte: »Ah. Nur einen Augenblick.« Sie wandte sich ihrem Monitor zu und widmete sich eine Zeitlang dem Eingabefenster einer Datenbank-Matrix, in der sie verschiedene Einträge anklickte und änderte.

Ein Teil seines Gehirns fragte die übrigen Teile: *Warum bin ich hier?* Er schlafwandelte, spielte wie ein obstinates Thema eine unaufhörliche selbstzerstörerische Fuge immer wieder automatisch ab. Seine Sehnerven übertrugen Bilder ihres fast vollkommenen biologisch-schönen Gesichts zu irgendeinem Teil seines optischen Kortex. Ängste aus viel zu vielen verschiedenen Bereichen seines Lebens wimmelten wie Ungeziefer auf der Oberfläche seines Bewußtseinssumpfes – desselben Sumpfes, in dem Marys Igor und sonstige Lügen dahintrieben. Der Halsausschnitt ihres Laborkittels öffnete sich über einem weiteren enganliegenden Lycra-Body (diesmal marineblau), der die Rundung ihrer rechten Brust nachzeichnete – voll, gebuckelt, in den Schatten schwellend. Unter dem Gewebe des Bodys machte er ein neues florales Motiv aus. Wahrscheinlich aus einer aktuellen Dessous-Kollektion namens »Gelegenheit zur Sünde«. Sein Rückenmark ließ, wie es schien, in seiner Hose einen zusätzlichen Satz Lendenwirbel sprießen. *Jetzt wär ich soweit.*

Seine Nasenflügel bebten beim schwachen Geruch von Einmachlösung. Formaldehyd? Formalin? Er musterte das fleischig aussehende Objekt (dessen Form am ehesten an einen sehr kleinen, bratfertigen Truthahn erinnerte – mit der gleichen rosigweißen, runzligen Gänsehaut), das an Drähten in der Lösung hing, in die ein paar durchsichtige Röhrchen mündeten.

»Was ist ...?« Ein sich regelrechter Übelkeit näherndes Unbehagen hinderte Watson daran, weiterzusprechen. Er hoffte, das Was-es-auch-sein-mochte stamme nicht aus einem Menschen.

»Isoliertes und in vitro perfundiertes vollständiges Gehirn«, sagte sie.

»Isoliertes ...?«

»Vollständiges Gehirn«, sagte sie.

»Von?«

»Einem Reptil«, sagte sie. »Einem kleinen Anwalt«, fügte sie, ohne zu lachen, hinzu. Dann lachte sie. »In Wirklichkeit einem Meerschweinchen. Warum?«

»Wie lang ist es denn schon tot?«

»Ha!« rief sie aus. »Tot? Das ist nicht tot, Counselor. *Studenten* arbeiten an toten Meerschweinchen. Als wir uns zum erstenmal gesehen haben, in Arthurs Büro, da haben wir über Enthauptungen gesprochen, weißt du noch?«

»Ja«, sagte Watson.

»Das hier ist das Gegenteil einer Enthauptung. Das hier ist ein *lebendes* Meerschweinchen abzüglich seines natürlichen Trägermediums. Unbelastet sozusagen. Frei, zu träumen, ohne die sensorischen Zwänge und die tausenderlei natürlichen Traumata, die das Los allen Fleisches sind«, sagte sie, und ihre Augen schimmerten von einem visionären Licht. »Von keinerlei körperlichen Bedürfnissen gehemmt, frei, sich dahin zu denken, wohin nicht Leib noch Seele reicht.«

Sie ließ ihren Mauszeiger über den Bildschirm huschen, klickte und zog, öffnete und schloß Fenster. Gab Daten ein.

»Ist das dein Ernst – es lebt?«

»Bessere Frage«, sagte sie, noch immer ohne ihn anzusehen, »wie könnte man beweisen, daß es lebt? Wie beweist man, daß es noch denkt?«

Watson starrte das rosige Klümpchen Gewebe an. »Man gibt ihm ein Bier und wartet ab, ob's betrunken wird?«

»Was, wenn wir ihm einen bedingten Reflex antrainieren könnten?« fragte sie. »Wenn es lernen kann, muß es psychisch aktiv sein, richtig? Erinnerst du dich an die septalen Lustzentren, von denen ich dir erzählt habe? Nun, wir schieben da eine Mikroelektrode hinein und verschaffen dem Schweinchenhirn mit gezielten Stromstößen von ein paar Millivolt ein Lustgefühl wie Sex auf Koks hoch zehn. Du hast bestimmt schon von den Experimenten Olds' und Milners gehört: Sie hatten Ratten einen Draht in das Septum pellucidum oder in die Area subcallosa eingeführt und eine Schaltung gelegt, die es den Ratten ermöglichte, sich durch Betätigen eines Hebels selbst zu stimulieren.«

»Ja«, sagte Watson, »und daraufhin haben die Ratten aufgehört, zu essen und zu trinken. Sie haben immer weiter auf den Hebel gedrückt, bis sie eingegangen sind.«

»Genau«, sagte sie. »Es hat ein ganz neues Licht auf die bedingt-reflexartige Entwicklungsphase namens Aussterben geworfen. Siebentausend Selbststimulationen die Stunde! Pure Lust ist die einzig mögliche Erklärung. Lust, für die es sich zu sterben lohnt. Wie auch immer – wir nehmen also unser kleines körperloses Meerschweinchengehirn und führen unsere mikrofeine Sonde in das Septum ein, und dann nehmen wir einen beliebigen somatoefferenten Nerv, der normalerweise die Impulse zu einer willkürlichen oder halb willkürlichen motorischen Reaktion ableiten würde: etwa den Nerv, der das Blinzeln des Tieres steuert. An diesem Nerv befestigen wir einen kleinen Sensor, der es uns ermöglicht, die durch den Nerv wandernden Impulse zu messen und diejenigen zu identifizieren, die normalerweise ein Blinzeln auslösen würden. Und dann bringen wir dem Tier – oder besser gesagt, dem Gehirn des Tieres – bei, diese bestimmten Impulse willentlich zu erzeugen. Jeden Blinzelimpuls belohnen wir mit septaler Stimulation. Immer schneller und schneller, bis das Gehirn, wenn es noch Augen und Lider hätte, mehrere hundertmal pro Minute blinzeln würde. Mit ein wenig Übung bringt es unser Meerschweinchenhirn bald dahin, daß es mit seinen Phantomlidern siebentausendmal die Stunde blinzelt.«

Watson blinzelte.

»Stell dir vor, du könntest durch bloßes Blinzeln zum Orgasmus kommen«, sagte sie.

Anstatt sich das vorzustellen, projizierte Watson an die Stelle des kleinen rosigen bratfertigen Gehirntruthähnchens in Nährlösung die maulwurfgraue und muschelrosige schwabbelige Denkmaschine seines Mandanten, in der klaren Flüssigkeit an lebenerhaltenden Kabeln und Schläuchen aufgehängt, während Rachel anfing, daran herumzubasteln, Synapsen umleitete und die Kontakte an verschiedenen feuchten schlauchförmigen, ineinandergeknäuelten Leiterplatten überprüfte. Und konnte sie es dann einfach wieder einbauen, in sein Nullachtfünfzehn-Gehäuse zurück?

Er versuchte, sich Whitlows Gulasch von faserigen Neuronen als von freiem Willen, Nächstenliebe, irgendeiner beliebigen seelenartigen Substanz bewohnt vorzustellen, und scheiterte. Palmquist hätte ein solches Unterfangen als materialistische Elimination bezeichnet. Das Gehirn war nichts als Materie. Whitlows Denktätigkeit, seine Intentionen, seine Reue, sein Ehrgeiz, sein Groll und seine Angst – Konstrukte und nichts weiter. Bioelektrische Entladungen. Vielleicht *empfand* sein Gehirn diese psychischen Ereignisse als wichtig und bedeutungsvoll, aber in einer ausschließlich aus Materie bestehenden Welt waren Gedanken, Träume und seelenvolle Sehnsüchte so bedeutungslos wie die Biolumineszenz von Rippenquallen und Mollusken.

»Ich gehe davon aus, daß du nicht hergekommen bist, um mir dabei zuzusehen, wie ich am isolierten Gehirn eines Meerschweinchens arbeite«, sagte sie.

»Ich bin hergekommen, weil du nicht zurückrufst«, sagte Watson. »Ich befinde mich seit einer Woche im Wartemodus.«

»Wenn ich viel zu tun habe, reduziere ich meine Außenkontakte fast vollständig auf E-Mail«, sagte sie. »Du nicht?«

»Doch«, sagte Watson. »Und ich würde meine kostbare Zeit nie für einen Anruf wegen etwas so Trivialem wie einer Gehirnoperation verplempern.«

»Wir hatten seine Einwilligung«, sagte sie. »Er hat sämtliche Dokumente unterschrieben. Wir haben ihn auf Video zusammen mit zwei Ärzten, die ihm den Eingriff und sämtliche damit zusammenhängenden Risiken haarklein erläutern. Wir haben ihn sogar gefragt, ob er sich vor seiner Einverständniserklärung noch mit seinem Anwalt beraten wollte, und er hat nein gesagt. Ich glaube, seine Worte waren: ›Holen Sie einfach das Scheißding da raus. Und sehen Sie zu, daß ich nicht nach Des Peres zurückmuß.‹

Was unseren Fall angeht«, fuhr sie fort, »haben wir es schlicht zu gut gemacht. Es wird wahrscheinlich nicht einmal zu einer Verhandlung kommen. Die Anomalie ist von der ganz harten Sorte. *Zu* hart. Zu einfach. Wissenschaftlich werden wir da kein neues Terrain erschließen. Es ist eine große Zyste. Gehabt hat er sie wahrscheinlich schon immer, wenn auch nicht immer in der Größe. Auf den Scans, die man nach seinen ersten Anfällen aufgenommen hatte, war sie nicht zu sehen gewesen, aber das war immerhin vor sieben Jahren, und außerdem waren die damals verwendeten Scanner Betamax-Gerätchen gewesen, mit einer absolut beschissenen Auflösung. Kinderspielzeug, verglichen mit den Cray-gesteuerten Apparaten, mit denen sie ihn in Minnesota gescannt haben.«

»Soll das also heißen«, sagte Watson, »daß der Fall für dich jetzt uninteressant geworden ist?«

»Ich bin deine neurologische Sachverständige«, sagte sie. »Wenn es zur Verhandlung kommt, werde ich aussagen, und das Schlimmste, was er dann zu befürchten hat, sind ein paar Jahre wegen Totschlags. Wir befinden uns wieder auf besetztem Territorium. PET-Scans und fMRI zum Nachweis eines organischen Schadens und einer daraus resultierenden mangelhaften Impulskontrolle? Längst allgemein anerkannt, wie du von deinen Recherchen her selbst wissen wirst. Entspann dich«, sagte sie mit einem Lächeln. »Wir können auf Autopilot schalten. Und du hast außerdem Mrs. Whitlows ärztliche Unterlagen und damit den Beweis, daß sie hinsichtlich ihrer angeblichen Affäre gelogen hatte. Du solltest eigentlich feiern.«

»*Wir* sollten eigentlich feiern«, sagte Watson.

»Inzwischen ist mir aus Reno, Nevada, ein neuer Fall auf den Schreibtisch geflattert«, sagte sie. »Ein ganz heißer. Der Typ hat seine Frau erwürgt, nachdem er erfahren hat, daß sie mit einem Typ von der technischen Hotline von Oracle 2000 ein heimliches E-Mail-Verhältnis hatte. Die Scans zeigen Hypometabolismus im Stirnlappenbereich ohne irgendwelche Neoplasmen oder Läsionen, die man dafür verantwortlich machen könnte. Äußerst kitzlige Sache. Die Verteidigung wird sich ausschließlich auf Interpretationen von Scans und Neurofunktionsprofile stützen können. Der Neurowissenschaftler der Anklagevertretung ist die zweitbeste PET-Fachperson des Landes. Mir steht ein längerer Krieg bevor.«

»Ich verstehe«, sagte Watson.

»Das hatte ich auch nicht anders erwartet«, sagte sie. »Deswegen habe ich dir E-Mails geschickt, anstatt anzurufen. Vor Mitternacht komme ich praktisch nie dazu, meine Voice-Mail abzuhören, und ich wußte nicht, ob ein Anruf dann nicht vielleicht etwas ungelegen gekommen wäre.«

»Und ich glaube, ich wollte dich auch einfach nur sehen«, sagte er und spürte, wie sein Rückgrat Impulse in seinen – als was würde man ihn bezeichnen? weichen Knochen? – sandte. Seinen zeitweiligen Knochen?

»Klar«, sagte sie. »Darüber hab ich mir auch ein paar Gedanken gemacht. Du bist Katholik, ich bin Agnostikerin. Du verwendest Windows 2000. Ich schwöre auf Ultra UNIX. Wir haben nicht nur religiöse Differenzen, wir haben inkompatible Betriebssysteme. Und was mögliche Netzwerkverbindungen anbelangt – du bist verheiratet, ich bin geschieden.«

»Ich hatte nicht vorgehabt, um deine *Hand* anzuhalten«, sagte er und warf sich in eine Carpe-diem-Pose, die ihr, wie er hoffte, gefallen würde.

»Betrachten wir uns doch einfach als noninvasive reziproke Elektroden«, sagte sie. »Entweder wir verschaffen einander Lustgefühle, oder eben nicht. Hast du mir nicht erzählt, du hättest dich früher mal mit Primatologie befaßt?«

»Doch«, sagte er, »auf dem College.«

»Sex ist für Primaten die höchste Form von Spiel. Aber nicht für dich, stimmt's? Bei dir löst Sex komplizierte moralische Überlegungen aus, etwas wie eine unendliche Schleife zwischen Gyrus cinguli und Gyrus frontalis inferior – ein geschlossener Kreislauf, dem du wahrscheinlich nie entrinnen wirst. Schon mal vom neurologischen Darwinismus gehört? Die Umwelt – oder die Erziehung, wenn's dir lieber ist – kann tatsächlich die neuronalen Verschaltungen des Gehirns modifizieren. Genau das ist bei dir passiert. Der Katholizismus hat dir ein kompliziertes System von bedingten Reflexhandlungen implantiert. Er hat bestimmte Teile deines Gehirns umverkabelt. *Ich* spiele gern. *Du* bleibst dabei immer an irgendwelchen moralischen Spinnweben hängen. Klingt nicht sonderlich amüsant – für keinen von uns beiden.«

»Aber –« wollte er einwenden und verstummte dann. Was hätte er dagegen schon vorbringen können? Die Diagnose war zu persönlich und exakt.

»Außerdem bist du verheiratet, schon vergessen? Das bedeutet, daß bei dir ein konstantes Multitasking abläuft, was Tonnen von RAM beansprucht und zu immer komplizierteren Situationen führt – besonders wenn du versuchst, ältere, primitive religiöse Programme gleichzeitig mit den neueren laufen zu lassen, wie moderner kognitiver Neurowissenschaft.«

Er sah das Meerschweinchenhirn an, roch den Formaldehyd, hörte ihr zu, wie sie seine liebsten Begriffe von Seele, Willensfreiheit, Schönheit, Wahrheit, Schuld, Religion kaltlächelnd mit Stumpf und Stiel ausrottete.

»Außerdem«, sagte sie, »fahre ich, sobald der Reno-Fall abgeschlossen ist, mit einem Forschungsauftrag nach Südamerika.«

»Zur Erholung?«

»Das Projekt stößt hierzulande einfach auf zu viele Hindernisse. Also lagern wir teilweise aus – gehen mit kleineren Unterprojekten ins Ausland, in Länder, deren Regierungen genetische und medizinische Lösungen von derlei Problemen eher zu würdigen wissen. Wenn man hier einen zum Tode Verurteilten unter die Lupe nehmen will oder – Gott bewahre! – die Vermutung ausspricht, daß Gewaltverbrechen eine genetische oder sonstige biologische Ursache haben könnten, werden einem die Mittel gekürzt, und weißt du, warum? Weil die Leute überhaupt nicht *wissen* wollen, ob Gewalt vorhersagbar, diagnostizierbar oder therapierbar sein könnte. Wenn wir ein Forschungsvorhaben einreichen, das auf der Hypothese basiert, daß Gewaltverbrechen wenigstens zum Teil durch irgendwelche biologischen oder genetischen Faktoren bedingt sein könnten, titulieren uns die Medien als ›High-Tech-KZ-Ärzte‹. Die bilden sich ein, wir beabsichtigten, potentielle Gewaltverbrecher per Scanningverfahren auszusieben und sie dann hinzurichten, noch *bevor* sie irgendwelche Straftaten verüben können.«

»Schlimm, schlimm«, sagte Watson. »Vielleicht solltest du den Leuten erklären, daß du Verbrechern in Wirklichkeit nur den Schädel aufsägen und das Gehirn umverkabeln willst.«

»Ich bin zuversichtlich, daß der Eingriff deinem Mandanten eine gewisse Erleichterung verschaffen wird. Wie wird er ohne seine Zyste sein? Ich weiß es nicht. Wie war er, bevor sie entstanden ist? Wir wissen es nicht, weil wir nicht wissen, *wann* sie entstanden ist. Manche wachsen äußerst langsam, über Jahrzehnte hinweg, andere werden schon binnen sechs Wochen so groß, daß sie zerebrale Funktionen meßbar beeinträchtigen. War die Zyste bereits da, als Whitlow seine erste gewalttätige Episode hatte? Möglicherweise. Spielt das irgendeine Rolle? Die Hauptsache ist, daß wir sie jetzt als Entlastungsmoment anführen können – und daß eine medizinische Behandlung technisch möglich ist *und* durchaus eine gewisse Aussicht auf Erfolg hat. Zu den etwaigen psychologischen, persönlichen, moralischen Auswirkungen des Eingriffs kann ich aber nichts sagen. Das müssen schon du und dein Mandant beurteilen. Mit seiner Frau wird er die Sache ja vermutlich nicht durchsprechen wollen.«

»Falls er überhaupt noch sprechen *kann*«, sagte Watson.

Sie schüttelte den Kopf. »Frag ihn doch erst mal, ob er glücklicher ist. Ein subjektives ›Vorher – nachher‹. Und mach von da aus weiter. Wir können nicht mit Gewißheit voraussagen, wie es ihm nach der Operation gehen wird. Vielleicht ›besser‹, was seine Fähigkeit anbelangt, seine Gemütsschwankungen zu beherrschen oder seinen blinden Haß gegen Schwarze zu mäßigen – aber wenn die Chirurgen zuviel oder das falsche Gewebe entfernen, könnte es durchaus sein, daß er die Fähigkeit verliert, *überhaupt* jemanden zu hassen. Und er dann nicht mehr imstande ist, auf plötzliche Angriffe schnell und gewalttätig zu reagieren. Nicht so gut für seine Chancen auf ein längerfristiges Überleben, weil ihm dann auch das normale, lebensnotwendige Quantum Argwohn und Aggressivität fehlen würde.«

»Aber sein längerfristiges Überleben interessiert schließlich niemanden«, sagte Watson. »*Dich* auf jeden Fall nicht.« Er warf ihr einen finsteren Blick zu, den sie mit einem Lächeln erwiderte.

»Was ist denn los? Verwandle ich dich in Stein? Ich bin ein Ungeheuer, richtig? Schau mal, die fragliche Technologie steckt praktisch noch in den Kinderschuhen. Wenn dein Mandant ein friedliebender Steuerzahler wäre, wäre ich die erste, die davon abraten würde, mit Teilen seines Gehirns herumzupfuschen, die seine Persönlichkeit steuern. Die Techniken sind noch immer entsetzlich primitiv – es ist so, als spielten wir Klavier mit den Ellbogen. Die Neuronenbündel und -schaltungen sind schichtweise übereinandergestapelt und alle auf die eine oder andere Weise miteinander vernetzt. Es ist so, als versuchte man, die Porno-Links – und *nur* die – aus dem World Wide Web zu entfernen. Es geht nicht, weil letztlich alles mit allem übrigen zusammenhängt.

Wir treiben noch Grundlagenforschung. Unsere Schwesterprojekte haben bei der Modifikation pathologischer Neuronenverschaltungen und der Linderung der dadurch bedingten Verhaltensstörungen bereits nachweisliche Erfolge zu verbuchen. Vielleicht solltest du dir auch einmal die Alternativen vergegenwärtigen. Der größte Teil unserer Versuchspersonen sind Wiederholungstäter, Gewaltverbrecher. Ich würde sagen, es ist immer noch ein bißchen humaner als die Todesstrafe.«

»Ein bißchen«, sagte Watson. »Wann wird er hier zurückerwartet?«

Sie drehte sich um und klickte ihren Kalender an. »Zurückerwartet wird er im Gerichtspsychiatrischen Flügel des Ignatius Medical Center am nächsten Mittwoch. In vier, fünf Tagen also.«

»Am Tag nach der Revisionsverhandlung«, sagte Watson.

»Stimmt«, sagte sie. »Die Revision. Viel Glück. Ich bin sicher, du wirst deine Sache hervorragend machen.«

»Danke«, sagte er.

»Und Patient Whitlow ist vergleichsweise wohlauf – nach den postoperativen Scans zu urteilen, meine ich. Die Ruhedurchblutungsrate der Frontallappen hat um rund zwanzig Prozent zugenommen. Sein PET zeigt keinerlei Anzeichen einer akuten oder chronischen Depression. Vielleicht freut es ihn festzustellen, daß sein Anwalt ihn so gut vertritt.«

»Oder vielleicht haben sie ihm die Depressionszentren rausoperiert, wo sie schon mal dabei waren«, sagte er bissig.

»Du bist ein unverbesserlicher Moralist«, sagte sie mit einem freundlichen Lächeln. »Das ist irgendwie liebenswert. Du starrst andauernd auf mein Schweinchenhirn. Ich weiß, was du denkst. Die Antwort ist ja. Es *ist* Schwarze Magie, aber es ist machbar. Wir könnten das gleiche mit einem menschlichen Gehirn machen. Leicht. Und nicht nur das – ich sage dir voraus, daß man noch zu unseren Lebzeiten Zweiwegverbindungen mit Künstlicher Intelligenz zustande bringen wird. Schon jetzt hat man Blutegelneuronen an Silikonchips mit bidirektionaler Signalverarbeitung angeschlossen. Höherer Voodoo. Weit über cool hinaus und auf dem besten Weg zum absoluten Nullpunkt. Soll ich dir die Zusammenfassungen der Experimente rüberfaxen?«

»Vielleicht, wenn der Fall abgeschlossen ist«, sagte er.

»Und übrigens«, sagte sie, »meine Kollegen unten in der Neuropsycho arbeiten zur Zeit daran, das Standard-Neurofunktionsprofil um eine Religionsskala zu erweitern. Sie erstellen eine Datenbank, scannen freiwillige Testpersonen und so weiter. Wenn's dich interessiert ... Du hättest dadurch die Chance, die derzeit heißesten Geräte überhaupt in Aktion zu sehen. Hundertprozentig noninvasiv. Kurze Mail genügt, und ich schleuse dich rein.«

Watson hörte sich ihr Technogeplapper an und sagte nichts. Er wäre am liebsten gegangen, aber er brachte es irgendwie nicht fertig. Er brauchte noch etwas von ihr. Was? Vielleicht hätte sie sich mit einem ihrer Computertomographen ein Bild von diesem Etwas machen können. Vielleicht war sie wie Kirke, die jedes Interesse an Männern verlor, sobald sie sie in Schweine und Esel verwandelt hatte. Und Watson war kein Odysseus: Er hatte den Kopf verloren und sich selbsttätig in ein Schwein verwandelt. Jetzt hatte sie die Lust verloren.

»Es hat mir wirklich Freude gemacht, mit dir zusammenzuarbeiten«, sagte sie. »Vielleicht treffen wir uns ja drüben bei den Gerichtspsychos, wenn dein Mandant wieder da ist – falls ich dann nicht in Reno bin.«

»Ja, vielleicht«, sagte Watson.

»Eines Tages wirst du mir dafür dankbar sein«, sagte sie. »Nach unserer Nacht im Lagerraum habe ich angefangen mich zu fragen: Was, wenn ich eine nette Frau mit zwei Kindern und einem netten Mann wie dir wäre? Und es käme jemand wie ich daher?«

»Für meine Begriffe klingt das nach einem knospenden Gewissen«, sagte Watson. »Ich dachte, du hättest gesagt, daß du nicht daran glaubst.«

Sie lächelte. »Andererseits zeigen sogar Schimpansen, wie du weißt, altruistische Verhaltensweisen. Richtig?«

»*Irgendeine* Erklärung findet sich doch fast immer, oder?« verspottete sie Watson mit einem Zitat aus der Vorlesung, die sie ihm in der Nacht im Lagerraum gehalten hatte. »Das Gehirn sagt so gut wie nie: ›Ich weiß nicht‹, wenn es nach seinen eigenen Wahrnehmungen gefragt wird.«

»Touchée«, sagte sie. »Aber trotzdem mußt du auf den Rest deines Körpers hören und deiner Großhirnrinde gehorchen statt deinem limbischen System. Kehr zur Familie zurück, zu der dein Gehirn dich andauernd zu schicken versucht.«

»Und wohin schickt dich *dein* Gehirn?« fragte Watson.

»Dahin, wo ich schon längst sein müßte«, sagte sie mit einem verkniffenen Lächeln. »Ins Labor.«

Fünfundzwanzigstes Kapitel

Er konnte sich an eine Zeit erinnern, da er Familie und Vaterschaft die Fülle gehabt hatte. Er konnte mit seiner Frau schlafen. Und hatte George, sein zeitweiliger Stellvertreter, erst einmal seine stehende Lust gestillt, wachte vielleicht irgendwann im Lauf der Nacht Benjy auf, und Watson konnte auf Daddy-Modus wechseln. Er konnte Benjy mit einem Schwung in die Höhe stemmen, konnte spüren, wie sein einjähriges Söhnchen ihm ins Ohr sabberte, und hören, wie er dazu sagte: »Buaa, gaba, daa.« Poesie, biologische Musik, Vokalisationen seines Nachwuchses, pure präverbale menschliche Wärme, durch keinerlei Lüge, List, Verstellung oder Egomanie befleckt.

Jetzt, am Vorabend der mündlichen Verhandlung auf sich allein gestellt, verblieb ihm als einziges noch stabiles Betriebssystem der Krieger-Modus. Er bootete es wild entschlossen, jeglichen Kontakt mit Frauensleuten meidend. Enthaltsamkeit. Fasten als Vorbereitung auf den oralen Zweikampf mit dem Bundesanwalt für den Östlichen Distrikt von Missouri.

Er blieb bis 22.00 Uhr in seinem Büro, dann fuhr er heim in sein großes, leeres Haus. Er parkte den Honda auf seiner gekiesten Auffahrt (derselben, die mittlerweile dank seines Stern-Pale-Bonus hätte gepflastert sein sollen). Er holte die Schleichpost aus dem Briefkasten und ging den Plattenweg entlang auf sein Haus zu; bückte sich unterwegs nach den Zeitungen. Er versuchte, die dringende Erinnerung auf dem Kuvert einer weiteren Zahlungserinnerung zu entziffern, aber es war zu dunkel. Er sah auf, als er sich den ersten zwei Stufen zur vorderen Terrasse näherte. Jemand hatte Schotter, Kies auf dem Zement verstreut. Kinder? Nicht *verstreut,* begriff er zusammenschaudernd, als im Dämmer der Gartenbeleuchtung ein Buchstabenmuster erkennbar wurde. Buchstaben, mit Kies ausgelegt: L-I-E-F-E-R-U-N-G-? Er fuhr herum und suchte die dunkle Vorstadtlandschaft nach Heckenschützen und Autobombenlegern ab; vielleicht saßen Alpha und Beta irgendwo in einem grauen Ford Taurus? Er sah wieder auf die Kiesschrift hinunter: LIEFERUNG?

»Scheiße!« Briefumschläge rieselten ihm aus der Hand, und der Schlüsselbund knallte auf den Boden, als er mit fahrigen Bewegungen versuchte, den Haustürschlüssel ins Schlüsselloch zu rammen.

Er rief Myrna zu Haus an. Es meldete sich eine ihrer kleinen Töchter. Er würgte Panik und Wut hinunter und verwandelte sich in einen wohlerzogenen, beflissenen Erwachsenen. »Du siehst mit Mami fern? Das ist aber schön. Das ist bestimmt lustig.«

»Ja«, sagte das kleine Mädchen. »Das ist eine Geschichte von fiesen Polizisten, die versuchen, Leute in den Knast zu stecken. Die wollen einfach nur fies sein und Leute festnehmen und sie dazu bringen, daß sie irgendwas gestehen, bevor sie mit ihrem Anwalt reden können.«

»Oh«, sagte Watson. »Du siehst *wirklich* mit Mami fern. Also, hier spricht Mr. Watson. Ich müßte mit deiner Mami reden. Es ist sehr wichtig.« *Bevor wir alle tot oder im Knast sind,* dachte er.

»Joey«, sagte Myrna, »ich wußte doch, daß du nicht ewig mit mir schmollen würdest.«

»Myrna, die haben mir mit Kies etwas auf die Terrasse geschrieben, vor der Haustür. Sie suchen noch immer nach der Lieferung. In großen Blockbuchstaben. Da steht: ›Lieferung Fragezeichen‹.«

»Wart nen Moment«, sagte sie. »Ich muß dir etwas sehr Wichtiges sagen. Wirklich große Sache. Gigantisch! Das könnte alle lebenslänglich hinter Gitter bringen. Bist du soweit?«

»Was?« fragte er. Er hörte ein hohes Zirpen, wie von einem Modem, das die Verbindung herstellt. Es zwitscherte eine Reihe von höher- und niederfrequenten Tonfolgen und verstummte dann.

»Okay«, sagte sie. »Wir haben eine saubere Leitung. Sind nicht verwanzt. Red weiter. Moment, du sprichst doch nicht über Handy oder Schnurlostelefon, oder? Hängst du ganz normal an der Strippe?«

»Ja«, sagte er. »Was ist nun? Was gibt's denn so Wichtiges?«

»Wichtiges?« fragte sie. »Ach so, bei mir? Du meinst das sehr wichtige Tralala? Das habe ich nur für den Fall gesagt, daß jemand mithörte, damit er in der Leitung blieb, während ich sie mit dem Schnüffler abcheckte. Du warst nämlich gerade dabei, über Sachen zu plaudern, die uns alle in die Bredouille bringen können.«

»*Lieferung*«, sagte er zähneknirschend. »Mit Kies geschrieben.«

»Mit Kies?« sagte sie. »Die cleveren Wichser. Auf *die* Art sind sie in den Abtreibungskliniken immer um eine Klage wegen Sachbeschädigung herumgekommen. Du bist doch der Haßtatexperte. Wenn kein Grunddelikt vorliegt, kann es auch keine Strafverschärfung wegen eines etwaigen Haßmotivs geben, richtig? Also anstatt was mit Farbe auf die Außenwände der Klinik zu sprühen und sich der Sachbeschädigung schuldig zu machen, haben sie sich nachts aufs Gelände geschlichen und aus Mulch, Kies, oder was immer sie finden konnten, das Wort ›Babymörder!‹ geformt. Wie gesagt, clevere Wichser.«

»Es ist mir egal, ob sie clever sind oder habituell masturbieren!« brüllte Watson. »Sie waren vor meinem Haus! Kapiert? Sie wollen wissen, was aus der Lieferung geworden ist. Was in den Aktenkoffern war. Hast du mit Buck geredet?«

»Nur die Ruhe, Joey«, sagte sie. »Die werden deinem Haus schon nix tun. Frau und Kinder sind noch nicht wieder da, oder?«

»Nein«, schrie er, »aber wenn möglich, würd ich's noch gern miterleben, wie sie zurückkommen.«

»Jetzt rast nicht aus, Bubi«, sagte sie. »Wenn sie bei dir anklopfen, sag ihnen, die sollen morgen vormittag zu mir ins Büro. Ich hab doch mit Buck geredet, gottverdammt. Nach dem, was er sagt, waren die Aktenkoffer voll von Haßliteratur und militantem Anti-Abtreibungsscheiß. Wie sich aus Kunstdünger Bomben basteln lassen. Wie man Agenten des Schatzamtes mit dem Jagdgewehr umnietet. Mary und der schwarze Macker haben die gesamten Druckaufträge für die nationale Organisation erledigt, und dazu noch für ein paar Ortsvereine. Acrobat Printing and Graphics, weißt du noch? Der Adlerorden war einer der wichtigsten Auftraggeber. Buck sagt, der Schwarze hatte keine Probleme damit, für Rassisten zu arbeiten, weil's gutes Geld brachte, aber als er dann genug beisammen hatte, wollte er aussteigen.«

»Und da haben sie ihn umgelegt?« fragte Watson mit schriller Stimme.

»Hab ich das gesagt?« fragte sie. »Ich gebe nur wieder, was Buck gesagt hat, okay? Wir haben keine Ahnung, was mit dem Schwarzen so ablief. Vielleicht werden wir's niemals erfahren. Wir wissen immer noch nicht, was seine Vorstrafen sind, weil Dirts V-Mann beim FBI grad Ferien macht. Er hat mindestens *einen* falschen Namen, aber das Vorstrafenregister ist Bundessache und schwer zu kriegen. Bis es zur Hauptverhandlung kommt, müßten wir's längst haben, aber vorläufig wissen wir einen Scheißdreck über ihn, außer daß er sich mit Gravieren und Drucken und Computergrafik beschäftigte. Buck zufolge war das nur eine ganz normale Zustellung, bis Mary Whitlow deinen Mandanten in den Mord reinmanövriert hat. Hast du das Gerät untersuchen lassen? Dieses VTD-Dingsbums?«

Sie ließ die Anfrage beiläufig in das Gespräch einfließen – ein geschickter Versuch, ihn in den Teamwork-Modus zurückzulocken.

»Hab ich. Ich erzähl dir morgen davon. Wenn ich dann noch am Leben bin. Um halb zehn habe ich mündliche Verhandlung.«

»Ich weiß«, sagte sie. »Frank Donahue läßt sich wahrscheinlich gerade in McGurk's Pub mit Scotch vollaufen, während er darauf wartet, den Bart ausgerupft und den Arsch eingetreten zu kriegen. Du wirst es ihm schon besorgen, Joey.«

»Also diese Stunden, von denen Mary dauernd redet«, dachte er laut nach. »›Ich bin bereit für eine weitere Stunde. Ich hab das Geld für die Stunden. Die Stunden sind zu teuer.‹ Das ist –«

»Höchstwahrscheinlich ein Code«, sagte Myrna. »Sie waren klug genug, ihre Geschäfte nicht am Telefon zu besprechen, besonders, da am anderen Ende der Leitung TTT-Ausdrucke rauskamen.«

»Aber warum denn *zwei* Aktenkoffer? Hat er ihr zwei Aktenkoffer voll Drucksachen gebracht?«

Myrna schwieg einen Moment. »Was, wenn er in dem einen die Broschüren und Rundschreiben und den sonstigen

Dreck angebracht hätte. Und sie hat in dem anderen das Geld. Sie tauschen die Koffer.«

»Und wo ist das Geld?« fragte er.

»Gute Frage«, sagte sie. »Keinen blassen Schimmer. Buck behauptet, er wüßte es auch nicht. Buck zufolge ist der Adlerorden in Auflösung begriffen. Wird ihnen langsam zu heiß, zuviel negative Publicity. Es bilden sich Splittergruppen heraus. Und er und Jimmy Whitlow sind Blutsbrüder oder weiß der Geier. Vielleicht hatten sie vor, einen neuen Pfadfinderclub zu gründen, oder was weiß ich.«

»Irgendwas stimmt da nicht«, sagte Watson. »Warum sind die Typen so hinter dieser Lieferung her, wenn's nur ein Packen Zeitungen ist? Könnten sie nicht einfach welche nachdrucken? Ich meine, was hängt schon daran?«

Er hörte sie Zigarettenrauch ausatmen. »Na ja«, sagte sie, »vielleicht waren darin irgendwelche Mitgliederlisten und Sitzungsprotokolle und sonstige organisatorische Infos abgedruckt. Genug, um sie alle wegen Verschwörung unter Anklage zu stellen und wegen Anstiftung zu Haßtaten einzubuchten. Ich weiß auch nicht. Aber sie scheinen da wirklich *ziemlich* hinterher zu sein, nicht?«

»Und wo *ist* das Zeug?« fragte Watson.

»Buck behauptet, nichts davon zu wissen«, sagte Myrna. »Wenn man ihn fragt, hat's entweder Mary Whitlow oder die Polizei.«

»Er lügt«, sagte Watson, »und du lügst möglicherweise auch.«

»Joey«, protestierte sie. »Jetzt ist's aber gut!«

»Erinnerst du dich an die Inventarliste aus der Abschleppstelle? *Zwei* Aktenkoffer. Nicht einer. Zwei im Kofferraum, als Dirt da war. Mary geht in Begleitung der zwei Vollidioten, die bei uns im Büro waren, das Auto abholen. Als sie den Kofferraum öffnen, finden sie nur *einen* und dazu praktisch leeren Aktenkoffer. Weil Buck nämlich in der Zwischenzeit über den Zaun gestiegen ist und sich den anderen geholt hat. Und das meinte Whitlow auch, als er zu mir sagte: ›Scheiß auf den Verwahrhof. Die Sache haben wir schon geregelt.‹«

»Möglich«, sagte Myrna. »Aber ohne jetzt ins Detail zu gehen, halte ich die Theorie, daß die Bullen sich das Ding gegriffen haben, für weitaus einsichtiger. Und wir dürfen nichts davon *ahnen*, daß sie es haben, weil sie gerade in diesem Augenblick die Köpfe über einem Stapel Naziliteratur zusammenstecken und sich eifrig ausrechnen, wie viele Ordensgeier sie wegen Mitgliedschaft in einer konspirativen Vereinigung drankriegen können.«

»Aber warum schlagen sie dann nicht gleich zu?« wandte er ein.

»Wozu sich abhetzen?« sagte sie. »Es ist das gleiche, wenn sie das Haus eines Dealers beobachten und seine Telefonleitung anzapfen. Man braucht nur ein bißchen Geduld, und schon bald hat man mehr Komplizen und Täter beisammen, als man überhaupt unterbringen kann. Und noch etwas anderes: Sollten wir *zufällig* in ein Gespräch mit ein paar Adlerfuzzis verwickelt werden, behältst du deine Argumente dafür, daß Buck den anderen Aktenkoffer hat, schön für dich, okay?«

»Weil er dein Mandant ist«, sagte Watson bitter.

»Genau«, sagte sie, »und Jimmy Whitlow ist *dein* Mandant.«

»Und wir werden von dem Geld bezahlt, mit dem Mary Whitlow die Lieferung hätte bezahlen sollen, richtig?« fragte Watson.

Schweigen. »Das ist genau, was ich gemeint habe«, sagte Myrna schließlich. »Mit solchen Sprüchen bringst du uns entweder in die Kiste oder in den Knast. Die Erklärung, die sich mit den uns bislang bekannten Fakten am besten vereinbaren läßt, ist die, daß die Bullen den anderen Aktenkoffer haben – und was immer sich in beiden Aktenkoffern befunden hatte.«

Wieder hörte Watson Whitlows Stimme: *»Wir haben uns um das Auto schon gekümmert. Und da fällt mir auch die Hauptsache wieder ein. Buck hat was Geld aufgetrieben. Ganz ordentlich was Geld sogar.«* Dann Schnitt und Wechsel zu Mary Whitlow in Myrnas Büro: *»Sagen Sie ihm, ich krieg meine Hälfte wieder, und dann sieht die Sache vielleicht anders aus ...«*

»Wir sehen uns im Büro«, sagte Joe.

Zum drittenmal in ebenso vielen Tagen packte ihn die pure Panik, und wieder verspürte er keinen anderen Wunsch, als sich nach Haus zu verkriechen – das heißt, dahin, wo seine

Frau und seine Kinder waren. Wie hieß es doch in der Bibel: »Deswegen wird ein Mann Vater und Mutter verlassen und seinem Weibe anhangen, und beide werden *ein* Fleisch sein.« Wenn nur auch ein *Gehirn*! Wie tröstlich wäre es, Mutter Rechte Miliz und Vater Stang zu verlassen und einfach nur seinem Weibe anzuhangen. Vielleicht hatte Sandra ja heute seinen Brief bekommen ...?

Er spähte durch die Jalousie, während er ein Schlummer-Budweiser trank, nahm dann ein heißes Bad und las noch einmal seinen fünfzigseitigen Schriftsatz durch. Er hätte ihn mittlerweile fast auswendig aufsagen können. Er hatte den Text Satz für Satz poliert und nachpoliert, bevor er ihn beim Achten Revisionsgericht eingereicht hatte. Es war ein zugleich sprachliches wie juristisches Kleinod, vollgestopft mit Präzedenzfällen und Zitaten aus Kommentaren zum ersten Verfassungszusatz, George Orwell, Clarence Darrow, Floyd Abrams, Demosthenes, Oliver Wendell Holmes und Nietzsche. Danach trank er Milch, zählte Schäfchen und starrte an die Decke, während in den Kammern seines Bewußtseins Zitate nachhallten.

Er zog sich die Decke über den Kopf und lauschte nach lauernden Adlerkillern. Mannhaft versuchte er sich einzureden, er brauche gar keinen Schlaf. *Ich brauche nicht zu schlafen,* sagte er sich immer und immer wieder, bis die leuchtenden Ziffernwalzen seines Digitalweckers schnurrend von 12:59 auf 01:00 umschalteten. *Vor einem stressigen Ereignis eine Nacht nicht zu schlafen ist nicht weiter problematisch,* dachte er, gestützt auf die verschiedenen Artikel, die er zum Thema gelesen hatte. *Sobald die Schlacht beginnt, übernimmt das Adrenalin die Regie und kompensiert den Schlafmangel.*

Während die Minuten zäh vor sich hin krochen, erteilte er sich noch mehrere Male den strikten Befehl, daran zu glauben, daß er keinen Schlaf brauche. Warum? Um endlich einschlafen zu können, natürlich. Auch wenn es gar nicht stimmte, war irgendein Teil seines Gehirns weiterhin davon überzeugt, zur Erbringung seiner Bestleistung Schlaf zu benötigen. Er brauchte sein Plädoyer oder seine Schriftsätze nicht noch einmal durchzugehen. Das war alles erledigt. Es war alles ordentlich in seinen neuronalen Dateien abgespeichert. Kein Grund, da jetzt wieder Unruhe zu stiften. Die Vorbereitungen waren abgeschlossen; jetzt blieb nur noch die eigentliche Schlacht durchzustehen.

Wäre er Heinrich V. in der Nacht vor der Schlacht bei Agincourt gewesen, hätte er jetzt inkognito durch sein zerebrales Feldlager, seine Neuronen und Neuronenketten, seine Neurosen und Phobien streifen können; unerkannt zwischen den verschiedenen murrenden Faktionen seines Unbewußten, Vorbewußten und Unterbewußten schleichen; die befestigten Vorposten des Neokortex inspizieren und mit der barbarischen Besatzung seines limbischen Systems ein paar Worte wechseln; zum Hirnstamm hinuntersteigen und die Kampfmoral des Vegetativums überprüfen; ein Gespräch zwischen seinem Es und seinem Über-Ich belauschen:

Über-Ich: »Graut uns der Morgen, laßt uns tapfer streiten vor der gestrengen Richterschar.«

Es: »Und anschließend im Primatenlabor kräftig auf die Pauke hauen und dem steifnackigen Dummkopf da unten einen heißen Wickel aus Neuraphrodites Liebessäften gönnen.«

Bei Tagesanbruch hätte er eine mitreißende Sankt-Krispins-Rede halten und den Rest seiner selbst zur Schlacht anfeuern können.

Doch leider war er keine Streitmacht neuronaler Einheiten, kein Gemeinwesen oder Parlament oder Orchester von grauen Zellen – er war er. Und nach der mündlichen Verhandlung würde er entweder siegreich sein oder besiegt. Schlaf? Er brauchte keinen Schlaf.

Er legte sich das Kissen aufs Gesicht und versuchte, nicht daran zu denken, daß er in achteinhalb Stunden im obersten Stockwerk des Gerichtsgebäudes der Zukunft stehen und vor dem Revisionsgericht des Achten Gerichtsbezirks der Vereinigten Staaten sprechen würde. Drei Bundesrichter mit zusammengenommen rund 130 Jahren juristischer und jurisdiktiver Erfahrung auf dem Buckel würden ihm Fragen zur Gesetzeslage in der Whitlow-Sache und zu Richters Stangs erstinstanzlichen Anordnungen und Entscheidungen stellen. Wenn er sie falsch beantwortete, konnte Whitlow sterben – und konnte Richter Stang gezwungen werden, ein Schicksal zu erdulden, das für ihn noch schlimmer war als der Tod: daß sein Urteil aufgehoben und die Sache an sein Gericht zurückverwiesen wurde.

Morgen würde er ein Revisionsanwalt sein. Kein Prozeßanwalt, wie er schon viele in Filmen gesehen hatte. Prozeßanwälte verdienten sich ihren Lebensunterhalt als Akteure in einem halb improvisierten Stück namens Verhandlung, das dem Publikum nicht selten wie eine Mischung aus Theater, Kampf und gähnender Langeweile erschien. Ein guter Prozeßanwalt wußte die Antworten auf die meisten Fragen, noch bevor der Zeuge auch nur den Mund aufgemacht hatte. Der Erfolg hing oft genug davon ab, daß es ihm gelang, negatives Beweismaterial aus der Hauptverhandlung herauszuhalten, positives Beweismaterial einzubringen und dann im voraus einstudierte Einzelauftritte zu Szenen, Akten und zuletzt zum krönenden Schauspiel des Schlußplädoyers zusammenzufügen. Die Geschworenen waren das Publikum; die Anwälte die Autoren des Stückes; der Gerichtssaal eine Blackbox oder Bühne, auf der nur bestimmte Akteure und Texte zugelassen waren, die konkurrierende Ansichten der Wahrheit darstellten – unvereinbare Versionen dessen, »was tatsächlich geschehen war«. Die Vorstellung konnte sich tage-, wochen-, monatelang hinziehen. Wenn alles vorüber war, gab das Publikum sein Votum ab.

Revisionsanwälten wurden pro Kopf zwanzig Minuten Zeit zugestanden, um einem Gremium ergrauender Richter in schwarzen Talaren ihren Fall vorzutragen: Zwanzig Minuten – mochte es sich dabei um einen Prozeß zwischen zwei Wirtschaftsgiganten mit einem Streitwert von 1,2 Milliarden Dollar drehen oder um die Klage eines gewerkschaftlich organisierten Arbeiters wegen ungerechtfertigter Entlassung. Keine Zeugen. Keine Geschworenen. Keine neuen Beweise oder Einsprüche (wenn sie nicht im Protokoll der erstinstanzlichen Verhandlung oder in den vor der Hauptverhandlung eingereichten Anträgen und Schriftsätzen aufbewahrt wurden, waren sie für immer verloren). Revisionsrichtern stand es frei, einfach nur zuzuhören oder die Anwälte mit diffizilsten Fragen über zwei Dutzend verschiedene Gesetzeskomplexe zu unterbrechen. Der Revisionsanwalt mußte auf diese Fragen vorbereitet sein oder aber seine Unwissenheit bekennen – etwas, wozu Anwälte genetisch außerstande zu sein schienen. Watson mußte für jede mögliche Anforderung gerüstet sein – angefangen bei einem zwanzigminütigen zusammenhängenden Vortrag bis hin zu einem einminütigen Resümee der wesentlichen Punkte, nachdem er den Bundesinquisitoren neunzehn Minuten lang Rede und Antwort gestanden hatte.

Um halb zwei brach er das Versprechen, das er sich selbst gegeben hatte, es mit den Vorbereitungen nun endlich genug sein zu lassen. Er schaltete die Nachttischlampe ein und holte die anhand seiner Internet-Recherchen erstellten Persönlichkeitsprofile der Richter hervor, mit denen er es in der Revisionsverhandlung zu tun haben würde. Die neuen Suchmaschinen erlaubten, jede veröffentlichte Entscheidung, die je ein Richter gefällt hatte, zu lokalisieren und nach beliebigen Kriterien wie Streitsache, West-Kennziffer, ob Straf- oder Zivilsache, erstinstanzlichem Gericht und so weiter, sortieren zu lassen. Die meisten Hoffnungen setzte er auf Richter Roger Horner, einen sechsundsechzigjährigen Kleinstadtanwalt aus Poplar Bluff, Missouri. Horner war früher Verteidiger und Parlamentsmitglied gewesen, und er hatte während seiner ganzen zwanzigjährigen Amtszeit am Achten Revisionsgericht nur zwei Urteile Richter Stangs aufgehoben. Horner war außerdem ein glühender Verehrer des ersten Zusatzartikels und hatte schon mehrere Verurteilungen wegen Verbrennens von Einberufungsbefehl und Fahne aufgehoben. Landesweit beliefen sich die Chancen, eine Bundesstrafsache in der Revision zu gewinnen, auf magere vier Prozent. Berücksichtigte man auch die Fälle, in denen er überstimmt worden war, hatte Richter Horner durch seine Entscheidungen die Bereitschaft gezeigt, fast acht Prozent aller Strafprozeßurteile zu kassieren.

Am wenigsten versprach sich Watson von Richterin Jordana Mallory. Sie war früher Partnerin in der Großkanzlei Fishbein & Klein gewesen, der Nummer zwei nach Stern, Pale, und war dann Syndikus eines örtlichen Chemieunternehmens geworden. Als Bezirksrichterin war sie nicht unumstritten gewesen, da ihre Erfahrungen praktisch ausschließlich auf dem Gebiet des Wirtschaftsrechts lagen – wie auch ihre Urteile in verfassungs- und strafrechtlichen Fragen immer wieder bewiesen hatten: unscharfe Logik und bündige Rechtsfolgerungen. Sie hatte in zwei Schulgebetsprozessen gegen ihre Mitrichter entschieden und hatte eine dieser Stellungnahmen mit den Worten beendet: »Im Klassenzimmer ist bestimmt genug Platz für beides – den ersten Verfassungszusatz *und* unseren Schöpfer.« Wenn es um Pornographie ging, wurde sie zur rächenden Furie, und sie war eine der ersten und lautesten Befürworter der im Communications Decency Act festgelegten Strafen für »anstößige Internet-Veröffentlichungen« gewesen. Watson hatte praktisch jede Hoffnung aufgegeben, sie je davon überzeugen zu können, daß das Haßtatgesetz gegen die vom ersten Verfassungszusatz garantierten Freiheiten verstieß. Statt dessen beabsichtigte er, sie verstärkt auf die beweisrechtlichen Aspekte des Falles aufmerksam zu machen, was ihm die Möglichkeit geben würde, an ihre Erinnerungen als umstrittene Bezirksrichterin zu appellieren, deren Urteile alle naselang in der Revision aufgehoben worden waren.

Der unberechenbare Faktor war Richter Geoffrey Willard, ein Bezirksrichter aus Arkansas, der im Rahmen zwischenstaatlicher Amtshilfe »ausgeliehen« worden war, um den hiesigen Revisionsrichtern zu helfen, der stetig wachsenden Flut von Bundessachen Herr zu werden. Er war ein vergleichsweise unbeschriebenes Blatt, da bezirksgerichtliche Entscheidungen, insbesondere in Strafprozessen, oft unveröffentlicht blieben. Er hatte in einigen Prozessen um Fälle von Rassendiskriminierung den Vorsitz geführt, und seine Entscheidungen waren konservativ und gut durchdacht gewesen. Aber soweit Watson es beurteilen konnte, schloß die konservative Gesinnung des Richters auch die entsprechende Überzeugung ein, dem Verbrechen dürfe man nur mit unnachsichtiger Härte begegnen. Er war daher schon bereit gewesen, auch Richter Willard abzuschreiben, als eine seiner Spinnen und ein namenloser Browser mit einem obskuren Treffer aus einer Website aus Little Rock zurückgekommen waren. Es war ein Artikel aus einem kleinen Rechtsjournal: »Haßtathysterie«, von Richter Geoffrey Willard Ende der neunziger Jahre geschrieben, unmittelbar nach Verabschiedung des Bundesgesetzes, das für Brandstiftung an Kirchen verschärfte Strafen vorsah. Der Artikel gewährte einen interessanten Einblick in die Gedankengänge eines Richters, der sichtlich daran zweifelte, daß erstens Brandstiftungen an Kirchen durch Rassenhaß motiviert seien und daß zweitens ein Bundesgesetz, das Haß als strafverschärfendes Tatbestandsmerkmal einstufte, wen auch immer davon abhalten würde, eine Kirche in Brand zu stecken, wenn schon schlichte Brandstiftung mehrere Jahrzehnte Gefängnis einbrachte.

Dann beschloß Watson, den Fall Wisconsin./.Mitchell noch einmal durchzulesen. Zum wievielten Mal? Zum zwanzigsten? Er schlug den Heftordner auf und meinte zu hören, wie die Haustür aufgeschlossen wurde. Oder hatte er sich das nur eingebildet? Er erstarrte und horchte.

Alpha? Beta? Ein Adlerkerl mit einer Höllenmaschine? Jemand auf der Suche nach Jimmy Whitlows Anwalt? Buck? Da hatte er nun seine ganze Energie darin investiert, sich auf ein intellektuelles Kräftemessen vor dem Achten Revisionsgericht vorzubereiten. Bundesrevisionsrecht – die juristische Entsprechung der Gehirnchirurgie. Welch eine Ironie des Schicksals, wenn die Entscheidungsschlacht statt dessen im Proletenring stattfinden würde, als ein Muskelspiel, bei dem einzig brachiale Gewalt zählte! Er hatte den größten Teil seines Lebens mit Lesen und Schreiben, Reden, Diskutieren und Argumentieren zugebracht und hatte damit einen wahren Schatz an sprachlichen Fertigkeiten angehäuft – die ihm in einer Auseinandersetzung mit Alpha und Beta allerdings herzlich wenig nützen würden.

Er hörte, wie die Haustür aufging. Jemand gab sich alle Mühe, keinen Lärm zu machen, denn er hörte lediglich den Dichtungsstreifen kurz über den Fußboden wischen. Er sprang aus dem Bett – um was zu tun? Sich eine Zahnbürste zu schnappen und sie in Rekordzeit zum Dolch zu schärfen? Eine Nagelschere zu zücken?

Er hörte leise Schritte auf der Treppe. Mist! Wie oft hatte er sich schon fest vorgenommen, eine hübsche halbautomatische Waffe zu kaufen und sie für genau solche Fälle griffbereit in einem abschließbaren Schränkchen neben dem Bett aufzubewahren. Aber der Eindringling mußte einen Schlüssel gehabt haben – es sei denn natürlich, er hatte einen Dietrich benutzt!

»Joe?« flüsterte eine Frauenstimme.

»Sandra!«

Er fiel rücklings aufs Bett und verabreichte sich eine Herzmassage.

Sie sah auf die Stöße von Papieren, die über dem ganzen Bett verstreut lagen, und ihr Mund verzog sich zu einem befriedigt-wissenden Lächeln.

»Was machst *du* denn hier?« sagte er. »Ich meine, es freut mich sehr, daß du da bist. Ich bin froh, dich zu sehen. Ich ... ich hab morgen Revisionsverhandlung, wegen meines Pflichtfalls.«

»*Das* ist mir bekannt«, sagte sie. »Deswegen bin ich ja hier. Wer hat denn die ganzen Steine vor die Haustür gelegt? War der Mann von UPS da? Da steht ›Lieferung?‹«

»Das ist ein Scherz von ... so etwas seltsamen Leuten, die ich kennengelernt habe«, sagte er.

»Ich wette, du triffst alle naselang ziemlich seltsame Leute«, sagte sie und setzte sich auf die Bettkante.

Sie hatte einen Mantel an. Ihr Haar war zu Französischen Zöpfen geflochten – seiner Lieblingsfrisur. Er roch Parfüm und andere frische Düfte. Pflegespülung? Aber sie wirkte nicht sonderlich herzlich oder versöhnlich. Nur sachlich.

»Du kannst nicht schlafen«, sagte sie ohne Umschweife. »Ich wußte, du würdest nicht schlafen können. Erinnerst du dich an das Anwaltsexamen?«

Dunkle Nacht der Seele. Ein schäbiges Hotelzimmer in Jefferson City, der Hauptstadt von Missouri, wo alle Anwaltskandidaten des Bundesstaates zum Festival der Furcht, der Panik und des Schreckens namens Anwaltsexamen zusammenströmten. Zwei Tage lang büffelten sie und trugen sich mit Suizidgedanken. Niemand schlief. Alle lagen sie wach und schlotterten beim Gedanken, daß ihre ganze Zukunft und das weitere Schicksal ihrer Familien davon abhingen, welche Kästchen sie am nächsten Morgen mit einem mittelharten Bleistift ankreuzen würden. Am Abend vor dem Anwaltsexamen hatte Sandra einen Babysitter für Sheila geholt und war dann um acht von Saint Louis losgefahren, um ihn zwei Stunden später im Hotelzimmer in Jeff City überraschen zu können.

»Erinnerst du dich an die Nacht vor dem Examen in Verfassungsrecht? Vor dem Examen über den ersten Zusatzartikel?

Du kannst nicht schlafen«, sagte sie noch einmal in ruhigem Ton. »Und du *wirst* auch nicht schlafen können«, sagte sie.

Er sah eifrig zu ihr auf, als wollte er sagen: *Das ist ein Friedensangebot, nicht? Vertragen wir uns wieder? Hast du mir verziehen?*

»Ich *will* nicht mit dir schlafen«, sagte sie. »Ich bin immer noch wütend. Verletzt. Meine Eltern ... Und ich kann keinerlei Verständnis dafür aufbringen, was du dir da antust. Diese Strafsache ist ein großer Fehler. Eine eindeutige berufliche Fehlentscheidung. Jeder, den ich gefragt habe, gibt mir darin recht.«

Ihre Stimme brach, und sein Rückgrat knackte auf dem Rad des Gewissens. *Ich hätte Harpers Angebot annehmen sollen! Ich hätte von Anfang an einen großen Bogen um die Neurologin machen sollen. Ich wußte, was ich tun sollte. Aber ich habe es nicht getan! Und dann, danach, wußte ich, was ich* auf keinen Fall *tun durfte, und ich habe mich nicht darum geschert und habe es trotzdem getan!*

»Du hast diese vorübergehende Liebelei mit dem Strafrecht über das Wohl deiner Familie gesetzt. Daran kann ich nichts ändern. Aber jetzt, wo du dich für diese ... Handlungsweise entschieden hast, weiß ich nicht, was ich tun soll. Wir sind verheiratet«, sagte sie. »Lassen wir uns scheiden?«

»Nie im Leben«, sagte er ohne zu zögern. »Warum? Willst du das etwa?«

»Niemals«, sagte sie und sah ihm fest in die Augen, als wartete sie darauf, daß er als erster blinzelte. »Niemals.«

Uff!

Sie sah auf ihre Hände hinunter und zuckte die Schultern. »Es sei denn, ich würde herausfinden, daß du mit einer anderen schläfst. Aber ich *weiß*, daß du das *niemals* tun würdest.« Sie tat diese absurde Vorstellung mit einem verächtlichen Kopfschütteln ab. »Ich rede hier gar nicht von Ehebruch. Allein die Tatsache, daß du mutwillig deine gesamte Familie der Gefahr einer Ansteckung aussetzen würdest. Deine ungeborenen Kinder.« Sie schauderte zusammen. »Damit wäre die Sache mit Sicherheit erledigt. In *dem* Fall wäre die Scheidung unumgänglich«, sagte sie. »Aber eine solche Kreatur würde ich nicht heiraten.«

»Ebensowenig ich«, sagte Watson. *Vorsätzliche, mutwillige*

Mißachtung meiner eigenen Familie? Ehebruch? Einzig vom Mord übertroffen, als die Preise für Todsünden verteilt wurden. Und durch was motiviert? Biologische Programmierung? Neurologischen Darwinismus? Gene, Serotoninspiegel, Affenhierarchiepolitik, Evolutionspsychologie? Schön wär's! Gott, ich würde Leib und Seele dafür hingeben, daß es wahr wäre. Um wieviel einfacher wäre doch das Leben! Protoplasma bin ich, könnte ich mir jeden Morgen, kaum aufgewacht, sagen, und ich werde alles Erforderliche tun, um meinen eigenen Lebensplan und das Wohl meiner Kleinfamilie und einiger weniger enger Freunde, gleichgesinnter Alpha-Männchen und -Weibchen, zu befördern.

»So«, sagte sie. »Mein Mann hat also beschlossen, daß er Strafanwalt werden möchte. Nicht gerade das, womit ich gerechnet hatte. Nicht gerade das, was ich verstehen würde.«

»San, ich ... ich glaube, das hab ich irgendwie vom Studium her. Man bekommt da systematisch eingetrichtert, immer zuerst an seinen Mandanten zu denken.«

»Wie auch immer«, sagte sie. Sie sah plötzlich zu ihm auf. »Und du kannst *nicht* zu Stern, Pale zurück, wenn alles vorbei ist?« Sie sagte es in einem klagenden Ton; sie flehte um einen Hoffnungsschimmer. »Ist das wirklich völlig ausgeschlossen?«

Watson schüttelte den Kopf. »Die haben mir einen Sack über den Kopf gestülpt und mich im Morgengrauen zur Hinrichtung abgeführt«, sagte er. »Eher gehe ich zu Jimmy Whitlow ins Gefängnis, als daß ich dahin zurückkehre.«

»Ich verstehe«, sagte sie mit einem Seufzer und knöpfte sich den Mantel auf, unter dem ein Schimmer von rosenfarbenem Satin sichtbar wurde. Wieder ein anderes Nachthemdchen.

Er spürte, wie ihm neue Nerven sprossen, das Blut im Unterleib zusammenströmte. Alles würde wieder gut werden. Ihm war verziehen worden. Er konnte sein Leben wieder ganz von vorn beginnen! Er suchte in ihrem Gesicht nach den glücklichen Augen, die ihn während dieser wahnsinnigen Welle der Verliebtheit, die vor ihrer Heirat wie eine Geisteskrankheit über sie beide hinweggespült war, so viele Male auf die Bretter geschickt hatte.

Aber jetzt war sie ernst, ja finster.

»Ich schätze, ich bin bereit, es mit dieser Strafrechtsgeschichte zu versuchen, wenn das bedeutet, daß du dann öfter zu Hause sein wirst.«

»Das verspreche ich!« sagte er und verneigte sich vor der Königin. »Du wirst es nicht bereuen. Ich werde mein eigener Herr sein.«

»Das ist es ja gerade, was mir Sorgen macht«, sagte sie.

»Nein, wirklich«, sagte er. »Ich werde viel mehr Freizeit haben. Du wirst sehen!«

»Werd ich das?« sagte sie und schlüpfte aus dem Mantel.

»Sobald diese Whitlow-Sache ausgestanden ist«, sagte er. »Versprochen.«

»Hör auf zu plappern«, sagte sie. »Mach's, und dann schlaf.«

Sechsundzwanzigstes Kapitel

Der Tag des Gerichts. Er fuhr zwei Stunden zu früh los, um möglichen Systemfehlern Rechnung zu tragen – Autopanne, Verkehrsstau, großstädtische Funktionsstörungen, Unwohlsein, Nuklearunfall, Erdbeben, Überschwemmung, Feuer, Krieg, Orkan, höhere Gewalt. Er war um sieben in der Stadt. Die Verhandlung war für 9.30 Uhr anberaumt.

An der Ausfahrt Market Street sah er die Alte Kathedrale, die rosafarben und verloren im Morgenlicht herumstand. Anstatt einfach daran vorbeizufahren, wie er es auf dem Weg zu Stern, Pale über ein Jahr lang tagtäglich getan hatte, parkte er auf dem Vorplatz und sah an der steinernen Fassade empor. Er überlegte sich, welche Motive er dafür hatte, da hineingehen zu wollen. Wozu? Weil's vielleicht Glück bringen würde? Vielleicht sehnte sich sein Gehirn nach überweltlichem Trost, lechzte nach einem Balsam für seine überlasteten psychischen Schaltkreise, nach einer spirituellen Salbe für seine wunden somatischen Marker. War das Gebet vielleicht ein rudimentäres Ritual, das einst dafür konzipiert gewesen war, Schreckreaktionen und Panikverhalten zu verhindern und es so dem Organismus zu ermöglichen, auch unter Stress seine volle Leistung zu erbringen – wodurch es seine Fitness maximiert hatte? Das Gebet war wahrscheinlich auch nur ein weiterer vom Aussterben bedrohter Instinkt, wie der Altruismus, der seinen Zweck – die Weiterentwicklung des sozialen Organismus namens Menschengeschlecht zu fördern – erfüllt hatte und jetzt ausgeblendet wurde, um etwas Neuem Platz zu machen ... und zwar was? Der Neurowissenschaft? Dem Cyberspace? Einer neuen Sorte von Fitness?

Er trat ein und schlich sich das Hauptschiff entlang zu einer Bank auf halbem Weg zwischen Eingang und Altar: einem Mittelplatz, wie geschaffen für einen lauen Christen, einen von der weder warmen noch kalten Sorte, die laut Offenbarung in der Gottheit den Wunsch entstehen läßt, sie aus ihrem

Munde auszuspeien. (»Oh! daß du kalt oder warm wärest!« – *den* Spruch hätte er bei Palmquist anbringen können.) Wispernd hallten seine Schritte von den Gewölben und Arkaden wider, den Wandelgängen und Kanzeln. Als er sich auf der Betbank hinkniete, spürte er die steinernen Augen der Heiligen und Kirchenväter, die ihn aus ihren Nischen beobachteten. Streifen von buntfarbigem Licht fielen schräg durch die bemalten Kirchenfenster herein. Sakrale Düfte wallten aus seiner Kindheit empor: Zedern- und Rosenholz; Weihrauch aus qualmenden Thuribula, Bienenwachs, glimmende Dochte und Asche; gestärkte Alben, Kaseln und Soutanen; ungesäuertes Brot; der Duft von Lilien und parfümierten Grabgewändern.

Watson schrumpfte zusammen und fühlte sich wieder zu einem Homunkulus werden, einem Geist in der Maschine. Er war sieben Jahre alt und kniete in der Sankt-Dymphna-Kathedrale, um seine Taufgelübde zu erneuern. *»Vater, vergib mir, denn ich habe gesündigt.«*

Ein gestrenger römischer Senator in Ornat, das weiße Haar in der Mitte gescheitelt, als hockte ihm der Heilige Geist auf dem Kopf und hielte die Flügel ausgebreitet, fragte mit der Stimme eines Stiers: *»Entsagst du dem Satan und allen seinen Werken?«*

Watsons Kopfhaut zog sich vor danteskem Grauen zusammen. Satan lauerte hier irgendwo in der Nähe, aber er hielt sich stets einen Millimeter außerhalb des menschlichen Gesichtsfeldes (außer zu besonderen Anlässen, wenn er herauskam, um sich etwa beim Anblick eines Anwalts, der zu beten versuchte, einen herzhaften Lacher zu gönnen).

»Entsagst du dem Satan und allen seinen Werken?«

Ein kalter Wind hatte durch seine siebenjährige Haut geweht, und mit ihm die Nüchternheit des Erwachsenen: hatte sein Gebein durcheist, war haarsträubend sein Rückgrat hinaufgeschlichen. Irgendwo in seinem Affenhirn besaß er Neuronenschaltungen, die in Gegenwart des Epiphänomens »Gewissen« noch immer furchtsam-ehrfurchtsvoll erschauderten.

Die Kirche. Bloß ein hübsches Bauwerk? Gottes Mausoleum? Ein Einwahlknoten, über den man sich bei SoulNet einloggen konnte, um dann zu http://www.divinity.com zu surfen und eine Mail an Web-Master Gott abzusetzen?

Er brachte die Verfahrensregeln irgendwie nicht mehr richtig zusammen. Wahrscheinlich hätte er zuallererst Reue über die fast wahrgenommene Gelegenheit zur Sünde verspüren sollen – die er jetzt allerdings, wo Palmquist jedes Interesse an ihm und seinem Mandanten verloren hatte, wahrscheinlich würde meiden können. Aber war das theologisch korrekt? Was, wenn er, anstatt sich auf ein hochnotpeinliches verfassungsrechtliches Verhör vor dem Revisionsgericht des Achten Gerichtsbezirks vorzubereiten, auf dem Weg ins Stadtzentrum gegen einen Brückenpfeiler geknallt wäre und jetzt in der Vorhalle des Jenseits zitternd darauf gewartet hätte, letzte Fragen aus seiner katholischen Jugend zu beantworten? *Wozu hat Gott mich erschaffen? Damit ich Ihn erkenne, Ihn liebe und Ihm diene.*

»Mr. Watson, erklären Sie uns bitte, was *vollkommene Reue* ist und wodurch sie sich von *unvollkommener Reue* unterscheidet.«

»Ja, Euer Ehren. Vollkommene Reue ist Schmerz ob und Abscheu vor der begangenen Sünde, begleitet von dem ernsthaften Vorsatz der Besserung und entspringend einer Liebe zu Gott um Seiner Vollkommenheiten willen. Unvollkommene Reue ist Schmerz ob der begangenen Sünde, der durch irgendeinen niedereren Antrieb motiviert ist, wie Angst vor der göttlichen Strafe – Theophobie (Angst vor Gott), Stygiophobie (Angst vor der Hölle), Kenophobie (Angst vor dem Nichts).«

»Und empfinden Sie nun vollkommene Reue?«

»Wer, ich, Euer Ehren? Vollkommene Reue worüber?«

»Wie wäre es mit Ehebruch?«

»Ehe–? Sie meinen, das bißchen Wichsen? Seit wann zählt Petting als Ehebruch? Das Gericht möge bitte in Rechnung stellen, daß ich zur Tatzeit gefesselt war, handlungsunfähig, vollkommen hilflos. Wenn *das* Ehebruch ist, dann ist das einschlägige Gesetz ungebührlich weit gefaßt und das Universum, über das Sie den Vorsitz führen, von einer unmenschlichen Strenge – meinen Sie nicht auch? Schlimmstenfalls würde ich es als Quasi-Ehebruch bezeichnen, worüber ich hiermit Quasi-Reue bekunde. Damit gehe ich wahrhaft bis an die äußersten Grenzen meines Handlungsspielraums.«

»Aber Sie haben die Frau anschließend wiedergesehen. Und Sie *wollten* mit ihr die Ehe brechen, oder nicht? Sie sind mit dem Vorsatz losgezogen, Ehebruch zu begehen, oder wollen Sie das bestreiten?

»Aber ich habe es dann *doch* nicht getan! Weil mein Gehirn es mir nicht erlaubt hat. Mein wohlbefestigtes Gewissen hat meine Männlichkeit außer Kraft gesetzt. Ist das vielleicht nichts?«

Psychomachie – der Kampf der Seele. Wer sagte noch mal: »Ich fürchte, wir werden Gott nicht los, weil wir noch immer an die Grammatik glauben«? Spielt Gott Billard? Würfel? Das Donnern elfenbeinerner Planeten zerreißt die Luft. Der Urknall, gefolgt vom Gewisper kollidierender weißer Moleküle. Krisentheologie. Pascals Wette: Wenn es einen Gott gibt, hast du gewonnen; wenn nicht, merkst du ja doch nichts mehr davon. Da, jetzt konnte er konkrete Fälle anführen, in denen er Reue verspürt hatte, zu beten versucht hatte und gescheitert war. Wenn er es schaffen würde, auf die Knie zu fallen, oder noch tiefer, dann könnte er um Hilfe bei der Verhandlung bitten.

Er sah zum Tabernakel auf, einem verbotenen Bezirk, dessen er kurz vor seiner ersten Kommunion bei einem Rundgang durch Sankt Dymphna ansichtig geworden war. Hinter der kleinen goldenen Tür verbarg sich ein mit schimmernder Seide ausgeschlagenes Kämmerchen, das stark an das Innere eines Sargs erinnerte, nur in klein.

»Während der Messe«, hatte Schwester Mary Vendetta erklärt, »wird die heilige Eucharistie für uns am Altar geopfert, aber wenn keine Messe gelesen wird, ruht der Leib Christi im Tabernakel.«

Vielleicht hatte Jung Watson, durch den feierlichen Ernst der Situation verwirrt, den ganzen wuchtigen weißen Hochaltar für das Tabernakel gehalten – wobei die Gesamtvorstellung die eines geräumigen Mausoleums gewesen war, komplett mit ornamentalen Sarkophagen und einer goldenen Durchreiche (dem Tabernakel), durch die Brot und Wein, Manna und Ambrosia dem lebendigen Leib Christi zugeführt wurden, der im Inneren des Altars, von Eunuchen mit Palmwedeln und Pfauenfedern umfächelt, auf einer Ottomane ruhte und von Trauben kostete, die Ihm schmachtende Sklavenmädchen vor den Mund hielten. So hatte seine geschmeidige siebenjährige Vorstellungskraft das Paradox aufgelöst, Christus sei zur Vergebung seiner Sünden gestorben, Sein Leib ruhe im Tabernakel, Er sei aber zugleich auch lebendig und werde für ewig und immerdar leben.

Jetzt hätte Watson vielleicht da hinaufsteigen können. Den kleinen, schweren goldenen Schlüssel im Schloß herumdrehen. Die Doppeltür wäre aufgeflogen, ein kleiner Sarg auf Rollen herausgeglitten, wie ein Kühlfach im Leichenschauhaus. Das chthonische Flackern von Kerzenflammen auf der spiegelndschwarzen Oberfläche des Sarges. Er hätte die obere Hälfte des Deckels aufklappen können, sich auf die Zehenspitzen stellen, auf schimmernde Seidenfältelungen hinabspähen und den einbalsamierten Leichnam James Whitlows erblicken können: Totenstarre und Risus sardonicus, die gefalteten Hände auf der Brust, die Tätowierung im Kerzenlicht deutlich zu erkennen: JESUS HASST NIGGER.

Im Gerichtssaal herrschte die gleiche sakrale, eschatologische Atmosphäre. Blankpoliertes Holz und zeitloser Marmor; schwarzgewandete, düstere Würdenträger, in ernste Kontemplation der Gerechtigkeit versunken. Aber die Heiligkeit des Revisionsgerichts war technologisch angereichert. Jeder Richter hatte einen Monitor, eine Maus und eine herausfahrbare Tastatur zu seiner Verfügung. Das Stehpult wies ein kleines Display auf, das die dem plädierenden Anwalt noch verbleibende Zeit anzeigte.

Es war ein Gerichtssaal, keine Frage. Aber die Jury – der kollektive Stellvertreter des Durchschnittsmenschentums – war nirgends zu sehen. Ein Blick auf das Trio gestrenger Richter, und Watson wünschte sich augenblicklich, er könnte stattdessen vor Geschworenen plädieren. Gemessen an der erstickenden Förmlichkeit dieser Sternkammer wäre ihm eine Schwurgerichtsverhandlung wie eine lustige Schlammschlacht vorgekommen. Anstatt vor »zwölf Supermarktkassiererinnen«, wie Myrna sie bezeichnete, zu sprechen, würde Watson versuchen, drei graue Eminenzen zu überzeugen, die das alles schon tausendfach gehört hatten. Für den Bruchteil einer Sekunde gelang es ihm, aus sich herauszutreten und während dieser kurzen Zeit die Prozession von Juristen zu sehen, die im Lauf der Jahre vor diesen Richtern erschienen waren. Jeden Werktag, jahrzehntelang, hatten diese alternden Männer und Frauen hier gesessen und sich angehört, wie Anwälte ihre Fälle darlegten. Hatten Advokaten jeden Geschlechts, Alters, Temperaments und Grads von Sachverstand zugehört. Hatten das Gewinsel der Neulinge gehört und das akrobatische Hakenschlagen der alten Hasen gesehen. Hatten sie um den heißen Brei herumreden und die verschiedensten Hinhaltetaktiken anwenden hören.

Die vorgeschriebene Form war noch restriktiver als eine Spensersche Strophe – aber enge Schuhe brachten Anwälte von jeher nur dazu, neue Tänze zu erlernen. Allein im Angesicht dreier Richter, ohne Beweismaterial oder Zeugen, wurden die Veteranen zu Meistern der Paralipse und Andeutung, der Rodomontade und der von Herzen kommenden Hyperbel, der oratorischen Orgiastik und rigorosesten Rhetorik. Doch ach, nichts davon schien letzten Endes zu fruchten, da die Richter – eben – das alles schon mal gehört hatten. Wenn die von den juristischen Aufsichtsgremien gesammelten Statistiken zutrafen, pflegten Revisionsrichter ihre Urteile nach Lektüre der Schriftsätze und vor der mündlichen Verhandlung zu fällen. So gesehen hatte ein Anwalt doch eigentlich keinen Grund, vor der mündlichen Verhandlung *nicht* einschlafen zu können.

Watson setzte sich auf eine Bank, die sich von denen in der Alten Kathedrale im wesentlichen nur durch das Fehlen eines Kniebrettes unterschied. Er beobachtete die Anwälte, die einer nach dem anderen hereinkamen. Hier und da Journalisten mit gezücktem Notizblock. Kein Gedränge – aber mit Sicherheit mehr als die übliche Handvoll Anwälte mit revisionsbedürftigen Fällen. Frank Donahue kam mit Harper und einem Gerichtsdiener im Schlepp hereingerauscht.

»Nun, junger Mann«, sagte Donahue herzlich, »da wären wir also.« Er lächelte und gab Watson die Hand. »Mr. Harper und ich wären weiterhin bereit, uns totzustellen und Ihren Mandanten mit lebenslänglich davonkommen zu lassen.«

»Sobald sich mein Mandant von der Gehirnoperation durch staatsbedienstete Ärzte erholt hat, werde ich ihn fragen, ob er darauf eingehen möchte«, sagte Watson.

»Ja«, sagte Donahue, »ich hab davon gehört, daß man versuchen würde, das Gehirn des Burschen zu reparieren. Vielleicht die Haßdrüsen entfernen?« Er zwinkerte Harper zu.

»Dumme Sache mit Richter Willard«, sagte Harper.

»Dumme Sache?« fragte Watson.

Donahue nickte jovial. »Dumm für Ihren Mandanten. Er ist der härteste Bezirksrichter in ganz Arkansas. Er verabscheut Verbrecher geradezu.«

»Sie meinen, er *haßt* Verbrecher?« fragte Watson. »Wenn er irgend jemanden haßt, dann täte er wohl besser daran, sich in Ihrer Gegenwart vorzusehen, was? Abgesehen davon mag er vielleicht Verbrecher hassen«, sagte Watson, »aber in den neunziger Jahren hat er im *Arkansas Bar Journal* einen Artikel mit dem Titel ›Haßtathysterie‹ veröffentlicht – direkt nach der Verabschiedung des Bundesgesetzes gegen Brandstiftung an Kirchen. Ich schick Ihnen gern eine Kopie, wenn's Sie interessiert.«

Donahue warf Harper einen vernichtenden Blick zu. »Ich bin sicher, wir haben die Sache auch gefunden. Aber es ist die Liste seiner Strafurteile, die mir an Ihrer Stelle die Gänsehaut einjagen würde.«

»Das täte sie vermutlich auch, wenn wir hier zu einer Strafurteilsanhörung bestellt wären«, sagte Watson.

Donahue warf ihm einen kurzen Blick zu und stieß Harper mit dem Ellbogen an. »Ganz schön keß, der Bursche. Ein bißchen *zu* schnippisch. Wir werden ja sehen, ob Richter Willard Ihnen nicht ein paar von Ihren Milchzähnen zieht, Jungchen.« Er streckte noch einmal die Hand aus. »Viel Glück, junger Mann.«

Watson schüttelte erst Donahue, dann Harper die Hand. Und spielte mit dem Gedanken, noch rasch den Kopf über eine Klosettschüssel zu halten.

Gerade als der Gerichtsdiener »Erheben Sie sich!« sagte, spürte Watson eine leichte Berührung an seinem rechten Ellenbogen. Er bemühte sich, aus dem Augenwinkel zu erkennen, wer es sein mochte, aber es war niemand da. Noch eine

Berührung – von unten? Ein Kind? Er senkte die Augen und sah Myrna Schweich, die in voller Profi-Montur hinter ihm stand. Sie zog an seinem Ärmel, bis sich sein Ohr auf ihrer Höhe befand.

»Dein Schwanz ist so riesig, daß du dafür nen Waffenschein brauchst«, flüsterte sie. »Donahue ist ein stinkend fauler Schwätzer. Er ist ein Gnom mit kleinen Händen. Du weißt, was das bedeutet. Und du? Sieh dich mal an! Eins fünfundachtzig. Ordentliche Pranken. Maskuliner Mann. Du weißt zehnmal soviel wie er über die einschlägigen Gesetze. Der Mann liest nicht. Zieh deinen Riesenschwanz raus und knüppel ihn damit zu Brei«, zischte sie.

Ihre Ermahnungen hatten den erwünschten Erfolg. Vielleicht hatte sie recht. Woher sollte ein Typ wie Donahue die Zeit nehmen, einen Schriftsatz zu lesen – geschweige denn *in* einem Schriftsatz angeführte Präzedenzfälle?

»Es tagt das Revisionsgericht für den Achten Gerichtsbezirk der Vereinigten Staaten. Der erste Fall des heutigen Vormittags ist Vereinigte Staaten gegen Whitlow. Der Revisionskläger behält sich fünf Minuten für eine Erwiderung vor.«

Sie würden in einem formaljuristischen Vakuum argumentieren, unter hermetischem Ausschluß jeglicher sachlichen Erwägungen. Wenn Richter Horner ihn nach dem ersten Zusatzartikel und dem Bundesstrafverschärfungsgesetz fragte, konnte Watson nicht erwidern: »Apropos, Herr Richter: Wußten Sie eigentlich, daß Mary Whitlow selbst bis an die Kiemen in diese Rechte-Miliz-Geschichte verwickelt ist?« Er durfte kein Wort über den verschwundenen Aktenkoffer, das VTD und dessen belastenden Inhalt, die Geschlechtskrankheit oder Alpha und Beta sagen. Das waren alles Angelegenheiten für die erste Instanz, unschöne Widersprüche im Tatsachenmaterial, die ein paar Stockwerke tiefer entwirrt werden konnten. Hier oben, in den geheiligten Hallen der reinen juristischen Vernunft, befaßte man sich ausschließlich mit Rechtsfragen: Hatte Richter Stang rechtens entschieden, daß das Bundeshaßtatgesetz gegen den ersten Verfassungszusatz verstieß? Hatte Richter Stang rechtens entschieden, daß Tätowierungen, rassistische Witze, rassistisches Lesematerial, möglicherweise rassistische Verhaltensweisen wie das Aufpflanzen der

Konföderiertenfahne *nicht* als Beweise für Whitlows Rassenhaß zugelassen werden durften, weil es der Anklage nicht gelungen war, diese Sachverhalte mit dem Mord in Verbindung zu bringen?

»Vereinigte Staaten gegen Whitlow«, rief der Gerichtsdiener. Und Richter Willard sah von seinen Notizen auf.

»Guten Morgen, Mr. Donahue«, sagte Richter Horner. Er saß in der Mitte, flankiert von Richterin Mallory zu seiner Rechten und Richter Willard zu seiner Linken.

»Guten Morgen, Herr Richter«, sagte Donahue und stolzierte zu seinem Platz auf dem Podest.

»Und Sie sind Mr. Watson?« sagte Horner mit einem nachsichtigen Lächeln. »Für den Revisionsbeklagten James Whitlow, nicht wahr?«

»Ja, Euer Ehren«, sagte Watson. *Wäre es nur umgekehrt! Wenn das Gericht es wünscht, gehe ich gern als erster!* Wie immer kam die beschwerdeführende Seite als erste an die Reihe, was bedeutete, daß Watson gezwungen sein würde, sich die Darbietung eines professionellen Redners mit fünfundzwanzig Jahren praktischer juristischer Erfahrung auf dem Buckel anzuhören, bevor er seinen Platz auf dem Podium einnehmen durfte.

»Hohes Gericht«, hub Donahue an, »ich vertrete das Volk der Vereinigten Staaten von Amerika. Wir beantragen die Anwendung eines Strafverschärfungsgesetzes, das der Kongreß vor einiger Zeit verabschiedet hat, um von besonderen Arten von Haß motivierte Straftaten mit zusätzlichen Strafen zu ahnden. Entgegen der im Schriftsatz des Angeschuldigten ausgebreiteten, etwas hysterischen Behauptungen stellt das Gesetz keineswegs Gedanken, Meinungen oder Überzeugungen unter Strafe. Es stellt kriminelle Handlungen unter Strafe. Dem Angeschuldigten, James Whitlow, steht es frei zu denken, was ihm beliebt. Es steht ihm frei, engstirnig zu sein und engstirnige Gedanken zu denken. Aber wenn er seine Gedanken durch sein Verhalten zum Ausdruck bringt, nämlich durch die Tötung eines behinderten farbigen Bürgers, dann können sein Verhalten *und* seine Motivation für dieses Verhalten bestraft werden.«

»Mr. Donahue«, sagte Richter Horner, »ich sehe gerade den

Namen dieses Gesetzes, so wie er sich im *United States Code* findet, und ich lese da: ›Haßtaten und besonders gefährdete Opfer‹. Wollen Sie diesem Gericht damit sagen, daß der Kongreß *nicht* auf engstirnige Menschen und deren Neigung zu Haßgefühlen abhob, als er dieses Gesetz verabschiedete?«

»Das Gesetz hebt auf diskriminierendes *Verhalten* ab«, sagte Donahue. »Wenn kein für sich genommen strafbares Verhalten vorliegt, dann findet das Gesetz auch keine Anwendung. Das Gesetz richtet sich gegen Straftäter, die ihre Opfer vorsätzlich aufgrund von bestimmten geschützten Merkmalen derselben aussuchen. Es richtet sich *nicht* gegen Engstirnigkeit oder Rassismus oder sonst eine andere Geisteshaltung oder Meinung als solche.«

»Denn andernfalls würde es gegen Zusatzartikel eins verstoßen, nicht wahr?« fragte Richter Willard.

»Zumindest wäre eine solche Schlußfolgerung vorstellbar«, sagte Donahue.

»Und *Sie* haben es natürlich auch nicht auf engstirnige Zeitgenossen abgesehen, nicht wahr, Mr. Donahue?« schmunzelte Richter Willard.

»Auf engstirniges kriminelles Verhalten«, sagte Donahue, »wie in diesem Gesetz ausgeführt, bei dessen Formulierung sehr sorgfältig darauf geachtet wurde, daß es zu keinem Widerspruch zum ersten Verfassungszusatz kommen würde.«

»Ich verstehe«, sagte Richter Willard. »Dann muß es Ihr böser Zwillingsbruder gewesen sein, der letzte Woche im *Post-Dispatch* so entschieden gegen Engstirnigkeit wetterte.«

Leises Gelächter von seiten der übrigen wartenden Anwälte, das Donahue mit lauter Stimme unterdrückte. »Ich hoffe doch, daß ich das Recht habe, meine persönliche Abneigung gegen Engstirnigkeit öffentlich kundzutun und trotzdem für die verfassungsrechtliche Unbedenklichkeit eines Gesetzes zu plädieren, das ausschließlich gegen diskriminierendes Verhalten gerichtet ist. Ich persönlich finde Engstirnigkeit verabscheuungswürdig«, sagte Donahue, »aber ich bin mir sehr wohl der Tatsache bewußt, daß sie ein durch den ersten Verfassungszusatz garantiertes Grundrecht darstellt. Unser Oberstes Bundesgericht hat uns aber wiederholt erklärt, daß Zusatzartikel eins keine Gewalt oder Straftat sanktioniert, und zwar auch dann nicht, wenn der Angeklagte behauptet, dadurch seine Meinung oder Überzeugung geäußert zu haben. Dieses Gesetz stellt nicht Engstirnigkeit per se unter Strafe, sondern durch Engstirnigkeit motiviertes Verhalten.«

»Und *nur* durch Engstirnigkeit motiviertes Verhalten?« fragte Richter Willard. »Es ist also *nicht* zu weit gefaßt?«

»Ich meine nicht, Herr Richter.«

»Kennen Sie diese Serie – wie heißt sie noch mal?« fragte der Richter. »›Auf der Flucht‹? Sie ist doch auch verfilmt worden, nicht? Dieser flüchtige Dr. Kimble ist ständig auf der Suche nach einem Einarmigen, der seine Frau ermordet haben soll. Habe ich das richtig in Erinnerung, Mr. Donahue?«

»Ich glaube schon, Herr Richter, aber ich verstehe nicht recht –«

»Ich frage mich, was passieren würde, wenn unser Dr. Kimble einen Einarmigen erwischte – den *falschen* Einarmigen, wie sich dann herausstellte – und gegen ihn tätlich würde. Sein Opfer hätte nur einen Arm, also wäre er im Sinne dieses Gesetzes ein Behinderter, oder nicht?«

»Doch«, sagte Donahue, »aber –«

»Und natürlich hätte unser Dr. Kimble – wie heißt es doch im Gesetzestext?« Richter Willard nahm ein Blatt Papier in die Hand und las daraus vor: »Unser guter Doktor hätte ›sein Opfer vorsätzlich *aufgrund von* dessen Behinderung ausgewählt‹. Aber diese *Auswahl* hat doch nichts mit diskriminierendem Verhalten zu tun, oder? Dr. Kimble versucht lediglich, den Mann zu finden, der seine Frau ermordete, richtig? Und trotzdem würde er nach Maßgabe dieses Gesetzes aufgrund dieser vorsätzlichen Auswahl mit einer zusätzlichen Strafe belegt werden.«

»Im Rahmen Ihres hypothetischen Falles«, sagte Donahue, »ja.«

Richterin Mallory schaltete sich ein und versuchte, zu Donahues Rettung zu eilen. »Na ja, *rein* hypothetisch ist der Fall ja nicht, oder, Mr. Donahue? Ich meine, der von der Verteidigung angeführte Fall, Aishman gegen Kalifornien, in dem der Angeklagte sich zusammen mit seinen Freunden auf die Suche nach Mexikanern machten, weil seine Frau ihm erzählt hatte, sie sei von einer Gruppe von Mexikanern vergewaltigt worden? Suchten diese Männer nun Vergewaltiger oder Mexikaner?«

»In diesem bestimmten Fall«, sagte Donahue, »bin ich nicht ... ich glaube, sie ...«

Er hat Aishman nicht gelesen, staunte Watson. Unglaublich! Richterin Mallory gab sich redlich Mühe, ihm einen einfachen Ball zuzuspielen. Die Antwort hätte »Beides« lauten müssen. Der angeklagte Ehemann war auf der Suche nach mexikanischen Vergewaltigern gewesen. Er durfte Vergewaltiger so sehr hassen, wie er wollte, aber wenn er seine Opfer zumindest *auch* aufgrund ihrer Nationalität wählte, verstieß er gegen das Gesetz. Als der Angeklagte in der Aishman-Sache, nachdem er Mexikaner mit einem Baseballschläger verprügelt hatte, zurückgekommen war, hatte er seinen Freunden erzählt, er habe »mit Mexikanern Homeruns geschlagen«. Aber dieser Spruch würde Donahue nichts einbringen, weil er den Fall gar nicht gelesen hatte. Myrna hatte recht gehabt!

»Ich gebe zu«, sagte Donahue, »daß das Gesetz unter ganz bestimmten, engumgrenzten Bedingungen die Bestrafung eines *nicht* durch Diskriminierung motivierten Verhaltens nach sich ziehen kann, aber ich würde solche außergewöhnlichen Umstände gegen die schwerwiegenden Probleme abwägen, mit denen die Bundesregierung in ihrem Kampf gegen die steigende Flut von durch Vorurteile motivierter Gewalt gegen Menschen und Dinge konfrontiert ist. Diese Argumente wurden bereits vom Obersten Bundesgericht in Wisconsin gegen Mitchell angehört, und das Gericht entschied, daß das Wisconsin-Gesetz verfassungskonform sei. Wisconsin *war* berechtigt, in einem Fall von Körperverletzung, bei dem der Angreifer vorsätzlich ein weißes Opfer ausgewählt hatte, eine höhere Strafe zu verhängen.«

»Das scheint bei sehr vielen dieser aufsehenerregenden Strafsachen der Fall zu sein«, warf Richterin Mallory ein. »Besteht nicht die Gefahr, daß diese Gesetze in unverhältnismäßig hohem Maße gegen Angehörige von Minderheiten Anwendung finden werden, die wegen eines tätlichen Angriffs gegen Personen angeklagt sind, die sie subjektiv als Repräsentanten einer sie sozial unterdrückenden Gesellschaftsgruppe erleben? Ich habe den Eindruck, daß es die Staatsanwälte sind, die entscheiden, was eine Haßtat ist und was nicht. In der Wisconsin-Sache, die in den Schriftsätzen so häufig zur Sprache gekommen ist, ging es ja um einen schwarzen Teenager, der vorsätzlich einen Weißen zum Opfer gewählt hatte.«

»Was eindeutig beweist, daß das Gesetz inhaltsneutral ist«, sagte Donahue. »Sämtliche im Schriftsatz der Verteidigung vorgebrachten Argumente stützen sich auf die Mitchell-Sache, und das Oberste Bundesgericht der Vereinigten Staaten hat jedes einzelne von ihnen zurückgewiesen. Dieses Gericht ist verpflichtet, gemäß dem Grundsatz der bindenden Kraft der Präjudizien das gleiche zu tun.«

»Keine voreiligen Schlüsse, Counselor«, sagte Richter Willard. »Dies trifft nicht ganz zu. *Einige* Argumente der Verteidigung stützten sich auf Mitchell, und *einige* Argumente der Verteidigung sind neue Argumente, weil wir es hier mit einem neuen, anderen Gesetz zu tun haben, oder stimmen Sie mir nicht zu?«

»In keinem wesentlichen Merkmal neu, Herr Richter«, sagte Donahue schnell. »Der Rechtsausschuß hat sich das Wisconsin-Gesetz und die Entscheidung des Obersten Bundesgerichts in Sachen Mitchell sehr genau angesehen, bevor es dieses Gesetz entworfen hat, und dieses Gericht –«

»Und da wir es mit einem *anderen Gesetz* zu tun haben«, unterbrach Willard ätzend, »haben wir es mit einem *anderen Fall* zu tun, und Ihr wichtigtuerischer Verweis auf den *stare-decisis*-Grundsatz gehört ins Theater und nicht vor dieses Gericht. Das Wisconsin-Gesetz war insofern verfassungskonform, als es den richterlichen Ermessensspielraum betraf, Mr. Donahue.«

»Pardon, Euer Ehren? Ich kann dem Gedankengang des Gerichts –«

»Der Wisconsiner Richter war befugt, die verschärfte Strafe zu verhängen oder nicht zu verhängen, entsprechend den jeweiligen Umständen. Richtig? Das Gesetz erweiterte lediglich den Spielraum des möglichen Strafmaßes – von einer bisherigen Höchststrafe von vier auf sieben, acht oder neun Jahren, richtig? Im vorliegenden Fall aber *verlangt* das Gesetz eine Anhebung um sechs Punkte gemäß Strafzumessungsrichtlinien, wenn der Täter sein Opfer vorsätzlich aufgrund eines geschützten Merkmals ausgewählt hat.«

»Ja, aber –«

»Und unser flüchtiger Dr. Kimble soll eine zweite, gesonderte Strafe dafür bekommen, daß er vorsätzlich einen Behinderten zum Opfer gewählt hat, obwohl er überhaupt nicht die Absicht hatte, einen Behinderten per se zu diskriminieren: Er wollte schlicht den Mann töten, der seine Frau ermordet hatte – ein Verhalten, das bereits durch die einschlägigen Gesetze unter Strafe gestellt wird. Niemand beabsichtigt, ihn laufenzulassen. Aber wir wollen ihn auch nicht mit einer zusätzlichen Strafe für etwas belegen, was er nicht getan hat. Ein durch dieses Gesetz gebundener Bundesstrafrichter ist nicht befugt, von einer Strafverschärfung abzusehen, selbst wenn es offensichtlich ist, daß *kein* diskriminierendes Verhalten vorlag.«

»Das trifft zu, Euer Ehren«, sagte Donahue, »andererseits aber –«

»Und wir haben die Grenzen der Mitchell-Sache auch in anderer Hinsicht überschritten, nicht wahr? Wie Sie sich erinnern werden, führte die Verteidigung das gleiche Argument an, das hier vorgebracht wird, nämlich, daß die sehr reale Möglichkeit bestehe, daß ein Angeklagter künftig wegen seiner Überzeugungen oder wegen meinungsäußernden Verhaltens bestraft werden könnte, das vielleicht schon Jahre zurückliege. Und das Oberste Bundesgericht sagte« – der Richter raschelte mit Papieren und zog ein Blatt hervor: »›Dies läßt also die Möglichkeit zu, daß ein Bürger aus Angst, seine engstirnigen Überzeugungen könnten, wenn er dereinst eine schwerere Straftat gegen Menschen oder Sachen begehen sollte, vor Gericht als Beweis gegen ihn zugelassen werden, ebendiese Überzeugungen verheimlicht. Dies ist indes eine zu spekulative Hypothese, als daß sie Mitchells Berufung auf Unbestimmtheit des Gesetzes stützen könnte.‹«

Richter Willard sah Donahue über den Rand seiner Lesebrille hinweg an. »Aber das ist doch keine Spekulation mehr, nicht wahr, Mr. Donahue?« fragte der Richter. »Denn in diesem Fall möchte die Anklage den Beweis antreten, daß Mr. Whitlow irgendwann einmal eine Konföderiertenfahne aufgepflanzt hatte oder daß er rassistische Witze erzählt oder sich um den Wert seines Grundbesitzes gesorgt oder im Rahmen eines Studentenulks ein Hakenkreuz auf ein Gebäude geschmiert hatte. Hat die Anklage den Versuch unternommen, auch nur eines dieser Ereignisse mit der zur Verhandlung stehenden Straftat in Verbindung zu bringen?«

»Wir hatten uns darauf vorbereitet, genau das in der Hauptverhandlung zu tun«, sagte Donahue.

»Aber Sie sind gar nicht erst bis zur Hauptverhandlung gekommen, nicht wahr?« sagte Richter Willard. »Denn es ist Ihnen nicht gelungen, Richter Stangs Bedenken hinsichtlich der Möglichkeit, all diese Leumundsbeweise tatsächlich mit der fraglichen Straftat in Verbindung zu bringen, in ausreichendem Maße zu zerstreuen. Es ist eine Frage der zeitlichen Nähe, nicht wahr? Wie nah steht die Handlung zeitlich dem Gedanken?«

»Wir hatten Zeugenaussagen, die belegten, daß dieser Angeschuldigte nur wenige Tage vor Begehung der Straftat in einer überfüllten Bar beleidigende rassistische Äußerungen getan hatte«, sagte Donahue.

»Enthielten diese Zeugenaussagen irgendeinen Hinweis darauf, daß der Angeschuldigte beabsichtigte, einen Angehörigen einer geschützten Minderheit tätlich anzugreifen? Drohte er, das Lokal zu verlassen und einen Schwarzen zu töten, oder vertraute er jemandem an, er habe wirklich den Wunsch, einen Gehörlosen zu erschießen?«

»Nicht explizit, Euer Ehren, aber insgesamt betrachtet zeugen seine zu zahlreichen Gelegenheiten getätigten Äußerungen von der heftigsten Abneigung gegen Gruppen, die durch dieses Gesetz geschützt sind. Zusammengenommen sind alle diese Fakten beweiserheblich und zulässig als Mittel zur Klärung der Frage nach seinem wahren Motiv für die Verübung dieses abscheulichen Verbrechens. Und ich möchte dem noch hinzufügen, Euer Ehren, daß es nach Maßgabe dieses Gesetzes, so wie es von den Gerichten ausgelegt wurde, für die Anklagevertretung nicht erforderlich ist, den Nachweis zu erbringen, daß der Angeschuldigte, James Whitlow, sein Opfer *einzig* oder *ausschließlich* oder auch nur *in erster Linie* aufgrund von dessen Rasse oder Behinderung auswählte, sondern nur, daß sein verbotener Haß *einen bestimmten Anteil* an seiner Motivation für die Straftat hatte.«

»Da bin ich jetzt aber beruhigt«, sagte Richter Willard sarkastisch. »Wenn unser Angeschuldigter bei der Auswahl seines Opfers also zu einem Prozent von dessen Rasse und Behinderung und zu neunundneunzig Prozent von der Untreue seiner Ehefrau motiviert war, dann verdoppeln oder verdreifachen wir sein Strafmaß, damit wir sicher sein können, daß wir nichts unversucht gelassen haben, um jede noch so winzige Spur von Engstirnigkeit auszurotten? Habe ich Sie recht verstanden?«

»Mit allem gebührenden Respekt«, sagte Donahue. »Die Hypothesen des Gerichts sind sowohl gelehrt als auch kreativ, aber die Zuständigkeit meiner Behörde beschränkt sich auf die Anwendung von Gesetzen auf reale Straftaten.«

Watson hielt den Atem an, als er sah, wie Donahues Felle immer mehr davonschwammen. Richter Willard war ein vom Himmel herabgestiegener Erzengel. Watsons Verbündeter. Stangs Alter ego. Watson rechnete jeden Augenblick damit, daß Richter Willard ihm zuzwinkern oder zunicken würde. Was für ein prächtiger Bursche! Der gute Richter nahm ihm seine ganze Arbeit ab, trug *sein* Plädoyer für ihn vor. Wie kam es nur, daß diese alten Männer eine solche Weisheit zu besitzen schienen?

»Mr. Donahue«, sagte Richterin Mallory, offensichtlich bemüht, dem von Richter Willard erbarmungslos bedrängten Donahue wenigstens ein bißchen Munition zu liefern, »sind dem Ermessensspielraum der Anklagebehörde bei der Anwendung dieses Gesetzes irgendwelche Grenzen gesetzt? Ich meine, wir haben zusätzliche Strafen für die vorsätzliche Auswahl von Opfern aufgrund von deren tatsächlicher oder mutmaßlicher Rasse, Hautfarbe, nationaler Herkunft, ethnischer Zugehörigkeit, Geschlechtszugehörigkeit, Behinderung, sexueller Identität und persönlicher Meinung zur Frage nach der Entscheidungsfreiheit in Dingen der Fortpflanzung. Angenommen, wir nehmen zusätzlich auch die persönliche Meinung zur Frage nach den durch die Beschädigung der Ozonschicht bedingten Gefahren für die Umwelt auf oder die Meinung zur Wehrpflicht in Zeiten nationaler Sicherheit oder die Meinung zur Frage, ob die Erde flach sei? Würde die Hinzufügung dieser Kategorien die Verfassungsmäßigkeit dieses Gesetzes gefährden?«

»Die gegenwärtig im Bundeshaßtatgesetz enthaltenen Kategorien zielen ausnahmslos auf die Wahrung legitimer Interessen des Staates ab«, sagte Donahue. »Ich glaube, daß die Entscheidung des Obersten Bundesgerichts in Dawson die Verhängung einer zusätzlichen Strafe aufgrund von abstrakten Meinungen, die in keinem kausalen Zusammenhang mit der fraglichen Straftat stehen, verbieten würde. Wenn wir beispielsweise ein Gesetz zu erlassen versuchten, das eine Verdopplung der Strafe für Trunkenheit am Steuer vorschreibt, wenn dem Straftäter gleichzeitig eine rassistische Gesinnung nachgewiesen werden kann, dann würde dies gewisse verfassungsrechtliche Probleme aufwerfen – doch das ist hier nicht der Fall.«

»Schön«, sagte Richterin Mallory und führte den Gedankengang für ihn weiter, damit er sich nicht wieder in Willards Schußlinie manövrierte, »dann sprechen wir hier also nicht von der ethischen Qualität der Meinung oder Überzeugung als solcher, sondern davon, ob *tätliche Angriffe*, die von einer solchen Meinung oder Überzeugung motiviert sind, ein besonderes Problem darstellen, oder? Wie im Falle der Meinung bezüglich der Entscheidungsfreiheit in Dingen der Fortpflanzung – einer zusätzlichen Kategorie, die der Kongreß 1999 in das Gesetz aufnahm? Es interessiert uns nicht, ob ein Straftäter für oder gegen die Abtreibung ist, aber es interessiert uns sehr wohl, ob er – und wir verhängen eine zusätzliche Strafe, wenn – aufgrund seiner Meinung über dieses politisch brisante Thema Gewalt gegen Personen oder Sachen einsetzt, nicht wahr?«

Sie kaute ihm sein Breichen nicht nur vor, sie flößte es ihm anschließend auch noch mit einem Gummilöffel ein.

»Absolut korrekt, Richterin Mallory«, sagte Donahue. »Die Frage ist, ob durch Haß einer der genannten besonderen Kategorien motivierte Gewalt im traditionellen strafrechtlichen Kontext signifikante Probleme für den Gesetzesvollzug aufwirft.«

»Ihre Zeit ist fast um, Mr. Donahue«, sagte Richter Willard. »Noch einmal: Wie beantworten Sie den im Schriftsatz der

Verteidigung begründeten Einwand, dieses Gesetz werde durch die Analyse des Obersten Bundesgerichts in Wisconsin gegen Mitchell nicht abgedeckt, weil es nicht lediglich den richterlichen Ermessensspielraum neu regle, sondern ohne Rücksicht auf die besonderen Tatbestandsmerkmale eines gegebenen Falles gesonderte zusätzliche Strafen vorschreibe? Der Schriftsatz der Verteidigung hat die Problematik sehr gut dargelegt. Aber die Erwiderung der Staatsanwaltschaft liest sich wie eine theoretische Abhandlung über die Strafzumessungsrichtlinien und geht auf die eigentliche Fragestellung nirgendwo ein. Bleibt die Anwendung dieses Gesetzes dem richterlichen Ermessen überlassen? Und falls nicht, wirft es für unseren Dr. Kimble und seine Jagd nach dem Einarmigen Probleme wegen Unbestimmtheit auf?«

»Richter Willard«, sagte Donahue, »unser Schriftsatz ging deswegen mit solcher Ausführlichkeit auf die Strafzumessungsrichtlinien ein, weil sie naturgemäß Richtern die Hände binden und ihren Ermessensspielraum bei der Strafzumessung einschränken. Daraus folgt aber nicht, daß sie verfassungswidrig wären.«

»Aber das liegt nur daran, daß sie einfach Strafen für bestimmte Taten festlegen. Nennen Sie mir ein Beispiel für eine Straftat, bei der das Gesetz einzig aufgrund des *Motivs* eine gesonderte, obligatorische, nicht dem richterlichen Ermessen unterliegende Strafverschärfung vorschreibt.«

Auftragsmord, Landesverrat, Polizistenmord, Voyeurismus. Watson klickte jeden einzelnen Punkt im Geiste an und spulte die dazu jeweils auswendig gelernte Erwiderung ab. Bei den meisten dieser Straftaten waren die Bewertungskriterien keine Motive, sondern Tatumstände, die sich – anders als das verbotene Motiv »Haß« – leicht objektiv nachweisen ließen. Wenn der Angeklagte für den Mord gedungen wurde, war es ein Auftragsmord, aber zum Nachweis des psychischen Zustands namens Haß gab es keinen so simplen Lackmustest.

Donahues Mund klappte auf, aber es kam nichts heraus. »Ich meine, mich an einige Beispiele zu erinnern, die in unserem Schriftsatz aufgeführt werden«, sagte er, »und wir können das Gericht in einer gesonderten Vorbringung auf diese Passagen hinweisen, falls –«

An Donahues Pult leuchtete das rote Licht auf.

»Wie ich sehe, ist meine Zeit schon abgelaufen«, sagte Donahue. »Darf ich kurz schließen?«

»Nein«, sagte Richter Willard. »Der Gerichtssaal ist voll von Anwälten, die darauf warten, ihren Fall vorzutragen, Mr. Donahue. Wenn wir Ihnen erlauben, kurz zu schließen, werden die Anwälte in der nächsten Sache um zusätzliche Zeit bitten, um gleichfalls kurz zu schließen, und die Anwälte in der übernächsten Sache werden um zusätzliche Zeit bitten, um ausführlich zu schließen ... und so weiter, bis es draußen dunkel ist. Setzen Sie sich, bitte.«

»Mr. Watson«, sagte Richter Horner.

Watson begab sich zum Podium und versuchte, seine tiefen Atemzüge vor dem Gericht zu verbergen. Er legte die Mappe mit seinen Notizen vor sich auf das Pult und sah gedruckte Zeilen vor seinen Augen verschwimmen.

»Hohes ... Gericht«, sagte er. »Ich vertrete den Angeschuldigten James Whitlow. Clarence Darrow sagte einmal: ›Es gibt keine Gedankenverbrechen; es gibt nur Tatverbrechen.‹«

»Mr. Watson«, sagte Richter Horner, »wir danken für das Clarence-Darrow-Zitat, aber in dieser Sache können wir auf eine Anhörung der mündlichen Argumentation der Verteidigung verzichten.«

Watson erzitterte und sah zu den Richtern auf. Er mußte Richter Horner mißverstanden haben. Richter Horner konnte unmöglich gesagt haben, daß das Gericht auf die Anhörung seiner mündlichen Argumentation verzichten würde. Das konnte gar nicht sein.

Richterin Mallory sah säuerlich drein und schrieb etwas in ihren Notizblock, aber Richter Willard und Richter Horner lächelten. Machten sie sich über ihn lustig?

»Das ist alles«, sagte Richter Horner. »Danke. In dieser Sache können wir auf eine Anhörung der mündlichen Argumentation der Verteidigung verzichten.«

»Aber ...« sagte Watson. Er spürte, wie der Boden unter seinen Füßen wankte. Er wurde entlassen, noch bevor er Gelegenheit gehabt hatte, seine Argumentation vorzutragen! Warum? Hatte er so abgrundtief versagt, daß sie ihn nicht einmal mehr anhören wollten? War sein Schriftsatz *so* schlecht? War Whitlows Fall *so* hoffnungslos?

»Wir werden unsere Entscheidung in diesem beschleunigten vorgezogenen Revisionsverfahren wahrscheinlich irgendwann nach der Mittagspause bekanntgeben«, sagte Richter Horner. »Das ist alles. Sie können sich setzen.«

Watson sperrte den Mund auf und starrte den Richter verständnislos an.

Richter Willard beugte sich vor und nickte, dann scheuchte er ihn mit einer Handbewegung fort.

»Aber –« begann Watson.

»Das wäre *alles*«, sagte Richter Horner, und sein Ton gab zu verstehen, daß er im Begriff stand, seinen Platz zu verlassen und Watson eigenhändig vom Podium zu entfernen.

Blitzartig erschien vor Watsons geistigem Auge die morgige Schlagzeile des *Post-Dispatch*: HASSTAT-ANKLAGE IN ZWEITER INSTANZ BESTÄTIGT: RICHTER STANGS ENTSCHEIDUNG SUMMARISCH ABGEWIESEN.

Watson nahm seine Mappe an sich und wankte zu seinem Platz, eine Reihe vor Myrna, zurück. Die Hälfte der Anwälte lächelte ihm zu, und die andere Hälfte steckte die Köpfe zusammen und flüsterte. Machten sie sich über ihn lustig? Weil das Achte Revisionsgericht ihm nicht einmal gestattet hatte, seinen Fall vorzutragen? Lachten sie über ihn? War der Fall dermaßen aussichtslos, daß das Gericht beschlossen hatte, auf die Anhörung der mündlichen Argumentation zu verzichten?

Myrna strahlte. Donahue und Harper verließen gerade den Gerichtssaal.

»Sie haben mich nicht reden lassen«, flüsterte Watson. »Meine Argumentation. Sie haben mich nicht ...« Seine sorgfältige Darlegung, sein meisterliches Opus über Zusatzartikel 1 – sein Schriftsatz! –, aus dem er eine Zusammenfassung destilliert hatte, die auf eine einzige Seite von halbfett gedruckten Überschriften und Falltiteln paßte, die wiederum Ausgangspunkte fünfminütiger stringentester Ausführungen zu allen möglichen Rechtsfragen darstellten, die vom Gericht hätten aufgeworfen werden können? Fragen, die gar nicht gestellt worden waren? Die ganze Darlegung umsonst? Nutzlos? Keiner Anhörung würdig?

»Sie haben mich überhaupt nicht reden lassen«, wiederholte Watson, dem sich beim Anblick von Myrnas strahlendem, lächelndem Gesicht der Magen umdrehte.

Sie zog ihn auf ihre Höhe hinunter und flüsterte ihm ins Ohr: »Weil du schon gewonnen hast, du großer dummer Blödmann.«

Siebenundzwanzigstes Kapitel

Watson fand seinen Mandanten in einem Krankenhausbett vor, halb aufgestützt, die Hände und Füße durch Ledermanschetten an stählernen Seitengeländern fixiert. Die Riemen ließen ihm gerade so viel Bewegungsfreiheit, daß er den *Post-Dispatch* in den Händen halten und darin Artikel über sich lesen konnte. Ohne Haare wirkten seine Züge noch strenger und hoben sich vom Weiß des Kissenbezugs und der Kopfbandage ab.

»Sie sind sein Anwalt, stimmt's?« sagte ein Pfleger, der, den Finger an einem Bedienungselement, auf der anderen Seite des Bettes stand.

Ein Motor surrte, und der Kopfteil des Bettes hob sich langsam an.

»Ich bin sein Anwalt«, sagte Watson und erinnerte sich an die Freude, die er einst beim Gedanken verspürt hatte, eine natürliche – wenngleich rassistische – Person zu vertreten, die zu Unrecht angeklagt wurde, aus rassistischen Motiven gemordet zu haben. Weit schwerer zu benennen waren da die Gefühle, die ihm jetzt das Wissen verursachte, einen Rassisten zu verteidigen, der möglicherweise *wirklich* all das getan hatte, was man ihm vorwarf – und noch mehr.

Der Pfleger berührte Whitlows Turban aus Verbandmull. »Ich muß den Verband wechseln und noch etwas antibiotische Salbe auf die Wunde auftragen.« Er machte sich daran, die Binden abzuwickeln, während Whitlow seine Zeitung zusammenfaltete und geduldig wartete.

»Da werd ich wie ein Köter eingeschläfert«, sagte Whitlow vergnügt, »und wie ich wieder aufwach, hör ich, daß mein Verteidiger dem Staatsanwalt in der Zwischenzeit den Arsch eingetreten hat. Und he«, fügte er hinzu und zeigte Watson mit einer eng ausholenden Geste seine neue Bleibe. »Ich bin nicht im Knast! Ich lieg im Krankenhaus.«

»Freuen Sie sich besser nicht zu früh, Jimmy«, sagte Watson und hoffte, sein Mandant würde das Diminutivum bemerken und sich fragen, woher sein Anwalt es hatte. »Es könnte noch immer zum Prozeß kommen, oder der Bundesanwalt könnte eine erneute Revisionsverhandlung *en banc* verlangen, das heißt, eine nochmalige Verhandlung vor einem siebenköpfigen Gericht. Er könnte sogar bis zum Obersten Bundesgericht gehen, wenn er wollte. Er muß die Vorteile eines möglichen Sieges gegen das Risiko abwägen, während seines Senatswahlkampfes eine weitere Schlappe von der Art einstecken zu müssen.«

Der Pfleger hob die letzte Lage Mull von Whitlows kahlrasiertem Kopf ab, und darunter wurde ein von Kreuzstichen zusammengehaltener sichelförmiger Einschnitt sichtbar. Der Pfleger quetschte Salbe aus einer Tube und verteilte sie entlang der zornroten Naht, während Whitlow zusammenzuckte, aber den Kopf stillhielt. Der Pfleger beendete seine Arbeit, legte Whitlow einen neuen Verband an und verließ das Zimmer.

»Und was auch passiert«, fügte Watson hinzu, »um eine Anklage wegen Totschlags werden Sie nicht herumkommen – und das im günstigsten Fall.«

»Ich weiß nur eins: daß die meinen Kopf, wie's aussieht, jetzt nicht mehr kriegen«, sagte Whitlow, der seine Zeitung wieder aufgeschlagen hatte. »Wenn die Totschlag anbieten, greifen Sie zu.«

Er warf seinem Anwalt einen Seitenblick zu. »War die Sache mit meinen Anfällen also scheinbar *doch* wichtig für meinen Fall, hm?«

Watson setzte sich auf einen Stuhl neben dem Bett. »Ja. Sie läßt sich zweifellos als psychischer Defekt oder Geisteskrankheit bezeichnen. Anscheinend hatten Sie eine Zyste, die entfernt werden mußte.«

»Und die haben doch gemeint, daß ich beim Strafurteil billig davonkommen könnte, wenn die Operation meine ganzen Wutanfälle und meine miese Einstellung in Ordnung bringt, nicht?«

»Der Wortlaut der Einverständniserklärung erweckt diesen Eindruck«, sagte Watson. »Es wäre allerdings besser gewesen, Sie hätten die Ärzte aufgefordert, sich zuerst mit mir in Verbindung zu setzen. Wenn man die Papiere sorgfältig durchliest, sieht man, daß die Anklagebehörde sich lediglich dazu verpflichtet, bei der Strafurteilsanhörung die ärztlichen Untersuchungsergebnisse, die Einverständniserklärung und dazu eine nicht sehr überzeugende Empfehlung für ein mildes Urteil einzureichen.«

»Aber vorher machen die doch noch ein paar weitere Psychotests mit mir, nicht? Und wenn's so aussieht, wie wenn die Operation was genützt hat, dann komm ich vielleicht billiger weg, hm?«

»Möglich«, sagte Watson.

»Na ja, Sie dürfen's ruhig rumerzählen«, sagte Whitlow. »Ich bin nicht mehr derselbe Mensch. Die Ärzte haben mir nen nagelneuen Hirnkasten verpaßt.«

»Wirklich?« fragte Watson.

»Und wie«, sagte Whitlow. »Das ist ein medizinisches Wunder.« Er bedachte Watson mit einem großäugigen, zärtlichen Blick. »Zum erstenmal in meinem Leben weiß ich, wie das ist, nicht zu hassen. Es ist so ein Gefühl ...«

»Sie fühlen sich also besser?«

»Besser?« sagte Whitlow. »›Besser fühlen‹ ist das, was man von einer Hundert-Dollar-Nutte kriegt. Ich red nicht von besser *fühlen,* Anwalt. Ich red davon, daß ich keine Nigger mehr hasse. Nigger sind genauso viel wert wie jeder andre auch. Es gibt sogar massenhaft weißen Abschaum, der ein ganzes Stück mieser ist als der durchschnittliche farbige Neger. Das weiß ich jetzt. Das ist mir so sonnenklar wie Kloßbrühe.«

Watson musterte das Gesicht seines Mandanten nach etwaigen Anzeichen von Tücke oder Sarkasmus und fand nur freudigen Optimismus.

»Nehmen Sie zum Beispiel diese Zeitung«, sagte Whitlow. »Früher war's so, daß ich die Scheißzeitung nicht lesen konnte, ohne daß mir sämtliche Sicherungen durchgeknallt sind. Kucken Sie her, direkt hier«, sagte er und zeigte auf einen Artikel, dessen Überschrift das Wort *Entscheidungsfreiheit* enthielt. »Das geht um Abtreibungen. Also früher, wo ich noch diese Zyste hatte, da hab ich so was gelesen, und da ist mir in der Birne ne Brandbombe losgegangen, weil ich gesagt hab: ›Kuck dir diese gottverdammte Scheiße an! Das ist echt ein gottverfluchter Massenmord, was da vor unserer Nase abläuft. Zwei Millionen Babies, die jährlich ins Klo gespült werden. Und die nennen das Freiheit!‹ Und dann hab ich meinen Kumpel Buck angerufen, und wir haben uns überlegt, daß wir losziehen sollten und uns einen von diesen blutsaugerischen Abtreibergeldsäcken schnappen und dem vielleicht die Rübe abhacken und am Zaun von der Klinik aufhängen.«

Whitlow schüttelte den bandagierten Kopf, als dächte er mit Bedauern an sein früheres Ich zurück. »Heute hab ich die Zeitung in die Hand genommen, ich hab diesen Artikel gelesen, und ich hab zu mir gesagt: ›Jimmy‹, sag ich, ›ist das nicht ein herrliches Land, wo wir drin leben, wo wir in wichtigen Dingen alle verschiedner Meinung sein können und uns trotzdem zum Essen alle an denselben Tisch setzen können?‹ Ich hab gesagt: ›Jimmy, gehört das auf der Welt nicht irgendwie dazu, daß die Leute verschieden sind? Was wär, wenn wir alle gleich wären? Das wär doch ne stinklangweilige Scheiße, oder?‹«

Er sah von seiner Zeitung auf. »Jetzt kann ich denken«, sagte er ernsthaft. »Jetzt ist mir alles sonnenklar. Natürlich weiß ich, daß Sie mir das jetzt nicht glauben. Deswegen sollten Sie vielleicht *mir* das Reden überlassen, wenn's darum geht, das dem Richter zu verklickern. Aber wenn ich hier rauskomm, will ich mir nen Job bei der Familienplanung besorgen. Ich weiß, Sie denken jetzt bestimmt, ich sag das nur so. Aber ist das nicht total logisch? Ich meine, *Entscheidungsfreiheit* ist doch das einzig Logische überhaupt, oder nicht? Kein Mensch sagt, Sie *sollen* Ihr Baby umbringen. Kacke, Mensch, nein! Was wir sagen, ist, Sie haben die *Wahl*: Sie können Ihr Baby *umbringen*, oder Sie können Ihr Baby *behalten*. Weil das hier Amerika ist, richtig? Was mir echt auf die Eier geht, ist, daß ich das früher nicht gerafft hab, weil ich diese Scheißzyste im Kopf hatte, daß mein Gehirn nur noch halb soviel Platz hatte wie normal. Die hat so auf irgendwelche Leitungen gedrückt, und deswegen bin ich immer bei der Sache mit den Babies hängengeblieben. Es geht gar nicht um die Babies. Es geht um die Entscheidungsfreiheit. Das ist alles wegen den Frauen, daß die auch Rechte haben sollen. Und ohne die Gehirnoperation hätt ich das nie gerafft.«

Watson starrte Whitlow so konzentriert an, daß er fast vornüberkippte.

»Und wissen Sie was«, sagte Whitlow mit leuchtenden Augen, »das reicht mir nicht, einfach nur zu *kapieren,* was ich früher nicht gerafft hab, obwohl das sonnenklar ist. Der neue Jimmy will irgendwie *noch* nen Schritt weitergehn. Der neue Jimmy ist erst zufrieden, wenn er sich überlegt hat, wie er es *noch* besser machen kann. Also sag ich mir, wir geben den Frauen *noch* mehr Rechte, *bessere* Rechte, und als Draufgabe noch mal zwölf Monate Entscheidungsfreiheit dazu. Weil angenommen, diese armen Frauen *glauben* nur, daß sie ein Baby wollen, und wie es raus ist, da merken die, es ist gar nicht so, wie sie's gewollt hatten, oder es ist überhaupt nur ne verdammte Nervensäge. Was dann? Der neue Jimmy Whitlow kann Ihnen sagen, was dann, nämlich, wir gehen einfach *noch* nen Schritt weiter und verlängern die Entscheidungsfreiheit bis zum ersten Geburtstag, damit man sicher ist, daß die Frau wirklich weiß, wo sie sich drauf einläßt, bevor wir die zwingen, das Blag aufzuziehen. Sehen Sie? *Noch* mehr Entscheidungsfreiheit«, sagte er. »Und warum? Weil die mir diesen Scheißtumor aus dem Kopf rausgeholt haben, deswegen.« Whitlow wandte sich wieder seiner Zeitung zu.

»Die sagen immer noch, daß ich Nigger hasse?« fragte er.

»Ich glaube schon«, sagte Watson.

Whitlow schüttelte noch einmal den Kopf, als sei er sein eigener aufsässiger halbwüchsiger Sohn. »Warum *war* ich nur so? Warum konnte ich nicht einfach *gut* sein? Wissen Sie«, sagte er, die Stirn in nachdenkliche Falten gelegt, »ich glaub, mir war schon die ganze Zeit *klar,* daß ich schlecht war. Ich meine, was die meisten Leute schlecht nennen würden. Ich war mir sicher, wenn ich gestorben wär, so plötzlich tot umgefallen, dann wär ich direkt in die Hölle gekommen. Wenn ich überhaupt drüber nachgedacht hab, dann hab ich fest damit *gerechnet,* da hinzukommen, weil ich gar nicht anders konnte, als schlecht zu denken und zu handeln. Aber irgendwo war mir schon klar, glaub ich, daß das nicht richtig sein konnte. Es *konnte* nicht sein, daß ich ganz einfach schlecht war und daß mir keine andere Wahl blieb, als in die Hölle zu kommen. Irgendwas *mußte* passieren.«

Er sah wieder zu Watson auf. »Einmal bin ich während einem echt üblen Gewitter über ne Weide gelaufen, damit mich der Blitz trifft, wie beim Paulus. Und dann wär ich einfach aufgewacht und wär ein andrer gewesen. Aber das hat nie hingehauen, und im Lotto hab ich auch nie gewonnen. Aber diese Operation.« Er öffnete die Hände und sah an die Decke. »Das ist ein Wunder. Ich bin ein andrer Mensch.«

Er blätterte um und schlug die Zeitung wieder auf. »Und hier ist noch so ne Sache, die ich mit meinem neuen Gehirn gelesen hab. Sehen Sie hier, von wegen daß die die Steuern erhöhen wollen, damit die mehr für Medicare ausgeben können? Also wenn ich noch der alte Jimmy wär, dann hätt ich sonstwas geflucht, daß ich die Arztrechnungen für meinen Jungen nicht zahlen kann, weil die Regierung mir meine paar Kröten nimmt und schiebt sie den Alten rein, wo die mehr Geld haben als ich. Ich selbst bin nicht krankenversichert, aber für diese *Halbtoten* soll ich Krankenversicherung zahlen, damit die sich noch nen zweiten Herzschrittmacher einbauen können und dann in Florida Golf spielen.«

Sein Kopf wiegte sich langsam unter der Last der Erinnerungen aus seiner Vergangenheit. »Das war der *alte* Jimmy Whitlow. Denn wenn ich heute lese, daß die Regierung wegen Medicare die Steuern erhöhen will, dann sag ich mir: ›Jimmy‹, sag ich mir, ›ist das nicht toll, wie die Regierung versucht, alten Wichsern wie Harmon Mayhew zu helfen, der ein paar Häuser weiter von uns wohnt? Harmon geht auf die Achtzig und tut den ganzen Tag nix anderes wie saufen, und davon wird ihm leicht schlecht, weil er nämlich nix ißt – säuft einfach nur Jim Beam. Der hat ne Riesengarage voll von Oldtimern, die über ne Million wert sein sollen. Aber der denkt nicht dran, auch nur einen davon zu verkaufen. Und Gott sei Dank braucht er das auch gar nicht, obwohl er ständig zum Arzt muß, wo er aber nix zahlt, wegen Medicare. Und der Rettungswagen ist schon zweimal gekommen – nee, warten Sie, dreimal –, weil er andauernd mit einer brennenden Kippe im Bett einschläft. Also *das* geb ich Ihnen schriftlich, ohne Medicare wär Harmon schon seit zwanzig Jahren tot. Und deswegen, wie ich heute morgen in der Zeitung lese, daß die Medicare-Steuern steigen sollen, da sag ich mir: ›Jimmy, ist das nicht toll, daß die Regierung meine Kröten nimmt, um Harmon Mayhew davon ne neue Leber zu kaufen?‹ Verstehen Sie?« sagte Whitlow und faßte sich seitlich an den Kopf. »Weil die mir rausgeholt haben, was da drin am Drücken war. Jetzt sehe ich die Dinge, wie sie wirklich sind.

Aber wie gesagt, nur *sehen* reicht mir jetzt nicht mehr. Ich muß noch einen Schritt weitergehen. Der alte Jimmy Whitlow hätte gedacht: ›Sprengen wir ein Regierungsgebäude in die Luft, bevor die uns unser *ganzes* Geld abknöpfen und es irgendwelchen alten Pennern hinten reinstecken, für Atemgeräte oder was weiß ich.‹ Aber mein neues Gehirn? Mein neues Gehirn kommt auf so ne tolle Idee, weil das Blut jetzt überall an die richtigen Stellen fließt. Das ist mir wie so ein Blitz gekommen, wie man den Leuten klarmachen kann, daß Steuern nur dazu da sind, daß den andren Leuten geholfen wird. Was die machen müßten, ist ein Gesetz, daß die, statt daß die einem die Steuern automatisch vom Lohn abziehen, einem das ganze Geld lassen. Aber dann müßte man nach dem neuen Gesetz einmal im Monat sein Geld von der Bank holen und ein paar Häuser weitergehen und es Harmon Mayhew *geben*, richtig von Mensch zu Mensch, in die Hand drücken, und allen anderen alten halbtoten Wichsern in der Nachbarschaft, die Medicare kriegen, auch. Dann könnte man die gute Tat direkt in live und Farbe sehen. Man könnte sich sagen: ›Jimmy oder so, du kannst zwar kein Penizillin für deinen Jungen kaufen, aber dein Junge ist ja auch noch nicht am Verrecken wie der arme Harmon, und kuck dir nur an, wie dein Geld diesem hilflosen scheintoten besoffenen alten Furzer, der sich nicht mal mehr seine versifften Schuhe selber zubinden kann, also, wie das dem geholfen hat. Für dein Geld haben die dem alten Wichser eine neue mechanische Leber gekauft, die mehr kostet als ganz New Jersey, und die hat auch noch Räder unten dran, so daß er die mitnehmen kann und den ganzen Tag auf dem Golfplatz rumschieben, wenn er seine Bälle schlägt.‹ Wenn man die Sache auf *die* Art durchziehen würde, dann würd sich kein Mensch mehr über die Steuern beschweren. Nein, Sir!«

»Was war in den Aktenkoffern, Jimmy?« fragte Watson.

»Den was?« fragte Whitlow.

»Den Aktenkoffern, die hinten in Ihrem Auto lagen. Was war darin?«

»Uff!« sagte Whitlow zusammenschaudernd. »Sie machen mir angst, Anwalt. Ich hab nicht den blassesten Schimmer, von was Sie da eigentlich reden. Das macht mir angst, wissen Sie, warum? Weil die in Minnesota von derselben Sache mit der Amnisie geredet haben, wo wir uns drüber unterhalten haben, wie ich noch drüben in Des Peres war. Sind Aktenkoffer etwas, wo ich mich dran erinnern sollte?«

»War es Geld? War es Geld, was Sie und Buck aus dem Auto holen wollten?«

»Ganz langsam«, sagte Whitlow und streckte seine gefesselten Hände aus. »Der Arzt hat mir Ruhe verordnet. Das ist alles zuviel für mich. Sollte ich für Buck einen Aktenkoffer abholen? Helfen Sie mir auf die Sprünge.«

»Sie hatten gesagt, Buck könnte vielleicht einiges Geld besorgen, wenn er an Ihr Auto rankäme, erinnern Sie sich?«

Whitlow schüttelte den Kopf und zischte: »Shit. Sehen Sie? Typisch Anwalt. Ich muß mit der Todesstrafe rechnen. Ich versuch, mich so gut ich kann wieder hochzurappeln, nachdem die mir mein Gehirn operiert haben. Und Sie? Sie wollen von Geld reden?«

»Zwei Typen haben mich in Ihrem Auto bis zu meinem Büro verfolgt, Jimmy, und sie wollen wissen, was aus der Lieferung geworden ist«, sagte Watson mit zitternder Stimme. »Erinnern Sie sich, wie Sie in Des Peres waren? Die Angst, die Sie da hatten? Weil irgendwelche Leute Sie umbringen wollten? Nun, jetzt wollen irgendwelche Leute *mich* umbringen, weil sie hinter dem her sind, was Elvin Brawley zu Ihnen nach Haus gebracht hatte.«

»Warten Sie«, sagte Whitlow und faßte sich mit der gefesselten Hand an die Schläfe. »Da klingelt irgendwas, aber ganz, ganz schwach. Dieser Name …«

»Das Opfer«, sagte Watson. »Der taube Schwarze, den Sie erschossen haben.«

»Das ist es«, sagte Whitlow. »Die hatten mir gesagt, daß so was passieren könnte.« Er schüttelte den Kopf. »Ich seh jetzt alles so viel klarer, und ich weiß, was richtig und was falsch ist, und der Haß ist völlig weg, aber an irgendwelche Fakten und so kann ich mich nicht ums Verrecken erinnern. Ich glaub, speziell der ganze Scheiß, der so um die Zeit rum passiert ist, wo der Afroamerikaner gestorben ist, den haben die mir rausgeschnitten. So wie die's mir erklärt haben, brennen die's mit Laser da raus und saugen Teile vom Gehirn mit Glasröhrchen ab. Ist weg.«

»Dann vergessen Sie eben den Mord«, sagte Watson. »Aber es gibt ein paar Sachen, die ich wissen *muß*.«

Whitlow runzelte die Stirn. »Das Gesetz sagt, daß man keine Nigger hassen soll. Wenn man Nigger haßt, dann heißt das eben, daß man ein kranker, abartiger, durchgeknallter Scheißkerl ist. Also hab ich gesagt: ›Okay, ich will keine Nigger hassen, wenn ich da was gegen tun kann.‹ Und die haben gesagt: ›Mit ein Grund, warum Sie Nigger hassen, ist, weil Sie einen Tumor haben, und der drückt auf so bestimmte Teile von Ihrem Gehirn, so daß Sie nicht einsehen, daß es falsch ist, Gewalt anzuwenden und Nigger zu hassen.‹ Also hab ich gesagt: ›Schön, da brauchen wir kein Wort weiter drüber zu verlieren. Schneiden Sie mich einfach auf und holen Sie die Teile raus, die Ihnen nicht gefallen, und dann sehen wir weiter.‹ Und die haben gesagt: ›Klar, aber das könnte irgendwelche Nebenwirkungen haben, wie daß Sie vielleicht nicht mal mehr wissen, wie Sie zum Teufel eigentlich heißen, wenn wir mit Ihnen fertig sind.‹ Und was hab ich da gesagt? Hab ich vielleicht nein gesagt? Ich hab gesagt: ›Holen Sie diesen schlechten Teil von meinem Gehirn da raus. Hebe dich weg, Satan! Ich werd mit einem neuen Gehirn wiedergeboren, das keine Nigger haßt.‹ *Das* hab ich gesagt. Ich hab meinen Teil getan. Aber jetzt kann ich mich an rein gar nix mehr erinnern, was mit dieser Mordgeschichte zu tun hat. Das ist alles hinter einem dicken Nebel verschwunden.

Und außerdem, das war der alte Jimmy Whitlow. Den gibt's gar nicht mehr. Der ist weg. Und wenn ich irgendwas von irgendwelchen Aktenkoffern gewußt haben sollte – tja, das ist dann offenbar eben auch weg.«

Achtundzwanzigstes Kapitel

»Es stinkt«, sagte Richter Stang. Sein Rücken war, wie gewöhnlich, den Anwälten zugekehrt, und Watson und Harper, die wie gewöhnlich standen, konnten lediglich seine graubehaarte Kopfhaut sehen, die wie ein verwitterter Felsbuckel über den rotledernen Horizont der Drehsessellehne ragte. Der Richter blätterte in der Akte und den jüngsten Beweisvorlagen und Beweisanträgen in Vereinigte Staaten./.Whitlow. Watson hatte Kopien von Mary Whitlows Untersuchungsergebnissen, einschließlich ihrer Aussage, sie habe während der letzten sieben Jahre mit niemandem außer ihrem Ehemann Geschlechtsverkehr gehabt. Er hatte auch mit Markerstift ausgezeichnete Kopien von Mary Whitlows TTT-Kommunikationen mit dem Opfer beigelegt, aus denen hervorging, daß sie ihn am Tag nach Erhalt ihrer Diagnose auf Gonorrhö zu einer weiteren Zeichensprachstunde zu sich nach Haus eingeladen hatte, ihm mitgeteilt hatte, ihr Mann werde dann nicht in der Stadt sein, und sie wolle, daß er sie »mit seinen Gebärden berühre«.

Stangs Assistentinnen hatten die wichtigsten Punkte der Vorlagen herausdestilliert, sie zu einem einseitigen Memo zusammengefaßt und dieses an den Deckel der Mappe geheftet, in der sich die Dokumente befanden. Der Richter sah von den Unterlagen auf und starrte aus dem Fenster, in die Betrachtung des Mississippis versunken, der wie ein runzliger Guß von kaltem Blei unter einem sonnenlosen Himmel dahinströmte.

»Dieser Fall stinkt zum Haßhimmel, meinen Sie nicht, Mr. Harper?« sagte der Richter. Er zog einen Zigarrenabschneider aus der Uhrtasche seiner uralten grauen Weste, ließ die Klinge des guillotineartigen kleinen Gerätes zurückschnappen und starrte in das runde Loch.

»Aber soweit ich erkennen kann, fallen diese degoutanten Varietäten von Haß unter keine der in Ihrem Gesetz aufgeführten Kategorien. Könnte die Staatsanwaltschaft diese ganze Schweinerei nicht zu einer durch unterschiedliche Geschlechtszugehörigkeit motivierten Straftat umfunktionieren? Ich meine, wir haben einen Mann, und wir haben eine Frau, und es ist offenkundig, daß die beiden sich gegenseitig hassen. Könnten wir nicht den Standpunkt vertreten, daß sie sich *aufgrund* ihres jeweiligen Geschlechts hassen?«

Harper räusperte sich und verlagerte sein Gewicht leicht von einem Bein auf das andere. »Unsere Behörde hat die Möglichkeit einer Anklage nach Gewalt-gegen-Frauen-Gesetz in Erwägung gezogen, aber zu einer Anklageerhebung ist es vorläufig noch nicht gekommen.«

»Weil alle Rassenfieber und Haßfieber im Hirn hatten, als sie die erste Aussage der Frau zu Protokoll genommen haben«, sagte der Richter, »und es jetzt zu spät ist, um noch nachträglich ein paar niederträchtige sexistische Äußerungen zu interpolieren, mit denen sich eine Anklage wegen geschlechtlich motivierter Straftat stützen ließe. Ich verstehe.«

Harper empörte sich über die richterliche Unterstellung. Er öffnete den Mund und holte tief Luft. Dann sackten seine Schultern herab, und sein Mund klappte wieder zu.

»Diesen Fall umweht tatsächlich ein entschieden menschlicher Gestank«, sagte der Richter. Der Drehmechanismus seines Schreibtischsessels knarrte, als er seinen Blick auf den Fluß um einige Grad korrigierte.

»Ich habe den Eindruck, Mr. Watson, daß Sie die Staatsanwaltschaft ein wenig schußscheu gemacht haben. Mr. Donahue läßt sich nicht blicken, und der Fall ist wieder in die erfahrenen Hände Mr. Harpers gelegt worden.«

»Mr. Donahue bat mich, ihn zu entschuldigen«, sagte Harper. »Unaufschiebbare Verpflichtungen riefen ihn nach Washington, D.C. Er wird für die Dauer der nächsten zwei Wochen nicht verfügbar sein, danach allerdings wird er diesem Fall fast seine gesamte Energie widmen können – bis zu dessen endgültigem Abschluß.«

Der Richter kicherte leise. »Das ist süß, Mr. Harper, so süß, daß mir die Plomben weh tun. Mr. Donahue glaubt doch wohl nicht im Ernst, daß dieser psychotische Fetisch, den er als Fall zu bezeichnen beliebt, meine Prozeßliste noch zwei Wochen lang vollstinken wird, oder etwa doch?«

»Herr Richter, ich –«

»Das wird ein *feiner* Prozeß, Mr. Harper. Ihre Haßtheorie ist vom Tisch, desgleichen die Konföderiertenfahnen und Tätowierungen. Worauf wollen wir denn jetzt hinaus – Verkehrsunfall mit Todesfolge? Unbefugtes Festmachen eines Wasserfahrzeugs?«

»Mr. Donahue ist sich vollkommen der Tatsache bewußt, daß die Situation –«

»Wie oft möchte er diesen Fall denn noch in Farbe auf sämtlichen Titelseiten verlieren, Mr. Harper?«

»Herr Richter, ich kann nicht für Mr. Donahue sprechen, wenn es um seine –«

»*WAS!?*« brüllte der Richter so laut, daß Watson seine Gesichtshaut unter dem Aufprall der Schallwellen erschaudern fühlte. »SIE KÖNNEN *WAS* NICHT?«

Harper warf Watson einen kurzen Blick zu und rang um Worte: »Ich habe gesagt –«

»Sie können nicht für Mr. Donahue *sprechen*? Ich gewärtige Grauenvolles für Ihre Seele und Ihren Leib, Mr. Harper, wenn Sie mir erzählen wollen, daß Sie zu einem Vergleichsgespräch kommen, ohne zur Schließung eines Vergleichs ermächtigt zu sein. Wenn das wahr ist, wird der Geist Ihrer beruflichen Zukunft ruhelos durch diese Hallen wandern, bis Ihre abscheulichen, widernatürlichen Verbrechen restlos verbrannt und verweht sind. Sie haben Vollmacht, nicht wahr? Volle, uneingeschränkte Entscheidungsbefugnis?«

»Herr Richter«, sagte Harper. »Ich bin nur ein stellvertretender Bundesanwalt. Ein so aufsehenerregender Fall wird zuallermindest Mr. Donahues Genehmigung erfordern, vielleicht sogar die Genehmigung unserer vorgesetzten Washingtoner Behörde. Ich kann nicht –«

Der Richter wirbelte in seinem Drehsessel herum und warf den Heftordner auf seinen Schreibtisch. Er griff sich an die Brust und knurrte Harper an: »Es ist Freitag, und es ist vierzehn Uhr«, sagte er und starrte grimmig zu Harper empor, der zu Tode erschrak – wahrscheinlich, weil der Richter ihn in all den Jahren kaum eines Blickes gewürdigt und noch viel weniger der vollen Wucht eines direkten Blickkontakts ausgesetzt hatte. »Draußen auf dem Korridor, fünf Meter von meiner Tür entfernt, befindet sich ein Münzfernsprecher. Begeben Sie sich zu diesem Fernsprecher, Mr. Harper. Nehmen Sie den Hörer ab, und *finden* Sie Mr. Donahue. Erklären Sie ihm, daß er Ihnen die volle und uneingeschränkte Befugnis erteilen wird, diesen Fall *heute* abzuschließen, oder ich werde ihn und jeden anderen, dessen Genehmigung erforderlich sein sollte, um Vereinigte Staaten gegen Whitlow zu erledigen, vorladen lassen. Und dann lasse ich sie von den Marshals IN KETTEN AUF IHREN FETTEN STAATSÄRSCHEN HIER HEREINSCHLEIFEN! *RAUS!*«

»Ja, Herr Richter«, sagte Harper und wich in Richtung Empfangsbüro zurück, wo Ida saß und strickte.

Ida hob die Hand und berührte den Lautstärkeregler ihres fleischfarbenen Hörgeräts, dann blickte sie kurz zu Mr. Harper auf. »Ruft der Richter nach seinem Tee?«

»MR. HARPER!« brüllte der Richter.

»Ja, Euer Ehren«, sagte Harper und erstarrte an der Türschwelle.

»Falls Sie kleine Kinder oder sonstige familiäre Angelegenheiten haben, mit denen Sie sich das Wochenende über befassen müßten, dann treffen Sie bitte geeignete Vorkehrungen, damit jemand anders diese Pflichten übernimmt. Wir werden hierbleiben, in diesem Gerichtsgebäude, bis der Fall von meinem Schreibtisch ist. Das ganze Wochenende, wenn nötig, verstanden? Und falls ich sterbe oder Sie sterben oder falls es uns, aufgrund höherer Gewalt oder göttlichen Willens, nicht gelingen sollte, diesen Fall bis spätestens Montag früh zu erledigen, dann teilen Sie Mr. Donahue mit, daß die Verhandlung um neun Uhr dreißig beginnt. Montag morgen. Ist das klar?«

»Ja, Herr Richter«, sagte Harper.

»Sagen Sie ihm auch, daß wir dieselbe Geschworenenliste benutzen werden wie in dieser Drogenkuriersache, die sein Büro letzte Woche verloren hat. Erinnern Sie sich? Die Sache, wo der Angeklagte zwei Kilo in seiner Golftasche hatte, ein Geständnis unterzeichnet, Kaution hinterlegt und dann gefragt hat, ob er seine Drogen wiederhaben könne, bevor er das Gefängnis verließ? Fragen Sie Mr. Donahue, ob er sich erinnert, wie die Geschworenen auf die scharfsinnigen Ausführungen der Anklagebehörde reagiert haben. Nicht schuldig! Ich werde in dieser Sache *dieselbe* Geschworenenliste benutzen. Montag morgen. RAUS!«

»Ja, Herr Richter«, sagte Harper und ging durch Idas Büro hinaus.

»Die Herrentoilette ist die dritte Tür rechts«, sagte sie, als er vorbeiging.

»Sie wissen das wahrscheinlich noch nicht«, sagte der Richter zu Watson, »weil Sie noch neu in dem Metier sind. An Bundesgerichten werden Geschworene in turnusmäßig wechselnden Auswahllisten für jeweils sechs Monate verpflichtet. Am Ende der sechs Monate kenne ich jeden einzelnen Geschworenen. In meinem Alter habe ich sie alle schon zweimal vorher gesehen. Wenn ich es mir in den Kopf setze, kann ich die eine oder die andere Seite ganz einfach dadurch linken, daß ich die Geschworenenliste so aufstelle, daß die Seite, auf die ich es abgesehen habe, alle ihr zustehenden Ablehnungen ohne Angabe von Gründen vergeuden muß und am Ende trotzdem auf einer Jury sitzenbleibt, die gegen sie entscheiden wird. Merken Sie sich das. Bundesrichter haben die so ziemlich unumschränkte Macht, einem Anwalt den Fall nach Strich und Faden zu versauen, wenn er ihnen irgendwie blöd kommt. Jetzt haben Sie was Neues gelernt.«

Während Richter Stang sprach, brach ein Sonnenstrahl durch die Wolken und fiel schräg durch das Fenster.

»Ah«, sagte der Richter, »darauf hatte ich die ganze Zeit gewartet.« Er lehnte sich zurück, bis seine Schultern einen Fleck warmes Sonnenlicht abbekamen. »Nur weiter so, Sonne.« Er blickte über die Schulter in den aufklarenden Himmel. »Wenn die Wolkendecke völlig aufreißt, haben wir den Fall in einer Stunde vom Tisch.«

Watson lächelte und sah auf das langsam größer werdende Wolkenloch. Er fragte sich, ob der Richter damit meinte, er werde eine göttliche Macht auf die Versammlung herabbeschwören, auf daß sie die Dämonen aus den Gehirnen der Anwälte austreibe und deren streitbare Natur besänftige.

»Eine Entscheidung läßt sich durch Terror oder Sanftheit erzwingen. Zuckerbrot oder Peitsche. Ich persönlich bevorzuge den Terror, aber heute werden Sie beides erleben. Mr. Harper ist ein Golfnarr, und wissen Sie was? Es ist Freitag.

Zehn nach zwei, nach meiner Uhr. Wahrscheinlich versucht er, rechtzeitig draußen in Bellerive zu sein, wo er – ich würde sagen, um fünf – zu einer Viererpartie erwartet wird. Und wenn die Sonne draußen bleibt, ist dieser Fall spätestens Viertel nach vier vom Tisch. Bis dahin werde ich Mr. Harper einer verbalen chinesischen Wasserfolter unterziehen.«

Watson hörte nicht auf, an allen, wie er hoffte, richtigen Stellen der richterlichen Rede zu lächeln und zu nicken, bis der Richter verstummte und ihm in die Augen sah.

»Ihre Minimaxpunkte sind?« fragte er. »Ach was, vergessen Sie's«, sagte er und wischte den Gedanken mit einer knochigen Hand beiseite. »Die Staatsanwaltschaft wird gleich ankommen und so tun, als sei sie wer weiß wie großzügig, wenn sie sich mit Mord im Affekt begnügt, was Sie nach den Strafzumessungsrichtlinien auf Stufe dreiunddreißig brächte. Nicht unter elf Jahren. Was würde Ihr Mann dazu sagen?«

»Ich würde ihm empfehlen, das nicht anzunehmen, Herr Richter«, sagte Watson. »Wenn es sein muß, sind Ms. Schweich und ich bereit, Montag früh in die Verhandlung zu gehen. Sie könnte die Frau des Angeschuldigten, die Hauptbelastungszeugin, ziemlich häßlich aussehen lassen.«

»Sie könnten das ebenso«, sagte der Richter. »Aber dann hätten Sie noch den Unsicherheitsfaktor der Jury. Worauf sind Sie aus?«

»Totschlag, Herr Richter. Aber Totschlag ist das, was ich am Ende herausbekommen will. Wenn ich damit anfange, wird die Anklage versuchen, mich einen dicken Punkt heraufzuhandeln, auf Mord im Affekt.«

»Mit Totschlag kämen Sie auf Stufe fünfundzwanzig der Zumessungsrichtlinien. Fünf Jahre ist das niedrigste Strafmaß, das ich da verhängen kann. Wahrscheinlich würde man ihn vorzeitig entlassen.«

»Vorsätzliche Tötung als einziger Anklagepunkt«, sagte Watson. »Und wegen des chirurgischen Eingriffs und der folgenden Tests müßte meinem Mandanten gestattet werden, einen möglichst großen Teil der Strafe in gerichtspsychiatrischen Einrichtungen zu verbüßen.«

»Was, wenn Mr. Harper nein sagt?« fragte der Richter.

»Damit fordere ich ihn praktisch auf, ein paar Runden auf einem Fahrrad ohne Sattel zu drehen.«

»Dann sehen wir ihn Montag morgen im Gerichtssaal und holen uns *da* Totschlag oder ein noch besseres Urteil«, sagte Watson. »Vielleicht mache ich einen Fehler. Ich habe noch eine weitere Bedingung. Mit der Urteilsabsprache sollen sämtliche aus dem fraglichen Ereignis erwachsenden Anklagepunkte, einschließlich solcher Anschuldigungen, die sich auf etwaige in der auf dem Militärstützpunkt gelegenen Wohnung des Angeschuldigten und dessen Ehefrau sowie im Kofferraum seines am Tattag abgeschleppten Kraftfahrzeugs sichergestellte Beweismittel stützen könnten, abgegolten sein. Unter dieser Voraussetzung würden wir uns mit Totschlag einverstanden erklären.«

Mr. Harper erschien an der Tür von Richter Stangs Amtszimmer.

»Mit voller Entscheidungsbefugnis zurück, Mr. Harper?«

»Ich habe bis zu einem gewissen Punkt volle Befugnis, bestimmte –«

»VOLLE, UNEINGESCHRÄNKTE ENTSCHEIDUNGSBEFUGNIS!«

Des Richters Stimme trieb Watsons Nervus cochlearis bis an die Grenze seiner Leistungsfähigkeit, und Watson fragte sich nicht zum erstenmal, wo Richter Stang seinen Vorrat an Dezibels aufbewahren mochte. Er hätte Gott vom Sinai brüllen und Moses um sein Hörvermögen bringen können. Der Richter preßte sich die knotigen Finger an das hervortretende Geäder seiner Schläfen. Dann breitete er seine fleckigen grauen Hände sorgfältig auf der Schreibtischplatte aus, als wollte er einen stumpfen Gegenstand ergreifen und zur Vereitelung eines Gewaltverbrechens schreiten. Er starrte auf seine Finger hinab – fleischlose Phalangen und Gefäßwerk, in pergamentne Haut gehüllt.

»Rufen Sie Mr. Donahue noch einmal an«, sagte er langsam und beherrscht, »und erklären Sie ihm, daß ich absolut sicher sein will, daß Sie uneingeschränkte Vollmacht haben, vorsätzliche Tötung anzubieten. Stufe fünfundzwanzig der Richtlinien. Sagen Sie ihm, daß ich Sie nicht ums Verrecken dazu bringen werde, sich damit einverstanden zu erklären, daß es aber in diesem Stadium der Verhandlungen für mich unverzichtbar sei, der Gegenseite versichern zu können, daß Sie uneingeschränkte, volle, absolute Befugnis haben, sich mit einem Vergleichsangebot von einem einfachen Fall von vorsätzlicher Tötung einverstanden zu erklären.«

»Aber –«

Der Richter hob die Hand und scheuchte Harper mit einer einzigen herrischen Geste aus dem Zimmer.

Sobald Harper verschwunden war, kniff Richter Stang die Augen zusammen und blickte wieder hinauf in den aufklarenden Himmel.

»Ida. Bringen Sie mir ein paar Vergleichsvordrucke! Die zugunsten der Verteidigung, bitte. Ach, und den Brief von Mr. Spence.«

Der Richter schmunzelte in sich hinein, und Watson lächelte höflich, als teile er den Grund seines Vergnügens.

»Holen Sie sich von draußen einen Stuhl«, sagte der Richter.

Watson ging in das Empfangsbüro und kam mit einem Stuhl zurück.

»Setzen Sie sich, setzen Sie sich«, sagte der Richter. »Also, ich kann der Staatsanwaltschaft nur unter der Voraussetzung die Daumenschrauben anlegen, daß Sie bereit sind, gegebenenfalls am Montag vor Gericht zu ziehen. Sind Sie auf die Verhandlung vorbereitet?«

»Wir sind bereit«, sagte Watson.

Der Richter schmunzelte wieder.

»Ich habe Ihnen schon von meinem alten Jagdkumpan drüben in Wyoming erzählt. Sie haben wohl schon von Mr. Spence gehört. Gerry Spence? Er veranstaltet auf seiner Ranch in Wyoming jedes Jahr ein dreißigtägiges Seminar für Prozeßanwälte, und von Zeit zu Zeit beschwatzt er mich, da mitzumachen. Er stellt mich auf ein Podium und läßt mich zwei junge Anwälte terrorisieren, die derweil versuchen, vor einer Scheinjury einen Fall vorzutragen. Ich schreie sie an, bis sie käseweiß werden. Ich erniedrige und demütige sie, indem ich sie hochnotpeinlichsten Befragungen unterziehe. Und anschließend saufen wir uns alle die Hucke voll. Ein Heidenspaß.«

Watson lächelte und bekam bei der bloßen Vorstellung das kalte Grausen.

»Wir haben da so eine kleine Spielszene, durch die wir jungen Anwälten beibringen, wie wichtig es ist, vor Gericht gut präpariert zu erscheinen. Wir bombardieren sie mit Fragen, bis wir einen Bereich unzureichender Vorbereitung entdecken, was, wie Sie sich denken können, nicht allzu schwierig ist, wenn man, wie ich, seit vierzig Jahren in dem Geschäft ist. Wie auch immer, sobald wir die Schwachstelle lokalisiert haben, holen wir zwei hungrige Dobermänner herein. Der eine heißt Marbury und der andere Madison. Sie tragen breite geschmiedete Stachelhalsbänder, und in die eisernen Namensschilder ist ein lateinischer Sinnspruch eingraviert. Das ist eine etwas längere Geschichte, denn einmal hatten wir einen Richter als Gastdozenten dabei, der in seiner Jugend Metallarbeiter gewesen war, den alten Richter Short – inzwischen tot und begraben ... wahnsinnig komischer Kauz – jedenfalls stammte die Idee von ihm.«

»Lateinische Sprüche in die Halsbänder zu gravieren?« fragte Watson mit einem nervösen Lachen, da er liebend gern Konversation machen wollte, aber sich nicht sicher war, ob der Richter von einem realen Ereignis sprach oder von ... etwas anderem.

»Klar doch«, schmunzelte Richter Stang. »Der verrückte alte Bock hat's mit einer Lötlampe gemacht.« Er lachte. »Mann. An dem Abend waren wir besoffener als zehn Strandhaubitzen.«

Watson lachte entgegenkommend, als wollte er sagen: *Junge, Junge, das Gefühl kenn ich! Man trinkt ein paar Bierchen, und eh man sich's versieht, hat man die alte Lötlampe hervorgekramt und sucht wie verrückt nach ein paar gußeisernen Hundehalsbändern, in die man lateinische Sentenzen einbrennen könnte.*

»Nun?« fragte Richter Stang.

»Ja?« fragte Watson.

»Der lateinische Spruch. Ich kann ihn Ihnen verraten, aber das wäre Betrug, weil –«

Ida erschien und reichte dem Richter ein einzelnes Blatt Papier. Der Richter nahm es entgegen und gab es an Watson weiter.

»Wie auch immer, man muß schon ein vielversprechender

junger Strafverteidiger sein, um bei Mr. Spence' Seminar für Prozeßanwälte aufgenommen zu werden. Aber Gerry hat mich neulich wegen einer Beweissache angerufen, und wir sind ins Plaudern gekommen. Ich habe ihm von Ihrer Situation hier erzählt und auch von Ihrer Stippvisite beim Achten Revisionsgericht im Auftrag dieses Burschen. Und ehe ich mich versehe, kommt dieser Brief von ihm.«

Watson nahm den Brief, den der Richter ihm hinhielt, und las die kurze Mitteilung, Watsons Bewerbung um die Teilnahme am Prozeßanwaltsseminar im kommenden August sei angenommen worden. Unterzeichnet war mit »Herzliche Grüße, Gerry«.

»Und das ist echt?« fragte Watson. »Es ist kein Scherz?«

»Scherze sind lustig«, sagte der Richter. »Sie werden Marbury und Madison kaum lustig finden«, fügte er mit einem verschwörerischen Schmunzeln hinzu.

»Aber hier steht: ›Wir freuen uns, Ihre Bewerbung anzunehmen.‹ Ich habe mich doch gar nicht beworben.«

»Ich habe das für Sie mündlich getan«, sagte der Richter.

»Aber –« fing Watson an und bremste sich, bevor er den Rest des Satzes aussprechen konnte: ... *ich dachte, Sie sind Iwan der Schreckliche?* »Ich glaube, ich träume«, sagte Watson. »Danke ...« *Mal sehen,* hielt er wieder inne, *ich kann schlecht »Danke, Mann« sagen. Wie wär's mit: »Danke, Herrgott«?* »Vielen herzlichen Dank, Euer Ehren. Ich habe alles gelesen, was Mr. Spence geschrieben hat. Ich würde zehn Staatsanwälte ermorden, nur um die Chance zu bekommen, ihn im Gerichtssaal zu sehen.«

Richter Stang streckte seine Hand aus. »Meinen Glückwunsch. Sie sind ein ausgezeichneter Anwalt, was nicht viel heißt.«

Watson spürte, wie seine Hand von der knöchernen Klaue Iwans des Unglaublichen umklammert wurde.

»Ms. Schweich ist eine ausgezeichnete Anwältin«, sagte Richter Stang. »Sie leistet hervorragende Arbeit. Aber mit Ihnen habe ich Höheres im Sinn.«

Er blickte auf seinen überquellenden Aschenbecher. »Bald werde ich tot sein«, sagte er. »Und ich hoffe, die Schuld daran den Zigarren geben zu können. Aber wer wird sich dann um all diese armen, dummen, schuldigen Scheißer kümmern, die der Staatsanwalt Tag für Tag hier hereinschleift? Ich sehe es gern, wenn ab und zu ein guter Anwalt für sie in die Schranken tritt. Wenn nach meinem Tod wieder mal ein hoffnungsloser schuldiger Unverbesserlicher mit dem Grips eines hirngeschädigten Spatzen aufkreuzen sollte, der einen Anwalt braucht, dann hoffe ich, daß Sie an mich denken werden und ihm unter die Arme greifen.«

»Das werde ich, Herr Richter«, sagte Watson. »Das verspreche ich.«

»Das weiß ich«, sagte der Richter. »Sie werden an mich denken, weil auch ich ein hoffnungsloser Unverbesserlicher bin. Heute nachmittag treffe ich mich auch mit Ihrem ehemaligen Boss, Mr. Mahoney. Er bringt mir mein gekautes Sägemehl vorbei, und wir werden einen kleinen Plausch über gewisse Unregelmäßigkeiten halten, zu denen es im Zusammenhang mit Ihrem Ausscheiden aus der Firma gekommen ist. Sie halten sich da raus. Wir sind alle vom Fach und verstehen unser Geschäft«, sagte der Richter. »Und Stern, Pale ist eine ausgezeichnete alte Firma – eine Kanzlei von unbestreitbarem Format. Ich weiß, daß sie unablässig, immer und überall darauf bedacht ist, selbst den leisesten Anschein von Unkorrektheit zu vermeiden, wenn es um Dinge wie die Entlohnung von Associates, Bonuszahlungen und so weiter geht.« Er hielt inne und zwinkerte. »Und ich weiß, daß Mr. Mahoney nichts Eiligeres zu tun haben wird, als seine Pflicht zu erfüllen und jegliche etwaige Befürchtungen meinerseits hinsichtlich ausbleibender Entschädigungen mit der Vertretung mittelloser Angeklagter betrauter Anwälte zu zerstreuen. Ja, ich kenne ihn so gut, daß es mich nicht überraschen würde, wenn zusätzlich zum fälligen Bonus noch eine kleine Entlassungsabfindung herausspränge.«

Harper erschien an der Tür.

»Kommen Sie herein, Mr. Harper, wir frischen gerade unsere Lateinkenntnisse auf.« Er krümmte einen Finger und deutete auf Watson. »*Prius vitiis laboravimus, nunc legibus*«, sagte er. »Das ist der Spruch, den der alte Richter Short in die Hundehalsbänder einbrannte.«

»›Früher mit Lastern haben wir gearbeitet‹«, stotterte Watson, »›jetzt mit Ge –‹«

»Fast«, sagte der Richter. »›Früher machten uns die Laster zu schaffen, jetzt die Gesetze.‹ Mr. Harper, notieren Sie sich das.«

Harpers Hand schnellte zur Hemdtasche und tastete nach einem Stift.

»Nun, Mr. Harper, Sie sind wieder da, und ich gehe davon aus, daß es so lang gedauert hat, weil Sie Vollmacht erhalten haben, jeden Fall im Östlichen Distrikt von Missouri außergerichtlich zu erledigen. Während Ihrer Abwesenheit habe ich Mr. Watson die Pistole an die Brust gesetzt und ihm sein allerletztes Wort herausgepreßt, und jetzt beabsichtige ich, das gleiche mit Ihnen zu tun. Haben Sie volle Entscheidungsbefugnis für Totschlag?«

»Ja, Euer Ehren«, sagte Harper, »aber nur, weil ich Mr. Donahue versichert habe, daß Sie nicht –«

»Haben Sie ENDGÜLTIGE, VOLLE und UNEINGESCHRÄNKTE Befugnis für Totschlag?« gellte der Richter.

»Ja, Euer Ehren«, sagte Harper.

»Gut«, sagte der Richter. »Denn Mr. Watson ist so jung und verrückt und unerfahren, daß er sich einbildet, er habe einen Freispruch in der Tasche und den Beginn einer wunderbaren Laufbahn als Strafverteidiger vor sich.«

»Mit allem gebührenden Respekt, Euer Ehren«, sagte Harper. »Ein Mensch ist ermordet worden. Ein behinderter Farbiger.«

Der Richter schloß die Augen und faßte sich an die silbergrauen Schläfen.

»Mr. Harper«, sagte der Richter, sich zur Ruhe zwingend, »Ihre Haßschubkästchen sind längst auf dem Müll gelandet! Wir brauchen nichts mehr davon zu hören. Wenn Sie noch *ein einziges Mal* den Begriff ›Rasse‹, ›Behinderung‹ oder ›Haß‹ in den Mund nehmen, kippe ich diesen Aschenbecher auf den Boden aus, verkünde laut und vernehmlich Ihre Sünden und weise Sie an, selbige nach meinem Diktat in die Asche zu schreiben. Haben Sie mich verstanden?«

»Ja, Herr Richter«, sagte Harper und warf einen kurzen Blick durch das Fenster, in den sonnigen Himmel.

»Nun«, sagte der Richter und hob den Deckel seines Humidors, »ich weiß, daß wir einen durch Fremdeinwirkung ums

Leben Gekommenen haben, weswegen das uns beschäftigende Ereignis ja auch als Tötungsdelikt bezeichnet wird. Aber je weiter wir mit der Sache voranschreiten, desto mehr will es scheinen, daß die Anklagebehörde sich möglicherweise auf den falschen Täter eingeschossen hat. Was, wenn die Ehefrau ihrem Dreckskerl von einem Ehemann übel mitgespielt und ihm etwas angehängt hätte? Sie können schlecht kehrtmachen und sich auf einmal auf *sie* stürzen, nicht wahr? Weil Sie dann nämlich wie juristische Dorfdeppen dastünden und aus Ihrer einzigen Zeugin eine Mitangeklagte würde. ›Hoppla, kleiner Versprecher! War keine Haßtat, es war ein Ehestreit.‹ Die Presse würde Ihre Innereien auf Seite eins ausbreiten.«

»Herr Richter«, sagte Harper, sich windend und mit den Füßen scharrend.

»Wenn ich bereit bin, Ihre Argumentation zu hören, werde ich es Sie wissen lassen. Ida setzt gerade eine Vereinbarung zur Erledigung dieser Sache auf. Der Angeklagte wird sich des vorsätzlichen Totschlags für schuldig bekennen, und die Staatsanwaltschaft wird sich auf diesen einzigen Anklagepunkt beschränken. Mr. Watson hat dem noch ein paar beiläufige Bemerkungen bezüglich der erfolgten und noch erfolgenden ärztlichen Behandlung und des Ausschlusses etwaiger am Tatort und im Wagen des Angeklagten vorgefundener Beweismittel hinzuzufügen. Ich bin sicher, daß er dafür seine Gründe hat. Die Vereinbarung wird gerade auf Papier mit Ihrem Briefkopf getippt. Ich rechne damit, daß Sie sie unterzeichnen werden.«

»Herr Richter, ich sehe mich vollkommen außerstande, die Anklage auf einen einfachen Totschlag zu beschränken. Mr. Donahue wird –«

»Sie brauchen nicht zu unterschreiben«, sagte Richter Stang. »Wir können die Sache auch auf die altmodische Weise erledigen und uns Montag morgen mit dieser verspielten, lebenslustigen Jury zusammensetzen, die letzte Woche Ihren Rauschgifthändler freigesprochen hat.«

»Herr Richter, ich –«

»Sparen Sie sich Ihre Argumente auf«, sagte der Richter und verstummte kurz, während er seine Zigarre in Brand steckte. »Bis Montag vormittag ist es noch lang hin.« Er wandte sich in seinem Drehsessel zum Fenster zurück und gab sich mit einem genußvollen Seufzer der erneuten Betrachtung seines Flusses hin. »Und draußen verspricht es, ein wirklich schöner Tag zu werden. Da bekommt man doch richtig Lust, alles hinzuschmeißen und auf einen gepflegten Gin Tonic in den Country Club zu fahren. Möchten Sie sich vielleicht setzen, Mr. Harper?«

Watson sah Harper an, dem erst jetzt auffiel, daß Watson auf einem Stuhl saß. »Wenn ich ehrlich sein darf, Herr Richter«, sagte Harper, »würde ich mich wirklich gern setzen.«

»Nun, sobald Sie sich bereit erklärt haben, die Urteilsabsprachen zu unterzeichnen, bitte ich Ida, uns zusammen mit den Ausfertigungen einen Stuhl zu bringen.«

Harper blickte gereizt auf den kahlen richterlichen Scheitel. »Ich bitte aufrichtig um Vergebung, Herr Richter, aber Totschlag kommt in dieser Sache wirklich nicht in Frage«, protestierte er.

»Mr. Harper, ich hoffe, Sie haben es nicht eilig, denn es gibt da noch ein paar Dinge, die ich mit Ihnen und Mr. Watson besprechen möchte. Und ich möchte diese Dinge zu einem Abschluß führen, bevor ich Ihre Argumente zur Begründung der Feststellung, es sei Ihnen nicht möglich, die Anklage auf einfachen Totschlag zu beschränken, in Erwägung ziehe.

Heute morgen habe ich auf der Fahrt hierher zu Doris gesagt ... Doris, das ist meine Frau, sie chauffiert mich neuerdings, wegen meines grauen Stars. Kann's sein, daß Sie sie kennen?«

»Ich muß gestehen, Herr Richter, daß ich –« sagte Harper.

»Wie auch immer, Sie machen sich gar keine Vorstellung, welch lebhaftes Interesse Doris an allen Belangen des Gerichts hat. Seit nunmehr vierzig Jahren wanke ich allabendlich hinter ihr durch die Tür und setze mich an den Küchentisch, und Doris nimmt gewöhnlich eines dieser großen, eleganten, langstieligen Weißweingläser mit Goldrand, die wir vor sechzig Jahren zu unserer Hochzeit geschenkt bekommen haben, und sie füllt es mir bis zum Rand mit Jack Daniel's, und dann sagt sie: ›Nun, Whit, sind dir heute irgendwelche abgeänderten oder ergänzenden Schriftsätze betreffend Klagehäufungen oder einzelstaatliche Zuständigkeitsansprüche in schwebenden Verfahren vorgelegt worden?‹ Und ich sage: ›Nein, Doris, wir befassen uns mit nichts mehr an diesem Gericht – nichts außer Drogen, Schußwaffen und Bürgerrechten.‹ Und sie sagt darauf: ›Nun denn, Whit, wurden dann heute die verfassungsmäßigen Rechte eines dieser armen *pro-se*-Angeklagten mit Füßen getreten, oder haben irgendwelche Knastjuristen selbstverfertigte Haftprüfungsgesuche eingereicht – oder wie steht es mit diesen verzwickten rechtshemmenden Nebeneinwänden oder *res judicatae*, über die wir einst halbe Nächte traulich zu verplaudern pflegten?‹ Und darauf sage ich: ›Das war einmal, Doris. Es gab eine Zeit, da genügte es, daß ein Häftling ein bißchen zu lang auf seine zwei Aspirin warten mußte, damit uns eine dreiwöchige Verhandlung beschert wurde, doch jetzt sind's nur Drogen, Schußwaffen, Diskriminierung am Arbeitsplatz und Haßtaten.‹

›Wohlan denn‹, sagt sie, ›hat das Bundesjustizministerium irgendwelche weiteren Substanzen entdeckt, deren Genuß es gesetzlich unterbinden möchte, da er die Menschen moralisch verderben und zu amoralischen Kreaturen verkommen lassen könnte?‹ Sie interessiert sich brennend für Fragen des Suchtmittelmißbrauchs«, sagte der Richter mit nachdrücklichem Nicken. »Wirklich brennend, denn sie weiß sehr wohl, wie wichtig es ist, daß der Staat die Kontrolle über die chemische Zusammensetzung des Blutes seiner Bürger hat.«

»Herr Richter«, sagte Harper verzweifelt, »wir haben keineswegs ... Das hier ist keine Drogensache. Wir sind nicht hier, um –«

»Oh«, sagte der Richter, ihm mit erhobener Handfläche Einhalt gebietend, »ich weiß durchaus, daß Ihre Mission sich auf einer gänzlich anderen Ebene bewegt als derjenigen bloßen Drogenmißbrauchs. Ihr Auftrag lautet, Mord und Haß abzuschaffen. Und Sie könnten genau der Anwalt sein, nach dem ich suche. Nach allem bisher Gesagten werden Sie begriffen haben, daß Doris überaus regen Anteil an der diesen geheiligten Hallen obliegenden Pflege des Bundesrechts nimmt, daher sagte ich heute morgen zu ihr: ›Doris, ich spüre es förmlich in diesen alten Knochen, daß heute etwas anderes geschehen wird. Ich erwarte heute nachmittag zwei Anwälte zur außergerichtlichen Erledigung jenes ehemaligen Haßtatfalles, der nunmehr zu einem simplen Fall von Totschlag geworden ist. Und ich weiß ganz einfach, daß etwas anderes geschehen wird.‹ Und sie sagte: ›Aber Whit, was redest du nur? Du verabscheust Vergleichsgespräche. Du sagst doch immer, es ist der ewig gleiche Mist aus dem Arsch der ewig gleichen Böcke. Was könnte da schon anders sein?‹«

Harper seufzte und hob den Blick vom Kopf des Richters zum Fenster, wo weiße Flöckchen von Kumuluswolken mit vollen Segeln über einen strahlendblauen Himmel zogen.

»›Doris‹, sagte ich«, fuhr der Richter fort, »und Tränen entquollen diesen zwei Fenstern meiner Seele.« Die Anwälte sahen Richter Stangs Ellbogen, als er offenbar mit beiden Zeigefingern auf seine Augen deutete. »Und ich sagte: ›Doris, ich *weiß* einfach, daß ich heute nachmittag ein brandneues Argument aus dem Munde einer neuen Gattung Anwalt hören werde. Ich werde die erstaunlichste Erläuterung fundamentaler menschlicher Wahrheiten vernehmen, seit Aristoteles das Lykeion peripatetisch durchwandelte und die Metaphysik erörterte. Dieser Anwalt hat die tadellosesten Qualifikationen. Er ist zum Bersten voll von Integrität und sondert aus all seinen Poren katonischste Rechtschaffenheit ab. Er ist ein Anwalt der Bundesanklagebehörde. Sein Name ist Michael Harper, Esquire. Er ist ein Assistant United States Attorney. Er ist immer bestrebt, in meinem Gerichtssaal sein Bestmögliches zu leisten, da er weiß, daß ich ihm andernfalls jeden einzelnen Fall, den er mir von nun an bis an sein unseliges Ende vorsetzen wird, ungespitzt in den Arsch rammen würde. Doris‹, sagte ich, ›ich werde mich abplacken, werde mit Menschen- und mit Engelszungen reden, damit die Anwälte sich auf Totschlag einigen, aber Mr. Harper wird darauf nicht eingehen. Statt dessen wird Mr. Harper sagen: ›Das ist leider unmöglich, Herr Richter, und ich will Ihnen auch sagen, warum.‹«

Der Richter paffte zweimal an seiner Zigarre.

Harper öffnete den Mund.

Der Richter fuhr fort: »›Und dann‹, sagte ich zu Doris, ›wird mir Mr. Harper erklären, warum. Doch bevor dies geschieht, wird sich eine große Stille über mein Amtszimmer senken. Ehrfürchtige Scheu wird allenthalben ausbrechen gleichwie die Ruhe vor dem Sturm, gleichwie das atemlose Schweigen, das sich der gesamten Schöpfung bemächtigen wird vor der Wiederkunft des Herrn.‹ Und Doris sagte zu mir: ›Ach, Whit, sei doch nicht so melodramatisch! Komm endlich zur Sache!‹ Und ich sagte: ›Nein, Doris. Du verstehst nicht! Vierzig Jahre lang habe ich auf die Art von Argument gewartet, die Mr. Harper mir heute vorsetzen wird. Vierzig Jahre lang bin ich durch Wüsteneien juristischen Sands und Staubs geirrt, ausgedörrt von Lug und Trug und Hinterlist. Vierzig Jahre lang habe ich eines Messias geharrt! Mich verlangt es, das Gelobte Land des Neuen Bundesrechts zu schauen! Und Mr. Harper wird es mir zeigen. Er wird mein Moses sein. Ich bin mühselig und beladen! Einzig Michael Harper kann mich erquicken. Und wenn Gevatter Tod dereinst an meine Tür klopft, kann Mr. Harper, wo immer er dann sein mag, mit dem Haupte nicken und zu sich sagen: ›Ich habe an Richter Stang gerecht gehandelt.‹«

Zwei weitere Züge an der Zigarre und ein längeres Schweigen.

Harper setzte atemholend noch einmal zum Sprechen an.

»›Dann und erst dann‹, sagte ich, ›wird Mr. Harper sprechen. Und da er spricht, wird mein Herz schneller schlagen, werden mir die Augen aus dem Kopfe treten, denn ich werde aus Mr. Harpers Mund eine Argumentation vernehmen, die meinen Glauben an die Jurisprudenz wiederherstellen und mein Vertrauen in die grundsätzliche Güte des Menschen erneuern wird. Mit einem einzigen Streich wird diese seine Argumentation soziale Gerechtigkeit und Würde des einzelnen zur vollkommenen Deckung bringen, und sie wird die hohen Ideale der Verfassung mit den bescheidensten städtischen Verordnungen zusammenführen. Diese Argumentation wird so scharfsinnig, so tiefgründig und glitzernd von Partikeln von Süßigkeit und Licht sein, die dem Leuchtfeuer der Vernunft entströmen, daß ich aus meinem Sessel stürzen und auf meine greisen Knie fallen werde. Sir William Blackstone, Oliver Wendell Holmes und der ›Gelehrte Hand‹ werden ihren Gräbern entsteigen und, neben mir, gleichfalls auf die Knie fallen! Ich werde im Lichte von Mr. Harpers staunenerregender Einsicht baden und mit meinen törichten Ohren schlackern vor Verwunderung, daß es einem Anwalt meines Gerichts bestimmt sein sollte, einen unvergänglichen Platz einzunehmen unter den bedeutendsten Rechtsgelehrten der Menschheitsgeschichte.«

Er verstummte, legte seine knotigen Hände auf die Armlehnen seines Sessels und wartete.

»Ich will heimkehren und Doris sagen können, daß ich recht hatte. Ich will mich heute abend zu Tisch setzen und sagen: ›Es ist geschehen! Ich habe ein juristisches Argument gehört, das den vergangenen vierzig Jahren meines Lebens Sinn und Rechtfertigung geschenkt hat.‹«

Harper stellte seinen Aktenkoffer auf den Boden, hob die Hände und hielt sich die Ohren zu.

»Ich biete einen einfachen vorsätzlichen Totschlag an«, sagte er.

Neunundzwanzigstes Kapitel

Als Watson Richter Stangs Amtszimmer verließ, war er kein frischgebackener Anwalt mit einem Pflichtfall mehr. Er war ein Koloß, der das Gerichtsgebäude der Zukunft beherrschte. Er marschierte die Korridore der Macht entlang, an schimmernden, mit Travertin und geädertem Marmor getäfelten Wandelhallen vorbei – ein siegreicher Gladiator im Kolosseum für das neue Millennium. Staatsanwälte sah er weit und breit keine – sie kauerten wahrscheinlich in irgendwelchen kleinen Bürokratenkabuffs, auf daß Watson der Starke sie nicht unter seiner Ferse zerquetschte. *Vielleicht klingle ich beim alten Gerry durch und erzähl ihm, wie die Urteilsabsprache ausgegangen ist,* dachte er. Wäre Myrna dagewesen, hätte sie ihm eine Schubkarre geholt und ihm geholfen, diese zwei dicken fleischigen Kanonenkugeln, die ihm zwischen den Schenkeln bammelten, darauf zu wuchten. Schieres Kernholz. Instrument der Herrschaft.

Er stieg in einen Fahrstuhl, lehnte sich gegen ein stoffbespanntes Kirschholzpaneel und ließ ein paar andere Anwälte, Gerichtsbeamte, Geschworene und dergleichen mehr – Fußvolk, das noch immer nicht ahnte, wer in seiner Mitte stand – an seinem expandierenden persönlichen Raum teilhaben. Er mußte sich zusammennehmen, um sich nicht zu räuspern und dem Plenum zu verkünden: »Ist euch eigentlich klar, daß ich gerade die Anklagebehörde der Vereinigten Staaten von Amerika besiegt habe!? Hab sie wie ein Haufen dummer Jungen erscheinen lassen! Sie in Grund und Boden beschämt. Ich ganz allein!« Er fühlte sich wie der junge Bill Gates nach einer dieser schicksalhaften Unterredungen mit dem IBM-Bonzen James Cannavino. Big Blue, von einem vierundzwanzigjährigen Silikonfreak ohne College-Abschluß ausgenommen. J. Random Hacker im Siegestaumel. *Ich hab's ihnen besorgt! Mit Autorität. Freßt flammenden Tod, Krieger des Bundes! Ich bin der CarnageMaster!* Und das Beste an der ganzen Sache – es war kein Multimediaspektakel mit MMX-Brille und Active-X Plug-ins. Es war die Wirklichkeit. Fleisch, Blut und Knochen, und das richtige Geld zeichnete sich auch schon irgendwo am Horizont ab, er konnte es förmlich riechen. Sein Gehirn überlegte sich, daß es sich vielleicht bei Lloyds versichern sollte.

In der Eingangshalle begann er, ein heiteres Quodlibet aus dem Kaiserkonzert und einem Stück aus seiner High-School-Zeit, »Take the Skinheads Bowling« von Camper van Beethoven, vor sich hin zu summen. Er bog nach rechts ab und hielt auf die Fahrstühle zur Tiefgarage zu. Er hob die Augen und sah die Snackbar, wo er an jenem schicksalhaften Tag von Arthur eine »kleine Erfrischung« spendiert bekommen hatte. Sein ehemaliger Boss erschien jetzt wie ein mediokrer, unbedeutender Anwalt, der sich in Watsons neuem, langem Schatten verlor, und es erschien wie ein passender Abschluß einer Ära, dort noch einmal auf eine Cola einzukehren – den Becher zu heben zur Feier des Triumphes und zum Andenken an die abgeschüttelten Ketten.

An der Kasse saß wieder, den langen weißen Stock hinter sich an die Wand gelehnt, derselbe Blinde auf seinem Hocker und fuhr mit den Fingerspitzen über die Seite einer anderen Braille-Publikation.

»Tag«, sagte Samurai Watson, nahm sich eine Giga-Dose Coke und stellte sie auf die Theke. »Cola«, sagte er. »Eine große.«

Sobald dieser Bonus eintrudelt, dachte er, *sollte ich vielleicht mit hundert Anteilen bei Cola einsteigen.* Er konnte das ja mit R. J. abklären und ihm das stolze Bewußtsein schenken, daß sein Arbeitstier von einem Schwiegersohn nach Möglichkeiten suchte, ein wenig Startkapital zu investieren.

Der Blinde tippte auf die Tastatur seiner Registrierkasse.

Watson wuchtete seine Brieftasche heraus – prall gefüllt mit Zwanzigdollarscheinen von Buck und dessen Anwältin. Er zog eine hübsche, knisternde neue Banknote heraus und reichte sie dem blinden Kassierer. Dieser nahm sie, rieb sie zwischen den Fingerspitzen und stutzte.

»Ich nehme auch Cashewnüsse«, sagte Watson, fischte eine längliche Tüte aus dem Warenkorb neben der Kasse und ließ sie auf die Theke fallen.

Der blinde Kassierer runzelte die Stirn und rieb noch einmal den Geldschein, während Watson einen Blick auf die ausgelegten Zeitschriften warf – *Esquire, Glamour, People, George,* durchweg bepflastert mit Hochglanzfotos von gutbestückten Frauen in reizvoll sparsamer Garderobe. Fit-for-Fun-Puppen mit schwellenden Brüsten an gertenschlanker Gestalt. Elegante Zauberinnen und bestrickende Lustmaiden. Watson hörte einen Piepton, schenkte ihm aber keine Beachtung, da er sich gerade auf optischem Wege mit straffem Frauenfleisch vollsog.

Ist das nicht komisch, daß Männermagazine und *Frauenmagazine grundsätzlich halbnackte Puppen auf der Titelseite haben?* Wär was für einen Soziologen. *Hat* wahrscheinlich etwas zu bedeuten. Nicht, daß es ihn gekümmert hätte, *was* es bedeutete. Er wußte nur eins: daß die meisten dieser kostspielig entblätterten Bienen höchstwahrscheinlich darauf aus waren, sich mit einem richtigen Kerl zu paaren – einem von der Sorte, der sich horrende Honorare dafür zahlen ließ, daß er Bundesanwälten ins Kreuz trat. »Alpha! Wir wollen dich!« schienen sie zu sagen, wie sie ihre quellenden Dekolletés darboten, ihre offenen Kirschenlippen zu lockendem Schmollmund schürzten und allerlei lordoseverdächtige Stellungen einnahmen. Dann schoß ein Geistesblitz durch das neue Gehirn, von dem sein Mandant so gern erzählte, und das Zeitschriftenrätsel war gelöst: Die Männer würden sich gern mit diesen verführerischen Puppen *paaren,* und die Frauen *wären* gern diese verführerischen Puppen. Wahnsinnsentdeckung. Siehe Henry Adams, »Der Dynamo & die Jungfrau«. Siehe auch Marcel Duchamps, »Die Neuvermählte, von ihren Junggesellen entkleidet«.

»Sir«, sagte der Blinde mit einem beunruhigten Ausdruck im Gesicht.

»Was?« sagte CarnageMaster Watson. *Den Krieger dürstet! Welche profanen Widrigkeiten könnten der Stillung besagten Dursts entgegenstehen?*

»Der Apparat zeigt an, daß Ihre Banknote ... fehlerhaft ist«, sagte der Mann höflich. »Hätten Sie vielleicht eine andere?«

Watson nahm den Geldschein zurück. Er war weder verknittert noch alt, noch verschmutzt, noch angerissen, wie die typischen Scheine, die von Geldwechselautomaten nicht angenommen werden. Es war ein absolut einwandfreier Zwanzigdollarschein. Aber ehe er eine Staatsaffäre daraus machte und sich mit einem Blinden anlegte, dachte er, holte er doch lieber einfach einen neuen hervor, und er tat's. Ausnahmsweise hatte er ja genug davon – Dutzende direkt in seiner Brieftasche und ganze Versandtaschen voll hinten in seinem Auto.

»Hier ist eine andere«, sagte Watson und legte dem Mann die Banknote in die Hand. Dann machten sich seine Augen wieder selbständig und begannen erneut, unter rosigen Hochglanztitelseiten zu weiden. Er bekam nicht einmal mit, daß es wieder piepste – wahrscheinlich weil seine männliche Sehrinde gerade im orange- bis pinkfarbenen Bereich arbeitete und seinem akustischen Kortex kaum etwas Blut übrigließ.

»Sir«, sagte der Kassierer.

»Was?« sagte Watson und riß seine Netzhäute von der strohblonden kurvigen Mieze auf dem Titelblatt von *Esquire* los.

Als der Mann ihm jetzt auch noch den zweiten Geldschein zurückgab, dachte Watson: *Dieser Scheißkasten muß in die Werkstatt, Mann. Wenn das Mistding nicht wäre, könnte ich mir ein paar von diesen Zeitschriften kaufen.*

»Sir«, sagte der Kassierer höflich, »der Apparat meldet, daß beide Banknoten nicht echt sind, und ich kann Ihnen versichern, daß sie sich auch nicht echt *anfühlen*. Hier im selben Gebäude, im ersten Stock, finden Sie Währungsexperten des Secret Service. Das ist eine Abteilung des Finanzministeriums, so wie die Alkohol-, Tabak- und Schußwaffenbehörde. Sie sind für Währungsfragen zuständig. Wenn Sie sich an *sie* wenden möchten ...«

Watson sah auf die üppige Füllung von Zwanzigern aus Bucks Anwältins Sendung, die seine Brieftasche blähte, und sein System hängte sich auf. *DIESE ANWENDUNG WIRD AUFGRUND EINES UNZULÄSSIGEN ZUGRIFFS BEENDET. ALLE ANWENDUNGEN SCHLIESSEN UND COMPUTER NEU STARTEN.*

»Das kommt von Zeit zu Zeit schon vor«, erklärte der Mann mit freundlicher Stimme. »Wenn sie erst einmal in Umlauf gebracht sind, breiten sich solche gefälschten Banknoten schnell aus. Der Secret Service wird davon erfahren wollen. Gehen Sie einfach den Korridor dort rechts entlang, und dann nehmen Sie den Aufzug in den ersten Stock.«

Watsons Mund stand noch immer offen. Seine Fingerspitzen rieben an den Geldscheinen in seiner Brieftasche. *DRÜCKEN SIE STRG+ALT+ENTF, UM DEN TASK ZU BEENDEN UND DEN COMPUTER NEU ZU STARTEN. DABEI GEHEN NICHTGESPEICHERTE DATEN IN DEN AKTIVEN PROGRAMMEN VERLOREN.* Er brauchte einen Vulkanischen Nackengriff, einen Dreitastengruß und Warmstart. *Abbrechen, Wiederholen, Fehler?*

»Verdammter ...«

»Keine Sorge«, sagte der Kassierer. »Normalerweise werden sie durch echte Banknoten ersetzt, aber zuerst muß man die richtigen Formulare ausfüllen und angeben, wo man die gefälschten Scheine bekommen hat, so daß sie zurückverfolgt und die Fälscher ausfindig gemacht werden können. Meiner Meinung nach ist das Falschgeld, was Sie da haben, aber es ist gute Arbeit. Sehr gutes Papier. Es fühlt sich fast wie das echte an, nur ein bißchen zu glatt oder schlüpfrig. Sie könnten mich dazu überreden, es anzunehmen. Zum Glück irrt sich der Apparat nie. Ist nicht ein einziges Mal vorgekommen, seit ich hier arbeite. Fünfzehn? Sechzehn Jahre. Wenn Bessie hier wäre, könnte sie es Ihnen bestätigen.«

»Danke«, sagte Watson. »Das tut mir wirklich leid.« Er stellte die Cola in die Kühltheke und die Nüsse in den Korb zurück. »Dann gehe ich jetzt einfach hoch und übergebe diese zwei Schlingel der zuständigen Stelle.«

»Erster Stock«, sagte der Mann. »Das sind Fachleute. Sie werden sich schon um Sie kümmern.«

»Klar«, sagte Watson. »Nochmals vielen Dank.«

Kaum war er wieder auf dem Korridor, warf er einen verstohlen panischen Verbrecherblick hinter sich und überlegte, ob der Bursche auf Nummer Sicher gehen und die Marshals an der Sicherheitskontrolle anrufen würde. *Falschgeld!* Er spürte, wie seine Kriegsherren-Keimdrüsen zu Hasenfußhoden verschrumpelten. Ein reichhaltiger, übersichtlich gegliederter Anklagesatz mit seinem und Myrnas Namen in der Überschrift entrollte sich vor seinem geistigen Auge: Falschmünzerei, Verschwörung, Behinderung der Justiz, Zeugenbeeinflussung, Besitz von Rauschgift und natürlich *Verabredung zur Verübung von Haßtaten* durch Beteiligung an den strafbaren Handlungen einer kriminellen Vereinigung ... Die Puppen im Zeitschriftenregal dachten jetzt wahrscheinlich: *Ist ja widerlich! Ein Verbrecher!*

Als sein Honda die Schranke an der Ausfahrt der Tiefgarage passiert hatte, stieß Watson einen großen Seufzer aus. Dann fuhr er an den Straßenrand, zerrte die *Amtlichen Strafzumessungsrichtlinien der Vereinigten Staaten* hervor und schlug schweißgebadet die »Straftaten im Zusammenhang mit gefälschten gesetzlichen Zahlungsmitteln der Vereinigten Staaten« nach. Grunddelikt von neun, was bedeutete, daß ihm zwischen sechs Monaten und fünf Jahren jede Möglichkeit offenstand. An der nächsten roten Ampel massierte er seine Kopfhaut und versuchte, sich diese Krisensituation behutsam ins Gehirn zu kneten.

Sein Gedächtnis spielte ihm Whitlows zittrige Äußerung aus ihrem ersten Gespräch wieder vor: *»Wenn ich nur irgendwie an meine Karre rankäm, oder wenn Buck rankäm. Dann könnte ich bestimmt was Geld besorgen.«*

Nicht zuviel versprochen, Jimmy! Elvin hatte wahrscheinlich eine Ladung Falschgeld vorbeigebracht, und Mary hatte das echte Geld gehabt, um es zu bezahlen. Auf seinem inneren Monitor rollte der VTD-Ausdruck von Marys Stimme ab: *»Die Stunden Sinn* [sind?] *zu teuer«*, gefolgt von Elvins getippter Erwiderung: *»ICH GEB KEINE ANDEREN STUNDEN ABER DIESE EINE STUNDE WILLST DU NOCH? VIER FÜR EINS? SO WIE IMMER?«* Vier falsche Zwanziger für einen echten? Acrobat Printing & Graphics. Elvin Brawley, der »stadtbekannte Künstler, ein Graveur, ein Kunsthandwerker, ein schwarzer William Blake«.

Myrnas Stimme schaltete sich dazu: *»Wir wissen immer noch nicht, was seine Vorstrafen sind, weil Dirts V-Mann beim FBI grad Ferien macht ... Bis es zur Hauptverhandlung kommt, müßten wir's längst haben, aber vorläufig wissen wir* *einen Scheißdreck über ihn, außer daß er sich mit Gravieren und Drucken und Computergrafik beschäftigte.«*

Und was war mit Harper? Selbst Harper hatte das gesagt, oder? »*Sie haben bestimmt nicht vor, Ihre Babyschühchen im Dienst dieser Schakale einzulaufen. Die mischen in Waffenhandel mit, Betrug, Geldwäscherei, Falschmünzerringen. Sie haben im Süden Missouris ganze Silos voll Sprengstoff.*« Mary Whitlows TTT-Ausdrucke: »*Bereit für Lektion 12. Ich hab das Geld für die Stunde.*« Oder: »*Elvin, ich bräuchte wieder eine Stunde Zeichensprachunterricht. Das Geld habe ich dann bereit.*« Und was hatte sein geschätzter Mandant doch gemeint? »*Der war kein gottverdammter Zeichensprachlehrer, Anwalt. Ich hab's Ihnen doch schon gesagt.*«

Sie hatten wahrscheinlich für alles Codewörter gehabt, für den Fall, daß die Feds oder die Leute vom CID mithörten. Maschinenpistolen und Granatwerfer wurden vermutlich als Pastinakwurzeln und Kumquats bezeichnet, und wenn wir schon dabei waren: Wie wäre es mit ein paar Kisten von diesen infrarotgesteuerten Einmann-Boden-Luft-Melonen? Aber niemand ließ sich gern mit Blüten bezahlen, deswegen hatten es sowohl Buck als auch Jimmy für klüger gehalten, ihrem jeweiligen Rechtsbeistand nichts von der Sache zu erzählen. Was war in den Aktenkoffern, Buck? Haßliteratur? Glaub ich dir aufs Wort. Klingt plausibel. Mary wollte einfach die ihr zustehende Hälfte der Haßbroschüren wiederhaben – *jetzt* kapier ich's!

Wieder erklang aus einer irgendwo abgespeicherten Punktwav-Datei Myrnas Stimme: »*Buck zufolge war das nur eine ganz normale Zustellung, bis Mary Whitlow deinen Mandanten in den Mord reinmanövriert hat.*«

Und auch nicht bloß das. Sie schafft sich dieses Arschloch Jimmy »Tripper« Whitlow vom Hals, sie steckt den Aktenkoffer voll Falschgeld ein *und* behält den Aktenkoffer mit dem echten Geld, mit dem sie die »Stunden« hätte bezahlen sollen. Wenn der Adlerorden vorbeikommt, sagt sie einfach: »Jimmy hat die Dinger irgendwo versteckt« oder: »Die Bullen müssen sie mitgenommen haben.«

Perfekter Plan – bis Lucy sich eingeschaltet hatte und das Auto mitsamt den Aktenkoffern abgeschleppt worden war. Da hatte Jimmy seine Chance gesehen, Mary einen Strich durch die Rechnung zu machen, seinen Anwalt zu bezahlen *und* einen hübschen Batzen Geld abzuzweigen, mit dem er und sein Busenfreund Buck sich selbständig machen konnten.

Als Watson bei Myrna vorfuhr, war das Puzzle fertig und grauslich genug anzuschauen. Er parkte den Honda hinter dem Haus, öffnete den Kofferraum, stopfte das ganze Geld in den schwarzen Aktenkoffer und stürmte in Myrnas Büro.

Sie saß an ihrem Schreibtisch, den Kopf in die Hände gestützt – die sommersprossigen Finger, in fuchsigen Haarsträhnen vergraben, um den Schädel gekrallt, als ringe sie gerade mit einem kataleptischen Anfall von der Art, wie Watson ihn eine Viertelstunde zuvor im Auto erlitten hatte. Sie griff blindlings in die Schublade und holte ihre Pistole heraus. Sie schob sie Watson über den Schreibtisch zu, schlug sich wieder die Hände vor das Gesicht und lugte aus einem Loch im Geflecht ihrer kurzen Fingerchen hervor.

»Schieß mir in den Kopf«, befahl sie. »Es ist die einzige Möglichkeit. Verpaß mir die Kevorkian-Kur. Knall mich einfach ab.«

»Du hast mit Dirt geredet«, sagte Watson. »Und jetzt weißt du, was Elvins Vorstrafen waren, ist es das?«

»Ja«, sagte sie, verdrehte die Augen und senkte den Kopf. »Zwei andere Namen und unter beiden mehrfach vorbestraft.« Sie legte die Stirn auf den Schreibtisch und verschränkte die Hände auf dem Hinterkopf. »Schieß mir zuerst in den Kopf. Dann erzähl ich dir alles.« Sie knallte mit der Faust auf den Schreibtisch. »Vergiß es, ich *kann's* dir nicht erzählen. Erschieß mich einfach. Beeil dich! Ich ertrag's nicht, noch länger zu leben.«

Watson legte den Aktenkoffer auf ihren Schreibtisch, ließ die Verschlüsse aufschnappen und klappte den Deckel auf.

»Erinnerst du dich, daß Elvin bei Acrobat Printing & Graphics arbeitete?« stöhnte sie ihren Schreibtisch an. »So einem supermodernen Laden für Druck, Computergrafik und Reprotechnik? Und daß er Graveur war? Und die Druckaufträge für den Adlerorden erledigte? Möchtest du raten, wofür er vorbestraft war?«

»Ich weiß, wofür er vorbestraft war«, sagte Watson.

Sie hob den Kopf und sah auf den offenen Aktenkoffer. »Woher weißt du's? Hat Dirt es dir gesagt?«

»Nö«, sagte Watson.

»Deine Ratte von einem Mandanten? Er hat's dir gesagt, stimmt's?« Sie massierte sich die Schläfen und seufzte. »Laut Dirt war Elvin ein vollendeter Künstler. Er war in Singapur bei den besten Meistern in die Lehre gegangen. Seine Hundertdollarscheine waren so gut, daß Finanzministerium und Secret Service beschlossen, sich gar nicht erst die Mühe zu machen, sie wieder aus dem Verkehr zu ziehen. Elvin hat in Detroit unter dem Namen Silas Washington Hunderter für die rechten Milizen gedruckt und damit ein Vermögen gemacht. Die Adler kauften bei ihm ein, obwohl er schwarz war und obwohl er von ihnen das Doppelte verlangte.« Sie grinste. »Wenn man das Beste will, spielt die Hautfarbe vermutlich eine untergeordnete Rolle. In Detroit hat Silas fünf Jahre abgesessen, ein Sonderangebot von der Staatsanwaltschaft. Als er wieder draußen war, ist er nach Saint Louis gezogen und hat sich den Namen Elvin Brawley zugelegt. Er war nicht mehr der Jüngste, und inzwischen waren die neuen Hunderter mit dem Sicherheitsstreifen herausgekommen. Er hat sich zur Ruhe gesetzt, aber die Adler haben ihn aufgestöbert und ihn überredet, sich auf Zwanziger zu verlegen und sich damit ein bescheidenes Nebeneinkommen zu verdienen.«

»Was Neues von Buck?« fragte Watson.

»Buck scheint meine Voice-Mails nicht zu bekommen, also werd ich ihm jemand vorbeischicken, der ihm nahelegen soll, sich eine Hörhilfe zuzulegen – ich denke da zum Beispiel an ein Bolzenschußgerät. Schwanzlutscher! Ich werd dir –« Sie legte sich die Hände auf die Brust. »Nein. Ich werd dir nicht. Ich werde dir nichts erzählen. Du bist ein anständiger Junge, Joey. Ich will nicht, daß du weißt, was da ablaufen wird. Du brauchst nur eins zu wissen: daß jeder dieser falschen Zwanziger gegen einen echten eingetauscht werden wird. So wahr mir Gott und Sein großer Bruder helfe. Versprochen.«

Das Telefon klingelte, und sie ließ es klingeln.

»Da versucht man, einem aus der Klemme zu helfen, und zum Dank wird man stereogefickt. Scheiße!«

»Ms. Schweich«, sagte Tilly über die Gegensprechanlage.

»Hier sind zwei ... Also, die zwei Gentlemen, die letzte Woche hier waren, sind wieder da und möchten Sie sprechen. Sie sagen, es sei sehr wichtig. Ich habe sie gebeten, anzurufen und sich einen Termin geben zu lassen. Sie haben mein Telefon genommen, haben sich von mir eine Leitung nach draußen geben lassen und haben versucht, wegen eines Termins bei Ihnen anzurufen. War erst vor ein paar Sekunden.«

Myrna drückte auf die Stummschalttaste. »Die Kacke ist gewaltig am Dampfen!« Sie riß die Schreibtischschublade auf und wühlte hektisch zwischen Zigarettenstangen und Patronenschachteln. »Wo ist dieser Scheiß–? Verdammt! Mein Halfter liegt zu Haus!« Sie ließ die Taste los. »Stellen Sie sie durch.«

»Anwaltsbüro«, sagte sie. Sie nahm sich eine Zigarette und tastete nach ihrem Totenkopffeuerzeug. Mit einer scheuchenden Handbewegung und aufgerissenen Augen bedeutete sie Watson, den Aktenkoffer mit den Geldbündeln verschwinden zu lassen.

»Mit wem habe ich das Sprechen?« fragte sie. »Ich meine, wer ist am Vergnügen? Ach Scheiße«, sagte sie, »wer zum Teufel sind Sie?«

Watson verschloß den Aktenkoffer und sah sich dann nach einem möglichen Versteck um. Er ging zu einem vielversprechend aussehenden Metall-Aktenschrank und zog die unterste Schublade auf: Sie enthielt einen Zwölferpack Heineken und ein paar Rollen Faxpapier. Der Aktenkoffer würde nur hineinpassen, wenn er die Heinekens herausholte, also holte er sie raus.

»Hören Sie, ich hab's Ihnen schon gesagt«, sagte Myrna. »Ob Sie Bullen sind oder nicht: Über Mandantenangelegenheiten können wir mit Ihnen nicht reden. Stellen Sie sich vor, *Sie* wären meine Mandanten. Fänden Sie's gut, wenn ich mit anderen Leuten über Ihre Angelegenheiten reden würde? Die andere Sache ist, daß meine Mandanten Termine zu vereinbaren pflegen. Sieht das hier etwa wie ne juristische Suppenküche aus, oder was? Wollen Sie mich beauftragen? Ich berechne nach Stunden.«

Sie quittierte das, was sie offenbar am Telefon hörte, mit allerlei sarkastischen körpersprachlichen Äußerungen.

»Fünf Minuten. Wir haben Prozesse laufen. Verhandlungen mit der Staatsanwaltschaft. Kommen Sie rüber, aber Sie kriegen fünf Minuten. Und Schluß.«

Sie nahm ihre Pistole in die Hand und sah sie an, dann suchte sie an sich nach einer möglichen Stelle, wohin sie die Waffe stecken konnte. »Scheiße!«

Es klopfte an der Tür.

Sie legte die Pistole ganz vorn in die Schublade und schob diese bis auf einen schmalen Spalt zu.

»Herein«, sagte sie.

Wieder Alpha und Beta. Jeweils in grauem Flanell und blauer Serge. Glattrasiert bis hinunter zu den Falten ihrer Doppelkinne. Weiße Hemden, merzerisierte Baumwolle, leicht gestärkt. Reizende Typen mit geschmackvollen Krawatten. Wieder dieselben verspiegelten Sonnenbrillen. Ihre Bewegungen wirkten diesmal bedächtiger; sie traten ein und stellten sich nebeneinander hin, als seien sie fest entschlossen, erst wieder von der Stelle zu weichen, wenn sie bekommen hätten, was sie wollten, oder ihr After-shave verflogen wäre – je nachdem, was zuerst der Fall sein würde.

»Tag, Ma'am«, sagte Alpha, dann, mit einem Kopfnicken in die andere Richtung: »Mr. Watson.«

Beta – der offenbar wegen Insubordination und Dazwischenredens während ihres letzten Besuches ermahnt und möglicherweise gezüchtigt worden war – sagte nichts. Er begnügte sich vielmehr mit einem knappen Nicken und wartete zufrieden darauf, daß die Verhandlungen das Niveau seines Spezialgebietes erreichten: schwere Körperverletzung.

»Einige meiner Mandanten zahlen für den Luxus, mich jederzeit, Tag und Nacht, erreichen zu können, eine saftige Sondergebühr«, sagte Myrna. »Alle anderen lassen sich Termine geben.« Sie zog an ihrer Zigarette, dann neigte sie sich leicht zur Schublade hin und belauerte Alpha durch den Rauch.

»Ma'am, wir haben die Lieferung nicht gekriegt. Wir haben auch keine vernünftige Erklärung wegen der Lieferung gekriegt. Was wir gekriegt haben, ist nur ein Haufen Gerede, was nicht so richtig Sinn ergibt.«

»Ich weiß nicht, wo diese geheimnisvolle Lieferung ist«, sagte Myrna. »Und überhaupt ist mir absolut schleierhaft, nach welcher Logik wir von der ganzen Scheiße überhaupt was wissen sollten. Weil ich vor ein paar Jahren Buck vertreten habe? Bin ich jetzt deswegen dazu verurteilt, mich lebenslänglich um Bucks Klinkerkram zu kümmern? Buck ist nicht mein Mandant. Der einzige Mandant, den wir haben, ist Jimmy Whitlow, und das auch nur, weil ich dem Typ da helfe«, sagte sie mit einem Achselzucken in Watsons Richtung.

Joe schenkte Beta ein verkniffenes Lächeln.

»Und in der Zeitung sagen die, daß Sie jetzt ein ›beauftragter Anwalt‹ sind oder so«, sagte Alpha zu Joe. »Das klingt irgendwie so, wie wenn jemand Anwaltsgebühren von jemand andrem kriegt. Kriegen Sie von Jimmy Geld?«

»Ich habe die Verteidigungsbereitschaft des Angeschuldigten durch einen beauftragten Rechtsbeistand angezeigt, als ich meinen Posten in der Großkanzlei aufgegeben habe«, sagte Watson. »Ich wollte Jimmy Whitlows Fall meine ganze Arbeitskraft widmen können.«

Ein volles Jahr unter Arthurs Oberbefehl hatte ihn die Kunst gelehrt, einen engen Bogen um die gestellte Frage zu schlagen und eine autoritative Entgegnung zu liefern, die sachbezogen und unanfechtbar war, aber zugleich nicht mehr als den Anschein einer Antwort hatte.

»Und Jimmy gibt Ihnen *kein* Geld?« fragte Alpha.

»Wenn ich Honorarfragen mit einem Dritten bespräche«, sagte Watson, »dann verstieße ich gegen die anwaltliche Schweigepflicht.« Undenkbar. Sein Ton sollte klar zu verstehen geben, daß er sich eher zu einer Kirchenschändung am Karfreitag bereit gefunden hätte. »Nicht einmal die Polizei darf die Herausgabe vertraulicher Anwalt-Mandanten-Informationen erzwingen. Es tut mir leid, aber Honorarfragen sind vertrauliche Informationen.«

»Die fünf Minuten sind bald um«, sagte Myrna.

Beta regte und spannte sich unter seiner blauen Serge. Alpha wurde zum erstenmal lauter.

»Ma'am, da ist noch zuviel, was uns nicht einleuchtet. Und wir verschwinden hier erst, wenn alles geklärt ist.« Er machte einen Schritt auf Myrna zu. Sein dabei an den Tag gelegtes Gebaren ließ die Vermutung zu, daß er, falls nötig, bald weitere und drastischere Schritte unternehmen würde.

»Irgendwer hat sich die Lieferung gegriffen, richtig?« sagte er. »Das kann nur Jimmy, Mary Whitlow, Buck oder die Bullen gewesen sein.« Er hob für jeden Kandidaten einen Finger in die Höhe und hielt Myrna das Ergebnis hin. »Der einzige, der sonst noch in Frage gekommen wär, ist tot. So: Die Bullen haben gegen Jimmy keine Anklage wegen ...« Alphas Stimme verebbte, als versuche er, sich an seinen Text zu erinnern, »wegen ner anderen Sache erhoben, was sie getan hätten, wenn sie die Lieferung gefunden hätten. Mary hat sich nirgendwo versteckt. Die bleibt brav, wo sie ist. Buck ist der, der sich abgesetzt hat, und das sieht für uns so aus, wie wenn er unser Mann wär. Und jetzt hat Jimmy einen beauftragten Rechtsdings und zahlt Anwaltsgebühren? Mary Whitlow sagt, daß Buck und Jimmy die ganze Sache von Anfang an geplant haben müssen. Sie sagt, die haben dem ... Farbigen ne Falle gestellt, daß die ihm ne Vergewaltigung anhängen konnten. Sie wollten sich wahrscheinlich das Geld greifen und verduften, aber dann haben die Jimmy verhaftet und das Auto abgeschleppt.«

»Ich bin Anwältin«, sagte Myrna. »Wissen Sie, was das bedeutet?«

Alpha sah sie an und erstarrte beim Versuch, diese unerwartete Frage zu verarbeiten.

»Das bedeutet, daß jeder, Sie eingeschlossen, lügt«, sagte Myrna. »Wir wissen nicht, ob die Sache so gelaufen ist, wie Sie behaupten, oder so, wie Mary behauptet, oder so, wie Buck behauptet. Unser Job ist, Jimmy Whitlow diese hirnrissige Haßtatgeschichte vom Hals zu schaffen. Irgendwelche Aktenkoffer kamen in seiner Verteidigung nicht vor, und das bedeutet, daß wir einen Dreck davon wissen, weil uns das einen Dreck angeht.«

Alpha trat einen weiteren ominösen Schritt näher. »Jetzt geht Sie das was an«, sagte er. »Gehen Sie einfach davon aus, *daß* Sie das was angeht. Weil wir das nämlich zu Ihrer Angelegenheit machen. Wir gehen davon aus, daß Sie wissen, wo die Lieferung ist, und wir wollen sie wiederhaben. Und dazu alles, was Sie von Buck oder Jimmy Whitlow an Geld gekriegt haben.«

Myrna atmete Rauch aus und warf einen Blick auf die Schublade.

»Jungs«, sagte sie. »Wir können euch nicht helfen, die Lieferung wiederzufinden –«

»Ma'am, Sie hören mir nicht zu«, sagte Alpha mit sorgfältiger Artikulation – ein Profi, der aber auch gar nichts unversucht ließ, um seine Probleme auf friedlichem Wege zu lösen, ehe er zu Mord und Totschlag griff. »Ich habe gesagt, wir *gehen davon aus*, daß Sie etwas wissen.«

»Ich glaube, ich kann Ihnen da weiterhelfen«, warf Watson ein, als er sah, daß Myrna sich möglichst unauffällig ihrer Schublade zu nähern versuchte. Er stellte sich irgendwo zwischen Alpha und Myrnas Schreibtisch. Er sah Myrna an. »Ich brauche die Inventarliste vom Kfz-Hof«, sagte er zu ihr.

Sie sah ihn an. »Äh«, sagte sie zögernd, »ich würde nicht beschwören, daß wir etwas dieses Namens haben. Wäre das etwas, was wir überhaupt haben *wollten*?«

»Geben Sie ihm das Ding«, sagte Alpha. »Was ist das überhaupt?«

Myrna riß sich vom Spalt ihrer Schublade los und fing halbherzig an, sich durch einen Stapel Heftordner zu wühlen, der auf einem Rollcontainer neben ihrem Schreibtisch stand.

»Als das Auto abgeschleppt wurde, steckte der Zündschlüssel noch«, sagte Watson. »Der Eigentümer war nicht zu ermitteln, da die Nummernschilder fehlten und die Zulassung abgelaufen war. Also hat man auf dem Verwahrhof eine Liste aller im Auto befindlichen Gegenstände erstellt.«

Myrna zog langsam ein Blatt aus der Akte, dann überflog sie es zur Sicherheit noch einmal nach etwaigen Einträgen, die ihr einen Kopfschuß hätten einbringen können.

»Unten auf der Seite, wo ›Kofferraum‹ steht«, sagte Watson, als er das Blatt an Alpha weiterreichte, während Beta sich leicht hinüberlehnte und gleichfalls einen Blick riskierte.

»›Kofferraum‹«, las Alpha ab, »›ein Wagenheber, ein Montiereisen, zwei Öllappen, eine Gummiflasche mit Scheibenwischerflüssigkeit, ein Ersatzreifen, ein Werkzeugkasten, darin ein Steck – ... zwei abgeschlossene Aktenkoffer.‹«

»Zwei«, sagte Watson. »Im Kofferraum des Autos, als es auf dem Verwahrhof eingeschlossen wurde«, sagte er.

»Na schön«, sagte Alpha in entschieden unbeeindrucktem Ton, »das beweist aber nur, daß niemand sich die Lieferung oder das Geld gegriffen hat, *bevor* die das Auto abgeschleppt haben. Und wir waren dabei, wie Mary das Auto abgeholt hat, den Kofferraum aufgemacht hat und *einen* leeren Aktenkoffer mit einem Taschenrechner drin gefunden hat. Also wissen wir jetzt nur, daß da jemand eingestiegen ist und Geld und Ware aus dem Auto geholt hat«, sagte Alpha. »Was keine große Kunst war, weil das nur ein Stück Acker mit nem Zaun drum rum ist. Und so langsam sieht das wirklich so aus, wie wenn Buck es irgendwie hingekriegt hätte, ans Auto dranzukommen. Oder vielleicht sind *Sie* oder Ihr Schnüffler ans Auto, weil Sie das hier von irgendwoher gekriegt hatten, richtig?« sagte er und schnippte gegen das Blatt Papier. »Was nämlich heißt, daß Sie wen drauf angesetzt hatten, das Auto und die Ware zu suchen, richtig?« sagte er, und sein Ton wurde zunehmend bedrohlicher, je verdächtiger sein detektivischer Spürsinn ihm Watson erscheinen ließ.

Watson hörte, wie Myrna tief einatmete, als sich ihre Befürchtungen bezüglich der Übergabe der Inventarliste – nämlich, daß dies gewisse Fragen aufwerfen könnte, wie zum Beispiel: »Ich dachte, Sie wissen einen Dreck von der Lieferung? Wo zum Teufel haben Sie das her?« – zu bewahrheiten schienen.

»In jedem Rechtsstreit«, sagte Watson, »tauschen die zwei Parteien bereits in einem frühen Stadium der Vorverhandlung ihnen vorliegende Dokumente aus. Sie setzen sich gegenseitig von allen Tatsachen und Urkunden in Kenntnis, die für den Rechtsstreit bedeutsam sind oder bedeutsam sein könnten. Man spricht dabei von Offenlegung von Urkunden.«

Ein weiteres Arthurisches Strategem. Hatte Watson etwa behauptet, *diese spezielle Urkunde* sei ihnen von der Gegenseite zugänglich gemacht worden? Kein Wort! Er hatte lediglich zu einem geeigneten, geschickt gewählten Zeitpunkt den *Begriff* der Offenlegung erklärt.

Alpha sah argwöhnisch auf das Blatt hinunter, als überlege er sich, es in ein Labor zu bringen und dort analysieren zu lassen.

»Sie haben völlig recht«, sagte Watson. »Es könnte sich sonstwer Zugang zum abgeschleppten Wagen verschafft haben. Ein Mitarbeiter des Verwahrhofes, die Polizei, das FBI, ich, Sie, Buck. Auch Mary Whitlow wäre mit Sicherheit dazu imstande gewesen – oder sie hätte notfalls jemanden beauftragen können, das für sie zu erledigen.«

»Sir«, sagte Alpha, und es war eines der schnarrendsten Sirs, die Watson seit Erreichen des sirfähigen Alters zu hören bekommen hatte. Alphas »Sir« erinnerte ihn an den Ton, in dem ihn sadistische Juraprofessoren im Verlauf von Seminaren (die zwar von der Sokratischen Methode, aber nicht von der Genfer Konvention bestimmt gewesen waren) mit »Counselor« angeredet hatten. »Sie können prima reden, was Sie als Anwalt ja auch müssen. Aber das einzige, was uns interessiert, haben wir bislang nicht gehört: Wo ist die Lieferung?«

»Die Polizei hat die Lieferung«, sagte Watson. »Zumindest sieht es so aus.«

»Das haben Sie schon letztesmal behauptet«, höhnte Alpha. »*Da* war's ne gute Idee, aber irgendwie spricht nix dafür, daß das auch stimmt. Wenn die Bullen sie haben, warum steht Jimmy dann nicht längst unter Anklage wegen –«

»Falschmünzerei?« fragte Watson.

Beide Männer verlagerten bei dem Wort ihren Schwerpunkt und strafften die Schultern. Myrna gab leise etwas Unartikuliertes von sich.

Watson unterdrückte den Impuls, nach dem Vorbild seines Mentors loszumarschieren und auf und ab zu gehen, und verlegte sich statt dessen auf den geschwätzigen Ernst eines Reporters in einer Waschmittelwerbung. »Die Anklagebehörde wollte Jimmy Whitlow wegen vorsätzlichen Mordes mit strafverschärfenden Haßtatmerkmalen drankriegen. Schön, damit kommt er selbst im günstigsten Fall auf Stufe dreiundvierzig der Bundesstrafzumessungsrichtlinien. Lebenslänglich, Gentlemen. Da frage ich Sie – wozu sollte ein Staatsanwalt da noch eine kümmerliche Anklage wegen Geldfälschung draufsetzen? Verbreitung von Falschgeld bringt's im Grundtatbestand auf Stufe neun, mit einer Mindeststrafe von mal eben sechs Monaten – besonders wenn man dem Angeklagten nicht nachweisen kann, daß er die Blüten auch *hergestellt* hat.«

Dies schien den zwei Männern eine gewisse Erleichterung zu bedeuten.

»Wenn man aber beweisen kann, daß der Angeklagte oder

dessen Organisation die gefälschten Zahlungsmittel in Auftrag gegeben oder sogar selbst hergestellt hat, dann schießt das Strafmaß sofort in die Höhe. Aber warum sollte man einen schlichten Falschgeldbesitz an einen Kerl vergeuden, dem man schon wegen eines Haßmords vor Gericht stellen kann? Wozu? Mit ein bißchen Geduld könnte das Falschgeld zu einer Verschwörung zur Herstellung und Verbreitung von Falschgeld führen, und die Verschwörung wiederum könnte zu etwas wirklich Großem führen, wie einer paramilitärischen Organisation. Möglicherweise sogar zu einer großen rassistischen, rechtsextremistischen paramilitärischen Organisation – wie dem Adlerorden«, sagte Watson.

Wieder strafften sich Alpha und Beta und rückten näher zusammen. »Wir sind keine Mitglieder dieser Organisation«, sagte Alpha.

»Siehst du?« sagte Myrna zu Joe. »Und die sagen *uns*, wir sollen nicht um den heißen Brei rumreden? *Ich* soll denen erzählen, wo Buck ist, wo die Lieferung ist, wieviel mir mein Mandant zahlt, auf welcher Volksschule ich war, und *er* kann nicht mal zugeben, daß er ein Adler ist.«

Sie redete in einem Ton, als versuche sie, Watson von ihren Argumenten zu überzeugen – als sei er der Richter in einer schulischen Diskussionsrunde.

»Wir sind keine Mitglieder dieser Organisation«, wiederholte Alpha, »aber wir sind mit ihren Ideen und Zielen vertraut.« Dann begann er übergangslos, volltönende Platitüden herunterzubeten, die er in derselben Benimmschule gelernt haben mußte, in der er sich seine zurückhaltende Art angeeignet hatte.

»Der Orden der Adler ist keine rassistische Organisation«, erklärte er. »Der Orden der Adler ist keine sogenannte Haßgruppe, und er vertritt auch keineswegs den Glauben an die Höherwertigkeit der weißen Rasse. Sein Ziel ist die Wiedereinführung von Gesetzen, die alle Rassen gleich behandeln, und die Abschaffung aller neuen Gesetze, die manche Rassen besser behandeln als andere. Die Organisation ist der Überzeugung, daß die Bundesregierung keine Legitimation mehr besitzt, da sie ihre verfassungsmäßigen Befugnisse überschritten hat. Manche vertreten den Standpunkt, unsere gegenwärtige sogenannte Regierung sei nicht befugt, Steuern zu erheben und Geld auszugeben oder zu drucken, da sie ihre rechtmäßige Macht abgetreten und sich so weit erniedrigt habe, sich in den Dienst der Befriedigung degenerierter Sonderinteressen zu stellen.«

Las er das Gewäsch von einem Spickzettel ab? Watson sah deutlich, daß Alpha noch eine Menge mehr zu dem Thema zu erzählen gehabt hätte.

»Wär doch jammerschade, wenn eine so ehrenwerte Organisation mit Falschgeld in Verbindung gebracht werden würde«, sagte Myrna.

»Wir sind keine Mitglieder dieser Organisation, aber wir sind mit ihren Ideen und Zielen vertraut«, erklärte Alpha noch einmal.

»Junge, Junge«, sagte Myrna, »Falschgeld bedeutet, daß der Secret Service ins Spiel kommt. Das Finanzministerium und die Jungs vom ATFD haben eine richtige Schwäche für diese paramilitärischen Vereine. Das könnte Missouri einen eigenen Ruby-Ridge-, Rutger-Lupine- und Waco-Fall bescheren. Ich glaube, Joe hat recht. Die warten nur auf die Mutter aller Verschwörungen.«

»In den Strafrechtsvorlesungen«, sagte Watson, »haben wir gelernt, daß die Verschwörung ›Staatsanwalts Liebling‹ genannt wird, denn es reicht ein einziger halbwegs konkreter Hinweis, und schon hat die Anklagebehörde das Recht, Verdächtige lastwagenweise festnehmen zu lassen. ›Verschwörung‹ bedeutet, daß man gar nicht zu beweisen braucht, daß die Angeklagten irgend etwas *getan* haben, sondern nur, daß sie sich *verschworen* hatten, es zu tun. Ich würde darauf tippen, daß sie genau *darauf* warten. Eine großangelegte Verschwörung mit schön vielen interessanten, ergiebigen Verstößen gegen das Falschgeldgesetz.«

»Was meinen Sie damit, ›sie warten‹?« fragte Alpha.

»Wenn ich einen Schwung Falschgeld hätte und wollte wissen, wem es eigentlich gehört, dann wäre es doch einen Versuch wert, die Sache für mich zu behalten und abzuwarten, ob nicht jemand anfängt, danach zu fragen oder danach zu suchen, oder sich so zu verhalten, als gehöre es ihm, und/oder möglicherweise wie ein kopfloses Huhn durch die Gegend zu rennen und den Leuten in unzweideutigen Wendungen zu verstehen zu geben, daß er es unbedingt zurückhaben will«, sagte Watson – in einem sachlichen, nüchternen Ton, der hörbar nicht das geringste unterstellen wollte.

Beta und Alpha warfen sich einen kurzen Blick zu.

»Noch mehr Gerede«, sagte Alpha.

»Ich kann beweisen, daß die Staatsanwaltschaft Ihre Lieferung hat«, sagte Watson. »Wenn es denn das ist, was Sie wissen wollen.« Er hob die Hand und machte Anstalten, in die Innentasche seines Anzugjacketts zu greifen.

Beta und Alpha zuckten zurück und öffneten den mittleren Knopf ihrer Jacketts, als müßten sie, und zwar dringend, auf die Toilette. »Öh«, sagten sie. »Besser keine plötzlichen Bewegungen, Sir«, knurrte Beta, die Hand schon halb unter dem Jackett.

»Es ist nur die schriftliche Fassung der Urteilsabsprache«, sagte Watson. Er griff langsam in seine Innentasche und zog das zusammengefaltete Dokument heraus, das Ida getippt und er und Harper in Richter Stangs Amtszimmer unterzeichnet hatten.

Alpha rückte so weit von Beta ab, daß Watson sich an der Spitze eines gleichschenkligen Dreiecks befand, und trat dann vor.

»Das sind von der Staatsanwaltschaft aufgesetzte Dokumente, in denen die Bedingungen der Urteilsabsprache in Jimmy Whitlows Sache festgehalten werden. Größtenteils vorgefertigte Textblöcke aus juristischem Kauderwelsch. Aber werfen Sie doch einen Blick auf … nur einen Moment. Da. Ziffer acht.«

»›Geltungsbereich und ergänzende Bestimmungen der Vereinbarung‹«, las Alpha nach anfänglichem Stolpern vergleichsweise flüssig vor. »Vorliegende Urteilsvereinbarung erledigt sämtliche aus den in der ursprünglichen Anklageschrift der Bundesanklagebehörde und der dieser beigefügten eidlichen schriftlichen Zeugenaussage hervorgehenden Anschuldigungen, einschließlich solcher Anschuldigungen, die sich auf etwaige in der auf dem Militärstützpunkt gelegenen Wohnung des Angeschuldigten und dessen Ehefrau sowie im Kofferraum seines am Tag der fraglichen Ereignisse abgeschleppten Kraftfahrzeugs sichergestellte Beweismittel stützen könnten.‹«

»Und jetzt«, sagte Watson, »sehen Sie sich den Kopf dieses Dokuments an. Da steht: ›Büro des United States Attorney, Östlicher Distrikt von Missouri‹. Das habe nicht *ich* geschrieben«, sagte er. »*Die* waren's. Die Leute von der Bundesanwaltschaft. Und was glauben Sie wohl: Warum sollte der Bundesanwalt ausdrücklich von Beweismitteln schreiben, die im Kofferraum von Jimmy Whitlows Auto sichergestellt wurden?«

Alphas Gesicht nahm einen verdutzten Ausdruck an und schwenkte dann langsam zu Beta, der seinerseits mit den Achseln zuckte.

»Wenn ich der Staatsanwalt wäre«, sagte Watson, »würde ich mich totstellen und abwarten, was passiert. Abwarten, ob nicht früher oder später jemand auftaucht, der nach dem Falschgeld sucht oder Leuten nachsteigt, die es haben sollten oder könnten, nämlich Jimmy Whitlow und seiner Frau, Mary, oder Buck, oder Jimmy Whitlows Anwalt und dessen rothaariger Freundin. Und bislang ist es genau das, war ihr Typen tut. Macht nur so weiter, und vielleicht erhebt der Bundesanwalt dann tatsächlich diese Anklage – aber diese Vereinbarung hier bedeutet klipp und klar, daß *Jimmy Whitlow* mit dieser Anklage nichts zu tun haben wird.«

Alpha las den Absatz noch einmal durch, um sich zu vergewissern, daß man ihm keinen Bären aufband.

»Wenn ich der Eigentümer des Falschgelds wäre, dann würde ich um jeden, in dessen Besitz es sich momentan befindet – oder angeblich befindet –, einen *ganz* großen Bogen machen«, sagte Watson. »Keine Anrufe, keine Vergeltungsmaßnahmen, keine Verfolgung. Das letzte, was ich täte, wäre, deren Anwälten auf den Geist zu gehen«, fügte er schmunzelnd hinzu.

Alpha und Beta schienen das zwar nicht witzig zu finden, dafür aber um so überzeugender.

»Falls Buck sich bei Ihnen meldet –« fing Alpha an.

»Ah-ah«, sagte Watson mit einer warnenden Handbewegung. »Wer ist Buck? Ihr Mitverschwörer?«

»Vergessen Sie's«, sagte Alpha. »Sollten wir weitere Fragen haben, kommen wir wieder vorbei.«

»Wenn Sie wieder vorbeikommen«, sagte Myrna, »täten Sie besser daran, einen Vorschuß mitzubringen, denn wir werden Ihnen das Doppelte unserer derzeitigen Stundensätze in Rechnung stellen.«

»Klar«, sagte Beta. *Er sprach!* »Lady«, sagte er und richtete einen vorwurfsvollen Zeigefinger auf sie, »Sie setzen Leute ganz schön unter Druck.«

Stimmt, Beta, dachte Watson, sie setzt die Leute unter Druck. Klug erkannt. Und das Empire State Building ist ziemlich hoch. *Es geht nur um eins ...?*

Alpha und Beta zogen die Tür hinter sich zu und verließen, vernehmlich fluchend, das Gebäude durch den Hintereingang.

Myrna stürzte sich augenblicklich auf den Zwölferpack Heineken und riß ihn auf. »Frag mich was«, sagte sie.

»Was?« fragte Watson.

»Frag mich, wie übel wir uns besaufen werden. Sag einfach: ›He, Myrna, wie übel werden wir uns besaufen?‹ In der Art.«

»He, Myrna, wie übel werden wir uns besaufen?«

Sie ließ ihre Flasche aufzischen. »Wir werden uns bis zum Abwinken, bis zum Umfallen, bis zur Unkenntlichkeit, bis zum ganz großen Kotzen besaufen.« Sie setzte die Flasche an und machte sie mit einem einzigen Schluck halb leer. »In zwei Stunden wirst du nur *ein* Ding fürchten: daß dir die Klobrille ins Genick fallen könnte.«

Sie reichte ihm ein Heineken.

»*Wie* übel?« fragte er.

Dreißigstes Kapitel

Samstag vormittag. Bei Stern, Pale Zeit für die Pflege zwischenmenschlicher Kontakte. Aber Watson machte neuerdings dauerblau – gegen Bezahlung, wie das Glück es so wollte. Laut telefonischer Mitteilung Idas würde er seinen Bonus bekommen und dazu noch sechs Monatsgehälter Abfindung. Mehr als genug Geld, um die Rechnungen zu bezahlen, während er sich in Gerrys Sommercamp einer Spezialbehandlung unterziehen würde. Er und Myrna hatten die Voice-Mail am vorigen Abend in seinem Büro abgehört, direkt nachdem Myrna in Watsons wohlventilierter Toilette eine Gipfelkonferenz mit Fidel Castro abgehalten hatte. Sie konnte durchaus einen mitternächtlichen Zusammenstoß mit einer Klobrille erlitten haben, aber Watson hatte sich einfach zu gut gefühlt, um sich seinen Siegesrausch durch Drogen und Betrunkenheit zu verderben. Er war statt dessen nach Haus gefahren, denn Sandra kam mit den Kindern zurück.

Jetzt war es Zeit für die Pflege familiärer Kontakte, und er hatte sein Gesicht in ein Kissen duftender Flechten vergraben, im Nacken seiner Frau. Sie hatte sich halb abgewandt, so daß sie die Löffelstellung einnehmen und sich, Kurve an Kurve, wie die zwei Hälften eines Paragraphenzeichens ineinanderschmiegen konnten. Er hatte sie von hinten umfaßt und begriff jetzt die Dinger an sich: mit jeder praktisch-vernünftigen Hand eins.

Wie hieß es in der Bibel doch noch? Deswegen wird ein Mann Job und Laptop verlassen und seinem Weibe anhangen? Und gleich mit anhangen würden seine Kinder, wie es schien. Nach einer nächtlichen Plärrorgie war Benjy irgendwie in ihrem Queen-size-Ehebett gelandet. Er probierte gerade seinen neuen Zahn an Papis Ohr aus, während Sheila sich, nach dem ihr zustehenden Anteil an Aufmerksamkeit strebend, vom Fußende des Bettes aus zwischen den Körpern der Erwachsenen emporwriggelte.

Die Auffahrt würde am Montag betoniert werden, und die Memsahib war glücklich, was wiederum bedeutete, daß die ganze Familie glücklich war.

»Mama«, quengelte Sheila, »sag Papa, daß er Platz machen soll.«

Sag Papa, daß er Platz machen soll? Na ja, seine Tochter setzte ihre Prioritäten schon völlig richtig. Er war entbehrlich. Wenn Sandra – Gott behüte! – Krebs bekommen hätte und dahingegangen wäre, wären die übrigen Familienmitglieder, jedes für sich, eines langsamen, einsamen psychischen Todes gestorben. Planeten ohne Sonne, ihres Gravitationszentrums beraubt. Wenn *er* gestorben wäre? Nun, der nächste Glückliche würde vielleicht nicht ganz so viel Geld nach Hause bringen. Andererseits – mit ein bißchen Glück vielleicht auch *mehr*.

Watson rollte auf den Rücken und blies Benjy ein schlabberndes *Puh!* auf den Bauch. Eine Kleinkinderkonvulsion, und gummiglatte warme Gliedmaßen schlangen sich um seinen Kopf und ertränkten ihn in Babyfleisch, während sein Gesicht von den Abdominalschwingungen eines Kinderbauchlachens massiert wurde.

Er hörte das Gebläse seines Laptops im Nebenzimmer aufsurren, als das Gerät aus dem Standby-Modus zu neuem Leben erwachte und die Nummer seines Providers anwählte, um die Morgenpost aus der Mailbox zu holen. Der Laptop: der zweite Penis, die andere Silikonfrau, sein kleiner Schatz – wie in der Bibelstelle: »Denn wo dein Schatz ist, da ist auch dein Herz.«

Erst vor einer knappen Woche hatte er danach getrachtet, mit einer Gehirnwissenschaftlerin die Ehe zu brechen, und jetzt erbaute sich sein Gehirn an Sprüchen aus der Heiligen Schrift. Da konnte man mal sehen, wie schnell sich alles ändert!

»Mama, ist Papa noch Anwalt für die Verbrecher?« fragte Sheila.

Watson kurbelte seine Denkmaschine an und versuchte, eine kindergartenkindgemäße Paraphrase des sechsten Verfassungszusatzes und des durch diesen garantierten Grundrechts auf Vertretung durch einen Rechtsanwalt zu formulieren.

»Papi hat Mitleid mit den Verbrechern, mein Schätzchen«,

sagte Sandra. »Niemand will ihnen helfen, deswegen hat dein Papi Mitleid mit ihnen und versucht selbst, ihnen zu helfen.«

Oh! dachte er. *Ich verstehe.* Jetzt, wo seine mickrige Einmannkanzlei anfing, Geld abzuwerfen, war die Beschäftigung mit dem Strafrecht auf einmal ein Ausdruck von Zivilcourage und tätiger Nächstenliebe?

»Ach, gut, daß du gerade von Verbrechern redest«, sagte Watson, »da fällt mir nämlich wieder ein – laß die Kinder nicht ans Telefon gehen, ich erwarte heute morgen einen Anruf von Rutger Lupine.«

»Hör auf damit«, sagte sie.

»Nein«, sagte Watson. »Ich hatte eigentlich was anderes sagen wollen. Neulich habe ich gehört, wie Sheila mit Alexa Finazzos Vater am Telefon gesprochen hat. Du kennst doch die Finazzos, nicht? Alexas Vater ist Rudolph Finazzo. Er hat eine Bausparkasse ausgeplündert und ist wegen Postbetrugs und Steuerhinterziehung angeklagt worden. Ich halte es nicht für richtig, daß er sich mit Kindern am Telefon unterhält. Nein, wart! Ich nehme die Kinder und ziehe aus. Ich kann's gar nicht fassen, daß du ihnen erlaubst, sich mit Kriminellen am Telefon zu unterhalten!«

Von allen Seiten trommelten Kissen auf ihn ein. Dann stand er auf, um pinkeln zu gehen, und kam auf dem Weg ins Badezimmer an seinem Arbeitszimmer vorbei. Der Laptop meldete durch ein Klingelzeichen, daß neue Nachrichten angekommen waren, und seine Arbeitsoberfläche baute sich buntfarbig auf.

Das E-Mail-Programm war auf Auto-Öffnen gestellt, und gerade als Watson wieder aus dem Badezimmer herauskam, erschien auf dem bläulichen Bildschirm die Nachricht:

Von: rpalmquist@gage.edu

Lieber Joe:

Wie schnell sich doch die Dinge ändern! Wir könnten wieder Partner sein, falls Du Interesse hast. Gestern habe ich spätabends einen Anruf aus (ausgerechnet!) Montana bekommen, wo ein Serienmörder (14 minderjährige Mäd-

chen) in zwei Wochen hingerichtet werden soll. Der Neuro-Aufhänger bei der Sache ist ein Schädeltrauma, das der Mann in seiner Jugend erlitten hat, aber wir bräuchten auch jemanden, der mit einem gezielten Schwung von Anträgen und Schriftsätzen die Hinrichtung hinauszögert, die in Montana – jetzt aufgepaßt – *durch den Strang* erfolgt.
Nach meinen Infos hat das Oberste Bundesgericht bereits zu einer früheren Gelegenheit entschieden, daß Erhängen keine »entwürdigende und menschenverachtende Strafe« im Sinne des achten Verfassungszusatzes darstelle. Und jetzt kommt der juristische Aufhänger: Der Verurteilte wiegt 170 Kilo (von 190 heruntergehungert), was damit gleichbedeutend ist, daß aus seinem Tod durch Erhängen ein Tod durch Enthauptung werden würde, und *das* wiederum stellt *durchaus* eine entwürdigende und menschenverachtende Strafe im Sinne des achten Zusatzartikels dar. Sind Gesetze nicht was Wunderbares? Der Gefängnisdirektor hat den V. auf tausend Kalorien pro Tag gesetzt und hofft, ihn auf diese Weise binnen zwei Wochen unter 160 Kilo und damit wieder in den Bereich des Hängbaren zu bringen.
Auch Deine Computerkenntnisse wären uns von großem Nutzen, denn wir und die Rechtshilfe von Montana würden in ständigem Kontakt miteinander stehen und Antragsentwürfe, Infos und sonstiges Material hin und her mailen.
Wie auch immer, laß mich so bald wie möglich wissen, ob Du interessiert wärst.

Herzlich,

RP

Er konnte sich gerade eben verkneifen, laut loszujauchzen: »Guck, Süße, ein Serienmörder! Der würde uns garantiert eine hübsche Stange Geld einbringen!«

Watson las die E-Mail noch einmal durch. Er war ein überzeugter Gegner der Todesstrafe, und es hätte ihn stolz gemacht, daran mitwirken zu können, auch nur einen einzigen Menschen davor zu bewahren. Aber war er etwa der einzige juristische Hacker im Land, der Montana mit *noch* mehr bedrucktem Papier hätte beschicken können?

»Herzlich, RP.« Er verspürte einen leichten Stich von Erinnerung und erloschenem aprilischen Begehren. Wenn er ja sagte, würde er wieder mit der Hirn-Venus in engere Berührung kommen. Und er würde eine weitere Woche am Laptop verbringen und Präzedenzfälle um fettleibige Gehenkte und grausige Enthauptungen recherchieren.

»Papa?« sagte Sheila.

Ein Schwarm Krähen veranstaltete einen Mordsspektakel in seinem Vorgarten, was nur eins bedeuten konnte: Werren. Er spähte durch die Gardinen und sah Una Hodgkins an der Grundstücksgrenze stehen. Sie hielt die Morgenzeitung an ihre Brust gepreßt und starrte voller Abscheu und Grauen auf die Krähen, die sich mit Maulwurfsgrillen die Bäuche vollschlugen und kahle Stellen in Familie Watsons befallenen Rasen rissen. Wenn er Una gescannt hätte, wären ihre tiefliegenden, archaischen Wut- und Angstzentren orange und rot und glühend weiß aufgeleuchtet. Er würde wohl rübergehen müssen und eine Tasse Kaffee mit ihr trinken. Ihr Trost zusprechen und sich wegen seiner Werren entschuldigen.

»Papa?« sagte Sheila.

Er hatte eine ganze Menge mit Una gemeinsam. Sie hatte ihren Rasen, und er hatte seine farbenprächtige, ordentlich aufgeräumte virtuelle Arbeitsoberfläche. Ihm graute ein wenig vor der Aussicht, ihr gegenüberzutreten – mit Schande bedeckt, von seinem werrenzerfressenen Rasen, für alle erkennbar, als moralisch minderwertiges Subjekt entlarvt.

Er wandte sich wieder zum Laptop, der wie ein aufgeklapptes glühendes Plastikmaul dem Morgenlicht entgegengähnte. Er klickte ABSENDER ANTWORTEN an und tippte: »Tut mir leid. Kann nicht. Viel Glück. JW.«

»Papa? Darf ich auf dem Compi spielen?«

»Dieses Wochenende spielen wir nicht auf dem Computer«, sagte Watson. »Wir gehen raus und unterhalten uns mit Mrs. Hodgkins. Warum ziehst du dich nicht an und kommst mit? Wir könnten ihr ein Geschenk mitbringen. Vielleicht heitert sie das ein bißchen auf.«